Tuisland

Tuisland

Karin Brynard

Uitgegee in 2016 deur Penguin Random House Suid-Afrika (Edms.) Bpk.
Maatskappyregistrasienr. 1953/000441/07
The Estuaries Nr. 4, Oxbow-singel, Century-rylaan,
Century City, Kaapstad, 7441
Posbus 1144, Kaapstad, 8000
www.penguinbooks.co.za

Eerste uitgawe, eerste druk 2016
1 3 5 7 9 8 6 4 2
ISBN 978-1-4152-0693-5 (Druk)
ISBN 978-1-4152-0668-3 (ePub)
ISBN 978-1-4152-0669-0 (PDF)

Omslagontwerp deur Georgia Demertzis
Foto op omslag deur Gallo Images/Dewald Kirsten
Outeursfoto deur Ansie du Toit
Teksontwerp deur Chérie Collins
Geset in 11 op 14 pt Minion
Gedruk and gebind deur Novus Print, 'n Novus Holdings maatskappy

Vir Rien

1

Dit is tydens een van die Kalahari se rasende Februarie-storms dat Kytie Rooi 'n moord pleeg.

Dit gebeur so vinnig, so stil dat sy aanvanklik nie snap wat sy voor haar oë sien gebeur nie: die man wat 'n enkele, verbaasde geluid maak en stadig vooroor sak. Slap uit sy stoel uit gly vloer toe, op sy gesig en knieë land. 'n Oomblik lank lyk dit of hy kniel, 'n biddende.

Dan sak hy skuins en rol stadig op sy sy.

Sy oë is nog oop, sien sy, verbaas en starend. Dan flikker die ooglede en gaan toe. Maar die verbaasde frons bly agter.

Almiskie, sy is self verbaas. Veral oor die lang sug wat die man se lyf verlaat. Sy lippe wat effe beweeg, asof hy nog iets wou sê.

'n Mens se laaste asem, dink sy verwonderd. Die uittog van die siel. Is dit waar God dit kom haal? Of gaan dit vanself, gly weg buitentoe, waar die wind dit gryp en wyd loop strooi? Om nooit weer sy pad terug te vind na hierdie mens en hierdie liggaam nie. Selfs al slaan die reën dit hoe hard terug grond toe. Nooit.

Dis al geluid waarvan sy bewus is. Dié uitdoof van 'n asem. En die suis in haar ore. 'n Suis en 'n sug.

Tot die kind praat.

"Dô," sê hy.

Sy kyk na hom.

Hy't 'n groot kop, te groot vir die klein liggaampie. En kaalgeskeer, met letsels oor sy gesig en regteroor. Ou letsels van 'n lat of stok.

Sy het hom al gesien, besef sy verbaas. Hy's van die boemelaars daar langs die brug waar die taxi's stop. Rowwe, woeste mense. Altyd dronk. Gekoekte hare, toiingklere, gesigte pers gevlek van die goedkoop alkohol wat hulle stapel is. Dié kind hoort by hulle. As hy hiér is … Jirre, wat maak hy hier?

Hy ruik na seep. Nat handdoek om die lyf, sien sy. Die gastehuis s'n – spierwit met die krullerige letters op: Fluisterrivier.

Kytie kyk na die letters, sien die fyn rooi bloedsproei oor die luukse borduurwerk. Die spatsels bibber in die handdoek, hipnotiseer haar. 'n Duisend gedagtes vlieg tegelyk deur haar kop: Sy sien hoe wit en donsig die materiaal is. Háár handewerk. Sy wat Kyt is, sý hou die wasgoed so wit, vryf die vlekke uit, die geel oorwas, die make-up en ander goed. Sy en haar span skoonmaaksters hier by Fluisterrivier, die beste gastehuis van Upington, feitlik op die rivier gebou. En duur. Een nag kos meer as 'n maand se salaris.

En sy word goed betaal, beter as al die ander. En ordentlik behandel. Plus, die oorsese gaste gee groot tips.

Maar nou … nou's alles verby. Alles. Sy't pas die beste werk wat sy nog ooit gehad het, verloor.

Dan kom die woedende lawaai van die werklikheid terug – haar hart wat hamer, die tromslae van die donderweer, reën wat op die dakke dreun.

O, Jirre God, wat het sy gedoen? Wat, liewe Jesus? Wat nou?

"Hy's nie dood nie, hoor. Hy lê net," hoor sy haarself beslis sê. "Hy wil stout gewees het. Nou moet ons loop." Die kind se gesiggie is smal in die groot, kaal kop. Buiten die letsels oor sy oog en wang het hy omlope.

Kytie sluk die gal wat in haar keel opstoot terug en probeer beweeg, maar haar bene weier.

Die kind lyk nie vir haar reg nie. Sy oë is effe glasig, ooglede swaar. Te swaar. Sou die man hom dalk iets ingegee het?

Sy raak bewus van die gewig in haar hand. Die leeu. Sy kyk verbaas daarna. Jirre, dis die metaalbeeld op die tafel. Hoe kom dit in haar hand?

Een oomblik nog … gewone Saterdag. Die Duitse toergroep is weg vir die dag. Gelukkig. Sy maak vroeg klaar met die kamers, help Nathali in die kombuis. Net voor sy loop nog gou die skoonmaakgoed gaan bêre. Die mop is weg, sy moet hom iewers gelaat staan het. Kamer 9 dalk. Dit was haar laaste.

Sy klop ouder gewoonte, roep "Housekeeping!" maar die storm smoor die klank. 'n Rammeling wat jou tot in jou gebeente skud. Sy sluit oop, gaan in.

Die man binne hoor niks. Kaal bolyf sit hy, die dikgeswelde adder in sy skoot, sy groot hand om die kind se nek. Dwing die koppie af, af, af. Af na sy skoot.

Iets vreesliks wat in haar losruk. Sy gryp die eerste, beste ding. Mik vir sy agterkop.

Kytie kyk verdwaas na die bebloede metaalbeeld in haar hande. Sy los, laat val dit op die dik tapyt. "Kom!" sê sy en wil die kind se hand gryp.

Maar hy ruk weg. Die handdoek glip van hom af, wys die tingerige liggaampie – hol ribbetjies, die knopperige skouers, merke op die maag en … pas dan sien sy die mollige deining tussen die bene.

Dis 'n meisiekind!

Kytie trek haar hand weer terug. Daar's bloed aan, sien sy nou. Kolletjies oor haar polse.

Jirre, wat het sy aangevang?

Paniek.

Jy moes. Kytie, jy móés. Jy't dan gesien wat hier gebeur het, jy móés!

Sy kom weer tot verhaal, vee vinnig oor haar arms – sommer met die voorskoot, wat sy haastig losknoop. Sy moet hier uit. Dadelik. "Ek gaan jou niks maak nie," sê sy terwyl sy werk. "Ons moet weg van hierdie slegte man, hoor jy?" Die kind tree versigtig weg van haar, haar asemhaling vlak en vinnig, 'n verskrikte voëltjie.

Sy gaan nou enige oomblik skree, besef Kytie. Sy sal iets moet doen. Vinnig. Sy't 'n onkeerbare drang om te hardloop. Net weg. Die vlaktes in. Maar die kind. Hierdie hele gemorsbesigheid is die gevolg van hierdie kind!

Sy raap haar op. Die meisie skree – 'n dun, hoë klank wat in die stormlawaai verdwyn. En sy baklei, wriemel om uit Kytie se arms los te kom. "Hou op!" sis sy. Dan breek die kind weg uit haar greep, skarrel tot in die hoek van die vertrek waar sy in 'n klein bondeltjie gaan sit, armpies styf oor haar kop geklem.

Kytie kyk om haar: die groot dubbelbed, 'n sitgedeelte met sofa en leunstoele, die koffietafel waarop die metaalleeu gestaan het en skuifdeure na 'n balkon op die rivier.

Die man lê nog net so langs sy stoel. Geen teken van 'n asem nie.

En die beeld? Daar!

Dêm ding is swaar. Sy tel hom op en strompel deur toe. Haar moed wil haar begewe. Jirre, help my, sê sy hardop. Maar verniet, sy weet. Die Jirre is moeg. Veral vir haar en vir haar nonsens. Sy's lankal op haar eie.

Buite, in die rigting van die hoofhuis, lê die swembad plat onder die aanslag van die harde reën. Twee handdoeke het in die water ingewaai, dryf soos verdronke engele, dekstoele en sambrele oor die groot grasperk uitgesaai.

Sy skuif die glas oop en die reën stort woedend in. Met die leeu in beide arms tree sy oor die gladde, nat balkon en lig die beeld bo-oor die reling, kyk hoe dit in die vlak water plons en in 'n modderwaas verdwyn en hoe die riete weer toemaak.

Terug in die kamer probeer sy om die man te skuif, maar hy's heeltemal te swaar.

Los, besluit sy. Maak dat jy wegkom.

Sy gaan soek in die badkamer na die kind se klere, vind dit in die asblik: vuil, stinkende toiings. Daar sal iewers nuwes wees, dit sou by die kind se prys ingesluit wees. Tensy … tensy hy nie van plan was om haar weer terug te gee nie. Goeie God. Sy gaan haal die kind en trek vir haar die flenters aan met lomp, klam vingers. Dan gryp sy haar hand en trek haar saam by die voordeur uit, hardloop deur die reën na die stoorkamer toe. Haar handsak is nog daar.

Die stoorkamer is donker binne en ruik gelyk na aartappels en waspoeier. Dis waar die wasmasjiene en die ekstra kosgoed staan. Kytie druk die deur agter haar toe en leun met haar rug teen hom aan, probeer haar asem terugkry.

Buite klink daar 'n nuwe geluid bo die reën uit – 'n kar.

Sy maak die deur weer op 'n skreef oop.

'n Helse vier-by-vier kruip stadig by die stoorkamer verby. Sy ruit-veërs op topspoed, maar sy ligte af. Hy ry nie ontvangs toe nie, hy gaan stop direk voor kamer 9. Twee mans klim haastig uit en draf die paar treë tot by die kamerdeur, verdwyn na binne.

Wat nou?

O, Jirre, nou's dit tickets met haar!

2

Kaptein Albertus Markus Beeslaar moet sy ore behoorlik spits om te hoor wat sy grootbaas, generaal Leonard Mogale, vir hom probeer sê. Mogale is hoof van die groot Upington Cluster met ses polisiedistrikte wat aan hom rapporteer. Hulle sit in sy kantoor op die tweede verdieping van die hoofkwartier op Upington.

Buite raas 'n somerstorm befoeterd, gooi emmers water uit die hemele neer en klap sy sweep met knetterende kettings lig. Mogale doen geen moeite om sy moffelende basstem bo die rumoer uit hoorbaar te maak nie.

Nie dat hy wat Beeslaar is veel hou van wat die ou grote te vertelle het nie.

Inteendeel.

Mogale wil hom op 'n "delikate joppie" in die Kalahari uitstuur.

Beeslaar sit op die punt van sy stoel. Hy wil seker maak hy hoor reg. "U wil hê ek moet wát loop doen, spioeneer op 'n kollega?"

"Dis nie wat ek sê nie, man. Jy gaan net die temperatuur meet, as't ware."

"Temperatuur meet."

"Ja," sê Mogale. Onverstoorbaar. Hy het groot gholfbal-oë en dik ooglede. En die eienaardige gewoonte om die gholfballe effe om te dop wanneer hy sy oë knip, die onderste ooglid wat boontoe toemaak. En hy doen dit in slow mo, wat hom byna amfibies laat lyk, soos 'n padda wat sit en wag vir 'n lekker vet vlieg om verby te kom.

'n Vlieg soos ek, reken Beeslaar. Die "joppie" behels 'n soort recce-ekspedisie na 'n tradisionele gemeenskap op stamgrond sowat 200 kilometer noord van Upington, daar waar die uitgestrekte grasvlaktes van die Noord-Kaap die rooi sand van die Groot-Kalahari ontmoet. Die gemeenskap dreig om die gebied se polisiehoof hof toe te sleep vir 'n verskeidenheid klagtes wat wissel van nalatigheid tot korrupsie.

En as Beeslaar reg verstaan is die dreigement ook nie soseer die groot probleem nie. Soos altyd, is die probleem polities: 'n moerse politieke event wat vir die volgende naweek daar beplan word. Daar's sprake dat die president self gaan kom. Dis nog nie seker nie. Amptelik is dit die adjunkpresident, plus afgevaardigdes van die Verenigde Nasies, plus 'n klomp haai polaai ministers, 'n leërskare van buitelandse diplomate, al die San-leiers. Internasionale pers. Die hele wêreld se oë op Mogale se agterplaas. En nou's daar klagtes oor een cop wat alles en almal kan laat sleg lyk, wat die hele gedoente kan verongeluk.

"Met permissie gesê, Generaal, hoekom vat u nie net die man daar weg tot die politieke goed verby is nie?"

Mogale snuif en knip sy oë. "Ek wil hê jy moet eers die storie gaan uitluister. Kry 'n idee hoe ernstig dit is. Gaan dit régtig oor ons man, of is dit politiek? En wat is die potensiële skade. Dat ek 'n grip kan kry voor die week begin. Stil-stil. Net vir 'n dag."

"U besef dat ek eintlik op verlof is, Generaal."

"Dis net in en uit, man. Die gemeenskap is in drie faksies verdeel, glo. En dis een van daai faksies wat nou korrupsie skree. En rassisme. En al die ander r-woorde waaraan jy kan dink. En hulle kla dat die polisie daar die een groep teen die ander afspeel. En alles en wat ook al. Nou't hulle 'n prokureur aan die gang gesit wat dreig met formele klagtes en koerante."

"En … e … wat presies moet ék dan doen, die man probeer keer?"

"Die prokureurtjie kom my hierdie week sien. Dalk Maandag al. En hy bring sommer die pers ook saam."

"Maar ek ry vandag Johannesburg toe, Generaal. En … e … dan is daar dít." Hy stoot 'n koevert oor die lessenaar na Mogale toe. "Ek wou dit persoonlik kom aflewer. Want … e … ek was nie van plan om terug te kom nie. Ek maak nou klaar."

Mogale ignoreer die koevert.

"Kaptein Pieter de Vos," sê hy en knip sy oë, "hy's die man in beheer van die stasie op Witdraai. Hele paar jaar al. En daar wás al klagtes, maar daar't nooit iets van gekom nie. Maar hierdie slag, klink dit my, is dit serious. Die prokureur sê hy gaan hof toe. En die tydsberekening is sleg. Baie sleg."

Beeslaar kyk na die gietende reën buite. Tydsberekening is inder-daad sleg, dink hy. Hier sit hy, pas sy papiere ingedien, einde van sy lang pad in die Suid-Afrikaanse Polisiediens, op die punt om vir hom 'n nuwe lewe in Johannesburg te gaan bou. En sy baas wat nie bodder om die koevert oop te maak nie.

Hy worstel al 'n tyd lank met die besluit. Die polisie is sy tuiste. Dis al wat hy ken. En daar's nie foute met die plek waar hy nou is nie – lekker plattelandse dorpie in die gramadoelas, sy eie klein huisie waar hy 'n beaut van 'n groentetuin aangelê het. Rustig.

Maar toe swenk die lewe skielik – in die vorm van 'n kind. Sy eie!

En alles is skielik anders. 'n Kínd. Pienk klein babameisietjie, die be-langrikste ding wat nog ooit met hom gebeur het. En natuurlik is daar komplikasies, waarvan afstand maar een is. Sy's by haar ma, in Johannes-burg – meer as 600 kilometer van sy huis met die groentetuin. En as hy wat Beeslaar is haar lewe wil deel moet hy dit dáár loop doen.

So eenvoudig soos dit.

"Die koevert, Generaal. Ek gee my papiere in. Ek het gereken ek het nog ses weke opgehoopte verlof. En … ek het gedink ons kan dalk praat … miskien kan ek dit in my kennismaande inwer—?"

"Later," sê Mogale en vou sy hande oor sy breë maag. "Gaan tjek eers vir my hierdie ding uit. Dan kan jy gaan waar jy wil. Ek sal teken." Hy't 'n lae, iesegrimmige stem wat, tesame met sy kortgebakerde geaardheid en bruuske neigings, hom 'n spesiale bynaam besorg het: die Moegel. Dis 'n sameflansing van Mogale en "moegoe".

"Eintlik is my sake anderkant soortvan klaar gereël, Generaal."

"Jy's nog onder my bevel, Kaptein. En tot ek jou papiere geteken het, is dit soos dit is." Finaliteit. En 'n harde staar van die uitbol-oë.

Dan versag hy. "Kyk, dis net 'n dag. Daar's politieke druk van bo om hierdie … e … issue vinnig gesorteer te kry. Onthou, dis die hele wêreld se pers daar, volgende naweek."

"Politieke druk? Maar wat kan ék …"

Mogale hou 'n hand op: "Gee my kans, oukei? Een van die seniors in die San-geledere is dood dié week. Diekie Grysbors was sy naam. Die amptelike weergawe is dat hy gedrink was en op pad huis toe geval het. Op sy kop. En daar's bloeding op die brein. En volgende is hy dood. Nou: die gemeenskap en hulle prokureur hou kaptein De Vos verantwoordelik. Die oom was glo vroeër die dag in die selle op Witdraai. Vir huismoles. En na bewering hét De Vos hom getik. Nou beweer die prokureur dat die breinbloeding eintlik daar begin het."

"En De Vos?"

"Sê dis twak. Ken jy hom?"

"Nie juis nie," sê Beeslaar en hoop hy hou die afkeur uit sy stem. De Vos is lief vir sy eie stem. En vir grootpraat, bietjie van 'n Crocodile Dundee, te oordeel na sy kroegstories – dan's dit 'n spoegkobra, dan's dit 'n leeu – met hóm as die held in die verhaal.

"Reg," sê Mogale. "Die man is geen engel nie, dis seker so. Maar kom Maandag en die prokureur kom hier by my aangewals wil ek nie soos 'n parra in 'n blik sit nie. Ek wil weet wat die gemeenskap sê, hoe sterk die gevoel op die grond is, hoe die politieke winde waai, al daai klas van goed. En as dit die adjunkpresident – en wie weet dalk die president sélf – en die Verenigde Nasies en wat-wat se appelkar kan omneuk, moet ek dit weet. Die seremonie volgende naweek het te doen met 'n nuwe stuk grond vir die San en 'n multimiljoenrandse opheffingsprojek en daai klas goed. En dit kan alles uitneuk as ons nie dié ding uitgesort kry nie. Ek wil weet of ek moet ingryp en of dit net die San-faksie is wat politieke voordeel uit die gedoente wil melk. So, gaan gooi jy vir my 'n oor. Skryf 'n kort verslag. En dan praat ons oor jou … e … watsenaam." Hy pers sy vlesige lippe saam en knik na Beeslaar se brief wat voor hom lê.

"Met respek, Generaal. Hier's soveel bekwame ouens hie—"

"Man, ek vra jóú. My mense is besig met belangrike goed. Buitendien soek ek 'n buitestander. Een wat behoorlik Afrikaans kan praat, want dis al wat die San-mense daar praat. Dat ons verdomp die prokureurs en die pers uit die hele besigheid kan hou."

Buite is daar 'n helse slag, die blouwit lig van 'n bliksemstraal wat 'n oomblik lank oor die Moegel se donker gelaat dans.

As Beeslaar enigsins bygelowig was, was dit sy goddelike teken dié: stuur die generaal in sy moer en gaan klim in sy bakkie en ry. Los al hierdie kak, laat ander dit vir 'n slag uitsorteer.

Maar aan die ander kant …

"En wat as die San-mense reg is?" vra hy hardop.

Mogale gee hom die staar. Dan tel hy 'n dossier op. Die groot brok goud aan sy linkerpinkie glinster dof in die stormskemer. "Hulle is nie. Lees maar. Dis 'n dronk ou man wat oor sy eie voete geval het. Punt. Maar – en wat ek nou vir jou sê, bly tussen ons, verstaan?" Hy wag tot Beeslaar knik voor hy aangaan, sy stem wat met nog 'n oktaaf val. "Die San het al in die verlede 'n saak teen die Witdraai-polisie gemaak. En dit gewen." Hy sit die dossier weer neer en leun agteroor in sy stoel, druk sy twee hande se vingerpunte teen mekaar. "Tien, vyftien jaar gelede was daar 'n skietery en 'n jong San-spoorsnyer is noodlottig gewond. Dis voor my tyd. En voor De Vos se tyd. Maar die saak is sleg gehanteer en het op die ou end by die Menseregtekommissie loop draai. Twee poliesmanne van Witdraai is skuldig bevind. Maar ek sê weer, dis voor De Vos se tyd."

Beeslaar sug en kyk na die groot reëndruppels wat oor die buitege-boue se dakke swiep. Dit kom in vlae, asof iemand dit uit die wolke uit skud.

"Jy weet natuurlik," sê Mogale na 'n ruk, "dat jy nie verlof kan vat in jou kennismaand nie. En as jy voor die tyd loop, verloor jy jou volpensioen-uitbetaling. Onder meer. Ek sê maar. Dat jy dit weet."

Beeslaar skud sy kop – meer vir homself as vir die onbedekte afpersery. Hier is hy nou by die eerste vurk in die pad van sy nuwe lewe. Gaan hy hardegat speel? Of druk hy eers pause. Sommer op die eerste dag van sy nuwe lewe? Gaan Kalahari toe, gooi sy oog, skryf sy verslag. Skud die Moegel finaal uit sy sak. Hervat die res van sy nuwe lewe.

"As jy nou ry, Kaptein," por Mogale, "is jy vroegmiddag al daar. Heel betyds om die ou hoofman te gaan opsoek en hom uit te luister, ordentlik, gemanierd. Jy weet wat ek bedoel. Boek in by een van die lodges daar, drink 'n biertjie saam met De Vos. Môre is jy terug."

Beeslaar wys na sy bedankingsbrief. "En dan is my verlof gesquare, Generaal?"

"Gesquare," sê hy en skuif die dossier na Beeslaar se kant van die lessenaar. "Loop kry vir my 'n prentjie. Dat ek self kan ingryp as dit moet. En die saak uit die pers hou. Ek is wragtag nie lus vir nóg skandale en kak nie, as jy weet wat ek bedoel."

Beeslaar weet. Almal weet. Dit was nasionale nuus, die koerante jags vir weke. Die man in die middel was Henry Kotana, bevelvoerder by River Park, wat die spogbuurte van Upington bedien. Reg onder die Moegel se neus. Erger nog: Kotana was die Moegel se pronkperd, sy boykie. Die skandaal moes sy hart uitgeruk het. En dit was nie 'n hierjy-skandaal nie. Nee, Kotana was een van die hoofhonde in 'n reuse-smokkelnetwerk: diamante, wapens, hele boksemdaais. 'n Flambojante kêrel met al die regte politieke konneksies, pad boontoe met goud uitgelê. Die rykes van die dorp wat sy mantel wil soen en die politici wat hom met blomme bestrooi. En vir die armes was hy die lewende voorbeeld van iemand wat homself uit die krotte kan opwerk boontoe. Meneer Inspirasie.

Maar toe val die held. En trek 'n hele klomp senior manne in die polisie en die politiek met hom mee.

Mogale was gelukkig. Hy't ongedeerd uit die ding gekom. Maar duidelik nie onverwond nie.

"Kyk," sê hy, "op die oomblik het ek so 'n soort van 'n ... e ... mannekragsituasie. Lobatse lê in die hospitaal, gebarste blindederm of iets. Hy's eers Maandag weer terug. En Sithole en Gouws sit op Kimberley vir opleiding. En nou ja, toe kom jy nou hier aangesit. En beggars can't be choosers, hmm?"

Mogale maak 'n grom-hik – 'n laggie vir sy eie spitsvondigheid. "Net in en uit. Luister, kyk, kom terug en rapporteer. Dis al. Teen môreaand kan jy gaan waar jy wil."

Buite is die harde reën effe aan't bedaar en val die lawaai skielik weg, asof iemand 'n volumeknop afgedraai het. Beeslaar hoor die ou grootman se stoel kraak toe hy weer agteroor leun.

Hy kyk om hom rond. Dis nie 'n deftige kantoor nie – in vergelyking met dié van ander polisiehoofde. Die lessenaar is groot genoeg vir 'n aantal mandjies met lêers, 'n rekenaar en twee telefone. Ook 'n foto van 'n oorstelpte Mogale saam met die kaptein van Bloemfontein Celtics. En 'n kleiner een van 'n meer bedeesde Mogale en sy vrou, Gladys. Teen die muur is 'n foto van die mees onlangse polisiekommissaris en 'n grote van die president, wat met 'n gladde glimlag en blink brilglase toekyk op alle verrigtinge.

"Beskou dit as 'n interessante uitstappie," sê Mogale en probeer 'n mate van gemoedelikheid in sy stem bring. "Vir oulaas."

Beeslaar kyk na die dossier op die tafel, maar hy trek dit nie nader nie.

As die ou grote maar geweet het. Op hierdie oomblik is sy pos by 'n groot sekuriteitsmaatskappy in Johannesburg bloot 'n kwessie van 'n handtekening. Sy dae as eensame drol in 'n doodloopstraat by die sapd is so te sê getel. Koebaai kak, koebaai ondankbare job. Koebaai baas-wat-jou-net-net-verdra, hello goeie geld en vaste ure. Normale lewe. Naby sy mense.

Mogale stoot die dossier nóg nader aan Beeslaar. "Afskrifte van die saaknotas. Lees voor jy ry. Ek speel môre gholf. Maar my sel is heeldag aan. Laat weet sodra jy terug is in die dorp."

3 Seko

My naam is Seko.
Dit is my naam.
Nou.
Ek het al baie name gehad, ekke. Oralster waar ek heen geverdwaal
het. Nuwe plek, nuwe naam.
Niemand wat niks van my weet nie. G'n ma. G'n pa. G'n niks.
G'n niemand wat sê hy hoort hier by ons nie. Of hy kom daarvanaf nie.
Die mense sien nie vir Seko raak nie. Hy's vaal soos die wind.
Maar Seko kyk. Dis hy wat kan sien.
Sien wat niemand sien nie, want hulle het gevergeet hoe mens kyk.

Kyk vir die groter dinge.
Dié dinge word vir Seko oopgemaak.
Al daardie kennisse kom na hom toe.
Want die dooies praat met hom.
Die dooies wat in die maan gaan woon het.
Dit, sê hulle, is die dinge wat vir die kinders van |Kaggen verkeerd
geloop het.
Dit, sing die maanmense, is hoe die paaie vir ons toegegroei het.
Silwer, singende drade. Dis wat alle dinge vasmaak aan mekaar.
Stringe drade, stringe silwer lig.

Maar die drade is vir ons gebreek.
Ons dwaal soos warrelstof. Warrel, dwarrel, dwaal.
Die Boesman het sy plekkietjie geverloor.
Sy hele Boesmangeit.

Seko wil die mense waarsku, maar hulle lag vir hom soos jakkalse.
Lag vir Seko uit. Sê daar's 'n gaatjie in sy kop, sy verstand lek uit.
Net soos die watergooi-maan. Sy emmertjie is nie vol nie.
Hy moet weg, voertsek weg. Mal ding.
Maar hulle weet nie wat hulle doen nie.
Hulle sien nie die groter dinge nie.

4

Beeslaar sit agter die stuur van sy splinternuwe tweedehandse Toyota Hilux double cab. Hy's op die R360, seker een van die verveligste paaie suid van … wat?

Die Noordpool, tien teen een.

Tweehonderd kilometer van naakte niks. Vir so ver die oog kan sien. En 'n pad so reguit soos 'n liniaal. Eindelose reguitgeid en platgeid en niksgeid. Tot jy die Kalahari tref: niks met sand op.

Hy't die afgelope uur nog geen ander verkeer gesien nie – buiten 'n eensame donkiekar wat langs die pad gestaan het, die donkies met draaiende ore nog steeds in die tuig, maar geen teken van die ryers nie.

Die termometer op sy paneelbord wys 42 grade, maar sy nuwe tweedehandse bakkie het aircon. So hy's min gepla. Hy sit die radio aan, maar kry net gesuis. Geen ontvangs. Hoe ver is 'n plek uit die bewoonde wêreld weg as daar nie eens radioseine uitkom nie. Die truspieëltjie wys wolke. Dis die swaar storm wat hy net onder 'n uur gelede op Upington agtergelaat het.

Vorentoe is daar g'n snars van 'n wolk te sien nie. Oop hemel, wit geskroei van die son.

Hy kan steeds nie glo hy't vir die Moegel se truuk geval nie. Maar hier sit hy nou, op een van die mees godverlate vlaktes op aarde. En meantime moes hy op 'n vliegtuig Johannesburg toe gesit het. Om met sy nuwe lewe te begin. Weg uit die groef en gemak van sy plattelandse bestaan. Die gerieflike voorspelbaarheid.

Hy's op die punt om 'n blikkie Coke oop te trek toe die bakkie skielik ruk en gevaarlik swenk. Hy lig dadelik sy voet van die petrol, probeer die stuurwiel stabiliseer.

Dan hoor hy dit: die klap-klap-klap van 'n gebarste band. Hy swets en trek van die pad af. "Van alle plekke," sê hy kliphard. Van alle vervloekte plekke.

Upington lê honderd kilo's agter hom en die volgende dorp lê 'n honderd-en-iets kilometer noord. Niks tussenin nie.

Hy skakel die enjin af en klim uit. Die hitte is 'n vuishou vol op die bors en hy voel dadelik hoe die sweet uit sy vel uit opslaan.

Dis die linkervoorwiel, sien hy. Flenters.

Sug.

In hierdie hitte.

Maar hy beter sy stert roer. Hoe vinniger hy klaarkry, hoe gouer is hy uit die hitte.

En hy wil ligdag nog in die Kalahari aankom, dalk al 'n begin maak met die gepratery. En die geluister, soos Mogale beveel het. Luister met 'n vreedsame oor. Met respek en gemanierdheid by die San-leier. 'n Gevoel kry vir die vlak van beswaardheid. Sensitief, simpatiek, suutjies-trap. Al daai simpel s-woorde wat hy deesdae so gedienstig en onderdanig smous. Hy, die laaste van die bleekgesigte, die ouskooldinosourusse wat knypstert rondsluip, op eiers, koes-koes om die politiekgelaaide gaaie.

Hy stap om die bakkie en sluit die splinternuwe kappie oop wat hy onlangs laat opsit het. Binne-in is 'n houtkis – spesiaal vir hom gemaak – met 'n uitgebreide stel gereedskap in, juis met die oog op situasies soos dié: 'n onklaar voertuig in die middel van nêrens.

En die nommer een stuk gereedskap is 'n ordentlike domkrag, van die hoogoptel soort.

Behalwe dat syne nie daar is nie!

Kannie. Hy krap tussen die ander gereedskap rond – 'n graaf vir vassit in die sand, onder meer, 'n byl om takke weg te kap as dit moet. Maar hy kry niks. G'n spoor van die domkrag nie.

Hy's dadelik kwaad. Met brute krag lig hy die swaar gereedskapkis op en sit hom eenkant neer, lig die rubbermat.

Niks.

Sy bloed kook. Waar kan die verdomde ding wees? Hy moes getjek het voor hy vanoggend vroeg by die huis weg is. Maar sy kop was op 'n ander plek.

Hy moes net Upington toe ry en sy brief by die baas aflewer. Twee maande kennis, waarvan ses weke opgehoopte verlof. Koebaai Meraai.

Beeslaar sug en kyk oor die witgebleikte vlaktes om hom. Hierdie ding sal hom nou leer: jy tjek jou voertuig. Al ry jy net kafee toe!

Hy buk weer terug onder die kappie in. Dan maar sukkel met die bakkie se standard issue-domkrag. Dis 'n ellendige ding, heeltemal te petieterig vir die volle gewig van die 1.5-tonner.

Maar dis óók weg!

En skielik onthou hy: sersant Johannes Ghaap het vroeër die week gevra of hy 'n domkrag kan leen. Daar was 'n probleem met een van die stasie se voertuie.

Swernoot!

Beeslaar staar na die leë holte in die bakwerk waar die domkrag behoort te wees. Hy laat val die deksel, gaan soek onder al die sitplek-ke in die double cab, lig tot die rubbermatjies uit en gooi hulle op die grond, skuif die sitplekke verwoed heen en weer. Maar dis useless. Hy haal sy selfoon uit, bel Ghaap se nommer.

Dis eers toe hy die piep hoor dat hy besef hy's buite seingebied.

Nou pak die egte woede hom. Hy moet hom keer of hy gooi die selfoon teen die vuurwarm teerpad stukkend. Bliksem! Fokken bliksem! Fokken bliksemse bliksem. Maaifoedie!

Ghaap gaan kak as hy hom in die hande kry.

Hy gaan maalvleis wees. En hy wat Beeslaar is, gaan hom braai en hom vir die honde voer.

5

Kytie kyk stip na die groot viertrekvoertuig wat voor kamer 9 geparkeer staan. Sy het die deur van die stoorkamer op 'n skrefie oop, net genoeg om te sien wat gaan aan.

Buite het die reën nou skielik opgehou. Die son breek rooi-oog deur, gooi 'n vreemde oranje gloed oor Fluisterrivier se tuine en geboue.

'n Onheilslig, dink sy. Oordeelsdag-lig. As die hemele só lyk, het die oumense gesê, moet jy oopoog kyk. Luister vir die veraf gedreun. Dis die hemel se tromme wat so geslaat word. Net nou maar kom daar engele uit die goue gloed, jy sal sien. En agter hulle aan kom Jesus. Kort op sy heilige hakke kom God en die Heilige Gees. Wat die skape van die bokke sal skei. Hoe bang was sy kleintyd vir hierdie Heilige Gees-lig. Want sy was maar altoos 'n bok, nie een van die uitverkore skapies nie.

Nee, sy wat Kytie Rooi is, sy was net uitverkore vir kak.

Kytie skud die simpel herinnering uit haar gedagtes weg en maak die waskamerdeur 'n bietjie wyer oop. As sy wil padgee, moet sy nóú. Sy én die kind, wat sy nog heeltyd styf agter haar vasgedruk hou.

Maar dan kom die mans by kamer 9 uitgestap. Tussen hulle sleepdra hulle die Duitser. Op 'n afstand lyk dit of hulle 'n dronk ou pêl uit 'n kroeg uit dra.

Maar Kytie weet van beter: hulle sleep 'n dooie weg.

Maar vir wat?

Wie is hulle? En wat wil hulle met 'n lyk maak? Of vat hulle hom hospitaal toe?

Sy dink nie so nie. Die manne lyk nie reg nie. Hulle kyk skelm, loer oor hulle skouers terwyl hulle die Duitser sommerso op die agtersit-plek inbondel. Die bestuurder wat vir oulaas nog rondkyk, sy blik wat 'n sekonde lank in die rigting van die stoorkamer vashaak. Dan klim hy haastig in.

Kytie druk die stoorkamerdeur toe, bly roerloos staan tot sy die swaar enjin hoor aangaan en die voertuig haastig wegry.

Liewe Here, dink sy. Wat nou?

Wat maak sy nou?

Vlug. So ver en so vinnig sy kan.

Sy gryp een van die skoon handdoeke wat in netjiese stelle op die rakke uitgepak lê, droog haarself en die kind af. Die nat handdoeke stop sy in die wasmasjien. Sy neem 'n uniformkeps van die rak af en druk dit op die kind se kop. Die ding is te groot, hoort by die skoonmaaksters se uniforms en sak tot oor haar oë, maar so moet hulle nou eers klaar-kom, want kind is minder herkenbaar met 'n keps. Dan gryp Kytie haar handsak en die kind se hand.

Hulle stap vinnig met die modderige klein grondpaadjie af wat deur 'n groot lap wingerd na die ingangshek van die gastehuis lei. Buite die hek is die teerstrate breed en netjies, die buurt deftig.

Gelukkig is dit stil ná die swaar storm en hulle loop ongemerk tussen die plasse water in die pad deur, koes verby groot bome weers-kante met blink, druppende blare.

Sy begin eers behoorlik asemhaal toe hulle uit die buurt en nader aan die dorp se winkelgebied is.

"Wat's jou naam?" vra sy die kind.

Sy kry nie antwoord nie.

Kytie skud die handjie wat sy vashou liggies. "Toe, sê vir antie Kytie, wat's jou naam?"

"Tienrand," kom die antwoord saggies.

Kytie gaan staan.

"Dis g'n naam nie. Jou regte naam."

Die kind kyk op na haar met snaakse, leë ogies. Effe skeel, onpaar kleure. Is sy dalk 'n FAS-kind? Sou Kytie nie verbaas nie – die kind se ma is aldag-heeldag dronk. Sy sou nie ophou net oor sy swanger is nie.

Tog ... Tienrand?

Goeie Jirre. Dalk is dit al woord wat sy ken? By die grootmense gehoor as hulle bedel? Of het hulle dit vir haar geleer? Of is dit wat hulle charge om haar uit te leen? Aan morsige groot mans?

Jirre.

En wat moet sy wat Kytie is nou maak? Haar nou terugvat na haar mense toe?

En om wat te sê? Hier's die kind wat julle aan die Duitser uitge-verhuur het. Ek het die man doodgemaak sodat ek ...

Jirre God.

Kytie trek haar kopdoek laag oor haar oë en begin weer aanstap. Tot by die taxi-staanplek by die Spar.

Kan sy dit waag om huis toe te gaan? Sal Koos by die huis wees? En wat sê sy vir hom?

Daar kom goddank 'n taxi verby, propvol. Sy bied aan om op die gear box te sit, die kind staan tussen die gaatjieman se bene. Die gaatjie praat nie terug nie, vat net die geld en dwing die deur agter hulle toe. Binne is dit bedompig en ruik dit na nat hond.

Daar's geen plan in haar kop nie. Daar sit net skrik.

By die ingang na die lokasie klim sy af. Sy's verbaas dat die kind so inskiklik is. Is dit oor sy dalk drugs inhet? Of is dit maar onnoselheid?

Sy trap in 'n groot modderpoel met die afklimslag, staan tot by haar enkels in die water. Sy's te suf om haar te vererg. Sy lig net haar voete en slof maar weer uit. Haar skoene dreig om van haar voete te glip en sy buk, gooi die water uit en maak die veters stywer vas.

Die kind woel aan die keps op haar kop. Sy wil hom aanmekaar af-trek, maar Kytie keer. Dis beter dat niemand haar gesig mooi kan sien nie. Haar herken nie.

Dalk soek iemand haar. Dalk een van haar ma-goed se mense, iemand wat darem bietjie uitkyk vir haar. Of die polieste, dalk. Ag, dalk kan dit ook niemand skeel nie.

Dalk, dalk, dalk. Dalk is 'n dooie donkie, het Kytie se ma altyd gesê. Hy sal vir jou aftrek tot jy dood langs hom lê. Jy beter betyds afsaal.

26

Sy begin haastig aanstryk huis toe, trek die kind agterna. Haar kop maal en raas. Watse kontant het sy by haar, genoeg om iewers heen te gaan? Natuurlik nie. Payday is eers aanstaande week.

En waantoe gaan sy, nogalster? Die plaas is uit – kwessie van verbrande brûe. Sy't hoe lank laas met Ma-goed se mense gepraat.

En wat word van haar werk?

Sy mag dit nie verloor nie. Die werk is al wat sy het. Al ding wat staan tussen 'n dak oor haar kop en die straat. En dis 'n goeie werk. En sy werk ekstra hard, is trots op alles wat sy daar doen. Haar paar hande staat reg vir enige ding. Enige ding.

Sy loop verby die eerste klomp huise en swenk 'n wye boog om die buurt se polisiestasie. Dan af in haar eie straat, Koljander. Dit krioel van die kinders wat raserig en vol opgehoopte energie buite speel na die reën. Hulle hardloop deur die poele wat oral in die grondstrate staan, kyk wie die hoogste modderfonteine kan skop, koggel en jaag mekaar jillend.

Kytie se huis is een van drie sinkhokkies in die agterplaas van 'n HOP-huisie. Dis klein, net drie by ses, maar dis bekostigbaar. In die winter is dit koud en in die somer bak hy vir jou kaiings. Een latrine op die werf wat almal deel. Een waterkraan. Maar dis orraait. Hulle kom reg.

Die werf is stil sien sy toe sy daar aankom. Koos sal maar op sy gewoonlike pos wees: Jimmy's Tavern. Met watse geld weet sy nie. Sy't niks vir hom gegee nie en sy disability is vroeg in die maand al op. Maar altemits was daar 'n los werkie of 'n ietsietjie vroeër die dag. Miskien by die ou wedevrou in die grootdorp by wie hy soms Saterdae mag onkruid trek.

Kytie gaan in en trek die kind vinnig agter haar in. Dis donker binne en sy steek 'n kers aan. Hulle het vir twee maande al nie elektrisiteit nie.

Tolletjie Berends, die eienaar, vat nie nonsens van huurders nie. As jy nie betaal nie, word jy afgesny of uitgeskop. Soos dit reeds is, klou sy en Koos nog maar net-net vas. Twee van die bure is die vorige week uitgesit. Hulle was net twee weke oor die tyd, toe word hulle sinke en planke en primus op die sypaadjie uitgegooi.

Sy hoor vir Queenie langsaan, besig om 'n kleintjie te sus.

"Kom," sê Kytie vir die kind, "sit jy eers bietjie hier." Sy druk haar plat op die enigste stoel in die vertrek. Buiten die stoel is daar die bed en 'n rak vir kombuisgoed. En die houtkis waarin sy wintersgoed bêre, ook haar begrafnisboek, ID en 'n paar ou kiekies. Tot Krismis het die TV nog bo-op gestaan. Maar in die lang, blikners tandebytmaand van Januarie moes Kytie hom weer verkoop.

Die plek is te klein vir 'n ordentlike mens, het Koos gesê toe hulle hier intrek. Maar dis net tot hulle weer op die been is, het hy beloof. As hy net weer kan werk kry, sal dinge beginte opstaan vir hulle. Opstaan se maai. Van hy sy ongeluk op die bou-site gehad het, wíl Koos nie meer werk nie. Tande natgooi by die tavern is al wat hy wil doen.

Sy kniel onder die bed in en stoot 'n tas eenkant toe. Daar is 'n los plankie wat sy oplig om 'n gekreukelde plastieksak uit te haal. Binne-in is 'n beursie met drie twee honderdrandnote en 'n goue ring aan 'n riempie. Sy steek die note voor by haar rok in en maak die ring om haar nek vas.

Dan gaan sit sy op die bed en tel die kind op haar skoot. Die kleintjie is al baie kalmer, het heeltemal mak geword. Kytie druk haar liggies teen haar vas. Dit voel goed. So 'n kinderlyfie teen haar aan. Wanneer laas het sy dit gevoel? Eeue. So 'n klein ou lyfie. Hoe oud sou sy wees? Moeilik om te skat. Sy lyk tussen vier en vyf, maar Kytie vermoed sy's ouer, nader aan sewe se koerse.

Sy sug en tel die kind vinnig af. Beter om nie nou vol gedagtes te raak nie. Laat die ou dinge met rus. Daar's genoeg probleme van nou.

Daar's 'n klop aan die deur.

Dis Queenie van langsaan. Kytie roer nie.

"Antie Kyt? Ek wil net gehoor het of Antie gou die kleintjie kan vat?"

"Loop vra vir Maatjie, Queen. Ek's nie lekker nie."

"Kan ek inkom, Antie?"

"Loop vra vir haar."

"Hulle's dan begrafnis toe, het Antie vergeet? Dis net 'n paar minute, ek moet mos vir Ouma loop kry. Ek's vinnig terug. Ant Kyt?" Sy wikkel aan die deurhandvatsel. "Vir wat sluit Antie die deur?"

Kytie druk die kind eenkant toe en gooi die grendel van die deur af. "Ek kán nie nou nie, Queenie!"

Queenie deins terug en Kytie is onmiddellik spyt. Hulle kry genoeg slae, hulle vrouens hier. Is nie nodig dat hulle mekaar ook verniel nie.

Sy trek die deur oop. Queenie kyk verbaas na die kind op die bed, maar sê niks.

Dis ook nie nodig om iets te sê nie. Queenie kan mos aanvoel dat daar moeilikheid is. Hulle is maar so fyn vir mekaar ingestel, die vrouens van die jaart.

"Watse geld het jy by jou, Queen?"

"Hoe bedoel Antie dan nou?"

"Het jy of het jy nie, Kwin? Ek het nie tyd vir uitlegte nie. Ek moet 'n groot ding loop doen – wat geld kos. Kan jy help?"

Queenie se oë rek. "Hoeveel dan, ant Kyt?"

"Alles wat jy het. Wat jy kan spaar. Ek moet … gaan. Weg. Heeltemal weg. Verdwyn-weg. En jy mag niks vir niemand sê nie."

"Wat dan van oom Koos? Waar's hy?"

"By die Tavern, waar anders? Jy moet nie oor hom worrie nie. Hoe minder hy weet, hoe beter. Jy sê niks."

Queenie se mond gaan oop, maar daar kom geen geluid uit haar nie.

"Kwinnie-kind, jy moet nou mooi luister vir jou antie. Ek soek twee dinge van jou, hoor jy? Hóór jy?"

Queenie kom by en knik haar kop hard.

"Ek soek jou hele cash, alles wat jy op jou lyf het. En ek soek 'n stel klere vir hierie kind."

"Wie se kind is dit dan, Ant—"

"Daar's nie tyd vir dit nie. Kan jy my help? Of wag, los."

Kytie haal 'n groot skouersak agter die stoel uit. Van 'n haak agter die deur haal sy haar fliestrui en 'n overall-jas af en prop dit in die sak, saam met 'n driekwart brood en 'n halfliterboksie melk.

"Wag, ant Kyt," sê Queenie.

"Daar's nie tyd nie, Kwin. Al wat ek vir jou kan sê is dat … hierdie kind word lelik geverniel. Seksverniel. Ou, witmansverniel. Dis … al. Ons moet weg." Sy trek die kind op en gooi die sak oor haar skouer.

29

"Wag, Antie, ek het 'n paar pants en skoentjies vir die klong. En 'n geldjie."

Queenie verdwyn en 'n oomblik later hoor Kytie haar goed rond-skuif in die sinkhuisie langsaan. Sy kyk vir oulaas rond. Is dit die laaste keer dat sy hierdie plekkietjie van haar en Koos sien? Sy's verbaas dat sy nie iets voel nie. Altemits oor sy niks oor het om te voel nie.

Toe sy buite kom, gee Queenie vir haar 'n Shoprite-sak. Kytie omhels haar en druk haar 'n oomblik lank hard vas.

"Die geldjie is in 'n koevertjie, Antie. En daar's 'n founnommer ook. Iemand wat sal help. Sy bly daar in die Kalahari by die Boesmans. Bel vir haar. Antas. Sy sal vir jou uitkyk."

"Dankie, Kwin. En as die mense my soek, sê maar, sê maar … niks."

"Ek weet dan niks, Antie."

"Jy hoef nie oor my te loop staan en lieg nie. Ek wil nie vir jou ekstra probleme gee nie. Jy't klaar jou las. Maar jy moet weet … ek wil net keer, hierdie slegte goed."

Queenie se oë blink. "Dis 'n sleg ding wat gebeur het, nè, Antie?"

"Koebaai, Queenie."

Dan gryp Kytie die kind se handjie en stap haastig weg.

6

Dis lank na lunch-tyd toe luitenant-kolonel Cordelia Koekoes Mentoor die laaste e-pos vir die dag wegstuur. Sy't die oggend ingekom om admin in te haal, maar sy kom nie voor nie. Sy dink nie sy gaan ooit die punt bereik waar sy met 'n skoon lessenaar kan huis toe gaan nie.

Dis haar tweede maand hier in River Park, langste twee maande van haar lewe. Of was dit die kortste?

Voel soos gister dat sy haar promosie gekry het en as nuwe bevelvoerder hier ingestap het. Maar dit kon net sowel ook 'n eeu gelede gewees het.

'n Eeu sedert sy laas behoorlik geslaap het. Of 'n behoorlike maaltyd ingekry het. Of die gras in haar voortuin gesny het. Of haar toonnaels geverf het. Die werk het alles ingesluk. Sy's by die diepkant van 'n haaitenk ingesmyt. En sy moes trap dat dit bars om haar neus bo water te hou, newwermaaind die haaie.

Die personeel wat sy geërf het, is hoofsaaklik mans. Harde kêrels wat nie 'n pipsqueak vir 'n baas wou hê nie. Sy was nog skaars daar, toe's daar 'n storie versprei dat sy die Moegel se skelmpie was en slegs bevorder is om die vrouekwota en die Coloured-kwota op te druk. En erger nog: dat sy meegewerk het aan die skouspelagtige ondergang van haar korrupte voorganger.

Kolonel Henry Kotana was, om die minste te sê, 'n lewende legende. Lang, atletiese man met die gesig van 'n filmster en die persoonlikheid wat daarmee saamgaan. Selfgemaak, uit die krotte gekruip en sy pad deur die range op boontoe oopgecharm, 'n toekoms só blink jy't Ray-

Bans nodig. Hy was die rolmodel wat min of meer op water kon wandel en in die pers was hy bekend as Captain Crime Buster. Daarteen gemeet was Koekoes hoogstens kaptein koejawel.

Om nie te praat van haar vertikale gestremdheid nie. Sy's korter as die tuindwerg in haar ma se dahliabeddings. Jy't eenvoudig g'n gesag as jy op 'n stoel moet staan om dit af te dwing nie. En dan het sy nog so 'n hoë stemmetjie ook.

Maar sy't haar bek gehou en aan die werk gespring, pipsqueak ofte not. Henry Kotana het groot skade aangerig, veral onder die mense wat na hom opgesien het. En by uitstek die mense by hierdie stasie.

Sy't die taak van agter af aangepak, eers die klein jakkalsies begin vang. Goed soos posvlakverhogings en oortydvoordele wat al lankal deur moes gewees het, die rompslomp en gesleur met mediese eise en siektetoelaes. Daarna die fisieke skaafplekke – kleiner goedjies soos stukkende toilette, lendelam stoele en lessenaars en aircons wat gaar is. Daarna beweeg na die groter dingetjies, onklaar voertuie en verouderde rekenaars. Sy't die begroting gerek tot op sy nate toe, dat hulle sien daar's 'n pluskant met 'n vrou as baas. Eers dan sou sy aan hulle harte begin werk, die agterdog en wantroue onder mekaar … oor wie's die Moegel en die blouluise van OPOD se spioene, wie was Kotana se skootknapies. Maar sodra dit uitgesorteer was, sou sy hulle oor die vernedering van die skandaal help. Help kop oplig. En uiteindelik dalk aanvaarding kry, die stories en seksisme nek omdraai.

Sy is nog nie daar nie, maar die vyandige atmosfeer het 'n aks bedaar. Dit voel sy aan haar afgematte bas.

Sy's net op die punt om haar koffiemasjien aan te skakel toe haar selfoon lui.

Die grootbaas: Mogale.

"Ja, luister, Mentoor," brom hy met die intrapslag. "Jy moet kom uithelp met 'n probleem by 'n gastehuis," sê hy. "Daar's 'n Duitser wat soek geraak het – toeris. Hy't 'n kamer vol bloed agtergelaat."

"Ek's toevallig op kantoor, Generaal. Kan binne drie minute daar wees."

"Plek se naam is Fluisterrivier."

"Ek kom dadel—" Maar hy't reeds afgelui. 'n Oomblik lank staar sy na die dooie foon in haar hand. Dan kry sy haar pistool en haar handsak en sit die rekenaar af.

Sy ry in die rigting van die groot, bruin Garieprivier wat dwarsdeur die dorp loop. Sy probeer om nie te veel oor die onverwagse oproep na te dink nie, maar haar gedagtes vat hulle eie koers. Hoekom vra die Moegel háár? Hy't 'n hele garnisoen senior speurders onder sy neus. In dieselfde gebou.

Daar's heelwat gastehuise teen die rivier af, veral hier in die meer ge-goede deel waar baie van die grootste huise in luukse gastehuise omskep is, kompleet met swembaddens, bevaringde tuine en uitsigte oor die rivier.

Sy draai in by 'n hek waarop die naam Fluisterrivier in groot, krul-lerige letters aangebring is. 'n Bruggie oor 'n leiwatervoor lei na 'n tweespoorpaadjie in 'n lang laning dadelpalms met wingerde weers-kante. Vorentoe lê die moderne klip-en-glasstruktuur van die gastehuis op die hoë rivieroewer.

Mogale is reeds daar. Hy's 'n groot man met 'n behoorlike maag, dik arms en 'n rol vet in sy nek. Daar word baie gemor oor hom, oor sy barsheid en ergerlikheid. Maar sy weet onder al die gebrom en geblaas sit daar 'n goeie hart.

By ons is konstabel Eunice Leratho. Sy is 'n stewige vrou met donker sonvlekke op haar wange en 'n groot gaping tussen haar twee voortande, wakker oë. Sy begelei hulle onder 'n druppende koorsboom deur en verby 'n visdam waarin 'n spuitfontein blymoedig gorrel.

Die vermiste toeris, verduidelik Leratho, is een van 'n groep Duitsers wat vir die dag op 'n bootvaart sou gaan. Maar hy't vermoedelik op die laaste nipper gekanselleer, want niemand by die gastehuis het geweet hy is tuis nie.

Die eienaar van die gastehuis ontvang hulle by die voordeur. Estelle Schoonraad is 'n lenige donkerkop met lang naels en baie maskara. Stringe kettings en krale om haar nek en arms.

"Hierdie is net awful, Generaal," sê sy en stryk met die naels oor haar halsversierings. "Dis in kamer 9, professor Zimmerman se kamer. Ag, dis awful, áwful!"

33

Die professor blyk 49 jaar oud te wees, werk en woon in München, Duitsland. "So 'n gawe man," verseker sy hulle, "regtig nice en … e … beskaaf. Ek verstaan net nie … Ons het nog nooit sulke goed hier gehad nie. Hierdie is darem nie exactly Johannesburg nie, u weet."

"Hoe laat het u agtergekom professor Zimmerman is weg?" wil Mogale weet.

"My assistent, Nathali Venter, sy was aan diens. Daar was 'n aantal oproepe vir hom. En Nathali … arme ding, sy's só geskok. Sy't 'n boodskap na sy kamer toe geneem en toe's die deur oop. En sy kom op die … Ag, dis blerrie ghastly!" Haar rooi mond bewe. "En dis sleg vir die bedryf, die hele toerismebedryf. Die crime in hierdie land, dis … dis … Dit maak 'n mens so … Dit vat net alles oor."

"Die hek by u ingang," vra Koekoes, "is dit gewoonlik oop?"

Die vrou kyk verontwaardig na haar. "Nee, dis nié gewoonlik oop nie. Maar danksy Eskom en al die kragonderbrekings is die motor in sy maai in!"

"Ek sien," sê Mogale en kyk na Koekoes. "Dan moet ons dalk die kamer sien? Hoe gouer ons kan begin soek, hoe vinniger kry ons hom."

Die vrou lei hulle na 'n groot eetkamer met 'n glasskuifdeur wat uitsig bied oor die tuin en die rivier. Links is die gebou wat die "luukse suites" huisves. 'n Breë stoep verbind die ry kamers – nege in totaal. By elke ingang is daar 'n klein tafeltjie en twee leunstoele van spierwit rottang.

Hulle stap haastig na die verste kamer waar 'n man in uniform op aandag spring sodra hy Mogale gewaar. Estelle Schoonraad loop voor. Haar sandale het platforms en hemelhoë hakke – maklik 15 sentimeter, reken Koekoes. 'n Normale mens sou krukke en kieries nodig gehad het, maar sy het die kuns bemeester, al laat dit haar effe na 'n haastige kameelperd lyk.

"Hulle het Donderdag gekom, die groep," roep sy oor haar skouer. "Uit Namibië uit. Upington is mos 'n gerieflike middelpunt as die ouens nog wil Kruger doen of Kaap toe gaan."

By kamer 9 aangekom, sê Mogale mevrou Schoonraad moet liewer buite wag. Sy lyk diep dankbaar en sak in een van die rottangstoele neer.

Die bloedspoor, sien Koekoes, begin al by die voordeur.

Mogale wys sy moet voor loop en hulle twee loop versigtig na binne, pynlik bewus daarvan dat die toneel al klaar erg versteur is deur almal wat die middag al daar in en uit is, verskillende soorte skoenmerke duidelik sigbaar.

Daar's 'n klein portaaltjie, met die badkamer na regs en spore wat daar in en uit loop. Die bad het nog water in. Koekoes steek haar hand in. Koud.

Die res van die plek is erg omgekrap, asof iemand baie hard na iets gesoek het. En tien teen een nie die nodige samewerking van die inwonende gas kon kry nie. Professor Zimmerman – Hermann – het vermoedelik mildelik bloed moes skenk. Dalk selfs al vyf liter in sy lyf.

Koekoes hurk by 'n dik plas bloed. "Lyk of hy hier geval het – dalk hier lê en bloei het voor hy weggedra is."

"Net na hy sy broek en sy onderbroek uitgetrek het?" Mogale wys na die hopie klere langs die leunstoel.

"Dalk wou hy bad of iets. Hoe ook al, hier's al taamlik voete hierdeur. Forensies gaan sukkel."

"En dié?" Daar's 'n kol water net regs van die bloed. Hy wil nader gaan, maar Koekoes keer. "Whou, Generaal. Ek dink ons moet maar spore spaar."

Sy leun vorentoe, steek 'n vinger in die vloeistof en ruik. "Urine? Jissie, dis vreemd."

Sy't handskoene aan, maar vee nogtans die vingers aan haar broekspyp af. Agter haar hoor sy hoe Mogale bel en opdrag gee dat die forensiese man sy gat moet roer. "Maak nie saak waar's hy nie. Soek hom!" Hy draai om na haar.

"Ek gaan weer met die eienaar praat. Jy oukei?"

"Ek's oukei," sê sy en glimlag dapper. Maar sodra hy uit is, skep sy diep asem, blaas die lug ergerlik weer uit. Sjit-sjit-sjit. Hoe't sy nou hiér beland? Daar's klaar meer hooi op haar vurk as wat 'n tientonlorrie kan laai. Hierdie ding val heeltemal buite haar stasie se gebied. Ook buite haar persoonlike ervaringsveld. Sy's in die eerste plek nie 'n speurder nie. Het nooit die opleiding gedoen nie. So, hoekom het die Moegel juis

vir háár gebel? Dalk oor hy weet sy's die enigste idioot wat elke Saterdag
op kantoor sit.

Sy skud haar kop.

Oukei, wat's missing hier, afgesien van die lyk, as dit 'n lyk is. Wat
nog – 'n selfoon, tablet, 'n rekenaar of so iets. Op die oog af, geen teken
nie. Volgende: die balkon wat oor die rivier uitkyk. Katvoet loop sy tot
by die groot glasdeur, bedag daarop dat sy nie in die bloedmerke trap
nie. Daar's 'n vatmerk op die glas. 'n Klein handjie – dalk 'n vrou of selfs
'n kind? Die houtdek buite is nog glibberig na die reën. Sy loer oor die
reling, sien die riete wat in die vlak water staan en wieg. Geen teken van
'n liggaam nie. Die rivier moes kwaai gestyg het na die storm, dalk het
die stroom dit reeds gevat.

Terug in die vertrek maak sy die klerekas oop. Daar's klere, 'n paar
tekkies en 'n kamerasak met lense in. Moewiese lense, sal bitter duur
wees. Maar geen kamera nie. Ook geen skootrekenaar of ander elektro-
nika nie.

Wat nog? Paspoort, beursie, kredietkaarte.

Sy soek versigtig in die broek wat op die grond lê. Net 'n pakkie
tissues. Oukei, dan wás dit roof?

So, wat het van die professor geword? Weggedra? Self opgestaan en
uitgeloop? Dalk hulp gaan soek, maar dit nooit tot by ontvangs gemaak
nie. Maar hoekom nie bel nie? Dalk was hy gedisoriënteerd, die bloed
heel moontlik uit 'n wond aan die kop?

'n Kop, weet sy, is 'n ding wat vrek baie kan bloei. Al daai are en goed
wat daarnatoe loop. Of was dit 'n steekwond, of 'n skietwond?

Sy stap weer terug stoep toe waar Mogale en Estelle Schoonraad aan't
prate is.

"U sê daar was iemand wat dringend met hom oor die foon wou
praat, maar nie 'n naam of nommer gelos het nie?" vra Mogale in 'n
beleefde gebrom.

"Dis juis die ding." Haar belade wimpers fladder. "Aanvanklik was
dit niemand … Ek bedoel, 'n persoon wat nie 'n boodskap wou los nie.
En Nathali … Ag, die arme ding is so upset. Maar ewentwel, daarna was
dit 'n man wat vra sodra sy hom sien, moet sy vir die professor sê om

sy selfoonboodskappe te luister. En hom dringend terug te bel. Sy het 'n nota na sy kamer gevat. En dis hoe ... e ... nou ja. Dink u ... dink u hy's dalk dood of iets?" Sy kyk grootoog na Mogale, stoot liggies met die lang naels haar kuif reg.

Mogale trek sy bolip effe skuins – sy weergawe van 'n gerusstellende glimlag: "Kom ons kyk maar eers of ons u gas kan opspoor en veilig kry, Mevrou. Ek neem aan u het reeds die res van die groep laat weet?"

"Ja-ja. Ek het gebel. Hulle het bietjie teëspoed gehad met die boot en die storm. Niemand het verwag dit gaan so heftig wees nie, u weet?"

Konstabel Leratho gaan wys vir Koekoes die kar wat Zimmerman gehuur het. Die bestuurderskant se deur is nie gesluit nie. Die motor is leeg binne – buiten die gebruiklike items in die paneelkissie. En 'n lek-kergoedpapiertjie onder die passasiersitplek.

"En u is seker niemand het geweet professor Zimmerman was terug in sy kamer nie?" vra Koekoes.

"Absoluut. Volgens die groep se gids het hy op pad na die boottrip gevra om in die dorp afgelaai te word. Hy wou 'n kar gaan huur, want hy moes skierlik dringend iewers heen. En u kan self sien, hy kan ry tot reg voor sy eie deur. Nie een van ons sou hom sien terugkom het nie. Of hoor nie, for that matter. Met die swaar storm ..." Sy vat aan die krale om haar nek en kyk hulpeloos op na Mogale, maar dié is besig met sy selfoon. "Die meeste van die personeel is vroeg al huis toe, sien. Met die groep weg, so ..."

"En," vra Koekoes, "het u rede om te glo professor Zimmerman sou 'n metgesel by hom hê? Dalk 'n prostituut of so?"

Mevrou Schoonraad trek haar skouers agtertoe. "Never! Ons het ... Hierdie is 'n decent establishment!"

"Steeds," sê Koekoes, "sal u al die personeel bymekaar kry dat ek met hulle kan praat?"

"Maar hoekom? U verdink tog nie een van my mense nie? Regtig! Plaas julle gaan soek daar buite, na die regte kriminele."

Koekoes antwoord nie, maar kyk die vrou tot swye. Sy voel 'n klein prikkie oorwinning toe Estelle Schoonraad uiteindelik inskiklik knik.

Sy ignoreer die halwe glimlag op haar baas se gesig, effe verleë om uitgevang te word in so 'n eerlose klein oorwinninkie. "Kon u vir Hans Deetlefs kry, Generaal," vra sy vinnig om haar ongemak te verbloem, "en mense wat in die water kan ingaan?"

"Reeds op pad," brom Mogale goedig. Dan word hy ernstig: "Soos wat lyk dit daar binne – inbraak wat skeefgeloop het?"

Sy knik. "Ten to one, Generaal."

"Hmm. En nog?"

"Ek wonder net, hoekom kamer 9? Dis die verste van die hoofgebou, het hulle toevallig daar begin? Of het die rowers geweet die professor is tuis? Daar's nie by een van die ander kamers ingebreek nie. Dalk het hulle hom van die dorp af gevolg. Danksy die reën het ons g'n wielspore nie. Maar wat het hulle toe met die professor gedoen?"

"Die rivier?"

"Miskien, maar hoe? Hy's nie oor die balkon nie, of altans, dit lyk nie so nie. Daar's wel sleepmerke, asof iemand hier uitgedra is, maar dit loop hiernatoe, nie rivier toe nie. Die konstabels het die terrein deurgesoek. En jissie, Generaal, ek hoop nie die man hét in die rivier beland nie. Want met die storm en alles kry ons hom dalk nooit weer uitgevis nie."

Koekoes loop saam met mevrou Schoonraad terug na die ontvangs-portaal. In die verbygaan kyk sy na die ruim stoep wat oor 'n lieflike tuin en die breë, stil gang van die groot rivier uitkyk. Die storm, sien sy, het chaos om die swembad gesaai. Seilsambrele is aan flarde geruk en van die dekstoele lê gat-oor-kop, een of twee in 'n struik vasgewaai. Die res is nêrens te sien nie. Seker maar in die rivier beland.

By ontvangs wag 'n bedremmelde Nathali Venter hulle in. Sy's 'n ronde meisie met sielvolle, rooigehuilde oë. By haar is die kroegman, Victor Boi, in 'n kraakwit T-hemp en 'n kaalgeskeerde kop.

Nathali oorhandig 'n drukstuk aan haar. Dis 'n lys telefoonnommers waarvan een drie keer verskyn en met 'n geel highlighter-pen gemerk is.

Koekoes stap buitentoe en bel die nommer. Dit lui en gaan oor na stempos: "Hello this is Dieter Eckhardt. Leave a message." Sy maak so, lê klem daarop dat dit dringend is.

Sy gaan terug na binne waar Nathali vertel dat daar 'n tweede beller was, maar dat sy nommer nie op haar rekords vertoon nie. "Number withheld," verduidelik sy.

Buite hoor Koekoes voertuie stop en sy stap uit.

Die son skyn klaar weer kliphard en die uitgereënde wolke wikkel skoorvoetig terug oor die horison.

Hans "Dans" Deetlefs is besig om toerusting uit die kattebak van sy Honda te haal, die gebruiklike gryns op sy gesig – sy manier om 'n swaar bril met dik lense op sy mopsneusie te hou. Hy's kort en bonkig, maar hou sy gewig met oefening in toom – line dancing, glo.

"Hoezit," sê hy en gaan sit op die kattebak se rand, "nie aldag wat ek jóú by die slagpale raakloop nie? Jy's mos deesdae 'n big chief?"

"Ag wat," antwoord sy, "ek kom kyk maar net dat jy nie droogmaak nie. Is jy al ingelig oor die ou wat ons soek?"

"Duitse toeris, hoor ek, waarskynlik swaar gewond."

"Maak jou maar reg vir 'n moeilike ene. Die toneel is goed in sy maai. Baie bloed, maar die skenker is AWOL. En tot ons 'n lyk het, weet ons nie wat hier aangegaan het nie. En sit maar bietjie spoed op, oukei?"

"Ja-ja, story of my life. Almal sing dieselfde blerrie deuntjie: 'soos in gister, mister!'" Hy gryp sy tas en stoom die steilte na die gaste-kamers uit.

7 Seko se pyn

Seko se hart word swaar as die mense hom koggel.
Dit loop vol van trane.
Klots teen sy ribbekas aan.
Pomp klonte pyn.
Klopperige, knopperige, klonterige pynerige pyn.

Seko moet die dans doen om hom ligter te maak, die dans wat sy hart
weer sal oplig. Hy bind die raasbessies om sy enkels vas en hy stamp
sy treurige ritme uit die aarde uit. Trap-trap. Stamp-stamp. Sjik-sjik.

Sy kop gaan oop, die ritmes lig hom op.
Daar bo stap hy deur die sterre.
En luister na die voormense in die maan.
|Kaggen het vir ons gedroom, sing hulle.
Hy het 'n heel klein drometjie gedroom. Die droom het ons gemaak.
Ons algar hier, die eerste mense.
Ons wat die aarde se wortels onder onse voete voel roer.
Wortels van die al grasse. Grasse wat die eland kom eet. En die eland
wat sy liggaam aan die mense gee.
Neem. Eet.
Heilig is die liggaam van die aarde.

Dat die kinders van |Kaggen kan regop kom, ons vet kan word en ons arms kan opsteek, ons vingers in die sterre se hare kan steek. Ons, die laaste van die eerstes, ons wat die stringe vashou wat alles las.

Ons tyd het nou gekom.
Tyd om weer terug te gaan.
Terug na onse plek, die Groot Gesig van die Sand. Terug in onse baar.
Dat die dinge vir ons weer heel kan word.
Ja.

8

Generaal Mogale verskoon homself. Hy moet 'n toespraak gaan hou by 'n funksie van die dorp se buurtwagkomitees en 'n aantal groot sekuriteitsmaatskappye.

Koekoes vergesel hom na sy kar toe om te hoor hoe hy die saak verder wil sien verloop.

"Ek hou hom vir eers onder my," sê hy. "Maar my eie mense is hierdie naweek bietjie yl gesaai. So, jy skryf hom op. Puntjie vir puntjie volgens die boek. Ons wil nie later soos pôpôs lyk as daar navrae uit Duitsland kom nie. Ons weet nie waar die ding kan gaan draai nie. So, ek maak staat op jou. Ek soek nie klankies en geurtjies nie. En jy bel my, die oomblik dat jy iets raakspit. Maak nie saak wat nie."

Net voor hy in sy kar klim, draai hy na haar en vra: "En ... Is jy oukei, andersins? Ek bedoel ... Nie soseer vandag nie. Meer ..." Hy vroetel onbeholpe met sy karsleutel. "Ek meen nou maar ... Dit gaan orraait? Met jóú ..." Hy kyk verleë weg.

"Heeltemal goed, Generaal. Dankie. Alles onder beheer!"

Hy knik, klim in sy motor en ry weg.

Koekoes loop ingedagte terug na kamer 9. Nou wat was dít nou? Dink hy sy kom nie die mas op in die nuwe werk nie? Pipsqueak, nie mans genoeg nie? Die weduweetjie is bevorder om haar weer moed vir die lewe te gee? En hy vermoed hy't hom lelik misgis, sy's nog te swak vir so 'n tawwe nuwe werk?

Hou op, Cordelia Mentoor, betig sy haarself. Jy's al weer met die bobbejaan en die bult besig. Onthou wat jou Daddy altyd gesê het: Cordelia beteken leeuehart. Klein pakkie, groot dinamiet.

Sy tref Hans Dans aan by die skuifdeur wat na die balkon lei. Hy staan arms gevou en kyk na die wye rug van die modderbruin rivier. Die water vloei vinnig, maak kolke hier en daar en stoot klein brandertjies tussen die hoë gepluimde riete aan die vlak kante uit.

"Blerrie Ster van Suid-Afrika," sê hy oor sy skouer vir haar. "Dis die eerste groot diamant wat hierdie rivier uitgespoeg het, het jy geweet? Hy lyk vir jou so onskuldig, hierdie ou vaal stuk water, maar hy's 'n mensvreter."

"Tja," sê sy, onseker. "So, jy dink die slagoffer het dalk in die water beland? Of ... bedoel jy maar in die algemeen?"

Hans Dans draai om, sy brilglase blits. "Op dié heilige Saterdag, my eerste in twee maande, word ek in die fyndraai van die kompetisie van die vloer afgetrek vir 'n dubieuse verdwyning. Van 'n toeris."

"Ja, jong. Dis maar sleg. Jy dans al in die distriksuitdunne, nie waar nie?"

Hy knik. "Upington, Kuruman en Postmasburg. En ons is deur na die semi-finaal."

"Maar hierdie soort ding is dan jou kos, dokter Dans. Ek dag jy sou stertswaaiend hier aankom."

Hy druk sy bril teen sy neus op en glimlag skeef. "Ag, maar nou sien ek jou darem weer. So, ek sal jou sê wát van my swaaiend hier aangekom het!"

"Liewer nie," keer sy en lag. "Ek dink nie my gestel is sterk genoeg nie. Buitendien, wat het die Ster van Suid-Afrika met ons uit te waai?"

"Diamante. Geld, die wortel van alle kwaad. En daardie spesifieke diamant, hy't die hele geskiedenis van hierdie wêreld verander, hoor maar wat ek vir jou sê."

"O ja? En hoe nogal?"

"Dit was 'n Griekwaskaapwagter wat hom opgetel het, jy geweet? Arme skepsel het net 500 skape vir hom gekry. En 'n perd. Dis wat hy werd was. Vandag is hy ... ag, miljoene."

"En wat het dit met ons toeris uit te waai?"

43

"Dis die rivier, ek sê jou."

"Dink jy die ou is in die rivier?"

Hy kyk fronsend na haar. "Wat? Nee, man, daar's niks wat direk daarop dui nie. Hy's daai kant toe uit, deur die voordeur, dis hoe die spore loop. Maar dit sê dalk ook niks. Hierdie rivier is die oorsaak van baie ellende, hoor nou maar wat ek vir jou sê."

"Maar jy bedoel nie dis spesifiek ons ellende nie, of wat?"

"Nee." Hy sug en draai weer om na die rivier toe. "My oupa was 'n delwer. Hy't vir jare en jare met 'n blerrie sif gestaan en klippe skud. Uit hierdie einste rivier uit."

"O?" vra sy versigtig. "Maar dit het iets met ons saak …?"

"Nee! Ek sê dan."

"Oukei, okei."

"My oupa het nooit ryk geword nie. Inteendeel. Hy't nooit 'n sent op sy naam gehad nie. Te min geluk en te baie alkohol. Maar dit was 'n obsessie. En my pa het dit geërf. Lelike ding, 'n diamant. As hy jou eers gebyt het, sit hy jou ligte vir jou af. Jy't nie die fokken fools van Eskom nodig nie."

Koekoes wikkel haar voorvinger vir hom. "Táál, dokter Dans."

Hy rol sy oë en loop versigtig tot by die leunstoel van die kamer se sitgedeelte. "Jou slagoffer het vermoedelik hier gesit, nè? En hier's die bloed, reg langs die stoel. Daar was 'n stukkie weefsel en hare, lyk soos kopvel. En hier, ligte afdruk van 'n oor, sien?"

Hy kyk op na haar en stoot weer die bril op. "Hy's waarskynlik oor die kop getimmer. Wat ek wel kan sê, is dat die moordwapen 'n ornament was. Die ander kamers het elkeen 'n leeu op 'n swaar voetstuk op die koffietafel, maar hierdie een is so missing soos sy baas."

"So, dink jy dit was noodlottig?"

"Laat ek dit so stel: ek sou verbaas wees as jou professor watsenaam self hier opgestaan en uitgeloop het."

"Een verdagte? Meer?"

"Moeilik. Maar die spoor by die skuifdeur is duidelik. Klein, dalk 'n kind s'n. Of 'n baie klein vroutjie. En dan's daar 'n ander spoor – beslis 'n kind s'n, 'n kaalvoetspoor."

"'n Kind! So ver ek weet het Zimmerman nie met kinders gereis nie. Dalk het hy besoek gehad."

"Sallie kan sê nie."

"Kon jy 'n selfoon opspoor?"

Deetlefs skud sy kop. "Daar is nog iets: die urine. Kleinerige plassie, tien teen een die kaalvoetkind."

"Hoe oud skat jy?"

"Die kind? Moeilik. Tussen vier en ses? Hang af."

"Meisie, seun?"

"Hel, man. Dis nie 'n muishond nie. Dis 'n mens. 'n Spoor is 'n spoor. Sal die urine ontleed. Maar dit vat tyd."

"Enige ander tekens van kinders? Ek bedoel klere, speelgoed, dié klas van ding."

"Niekies. En die res van die raaiwerk, vrees ek, is joune."

"Mooi, dokter Dans, sterretjie vir jou." Koekoes glimlag. Buite is daar 'n diep dieseldreuning. Sy loop uit, vas in 'n vrou wat vinnig by die deur probeer inkom. "Where is Hermann?" roep sy uit. "What is going on?"

Sy het 'n swaar Duitse aksent en lyk soos 'n natgereënde hoender – 'n befoeterde een. Haar vaal hare hang in los slierte om haar kop en sy't pandaoë soos haar maskara nat geword en gesmeer het.

"Police," sê Koekoes en vra sy moet saam stap na die ontvangsportaal. Die vrou wil eers teëstribbel, maar gaan tog toe Koekoes die kamerdeur beslis agter haar toetrek.

In die eetkamer wag die res van die Duitse toergroepie, bedremmeld en nat ná hulle avonture op die rivier tydens 'n storm. Die toerleier is Lufuno Rubela van African Life Safaris.

Hy's 'n agtermekaar kêrel met 'n clipboard met 'n lys name, adresse en paspoortnommers en hy sê dat die groep uit ou vriende bestaan en dat Hermann Zimmerman die enigste ongetroude in die groep is. Almal kom uit München. "Hy's 'n professor, kolonel Mentoor," lig hy haar in. "'n Baie gesiene professor in farmakologie. En 'n groot filantroop. Ons ken hom al vir baie jare, want hy reis gereeld in Afrika. Dol

45

op Namibië en betrokke by verskeie liefdadigheidsprojekte. Regtig 'n eersteklasmens. Hy't 'n hart van goud."

Koekoes sug innerlik. Hoe groter drol in die ware lewe, hoe meer word hy ter saliger nagedagtenis aangeprys.

Niemand weet presies wat Zimmerman beplan het vir die dag nie, maar dis blykbaar nie ongewoon dat hy so van die groep af wegbreek nie.

Die trip het 16 dae gelede in Kaapstad begin met 'n kort verblyf van drie dae in 'n peperduur hotel teen die hange van Tafelberg. Zimmerman het glo op al drie daardie dae sy eie ding gedoen.

"Ja," sê die pandaoog-vrou, "in Cape Town he went up the West Coast somewhere. To some ... cultural village, I think?" Sy kyk vlugtig verby Koekoes, na 'n man in die groep wat fronsend terugkyk. "Something to do with the San, I think, some ... He wanted me to accompany him, but ... um." Weer 'n blik na die man, 'n rooigesig kêrel met witmuishare en bleekblou oë. Sal die eggenoot wees, reken Koekoes.

"What happened to Hermann?" vra díe vrou.

"All we know is that he had a visitor or visitors – and that they had a child with them."

"He does not know people with children!" Sy sê dit hard en vinnig, kyk weer na haar man. "I go now, I'm very cold and I feel sick."

Koekoes sê sy en die res van hulle kan gaan, maar keer die witmuis uit.

Carl Wern is sy naam, sê hy, en hy ken Zimmerman al van kindsbeen. "Hermi, he is a bit of a loner. And he has his ... hobbies."

"How do you mean?"

"Ach, he is interested ... He is not married. And he ... uh ... he goes off on his own. With the locals and so on, ja?"

"And your wife, Mr Wern?"

"Mitzi and Hermi are just friends."

"Just friends."

"Is that not good? She ... He wants her sometimes to go with him. I want her to enjoy the holiday. But she ... she also has a good heart. She will see a hungry child and she will immediately want to feed it and meet its parents and, and support them."

"And you have a problem with that."

"No. No. But I like her to just enjoy … relax and do ordinary fun things. Shop and sightsee and so on."

"And Zimmerman, he is more …"

"Yes. He is more … You see, he … he's never been married. And he … becomes restless. So we are used to him breaking away."

Haar foon lui. Sy knik vir Wern om te wys hy kan maar gaan en antwoord. Maar die lyn is dood. Sy kyk na die skerm: "No Caller ID".

Blerrie hel, mompel sy vererg en gaan buite toe om vars lug te gaan skep. Die plek binne ruik na nat vere. Bedompig.

Die hitte is weer terug na die reën, klewerig, maak haar benoud. Sy is moeg, besef sy. Dis 'n kombinasie van te veel werk, te veel spanning, te veel slapelose nagte. Te veel. Van alles.

9

Beeslaar loop in die middel van die teerpad op die wit streep. Dis die koelste deel van die pad. Ook die egaligste. Hy's in sy ou, uitgetrapte Caterpillar-sandale, het nie daaraan gedink om sy tekkies aan te trek voor hy begin stap het nie. Voel nou elke klein klippie en gaatjie onder sy voete, die nylon-straps wat orals begin skaaf.

Voor hom strek die pad uit soos 'n eindelose pyl, verskiet op die gesigseinder in 'n plas borrelende kwik.

Hy probeer om nie aan sersant Ghaap te dink nie. Dit laat hom nog warmer kry.

Hy het al elke kragwoord wat hy ken teen die harde, witverbleikte hemel aangeroep: blou-bliksemse-skurk, verraaier, maaifoedie, kakhuis, vark, fokker, etter. Etterse wetter. Maar hy wil nie nou reeds al sy woede opgebruik nie, hy wil die skerpste spykers vir hul eerste foongesprek bêre.

Hy gaan staan, hande op sy heupe, haal sy hoed af en waai daarmee oor sy gesig. Dit bring geen verligting nie. Die lug self is te warm, jy kan net sowel jou gesig in 'n pizzaoond druk.

Sy kopvel begin brand van die son en hy plak die hoed vererg terug op sy kop, begin weer aanstryk.

Vir so ver die oog kan sien, is daar niks. Nie eens 'n windpomp nie. Enigste mensgemaakte ding is die teerpad en die vervalle telefoon-draad wat al langs afloop, die pale afgerem en skeefgedruk deur tyd en vernieling, sommige gekroon met bondelneste van die kontrei se vaal versamelvoëltjies. Hier en daar is 'n kraaines – 'n kunslose sameflansing stokke wat sleg afsteek by die vaalveertjies se ougat cluster housing.

Hy dink aan die saak waarheen hy nou te voet aansukkel. Die blote feit dat hy hier is en nie op die grootpad tussen Kimberley en Klerksdorp nie, lekker in sy splinternuwe tweedehandse Hilux, aircon op volsterkte, die rugby oor die radio en die padpredikante wat een na die ander die kilo's aftel Johannesburg toe.

Pis hom af.

Eintlik is hy kwaad vir homself. Die slap, lafhartige manier waarop hy toegegee het.

Wat op gods aarde het hom besiel?

Was hy skielik sentimenteel? 'n Laaste ou joppie vir die Moegel. In ruil vir die ekstra verlof.

Of het hy onbewustelik 'n uitweg gesoek? Oor hy 'n banggat is. Bang vir 'n ander werk. 'n Ander lewe.

En vaderskap. Herre!

Die lewe het skielik 'n ander dimensie. Hy weet nie wat dit inhou nie. En miskien is hy te bang om uit te vind. Miskien weet hy instinktief dis nóg iets waarvan hy 'n fokkop kan maak.

Die kans het skielik op hom afgekom, die oproep van 'n oud-kollega. "Jy kan net instap, ou pêl. Jou soort skills is skaars, plus ons hou nie jou velkleur teen jou nie. En ons firma groei uit sy nate uit. Hoe gouer jy kan kom, hoe beter. Jy sal nie spyt wees nie."

En dan is daar Gerda. Sy het hom aanvanklik op 'n veilige afstand gehou. "Nee, Albertus. Nee. Daar's te veel chaos tussen ons. Regtig. Jy sleep dit saam met jou. Ek wil dit nie naby my kinders hê nie. Ek het genoeg gehad. Genoeg."

"Maar sy's myne ook, Gerda. Lara is myne ook."

"Ek weet. Ek is jammer."

Hoeveel keer het hulle dié gesprek nie in die afgelope ses maande gehad nie. Sedert Lara gebore is.

Hy in sy klein wêreldjie op 'n gatsranddorpie in die verre Noord-Kaap, in sy outydse huisie met 'n sinkdak en plankvloere.

Sy in Johannesburg. Agter hoë veiligheidsheinings met twee jong kinders. Twee swaarverdiende kinders. Hóé swaar weet hy wat Beeslaar is alleen. Kleinpiet, 'n seuntjie van twee en 'n half, is al wat sy oorgehou het toe haar man die oudste twee seuntjies doodgeskiet het en toe homself. Sy en Kleinpiet het die tragedie vrygespring, want hulle was oorkant die straat by die buurman. By Beeslaar.

Met die geboorte van klein Laratjie het sy byna wéér die kinders verloor – toe sy in die kloue van 'n moetiemoordenaar in Soweto beland het. Vandaar haar teësin in enigiets wat haar aan geweld herinner. Soos Beeslaar. Hy herinner haar konstant. En sy wil vergeet.

Maar die lewe gedy op ironie. Want dan is daar haar pa. Hy was self 'n polisieman, sy lewe lank. Die Alzheimer's het hom gehelp vergeet, maar straf gebring met onstuimige woede-uitbarstings. En namate sy toestand versleg, raak hy gewelddadiger.

Gerda versorg hom nog tuis, maar hy is besig om haar te knak. Soms bel sy vir Beeslaar, ontstel en uitgeput en hartseer. En hy sal heimlik dankbaar wees, 'n onvanpaste trots voel dat sy hóm bel om haar hart by uit te stort. Tegelyk ook skuldig om te baat by die ellende wat die ou man haar besorg, maar dan weer … tóg ook verspot bly vir die geleentheid om te luister. Om net een keer nie soos 'n behoeftige luis te voel as hulle praat nie.

Toe kom die werksaanbod. En skielik het hy die kans om nader te trek. Lara te sien grootword, deel van haar lewe te word. Die kans om vir haar 'n pa te wees. Hoe is 'n mens 'n pa? Hy sal nie weet nie. Sy eie pa … Herre, nee.

Beeslaar gaan staan om te rus. Die blote gedagte aan so 'n drastiese skuif put hom uit. Die polisie is sy tuiste. Dis al wat hy ken. Al het dit 'n kak instansie geword met meer skurke binne as buite, is dit die plek waar hy sy melktande gewissel het. Maar heeltemal terug Johannesburg toe? Hy's pas twee jaar op die platteland, het onlangs eers sy voete begin vind. Dit het begin lekker raak, die eenvoud van 'n stemmige, gestroopte bestaan.

Sy voetsole brand asof hy op 'n warm plaat staan. Hulle is klaar flenters. Dis of die swart teer die hitte van die son insuig en vermenigvuldig. Plek-plek kan hy voel hoe sag dit al gesmelt is.

En die dors. Sy keel maak taai geluide as hy sluk en dit voel of daar skif op sy tong sit.

Dis byna vyfuur, sien hy toe hy vir die soveelste keer sy selfoon uithaal. En vir die soveelste keer vasstel hy het steeds geen sein nie.

Hy sug en begin weer stap. Die hoop beskaam nie. Al is dit dan hoe yl.

10

Die son begin langbene maak toe Kytie op 'n groot klip langs die pad neerstryk. Die klip is blinkgesit.

Dis sowat anderhalf kilometer uit die township uit en halfpad dorp toe. Baie mense stap tot hier en vat dan 'n taxi vir die res van die rit. Om geld te spaar.

Die kind se asem jaag effe en haar wange is rooi van die vinnige stap. Sy't nog nie een woord gesê sedert hulle weg is by Fluisterrivier nie. Behalwe om "Tienrand" te sê. Kytie vee met haar duim oor die meisiekind se bolip, waar 'n snotstreep dreig om in haar mond in te loop. Sy's erg verwaarloos, dit kan jy op 'n myl sien. Al ruik sy so vars soos 'n blom. Daar sit klaar 'n eeu se leef in daai onpaar oë, elke een sy eie kleur. Dryf soos twee waterputte in haar smal gesiggie.

Kytie kyk na die merk oor haar regteroor. Die vel lyk soos gebrande plastiek. Oor haar oog, wenkbrou en wang is nog 'n litteken, skoner en skerper. Dalk 'n lem of 'n skraap? Lyk soos 'n lang, donker traan wat uit die ogie vloei.

Hoe oud sou die kind wees? En wat makeer haar?

Kytie kyk in die sak wat Queenie saamgegee het. Daar's 'n stewige stuk polonie in, die een ent reeds aan gesny. Sy knyp 'n stuk af en gee dit vir die kind. Die meisie vat dit en steek dit haastig in haar mond. Die handjie, sien Kytie, lyk verpot. So 'n vinnige, gryperige handjie. Skurf soos 'n geitjie s'n.

Kytie haal haar selfoon uit en soek 'n nommer.

Dit neem 'n ruk voor iemand antwoord. Op die agtergrond hoor sy rumoer: harde blêrmusiek en stemme wat roep.

"Ant Sussie? Dis Kytie."

"Kytie!"

"Ja, Antie. Dis Kyt wat praat!"

"Waar's jy dan?"

"Ek … ek is maar hierso. Ek wil net geweet het, antie Sus het nie dalk … Ek wil hoor of ek kan langs kom. Net vir die nag."

"Dis pluktyd, kind. Dis moeilik. En die boer hou nie van vreemdelinge nie. Jy weet hoe dit is."

Kytie knyp haar oë toe. Wat anders het sy verwag?

"Ander keer, antie Sussie," sê sy en druk die foon dood.

Sy bel 'n ander nommer – haar pastoor. Dit lui 'n paar keer voor haar moed haar begewe. Sy kan nie. Die man duld nie sondaars nie.

En die paar vrouens wat sy op haar af-Sondae by die kerk groet … Nee. Hulle gaan mos dadelik weet daar's fout. En as dit nog moet uitkom hulle help 'n moordenaar?

Moordenaar.

Kytie, die moordenaar. Klink verskriklik. Tog: die kopvel wat breek en bloed wat skielik opstaan uit die oopgekloofte vlees. Dit voel klaar ver, 'n nare droom. Die man wat gladweg uit sy stoel weggly. Die sug wat uit hom gaan. Sy ril. Om 'n ander mens se asem so te sien verdwyn. En sy wat Kytie is, het dit met haar twee growwe Handy Andy-handjies gedoen.

Die dood gebring.

Weer.

Hoe maklik gly dit uit jou hand. Hier, kierts, spring dit sommerso van iewerster in jou in en weer anderkant by jou hande uit. Netso. Lê daar 'n dooie by jou voete.

Is dit maar hoe hy kom, die dood? Of dit nou deur 'n ander se hand is of met 'n siekte. Hy kom skielik skuins om 'n draai en trap vir jou om.

Haar ma-goed het haar eie hand gebruik. Vir haar het die dood bly tik, totlat sy stil-stil 'n tou om haar eie nek gebind het. Sjoef, van die stoel af gespring. Klaar.

Vir pa-goed was dit weer anders. Hy't soos 'n perd onder die weerlig neergeslaan. Sy wonder hoe voel dit om so te gaan. Jy's nog besig hier onder … Volgende wat jy vir jou kom kry, vlie jy daar in die lug rond. Jy is alleen, niemand wat jou meer kan sien nie. Al kyk hulle ook hoe.

Dis net jou hardigheid wat agterbly, jou klere en jou lyf. Die res is vort.

Sy onthou toe haar ouma gesterf het. In die huis waar hulle gebly het, drie dae lank so daar gelê. Die asem wat al stuk-stuk stop. Soms het hulle gedink sy's weg, dan kom haar bors weer op, kom skep vir oulaas weer 'n keer …

En dan was daar dáái dag. Sy was nog Klein Kytie. Toe was dit ook so: een oomblik staan jy nog daar met die strikke in jou hare. Die volgende oomblik sien jy hoe jou handjies uitskiet …

Sy skrik toe die foon skielik in haar hand lui. Dis die baas, mevrou Schoonraad. Kytie druk dood. O, Jirre, sy moet dink. Hulle soek vir haar. Hulle weet al klaar.

Sy staan haastig op. Sy kan nie hier bly sit nie. Sy moet weg. Sy vat die kind se hand en stap.

Die foon lui weer, maar sy't hom klaar in haar bra teruggestop. Laat hy lui soos hy wil. Sy moet eers afstand maak.

Sy stap vinnig, haar hele bolyf wat vorentoe beur en die kind wat soos 'n speelgoedding agter haar aan sleep.

Waffer kant toe nou?

'n Taxi kom uit die dorp se rigting aangery. Hy's nie heeltemal vol nie en hy toet-toet toe hy nader kom, maar sy wys hy moet verby hou. Sy gaan staan met die selfoon in haar hand, gaan op en af deur haar karige lys kontakte.

Die kind kom staan teen Kytie, slaan haar arms om haar bene. Dit maak haar benoud. Sy wil haar tegelyk wegdruk én haar arms om die kuikenskouertjies vou. Pleks daarvan grawe sy in haar sak en haal weer die kosgoed uit. Haar oog val op die papiertjie met die nommer wat Queenie in haar hand gedruk het.

Sy haal dit uit. Moet sy of moet sy nie?

Maar wat anders moet sy doen? Sy kyk uit na die vlaktes rondom haar. Die veld wat rou en kaal gevreet is deur die township-bokke. Tot op sy nerwe toe. Al wat van hom oor is, is die kolle rooi Kalahari-sand en hier en daar die gladde plate kalkklip wat soos sonverbleikte skedels bo die grond uit bult.

Kytie byt op haar tande. Dan bel sy die vrou wat by die Boesmans bly.

11

Koekoes Mentoor skink vir haar en die toergids elk 'n koppie koffie. Sy is verras met die vlot Afrikaans wat Lufuno Rubela praat, keurig, byna outyds. Hy's 'n gebore Namibiër, vertel hy, vandaar sy bedrewenheid in Afrikaans, Engels en Duits.

"Was maar seker 'n rowwe dag, of hoe?" vra sy. "Ampertjies Titanic op die rivier belewe?" Sy glimlag en blaas oor die warm koffie, sien tevrede hoe die man ontspan.

"Die storm het 'n bietjie skierlik op ons afgekom. Dit was nie gevaarlik nie, net nat. Die boot se dak kan toemaak, maar vandag van alle dae het die meganisme vasgebrand."

"As ek reg verstaan het u al voorheen hierdie groep, en meer spesifiek professor Zimmerman, vergesel?"

"Heeltemal reg," sê hy.

"Wat weet u van 'n man genaamd Dieter?" wil Koekoes weet.

Rubela trek sy gladde voorkop op 'n plooi. Dan verhelder sy gesig. "A, ek onthou! Dit is die Duitse man wat by die San bly, op Askham. Hy's mos ook 'n professor. Hy doen navorsing daar."

"Askham?" Haar hart klop skielik in haar keel. Van alle plekke op gods aarde. Dié plek is deel van 'n modderige hoofstuk in haar lewe. Wat sy liewer wil vergeet.

"Askham, ja," vervolg Rubela. "Hy doen mos navorsing oor plante daar."

"Het u hom ontmoet?"

"Ja-ja, vantevore. Saam met professor Zimmerman. Hulle twee ken mekaar al lankal. Die professor was van plan om hom môre te besoek. Dis dié dat ek hom vroegoggend eers dorp toe gevat het, dat hy 'n kar kan huur, sien? Maar toe ons daar kom, toe sê hy ek moenie vir hom wag nie. Hy gaan nie meer saam op die rivier nie. Wil liewer in die dorp rondry."

"En wat maak?"

"Hy't gevra vir die apteek en hy wou 'n bottel wyn vir die ander professor koop en so aan. Maar ek's gewoond daaraan. Hy's nie meer een vir sightseeing nie. Hy sal liewerster op sy eie die omgewing verken. Maar vanoggend was hy nie … Hoe kan ek sê … Hy was omgekrap. Hy het 'n oproep gekry toe ons nog op pad was na die huurplek en hy het baie kwaad geword."

"Kwaad, hoe?"

Rubela tuit sy lippe, dink na. "Hy het gesê nee, hy weier, so iets. En hulle moet hom uitlos."

"Het hy gesê waaroor dit gaan?"

"Nee. Dit was nie 'n lang gesprek nie, maar toe ons by die huurplek kom, het hulle weer gebel. Ek het gevra of hy oukei is, maar toe sê hy dis niks, net mense van sy werk wat hom op vakansie pla."

'n Uur later is Koekoes nie juis veel wyser oor die verdwene Zimmerman nie. Een van die Duitse vroue wou weet of dit 'n ontvoering vir 'n losprys kon wees. "Zis *is* Africa after all," het sy versigtig gesê. Koekoes het haar beleef bedank vir haar bydrae, maar haar verseker dat dit hoogs onwaarskynlik is.

Volgende op die lys was die personeel. Almal buiten 'n skoonmaakster wat twee-uur van diens gegaan het, is ondervra – met redelik voorspelbare resultate: niks.

Tussendeur het sy telkens probeer om Dieter Eckhardt in die hande te kry, maar sonder sukses. Sjit-sjit-sjit, het sy paniekerig gedink. Sy kom iets oor as daardie Duitse Herr Professor óók soek raak. Hoe ook al, sy ry net nie Askham toe nie. Sy gaan liewer dood.

Laatmiddag kan sy uiteindelik by Fluisterrivier wegkom. Sy sien nie uit na die volgende paar uur nie. 'n Hengse berg papierwerk wat vir haar wag. Sy besluit om nie na haar eie kantoor in River Park terug te gaan nie, maar direk hoofkantoor toe. Dan is sy op die Moegel se eie werf. Die papierwerk hoort in elk geval daar, waar hy dit hopelik na een van sy eie manne sal aanpaas.

Sy is nét by die gastehuis se groothek uit toe haar foon lui.

"Is this the police?" Die man praat in 'n angstige fluisterstem. "This is Dieter Eckhardt. I need help. Someone … A terrible man. In the house! Please!"

"Where are you? Quick!"

"Askham. I'm in—"

"Address!"

"Sonop. The Sonop guest—" Dan gaan die lyn dood.

12

Bad luck and trouble, dink Beeslaar. Wie sing dit?

Maak seker nie saak nie. Vandag is dit sy song.

Die teerpad is só warm, as hy 'n paar tjops en 'n stuk boerewors by hom gehad het, het hy dit sommer op die pad gebraai. Steaks? Yessir, well done, two minutes flat.

Hy tjek kort-kort sy selfoon om te kyk of daar al sein is sodat hy in hemelsnaam net iemand kan bel. Wie sal hy eerste bel? Ambulans of begrafnisondernemer? Hy weet hy moenie vir sersant Johannes Ghaap bel nie, hy's bang hy bars 'n kopaar.

Op die ou end sal hy seker die Moegel bel, ná hy die insleepdiens georganiseer het. Om vir hom te sê hy kom terug. Al beteken dit hy verbeur sy verlof. En hy's bereid om te baklei vir 'n volpensioen.

Volgende sal hy sy pêl met die nuwe jop in Jo'burg bel en vra hy moet eers die pos op ys hou. En dan bel hy vir Gerda en sê vir haar hy kom nog, maar hy kom net 'n bietjie later.

Sy gaan nie gelukkig wees nie. Môre is Lara ses maande oud. En Gerda het hom genooi. Ook nie juis genóói nie. Dit was meer 'n kwessie van sê hy 'mag' maar kom as hy in die buurt is.

Hy was oorstelp. Sy't uiteindelik begin skietgee! En toe hy vroeg vanoggend bel, het sy glad vir hom blyplek gereël by 'n gastehuisie naby haar. How lucky can you get?

En nou. Nou is sy lucky break verfomfaai. Hy sal mooi praat. Hy sal verduidelik dis nie sy skuld nie. Dis sy baas wat skielik hardegat trek.

Maar hy belowe, belówe hy's op die eerste beste vliegtuig daar. Sodra hy weer terug is op Upington ry hy direk lughawe toe. Dan kom hy. Maak nie saak wat nie.

Dis in elk geval 'n wild-goose chase waarop Mogale hom gestuur het. Wat presies moet hy nou gaan doen? Hy glo nie vir een oomblik die San-prokureur sal die saak net laat vaar nie. Tien teen een is dit deel van 'n groter plan. Politiek, uit en uit. Daar's drie faksies onder die klomp. En daar's 'n helse groot stuk grond waaroor baklei word, as hy die saak reg verstaan.

En De Vos? Hy ken nie die man nie, maar hy ken die tipe: die hoofhaan in die hoenderhok. 'n Narcissis met 'n snor, hou van die mag wat sy rang hom besorg. Groot jagter, het Beeslaar al gehoor. Die Kalahari is sy eie, persoonlike speelplek.

Die hoë kreet van 'n arend laat hom opkyk, sy oë op skrefies getrek. Die groot voël hang gewigloos op die warm lugstrome, draai lui-lui in wye sirkels rond tot dit uiteindelik in die verbleikte hemel wegraak.

Op die horison gewaar Beeslaar verras 'n beweging. Dis 'n donker spikkel wat in die lugspieëling dans. Sy hart spring vol hoop. Uiteindelik. Hulp. Hy swaai sy arms geesdriftig, al is die spikkel nog te ver – te ver om uit te maak of dit 'n voertuig is. Hy hou dit 'n hele ruk lank dop, maar dit lyk nie of die ding juis nader kom nie.

Wat dit ook al is, dit beweeg teen 'n slakkepas.

Nogtans. Halleluja, prys die Heer.

13

Dis 'n bitter snaakse mens wat antwoord toe Kytie bel. So 'n mompelrige stem, hakkelrig. 'n Jong man, dalk. Wie hy ook al is, hy't g'n maniere nie.

"Um … Ek soek vir Antas," sê Kytie.

"N-nie hier nie. B-by die hoenders." Dan sit hy neer.

Kytie kyk na die foon in haar hand. Wie sou dié onbeskofte mens wees? Die Antas-vrou se seun?

Sy druk die foon voor by haar rok in en begin weer loop. Dit raak laat. Die son sit laag, wil-wil al kooi soek in die wolke wat op die horison agter hulle lê.

Hulle loop lank in stilte, stop nou en dan om die veters van die kind se groot skoene stywer vas te trek. Dis die skoene wat Queenie saam-gegee het. Dit, en die hempie en broekie is minstens twee nommers te groot. Die kind se eie, stinkende klere het sy in 'n asblik langs die pad weggegooi.

By die T-aansluiting dorp toe gaan Kytie weer staan. Gaan sy links, of gaan sy regs? Regs is die dorp. Regs is ook die polisiestasie. Eintlik moet sy nóú polisie toe. Maar sy het destyds gesweer.

Links, dus. Die woestyn in.

Haar foon lui.

Sy kyk haastig – 'n vreemde nommer. O, Jirre, wat as dit die polieste is? Sy antwoord versigtig.

"Dis Antas Wilpard," sê 'n mooi vrouestem.

"Dis Kytie hier, Mevrou. Ek … Queenie … Sy's my neighbour en …

um … ek't die nommer by haar gekry. Want ek soek eintlik bietjie raad want ek moet eintlik … Ek weet nie mooi wat om te maak nie. Maar Queenie sê Mevrou is 'n goeie mens en …"

"Kytie," sê Antas met 'n helder stem, "voor jy verder gaan, haal eers asem."

"Maar dit raak donker en ek het die kind en ek weet nie …"

"Rustig, rustig." Nie ergerlik nie, net vriendelik en ferm. "Haal eers asem. Dan sê jy weer."

Kytie is lus om die foon dood te druk. Sy's in vreeslike moeilikheid. Daar's nie nou tyd vir sulke nonsens nie.

"Oukei?" vra die vrou. "Maak toe jou oë en trek diep asem in."

"Mevrou, ek het 'n lelike ding oorgekom. Ek … Ek het 'n man geslaan wat … Hy wou 'n lelike … lelike seksding met 'n kind … Ek weet nie wat oor my gekom het nie, Mevrou, ek sweer. Maar ek kon sien wat hy met die kind … En toe slaan ek. Ek wil hom nie doodgemaak het nie. Ek wil net gekeer het. Maar toe's … toe's … Toe vat ek die kind daar weg. Dis 'n optelkind, Mevrou. 'n Weggooistraatkind wat die man wou … En ek weet nie nou waffer kant toe nie. En Queenie sê … Sy sê dalk sal Mevrou kan … kan help."

"Die kind," vra Antas toe Kytie uiteindelik deur die gestamel is, "ken jy die kind? Wat's sy naam?"

"E … Tienrand."

"Wat?"

"Dis wat sy sê as ek haar naam vra. Tienrand."

"Jy's seker dit is nie 'n mankind nie?"

"Ek is seker, ja."

"Doodseker?"

"Ek is doodseker, Mevrou."

"Dis Antas. Almal noem my Antas. Waar's jy nou, Kytie?"

"Op die grootpad Kalahari toe, net buite Upington."

"Nou maar hier's wat ons gaan doen."

14 Seko sien sy suster kom

Sy kom! My sustertjie die springbokkie. Ek sien haar ver al kom.
O, my Boesmanhartjie swel.

Ek het die boodskap gekry.
Ek het dit agter my ribbetjies gevoel.
Ek voel die dinge daar roer.
Die gevoelentheide wat die boodskappe bring.

Bly stil, sê Seko vir die skaterende voëls.
Bly stil, dat die wêreld kan stil raak.
Dat dit doodstil kan word.
Want Seko voel die dinge wat kom.
Dis die !gwe wat hy voel.
Die Boesmanbriewe.

Die letters kom roer in sy lyf.
Dit vertel van die springbokkie wat kom.
Sy sustertjie die springbokkie. Met haar lieflike ogies.
Gestreep en gemerk.

Ek sal my insmeer met elandvet.
Want ek voel haar al roer in my lyf.

15

Koekoes Mentoor bel dadelik die nommer terug.

"Please," kom die beklemde fluisterstem. "Police. Police … help me." Daar is 'n lawaai oor die lyn en 'n uitroep.

Dan niks.

"Hello! Mr Eckhardt. Hello!" Sy bel dadelik weer, maar kry die stempos.

'n Oomblik lank sit sy met die foon teen haar bors, haar oë toe. Sy sal die Witdraai-polisie moet bel. Die stasie lê net sewe kilometer van Askham. Die gebied is yl bevolk maar groot. En Witdraai is die enigste stasie in 'n omtrek van 200 kilometer.

Na 'n lang gelui tel 'n vrouekonstabel uiteindelik op. Sy klink uitasem, asof sy moes hardloop om by die foon uit te kom. En nee, sê sy, daar's nie nou iemand wat kan uitry Askham toe nie. Daar is nie vervoer by die stasie nie. Die een bakkie is uit op 'n insident, vermoedelik buite seingebied, want hy's onopspoorbaar. Die ander een het gaan staan sowat 50 km wes, op die R31, die pad Groot Mier en die Namibiese grens toe.

Koekoes knip die verduidelikings kort en lui af.

Sjit-sjit-sjit. Sy't nie 'n keuse nie. Die één mens wat sy nooit weer wil sien óf hoor nie, dáárdie mens moet sy nou bel.

Sy haal diep asem en bel dan die bevelvoerder van die Witdraai-polisiestasie.

"De Vos," kom die antwoord onmiddellik.

"Ons het 'n noodsituasie op Askham, Kaptein. Sonop-gastehuis. Klink na huisroof, en die bewoner is dalk in lewensgevaar: Dieter Eckhardt."

"Koekoe—?"

"Kaptein, daar's nie tyd nie. Die man het dringend hulp nodig! Kry jouself en jou mense daar!"

"Ja, maar hoekom bel hy jóú?"

"Dit maak nie saak nie! Kry iemand daar, nóú!"

Hy antwoord nie, maar sy hoor sy asemhaling.

"De Vos! Dis 'n opdrag!"

"Oukei, oukei, hou jou panties aan. Ek kyk of ek iem—"

"Jy gaan sélf. Onmiddellik."

"Dis nie nodig om te skree nie, meisie. Hel, histeriese vrouens en …"

"Genoeg! As daar iets met daardie man gebeur, is dit op jou kop!"

"Oukei, oukei." Sy hoor hom beweeg, klatergeluide op die agtergrond en 'n kardeur wat klap. "Ek's agt minute van Askham af."

Sy bel die Moegel. Hy tel dadelik op, blasend. "Kan nie nou nie, ek moet nou speech …"

"Daar's nóg 'n Duitser missing, Generaal!"

Stilte terwyl hy kennelik die inligting verwerk. "Waar? Van dieselfde groep?"

"Nee, hy's die een op Askham, die een wat na Zimmerman gesoek het." Sy vertel hom van die man se benoude oproep. "Ek het kaptein De Vos gebel en hy's op pad."

"Hou my op hoogte," sê hy en verbreek die verbinding.

Dis 'n kort rit na die Upington-hoofkantoor in Schröderstraat en sy stop binne minute onder die skadunette in die agterplaas. Sy probeer weer die Duitser se nommer, maar sonder sukses.

Dan lui haar foon. Sy antwoord dadelik.

"Hallo? Professor Eckhardt? Can you hear me?"

Sy skakel die enjin af.

"Hallo! Professor?" Daar's beslis iemand. Sy hoor swaar asemhaling. "Professor Eckhardt, please, say something so I can hear you're okay. Someone will be there soon. Can you hear me? The police are coming, do you understand?"

Sy luister fyn, hoor steeds net die swaar asemhaling. Die kar is skielik 'n bakoond. Sy gooi haar deur oop.

"Professor Eckhardt, just breathe slowly and keep listening, okay? Captain De Vos of the Witdraai police will be with you in a minute. Hold on, you hear? Hold on, help is on the way."

Daar's 'n geraas op die lyn.

"Hello!" roep Mentoor.

Swaar asemhaling, dan 'n droë laggeluid, hikkerig en skor.

"Ou K-Kappie," sê 'n vreemde stem. 'n Man, sy tong sleep effe, asof dit geswel is. "H-h-hy. Hy's 'n … Hy, hy's 'n vrot pampoen." Sy moet mooi luister, want die stem is baie sag, asof hy deur 'n doek praat: "Hy k-kan niks keer nie. Vrot. Vrot pampoen."

"Wát keer nie? Wat het jy met Eckhardt gedoen?"

Sy hoor sy asem blaas. Dan kom die dik tongval weer: "Dissie ôns … ôns nie. Moenie vra wat ons met hóm gedoen het nie. V-vra liewe'ste', vra liewe'ste' wat hy met óns gedoen het. Hy … e … hy en d-die res van, die res van die á-á-áásvreters hier. Aasvreters en vrot pampoene. Pampoene in skoene."

"Wie praat? Wie's jy?"

Weer die dor, vreugdelose lag: "Kg-kg-kg. Jy kan my nie s-sien nie. S-s-s-ien nie, nie keer nie. Nie. Red die professor, red hom. Hy's 'n dief wat steel. Steel meel. Die Boesman se meel, sy b-brood en b-botter. Hy steel. Hy-hy sal oppak, oppak. En die polisieman, die polisieman saam. S-saam sal hy gaan. Die g-g-g-geelhond gaan hulle verja!"

"Wie's jy!?" roep Koekoes gefrustreerd. Haar stem slaan deur, skwiekend. Sy maak haar keel skoon.

Die man lag. "Vir my om te weet en vir jou om uit te vind, me-mevrou Polisieman."

"As jy die professor leed …"

"Die diewe sal g-gaan. Hulle g-gaan."

"My naam is Cordelia Mentoor. Ek is 'n kolonel in die polisie. En ek waarsku jou, as professor Eckhardt iets oorkom, gaan ek jou opspoor. Jy sal spyt wees!" Sy moet hard konsentreer om haar stem in bedwang te hou, die skwiek te keer. Bly net kalm, sê sy vir haarself. Hou die man aan die praat. Gee De Vos tyd om op Askham te kom. "Hoekom vertel jy my nie wat jy wil hê nie," sê sy.

"N-niks van wil hê nie, polisieman se vrou. V-vat, dis vir vat. Tyd vir … t-t-tyd om terug te vat. J-jy gaan dit nie keer nie. Almal j-julle. Eeeewe vrot!"

16

Kytie probeer uitreken hoeveel lugtyd daar nog op haar selfoon is. Sy't begin van die maand 'n honderd rand opgesit. Paar keer vir Koos gebel. Jirre, Koos! Sy't in haar blou paniek nog heelpad vergeet van Koos. Maar sy kan nie nou nie. Haar lieg vir die dag is op. En hy's tien teen een nog by die Tavern. Sy sal hom bel sodra sy kan asemhaal. Sodra sy kan dink.

Die Here was vir haar goed en het haar 'n lift gegee tot by die plek waar die vrou van die Boesmans haar beduie het. Dis 'n kameeldoringboom in die donkiepad wat langs die teerpad loop. Sy moet loop wag daar. Iemand gaan daar langs kom. Sy naam is oom Dirkie. En sy sal veilig wees by hom.

Oom Dirkie. Klink soos 'n skadelose iemand. Sy moenie bang wees nie. Sy moet kalm bly. Maar hoe bly mens kalm as jy gemoor het? Jy's nie 'n moormens nie. Jy's 'n kristenmens. Jy wil net jou broodjie verdien. Jy wil net vrede hê. Jou werk doen, aangaan. Maar nou's alles daai verby. Want wat is erger as om 'n paying guest dood te slaan? En met 'n kind die pad te vat?

Tienrand.

Sy kyk na die kind wat teen haar aangekruip sit. Die groot kop met die kortgeskeerde hare. Dit maak 'n geelkoper skynsel teen die laaste strale van die son in. Kytie het haar pas twee snye brood gegee om te eet en 'n bietjie van die melk. Sy't 'n hoë voorkop, breed en gerond. En die fyn dons van haar wenkbroue swaai wyd uit na boontoe. Die onpaar oë ook, nes 'n kat s'n. En die kleure van al die Kalahari se gerwe gras, strepies groen en koperige geel. Dis in die een ogie. Die ander is meer bruinerig, kanelerig, met stikseltjies goud. Dis oë wat lyk of hulle uit 'n ander wêreld kom. 'n Wêreld wat al lankal weg is, ou-ou wêreld. Het al alles gesien.

Sy't nog steeds nie gepraat nie. Net die "Tienrand".

En snaaks, sy lyk nie bang nie. Sy sit met die grootste vertroue hier in die naderende nag by 'n vreemde antie langs 'n vreemde pad. 'n Antie wat pas 'n man voor haar oë doodgeslaan het.

Normale kinders sou histeries raak, baklei, veg om los te kom. Weg-hardloop.

Dalk ís dit skok. Dalk is dit drugs.

Of miskien net gewone gebreklikheid. Sy sien soms van hulle in die buurt, leë koppies en die ingeduikte gesiggies, al die tekens van 'n pregnant ma wat nie wou ophou suip nie.

Maar tog. Hierdie enetjie lyk nie vertraag nie, sy maak eerder soos 'n honger hondjie: jy gee hom ietsietjie om te eet, hy bly aan jou hakskene hang.

Kytie kyk op en af in die donkiepad. Sy weet nie uit watter koers oom Dirkie gaan kom nie, Upington of Namibië se kant nie. Langs haar beweeg die kind skielik. Sy kyk stip in die pad af, Upington se kant toe.

"Jy kyk verniet, meisiekind. Daar's niks nie," sê Kytie en vroetel in die rugsakkie vir 'n warmding. Die aandlug is koel, veral ná 'n reën. Sy hoop nie hulle gaan die hele goddelike nag hier onder die boom moet sit nie.

"Wat bly kyk jy dan so?" vra sy vir die kind, wat steeds bewegingloos staar. Sy herinner Kytie aan 'n dier wat aanvoel daar's iets wat die lug versteur. Hoor 'n muis se snor beweeg, voel die roering van die wurms in die grond.

Na 'n rukkie ontspan sy weer, sit agteroor. Dan eers hoor Kytie die dreuning van 'n voertuig – iets groots, uit Upington se rigting. Namate dit sigbaar word en nader kom, maak sy 'n veetrokkie uit. Agterop staan 'n enkele bul, 'n groot dier met wye horings, wat met toue aan die trok se relings vasgemaak is. Hy trap onvas rond om sy balans te hou, on-waardig vir so 'n forse dier. Hy kyk onbegrypend na die twee vroumense langs die pad.

"Wat's jou naam, kind?" vra Kytie sodra die trok verby gerammel het, maar sy kry geen antwoord nie.

Die selfoon piep: 'n sms van Koos. "Waar's jy?"

Kytie byt haar lip. "Antie Sussie se hart weer sleg. Bel môre."

Hy antwoord nie, so sy neem aan die antwoord het hom vir eers tevrede. Dan kan hy môre mos weer by die Tavern langs gaan pleks dat sy hom saam met haar kerk toe sleep.

Sy het skaars die foon gebêre of dit lui weer.

Dis die vrou van die Boesmans.

Sy bodder nie met groet nie, sy val sommer weg. "Die kind, het sy 'n merk aan die oog?"

Kytie se bloed raak koud. Sy het niks gesê van merke aan die kind se gesig nie.

"Hoe bedoel Mevrou?"

"'n Letsel, of iets. Op haar een ogie?"

"E … ja. Maar hoe't Mevrou dan geweet? Ken Mevrou die kind?"

"Ons praat later."

"Ai Jirrietjie. Ek het 'n vreestelike ding gedoen, wil net gehelp het."

"Dis oukei, Kytie, dis oukei. Jy het die regte ding gedoen. Die regte ding, hoor?"

"Hoe kan dit die regte ding gewees het?"

"Dis bestem, Kytie."

Kytie se keel trek toe en sy voel die trane in haar oë brand. Sy sien weer hoe die man so uit sy stoel uit tuimel, voel die impak van die metaal op been.

Langs haar beweeg die kind – staan skielik op en steek haar handjies uit na Kytie se gesig, vee saggies oor haar wange.

"Moenie bang wees nie, Kytie," hoor sy die Boesmanvrou se stem. "Alles gaan regkom. Alles."

17

Vroeg skemeraand ry Beeslaar Upington binne.

Hy is moeg en voel taai van die sweet. Emmers vol. Hy't alles tesame 23 kilometer gestap. 23. Op die hitte van die dag. Teer wat plek-plek só sag is van die hitte jou sole laat merke.

Sy voete sit vol blase. Dit pyn soos die pes.

Hulp het uiteindelik gekom in verskeie gedaantes.

Die eerste was 'n man en sy gesin op 'n donkiekar. Die eienaar van die trek het homself voorgestel as Hermanus Delport en hy't vinnig die name van die res van die groep Delports agterop die wa genoem. Ma Ou-Anna en dan die kinders: Oupop, Liepie, Ander-Anna, Hantie en Blom. Plus die name van die twee donkies – Ourokke en Langrokke. Hulle het Beeslaar 'n beker water gegee en gesê hulle het 'n domkrag en hulle maak vir hom 'n plekkietjie op die kar. Dit sou 'n rukkie neem, maar hulle sou hom kon terugbring tot by sy eie kar.

Die wa was voorheen die agterstewe van 'n bakkie, netjies afgesaag en met 'n bankie vir die drywer voorop vasgebout. Beeslaar het op die agterklap 'n sitplek gekry. 'n Goeie setel was dit egter nie. Hy was te swaar vir die kontrepsie. Sy gewig het die agterkant ondertoe gedwing terwyl die dapper drywer aan die voorkant hemelwaarts gelig is. Met die gevolg dat Beeslaar heeltyd sy knieë effe gelig moes hou om te keer dat sy hakskene op die grond sleep. Nietemin was hy bly, want hy sou enigiets gee om van sy seer voete af te kom.

Dit was 'n uur se ry, rustig in die anderste geluide van die donkiekarretjie: die geklingel van die tooms en harnasse se gespes, die donkiehoe-we op die pad. Hermanus praat in tale met die diere – verskeie registers van sy tong se klap en 'n deurlopende aanmoediging iewers tussen paai en prys. Twee hoenders in 'n draadkou het links van hom gesit en krop-geluide maak terwyl die kinders opgewonde kwetter. Dit het hulle groot vermaak verskaf om saam met 'n polisieman te ry.

"Wys ons Oom se gun," het hulle kort-kort gevra.

Uiteindelik was hulle terug by sy bakkie.

Waar Beeslaar die volgende amper-hartaanval kry: die spaarwiel self was aan die pap kant. Hermanus het 'n handpomp aangebied, maar daar was geen manier nie. Einde ten laaste het hy besluit om tóg maar met die papperige band te ry.

Omtrent 60 kilometer van Upington af was daar weer sein en kon hy 'n kontak by die bandeplek bel om vir hom oop te maak.

Hy't die sterk drang geïgnoreer om sersant Ghaap ook te bel. Tydens sy staptog het hy genoeg tyd gehad om die kêrel se begrafnis tot by die laaste lied te beplan.

Daar's twee gemiste oproepe, sien hy: die Moegel.

"Vir wat antwoord jy nie my oproepe nie?" wil Mogale weet. "Die hele wêreld vergaan, maar jy vee jou gat af!"

Beeslaar probeer verduidelik, maar Mogale knip hom kort. "Daar's moeilikheid op Askham," sê hy.

"Probleem, Generaal, is dat ek weer terug is op Upington."

"Hel, man," grom Mogale. "Sorg dat jy terugkom daar. Daar was 'n huisroof in 'n gastehuis en dit het lelik geraak. Duitse navorser."

"Met respek, Generaal, maar wat het dit met my op—"

"Here, Beeslaar, doen net vir een keer in jou lewe wat ek jou vra. My mense hier sit met 'n soortgelyke saak: Ook 'n Duitser. Ook 'n gastehuis. Maar ek vermoed die ou hier is dood."

"Vermoed?"

"Hy't letterlik net 'n bloedkol agtergelaat. Die man self is spoorloos. En sy laaste kontak was met die Duitser op Askham."

"En … wat moet ek gaan doen?"

"Kaptein De Vos het dit. Maar ek wil iemand daar hê as dinge verkeerd loop. Die Duitser daar is 'n professor. Iemand het vroeër vanmiddag by hom ingebreek en hom probeer verwurg. Hy't glo uitgepaas, wat dalk sy lewe gered het, want die aanvaller het hom gelos. Maar toe hy bykom, toe bel hy ons."

"U bedoel hier op Upington? Maar hoe—?"

"Oor ons hóm vroeër gebel het – in verband met die vermiste Duitser hiér. Dis complicated. Maar volgende ding is die áánvaller op die foon. En hy's vol allerhande stories oor De Vos wat korrup is en mense wat die Boesmans se goed steel en what-what. Volg jy?"

"Ek dink so, Generaal. Die inbreker bel self en hy sê De Vos is skeef."

"Hy't dreigemente gemaak, allerhande goed. So, kom jy maar daar dat jy kan kyk wat de hel daar aangaan. Ek soek nie 'n balls-up nie. So waar as wraggentag."

Beeslaar kry lag vir Mogale se gebruik van die outydse uitdrukking.

"Nie met buitelandse toeriste nie. Netnou is dit 'n internasionale insident. En ook nie met 'n cowboy cop wat die saak moet red nie. Bel vir kolonel Koekoes Mentoor hier op Upington, laat sy jou inlig. Ken jy haar?"

"Sy's in Kotana se plek, nie waar nie?"

"Sy't die vermiste Duitser hierdie kant gehanteer. En dis met háár dat die inbreker gepraat het. Sy sal jou die volle verhaal gee. Oukei?"

"So … Dis die aanvaller wat van korrupsie praat, nie die professor nie? En … e … die aanvaller is nog op vrye voet. En De Vos se mense?"

"Hulle soek hom. As hulle hom kry, wil ek hê jy moet by wees. Ek wil weet wat hy te sê het."

"Met groot respek, Generaal. As ek 'n sent gehad het vir elke misdadiger wat beweer die polisie is korrup …"

"Ja-ja. Bel vir Mentoor. Sy sê die ou klink so mal soos 'n haas, brabbel heeltyd oor korrupsie."

"'n Mal krimineel wat sê die polisie is korrup. Raait."

"Los maar eers die sarkasme, Beeslaar. En hou my op hoogte. Maandag sit ek met daai prokureurtjie. En ek wil reg wees vir hom."

18

Dis al na sewe-uur toe Koekoes Mentoor uiteindelik klaar is met die belangrikste papierwerk in die saak Hermann Zimmerman.

Sy is bly om onder die groot algemene kantoor in Schröderstraat se verblindende buisligte uit te kom. Die plek is onlangs nuut uitgeverf in 'n nare, neerdrukkende kleur. Dit en die vreeslike helder buisligte moet pure foltering wees vir die ouens met hangovers. Dis één verandering wat sy by River Park aangebring het: neutrale muurverf en 'n potplant of twee. Die lewe is klaar droewig genoeg, des te meer in hierdie tipe werk.

Sy sien uit na 'n koel glas wyn, 'n skuimbad en 'n tydskrif. Sy verbeel haar daar is iewers nog 'n *Huisgenoot* of iets. Daarna die luukse van haar bed.

Veel slaap, weet sy egter, moet sy nie verwag nie.

Dis al maande so. Sedert Martin se dood. Martin met die sagte oë, wat haar sy "birdie" genoem het. Op hulle troudag het hy vir haar 'n fyn goue kettinkie gegee met twee soenende voëltjies daaraan. Sy vat inge- dagte aan haar hals, maar die kettinkie is nie meer daar nie. Sy durf dit nie meer dra nie.

Juis oor die ding wat sy aangevang het in die tyd na sy dood. Noem dit posttraumatiese stres, noem dit mal-blerrie-koeisiekte of sommer net plein gatlikheid. Sy't net skielik van haar trollie af gegaan en in 'n noodlottige, ellendige blitsromanse beland. Halsoorkop, koorsig, met 'n drif en 'n gulsigheid wat sy nie geweet het sy't in haar nie. Toe sy uitein- delik tot haar sinne kom, het die skuldgevoelens en walging oorgeneem.

74

Een ding waarvoor sy gesorg het, was absolute geheimhouding. Sy't die deur van daai skandelike kamer toegesluit en die sleutel weggegooi.

Toe kom die onverwagte bevordering, die nuwe bevelspos en die kakhuis vol kophou wat dit sou eis. Maar sy't die perd gery, geklou dat dit bars om bo te bly. En sy't dit soortvan reggekry ook.

Tot vandag.

Vandag het die geraamte skielik geratel. Haar hart wou gaan staan toe sy daardie stem hoor – en die vernederende toon … "hou jou panties aan".

Sy probeer dit uit haar kop vee. Dink liewer aan die Zimmerman-gemors. Veral die vrou met die pandaoë. Sy was senuweeagtig, het selfs skerp gereageer toe Koekoes haar vra of Zimmerman besoek van iemand met kinders kon hê.

Is daar dan 'n issue met kinders?

En die vreemde gebeure by die ander Duitser – die man op Askham. 'n Inbreker met 'n missie, wat is sy storie?

Gelukkig is dit nie meer haar worries nie. Sy het pas die toestemming gekry om huis toe te gaan. Mogale was ongewoon vrolik toe sy bel. Sy toespraak was verby en hy't dalk al 'n glas wyn ingehad. "Gaan rus, Koekoes. Los die dossier op my lessenaar. Ou Lobatse is môre weer terug in die saal. Hy sal dit verder vat."

"Ek hoop maar hy't beter luck, Generaal," het sy flouerig geskerm.

"Jy't goeie werk gedoen, Mentoor, daar's nie twyfel nie. Maar nou los jy die res vir ons. Kry rus, gaan terug na jou eie goed, jy't sekerlik genoeg van jou eie probleme. En dankie vir die uithelp vandag. Oukei?"

Het hy iets met die opmerking bedoel? Haar "eie probleme". Wat weet hy van haar "eie probleme"? Sy't nog nooit by hom of enigiemand anders gaan kla oor die probleme wat sy op kantoor het nie. Dis nie hoe sy aanmekaargesit is nie. Nie sy wat Cordelia is nie. Sy met die leeue-hart, soos Daddy altyd gesê het. "En al is dit 'n klein leeutjie, my hart, dis steeds 'n leeu."

Nee, kla is nie 'n opsie nie. Dit bring net meer probleme: kort voor lank is sy die ou vrou met die nat broek, martie martelgat, "tipies vrou".

Sy pak haar rekenaar op, tjek haar lipstif en soek in haar handsak na haar foon en sleutels. Dan skakel sy die ligte af.

Die vreemde stem van die inbreker by Dieter Eckhardt bly haar hinder.

Die kêrel was weg teen die tyd dat De Vos daar aangekom het. Eckhardt was blykbaar 'n hele ruk lights out. Hoe lank presies kon hy nie sê nie. De Vos het hom op die vloer aangetref, besig om oor sy eie hande op te gooi. Langs hom het 'n dun seningriem gelê waarmee die aanvaller hom probeer verwurg het.

Niks was weg nie, het De Vos gerapporteer en, buiten die skrik en 'n lelike rooi haal oor sy strot, was Eckhardt ongedeerd. Hy het mediese hulp van die hand gewys. Meer nog, hy wou ook nie 'n klag lê nie en hy wou geen polisie daar hê nie.

Haar gesprek met De Vos was onaangenaam.

"Moenie jy worrie nie, Koeksie," het hy skimpend gesê, "never fear when De Vos is near."

Sy moes haarself keer om iets te sê, want sy was bang haar stem slaan weer deur. Dit maak so as sy opgewerk raak, begin blerrie piep. Sy skaam haar dood.

"Die rower," het sy bedaard gevra, "het jy enige idee?"

"Ek ken hierdie plek soos die palm van my hand. En ek ken my customers, jy weet. Ek weet presies wie hierdie bliksem is. En ek gaat vir hom uithaal, oukei? I'm on it like a comet!"

"Het jy hom gevra na Hermann Zimmerman?"

"'Tuurlik het ek hom gevra, Koeks."

"Kom ons hou dit professioneel, kaptein De Vos," het sy gesê met klem op sy ondergeskikte rang. "Ek sal dit verkies as jy my op my rang aanspreek."

"O ja, jy't bevordering gekry! Nice one, Kólonél! Nou't jy ook jou eie klein kingdom-to-come. En ons gaan lekker saamwerk, of hoe?"

Jy kon die selfvoldane spot in sy stem nie mis nie. Hy't die aas uitgehou en sy, dom koek, het daarvoor geval. "Zimmerman, kaptein De Vos!" Sy moes die gesprek terugdwing. "Het jy hom gevra?"

"Oe-oe, daai tyd van die maand, of hoe?"

Sy het haar lip gebyt, geluister hoe hy lag.

En toe: "Hang aan, skattebol. Dan vra jy hom self. Hy's hier by my."

Eckhardt se stem was kwakerig en hees, soos een met laringitis.

"I don't know him well," het hy huiwerig gesê. "I … I get many visitors, people from Germany, other tourists. They are interested in the work I do here. But now is not good for me to talk. I don't know him well."

"Professor Zimmerman has disappeared from his guesthouse in Upington this afternoon. Can you think of a reason why?"

Lang stilte. Dan: "He … he, what?"

"Disappeared."

"Mein Gott."

"It is possible he was hurt. We found evidence of a struggle."

Weer 'n stilte.

"Why did he phone you?"

"I don't … I really … I must go now. I don't feel well. Asseblief."

"Did you see the face of the burglar in your rooms, Mister Eckhardt?"

"Please, madam. I'm … Ek is on … onwel. Ek moet regtig … Ek moet rus."

En dit was al.

Wel, gelukkig is dit nie meer haar probleem nie. Nie een van die twee Duitsers nie. En genadiglik word sy enige verdere kontak met Kappies de Vos gespaar.

Sy stap met die lang gang af wat na die agterplaas en parkeerarea lei. Dit voel soos eeue gelede dat sy haar kar daar ingetrek het.

Toe sy by die dienskantoor verbystap, hoor sy 'n vrou wat histeries skree: "Voertsek! Jy klap nie aan my nie, moerskont! Vóértsek!"

Manstemme wat ewe hard terugroep. Een lag.

Mentoor draai in haar spoor om en gaan kyk wat aangaan, haar bloed klaar aan die kook.

"Hou jou vuil bek, jou dronkgat!" hoor sy een van die mans uitroep.

Sy ruk die deur na die dienskantoor oop en sien twee dienskonstabels wat 'n verslonste vrou onder bedwang probeer bring. Sy lyk rof, haar hare staan in klosse om haar kop en sy het een van haar skoene verloor – 'n uitgetrapte drafskoen sonder veters wat eenkant lê. Sy is vuil en Mentoor kan haar van die deur af ruik – 'n mengsel van suur liggaamsreuke en alkohol. "Konstabels!" roep sy skerp. Al drie figure kyk verras na haar, asof sy 'n ingewikkelde dans versteur.

"Hulle wil nie my kind soek nie! Fokken moerskonte. Pielkoppe! Los my uit, voertsek!" skree sy en wriemel haarself los.

"Wat gaan hier aan?" wil Mentoor weet.

"Sy vloek ons en sy's dronk, Kolonel," laat een van die konstabels uitasem hoor. Hy's 'n pienkgesig jong man wat lyk of hy nog op skool hoort. "Dis 'n ou laai van haar. Sy's gesuip en sy kom staan hier en raas en vloek."

"Nou het jy al probeer om haar te help?"

"Sy wil nie gehelp wees nie, Kolonel. Sy's vol rooiprop en sy kom pla hier oor sy 'n nag se gratis verblyf soek." Rooiprop, weet Koekoes, is die goedkoop soetwyn wat in liter-plastiekbottels verkoop word.

"Hy lieg!" roep die vrou en ruk haarself los. Sy staan onvas, kyk met wilde oë na Koekoes. "Ek soek my kind!"

"Sy't al weer haar kind verloor, Kolonel. Sy verloor die kind knaend as sy so dronk word en dan kom staan en skree sy hier."

Die vrou gee 'n tree vorentoe, maar die twee konstabels gryp haar vas en die skreeuery begin van voor af.

"Genoeg!" roep Mentoor. "Mevrou, as jy nie bedaar nie, gaan hierdie manne jou nie help nie. Hulle gaan jou nou los en dan sit jy op die stoel hier by die toonbank sodat hulle kan luister. En hierdie konstabel gaan vir jou 'n beker tee haal terwyl jy jou storie vertel."

Die pienkgesig kyk haar aan of sy van lotjie getik is.

"Tee," sê sy vir hom. "Met baie suiker."

19

Dit was al byna agtuur toe Beeslaar se bakkie klaar is op Upington en hy uiteindelik weer die lang pad Kalahari toe aanpak – met 'n splinternuwe high-lift jack en twee gangbare bande.

En 'n gat in sy beursie.

Hy't intussen ook met kolonel Mentoor gepraat. Sy's geen fan van De Vos nie, dit kon hy hoor. Haar stem het dun geword toe hy vra of sy hom ken. "E … hy's orraait," is ook al wat sy wou sê. Dalk sy verbeelding, maar sy't effe behoedsaam geklink.

Die pad was anders in die nag. Dis die verlatenheid, het hy besluit. Dis meer intens, soos 'n donker kombers wat jou teen die vaal liniaal van die pad vasdruk. Meedoënloos saai, jou brein mesmeraais.

Twee ure later het die afdraaibord na die Witdraai-polisie uit die donker opgedoem. Hy't vinnig daar ingeloer om te hoor of die inbreker by die Duitser al opgespoor is, maar die plek was byna verlate, een vroue-konstabel wat sê die kaptein en drie van die manne is uit. Beeslaar het haar sy kaartjie gegee en gevra De Vos moet hom bel wanneer hy inkom.

Die Kalahari Lodge was net 'n paar kilometer verder, 'n oase van lig in die wye nag. Die vrou by ontvangs het gesê hy's gelukkig, die lodge is altyd vol, veral oor naweke. Mense kom vir die groot Kgalagadi-oor-grenspark, slaap oor by die lodge, want die ingang is net 70 kilometer verder.

Sy kamer vir die nag is 'n grasdakrondawel – 'n klein ronde vertrek-kie met 'n gangbare stort. Hy's nie bra lief vir 'n rondawel nie. Dis geneig om donker binne te wees. En hy gril vir goeters wat dalk in die donker daar bo teen die grasdak rondkrioel. Insekrige goed.

Maar hy brom nie, hy's dankbaar. Veral vir die stort, wat hy ruimskoots gebruik. Daarna kan hy die skade aan sy voete inspekteer. Elke groottoon het sy eie blaas en op sy hakskene is die blase blou. Die grote onder sy regtervoetkussing het oopgegaan. Hy loop so te sê nou op sy roue rims. Die apteke op Upington was natuurlik toe, so hy's daar weg met 'n useless pakkie Band-aid wat hy by die garage se Quick Shop kon uitvis.

Hy bepleister sy voete, trek skoene en sokkies aan en dan verkas hy kroeg toe.

Waar hy met ope arms verwelkom word by 'n groepie mans wat al goed gekuier is. Vreeslik bly om "vars bloed" by te kry. Hulle was besig om die dag se rugby se bespreek, elke ou 'n kenner. En hulle wil hulle breek vir Beeslaar se storie oor die verdomde domkrag.

"In hierdie wêreld, my maat, is daar twee jacks waarsonder jy nie moet wees nie," sê een: "'n high-lift jack en 'n Jack Daniels. Of in jou geval, 'n domkrag, 'n dop en 'n donkie!" Moerse snaaks, groot gelag, nog 'n rondte. "Die ouballies hier gebruik mos nie Viagra nie. Hulle gebruik sommer die jack. En as dit 'n lang oom is, die high lift-jack!"

Die grapmaker is Kallie, 'n lang, gespierde kêrel – byna so lank soos Beeslaar self – met stofbruin hare. Hy skud nog 'n paar grappies uit, van tools tot by totties. Daarna draai die geselskap noodwendig na hom.

Beeslaar vergeet kort-kort nog hoe dinge op die platteland werk, waar almal alles van almal weet. Jy moet jou hele pedigree uitpak as jy 'n vreemdeling is. Hy besluit om maar so na as moontlik aan die waarheid te hou, vertel hy's in die polisie en hoewel hy al vir twee jaar in die Noord-Kaap is, hy nie regtig die wêreld noord en wes van Upington so goed ken nie. So, hy kom bekyk net 'n slag die omgewing hier rond.

En natuurlik wil almal weet of hy vir De Vos ook kom kuier.

"Nie eintlik nie," sê hy huiwerig, "ek ken hom nie juis nie."

"Jy sal hom like. So, jy's nie vir werk hier nie?"

"Nee, ek moet 'n bietjie opgehoopte verlof opgebruik," skerm hy. "Ek dag toe maar ek gebruik die tyd om een of twee mense hier te kom sien.

Dalk moet ek sommer bietjie in die park ingaan, terwyl ek nou hier is, rondkyk en so aan."

"Kwaai," sê 'n bleskop entoesiasties. "Jy't nog nie 'n leeu gesien as jy nie 'n Kalahari-leeu gesien het nie." Hy lyk of hy klaar 'n dop te veel in het. "Dis blerrie rowwe goed. Neuks. Súlke maanhare." Hy maak 'n hoepel met sy twee lang arms.

"Maar vra ou Kappies om jou te vat. Hy ken die plek, jong, rrrreg van onder en van bo en van rrrrrregs na links." Hy sleep vrolik-dronk aan sy erre. "Kén sy diere! Hy sal jou alles kan wys en nog meer vertel. Regte jagter, hy. Blerrie goed ook. Daar's nie 'n ding op vier pote wat hy nog nie platgetrek het nie. En die leeus is sy specialty. Dalk laat hy jou bietjie skiet ook."

"Wat, in die park?"

Die man trek sy skouers oordrewe op. "Hy't contacts, hy. G'n hek of heining wat hóm buite hou nie."

Almal lag.

"Ag, ou Kappies is orraait."

Tweede keer, dink Beeslaar, dat hy op een aand dié spesifieke beskrywing hoor. "Orraait." Dis gewoonlik wat mense sê as hulle dink die ou is 'n doos. 'n Gangbare doos, maar desnieteenstaande 'n doos.

"Ja," voeg 'n ouer man by, "en hy vat ookie kak van die veldkabouters nie."

"O?"

Ron is sy naam. Hy praat met 'n Engelse aksent en hy's self ook al goed geolie. "Not my word, actually. That's what Kappies calls them – the Bushmen, you know? He's got all sorts of names for them, talks about "hase", like in hares. Big sports around here, hase jag." Hy kyk veelseggend na die res van die geselskap, soek ondersteuning.

Die meeste kyk weg, maak of hulle niks gehoor het nie. Maar die bleskop lag. "Tja, ou Kappies. Bietjie van 'n rough diamond, maar sy hart sit op die regte plek."

Daarna loop die gesprek terug na rugby.

Beeslaar gaan buite toe vir vars lug en stilte. Die kroeg raas te veel, doef-doef-musiek en dronkpraatjies.

Daar's wolke aan't kom, sien hy, die stormweer van Upington wat hom toe tóg agterhaal het. Dis drukkend en stil buite, glimmerings van weerlig wat kort-kort die horison verlig. Etlike sekondes later kom die dowwe gerammel agterna.

Gramstorig en beneuk, dink hy. Join the club, manne, veral na 'n dag soos vandag.

Sy voete is bliksems seer. En hy't 'n slegte voorgevoel aan hom: impending doom. Die vinnige "joppie" vir die Moegel is besig om bagasie op te tel. Hy moes vanaand in Johannesburg gewees het. In die gastehuis in Melville met 'n lang drankie in die hand, besig om na môre se semi-verjaardagpartytjie uit te sien.

Hy't nog nie die teddiebeer toegedraai nie, onthou hy skielik. Was nog van plan om iewers geskenkpapier te koop.

Hy sug en drink 'n sluk bier. Vir die eerste keer in 'n lang tyd mis hy 'n sigaret. Enigiets om die kak smaak van die dag se gesukkel uit sy mond te kry.

Dit moes verdomp die begin van sy nuwe lewe gewees het. Die kans om 'n gesin te bou.

'n Gesin. Herre, hy durf nie eens die woord uiter nie. En 'n kind, sy eie. Dit maak soveel onbekende emosies by hom los. Vreemde gevoelens: Een oomblik 'n gloed van geluk, jou hart swel soos 'n rugbybal. Die volgende is dit yskoue angs. Oor jy skielik iets het wat saak maak. Iets wat jou aan die lewe anker, 'n vastigheid in 'n waansinnige wêreld.

Hy skud sy kop in die donker. Genoeg van die morbiede gebroei. Hy vat die laaste sluk van sy Windhoek Lager. Vanaand wil hy hom krup-pel drink. Na 'n dag soos vandag verdien hy dit, verdomp. En dit bly die beste purgasie vir 'n kop vol kak. Dié bier was net foreplay. Hierna is die speletjies verby: dubbels van elke soort brandewyn in die hotel se kroeg.

Dit sal help opmaak vir die tos situasie waarin hy hom vanaand bevind: halfpad uit die polisie, halfpad in 'n nuwe job in. Hy wás half-pad in by Gerda, die liefde van sy lewe. Maar na vandag is hy vir seker weer uit. Was halfpad op pad Johannesburg toe, maar sit pens en pootjies in die fokken Kalahari. Waar dit sweersekerlik nie makliker gaan raak nie. Die gesprek in die kroeg is klaar 'n rigtingwyser – klomp ouens met waarheidwater agter die blad wat onwetend ou Kappies de Vos se gat toestop. Miskien nie genoeg bewyse vir 'n regter nie, maar beslis 'n aanduiding van hoe die wind hier waai: Texas Ranger gekruis met Buffalo Bill.

Miskien moet hy eers vir Gerda bel voor hy aan die drink raak. Aan die ander kant – dalk moet hy eers 'n moedskepdop drink. Dalk moet hy glad nie bel nie. Sy slaap tien teen een al.

Hy is op die punt om weer in te gaan toe hy 'n voertuig met gedompte ligte gewaar wat stadig uit Upington se rigting aangery kom. Dis 'n groot masjien, 8 silinder 4.5-liter diesel met 'n luukse, sysagte spin. Die pad is naby genoeg, omtrent so 200 meter van die lodge se stoep waar hy staan. Hy probeer om te sien watse voertuig dit is, maar hy kan nie, dis net te donker. Hy kyk hoe dit stadig voor die lodge verby drentel.

Die opmerking in die kroeg, vroeër, oor De Vos en die "veldkabouters" en "hasejag" kom skielik by hom op. Hy skud dit uit sy kop. "Jy't nog drank nodig, Beeslaar, die son het jou brein gebraai," mompel hy vir homself en tel sy leë glas op om in te gaan.

Dan hoor hy die skoot.

Hy sit die glas neer. Die voertuig trek met skreeuende bande weg, hoofligte aan, soekligte op die dak wat die wêreld verhelder.

Vir 'n kort oomblik pen dit 'n mansfiguur vas, 'n warreling klere en pompende arms oor die teerpad wat vinnig weer in die lang gras aan die oorkant van die pad verdwyn.

Beeslaar sit instinktief sy hand op sy pistoolheup. Hou dit daar, gereed, terwyl hy stip na die pad staar.

Die groot kar jaag tot waar die figuur verdwyn het, rem hard en swenk van die pad af agter die hardloper aan. Voor 'n hoë ogiesdraadheining stop dit in 'n wolk stof. Daar's 'n dubbele hek, maar dis toe. Een van die deure gaan oop en 'n man vlieg uit, hardloop na die hek toe en maak dit oop.

Die kragtige enjin dreun en die voertuig skiet deur, sy ligte val op 'n klein houthuisie. Beide huisie en kar verdwyn in die groot bolle stof. Dan klap daar nog 'n skoot en van iewers uit die stof en die donker is daar dowwe uitroepe.

En dan nóg 'n skoot.

Beeslaar hardloop, blindelings. Al met die gruispad van die lodge af tot by die teerpad. Hy's bewus van sy stukkende voete, maar dis nou minder belangrik.

Oorkant die pad is die sand dik en ongelyk, maak dit moeilik om in die donker regop te bly. Dan is hy om die huisie, maar loop hom byna disnis teen 'n stewige kêrel met 'n flits in die hand. Die flits tref hom hard teen die kop.

Hy voel hoe die nag om hom kantel, 'n skerp pyn wat deur sy skedel bars. Hy steier, probeer sy balans hou, maar sy bene swik en hy sak op sy knieë neer.

"Polisie," probeer hy sê, maar hy's nie seker of die woorde by sy mond uitkom nie. Dit voel of daar nie lug in sy longe is nie.

"Wat de hel …" sê die vent met die flits, skyn dit vol op Beeslaar se gesig.

Hy lig sy een hand om sy oë af te skerm.

"Hô," roep die flitsman. "Stadig, stadig. En laat los jou wapen. Lós!"

Beeslaar maak sy hand oop, voel hoe die wapen hardhandig gegryp word. "Wag," probeer hy prewel. Sy mond is kurkdroog en sy tong dom. "Pol-polisie …" Hy kyk op, maar die flits verblind hom. Agtertoe sien hy die voertuig rooi briek.

"Dáár's hy!" roep iemand uit. "Oor die duin! Oor die duin! Daai kant toe! Rý, ry, ry! Tebogo! Ons gaan hom fokken verloor!"

Die enjin brul woedend. Maar ruk dan dood. "Wat fokken máák jy, man! Ry!"

Die flits swaai weg uit Beeslaar se gesig en terug in die rigting van die voertuig. Dis 'n moerse groot Land Cruiser, sien hy, met sy neus in 'n sandduin en fonteine sand wat agter sy wiele opstaan.

Beeslaar besluit hy moet nóú iets doen, terwyl sy aanvaller se aandag elders is. Hy beur orent, so flink as wat sy bene hom toelaat, en stamp sy aanvaller hard in die sy. Die man roep uit en strompel eenkant toe, verloor sy balans en sak op sy hurke. Beeslaar laat nie op hom wag nie en hy mik 'n skop na die man se ribbes.

"Ug," sê die man en syg op die sand neer. Beeslaar gryp hom voor die bors en slaan hom met die hakskeen van sy hand vol op die neus. Dis nie 'n harde hou nie, maar hard genoeg dat die kêrel skree en na sy gesig gryp.

"Bliksem," sê Beeslaar uitasem en laat val hom. Hy tel die man se flits op en lig op die sand rond tot hy sy pistool half onder die man se lyf sien uitsteek. Hy raap dit vinnig op en skyn dan die flits op die Cruiser teen die duin. Die bestuurder, sien hy, probeer steeds om die spulletjie aan die gang te kry, maar die loodswaar voertuig versit geen tree nie.

Beeslaar bring die lig terug na die vent op die grond. "Polisie," sê hy. "Wat's jou naam? Op wie skiet julle?"

Die kêrel kreun en Beeslaar buk by hom. Hy ruik drank.

Die neus lyk nie gebreek nie, maar hy's goed stukkend, bloed stroom oor die lip. Hy deursoek die man vlugtig, voel nie 'n wapen nie. Hy maak sy beursie oop en ontdek sy polisiekaart.

Fok.

Hy swaai die flits weer na die Cruiser toe. Hy sien 'n dowwe figuur voor die voertuig wat aanwysings vir die bestuurder binne-in uitroep. Bo teen die duin is iemand met 'n geweer in die hand besig om deur die los sand na bo te sukkel. Beeslaar hoor hom uitroep, maar kan nie hoor wat hy sê nie. Dan raak hy weg in die donker.

En die Cruiser se enjin vrek wéér.

"Lê," sê Beeslaar vir die ou hier by hom op die grond.

"Jy't my flippen neus gebreek," kerm hy. "Ek gaan jou aankla!"

"Jy en jou antie," sê Beeslaar. "Wat's jou naam? En op wie skiet julle?"

"Kaptein De Vos gaan jou dik donner, bliks—"

"Op wié skiet julle?"

"'n Fokken verdagte, wat anders!"

Dan klink daar nog 'n skoot op, weergalm in die stilte.

Beeslaar begin hardloop. "Kry back up," skree hy oor sy skouer. "Nog mense!" Die kêrel skel iets agterna, maar hy hoor skaars.

Die Cruiser is leeg, sien hy toe hy nader kom. Hy lig met die flits op die kruin van die duin langs, sien waar die ou met die geweer oor is. Die sand is te los daar, hy weet hy gaan sukkel. Regs van die voertuig lyk dit meer kompak. Hy bêre die pistool en begin haastig teen die duin optrap. Die sand is diep. Plek-plek sak hy tot oor sy enkels weg.

Bo gekom, lig hy op en af in die duinstraat aan die ander kant. Hy sien spore – te veel. Maar oor die volgende duin sien hy 'n lig.

Hy is bereid om geld te wed dat die een met die geweer De Vos self is. Agter wie is hy aan? Die inbreker van Askham?

Hel.

Bad luck en trouble kwadraat. Hoe de fok het jy hier beland, Beeslaar?

Maar daar's nie tyd vir dink nie, want hy gewaar 'n beweging op die oorkantste duin – 'n man met sy rug na Beeslaar wat sy geweer op iets of iemand onder hom rig. Dan skiet hy. Die skoot weergalm in die duine in.

Beeslaar kom in beweging, hardloop met lang treë teen die styl duin af, oor die vaste sand onder in die duinvallei en weer op teen die oorkant. Hy is nét bo en gereed om oor die duin te gaan toe daar 'n harde uitroep opklink. Hy val onmiddellik plat en skakel die flits af. Hy wil nie per ongeluk in daardie geweer se visier beland nie.

Vir 'n rukkie bly hy lê, ore gespits. Dan loer hy versigtig oor die duin. Eers sien hy niks nie, maar dan is daar dowwe bewegings ondertoe. Hy skakel die flits aan, gooi die straal in daardie rigting.

Dis dan dat hy die stil liggaam van die polisieman gewaar. En die donker figuur wat vinnig van die toneel weghardloop. Met die geweer in sy hand.

20

Kytie het 'n winkelsak oopgeskeur en op die los sand onder die doring-
boom uitgesprei. Dis groot genoeg vir haar om op te sit met nog plek vir
die kleintjie ook. "Tussen ons twee," sê sy vir die kind, "is daar mos nou
nie vleis aan die agterosse nie." Sy trek haar stywer vas. "Nee, wat," sê sy,
"onse sit is direk op die been. Of wat sê jy?"

Die kind kyk op na Kytie, haar eienaardige ogies groot en blink in
die klein gesiggie.

Om hulle is die naglug stil buiten vir die getjirp van 'n paar naginsekte
en nou en dan 'n jakkals wat veraf sy weemoed verklaar. Daar was vroeër
'n weer aan't opbou – die middag se storm op die dorp wat omgedraai
en grombek dié kant toe gestorm het. Dit was meer blaf as byt, want die
wolke dryf reeds niks gepla uitmekaar en laat los die gevange maan.

Sy's maar alte dankbaar. Reën is die laaste ding wat sy nou nodig het.
As oom Dirkie net sal uitkom. Die donkiepad, wat parallel aan die groot
teerpad loop, is 'n smal tweespoorpaadjie wat deur geslagte se donkie-
karre uitgetrap is. Die grond is meer genadig op die donkies se hoewe,
sagter as teer.

Die res is oop veld met lang grasse wat spokerig in die maanlig staan
met hier en daar die dowwer vlekke van doringbosse tussenin.

Langs haar roer die kind. Sy staan op en kyk in die donkerte in, maak
'n geluid met haar tong wat Kytie nie mooi kan uitmaak nie.

"Wat sê jy daar, meisie? Wil jy vir Kytie ietsie sê? En wat kyk jy so in
die donker in? Is daar iets?"

Die kind antwoord nie, maar maak weer die geluid. Dit klink soos 'n sagte sis, gevolg deur 'n skuurderige keelklank. "Ts-gggg." Kytie kyk ook, maar sien niks.

"Wat ís dit, kinnie? En watse vreemde tale praa' jy? Klink vir my alteveelvol na die ou Boesmans se skindertale. Kom. Kom sit liewerster hier by my, dan vertel ek jou 'n storie. Dis nie meer lank nie. Dan kom die oompie vir ons haal. Kom!"

Kytie trek aan haar, maar sy skud haarself liggies los en beweeg onder Kytie se hand uit.

"Waar gaan jy nou heen? Kom terug hierso. Dis donker." Kytie sit haar agterna, kry haar aan die hempie beet en probeer haar terugtrek na hulle sitplek toe. Maar die kind staan vas, haar hele lyfie gefokus op iets wat Kytie nie kan sien nie. "Ts-gê," sê sy saggies, 'n blye glimlag oor haar gesiggie. Sy wys na 'n plek iewers tussen 'n klomp donker bosse. Kytie kyk stip, bewus daarvan dat die veld skielik stil is, geen insekte of vlieggoeters wat roer nie.

Sy staan tjoepstil, hou haar asemhaling vlak sodat sy beter kan luister. Dan hoor sy dit: 'n vreemde geritsel, liggies, soos gruis teen glas. Dit lyk of die klossies gras tussen die bosse beweeg. Iets onaards is besig om daar tussen die grasse en goed rond te vroetel.

Kytie voel die hoendervleis wat teen haar rugsenings opkruip, haar kopvel wat kriewelend saamtrek. Sy staan versigtig nader aan die kind, haar oë op die plek waar die geritsel vandaan kom. 'n Oomblik lank hou dit op, asof die ritsel-ding gaan staan, bewus geword het van Kytie en die kind.

Dan roer die grasse weer.

Voor Kytie kan keer ruk die kind onder haar hand uit en pyl daarop af. "Nee, Tienrand! Kom terug!"

Die kind versnel.

En binne sekondes het die donker haar ingesluk.

21 Seko vertel van die wind

En Seko vertel vir Springbokkie van die wind:

Vir elke mens wat gebore word, is daar 'n wind.
Dis daardie mens se eie wind.
Die wind wat aan hom behoort.
Die wind bly by hom vir altyd en ewig.
Die wind ken sy lewe vooruit.
Of hy jagter word, of hy die reën sal kan roep.

Die wind is 'n mens se storie.
En 'n storie is die mens se wind.

Die wind was 'n man van die eerste mense, voor die wind 'n wind
geword het en in 'n nessie in 'n boom gaan woon het. En die mense
hoor as die wind praat, want die wind dra die stories na die mense toe.
En as 'n Boesman doodgaan, dan maak die wind so: hy waai, want
ons is mos wind.

En ons word 'n wolk.
En as ons doodgaan, waai onse wind.
En dit blaas 'n wolk stof op en die stof gaan lê.
Gaan lê in onse voetspore.
Hy gaan lê mooi daar.

Om ons voetspore toe te maak.
So vat die wind onse voetspore weg.

Dat die mense en diere sal weet ons loop nie meer daar nie.

22

Beeslaar hardloop so vinnig as wat die los sand hom toelaat. Heelpad roep hy die vlugtende figuur moet stop, maar dié het reeds soos 'n skim verdwyn.

Dit voel soos ure voor hy by die gewonde man uitkom.

Sy oë is oop, starend. Sy asem roggel. Laag teen sy nek, sien Beeslaar, is daar bloed.

Baie bloed. As hy nie vinnig speel nie, gaan hierdie ou net hier uit-bloei.

Hy gooi die flits neer, pluk sy hemp uit en druk dit teen die man se bors en nek. "Uithou, pêl," sê hy. "Jy gaan orraait wees. Moenie worrie nie, jy's oukei, jy's oukei!" Hy werk met al twee hande om die hemp teen die ou se nek vas te druk.

"Help!" roep hy tussendeur. "Iemand! Help!"

Van iewers agter die duine agter hom hoor hy 'n antwoord.

"Hier! Agter die duin!" Hy sien 'n lig dans – iemand wat met 'n flits hardloop. Hy hou aan roep om sy posisie aan te dui.

Sekondes later kom twee mans oor die duin gehardloop.

"Ambulans," roep Beeslaar. "Bel 'n ambulans, hy's besig om uit te bloei!"

Die twee kêrels gaan staan geskok toe hulle die persoon op die grond herken. "Kaptein!" roep die een en val op sy knieë by die liggaam neer. "Jissis fok. Kaptéin!" Sy asem jaag en Beeslaar kan die brandewyn ruik.

Sy kollega het 'n pistool uitgehaal en op Beeslaar gerig.

"Wag!" roep Beeslaar. "Bel eers. En jy," beveel hy die ander een, "trek uit jou hemp dat ons die bloed keer."

"Wie de hel is jy? En wat het jy met kaptein De Vos gedoen?"

"Niks! Die aanvaller het gevlug, dié kant toe op." Beeslaar wys met sy kop. "Ek's kaptein Beeslaar, Upington-polisie. Maar daar's nie nóú tyd nie, man!"

Die man huiwer.

"Tóé!"

"Bel, Tebogo!" sê hy dan en skuif nader.

Tebogo hou sy pistool op Beeslaar gerig, met die ander het hy sy selfoon uit. "Jassas, hier's fokkol sein!" Hy draai om en draf terug die duin uit om hoogte te kry.

Sy kollega ruk haastig sy hemp af. "Wat het hier gebeur?" vra hy.

"Hier!" sê Beeslaar. "Druk hier. Het jy dit?" Hy knoop De Vos se hemp oop om te kyk vir ander skade, maar hy sien nie ander wonde nie. "Ons sal moet gou speel! Sit die voertuig nog vas?"

Die man kyk oopmond na Beeslaar.

"Kom by, man! Die Cruiser! Ons moet hom by die kar kry. Wat's jou blerrie naam?"

"Landers. Maar die kar sit tot by sy dif. Hy's vas."

"Ambulans?"

"Hier's nie sulke goed nie."

"Dan sal ons De Vos hier moet uit dra. Wat's die kortste pad lodge toe?"

"Direk teerpad toe. Dié kant." Hy wys af in die duinestraat agter hulle. "Tebogo!" roep hy die man op die duin.

"Ek kry nie sein nie!"

"Los die fokken foon en kom help."

Hulle werk vinnig om die vars hemp om De Vos se nek vas te maak. Toe Tebogo bykom, lig hulle hom versigtig tussen hulle drie en begin loop, twee voor en Beeslaar agter.

Maar die pas is stadig, want hulle greep is ongemaklik en die bloed maak alles glibberig. Kort-kort ruil hulle, maar hulle vertoef nie vir rus nie.

Gelukkig is die sandoppervlak in die duinestraat fermer, wat die gang effe makliker maak.

Beeslaar vertel vlugtig hoe hy op die toneel beland het – die skote wat hy gehoor het, hoe hy oombliklik gedink het daar's moeilikheid. Hy't gehoor van die aanval op die Duitser, dat daar 'n soektog na 'n verdagte was. Hy beskryf die vlugtende figuur wat hy kortliks gewaar het.

"Bloubees," sê die ander twee soos een man. Beide is lede van die Witdraai-polisie, sê hulle – adjudant-offisier Manie Landers en sersant Tebogo Tholo. Dís die man wat hulle en kaptein De Vos aan't jaag was – Jan Bloubees.

Herre, dink Beeslaar, wie sê daar's nie toeval in die wêreld nie? Een oomblik doen hy diskreet navraag oor 'n man, volgende oomblik dra hy hom bloeiend uit die duine uit.

Tholo tjek nog kort-kort vir selfoonontvangs, maar dis eers toe hulle die teerpad tref dat daar weer sein is. Hulle is nie ver van die lodge af nie, hoogstens 'n kilometer.

"Bel soontoe," beveel Beeslaar. "Dis nou ons beste bet. Ons wag liewer hier, dis minder van 'n geskommel vir hóm."

Hulle lê De Vos versigtig in die sagte sand langs die pad neer. Die ergste bloeding, sien Beeslaar, het gestop. Maar die man se asem bly vlak en hortend. Hy's by, maar deurmekaar, hoes as hy wil praat en sy oë dop kort-kort om.

Beeslaar hurk by hom terwyl die ander twee bel. "Ons is amper daar, Kaptein. Hang jy net aan, oukei?"

Tholo kom eerste deur na iemand by die lodge, lewer sy boodskap stotterend af.

Oomblikke later sien Beeslaar karligte van die lodge se kant af aan-kom. Kort voor lank stop daar drie bakkies en 'n Cruiser by hulle. Hy herken die ouens van die kroeg – wat dadelik ligte en noodhulptasse uit die voertuie gryp en met verrassende behendigheid die gewonde man kom verbind. Hulle rol hom op 'n grondseil, lig hom en gaan lê hom in die Cruiser neer. Die eienaar klim agter by die pasiënt in en gee sy sleutel aan Tholo, wat hulle moet deurjaag Upington toe.

Toe die rooi gloed van die voertuig uiteindelik in die donker nag verdwyn, draai een van die kroegmanne om na Beeslaar. "Hel, ou pêl. Wat de fok, hè?" Dis die bleskop.

"Het julle nie die skote gehoor nie?"

Die Engelsman, Ron, antwoord: "Shit, no. You know how loud it gets in there. But what the bloody hell happened here? Landers?"

"Goeie vraag," mompel Landers en kyk onseker na Beeslaar. "Jy kan hóm beter vra. Hy was mos by kaptein De Vos toe ons daar aankom."

Beeslaar staan en kyk na sy bebloede hande. "Het een van julle water hier?"

Ron buk in sy voertuig in en haal 'n literbottel uit, hou dit vas terwyl Beeslaar en Landers die ergste bloed afwas. Hulle is albei nog kaalbolyf en gaan meer as 'n liter nodig hê om die res skoon te kry.

"Raait," sê Beeslaar. "De Vos se nekwond kom van 'n mes. Ek is geen dokter nie, maar ek sal my kop op 'n blok sit. En die ou wat ek by hom sien weghardloop het, is waarskynlik dieselfde ou as wat julle netnou oor die pad gejaag het. Daarvan is ek taamlik seker."

"Maar waar in die duine wás jy?" vra Landers, nou meer selfverse-kerd. "Hoe's dit dan dat nie een van ons jou gesien het nie?"

"Lang storie – maar vra gerus julle ander man."

"Erasmus?" vra Landers. "Hel, ek het gewonder wat van hom geword het."

"Hy's tien teen een nog iewers naby die voertuig, besig om sy neus vas te hou ná ek en hy … e … kennis gemaak het. Maar bel hom, sê hom ons is op pad. Ek bel intussen die grootbaas."

"Generaal Mogale?" wil Landers grootoog weet.

Beeslaar antwoord nie, maar klim by Ron in en bel terwyl hulle terugry na die groot hek en die houthuisie.

Soos verwag, is die Moegel nie bly nie.

Hy luister enduit, ysig stil.

Dan: "Jy weet wragtag presies hoe om met jou groot blerrie pote … Dis die een fokkop na die ander! Sjit, man! En die verdagte, waar's hy?"

"In die duine iewers, Generaal. Ek kan my kar kry en loop soek, maar ek het nie baie hoop nie."

Diep sug aan die anderkant van die lyn. "Orraait, ek sal De Vos se vrou in kennis stel. Gaan jy nou maar eers terug Witdraai toe. En kry ekstra mense in, dat hulle gaan soek. Hulle ken die plek. Ek sal hiervandaan 'n senior persoon stuur wat intussen die bevel kan gaan oorneem. En jy hou vir 'n slag jou hande tuis! Jy't moeilikheid genoeg!"

Daarmee is die gesprek klaar. Beeslaar staar die donkerte in.

Here weet, dink hy mismoedig, hy gaan soek nie na kak nie. Die kak kom soek hom!

23

Koekoes Mentoor soek vir stasies op haar kar se radio. Sy ry al vir amper twee ure op die dooie stuk pad tussen Upington en Askham en sy't iets nodig om haar kop besig te hou. Al is dit nou ook "Siele op Wiele" oor RSG. Maar die radio het alleen 'n gesuis te biede. Sy sit 'n CD in – Susan Boyle. Maar die eerste liedjie is "Send In The Clowns".

Nee, o hemel. Sy druk die simpel ding uit. Dalk liewer iets Taylor Swift-erigs, "Shake It Off". Dís meer wat sy nodig het. Enigiets wat gaan keer dat haar brein nie versteen nie.

Sy draai die musiek oop, sing uit volle bors saam, regdeur tot by die einde. Sy ken net die refrein, maar sy sing nietemin. Jes! Skud dit af, skud dit af.

Harder, ou sussie, harder! Dat jy jou brein bietjie kan wakker skud, want hy voel soos 'n groot stuk klip. Lala-lala, skud dit af!" Sy weet goed hoekom dit soos klip voel. Die linkerlob is vrees en die regter-ene is skok en ongeloof.

Sy't al so baie kere gebid oor hierdie ding: Liewe Jesus, gee dat ek nooit in my lewe weer met Kappies de Vos hoef te doene kry nie. Asseblief, Liewe Jesus, mooi asseblief.

Maar op hierdie oomblik voel dit nie of Liewe Jesus haar gehoor het nie. Want waarheen is sy op pad? Sy's op pad Kalahari toe. Na die Witdraai-polisiestasie toe. Kappies de Vos se eie klein kingdom to come.

Die Moegel het 'n uur of wat gelede gebel en haar die opdrag gegee. "Daar's groot marakkas in die Kalahari, Mentoor. En ek is jammer vir jou, ek weet jy't heeldag gewerk en alles, maar jy moet gaan instaan daar. Dit het toevallig te doen met daai saak van vanmiddag."

Toevallig?

Dit sal nie toeval wees nie. Toeval is 'n gratis tert – rooi lippies en 'n mylbreed smile. In die ware lewe is daar nie sulke dinge nie. In die ware lewe werk dinge anderster. Daar's redes hoekom goed gebeur. Redes soos sondes wat jou inhaal en jou aan jou gat kom hap.

Presies soos vanaand.

Dit was kort ná elf toe Mogale bel. Die vrolikheid van vroeër die aand was lank vergete en sy stem was donker en bedons. Sy't net-net ingesluimer.

"Mentoor! Ek soek jou."

Haar hart het 'n slag oorgeslaan. Wat beteken dít? Het sy iewers 'n fout gemaak? Sjit-sjit-sjit. Dalk is dit niks – Zimmerman se lyk het uitgedop iewers. Dalk is dit haar kierangs wat nou gaan braai. Hy klink verskriklik omgekrap.

"Alles reg, Generaal?" wou sy senuweeagtig weet.

"Ek wil hê jy moet Kalahari toe gaan – Witdraai."

"Nóú?" Sy het asem opgehou.

"Daar's 'n situasie. Ek soek dadelik 'n senior persoon daar. Pak 'n tas. Want jy gaan moet oorbly."

Met 'n mengsel van angs, verbasing en skrik het sy geluister terwyl hy die agtergrond van die "situasie" in die Kalahari uitlê. Sy't probeer protesteer, gevra of die omstandighede nie 'n meer ervare persoon regverdig nie, maar Mogale wou niks hoor nie.

"Ek soek vir jou, Kolonel."

Sy't 'n tas gepak, bewerig, moes twee keer weer uitpak, want sy kon nie konsentreer nie. Eers toe sy seker was sy't alles het sy in die kar geklim en haar duister tog aangepak.

Sy hou haar spoed dop, want die pad is berug vir koedoes wat snags voor karre inhardloop. Die mense noem hom nie vir niks die "Groot Grys Gedaante" nie, want hy verskyn uit die niet, daar's nie nog tyd vir briek trap nie. Sy weet van baie mense wat al so dood is. 'n Koedoe is mos 'n moerse groot ding. Dis baie vleis en baie lang horings wat in jou skoot beland. Dis overs kedovers met jou, jy's maalvleis.

Jis.

En sy's so by so al klaar maalvleis.

As die storie oor haar en Kappies nóú op die lappe moet kom … Mogale sal glad nie pleased wees nie. Hy het haar self gesê, toe sy haar bevordering kry, hy's siek en sat vir cops wat maak of die reëls nie vir hulle geld nie.

Eintlik moes sy hom vanaand vertel het toe hy gebel het. Van haar en Kappies wat "geskiedenis" het. En dat sy gesweer het sy skiet hom as hy weer naby haar kom. Maar sy was te papbroekig. En te skaam. Almal het gedink sy rou nog oor Martin, maar toe brand sy lakens met 'n getrou-de man. Die Moegel het hom taamlik oor haar ontferm na Martin se dood. Hy's nie een vir onnodige praatjies en holruggeryde bybelversies en sterkte-toe-wense nie. Maar hy sou in die verbygaan by haar stop en vra: "Orraait, Mentoor?"

En nou en dan het mevrou Mogale haar ma gebel om te hoor hoe dit met die "arme Koekoes" gaan.

Goeie hemel, sy gaan liewer dood as wat sy vir die Moegel van Kappies moet vertel.

Kappies. En sy dag daardie hoofstuk is afgesluit.

Nou's dit sommer twee keer op een dag.

Sy skep diep asem en sing weer saam: "I'm just gonna shake, shake, shake, shake, shake / I shake it off, I shake it off!"

Uit volle bors, so hard sy kan. Sy's nie mooi op die noot nie. Kon nog nooit juis gesing het nie. Op skool mag sy maar in die koor gesing het, maar die juffrou het gesê net saggies.

"Shake it off, I shake it off!"

Kaptein Kappies, Hoofman oor 'n Honderd in die Land van die Dose. Shake it off, shake it off!

Maar die ge-shake-it-off wil nie so lekker werk nie. Want ja, sy's die moer in vir Kappies. En ja, sy't hom 'n duisend keer verwens. Maar nou klink dit hy's regtig swaar gewond. Die kanse bestaan dat hy dit dalk nie gaan maak nie.

En sy's nie so seker hoe sy daaroor voel nie. Hy't haar bitter sleg behandel. Maar sjit, sy dink sy het nogal omgegee vir hom. Meer as wat sy wil erken.

Sy moet skielik skerp briek vir 'n ding in die pad – 'n reuse-uil wat aan 'n platgetrapte dier sit en vreet. Sy swenk net betyds, koes onwillekeurig vir die voël wat in 'n warreling vere opvlieg en in die nag verdwyn.

Dit neem 'n rukkie voor sy weer kan asemhaal en haar hartklop bedaar. Jis, sy beter ophou tob en meer op die pad konsentreer.

Of op die situasie daar in die Kalahari. Die Moegel maak miskien 'n goeie punt: die gebeure op Witdraai sluit wél aan by die Zimmerman-saak. Want die toeval is nét te groot: twee Duitse professors, 200 kilometer uitmekaar, wat op een en dieselfde dag aangerand en vir dood gelos word. En 'n stapelgek clown wat haar spesiaal bel om te sê kaptein De Vos se tyd het gekom. "Tyd vir … t-t-tyd om terug te vat. J-jy gaan dit nie keer nie. Almal j-julle. Eeeewe vrot!"

Voor in die pad sien sy die afdraaibord vir die Witdraai-polisie. Sy trek haar skouers agtertoe en vee die hare van haar voorkop af. Sit die musiek af.

Hier gaat jy meisie, hou jou braaf!

24

"Vir wat staat neuk jy so in die donker in, hè?" raas Kytie toe sy by die kind kom wat 'n bondeltjie ystervarkpenne in haar hand vashou.

Was dit dan 'n ystervark, wonder Kytie, die geritsel wat sy gehoor het.

Sy vat die kind se hand en loop terug boom toe en gaan sit, trek die meisietjie teen haar aan en wieg haar terwyl sy vir haar 'n slaapliedjie sing. Dalk sing sy meer om haar eie senuwees te kalmeer as enigiets anders. Want die kind self lyk kalm en tevrede.

"Trippe, trappe, trone," sing Kytie vir haar, "die aap loop in die bone, gansies op die groene gras …" Die res het sy vergeet, maar sy neurie die liedjie tot aan sy einde.

En toe dit klaar is, wikkel die kind haar beentjies ongeduldig tot Kytie weer sing. Sy ken ook nie soveel liedjies nie. En sy weet dis nie 'n aap in die bone nie, dis iets anders. Maak seker ook nie saak nie. Sy dink nie hierdie kind word saans met 'n liedjie in haar bedjie ingesus nie.

Die gesoek vir liedjies maak ou herinnerings by Kytie wakker. Ou onthoue van 'n ander lewe. Mammie wat vir haar en vir Rokkies sing: "Slaap, kindjie slaap, daarbuite loop 'n skaap." Die res is vaag. Die skaap dra witte skoene. Of iets.

Was dit goeie tye?

Sy weet nie. Dit het destyds so gevoel. Hulle was op die plaas buite Upington. Hulle het 'n huis gehad – vier mure en 'n sinkdak. Maar hy was skoon. En daar was 'n kraan. Daddy was in die wingerde en Mammie in die pakstore. Sy en Rokkies was in die plaasskool.

Die plaasskool met juffrou Strauss en meneer Philander.

En dís waar alles verkeerd geneuk het.

Meneer Philander.

Hulle het hom ou Tros genoem, die kinders by die skool. Oor hy dit so baie uitgehaal en gewys het. Hy sou vir jou eenkant kry. En dan sy ou half-styf dingeses oopzip. Nie met almal nie, maar met haar en met Klein Mietjie van anderkant die rivier. Die kinders het geweet. Sy't eenkeer vir Juffrou probeer vertel, maar het op haar jis gekry oor sy "lelike dinge" oor 'n onderwyser wil praat. Ses houe met die liniaal, drie op elke hand.

Dis waar die dinge begin het. Met ou Tros.

Daar het sy wat Kytie is se lewe gebuig.

Die kind wikkel weer haar beentjies. Kytie los die woorde van die liedjie, neurie net die deuntjie. Haar kop is te vol vir behoorlik sing.

Na 'n ruk verloor sy die liedjie ook. Sy probeer haar eie woorde maak vir die liedjie – enigiets om die gemaaldery in haar kop weg te vee. Nóú moet sy nie maal nie. Daar moet nou net een dink gedink word: vorentoe, weg. Een voet voor die ander.

Vergeet die ou dinge. Sy hou al so lank die deksel daarop. Hoeveelte jare. Veertig?

Jy druk dit plat, die ou herinnerings en gedagtes. Jy bid dat dit sal wyk, maar die goed gaan nie dood nie. Terwyl jy die deksel toedruk, bou dit spiere daar onder in die pot. Totlat die pot bars.

Dan is dit sulke tyd. Soos vandag daar in kamer 9.

Sy's moeg, die Jirre hoor vir haar.

Langs haar het die kind aan die slaap geraak. 'n Stil slaper, haal stadig en diep asem. Rustig.

Hoe kán dit wees? Sy praat nie. En sy huil nie. Vandag het sy 'n moord aanskou. Maar dis of dit niks was nie. Dalk het sy al genoeg geweld gesien, genoeg slanery, mens weet nie.

So 'n verrinneweerde kind. Kolle op haar boudjies en haar bors wat lyk soos sigaretbrand.

Wie verniel 'n kind so?

Grootmense. Wie anders?

Hulle maak kinders. En hulle breek hulle. Maak en breek. So gaan dit.

En hierdie ene. Tienrand, liewe Here. Sy's nie 'n FAS-kind nie, lyk nie eens so nie. Hulle met hulle se klein hangogies wat so ver uitmekaar drywe daar op hulle voorkoppies. Kyk heelpad hemel toe, hulle, mank in die kop, lyk dom vanaf die eerste dag in die wêreld.

Hierdie kind is nie so nie. Sy's dalk verpot, ja, en maer en dis moeilik om te skat hoe oud sy is. Maar sy's geen idioot nie.

En sy praat – praat direk in jou kop in. Anderster praat, sonder woorde.

Vandag, in kamer 9 … toe daai man haar koppie afdwing. "Help my," het Kytie duidelik gehoor. Nie hoor soos in hóór-hoor nie. Sy't dit in haar kop gehoor. Daar was g'n woorde nie.

Maar sy hét dit gehoor.

Dalk het die Antas-vrou dit ook gehoor?

25

Beeslaar kon darem eers vinnig by die lodge langs gaan om homself skoon te maak – met die toestemming van generaal Mogale, natuurlik.

Die stortery was maar bolangs, hy wou net die ergste stof en bloed van sy lyf afwas. Hy was behoorlik besmeer – bolyf, arms en bene. Tot sy skoene was rooi.

Die nuwe skade aan sy voete, het hy gesien toe hy sy sokkies uittrek, was maar erg. Kon ook nie anders nie, gemeet aan die hope sand wat hy uit sy stewels geskud het. Die pleisters het byna almal geskuif en die oop wonde het sand gekry.

Na die stort het hy weer pleisters opgeplak, toe versigtig 'n paar plakkies aangetrek, sy eie bakkie gaan uittrek en Witdraai toe gery.

Dit is net 'n klein entjie na die Witdraai-polisie en hy was vinnig daar. Soos hy verwag het, was die algemene atmosfeer daar neerdrukkend en gespanne. Die paar personeellede aan diens was stil en verskrik, het met groot, agterdogtige oë na hom gekyk.

Sersant Rassie Erasmus was een van hulle, maar hy was meer beneuk as verskrik. Hy wou Beeslaar nog nie vergewe vir die pynlike neus wat hy van hulle ontmoeting in die duine oorgehou het nie. Die wonde is darem intussen skoongemaak en daar was 'n pleister oor die neus. Hy't ook 'n skoon hemp aangehad.

Adjudant-offisier Manie Landers was nie daar nie. Hy het glo op eie houtjie na die verdagte gaan soek.

Die stuurse Erasmus het Beeslaar op 'n kort toertjie deur die stasiegebou gevat. Dis klein, was in 'n vorige lewe 'n plaashuis, maar toe die grond destyds onteien en aan die nie ‡Khomani-San oorgedra is, is dit tot polisiestasie omskep. Dis in 'n soort u-formasie gebou en bestaan uit twee vleuels. Die voorste huisves die dienskantoor en twee algemene kantore, die stoorkamer, badkamers en 'n enkele aanhoudingsel. Die agterste vleuel bereik jy via 'n groot sementbinnehof met langbeenonkruid wat tussen die krake boontoe beur. Dié vleuel bevat die bevelvoerder se kantoor en 'n groot personeelkamer met 'n elektriese ketel, blikke kitskoffie, tee en 'n bontspul bekers.

Ná die toer het hy homself in een van die voorste vleuel se algemene kantore gaan tuismaak. Hy het skryfgoed gevra en begin om die belangrikste gebeure van die nag neer te skryf. Toe hy tevrede was dat hy alles in die juiste orde het, so goed soos sy suwwe kop hom toegelaat het, het hy ook weer deur die dossier oor die noodlottige val van die ou San-spoorsnyer, Diekie Gryshors, gegaan wat die Moegel hom die vorige dag op Upington gegee het.

'n Uur of wat later bring Erasmus vir hom 'n beker koffie.

Hy vat net een sluk, dan skuif hy dit vieserig eenkant toe, onseker of dit die goedkoop koffie is of iets wat die sersant daarin gegooi het. Erasmus sê niks, maar Beeslaar kan sien hoe wip sy prominente adamsappel.

"Is daar al enige nuus van die verdagte … e … Bloubees?"

Erasmus skud sy kop nors. "Hy's beter bekend as Coin. Oor hy so lief is vir geld steel." Sy adamsappel spring behoorlik van ingehoue emosie. "Bliksem," sê hy en kyk weg, "as hy weet wat goed is vir hom, bly hy uit my pad uit."

Beeslaar laat die opmerking daar. Hy weet goed dis 'n bedekte dreigement aan hóm gerig. "Nog niks van Landers gehoor nie?"

Erasmus frons en vat aan sy neus. Die een oog, sien Beeslaar, het al flink begin swel en daar's 'n blouigheid aan't ontwikkel in die kuiltjie daaronder. "Nee, Kaptein. Maar ek dink hy gaan lank soe—"

Daar is skielik 'n lawaai uit die dienskantoor se rigting, 'n harde stem wat vloekend uitroep. Die volgende oomblik kom 'n dik konstabel met 'n protesterende man in die gang verby.

"Bloubees?" vra Beeslaar hoopvol.

Hulle spring albei op en gaan kyk wat aangaan, maar sodra Erasmus sien wie dit is, skud hy sy kop.

Die konstabel is intussen steunend besig om die man by die aanhoudingsel se traliehek ingestoot te kry.

"Ek henner g'n niemand'ie," roep die aankomeling uit. "Ek isjie dronkie, hoor. En buirrendien ... ek sjal drrrrink waar ek wil en ... e-e-e ... Dis ónse plek hierrie, ónse grond! Ek loop waar ek wíl! Jissas, lósj vir my uit, man. Jassááás!"

Die selhek word hard agter hom toegeslaan.

"Wat gaan aan?" wil Beeslaar weet.

Die dik konstabel blaas. "Dis Yskas, Kaptein. Ons het hom op die toneel daar in die duine gekry."

"Jy bedoel ..."

"Daar by die huisie van die ‡Khomani's. Dis hulle se information-plek, daardie. Vir die toeriste, mos. Maar Yskas was nie die enigste ene nie. Die ander het weggehardloop toe ons daar stop. Hy's al een wat ons kon vang, want hy's weer lelik gesyp."

"Lelik se moer! Ek ísjie gesypie!" roep Yskas verontwaardig. "Ek's 'n Boesman sj-itizen! En ... e-e-e ... ek mag daar wees en ... e-e-e ... ek isj dórs, man! Bring vir my ietsietjie om te drink."

"As jy nog een druppel vloeistof inkry, dryf jou tande by jou bek uit, jong."

Die konstabel stel homself voor as Goatsemodimo Moatshe. "En dié man," hy wys met 'n groot wit sakdoek na die selle agter hom, "is Hendrik Arnoster."

"Daar's hy!" roep Yskas toe hy sy naam hoor. "Daar's hy! Dis Yskas, darrie!"

Hulle loop 'n ent weg van die sel om onder die geraas uit te kom en Moatshe vertel dat hy saam met adjudant-offisier Manie Landers was. Hulle het pas weer 'n draai by Coin Bloubees se blyplek gaan maak. Dis in een van die San-gehuggies langs die grootpad, bekend as Bondelgooi. "Maar hy was mos nie daar nie, Kaptein. Toe ry ons weer by die toneel verby en ons sien wat besig is om alles daar aan te gaan."

"Oukei, Moatshe. Gaan kry jy nou maar eers iets om te drink, koel 'n bietjie af. Ek sal verder met mister Arnoster gesels."

En die ou is bly om geselskap te kry. Maar nie vir lank nie.

"Waar's Coin Bloubees," wil Beeslaar heel eerste weet.

"Aggetoggie, nee, Kaptein. Dis nou … e-e-e … dis nou onnodigheid hierdie. Ek hét mos al gesê ek is onskuldig. Jassas! 'n Man kan nie eersj … e-e-e … rustig …" Hy loop wankelrig tot in die verste hoek van die sel en sak op die sementbed neer.

Beeslaar skat hom iets in die veertig, sy korrelrige baard wat plek-plek begin grys deurslaan. Hy's so maer soos 'n kierie en die enkels wat onder sy breë broekspyp uitsteek, staan soos duwweltjies so skerp.

Beeslaar gee hom kans om sy sit te kry en tot bedaring te kom. "Wat maak jy vir 'n lewe, meneer Arnoster?" vra hy na 'n ruk.

"Ek's 'n man met 'n besigheid. Ekke." Hy hik hardop.

"Wat, 'n winkel?"

Hy gee 'n groot, entoesiastiese glimlag. "Dáár's hy!" sê hy. "Toerisme, Kaptein. Ek'sj … e-e-e … ek's in die tourism in!"

"En jy ken die mense van hier rond?"

"Wat pra' Kaptein dan nou? Hiérrie plek, dis my plek. Óns s'n, ons Boesmanse."

"En Coin?"

"Dissie Coin nie. En dis nie … e-e-e … Moenie vir óns staat en be … beskuldig nie. Ons doen nie sulke goeterse nie. Maar ons kry al die moeilikheid, ook die gedurige gekom uithalery en ge-toegesluitery. Hierdie klomp …" Hy wys in die gang af. "Nes hulle vervelig raak dan loop vang hulle vir hulle 'n Boesman! En julle moet nie dink ons gaat huil vir … e-e-e … Kappies nie. Want ons sal nie!" Hy snuif hard en slobberig, vee sy neus aan sy skouer af. Sy hemp, merk Beeslaar, mis 'n paar knope en is rofweg met 'n haakspeld vasgemaak.

"Hoe't jou gesig so stukkend gekom?"

"Kaptein … ek lat nie vir my maklik vat nie. Ek lat nie …"

Hy kom nie verder nie, want Erasmus kom haastig in die gang af gedraf. "Kaptein Beeslaar!" roep hy. "Kolonel Mentoor is hier!"

Die Moegel het hom gewaarsku: moet haar nie op haar size probeer meet nie. Jy gaan vir jou vasloop, want sy kan difficult raak.

Maar vir hom lyk Koekoes Mentoor meer dimpels as difficult. Sy's 'n klein vroutjie, skaars anderhalf meter lank, skat hy. Nog kleiner as wat hy verwag het. Oop gesiggie met 'n egalige, ligbruin vel. Daar's 'n strooisel sproete oor haar neus en haar hare is wollerig vaal, staan in 'n kransie om haar kop.

Sy groet Beeslaar met 'n ferm handjie en knik dan vriendelik dog saaklik na die res van die personeel, wat Beeslaar een vir een aan haar voorstel.

Dan vra hy of sy 'n goeie reis gehad het.

"Jô," sê sy en vee die donserige hare van haar voorkop weg, "dis 'n nare stuk pad hiernatoe. Maar ek hoor jy het hom halfpad gestáp!" Sy glimlag en haar neus maak fyn kreukeltjies en daar's twee kuiltjies in haar wange.

Beeslaar trap verleë rond. "E … ja, Kolonel. E … het u al by 'n gastehuis ingeboek? U wil dalk eers …" Hy sien haar oë glinster en begin weer: "Of wou u maar eers gebrief word?"

"Lyk my die beste, hè?" Sy kyk op haar horlosie. Dis 'n gewone, praktiese instrument, plein wit gesiggie met duidelike syfers en 'n swart leerbandjie. Sy dra geen ander versierings nie. Geen ringe of armbande of goed aan die ore nie. "Nee wat, ons val dadelik weg. Hoe vinniger ons aan die werk spring, hoe vinniger kry ons resultate, nie waar nie?"

"Reg," sê Beeslaar, "ek sal u rondwys en dan besluit Kolonel maar self waar u wil praat."

Hy gee haar min of meer dieselfde toertjie wat Erasmus hom gegee het.

"Ek dink ek sal hier werk," sê sy toe hulle by die komiteekamer uitkom. "Hier's genoeg ruimte en hier's 'n foon. Ons maak dit ons war office." Sy kyk blinkoog rond, vra hom dan om te help om een tafel eenkant te skuif. Die res skuif hulle teen die een muur af en Beeslaar gaan haal vir haar 'n lessenaarstoel uit De Vos se kantoor.

"Het jy al bietjie deurgegaan daar?" vra sy toe hy terugkom met die stoel.

"Ek het gereken ek los dit vir u, Kolonel. Ek moet net waarsku: bly weg van die koffie daar in die hoek." Hy wys na waar die elektriese ketel staan. "Dis duiwelsdrek."

Sy glimlag en frons tegelyk, blaas met haar onderlip na die donshare op haar voorkop. Beeslaar wil hom verkyk aan haar. Sy's soos 'n koperbruin elfie, klein en perfek gevorm, sonder om petieterig, verpot of effentjies oor te kom. Sterk klein handjies en slim, wakker oë.

"Stasiekoffie is die een kans wat ek nie gaan waag nie. Daarom dat ek my eie gebring het," sê sy en haar mond maak kuiltjies.

"En suiker, Kolonel?"

"En suiker. En los maar die formaliteite. Ek weet jy's in jare en ervaring al een van die ou hande, my ver voor."

Hulle stap saam terug oor die sementvierkant na die voorste vleuel en sy sê hy moet haar so twintig minute tyd gee dat sy haarself ingerig kry. "Dan kom kry jy vir jou regte koffie en pak ons die wa by die wiele aan."

26 Seko vertel van die melkweg

Só het Seko aan sy sustertjie die springbokkie vertel:

Daar was lig nodig, fluister hy.
Sodat die mense terug na hulle huise toe kan gaan. Dat hulle die pad
sal kry en ophou verdwaal.

Seko sê: Daar het 'n jong meisie gekom.
Wat haar hande in die as gesteek het.
Dit was die as van wortels van die !huin.
!Huinbos se wortels wat lekker ruik.
Sy sê vir die asse van soete wortels: Julle asse van wortels.
Julle moet vir julle bymekaar maak.
Dat julle die Melkweg kan word.
Die wêreld is donker in die nag. Donker vir die mense.
En die mense moet lig vir hulle se voete kry om terug
huis toe te loop.
Die meisie het die as opgetel en in die lug op gegooi.
En dit het die Melkweg geword.
Hang vol lekkerruik lig oor die brug van die nag.
Want die mense wil teruggaan. Hulle wil teruggaan na waar hulle
vandaan kom.

27

Koekoes het vir haar 'n lekker koppie sterk koffie gemaak. Sy was compos mentis genoeg om vars melk ook te bring. En 'n blik kondensmelk en long life doosmelk en Cremora.

Haar telefoon werk, sy is aangesluit op die internet en sy het almal in die gebou se nommers in haar selfoon se kontaklys opgeslaan.

So ja, dink sy tevrede. As die belangrikste klein goedjies werk, kom die groter dinge dalk makliker. Daar's 'n groot gebiedskaart teen die muur agter haar. Dit dui in verbleikte buitelyne die area aan wat deur Witdraai se polisie gedek word. Blessitse groot stuk aarde, lyk dit vir haar, met honderde kilometer lange grense. Sy sal dit later beter bekyk. Vir nou moet sy eers net 'n idee kry van die onmiddellike omgewing en die groot duinegebied wat so te sê by die stasie se ingangshekke begin.

Daar's 'n blaaibord in die hoek van die vertrek en sy sleep dit nader, grawe vir koki-penne in 'n staalkabinet en toets hulle een vir een tot sy 'n paar kry wat nog werk. Dan bel sy dienskantoor toe en vra dat Beeslaar, Erasmus en Landers moet kom.

Beeslaar is eerste daar en sy vermoed die ander twee was iewers buite aan't rook, want sy kan dit ruik toe hulle na 'n minuut of wat hul opwagting maak.

Sy skink vir Beeslaar 'n beker koffie terwyl hulle wag. Hy keer vinnig toe sy melk wil bygooi, vra vir twee en 'n halwe lepels suiker.

Sy bied nie vir die twee laatkommers koffie aan nie. Landers is die jongste van die twee. Hy's 'n paar jaar jonger as sy, skat sy, net oor die dertig. Hy het 'n ronde, oop gesig met 'n gaterige vel en 'n opvallende letsel op sy bolip. Dit lyk na die oorblyfsel van 'n haaslip na korrektiewe operasies.

Beeslaar proe versigtig aan sy koffie en gooi dan nog 'n halflepel suiker by. Hoe proe mens 'n halflepel se verskil, wonder sy.

Die hand wat die teelepeltjie vashou, is so groot soos 'n skopgraaf. Hy het 'n ernstige, peinsende soort gesig. Pikswart hare, kortgeknip, en swaar wenkbroue wat sy oë effe in die skaduwee hul. Mooi oë. 'n Helder groen met donker spikkels daarin. Alles aan die gesig is effe strak. Groot, reguit neus en 'n breë ken, maar 'n sagter mond verraai 'n ander kant van die manlike growwigheid, 'n kwesbaarheid.

"Koffie's orraait," sê hy en lig sy beker. "Ek weet nie hoeveel u al weet van alles af nie, maar dalk moet Landers begin. Smaak my hy was reg van die begin af saam met kaptein De Vos."

Landers val dadelik weg: "Ek was by die huis, gistermiddag, Kolonel. Toe't kaptein De Vos mos gebel en gesê hy kom my optel dat ons vir Coin loop soek. In Bondelgooi, die plekkietjie net so entjie hier in die pad af waar daar 'n klompie van die Boesmans bly."

"Oukei," sê sy. "Dit was in die middag. Maar skud bietjie deur tot by gisteraand."

"Ja, Kolonel. Ons het intussen vir Erasmus gaan optel. En … e …"

"Wag, wag. Waar was hy, ook by die huis?"

Erasmus vat die storie oor. Die gepleisterde neus laat klink hom soos iemand met 'n swaar verkoue. "Ek was saam met sersant Tebogo Tholo op die Mierpad, Kolonel. Dis nou 'n hele ent wes hiervandaan, verby die afdraai park toe. Dis 'n grondpad deur Mier, die ou Bastergebied, na Namibië se kant toe. Maar toe … Ons voertuig het gebreek, net duskant die panne … So, toe't Kaptein-hulle gekom."

"En wat word toe van julle gebreekte voertuig?"

"Nee, die insleepdiens van Askham het mos uitgekom."

"Hoe laat?"

Erasmus vat aan sy neus. "Laatmiddag, Kolonel, seker so sesuur se koers."

Koekoes skryf dit op haar groot notablok neer. Sy wil 'n tydlyn maak van die dag se gebeure. "Goed, goed, goed. En toe? Hou dit maar kort en duidelik. Jy kan uitbrei in jou verslag. Die aanval by die professor … e …"

"Eckhardt," help Landers. "Dieter Eckhardt op Askham. Kaptein het gesê hy dink die aanval was heelwat vroeër, dalk nader aan drie-uur. Die professor het mos flou geword of iets. Hy kon nie 'n tyd onthou het nie. Kaptein was egter vieruur by hom, sien?"

Sy skryf dit ook neer. Dit klop met haar tye op Upington. "Maar professor Eckhardt sê dit was nie Coin nie."

"Ja … e … Ek bedoel nee. Hy was seker maar bietjie deurmekaar. Maar die verdagte wat hy beskryf het, het vir ons soos Coin geklink. Coin hakkel."

"Hakkel, erg hakkel?"

"Nou nie heeltemal so erg soos ek al gehoor het nie, Kolonel. Maar hy hakkel. En die professor sê sy aanvaller het heeltyd gelag. En hy't gesê die professor moet terug … e … terugf—"

Koekoes sug. "Ja, toe maar, ons weet almal wat jy bedoel. Maar julle was nogtans oortuig dis Coin."

"Coin dink soms hy's baie snaaks. Hy's lief daarvoor om met ons te mors."

"Gevaarlike grapjas," sê Beeslaar skielik. "En nou's dit 'n grapjas met 'n geweer. En van gewere gepraat, is dit julle gewoonte om op verdágte inbrekers te skiet?"

Erasmus en Landers kyk vir mekaar. Landers krap senuweeagtig agter sy oor. "Dit was poging tot moord, Kaptein. Coin wou die professor verwurg."

"Ons sal later terugkom na die skietery," sê Koekoes ligweg. "Maar intussen lewe die prof?"

"Maar Coin wás van plan om hom dood te wurg, Kolonel. Kaptein De Vos het gesê … Hy't gesê as dit nie was dat die professor flou geword het nie, was hy dood. Miskien het Coin gedink die professor is klaar dood, toe los hy hom. Of iets moes hom … Miskien is hy onderbreek. Want hy't net 'n boek gevat. Hy't nie gebodder met die beursie en selfoon nie. Dit lê nog daar."

"'n Boek!" Beeslaar sit sy beker koffie neer. "Dis die eerste wat ék hiervan te hore kry. Is julle seker? Die professor sê dis al wat weg is?" Hy kyk na Koekoes en gee 'n skuins glimlag. "Sal die eerste keer wees dat ek van 'n inbreker met 'n leeslus hoor. Watse boek was dit?"

"Um," sê Landers en krap weer agter die oor. "'n Soort medisyne-boek, as ek dit reg het, tradisionele Boesmanmedisynes of so iets."

Koekoes vra: "En hoe het die man gelyk wat jy gesien het, kaptein Beeslaar? Hoe ver is die lodge se stoep van die grootpad af?"

"Ek sou skat so 200 meter tops. Te ver om goed te kan sien. Maar my indruk was van 'n man met vaal klere aan. Los klere. En hy't genael dat hy bars. Ek het nie 'n wapen aan hom gesien nie. Nie toe nie, maar toe hy weghol van De Vos af het hy die geweer by hom gehad."

"En jy sê dit was ná tienuur?"

"Beslis. Ek het omtrent tienuur by die Kalahari Lodge ingeboek."

"Hmm," sê sy en neem 'n lang sluk van haar koffie. Dis lekker sterk, maar proe vreemderig – sal van die kontrei se brakwater wees. Sy loer oor haar beker se rand na Landers. "So, Landers, wat presies het julle gemaak tussen sesuur en tienuur?"

"Nee, ons het gesoek. En toe het ons laterhand gaan eet. Kaptein se vrou het vir ons toebroodjies en wors gemaak."

Koekoes staan op en loop na die groot blaaibord toe. Sy teken 'n lang dubbele lyn wat oor die hele bladsy van bo na onder loop. Daar langs-aan skryf sy "R360". Dan maak sy onder regs van die lyn 'n sterretjie, skryf "Askham" daarby. 'n Entjie boontoe op maak sy nog 'n sterretjie: "Witdraai SAPD".

"Help my om 'n prentjie van die gebied in my kop te kry," sê sy en wink die drie manne nader. Landers kom staan te naby aan haar, sy ruik suur sigaretrook en 'n effense wolkie alkohol – kan wees dat hy 'n sluk gevat het om oor die ergste skrik te kom. Sy wys vir hom hy moet bietjie tru staan. En sy's dankbaar toe al drie bietjie spasie maak. Drie groot mans wat oor haar troon maak haar benoud.

"Oukei," sê sy en draai terug na die bord toe, "Bondelgooi is nou waar?"

"Net bokant Witdraai," help Landers. "Regs van die pad. En dan is dit

113

nog 'n kilometer of drie, dan kry mens die eerste lodge, maar hy sit links van die pad. En bokant dit is die indraai van die pad na kaptein De Vos se huis, hy bly mos bietjie dieper in, op 'n plaas. En bokant dit draai die pad af Park toe en sit die Kalahari Lodge, waar kaptein Beeslaar ..." hy kyk op sy horlosie, "gisteraand gestaan het."

Koekoes maak kruise en skryf die lodge se naam neer. "So dis waar kaptein Beeslaar vir ... ons sê maar voorlopig Coin Bloubees ... gesien hardloop het?" Sy maak 'n blokkie in die pad met 'n ander kleur pen. "En hier regs is die duine en die ‡Khomani se info-hokkie en hier het kaptein De Vos se voertuig vasgeval?"

Drie knikke. Beeslaar hou sy hand na die pen uit. "Mag ek?"

Sy staan weg van die bord af.

Hy trek 'n stippellyn wat van die vasgevalde voertuig direk noord loop en teken dan 'n ster. "Dis waar De Vos gelê het." Hy trek van De Vos se ster 'n stippellyn wat links loop tot by die pad wat Park toe gaan. "Dis soos ons kaptein De Vos uitgedra het. En dis op dieselfde pad waar die verdagte weggehardloop het." Daarmee gee hy die pen aan haar terug en loop terug na sy stoel toe.

Hy lyk skielik vermoeid, dink sy. Die lyne langs sy mond staan hard afgeëts onder die helder buisligte van die vertrek. Sy groot skouers hang 'n bietjie toe hy sy stoel uittrek om te gaan sit.

Landers en Erasmus drentel agterna, maar Koekoes keer hulle. "Nie so haastig nie, menere! Ek sal graag meer wil hoor oor die skietery. Kaptein Beeslaar het nie 'n wapen by Bloubees gesien nie. So, wie van julle het geskiet?"

Weer kyk die twee vir mekaar.

"Toe!" Sy's bewus van haar stem wat 'n toonhoogte klim, skraap haar keel.

Landers praat eerste: "Nie ons nie, Kolonel." Hy vou sy hande agter sy rug in, trek sy rug regop. "Kolonel kan maar ons wapens kyk. Dis skoon."

"Wel iémand het verbrands geskiet, man. Drie keer, nè, kaptein Beeslaar?"

"Vier. En die laaste skoot was beslis uit De Vos se geweer. Ek het dit

114

gesien. En daar was geen antwoordvuur nie. En ons weet sy wonde kom van 'n mes af, dalk 'n mislukte poging om sy keel af te sny."

"Erasmus?" vra sy. Hy kyk nog heeltyd grond toe, lyk die skuldigste van die twee. "Ek wil graag antwoorde hê."

"Um ..." sê Erasmus met 'n gedempte stem. "Die kaptein was ... Hy was bitter kwaad. Hy ... Die ding is, Coin het hom gekoggel. Um ..."

"Praat tog in vadersnaam, Sersant. En moenie probeer jok nie. Jy sê kaptein De Vos was kwaad oor hy gedink het Coin spot met wat, met hom persoonlik?"

"Hy't hom gebel!" spoeg Landers skielik van die kant af uit. "Hy't hom gebel en hom gekoggel en uitgelag en ... Ek weet nie wat hy alles gesê het nie, maar die kaptein het verskriklik kwaad geword. Briesend. Hy sê toe Coin moet dit vir hom in sy gesig traai sê. En toe sê Coin vir hom hy's naby die lodge, die kaptein moet hom maar daar kom soek. En toe gaan ons, Kolonel."

28

Dit moet al na drie wees, reken Beeslaar, toe hy oor die vierkant terug na die war office toe stap.

Die Melkweg het al sy draai geneem, sien hy, die Suiderkruis wat die hele gewelf afrem na die gesigseinder. Hy trek die vars naglug diep in sy longe in.

Mentoor moes vroeër die gesprek tussen hulle vier onderbreek om 'n oproep van generaal Mogale te neem. Sy't vlugtig gesê Landers en Erasmus moet huis toe gaan om 'n paar uur te rus en weer om sesuur aan te tree.

Vir Beeslaar het sy gevra om te gaan asemskep, maar nie weg te gaan nie. Sy sou hom laat kom sodra sy klaar was met die Moegel en gou 'n draai geloop het.

Hy tref haar by die blaaibord aan, besig om beskrywings by die verskillende pyle en kruise in te skryf.

"Beste wense van generaal Mogale," sê sy en beduie hy moet sit.

Daar's vars koffie, sien hy. Dit staan in 'n dompelaar langs haar oop laptop. Die hele vertrek ruik na 'n lekker mengsel van goeie koffie en ligte parfuum. Hy kry 'n skoon beker met 'n prentjie van 'n kameelperd wat met sy tong in sy een neusgat staan.

Sy skink vir hulle albei en gaan sit oorkant hom – vou onwillekeurig haar een been onder haar sitvlak in. Dis dalk 'n onbewuste manier om haarself hoogte te gee, dink hy.

Sy glimlag en lig haar beker. "Lyk my dis maar 'n groot gemors hier?"

Hy neem nog 'n halwe lepel suiker voor hy antwoord. Hy't dit bitter nodig, want die adrenalien het uiteindelik opgehou pomp en hy voel hoe duik sy energie. "Het Mogale jou ingelig oor hoekom ek hier is?"

"Jip."

"Dan sal jy seker begryp dat ek al soortvan … hoe stel ek dit … soortvan vooropgestelde bedenkings oor kaptein De Vos gehad het. En daar was praatjies in die kroeg van … Ja, niemand het uitdruklik gesê hy's 'n rowwe jack nie, maar daar was skimpe." Hy neem 'n sluk koffie. Dit smaak net reg met die ekstra suiker. "In elk geval. Ek is naderhand buitentoe. Toe hoor ek skote, sien die vlugtende figuur, sit drie en ses bymekaar. En volgende bespring Erasmus my. En die res ken jy."

"Jy's seker dis hy wat jou bespring het?" Sy vra nie onvriendelik nie, maar hy sien die duwweltjies in haar oë.

"Eintlik was dit meer 'n kwessie van in mekaar vashardloop. Hy was net agter die info-huisie en ek het met 'n stink spoed om die hoek gekom. Hy't dalk net geskrik, nie regtig bedoel om my met die flits te timmer nie. Refleks. Hy't aanvanklik nie geweet ek's polisie nie. En toe ek hom oorrompel … tóé sien ek eers hy's polisie. Anders het hy dalk meer as 'n bloedneus oorgehou."

Sy kyk hom 'n oomblik lank berekenend aan, knik dan haar kop liggies. "Jy lyk self nie te wel nie, behoorlike bult daar op jou kop, sien ek."

"Dis niks. Maar as ek van die begin af geweet het dis 'n polisie-operasie … dalk het ek anders opgetree. Ek weet ook nie. Landers was in siviele klere. Hy't 'n wapen op my gerig. Vir al wat ek weet, kon hy Coin Bloubees gewees het."

Beeslaar leun agteroor in sy stoel. Hy's skielik bewus van al die pyne aan sy lyf. Beginnende by sy flenters voete. En sy skouers is nog styf van die wals met Erasmus en sy kop pyn ook, come to think of it. "Een ding kan ek jou sê, en dis dat De Vos soos 'n wildewragtag te kere gegaan het. Hy was nie van plan om Bloubees laaste te laat lag nie, om dit nou sagkens te stel."

Sy kyk aandagtig na hom, asof sy 'n besluit oor hom moet neem. Dan frons sy, kyk weg. "En De Vos, kon hy nog praat toe jy by hom kom?"

"Nee, sjit. Ek kon sien hy's besig om in skok te gaan. Het jy al nuus oor hom?"

"Nog in die teater, blykbaar." Sy tuur na die beker in haar hand, haar klein vingertjies dwaal heen en weer oor die rand. Daar's iets treurigs aan die gebaar. "Ken jy hom?" waag hy. "Die kaptein."

Sy skud haar kop beslis, trek haarself regop in die stoel. "Nie ken soos in kén nie. Maar ek het hom al op die odd vergadering raakgeloop. Dis al. En jy?"

"Selle maar. Ek wonder wat nou van die San se klagtes teen hom gaan word. Soos jy weet, is dit nie ligte klagtes nie. En ek het 'n vermoede dat hierdie gedoente met Bloubees die arme De Vos se sake baie moeiliker gaan maak. Een ligpunt is dat ek hopelik van my sending onthef word."

Sy trek haar skouers op en glimlag simpatiek. "Bad news is dat jy nou in dié tameletjie sit."

"Dis nie 'n tameletjie nie. Dis plein 'n kakspul."

Sy lag. Dis 'n hoë, senuweeagtige klankie. "Nou toe, gaan jy vir 'n uur of wat rus, dan kry ons mekaar sesuur weer. En kyk of jy 'n paar sykouse iewers kan kry."

"Wat? Om oor my kop te trek?"

Weer die lag, soos Krismisklokkies. "Jy trek dit onder jou sokkies aan. Dit help die vel beskerm."

"Ja. En om die laughing stock van die Kalahari te word," sê hy en staan op.

Terug by die lodge gaan staan hy goed 'n kwartier onder die stort, tot die warm water op is. Die straaltjie is nie wat hy sou noem hartlik nie. Die stortkop se gaatjies is toegekalk en spuit die water skeelogig in allerlei rigtings.

Maar hy's dankbaar vir die lafenis. En bly om van die verskeie stanke van die nag ontslae te kan raak.

Hy bind 'n handdoek om sy onderlyf en gaan sit druppend op 'n tuinstoel wat net buite die voordeur van sy rondawelkamer staan. Buite is die lug nog lekker koel van die nag, maar hy weet dis van korte duur. As die son eers uit is, gaan hierdie plek 'n bakoond word. Daar's geen teken van 'n wolk nie – al die beloftes van die vorige aand het verdwyn.

Uit die ooste begin die eerste skifsels kleur uitslaan. Die skemer sal

van korte duur wees, want die nuwe dag kom op lang stelte aangestap –
met alles wat dit saambring.

Daar's nog amper 'n driekwartier voor hy by Mentoor hier onder
by die groot hek moet aanmeld. Sy wil in daglig die toneel oorkant die
pad beskou. Daar's nie genoeg tyd om te probeer slaap nie, maar dalk
genoeg om 'n bietjie by te kom, die gemaal in sy kop te kalmeer. Rustig
die skade aan sy voete te inspekteer. Daar's nog net een pleister in die
pakkie oor. Hy sal moet kies op watter een van die stukkende blase hy
dit sal plak.

Eers wil hy Johannesburg toe bel. Gerda sal waarskynlik al wakker
wees. Klein Laratjie is meestal vroegdag al honger. Miskien moet hy 'n
bietjie wag tot voedingstyd verby is. Wat sal hy in elk geval sê? Dat hy
gistermiddag al wou bel, maar toe … wat, ry hy eers bietjie Kalahari toe?
En toe wou hy weer later uit Upington bel, maar hy was bietjie laag op
mannemoed. En gisteraand wou hy bel, maar toe beland hy in 'n nuwe
gemors. Dit gaan klink asof hy die storie op aaptwak uitgedink het.

Hy sit die selfoon eers neer. Hy moet sy storie reg kry.

Daar's 'n geritsel in een van die groot struike langs die rondawel. Ver-
baas sien hy 'n beweging. Daar's iets of iemand in die groot kweperbos.

'n Figuur.

Beeslaar rek sy nek. "Hallo?"

Die figuur roer nie.

Beeslaar staar stip na die bos. Die skemer is nog te sterk om behoor-
lik te sien. 'n Takkie breek. Dan sien hy die vae buitelyn van 'n mens se
lyf wat stadig agter die struik uit beweeg. Net effe. Eers sien hy net 'n
man se kaal skouer. Dan 'n deel van die kop.

Hy staan stadig op, knyp die handdoek met een hand vas.

Die figuur ruk terug agter die struik in.

Wat is sy opsies? Storm op die kêrel af? Kaalgat, sonder wapen?

Beeslaar huiwer, en die man beweeg weer stadig uit. Net halfpad.

In ongeloof staar Beeslaar na die vreemde wese – 'n groteske masker
oor sy kop. Hy kan nie die besonderhede uitmaak nie, maar die masker
is vormloos en lyk of dit van dierepels aanmekaargeflans is. Waar die
mond sou wees is daar 'n ronde gat. Daar rondom sien hy lang wit

tande, rofweg gerangskik en vasgemaak. Dis die slagtande van 'n dier, reuse-goed, dalk dié van 'n leeu. Op die kop is twee ore vasgewerk wat lyk of dit van twee verskillende diersoorte afkomstig is. Een lyk soos die breë swart kelk van 'n bakoorjakkals. Die ander is dalk 'n gemsbok s'n.

Die kêrel se lyf is skraal maar taai. Hy's kaal buiten 'n velletjie om die heupe en oor sy lyf is swart en rooi strepe geverf.

"Wie's jy?" vra Beeslaar sag, bang dat hy hom sal verskrik. "Bloubees?" Hy hou sy asem op, luister fyn en behoedsaam, gedagtig aan die wond aan De Vos se nek. "Bloubees, is dit jy? Is dit jou idee van 'n grap, dié?"

"Sjj-sj-sj-sj," sis die figuur. "Sssjj-sj-ê-pô." Dan maak hy 'n gromgeluid, laag en dreigend.

En dan's hy weg.

"Hei! Kom terug!" Beeslaar gaan versigtig nader aan die bos. Maar daar's geen teken van 'n mens nie.

Hy spring terug kamer toe, trek haastig 'n kortbroek aan, steek sy voete sommer sonder sokkies in sy stewels, gryp sy pistool en 'n flits en haas hom weer na buite.

Maar hy sien niks, nie eens 'n spoor nie. Net 'n vreemde, benoude reuk soos vrot groente.

Om hom lê die wêreld stil en rokerig blou in die eerste skemer-oggendlig. Hy stap agter sy rondawel om, kyk met die leikliptuinpaadjie op wat verby die swembad terugloop na die lodge, maar die figuur het soos 'n skim verdwyn.

Hy loop stadig na die bome langs die lodge, waar sy kar en 'n paar ander geparkeer staan. Sy voete, ontdek hy heel gou, is glad nie gelukkig nie. Hy loop hinkepink terug na sy rondawel toe.

Elke tree, dink hy grimmig, voel soos 'n stap in 'n noodlottige rigting.

Hy hoor van ver af sy selfoon lui. Dit moet nog by die stoel buite die rondawel lê. Hy rek sy treë. Wie soek so vroeg na hom?

Bad luck and trouble. Wat anders?

29

Koekoes besluit die badkamer by die personeelkamer van die Witdraai-
polisiestasie is dalk goed genoeg vir Kappies, maar sy sien nie kans
daarvoor nie.

Buiten dat die toiletsitplek stukkend is, is die wasbakkraan so te sê
toegekalk. Die bak self het 'n verdagte bruin ring om en daar is ook nie
'n spieël nie.

Daar is wél een agter Kappies se kantoordeur, het sy vroeër gesien.
Sy sou verbaas wees as daar nie íewers naby hom 'n spieël sou wees nie.

Sy besluit om maar die vrouetoilet in die voorste vleuel te gebruik.
Gelukkig het sy onthou om 'n ekstra toiletsakkie in te pak voor sy uit
Upington weg is 'n 100 jaar gelede. Binne-in is 'n waslap en 'n lekker-
ruiksepie, 'n borsel, tandepasta en 'n tandeborsel. Sy het veral behoefte
aan laasgenoemde.

Die toilet sit aan die verste punt van die lang gang. Op pad soontoe
stap sy eers na die aanhoudingsel aan die onderpunt. Die reuk tref haar
al van ver af – die suur reuk van opgooi.

Deur die tralies kan sy die insittende sien, 'n man wat in die hoek van
die vertrek lê en snork. 'n Tipiese Saterdagnagverskynsel, dink sy vies.
Mense wat hulle buite weste drink en dan hulle roes in 'n skoon polisie-
sel kom afslaap. En as toegewing op hulleself siek word. Jig!

Sy gaan nie nader nie, maar swenk by die dienskantoor na binne,
waar konstabel Moatshe sit en sweet terwyl hy na iets op sy selfoon sit
en kyk.

"Is jy allenig hier?" vra sy.

Die dik man skrik en spring regop. "O alla-gattas! Sorrie, Kolonel. Nee, Ntsibi is hierso. Hy's net buite om te rook."

"Wanneer laas het een van julle die aangehoudene opgetjek?"

"Yskas?"

"Wat ook al sy naam is, Konstabel. Ja, hy. Het jy al ooit gehoor van dronk-versmoor?"

"Um …"

"Dis wat gebeur as jy nie 'n bewusteloos gedrinkte persoon dophou nie. Hy verstik in sy eie opgooi. En dan is sy dood op jou!"

Moatshe se oë rek.

"Toe maar, hy's nie dood nie. Kry jou kollega en sê hy moet hom gaan wakker maak en hom huis toe vat. Hy is besig om die hele wêreld vol op te gooi. En van nou af tjek jy, nè?"

"Ja, Kolonel," sê hy en skarrel by die deur uit om sy kollega te gaan roep.

"En sê sommer hy moet die sel ook skoonmaak!" roep sy agterna.

Die damestoilet is redelik skoon – nie heeltemal na haar sin nie, maar die wasbak is minstens skoon. Sy borsel haar tande en maak dan die waslap nat en vee oor haar gesig en agter haar nek in.

Haar hare, sien sy, lyk klosserig en bossierig. Sy trek 'n vinnige borsel deur. Dis nie mooi hare nie. Dis te vaal en te wollerig. Alles aan haar is te vaal en te kort en te klein. Sy sou graag wou hoort by die langbeenmeisies van die wêreld. Hulle met die glimmende, gladde hare. Martin het altyd gesê 'n klein vroutjie is meer seksie as 'n lang, slap wilgertak. Op skool het sy omtrent in elke graad 'n nuwe bynaam gekry, wat gewissel het van "donsie" en "duimpie" deur tot by "smurf" en "muggie."

Sy sug en sit 'n lagie lipstif aan. Shake it off, herinner sy die gesig in die spieël.

Haar selfoon lui.

Dit kan tog nie die Moegel wees nie. Slaap die man dan nooit nie? Sy's te haastig om eers na die nommer te kyk.

"Hallo?"

'n Skor hiklaggie.

Haar bloed raak yskoud. En dan word sy kwaad.

"Meneer Bloubees," sê sy beheers, "waar is jy?"

"Ou K-Kappie," sê hy. "H-h-hy. Hy's 'n … hy, hy's 'n vrot pampoen. Hy en d-die res van, die res van die á-á-áasvreters hier. Aas-aas-aasvreters."

"Waar is jy, Coin?"

Weer die keellag: "Kg-kg-kg. Jy kan my nie … s-sien. S-s-s-ien nie, nie keer nie. Die diewens, hulle moet weg. Hulle sal g-gaan. Een-een. Hulle g-gaan. Gaan. Val. Vál. Al die d-diewens."

"Hou op nonsens praat, Coin. Waar's jy? Kom ons praat net, hè? Net praat. Los nou die grappies. Ek sal verstaan. Jy wou die kaptein net skrikmaak. Kom ons …"

"Jy g-g-gaan my nié … nie-nie-nie … kry nie. Jy's te v-ver. D-d-dis ver!"

"Nee, ek is nie. Ek is hier by jou. Ek kom haal jou en dan pr—"

"Baai-baai. Baai-baai-baai. V-vrot pampoen!"

Sy dink 'n oomblik lank nog nadat Bloubees neergesit het. Dan soek sy Beeslaar se nommer. Hy antwoord dadelik.

"Beeslaar!" Sy asem jaag effe.

"Dis Mentoor. Jy gaan my nie glo nie, maar Coin Bloubees het my pas gebel."

"Wát? Die man het 'n blerrie nerve. Hy was nou nét hier by my ook! Maar die etter het weggehardloop en … e … ek was net uit die stort uit, nog nie aangetrek nie."

"Flippen hel!"

"As ons netnou klaar is by die toneel, soek ons hom tot ons hom kry. Hy gaan blerrie spyt wees!"

30

Kytie het soos 'n brandwagbobbejaan heelnag lank regop gesit en rond-loer. Iewers na middernag was daar verkeer, een of twee voertuie wat vinnig verby is. Sy't elke keer geskrik – wat as hulle na haar soek?

Sy ken nie eens daai man se naam nie. Vir haar was hy Kamer 9.

Nie dat sy ooit weet wie die gaste is nie. Sy kom kry hulle maar in hulle afwesigheid. Sommige van hulle is ordentlik genoeg. Sal die bad minstens spoel as hulle klaar is en los hom nie met 'n vetterige ring en alle soorte lyfhare en goed nie. En in die wasbakke klonte tandepasta en skeerseep en baardstoppels. Ergste seker, is die gebruikte kondome tussen die lakens. Sies-ga!

En wie sal die twee mans wees wat die Duitser se liggaam weggevat het? En wat het hulle gesoek?

Die kind het heelnag teen Kytie aangeleun gesit en slaap, haar ly-fie vuurwarm en stil. Nou en dan sou sy effe roer en 'n keelgeluidjie maak, maar dan weer slaap. Kytie bly steeds verwonderd. Hoe kom dit dat sy so min geskeel is met alles wat gister gebeur het? Dit kan mos nie normaal wees nie.

Hoe ook al.

Een ding – daar's niks verkeerd met haar aptyt nie. Kytie het pas haar laaste brood uitgehaal en vir die kind gegee. Self het sy nog nie tande vir 'n enkelte kos nie, indien sy ooit weer sal. Die hele nag deur en die hele oggend al sit sy en wonder oor wat met haar gaan gebeur. Hoe lank gaan sy dit uithou? Hoekom het sy nie dadelik gaan sê wat sy gedoen het nie? Of na Nathali by ontvangs gegaan nie, dat sy die polisie bel.

Jirre, die polisie. Dit het nog nooit goed afgeloop vir haar by die polisie nie. Neverster nooit.

Maar sy weet: die een of ander tyd gaan hulle haar tóg vang.

En hierdie keer gaan dit anders wees.

Teen ligdag sien sy goddank oom Dirkie se bakkie aangery kom. Kytie was al siek van die kommer, want dit was 'n aaklige nag.

Hy ry 'n klein blou bakkie wat tot teen sy dak volgepak is. Agterop is daar bale strooi en 'n paar bondels wat lyk of dit die oom se klere en sy slaapgoed kan wees. Hy ry kort-kort Upington toe en terug, vertel hy, vat mense deur wat moet dokter toe of ander sakies het. Gaan koop goed by die apteek, of by die groentesmous.

Hy skrop vir Kytie en die kind 'n plekkie voor by hom uit tussen Shoprite-sakke met groceries en twee sakkies uie en hy vra askies oor hulle so lank moes wag vir hom. Die probleem is dat die bakkie se waters pla. Hy moes al drie keer vannag gestop het met 'n enjin wat oorkook. En hulle het skaars twintig minute gery, toe is dit ook weer sulke tyd.

Oom Dirkie trek van die pad af en gooi die enjinkap oop. Hulle moet nou wag tot hy koel genoeg is sodat die oom weer sy water kan optop uit die kan wat hy permanent met hom saamry. Intussen sit hulle onder 'n doringboom en wag.

"Jou kleinkind?" vra oom Dirkie haar skielik en Kytie skrik.

"Nie 'n eie nie, Oompie." Sy sê niks meer nie, laat hy dink wat hy wil.

Die oompie knik. Hy's besig om vir hom 'n sigaret te draai uit 'n sakkie twak en 'n vierkantjie koerantpapier. Hy doen dit stadig en afgemete, sy vingers knopperig en styf. Maar hy's heel behendig. Hy doen dit al 'n leeftyd lank op dié manier, weet sy. Daar's iets vertrouds, vertroostends aan die ritueel. Veral die ouer geslagte maak nog so – al het hulle doei se tyd al geld vir sigarette gehad.

Die reuk van die tabak is hartlik in die suinige vroegoggendlug. Die oom druk die dooie vuurhoutjie versigtig terug in die boksie en vat 'n

paar vinnige, diep trekke. Dan word hy weer doodgeknyp, die oorbly-
wende entjie agter sy oor in gebêre.

"Wat makeer haar?" vra hy oplaas.

"Sy … e … sy's maar bietjie … Sy was siek. Kinderkanker." Hoe
maklik val so 'n leuen nie uit haar mond nie, dink sy moeg.

"Antas sal haar regsien. Daar's nie 'n siek onder die son wat sy nie reg
kan dokter nie," sê hy rustig. "Kan sy praat, die kind?"

Kytie sluk. Die Liewe Here weet, sy beter nou stories opmaak wat
sy maklik kan onthou, want die leuens vlie nou in swerms uit haar
mond uit.

Gelukkig wag oom Dirkie nie vir 'n antwoord nie. "Antas sal haar weer
aan die praat kry," sê hy. "Kyk maar. Antas is wêreldwyd bekend – tot in
Namibië, hoor. Daar's dan mense wat glads uit die Kaap uit kom vir haar
medisynes. En dis ook nie net medisynes nie. Sy kan vir jou heelmaak
op plekke waar die geleerde dokters met hulle boddelmedisynes nie kan
bykom nie. En sy skrik nie vir 'n kanker nie. Jy sal sien."

"Wat het sy vir Oompie gesê? Ek meen, ken Oompie haar goed? Ek
was nog nooit by haar nie. Ek het ook maar net gehoor."

"Almal ken vir haar. Sy sien ons almal reg, want daar's mos nie dok-
ters en dinge daar nie. Maar jy sal self sien, ons is amper daar."

31

Beeslaar stop presies om sesuur by die plek waar hulle De Vos se bloei-
ende lyf die vorige nag uit die duine gedra het.

Mentoor moes saam met Erasmus en Landers gery het, reken hy,
want hy sien nie haar wit klein Polo'tjie nie. By haar is Hans Deetlefs, die
forensiese man uit Upington, beter bekend as dokter Hans Dans.

Laasgenoemde kyk met flitsende brilglase op toe Beeslaar nader ge-
stap kom. Hulle twee het al dikwels saamgewerk en het 'n vreemde soort
vriendskap opgebou.

"Jes, ou Breker Beeslaar," groet hy en gryns om die bril op sy neus te
hou.

"Weet nie altyd of ek moet lag of huil as ek jou sien nie, Dansman,"
groet Beeslaar terug.

"Hoe ver is dit?" vra Deetlefs. "My bagasie is swaar."

"Toe maar, ek skat dis net so 'n kilometer, maar ek wed sersant Eras-
mus is mal oor gewigoptel, hy sal bitter graag jou tas wil dra." Erasmus
lyk allermins gretig. Die bloukol onder sy oog het intussen flink geblom.

Outjie lyk soos ek voel, dink Beeslaar, gedagtig aan sy rou voete.

"Kan ons maar gaan?" vra Mentoor. Sy het 'n breërand-kakiehoed op
haar kop en haar gesig lyk bleek en gespanne.

Hulle val in 'n ry in en begin die staptog deur die rooi duine. Landers
lei die groepie, gevolg deur Erasmus, dan Hans Dans. Mentoor is vierde,
met Beeslaar heel agter. "Jy oukei?" vra Beeslaar haar.

"Eintlik is ek glad nie oukei nie," sê sy oor haar skouer. "Eintlik is ek …" Sy gaan staan en draai om na Beeslaar. Sy moet haar kop hoog lig om sy lang gestalte onder haar hoedrand uit te sien. "Eintlik is ek afge- pís, om nou 'n lelike woord te gebruik. Vet weet, ek is nie een vir growwe taal nie, maar …" Sy begin weer stap. "Ek kan dêm goed verstaan dat De Vos gister so die vieste in was."

"Moenie worrie nie, vandag gaan ons hom braai."

Hulle loop in stilte verder tot by die plek waar Beeslaar die vorige nag op die bloeiende De Vos afgekom het. Alles lyk anders as wat hy dit onthou. Maar die bloedspoor van hulle terugtog teerpad toe is duidelik te sien, veral by die plekke waar hulle De Vos vir rukkies moes neersit om posisies om te ruil.

Hans Dans neem foto's en almal is op die uitkyk vir 'n paar definieer- bare spore, veral in die rigting waar Beeslaar vir Bloubees sien vlug het. Maar daar is baie spore. Te veel.

"Nou hoeveel mense wás hier verlede nag?" wil Mentoor fronsend weet.

"Mense, diere, alles, Kolonel," verduidelik Landers. "Dis Boesman- grond hierdie. En die meeste mense loop waar hulle moet wees."

"Watse diere dan?" vra Mentoor.

"Enige en elke ding – van donkies tot jakkalse."

"En clowns," voeg Beeslaar by. "Dra hy altyd 'n masker, Landers?"

Landers snork. "Hy's te simpel om met maskers te bodder, Kaptein, 'n plein kommen dief. Hy steel kos en drankgeld. Hierdie werk," hy wys na die bloedmerke in die sand, "is 'n nuwe ding. Ons het hom nog nooit met 'n wapen of iets betrap nie."

Beeslaar dink na. Hoekom sal 'n eenvoudige hoenderdief skielik moor? "Is hier drugs hier in hierdie wêreld?"

"Net Boesmantwak. En alkohol. Hier's nie swyswerk hier nie. Die mense is ôk te arm."

Beeslaar glimlag vir die term. Elke kontrei het sy eie woorde vir drank en drugs. "En Coin, het hy ander byname? Shep? Shepo?" Landers skud sy kop. Erasmus ook. "Hy's maar net Coin, Kaptein. Dis wat almal hom noem."

Beeslaar verduidelik vir Mentoor waar De Vos die vorige aand was toe hy die skoot afgevuur het. "Hy het op die kruin van daardie duin gestaan. Ek was op die duin agter hom en het gesien hy mik na iets onder hom. So ek neem aan Bloubees het hier onder die duin gestaan, hier waar ons nou is."

"So," sê Mentoor en haal haar donkerbril af om die sweet daaronder weg te vee. Die vroegoggendson is reeds besig om voorbrand vir 'n warm dag te maak en die sagte roeskleure van die hoë sandduine weerskante van hulle is vinnig aan't uitbrand. "Hy moes misgeskiet het. Of dalk het Bloubees gemaak of hy raakgeskiet is en het gesit en wag tot De Vos by hom is?"

"Klink vir my reg," sê Beeslaar. "Hy't 'n plan gehad. En hy's dié kant toe daarna." Hy wys in die rigting waaruit hulle gekom het. "Ek sal nie verbaas wees as hy dalk noord gedraai het die woestyn in nie. Kyk, daar loop heelwat spore oor die duin daar regs."

"Is daar huise in daai rigting?" vra Mentoor aan Landers.

Hy skud sy kop. "Nie so ver ek weet nie, Kolonel. Dis net woestyn. Daar's 'n boer se plaas of twee en dan begin Botswana. Meer dié kant toe," hy wys in die teenoorgestelde rigting, "is die opleidingskamp."

"Opleiding vir wat."

"Dis 'n soort boskamp. Hulle leer die Boesmankinders …"

"San, asseblief," sê Mentoor skerp. "Kom ons hou dit maar respekvol."

"Sorrie, Kolonel. Maar die San wat hier bly, verkies die ou term. Vir hulle is die San-woord 'n skeldwoord."

Sy knik en wys hy moet voortgaan met sy verhaal.

"Die kinders word daar geleer van die outydse San-goed. Spoorsny en water grawe en sulke goed. En ek dink dis ook vir toeriste. Of dit was, weet ook nie. Ek dink die kamp het doodgeloop of iets."

"Het julle al daar gaan soek?"

"Nie gister nie, Kolonel."

"Jissie, Landers! Lyk my nogal 'n blerrie obvious plek."

"E … ons het nou nie gedink …"

"Nee," sê Beeslaar, "julle het nie juis gedink nie, dis nogal duidelik. Het julle gedrink?"

"Kaptein?" Ronde oë.

Beeslaar sit sy hande in sy sye, kyk van Landers na Erasmus. Erasmus wat skuldig-nors wegkyk. "Raait," sê Beeslaar, "ons moet maar heel eerste daar soek sodra ons hier klaar is." Hy loop 'n entjie in die rigting wat Landers beduie het, sy oë op die grond. Die oppervlak hier is harder en hy kan duidelik verskeie stelle spore uitmaak. Maar daar's baie. Kruis en dwars en van allerlei soorte. Dit sal moeilik wees om die regte stel te kies. Praat van die regte Poes-aster by die regte skoen.

Hy buk by 'n klein swart kolletjie in die stof.

Bingo.

Verder weg lê daar nog een. "Hierso, Deetlefs!"

"Kan bloed wees," bevestig dokter Dans en druk versigtig daaraan. "Voel droog genoeg, so dit kan van die vorige nag wees." Hy skep die hele koekseltjie versigtig in 'n plastiekpilhouertjie, skryf iets op die etiket.

Beeslaar voel vir die eerste keer die afgelope 24 uur weer 'n sprankie optimisme. Hy gaan sit by die volgende kolletjie.

Daar's 'n kaalvoetspoor. Bingo maal twee.

"Kom kyk hier, Deetlefs. Kan dit die spoor wees hierdie?"

Die man kom nader, fotografeer eers die hele toneel en skep dan die bruin sandkorsie versigtig in 'n nuwe botteltjie.

"Kaalvoet," mompel hy. "Die ou is óf slim óf dom."

"Hoe bedoel jy?"

"Die voetafdruk lê nie exactly in sement nie, jy kan hoogstens sien dis 'n kaal voet, niks meer nie. Dis slim. Geen kenmerkende tekkiespoor nie. Maar of dit slim is om sonder skoene in die donker hier rond te hol … Daar kan mos giftige goed snags hier wees?"

Al twee kyk rond. "Onthou, hy's San," sê Beeslaar. "Hy weet dalk meer van in die sand rondhardloop as ek en jy tesame."

Beeslaar loop versigtig tot by die volgende druppel. Hier lê die spoor nog minder duidelik.

"Wat sien jy?" roep Mentoor.

"Nie seker nie. Dalk 'n spoor."

Sy kom nader, sak op haar hurke en bekyk die spoor. "Dis maar 'n kleinerige spoor vir 'n man," bevind sy. "Kon jy gisteraand sien of hy kaalvoet was?"

Hy skud sy kop. "Was te vinnig. Een ding wat ek wel kan sê, is dat hy vinnig kan hardloop. En ek vermoed hy's baie geoefen om in sand te hardloop."

Sy roep oor haar skouer: "Hoi, Landers! Hoe lank is Jan Bloubees?"

Landers kom nader gestap. "Hy's kort, soos die meeste Boes— San. Langer as ... as Kolonel se lengte," sê hy behoedsaam.

Almal kyk na haar voete. "Jou nommer?" vra Beeslaar.

Mentoor se wange verkleur. "Ons soek 'n mán, verdomp! Landers? Was hy kaalvoet?"

Hy trek sy skouers op. "Maar Coin dra altyd skoene. Ek is net nie so seker van gisteraand nie."

Beeslaar loop nog 'n paar treë aan, sien 'n volgende paar stippels wat oor die duin gaan. Deetlefs volg hom, maar Mentoor is nog nie klaar met Landers en Erasmus nie.

Dis 'n baie hoë duin en Beeslaar en dokter Dans moet behoorlik klim tot bo. Anderkant hou die bloedstippels en die spore op en hulle staan hygend en rondkyk. Daar is skielik weer plantegroei hier – grasse en stokkerige doringstruike. En die spoor loop daarin dood.

"Hy het tot hier gekom," sê Deetlefs, "en sy lem afgevee of weggebêre."

"En toe opgestyg hemel toe," besluit Beeslaar.

Deetlefs snork. "Nee, man. Kyk, daar skuins voorkant toe. Die gras wat so bietjie oopvou. Sal my kop op 'n blok sit dit was hy. As ek reg gehoor het, is hy in sy ander lewe 'n spoorsnyer, so as hy nie gekry wil word nie sal hy goed weet hoe om te maak. Hulle trap mos bo-op die graspolle of hulle loop in iemand anders se spoor, draai velle om die voete, daai klas van ding, sien? So, as dit ons man daar in die gras was, is hy dié kant op." Hy wys met sy ken in 'n oostelike rigting.

Mentoor kom halfpad teen die duin op en gaan staan, haar asem jaag. Sy dra nog steeds die klere waarin sy die vorige nag aangekom het: kakie-hemp en jeans met 'n dik leerbelt. Die pistool op haar heup lyk bietjie buite verhouding groot tot haar skraal lyfie. "Het julle iets?" vra sy hoopvol.

"Die spoor hou hier op, maar dokter Dans meen hy's in hierdie rigting."

"Maar dis heeltemal die teenoorgestelde koers waarin jy hom gesien weghardloop het!"

131

"Cool customer, is al wat ek kan sê. Hy't tien teen een agter die duin gesit en kyk hoe ons De Vos hier uit dra. Toe's hy terug op sy spoor en weer by die plek langs. Dalk het hy sy mes laat val daar iewers en wou dit weer optel. Ek het niks gesien nie, maar nou ja, ek wás bietjie preoccupied."

"Flippen hel!" sê sy en lig haar hoed om sweet af te vee. Haar hare lê platgedruk en daar kleef nat krulle aan haar voorkop en slape.

Hulle wag tot Deetlefs die videokamera toeklap, dan stap hulle haastig saam terug na die plek waar De Vos gelê het. Deetlefs wil vir oulaas nog rondkyk. "Jy moet maar opskud," sê Beeslaar. "Ons moet by die boskamp uitkom. Daai man gaan nie vir ons sit en wag nie."

Hans Dans buk by 'n plek op die rand van die bloedkol. Hy haal sy bril af om die sweet oor sy neus af te vee. "Kom kyk bietjie hier," sê hy dan. "Dit lyk dan vir my … Hel … kan nie waar wees nie."

Beeslaar kyk. Dit lyk soos 'n leeu se spoor.

Die res van die geselskappie kom kyk ook. "Hier's nie leeus nie," sê Erasmus.

"Uit die park, dalk?" vra Mentoor en almal kyk onwillekeurig rond.

"Hulle breek uit, Kolonel, maar hulle kom beslis nie tot hierso nie. Buitendien sal ons lankal geweet het as hier 'n los leeu was. Dis sestig kilo's hiervandaan park toe. Glo my, ons sou al duidelik geweet het van hom."

Deetlefs staan op. "Is in elk geval nie 'n regte leeu se spoor nie. Dit lê te vlak. 'n Leeu is mos 'n swaar ding. En ek sien net dié een. Nee, wat, iemand het dit gemaak. Kyk, die sand rondom is mooi platgevee."

"Kinders," sê Erasmus. "Dis een van hulle games, om dierespore met die hande na te maak. En 'n leeu s'n is maklik."

Hierna neem Beeslaar die span om gou vir Mentoor te wys hoe hy die vorige aand agter De Vos aangekom het. Landers verduidelik dat hy en Tholo uitmekaar gegaan het om oos en wes te soek, terwyl De Vos oor die volgende duin in 'n noordelike rigting was. Saam klim almal die laaste duin tot by die groot Cruiser, wat nog steeds met sy neus in die sand sit.

In die daglig kan Beeslaar sien dis 'n vx. Hy het dus reg geraai. Duur kar vir 'n kaptein in die SAPD.

32 Springbokkie se eerste les

Seko sal vir Springbokkie die lied van die korhaan sing.
Die lied wat die korhaan sing vir
die hartebees wat gaan lê.
Die hartebees wat lê want hy staan nie meer nie.

En die korhaan sing die lied oor die hartebees wat lê.
Die hartebees se asem loop nie meer nie.
Sy asem het gaan lê.
Rô-kokko, rô-kokko, ri-ri sing die korhaan.
Die hartebees se asem het wind geword.
Dis die wind wat allenig in die duine staan.

Rô-kokko, rô-kokko, ri-ri
Ri-ri, rô-kokko.

En die korhaan sing vir die Mense van die Groot Gesig van die Sand:

Maak sterk julle pyle en julle se knopkieries.
Laat dit week in kooksels n||ami-wortel.
Smeer die punte met gifbol se sap.
Loop soek vir die saad van die wolwegifboom.

Ri-ri, sing die pyl wat die hartebees tref.
En die hartebees staan nie meer nie.
Dit is die lied van die hartebees.

33

Koekoes sê sy sal saam met Landers en Erasmus ry, hulle weet waar die boskamp is. Beeslaar kan in sy eie bakkie volg.

Sy is verlig om vir 'n paar minute uit die direkte son te kom. Dis nog skaars sewe-uur, maar dit voel al soos 30 grade.

"Aircon," sê sy vir Landers terwyl hy die Hilux aanskakel. "En dan sit jy voet neer. Dalk raak ons lucky."

Maar sy voel allesbehalwe lucky. Inteendeel. Die hemel weet, sy het De Vos al baie keer die afgelope tyd verwens. Hy het haar gebruik. Mís-bruik. En haar toe soos 'n vrot vel weggegooi. Maar om sy bloed so op die sand te sien lê, was 'n skok. En so baie bloed ook nog, só baie. Die opperste doos in haar kop was skielik weer 'n gewone mens.

Meer nog: die swart vlek in die sand het skielik weer die trauma van Martin se dood opgeroep: die onverwagse klap van 'n koeël. Martin se lig-gaam ruk, reg voor haar oë. Hy val. Sy storm vorentoe, hou hom in haar arms vas, klou stywer namate sy liggaam in skok gaan, voel die hitte van sy bloed deur haar klere sypel, hou hom vas tot hy stil is, totdat … Nee! Sy wil nie onthou nie. Sy mág nie. Sy't daardie dag uit haar kop verban.

Sy maak haar sitplekgordel vas en haal haar hoed af, trek haar hand deur haar natgeswete hare. Sy het dringend 'n stort nodig.

"Hoekom was Tholo gisteraand agter die stuur?" vra sy vir Landers.

"Ek sal self nie kan sê nie, Kolonel. Kaptein De Vos wou … e …"

"Wat?"

"Ek dink die kaptein wou reg wees dat hy kon uitspring sodra ons iets sien." Sy twyfel sterk of dit die rede is, maar besluit om dit vir later te bêre.

"Hoe ver is dit?"

"Dis net hier, Kolonel. Omtrent twee kilometer padlangs, maar as mens deur die duine gaan, is dit korter."

Sy kyk in die truspieëltjie aan haar kant, sien Beeslaar se bakkie agter haar. Ook 'n Toyota. Die wêreld hier rond is ook vrot van die Toyotas. As dit nie Hilux'e is nie, is dit Cruisers.

Dit neem hulle enkele minute om die sandpaadjie te vind wat uit die R360 na die boskamp afdraai. Daarna gaan dit stadiger, want die sand is plek-plek diep. Hulle ry oor twee lae duine en dan deur 'n platter stuk tot vlak by 'n volgende duin, waar daar 'n aantal groot kameeldoring-bome staan. Nie die maklikste pad vir die gemiddelde buitelandse toeris nie, dink Koekoes. Dit sê klaar hoekom die plek misluk het.

Die kamp self lyk ook nie baie aanloklik nie.

Nooit as te nimmer sou sy haar kosbare vakansiesente hier kom mors nie. Bedags met stokkies leer vuurmaak en snags tussen die skerpioene rondsit. No way, Jose.

Die kamp bestaan uit 'n ring grashutte wat rondom een van die kameeldoringbome staan. Die arme boom word byna verswelg deur 'n reuse-versamelnes, sy takke afgerem tot byna teen die grond. Slang-hemel, weet sy, al daai honderde neste met eiers en babavoëltjies.

Hulle hou aan die onderpunt van die kamp in die skaduwee van 'n yl, jong doringboom stil. Beeslaar trek reg agter hulle in.

Almal klim uit.

"Wapens, menere," sê sy gedemp. "Onthou, hy's gewapen. En hy't gister twee mense probeer uitvat."

"Raait," sê Beeslaar. "Sal ons split? Kolonel, jy en Landers gaan links om die kamp. Ek sal anderkant omgaan en Erasmus kan gaan kyk wat daar by die boom in die middel aangaan."

Sy laat Landers voorstap, sy vuurwapen oorgehaal. By die eerste hut is daar niks. Sy wys na 'n volgende links van hulle, wag nie vir hom nie, maar loop vooruit. By die ingang wag sy tot hy by haar is, loer dan vinnig na binne, haar wapen gereed.

136

'n Swart wolk flappende vlerke bars skreeuend uit die donkerte.

Sy gil en steier agteruit, klap wild om haar kop en gil weer. Vlermuise! 'n Massa trillende vlerke wat verskrik en piepend by die ingang uitvlieg.

Sy is onmiddellik vies vir haarself, veral vir die gil. Maar daar's nie tyd vir herstel nie: Erasmus skree van anderkant die boom. "Daar's hy!"

Koekoes kyk op en sien 'n figuur wat onder die boom uit hardloop, weg van hulle, die duine in.

Sy wag nie 'n oomblik nie, maar sit hom agterna. Landers kom van agter by haar verby, roep vir die vlugtende om te stop. Maar dit spoor hom net aan om vinniger te hardloop. Van die ander kant kom Erasmus met spoed aan.

Halfpad teen die duin uit is hulle by hom, duik hom plat en rol hom op sy maag.

Landers boei hom en pluk hom op sy voete.

"Bliksem!" roep Koekoes toe sy uitasem by hulle kom. Sy kyk rond vir Beeslaar, sien hy is ook in aantog.

Dan ruk die man skielik los en probeer teen die duin af hardloop, maar Koekoes kry hom aan sy een arm beet. Die momentum pluk haar van haar voete af en sy land saam met die vent in die sand.

Haar eerste gewaarwording is die stank van die man. En dan kom haar woede. Sy spring regop en mik 'n harde skop na hom, tref hom in die maag.

"Aaau!" skree hy en krul.

"Fokker!" Sy skop hom weer. Wéér in die maag. Hy rol om en trek sy knieë op. Sy mik vir sy niere, maar Beeslaar is skielik daar. Hy kry die kêrel aan sy kraag beet en ruk hom op sy voete en onder haar stewel uit.

"Is dit Jan Bloubees?" vra hy vir Landers en Erasmus. Hulle knik uitasem, maar kyk grootoog na haar.

"Wat kyk julle?" skree sy, bewus daarvan dat haar stem piepend deurslaan. Sy probeer haar woede sluk, maar kry dit nie reg nie. "Bliksem," sê sy vir Bloubees. "Jou knaters gaan ek vandag braai!"

"D-d-d-dis nie ek nie, M-M-Mevrou!" Beeslaar laat hom los en hy val soos 'n sak patats. "Issie, issie …"

Sy sien van vooraf rooi. "Hou jou bek! Waar's die geweer?"

"Issie ek nie, asseblief, asseblief to—"

"Bly stil! Landers, deursoek hom."

Hy vat vinnig oor Bloubees se lyf. "Niks, Kolonel."

Koekoes kyk na die patetiese figuur op die grond. "Wat het jy met die geweer gemaak? En waar's jou mes?"

"E-e-e-ek … ek … hét nie. Ek het niks … n-n-niks!"

Sy skop voor sy haarself kan keer. Hy skarrel egter vinnig onder die hou uit en sy skop net lug.

Wat alles vererger.

Beeslaar tree vorentoe en lig Bloubees op. "Erasmus," sê hy bedaard, "Gaan sit jy hom in die bakkie. Ons gaan die kamp deursoek." Hy vang haar oog en wys met sy kop hulle moet terug kamp toe gaan.

"Ek kom nou," sê sy en vee ergerlik oor haar gesig.

"Jy oukei? Ek het jou gehoor gil."

"Man, dit was blerrie niks!"

"Raait," sê hy en stap saam met Landers en die res weg.

Koekoes laat sak haar kop en moet hard op haar lip byt. Want sy wil skielik huil. Sy trek haar asem diep in en begin terug kamp toe stap, nie seker of haar hart gaan hou tot daar nie.

34

Hy het skaars die teerpad getref toe Beeslaar se foon in sy sak lui. Sy hart slaan 'n slag oor. Wat as dit Gerda is? Hy het haar nog steeds nie gebel nie. En met elke nuwe uur wat deur die malligheid van hierdie plek opgesuig word, raak hy dieper in die moeilikheid.

Dis egter Mogale.

"Ek stuur vir julle ekstra hande," sê hy.

"Eintlik, Generaal, is ons soort van opgefieks. Ons het pas vir Jan Bloubees opgetel."

"Het hy erken?"

"Daar was nog nie tyd nie, Generaal. Ons het hom nou nét vasgetrap."

"En De Vos se geweer, het hy dit by hom gehad?"

"Kon nog niks vind nie, Generaal. Maar ons sal dit kry."

"Nou ja, in daardie geval gaan jy aan met die ander kwessie."

"Maar ek dag dinge het bietjie verander noudat De Vos in die hospitaal gesit is. En dit deur 'n lid van die San-gemeenskap." Beeslaar trek van die teerpad af om beter te hoor. Die Moegel se stem klink vanoggend nóg dieper en brommeriger.

"Al wat verander het, kaptein Beeslaar, is dat hulle nóg harder skree. Die son was skaars op toe hulle prokureur my bel. En hy dreig met ekstra klagtes oor gisteraand se stories. Hy beweer De Vos het op 'n roekelose manier op 'n vlugtende verdagte geskiet. En hy't vroeër die aand geweld teen inwoners gebruik en rassisme en what-what en wat ook al. En die pers is blykbaar klaar op die storie."

"Wel, dan kan ek maar net sowel my tandeborsel inpak en huis toe gaan, Generaal. Want dit maak nie saak wat ons gaan sê of doen nie, u weet self hoe dit sal afloop."

"Doen jy maar net jou werk. Jy kan begin met die prokureur self. Ek het hom jou nommer gegee, so hy gaan jou enige oomblik bel. Onthou, wees ordentlik. Ek soek niks van jou gebruiklike befoeterdheid nie."

Speak for yourself, dink Beeslaar. Hy self is deesdae so mak soos 'n lam. Weet nie of dit al die probleme is of oudword en treurigword is nie. Hy's deesdae meer ouma as man, hy wat Beeslaar is.

Hardop sê hy: "Saak's reg, Generaal. Hy kan maar bel. Ek gaan net eers 'n oor gooi by kolonel Mentoor se gesprek met Coin Bloubees. Dan kan ek sommer met 'n volle bekentenis by die prokureur aankom. Gepraat van bekentenis, hoe gaan dit met De Vos?"

"Hy's maar nie te bright nie. Hulle het 'n noodoperasie gedoen en dit klink my hulle kon hom stabiliseer. Hy moet glo nog operasies kry, maar dis vir eers al wat ek weet."

Beeslaar ry diep ingedagte die res van die klein entjie terug na die Witdraai-polisiestasie. Hy hoop Mentoor het intussen afgekoel. Hy is self die bliksem in. Dis danksy Bloubees dat hy verlede nag soos 'n aap in die duine ingedonder het. Nou sit hy kniediep in De Vos se simpel gedoentes hier.

Hy moet sê, hy's nogal verras deur Mentoor se skielike woede. Sy't soos 'n beserkte klein chihuahuatjie te kere gegaan.

Oukei, hulle is almal moeg en Bloubees het gesoek daarvoor, maar tog.

By die stasie aangekom, sien hy Landers se bakkie onder die skadunette langs die gebou. Hy trek ook daar in.

Die Witdraai-stasie lyk maar goor in die daglig. Die werf is slordig en verwaarloos. Daar's 'n paar worstelende aalwyne by die ingangshek, asvaal van die stof, maar verder is daar nie moeite gedoen om die plek leefbaar te maak nie. Buite die hek staan 'n klompie kareebome – kennelik waar besoekers uit die omliggende San-gemeenskappies bedags sit – omring van die rommel.

Hy gaan was eers sy gesig en hande, want sy oë brand permanent soos die sweet daarin loop. 'n Duik in 'n koel swembad is wat hy nodig het.

Dan gaan soek hy na Mentoor, tref haar in die war office aan, besig om koffie te maak.

"Nie sleg nie, hè," sê sy oor haar skouer, "skaars brekfistyd en ons saak is in die sakkie. Maar ons sal vinnig die wapen moet kry." Sy bring die plunger na haar lessenaar toe. "Twéé wapens, die mes en Kappies se geweer. Gelukkig dat jou twee manne op pad is."

"Jy bedoel Ghaap en Pyl?" vra hy verras. Hel, hy't nie besef dis van húlle twee dat die Moegel gepraat het nie.

"Jip, hulle kan help soek. Ek weet nie hoeveel 'n mens op Erasmus en Landers kan peil trek nie. Blerrie Dompie en Dompie se maat. Ek meen, hulle is locals en hulle dink nie daaraan om by die boskamp te gaan soek nie? Dis die obvious wegkruipplek. Anyway, die generaal sê jy gaan voorlopig begin konsentreer op die politieke kant?"

"Sodra ek 'n bekentenis van Mister Bloubees het. Dit sal my taak bietjie makliker maak, dink ek. En jy, het jy al blyplek?"

Sy skud haar kop en druk die sif af in die koffie. Sy het intussen ook gesig gewas, sien hy. Maar die lang nag is besig om sy tol te begin eis. Haar oë is rooi en haar kennetjie lyk ekstra spits. "Ek sal later van-oggend gaan kyk of daar iewers blyplek is. Die Kalahari Lodge lyk my die maklikste, nè?"

"As jy van rondawels hou. Maar daar's blykbaar een of twee ander plekke ook." Sy skink vir Beeslaar 'n beker koffie in. Hy't hierdie keer 'n beker met 'n prentjie van 'n kokerboom op. Sy drink uit 'n koppie, kom-pleet met piering. Hy wonder of sy dít ook saam met die res van haar koffie-tools gebring het.

Sy gooi 'n flink skeut melk by. "Dis hopelik nie vir te lank nie," sê sy. "Ek weet ook nie wat die Moegel in gedagte het nie. Klink my dis 'n taamlike heavy ding wat volgende naweek hier plaasvind en ons moet die saak opdoek voor die vip's uit heinde en verre hier aangesit kom. En Kappies de Vos, verstaan ek, gaan nie sommer vinnig uit die hospitaal kom nie."

Al twee van hulle kyk na die toe deur van die kantoor langsaan.

"Was jy al daar in?" vra Beeslaar.

"Om wat te doen?"

Hy weet nie of hy hom dit verbeel nie, maar daar's iets skerps in haar stem. "Ag, kontinuïteit, kyk of hy dalk met ander belangrike goed besig was. Ek weet nie, maar hy het taamlik opdraand gehad met die gemeenskap die afgelope week. Dalk het hy méér redes gehad om Coin Bloubees met 'n geweer agterna te sit."

Sy sê niks, knik net en blaas met haar onderlip na die los krulle op haar voorkop.

Toe hulle koffie klaar is, vra Koekoes vir Beeslaar om solank met Coin Bloubees te gaan kennis maak. Sy moet net eers 'n oproep maak.

Sodra hy by die deur uit is, bel sy haar ma. Hulle het 'n Sondagritueel sedert haar pa 'n jaar gelede dood is. Koekoes gaan saam met haar kerk toe. Dis meer om haar ma se onthalwe as haar eie, moet sy skuldig bieg. Maar die kerktoeganery is 'n soort ankerpunt, 'n manier van weekliks kontak maak.

Aanvanklik was dit om haar ma staande te hou. Daddy was die rots in hulle lewe. En ná Martin se dood was dit 'n manier om mekaar staande te hou. Agterna sal hulle vir 'n burger en tjips Spur toe gaan. Ma sal oor haar dahlias praat en besorg probeer vis of haar enigste kind nog cope. En haar weer vertel hoe trots Daddy op haar sou gewees het – só jonk en al 'n kolonel. En nog boonop 'n bevelvoerder van een van die bodorp se spogbuurte.

Die foon lui 'n paar keer voor haar ma antwoord: "Hartjie, hoe't jy geweet ek verlang vir jou?" Sy antwoord altyd so.

"Ons is mos telepetattas, ek en jy," antwoord sy op haar gebruiklike manier. "Maar ek kan nie vandag kom nie, ek moet werk."

"Ai, kind, jy werk te hard."

"Dis 'n noodgeval, Ma. Ek sit in die Kalahari, maar ek bel sodra ek terug is."

"Ek sal vir jou bid, my hart."

Hulle groet en Koekoes stap oor die bakkende vierkant na die aanhoudingsel waar Beeslaar armsgevou teen die muur aanleun. Hy't 'n stoel ingedra, seker vir haar bedoel. Dit irriteer haar, sulke soort goed: stoel vir die "dametjie" want sy sal flou val van staan.

Sy ignoreer die stoel en bly in die middel van die vertrek staan, haar voete wyd geplant. Die sel is 'n primitiewe ruimte met 'n sementblok langs een muur af wat as bed en bank dien. Vir die res is daar niks, geen venster, geen toilet. Net 'n flikkerende buislig wat skeef aan die plafon hang.

Coin Bloubees is klein van postuur en brandmaer, sy klere sit los en flapperig aan sy lyf en sy uitgetrapte velskoene lyk byna onnatuurlik groot in verhouding met sy gestalte.

Hy bewe soos iemand met kouekoors en staar met bang oë na haar, asof sy hom enige oomblik gaan pik. Sy gesig is perkamentgeel en die plooie op sy voorkop maak walletjies. In sy hare sit daar stokkies en stof, tien teen een nog van sy gerol in die sand om onder haar skopvoet uit te kom.

Dalk het sy 'n raps te ver gegaan, maar hierdie mannetjie het gesoek daarna.

Sy kyk na Beeslaar: dit is háár arrestasie dié en sy sal die woord voer.

"All yours," sê hy rustig en versit sy gewig.

"Het hulle al vir jou water gegee, Coin?"

Hy knik, sy oë neergeslaan.

Sy beskou hom 'n ruk lank in stilte, sien hoe kriewelrig en senuwee-agtig hy raak. Sy een voet begin tik-tik op die vloer en hy vee kort-kort oor sy voorkop, kyk vlugtig na haar, dan na Beeslaar en dan weer weg.

"Wat het jy met kaptein De Vos se geweer gemaak?"

Hy skud sy kop heftig.

"En jou mes? Jy weet dat kaptein De Vos se lewe aan 'n draadjie hang, nè?"

Hy frons, maar antwoord nie.

"En ons gaan vir jou toesluit, met of sonder die geweer óf die mes. Hoe meer jy lieg, hoe langer gaan die regter jou gat agter tralies hou, oukei?"

"M-Mevrou, ek-ek-ek … het niks gedoen nie. Ek het K-K-Kappies niks gemaak nie. Dis die waarheid, ek sweer. Ek-ek-ek was nie eers naby daai plek nie. Ek het nie vir Kappies …"

143

"Kapteín De Vos vir jou, swernoot!"

"Ja, a-askies, Mevrou. Maar ek …"

"Gistermiddag het jy ingebreek by professor Eckhardt op Askham, reg?"

Hy antwoord nie, trek net sy knieë op tot onder sy ken en begin liggies vorentoe en agtertoe te wieg.

"Antwoord my, Coin!"

"Ek-ek-ek … ek wou net gaan hoor of hy nie los-s-s, los werkies … Ek wou net l-léén."

"Ja, en toe die professor nie vir jou geld wil gee nie, toe't jy hom aan-gerand! En as sy telefoon nie gelui het nie, het jy hom doodgemaak. Nie waar nie, Coin?"

Hy wieg vinniger.

"Antwoord!"

"Nee! Ek-ek-ek maak niemand seer nie. Die p-p-professor is goed vir my. En … ek het gewou vra vir 'n leninkie. Net tot lat ek nou weer kan terugbetaal. Die professor … Hy … hy k-k-ken vir my. Ek het … M-maar daar was klaar mense by die professor. Dit-dit-dit het geklink soos baklei daarbinne. En toe … toe't ek, toe't ek weggehardloop. Ek voel nie so lekker oor-oor ek gehardloop het nie."

"Moenie so lieg nie!" Haar stem breek piepend op die "lieg" en sy skraap verwoed haar keel. "Jy's 'n flippen joker, Coin. Die professor wou nie vir jou geld gee nie, toe besluit jy jy wurg hom. Leer hom 'n les. Hy's hoeka een van die geleerde lanies wat die Boesmans hier kom uitbuit. Of hoe? En toe jy met hom klaar is, toe besluit jy jy maak 'n gat van die polisie. Hoe't jy my nommer gekry?"

"Mevrou?"

"Jy't dit van professor Eckhardt se foon gekry en jy dag toe jy maak 'n gat van my? Waar's jou selfoon?"

"Ek hét g'n foun nie. Ek het s-skierlik bang geword en weg-weg-wegge—"

"Weghardloop se voet, man. Hou nou op met jou geliegery. Ek weet jy het kaptein De Vos ook gebel."

"Nee! Ek het niks gedoen nie, want ek-ek-ek …" Hy bly stil, kyk

144

hulpeloos op na Beeslaar. Wat net sy arms vou, maar niks sê nie. Dan skep Bloubees asem en probeer weer: "Me-Mevrou, daar was 'n s-slegte ding daar by die professor se plek. Daar was 'n ruik. D-dis die d!yga!"

"Die wát?"

"T-t-toording, Mevrou. Die d!yga. Dis-dis 'n wilde leeu se ruik. En-en-en ek het gehóór hoe grom hy! Ek het bitterlik bang geraak."

Koekoes blaas 'n lang asem uit.

"Goeie vadertjie, meneer Bloubees, wat het jy daar by die boskamp gesit en rook? Jy dink seker ons is stupid."

Sy kyk na Beeslaar en hy skud sy kop meewarig. "Ek dink," sê hy met 'n lae, rustige stem, "ou Coin moet 'n Oscar kry. Hy dink hy's die hoofskurk in 'n Batman-movie. Die Joker van die Kalahari! Hardloop in 'n mombakkies hier tussen die duine rond. Of nee, hy dink hy's die Scarecrow, daai een met die goiingsak oor die kop."

"Nee! Dis die wa-wa-waarheid! Ek het die professor niks gemaak nie. En ôkkie die kaptein nie! En ek hét daai ding gehoor. Ek het gehoor hoe brom hy."

Beeslaar glimlag gemaak geamuseerd. "Jy kan die acting maar drop, ou Coin. Ons weet jou kop het gister uitgehaak. Jy't skierlik die idee gekry jy settle ou scores. Koggel kaptein De Vos en lok hom duine toe en probeer sy keel afsny. Nou sit jy hier en bewe soos 'n nat kat. Lekker malkoppie, jy."

"Ek is nie mal nie," sê Coin floutjies. "Ek-ek-ek-ek weet hy't my ge-soek, die kaptein. Maar ek het weg-weggekruip. Net daar by die kamp."

Koekoes vererg haar en skop die stoel voor haar uit. Coin roep uit en druk sy rug plat teen die muur. "En waar's die geweer en die mes en jou blerrie selfoon? Jy't dit iewers begrawe, wáár?"

"Nee! K-kyk my hierdie twee hande. Dis n-n-nie moordhande nie." Sy onderlip begin gevaarlik bewe en hy laat sak sy voorkop op sy knieë. Daar's 'n kaal kol van 'n ou letsel waar die hare nie teruggegroei het nie. Koekoes sug. Dalk is Beeslaar naby aan die kol. Hierdie patetiese skepsel is óf 'n skisofreen óf 'n dekselse goeie akteur, want hy is op die oomblik ver van die uittartende, selfversekerde vent op die telefoon.

Sy trek die stoel weer nader en gaan sit. Sy gaan nog een keer probeer.

"Waar's die geweer en die mes en die selfoon, Coin?"

Hy skud sy kop moeg. "Dit was nie ekke nie. Asseblief, Mevrou. Dit was … Dit was … die leeu-ding. Dit was hy. H-hy … Ek het hom geruík. Sy-sy stink. Dis 'n baie-baie groot stink. Dis toornaargoed, Mevrou! Ek sweer! Ek het al gehoor die mense praat van dit."

Koekoes staan op en sleep die stoel agter haar uit tot by die hek. Beeslaar vat die stoel by haar, om dit vir haar te dra.

"Ek hét dit, Kaptein," sê sy vinnig en vat dit terug. "En jy, liewe Coin, jy moet dalk jouself maar 'n bietjie gerieflik maak, jy weet? En op jou knietjies gaan staan en vir die Goeie Here vra om vir jou 'n wonder-werkie te stuur. Want jy short 'n paar breinselletjies. En jy benodig dit nou, want die vet weet: die ene met die leeu se spook is maar 'n simpel storie, jong!"

35

Dis al na nege-uur toe Beeslaar uiteindelik weer in sy rondawel by die lodge terug is. Hy moet dringend weer 'n stort neem, want hy het die oggend al behoorlik gesweet. En hy kan sweer daar's geen plek meer vir blase op sy voetsole nie.

Toe hy klaar is, gaan soek hy brekfis.

Op pad na die lodge se hoofgebou sien hy 'n silwer BMW X6 met getinte ruite by die groot hek indraai en stadig oor die tweespoor-sementpaadjie na hom toe ry. Toe die BMW reg langs hom is, gly die bestuurder se venster geruisloos oop. "Kaptein Beeslaar?"

Beeslaar betrag hom: 'n kaalgeskeerde kop en 'n dun snorretjie. Ligte grys sportbaadjie van 'n duur materiaal.

"Ja?"

Die man glimlag en die venster gly weer toe. Hy gaan parkeer onder 'n paar kareebome naby ontvangs, haal sy aktetas uit en stap op Bees-laar af.

"Jakobus Bladbeen," sê hy en steek sy hand uit. "Maar die mense noem my Silwer. Besige nag, seker?" Hy beduie na die groepie mense van die omliggende San-gehuggies wat nog steeds buite die lodge se ingangshek by die teerpad staan. Dis waar Coin Bloubees die vorige nag oor die pad gehardloop het. Daar's niks meer te sien nie, maar 'n groepie hoopvolles bly luier.

"Wat kan ek vir jou doen, meneer Bladbeen?"

"Silwer. Almal noem my Silwer. Ek is die voice van die mense hier, kaptein Beeslaar." Hy glimlag weer en wys 'n stel perfekte tande met 'n glinstering van goud tussen die voorste twee.

"Ek is opreg spyt oor wat met kaptein De Vos gebeur het. Maar u moet mooi verstaan. Dis nie mý mense wat verantwoordelik is nie."

"En wat maak u so seker?"

"Omdat dit altyd maar die patroon is. Natuurlik gaan hulle sê dis weerwraak."

"Weerwraak vir wat presies?"

"U weet reeds, Kaptein, ek is verbaas dat u nog vra."

Beeslaar sug. "U klop by die verkeerde deur, meneer Bladbeen."

"Silwer, asseblief."

"Meneer Silwer, as u namens Coin Bloubees wil praat, moet u by kolonel Mentoor op Witdraai 'n draai gaan maak."

Bladbeen skud sy kop. "Ek praat nie met Koekoes Mentoor nie. En ek glo nie sy sal die saak onpartydig hanteer nie. Daarom wil ek graag met jou gesels. Generaal Mogale het my na jou verwys?"

Beeslaar laat sak sy skouers. Hy is moeg en hy's honger en sy voete brand en die Moegel het hom beveel om nog boonop "ordentlik" te wees.

"Kom," sê Bladbeen, "kom eet brekfis saam met my. Dan gesels ons."

Beeslaar swig teësinnig en die twee stap met 'n sementpaadjie langs na die lodge se stoep. Dis feitlik leeg, maar dis rumoerig. Daar is twee groot voëlhokke wat 'n bont versameling parkiete en budgies en ander soorte luidrugtiges huisves.

'n Middeljarige vrou kom neem hulle bestelling. Beeslaar herinner hom vaagweg haar naam – Beulah. Sy het die vorige aand die kroeg beman en het hom by die ontvangs ingeboek.

Sy het dik, sponserige boarms en 'n allemintige borsmaat. Dun luppe en hangwange. Dit laat haar kwaai lyk, maar sy't sagte, effe treurige kalfoë.

"Full monty, my darling," bestel Silwer Bladbeen, "en bring maar vir my vriend hier ook. Maar eers bietjie koffie, nè?"

Sy gooi vir elkeen 'n koppie filterkoffie in, sit 'n beker yswater tussen hulle neer en loop dan deur 'n glasswaaideur na binne.

Dit is waarskynlik koeler binne, vermoed Beeslaar, van waar hy die ligte gedreun van lugreëlaars hoor. Die plek is volgens die safari-tema ingerig, met opgestopte dierkoppe teen die mure, sebra- en springbok-velle op die grond en replikas van Boesmantekeninge teen die mure. Hy kan byna nie glo hy sit op dieselfde stoep waar hy die vorige aand nie eens sy eerste bier kon klaarmaak nie. Dit voel soos eeue gelede.

"U weet seker dit is 'n besonder belangrike week vir die gemeenskap hier," begin Bladbeen.

"Ek verstaan so, ja," sê Beeslaar en proe versigtig aan sy koffie. "En verlede nag se gebeure help ook nie juis nie."

Bladbeen sug liggies, soos vir 'n moedswillige kind. "Luister my net uit, oukei?"

Die man wag nie vir Beeslaar om te antwoord nie. "Hier is faksies onder die ‡Khomani-San."

"Hier."

"Hier, ja, dis al plek wat daar ‡Khomani is, Kaptein." Hy spreek die woord met 'n ts-klank uit. "Dis die lot van die San landwyd, sien? Uitge-roei tot op die been en al hulle tale uitgesterf, exiles geraak in hulle eie land. Maar goed. Die ‡Khomani het hierdie stuk grond in 1999 gekry. Aanvanklik was daar net 50 van hulle, te min om vir grondrestitusie in aanmerking te kom. Maar ons het wyd gaan soek en uiteindelik naby 'n 1 000 siele opgespoor, genoeg om die grondeis te regverdig.

"Die mense is arm, eenvoudige mense, meestal voormalige plaas-arbeiders, huiswerkers, swerwers, noem maar op. En natuurlik het elk met sy eie verwagtinge hier gekom. Die regering het ses plase gegee en 'n groot stuk grond in die park.

"Vir die San was dit 'n groot oorwinning. Na eeue se uitroei en verjaging, uiteindelik weer grond."

Beeslaar haal die suurlemoenskyf uit sy drinkglas uit en skink vir hom 'n glas yswater in. 'n Vrypostige spreeu duik op die skyfie af, gryp dit rats, maar moet dadelik raserig baklei om dit te behou. Hy verloor die geveg en sit krysend en kyk hoe 'n ander een daarmee wegvlieg.

Bladbeen gooi vir hom 'n tikseltjie melk by sy koffie en hervat sy storie. "Dit was dadelik duidelik," sê hy, "dat mense verskil het oor wat hulle met die grond wil doen. Sommige wou kommersieel boer. Die res wou geld verdien uit toerisme. U ken die term kultuurtoerisme?"

Beeslaar trek sy skouers op en neem 'n groot sluk yswater. Dis genadiglik koel, maar smaak nie lekker nie. Daar's steeds 'n bitter-suur nasmaak van die suurlemoen, gemeng met die souterige smaak van die omgewing se brak water.

"Hulle gee betalende toeriste 'n blik op hulle tradisionele lewenswyse. Dit fassineer mense, u weet, om die fantastiese lewenswyse van die oorspronklike mens te sien, toe hy nog deel van die landskap en die natuur was."

"Ek verstaan. So, daar is die boere en die toerisme-voorstanders. Twee faksies?"

"Wag," sê die prokureur terwyl hy opstaan, sy baadjie uittrek en dit versigtig oor 'n leë stoelrug hang. "Kyk," sê hy toe hy weer sit, "probleem is dat daar onlangs 'n derde groep bygekom het – mense wat verkies om hééltemal, geheel en al terug te gaan na 'n jagter/gaarder-lewenswyse."

"O," sê Beeslaar, "maar is die grond groot genoeg daarvoor?"

"Nee. 'n Groep van sê maar 30 mense sou min of meer 650 vierkante kilometer nodig hê om net van jag en veldkos te oorleef."

"So iets is tog nie moontlik nie? Ek bedoel ... in vandag se tye. Klink my nie realisties nie, om die eerlike waarheid te sê."

"Ja, maar dis nie nou die kwessie op hande nie."

"Wat is dan wel die kwessie?"

"Kyk," sê hy en laat rus sy elmboë op sy stoel se leuning, hande voor sy bors gevou, vingerpunte wat mekaar liggies raak. Hy lyk byna soos 'n dominee aan die bopunt van die ouderlingtafel, dink Beeslaar. Praat ook 'n bietjie soos een, deftig en met groot, geleerde woorde.

"Ons praat van drie groepe wat hier moet saam probeer oorleef. Dis die mense wat boer, hier rond bekend as die agristam. Stam soos in stamboom, sien? Die agristam se leier is Klaas Bontrug." Hy waai na 'n vlieg, hervat dan weer die domineehouding. "Die groep wat uit toerisme leef is die kuriostam en oom Piet Nagoep lei hulle. En laastens is dit die jagterstam se klomp. Hulle is weliswaar nie veel nie, maar wil teruggaan na 'n vol jagter/gaarder-bestaan. En glo dat hulle reg van die begin af verraai is. Hulle leier is 'n hoogs gerespekteerde man, oom Windvoet !Kgau." Hy spreek die van met 'n ronde tongklap uit. "Jy kan maar sê hy is San-adel. Sy oupa en sy grootjies was geslagte lank eienaars van die Kwaggasgat-waterput so 50 kilometer suid van hier. Dis natuurlik in die laat jare 1800 deur die blankes afgevat en die !Kgau-nakomelinge het dieper die Kalahari in gevlug. Toe die park in 1931 geproklameer is, was hulle deel van die bekende Regopstaan-groep wat daar gebly het."

"En wie van die groepe verteenwoordig u?"

"Almal," sê Bladbeen. Hy haal 'n klein silwerblikkie uit die opgevou-de baadjie se binnesak en skud 'n pilletjie daaruit.

"Vir die hart," sê hy na hy die pil gesluk het.

Beeslaar kyk na die blikkie wat hy op die tafel neersit. Dis besonders, goudinlegwerk en fyn sierletters op die dekseltjie.

"Antieke snuifblikkie," sê Bladbeen en skuif die blikkie oor na Bees-laar. "Het glo aan 'n Duitse generaal behoort toe Namibië nog 'n Duitse kolonie was. Kyk na die inskripsie: 'Gott mit uns.'"

Hy lag. "Elke generaal glo God is aan sy kant, nie waar nie? Gott mit uns. En daarna wis jy 80 000 Herero's en 10 000 Namas en Basters uit. Eerste ge-dokumenteerde volksmoord van Afrika, weet u? Mét konsentrasiekampe waar mense in hul duisende dood is, die hele works. Oktober 1904. Bietjie meer slagoffers as in julle Boereoorlog, nie waar nie?"

Beeslaar tel die blikkie op, bekyk die presisieafwerking en die mooi letterwerk. Dit roep skielik die klank van pyn en verskrikking by hom op en hy sit dit vinnig neer. "U wou sê oor u eie rol in die politiek hier?"

"Ek verteenwoordig almal. En ons staan op die punt van 'n baie, baie groot grondoordrag. Ek praat van groot grond. En 'n kompromis tussen al die gemeenskappe vir die gebruik daarvan. En dan, die toppunt, 'n briljante projek wat dit op die lang duur sal finansier. En so kom ek by die moord, Kaptein."

"Moord?"

"Ja. Diekie Grysbors. Naas die ou leier, meneer !Kgau, was hy een van die laaste seniors by die jagterstam. Hy het 'n skat van kennis oor hierdie gebied gehad. En hy sou die leierskap oorneem."

"En u beweer ... Sorrie, maar ek begryp steeds nie. My inligting is dat meneer Grysbors Maandagnag beskonke was en op pad huis toe geval het. Hy is aan 'n breinbloeding dood. Dis nogal 'n sprong om kaptein De Vos van moord aan te kla, of hoe?"

"Dit sal nie die eerste keer wees dat so iets hier gebeur nie. Twaalf jaar gelede is een van ons mees ervare spoorsnyers vermoor. Dit het ons baie moeite gekos om die skuldiges aan die pen te laat ry. Die Menseregtekommissie het op die ou einde moes ingryp en die ding behoorlik laat ondersoek. Twee polisiemanne is toe ook skuldig bevind. Maar dit bring nie die dooie man terug nie."

Hy tel die pilhouertjie op en glip dit terug in sy baadjiesak. "Verskriklike verlies, so iets. Afgesien van die menslike verlies is dit 'n kulturele ... Hoe sal ek sê ... Dis soos 'n biblioteek wat jy afbrand, amper 'n hele museum se kennis."

"Ek sien," sê Beeslaar versigtig.

Bladbeen neem 'n slukkie van sy koffie. "Het jy al ooit by 'n Boesmantekening gaan stilstaan, kaptein Beeslaar?"

Beeslaar skud sy kop. "In die stad grootgeword."

Beulah met die boarms kom sit vir hulle messe en vurke neer, dun papierservetjies in 'n vlindervorm in die vurke se tande ingewerk. "Dankie, my darling," sê Bladbeen en beloon haar met 'n goue glimlag.

'n Oomblik later kom diens sy hulle koffiekoppies en bring dan die kos. Alles sonder om 'n woord te sê, hoogstens 'n wenkbrou te lig vir elke "my darling" van Bladbeen.

Beeslaar val dadelik weg. Die eiers is perfek gebak en die spek is krakerig. Hy eet dit op twee snye roosterbrood. En as nagereg eet hy nog twee snye, maar met kaas en konfyt. Die dun papierservetjie verkrummel onmiddellik toe hy sy mond afvee. Hy knik dankbaar toe Beulah vir hom 'n hele bondel ekstras bring toe sy sy bord kom afdek.

Dis gelukkig koel op die stoep. Daar's hoë dadelpalms wat diep skaduwee gooi en 'n hele aantal kleiner bome en rankers wat die ergste hitte uit die duine afkeer. Later in die dag, weet hy, gaan die skaduwee alleen nie mans genoeg wees vir hierdie hitte nie. Hy sien klaar lugspieëlings in die vertes dans.

"Wat gebeur nou?" vra hy en trek sy koffie nader. "Met Grysbors se dood. Hoe … e … raak dit die onderhandelings? Ek bedoel, wat verwag u van die polisie?"

"Ons verwag dat die polisie hulle werk sal doen. Julle kan begin deur kaptein De Vos te skors. En 'n behoorlike ondersoek na oom Diekie se dood te gelas. En dan die res van die sterftes hier …"

"Ho, meneer Bladbeen, u gaan te vinnig vir my. Wat ek bedoel is wat hierdie dispuut met die … die grond en die projek en die politieke event van volgende naweek te doen het."

Bladbeen frons vir die happie eier en roosterbrood wat hy op sy vurk gelaai het en wat halfpad na sy mond toe afgly. 'n Klein druppeltjie vet spat op die duur linne van sy ligblou hemp. Hy klad dit versigtig met een van die dun servette en skuif dan die bord vies weg.

"Kyk," sê hy en trek sy koffie nader, "ons praat hier van … Hoe kan ek dit verduidelik? U's bewus van al die vrese oor aardverwarming, die uitwissing van plant- en dierspesies?"

Hy wag tot Beeslaar knik, dan gaan hy aan. "Maar wonder u ooit oor die uitwissing van die mens se eie herkoms?"

"Hoe bedoel u, sy herkoms?"

"Eerste mense, kaptein Beeslaar. Glo dit of nie, maar daar's plekke op aarde met mense wat nog nooit kontak met die buitewêreld gehad het nie. Egte, regte eerste mense, wat nog soos Adam en Eva leef. Na skatting is daar nog maar 'n 100 sulke groepe oor, maar hulle verdwyn nou bitter vinnig, beland een na die ander onder die bulldozers van vooruitgang. Ou kulture, onbesoedeld. Mense wat nog intiem met die aarde leef. Al daai kennis gaan ten gronde. In Brasilië is daar nou al glads 'n taakmag, Funai, wat seker maak dat hierdie stamme in die Amasone afgesonder bly."

"Interessant, meneer Bladbeen," sê Beeslaar en kyk na die tyd op sy selfoon, "maar u wou eintlik nog sê oor die politieke situasie hier?"

"Wat ek wou sê, is daar is baie mense wêreldwyd wat diep, diep bekommerd is oor die lot van eerstemense-groepe. Die meeste van hierdie mense is bereid om geld te gee. Groot geld. Ook vir die Boesmans. Maar die probleem is dat die geld bestem is vir 'opregte Boesmans', u sien? En daar begin die onenigheid. Want wie's nou die ware Boesmans hier? Wie onder die sowat 1 000 siele wat hier woon, kan sê hy is 'n 'opregte'

153

Boesman? Mense met fone en Facebook en Nikes? Of mense wat in tradisionele drag rondloop en met pyle en boë skiet? So, watter groep kry die fondse? Dit is 'n probleem, nie waar nie?"

Beeslaar knik onseker.

"Dis hoekom ons 'n trust geonderhandel het – die Inheemse San Bemagtigingstrust, die ISB, deur wie alle buitelandse geldskenkings ontvang word. Plus die groot werkskeppings- en ontwikkelingsprojek wat ons volgende naweek wil aankondig. En dan praat ek nog nie eens van die allemintige stuk grond wat oorhandig gaan word nie. Hier is nou uiteindelik 'n geleentheid vir die laaste van ons land se eerste mense om weer bietjie voor te kom.

"Maar dan moet al drie die groepe deelneem. En dis waar ons probleem lê, want die jagterstam van oom Windvoet !Kgau wil onttrek. Hy glo sy mense was reg van die begin af die enigste egte ǂKhomani's, die res is 'inkommers'. En dan, Kaptein, is daar die reeks sterftes onder die oom se oudstes, wat julle geweier het om te ondersoek. Oom Windvoet glo dis alles pogings om hom polities te verswak. Toe oom Diekie hierdie week dood is, was dit die laaste strooi."

Beeslaar sit sy koffiekoppie neer. "Raait. Kan die leier, meneer Ts—"

"!Kgau," help Bladbeen.

"Kan hy nie maar net eers wag tot na die naweek nie? Ek meen, as die adjunkpresident en buitelandse diplomate … e … tensy die oom juis die internasionale aandag as hefboom wil gebruik?"

Bladbeen lag. "Dis nie sy styl nie, Kaptein. As jy hom ontmoet, sal jy sien wat ek bedoel. Hy's net nie … Hy't nie die nodige sinisme en sluheid nie."

"Intussen lê kaptein De Vos in die hospitaal, so ek kan nie sien hoekom die oom …"

"Almiskie! Of hy nou in die hospitaal is of nie, daar's 'n lang lys redes vir klagtes teen hom. Ons kla al hoe lank dat daar onverklaarbare sterftes in die gemeenskap is. Maar hy ondersoek dit nie. En dan is daar die dood van Diekie Grysbors. Dis ernstige goed, kaptein Beeslaar. En ons kan dit nie meer bekostig nie. Ons gaan nie hierdie ding laat vaar nie. Veral nie nou nie, verstaan u?"

'n Vrypostige vink waag dit tot op die brekfistafel en druk sy bek in die botterpot. Bladbeen waai hom weg met 'n beringde hand. Die voël los 'n blerts op die tafel en 'n snawelgaatjie in die botter.

Bladbeen stoot sy koffiekoppie vies weg. "Die plan wat die ISB volgende naweek aankondig, Kaptein, is 'n grootse plan. 'n Pragtige plan. Ons móét almal aan boord hê."

"Het u bewyse? Óns feite is dat Diekie Grysbors so by so 'n swaar drinker was. Sy lewer was al ernstig aangetas. Maandagnag was dit weer so en die val het 'n breinbloeding veroorsaak. En dit, soos u sekerlik weet, is medies bevestig."

"Het u geweet dat kaptein De Vos en Oom Diekie vroeër daardie dag vasgesit het?"

"Diekie was in die selle want hy het sy vrou aangerand. En sy het nie stilgesit nie. Die houe wat hy gekry het, het van háár af gekom, voor die tyd, nié van De Vos nie. En die aand by die drinkplek was hy in nóg 'n onderonsie met iemand anders. So, ek is bevrees …"

'n Lang kêrel met 'n bosserige swart baard stop by hulle tafel. Beeslaar herken hom as een van die drinkers die vorige aand in die kroeg.

"Hei, Silwer," groet hy en steek sy hand uit. Die vingers is grof en die naels afgevreet.

Bladbeen stel hom voor as Org Botha, bestuurder op 'n jagplaas in die omgewing.

"Het jy nuus van Kappies?" wil hy by Beeslaar weet.

"Dit lyk maar ernstig."

"Sjit, huh?" Botha krap in sy baard. "Maar gaan hy oukei wees?"

"Ons hoop so."

"En ek hoor julle het klaar vir ou Coin in hegtenis geneem?"

"Hy word ondervra." Beeslaar staan op en stoot sy stoel onder die tafel in. "Menere," sê hy dan, "julle moet my verskoon."

"Net 'n oomblik!" Bladbeen staan haastig op en groet Botha. "Kyk," sê hy nadat Botha verkas het, "Coin Bloubees is nie 'n moordenaar nie. Hy's 'n dief, ja, maar ons praat van petty theft. En laat ek vir jou 'n ander ding sê: daar's meer mense … en nou praat ek nié van Boesmans nie … wat nie sal omgee om kaptein De Vos 'n les te leer nie."

"Deel van 'n polisieman se lot, meneer Bladbeen. Die hele wêreld en sy vrou wil vir ons lesse leer. Maar ek sê weer, as u oor Coin wil praat, moet u ..."

"Koekoes Mentoor sal nie hierdie saak onpartydig hanteer nie."

Beeslaar kyk 'n oomblik lank oor die helder duine, lek oor sy droë, gebarste lippe terwyl hy wag vir sy irritasie om te bedaar. Dan sê hy: "Dit sal óók nie die eerste keer wees dat ons van partydigheid beskuldig word nie. Maar een ding kan ek u belowe, kolonel Mentoor is honderd persent professioneel. Nou moet u my regtig verskoon."

Die man glimlag alwetend en sy goudinleg flits. "Ek het nuus vir u, Kaptein. Sy ís nie onbevooroordeeld nie." Hy tel sy baadjie op en vou dit oor 'n voorarm, stap saam met Beeslaar tussen die tafels terug. "En hier's vir u ook 'n klein stukkie raad. Sodra De Vos beter is, vra hom bietjie na sy bankbalans."

Beeslaar gaan staan.

"Hoekom?"

"Vra hom maar net. Ek is seker u sal dit uiters ... leersaam vind."

36

Interessant, dink Koekoes, hoe mans hulle werkplekke versier.

Sy staan arms gevou in De Vos se kantoor en betrag die vertrek. Daar's ontstuimigheid in haar bors, 'n gevoel wat iewers tussen angs, frustrasie en hartseer lê.

Simpel flippen Kappies.

Kyk hoe lyk die plek. Klein monumentjie aan homself.

Seker ook maar net man. Vat die Moegel. Wie sou nou dink dat 'n ou buffel soos hy African violets op sy kantoor se vensterbanke troetel? Brose goedjies wat hy kloekend versorg, kort-kort uit 'n pikante koperkannetjie natsproei.

Haar voorganger by River Park, Henry Kotana, het weer 'n mensgrootte houtsneewerk van 'n kroonarend teen sy een muur gehad. 'n Vreesaanjaende ding met sy vlerke dreigend gelig en 'n moordenaarsblik.

Kappies de Vos se kantoor verraai sy traak-my-nie-agtigheid. Die verpligte portret van die polisiekommissaris teen die muur is verouderd. Dis nog van twee kommissarisse gelede. Verder talle foto's van homself met jagtrofees. Op een van hulle staan hy met 'n jaggeweer by 'n reusagtige leeu. Hy dra 'n kortbroek en daar's 'n bloedmerk oor sy een knie. 'n Handlanger hou die dier se massiewe kop regop – sy dooie oë staar blindweg na die kamera.

Die bruingebrande jagter self glimlag breed, sy tande steek wit onder 'n besemsnor uit. 'n Aantreklike man, sterk gebou. Energiek en lewenslustig.

Altyd in die buitelug, altyd net-net op die randjie tussen die wettige en die riskante.

Dieselfde in die bed, onthou sy skielik en haar wange brand.

Jy moet bietjie dronk wees om saam te speel. Met sy tong en sy vingers en die kragtige kêrel in sy mik kon hy haar hemel toe vat, salig maak. Lank en diep en heerlik. Here, is daar 'n groter onnoselheid as spuls onnosel?

Sy skrik toe haar foon lui.

Mogale.

"Het jy al 'n bekentenis?"

"Ons is nog in die reine onskuldstadium, Generaal. Maar dit sal kom. Het u nuus van kaptein De Vos?"

Sy hoor hom asem uitblaas. "De Vos se dokters sê dit was 'n groot, plat lem. Iets soos 'n jagmes, wat baie skade aangerig het. Hy moes vir die hart gemik het, maar die lem het te hoog ingegaan. Dit het net 'n gedeelte van die hartwand geraak, maar nogal skade aan die omliggende weefsel aangerig. Dis 'n wonder hy leef nog. Gelukkig dat hy onmiddellik hulp gekry het."

"Maar hy gaan dit maak?"

"Hoop so. Hulle sal weer moet opereer, klink dit my, hy bly inwendig bloei."

"Jis, dis hectic."

"En jy's tevrede dat jy die regte man het?"

"Doodseker, Generaal. Hy erken hy was by die Duitse proffie op Askham. En hy't geweet De Vos soek hom. Maar hy beweer daar was 'n ander persoon by die prof en hy fabriseer stories van 'n toordokter of die een of ander sotlikheid. Toe't hy weggehardloop en in 'n boskamp hier naby gaan wegkruip."

"Hmm," grom Mogale en bly 'n ruk stil. Dan: "En wás daar iemand anders by die prof?"

" 'Tuurlik nie, Generaal. Dis 'n liegstorie. Beeslaar sê hy vermoed die ou is getik."

"Soos in drugs?"

"Nee, versteurd. Die een oomblik praat hy van spoke en die volgende oomblik bel hy mý en praat oor vergelding en goed. En hy het vir Beeslaar sélf ook probeer skrikmaak vroegoggend, voor ons hom gevang het."

"Jy sal uitkyk vir verbande met die vermiste toeris hier?"

"Ek neem aan daar's nog nie verwikkelings daar nie."

"Korrek. Kolonel Lobatse vat hom nou verder."

"Mos Lobatse? Hy's goed. Ek bel hom sodra ek met professor Eckhardt op Askham gepraat het. Dié het gister vir Kappies gesê hy't nie sy aanvaller gesien nie. En hy wil nie 'n klag lê nie, want hy glo nie dit was ons man Coin Bloubees nie. Ek vind dit bietjie vreemd, om die eerlike waarheid te sê. De Vos was absoluut oortuig van sy saak. En dis waarop ek gaan."

"Oukei Mentoor, kry die saak in die sakkie. En as jy hulp nodig het, Beeslaar is daar."

Koekoes probeer die ergerlikheid onderdruk wat dadelik in haar keel kom sit. "Ek's oukei, Generaal. Alles is onder beheer."

"Praat maar gereeld met hom. Hy's 'n ou hand. Ek weet nie hoe goed jy hom ken nie, maar hy het baie ervaring. Bietjie ouskool en so aan, maar hy ken die werk. Wie weet, dalk kry hy inligting wat jou kan help."

"Soos wat, Generaal? Ek hét dan my verdagte."

"Wel, hou dit maar streng by die reëls. Daar's op die oomblik baie politiek en baie spanning by daardie plek. En met De Vos se metodes verlede nag … Ons gaan dalk nog hard pak kry oor daai ding. Jy sal self weet hoe word ons dopgehou ná Kotana se nonsens. So. Dis maar beter om alle hoeke te dek."

"Daar's níks om verder te dek nie, Generaal. Hierdie ding is done en dusted! Bloubees is 'n gewoontedief wat hierdie keer sy hand oorspeel het!"

"Nou maar toe," sê hy en lui af.

Sy gooi vir oulaas 'n blik oor Kappies se kantoor, merk die deurmekaar toestand van sy lessenaar. Daar's verskeie draadmandjies met lêers in wat lyk of dit daar ingegooi is. Die posmandjie loop slordig oor met ongeopende koeverte. In teenstelling daarmee is sy rakkie jagtrofees blinkgepoets en sonder 'n stoffie.

Sy trek die deur agter haar toe en kyk na die troostelose ruimte wat nou haar tydelike tuiste is. Liewe, goeie Jesus, sy kom iets oor as mense moet uitvind van hulle twee.

En dis nie net die romanse nie – as 'n mens dit so kan noem. Dit was meer ... Wat is die ordentlike woord vir jagsheid? Wellus. Een van die sondes in die Tien Gebooie.

Sy kan verskonings uitdink tot sy blou in haar gesig is, maar die feit bly staan dat sy swak en simpel was. Sy was so in haar moer in na Martin se dood. En dit so kort op die hakke van Daddy se dood. Toe Daddy dood is, het sy nog vir Martin gehad. Hy't haar stukkende hart gevang en dit aanmekaargelap. Maar dit het op nuwe plekke gebreek toe Martin dood is. Martin met die sagte oë. Oë met blessings in hulle. Sy was so in haar moer in lost sonder daai liewe oë, haar hart aan flarde.

En dis daar dat Kappies dit eers opgetel en vasgehou het en toe finaal die grond ingetrap het.

Die huil kom voor sy dit kan keer. Sjit-sjit-sjit. Sy grawe vererg in haar broeksak vir tissues, maar kry niks en vee die trane met haar hempsmou af. Kry 'n grip, Mentoor, sê sy vir haarself en sluk hard. As iemand jou nóú moet sien, kan jy vergeet van jou image.

Haar foon lui en sy snuif hard en skakel met inspanning oor na haar op-en-wakker, flinke-veer chief-in-charge-stem. "Kolonel Mentoor."

"Hello Koekoes, ek hoor jy's in beheer van die Kappies-ondersoek en ek is hier in die Kalahari en het gewonder of ek gou 'n draai kan kom maak." Alles in een asem.

Helena blerrie Smith. Dis nou net mooi die laaste mens wat sy nodig het, 'n joernalis van *Die Gemsbok* wat glo sy's die kat se snor.

"Ons sal later vandag 'n verklaring uitreik, Helena."

"Kan jy dan net vir my 'n paar klein goedjies bevestig?"

"Jong, ek wil nou nie snaaks wees nie, maar dis nog regtig vroeg in die ondersoek en ek durf nie iets sê wat ons saak kan belemmer nie. Ek hoop jy verstaan?"

"Maar ek het al die pad van Upington af gekom en ek het iets nodig vir môre se koerant en al bevestig jy net dat julle een van die locals aangekla het ..."

"Ek het nog niemand aangekla nie, Helena. Daar's 'n verskil tussen ondervra en aankla, jy weet?"

"Maar ek dag dis 'n uitgemaakte saak en ek is seker jy's baie bly dat jy 'n skuldige het, want jy en Kappies ken mekaar mos goed?"

Haar hart spring. "Kyk hierso, as jy bedoel ons gryp die eerste die beste en arresteer onskuldige mense moet jy weer 'n keer dink. Al wat ek nou kan sê, is dit: kaptein De Vos het gister op 'n huisbraak gereageer en gisteraand was hy op die punt om die verdagte aan te keer, toe die verdagte hom oorval en aangerand het. Daardie verdagte is intussen deur my in hegtenis geneem en ons is besig om hom te ondervra. En nou's ek jammer, maar ek is regtig besig. Die hoofkantoor op Upington sal later vanmiddag meer besonderhede kan bekend maak. Oukei?"

Sy plak die foon hard neer. Flippen, flippen verdomp en bliksem.

Hier kom dit nou. Haar groot geheim is toe glad nie so geheim nie. As Helena blerrie Smith daardie storie gaan begin skryf ... Sjit-sjit-sjit.

Diép asem, ou girl, ontspan. Jy's moeg en oorspanne. En nou's nie 'n goeie tyd vir paniek nie. Nou moet jy kalm wees, beheer neem. Bly om vadersnaam in beheer. Begin met blyplek kry. En dan vir 'n slag iets eet. Wanneer laas het jy geëet? Gisteroggend laas, 'n stukkie beskuit. En jy's al amper 30 uur op jou voete! Eet, kry bietjie rus. Dat jy beter kan dink, 'n grip kry.

Bestuur die situasie.

Bestuur die paniek.

Anders bestuur hy jou!

37

Na die brekfis met Bladbeen besluit Beeslaar om te kyk of hy meer te wete kan kom oor Diekie Grysbors se dood en die jagterstam se griewe. Miskien moet hy begin by Grysbors se eie mense. Hy gaan klim in die bakkie en ry met die tweespoor-sementpaadjie af tot waar hy by die groot pad aansluit. By die uitgang moet hy eers wag dat iemand met 'n paar donkies oor die pad stap sodat hy in die R360, die teerpad wat die park en Upington verbind, kan indraai.

Terwyl hy wag, haal hy sy selfoon uit. Hy moes Gerda gebel het vóór hy by die lodge weggery het. Maar hy was bang hy loop hom weer in die prokureur vas.

Sommer nou, voor hy sy soektog begin. Vandag is Lara ses maande oud.

En hy is nie daar nie.

Hy sug, stel die lugreëling hoër. Sy bakkie staan al heel oggend in die koelte, maar dis steeds bakkend warm in die kajuit. Hy stel al die lugvinne op die paneelbord dat dit vol op hom waai.

Sy foon lui.

Ghaap.

"Kaptein?" kom die versigtige groet. Hy kan hoor Ghaap sit iewers in 'n restaurant of iets, want hy hoor musiek en mense wat luidkeels praat en lag.

Beeslaar was nie van plan om kwaad te raak nie, maar die blote feit dat Ghaap lekker in 'n lugverkoelde eetplek sit, pluk sy moer in 'n nuwe wentelbaan in. "Ek wil net een ding by jou weet, Sersant, hoekom die jack én die high-lift jack?"

"Ek is bitter, bitter jammer, Kaptein. Ek wóú dit terugsit. Régtig."

"Sorrie, pêl. Maar 'wou' doen dit nie vir my nie."

"Ek verstaan, Kaptein."

"Nou maar mooi, man. Kry vir jou."

"Ek bel eintlik om te sê … generaal Mogale het gesê ek moet bel. Om te sê ek en Pyl … Dat ons op pad is … um … daar na Kaptein se kant toe."

"Fok weet, Sersant. Jy kan seker gaan waar jy lus kry, maar ék wil jou nie naby my sien nie."

Die man met sy donkies is lankal oor die pad. Aan die oorkant, waar daar steeds nuuskieriges saambondel, sien Beeslaar 'n vrou se spierwit kop tussen al die donker koppe uitsteek. 'n Verslaggewer, lyk dit. Sy hou 'n klein videokamera vas en een van die omstanders praat geesdriftig in die lens. Hy wys met dun arms na die inligtingskiosk regs van hom. 'n Mens kan sien hy probeer Coin Bloubees se vlug van die vorige nag uitlê.

Die witkop swaai die kamera na regs, volg die rigting waarin die man beduie. Sy hou dit 'n ruk lank op die klein houthuisie van die infosentrum en die rooi duine daaragter, en swaai dit dan weer terug. Die res van die mense staan teenaan hulle, verdring mekaar om oor die man se skouer te loer en hulleself ook in beeld te kry.

Beeslaar sien in sy truspieëltjie die silwer BMW van Silwer Bladbeen aangery kom. Hy sit die bakkie in rat en trek haastig weg.

Bladbeen, vermoed hy, het die pers geruik en gaan nie gras onder sy voete laat groei nie.

Beeslaar skakel die karradio aan, beland in die Sondagoggenderediens, 'n prediker wat herderlik praat. Hy skakel vinnig weer af. Die prediker se stem en aanbod van hemelse geluk klink flou onder hierdie siedende son, in hierdie plek van armoede en hitte en vlieë.

Hy sien die uitdraaibord na Louisvale 'n entjie vorentoe. Dis die klein nedersettinkie reg langs die lodge waar 'n klompie ǂKhomani bly. Diekie Grysbors se huis is ook daar, plus een of twee van die ander adresse in

163

die dossier. Hy wil kyk of hy voor die middaguur by een van hulle kan uitkom.

By die afdraai gewaar hy 'n smous wat toeristeware langs die pad verkoop. Hy herken hom as die man wat die vorige nag in die selle op Witdraai was. Yskas, as hy reg onthou, die "besigheidsman" wat in "tourism" spesialiseer.

Yskas se stalletjie is 'n eenvoudige dwarslat tussen twee pale waaraan hy krale en pyl-en-boogstelletjies ophang.

Beeslaar stop op 'n ingewing.

Die verkoopsman is vanoggend in tradisionele drag – 'n stukkie springbokvel wat oor 'n onderbroek vasgemaak is. Verder kaalvoet en kaalbolyf. 'n Springbokvelband om die kop.

"Môre, Meneer!" groet hy ingenome.

Beeslaar klim uit die kar, maar laat die enjin luier sodat die lug-verkoeling kan bly draai. "Môre meneer Arnoster. Hoe voel die kop vanmôre?"

Die smous kyk verdwaas na hom.

"Gisteraand, in die lounge van die Witdraai Polisie Hotel, meneer Arnoster? Ek's kaptein Beeslaar, onthou?"

"Ag, die wêreld is omtrént klein," sê die man met 'n mylbreedglimlag, "en die vergeetboek is … e-e … is 'n dik boek." Hy wys na sy ware: "kies maar, Kaptein. Ek het mooi goete hier. Alles self gemaak."

"Ja, dis mooi, maar vandag doen ek nie inkopies nie. Ek is op soek na iemand."

"Nie eens so 'n mooi kraaltjie vir die mevrou se nek nie? Kyk bietjie, hier't ek enetjie waarvan die vrouentjies nogalster hou. Kyk."

Hy haal 'n string van sy uitstalstok af en hou dit uit na Beeslaar. "Dis 'n regte duikervelriempie, mooi wit en sag gebrei, en met die stukkie been. Ek kan 'n naampie op die been brand, een-twee-drie. My vuurtjie staan klaar. En my naald is warm. Ek brand enige nametjie hier uit. Al my goeterse hier … e-e … is opregte Boesmangoed, Kaptein. Kyk gerus, kyk gerus. Hier's so 'n mooi ou tradisionele Boesmantandeborseltjie. Van regte blouboswortels. En hierso, lekkerruikgoed vir die vrouentjie, van koekmakranka. Baie lek—"

"Nie vandag nie," keer Beeslaar.

Yskas laat hom egter nie koudsit nie. "Of wat van 'n pyl-en-bogie vir die kêrel-kjennerse? Handgemaak, my kaptein. Op die regte tradisionele Boesmanmanier. Van rosyntjiebos."

Beeslaar swig en bekyk die boog van nader. Die skag is sowat 'n halwe meter lank, mooi glad gekerf en met geometriese patrone daarop ingebrand. Die snaar is van regte sening. Daar's twee pyle by, mooi reguit en met blink aluminiumpunte voor en tarentaalveertjies vir versiering agterop.

"Ek soek nou eintlik net na 'n adres," sê Beeslaar en gee die boog terug. "Diekie Grysbors se huis?"

"Ai-toggie, my kaptein. Dis nou 'n ... e-e ... slegte saak. En nou's dit sommer weer Kappies de Vos wat lê. Dis darem nie mooi dinge wat hier met ons gebeur nie."

"Ek weet, ja," antwoord Beeslaar. "Maar ek wil graag met sy weduwee praat. So, kan jy my sê waar sy woon?"

"E ... ja-ja-ja. Dis sommet net hier naby, maar antie Lena-goed is nie hier nie."

"O? Waar's hulle?"

"Nee, op Upington om Diekie-goed se liggaam te loop haal vir die begrafnis. Maar as ek nou net kan sê, Kaptein, die pyl-en-bogie is vandag net vyftig rand, spesiale prys. En ... e ... e ... die twee pyltjies is dan net ..."

"Later, man, baie dankie." Beeslaar draai weg om weer in die kar te gaan klim. Sal hom leer om by 'n smous te wil rigting vra.

"Wag! Kaptein kan hom vir vandag maar net kry. Gratis en vir niks. Dan gee Kaptein my net twintig rand vir die twee pyltjies."

"Wat daarvan ek gee jou twintig rand, maar jy sê net vir my waar Lena Grysbors bly."

"Nee, wag, my kaptein! Ek bedel nie. Lena-goed se huis is agter dié bome daar."

Beeslaar haal 'n honderdrandnoot uit. Hy kan sien die man dwing homself om nie na die geld te kyk nie. Toe Beeslaar dit na hom uithou, haal hy weer die boog van die uitstalstok af en oorhandig dit in ruil vir die geld. "Dáár's hy, Kaptein, dáár's hy! Man-vir-man-besigheid."

Beeslaar onderdruk 'n glimlag. "Nou maar luister, jy gaan my dalk vandag nog 'n keer of wat hier sien verby kom. Maar ek wil nie elke keer iets koop nie, oukei?"

"Maar nooit gesien nie! Kaptein is dan so mooi tevrede met die bogie. Ons wil nie al die besigheid op een dag op maak nie!" Daar's 'n ondeunde glinstering in sy oë.

"Maar ek help die kaptein met enige ding. Ek staan elke dag hier … e-e …teen die pad en ek sien alles en almal wat hier verby kom."

"En snags? Waar's jy snags?"

"Nee … e … e … e … net hier agter die draad. Ek en die ou, ons het 'n sinkietjie hier." Beeslaar vermoed hy verwys na 'n sinkhuisie. En dat die "ou" sy vrou is.

"Die mense sê vir my," hy staan 'n bietjie nader aan Beeslaar. Hy ruik na tabak en houtvuur. "Die mense sê onse kaptein Kappies het 'n groot gat … e … e … in sy longwerke. En dat julle polieste nou vir Cointjie in die skaduwee inskuif."

"Niemand word geskuif nie. Maar as jy inligting het, my ore is oop."

Hy lag. "Nee, maar myne ook, Kaptein, myne ook. En ek hoor al die goete wat hier by my verby kom."

"Het jy gister vir Coin Bloubees gesien?"

"Ek het hom nou nie self met hierdie oge gesien nie. Maar ek weet hy's gisteraand hier deur. En vort." Hy wys met krom vingers langs hom verby en na agter, in die rigting van die nedersetting en verby 'n valerige struik, waaronder 'n vrou sit. Sy sit plat op die grond, haar bene voor haar uitgestrek, besig met 'n dik naald en 'n stuk gebreide diervel. Langs haar op die grond smeul 'n klein vuurtjie. Dit sal die "ou" wees, besluit Beeslaar. Daar is nog 'n persoon by haar, 'n jong man, dieper agter die bos, wat besig is om rieme uit 'n leerlap te sny. Hy's lig van kleur, amper wit. Beeslaar kan nie sy gesig sien nie.

"Hoe laat?" vra hy.

"Na sononder."

"En toe?"

"Nee, hy … e … e … Hy't seker maar gemeen hy loop duine toe. Want waantoe loop jy dan nou as die polieste jou jaag."

"Het hy gesê hy gaan soontoe?"

"E … e-e-e … hy't nou nie juis gesê nie, Kaptein. Hy's maar net hier verby. Ek het ôk nie juis gevra nie."

"Oukei, maar jy weet nie presies hoe laat nie."

"Die eerste keer seker so agtuur, negenuur, daar rond."

"Die éérste keer! Wat bedoel jy eerste keer?"

"E … Soos ek verstaan het hy heelaand by die boskamp gesit. En … e-e … hy't ook mos nou nie geweet wat gebeur ágter hom nie. Toe het hy so 'n rukkie daar gesit. En niemand kom agter hom aan nie. Toe dag hy, nee, laat hy maar eers weer huis toe kom. En dis toe dat hy nou weer hier naby die huis aankom, toe hoor hy van al die groot dinge hier en die geheen-en-weerdery van al die poliese."

"Herre, Yskas. Is jy seker? "

"Dis wat die mense sê, Kaptein, sien?"

Beeslaar dink 'n oomblik na. "Nee, jong, ek sien niks. Klink vir my na 'n strontstorie."

Yskas lag. Sy maer skouers skud van die lekkerte, hy maak 'n hoë, ondeunde giggelgeluid. "Nee, regtig, Kaptein. Coin wou bietjie huis toe kom, maar toe hy nou hoor wat alles hier aan't tekere gaan is … Ou Cointjie wil net gehardloop het. Hy wil nie gestaan het nie."

"Wie het hom gesien, gisteraand?"

"Hansie Aucamp." Hy wys na 'n ander smous wat 'n ent verder op teen die pad staan – ook met 'n tradisionele springbokvelletjie om sy heupe. Beeslaar wonder wat maak die twee in die winter om warm te bly. Die Kalahari kan bitterlik koud raak.

Twee Land Rovers met safaritente, petrolkanne en ekstra bande op die dak kom met die teerpad verby en Hansie hardloop pad toe met 'n aantal boogstelletjies in die een hand en stringe krale in die ander. Hy hou dit hoopvol op. Niemand stop egter nie, ry verby park toe.

Beeslaar raak bewus van die sweet wat teen sy slape begin afloop. Hy vee dit teen sy hempsmou af. "Verduidelik vir my, Yskas," sê hy dan, "hoe-kom jy niks gesê het nie. Jy was dan gisteraand op Witdraai. En jy was baie wys oor kaptein De Vos, maar jy sê g'n dooie woord oor Coin nie!"

"Ek het mos nou nie geweet nie. Maar ou Cointjie het nie vir Kappies seergemaak nie, Kaptein. Vra maar. Hy's lief vir dingetjies … e … e-e …

leen. Klein ietsietjies. 'n Geldjie of 'n beursietjie of wat. Maar daar's nie bloedlustigheid by hom nie. Hy's 'n Boesman, Kaptein. Ons is nie van die doodmakerige soort nie. Ons is mense van die veld en van vrederigheid."

"Wel, vrederig ofte not …" Beeslaar bedink hom. "Wag, ek gaan jou buurman vra."

"Is reg so, ons gaan hoor by Hansman."

"Bly jy maar hier, Yskas," sê Beeslaar en begin stap. Die grond is klipperig en maak sy voete seer. Hy's doodseker hy gaan voetamputasies nodig hê voor hierdie dag verby is. Hy haal sy selfoon uit en bel vir Koekoes Mentoor. Sy luister tjoepstil na wat hy te vertelle het, dan ontplof sy: "Blerrie hel," sê sy vererg. "En dis die eerste wat ons hiervan te hore kom. Ek dag die inwoners is almal ondervra! Het jy nie verlede nag met daardie smous gepraat toe hy hier in die selle was nie?"

"Ek het, ja. Maar hy was poepdronk. Hy onthou my nie eens nie en ek wonder of hy selfs onthou hy was toegesluit. Dalk is die storie nie eens waar nie. Ek gaan nou met die ander smous praat."

Hy hoor haar gefrustreer sug. Dan sê sy: "Ek stuur iemand om al twee die smouse te gaan oplaai vir 'n verklaring."

Aucamp kyk met groot oë hoe Beeslaar op hom afpyl, tree versigtig agteruit. "Hansie," sê hy van ver af, "ontspan."

Maar Hansie lyk allesbehalwe ontspanne. Hy buk versigtig en sit sy uitstalware op die grond neer, oorgehaal om weg te hardloop.

"Ek gaan niks doen nie, ek wil net … Wág!" Beeslaar kyk om, wink vir Yskas.

Dit blyk genoeg versekering vir Hansie te wees en hy bly staan.

Yskas kom verduidelik. "Dis kaptein … e-e … Beester hierdie. Vertel vir hom van alles wat Cointjie gesê het, wat hy by jou aangekom het en so aan en hoe laat …"

"Dit was eintlik nie by my wat Coin gewees het nie, Kaptein," waag Aucamp dit dan. "Dit was by Jannas."

Beeslaar sug. "En wie's Jannas? Hou jy my vir die gek?"

"Nee-nee, so waar soos die Here, Kaptein, ek lieg nie! Sy's daar by die skoolbus. Sien Kaptein, sy bly daar. In daardie bus daar onder die bome!" Hy wys in die rigting van die klein nedersettinkie digby.

"So, Jannas is 'n vrou?"

"Van die Indigenous San Peoples. Sy bly daar, Kaptein, gaan vra maar."

38 Seko se droom en die reënbul

Verlede nag het ek die reënbul gesien.
Hy het in die skaduwee van die kameeldoring gestaan met sy spierwit
voete. Hoe mooi is hy nie, ons reënbul. Almagtige spiese op sy
voorhoof. En sy nek so dik soos bome.
Ek gaan na hom toe. Ek raak aan sy lieflike neus, ek ruik sy soete asem,
smeer hom in met geurvolle boegoeblare. Met heuning uit die maan.
Hy blaas op my hand en fluister in my oor.
Vertel vir my die stories van die dinge wat ek moet weet.
Gee vir my die kennisse, leer vir my die skrif en taal.
Dat ek die dinge van die nuwe wêreld sal kan lees, dit sal verstaan.
Dit is die plek van nooit genoeg nie.
Plek van die leë kalbas wat nooit, nooit vol kan word nie.
Die plek van die vergeet.
Vergeet van wie jy is en van die aarde waaruit jy kom.
Plek van die groot alleen.

Wat, sê die reënbul, gebeur as die Boesman sy plek moet verlaat?
Hy sy geboorteplek vergeet?
Sy siel gaan dood.
Hy verloor die spoor terug na sy voormense.
Hy voel losgesny. Hy drywe verlore rond. Dwaal en voel alleen.
Alleen, alleen. So heeltemal alleen.

Maar ek wat Seko is, ek wag vir die maan om terug te draai vir ons.

Dat ons weer die pad voor ons voete sal sien.

Die spoor weer terug sal vind.

Ek luister vir die regte storie

wat die reënbul vertel.

Ek voel hoe die reënbul my naam in die wind in sug.

Hoe waai dit in my ore in.

Gisteraand het ek die reënbul gesien. Hy vertel my van die dood.

Die dood wat in die duine lê en bloei.

Dit was tyd, sê die reënbul.

Dit was tyd.

Tyd dat die bloed van sy liggaam weer terugvloei na die see.

Dat die stof in sy gebeente sal terugkeer na die grond.

39

Beeslaar trek eers weer sy skoene en sokkies uit, want die hitte irriteer die rou vel. Daarna steek hy die voete versigtig in 'n paar rubberplakkies, sit die bakkie in rat en ry by Louisvale in. Die pad raak dadelik sanderig en hy lig sy greep op die stuurwiel, laat die wiele toe om self die spoor in die sand te vind.

Sy foon lui.

"Beeslaar," antwoord hy afgetrokke. Vorentoe sien hy die verroeste skoolbus waarna die twee smouse hom beduie het.

"Albertus?"

Sy hart slaan 'n slag oor.

"Hou vas," roep hy en gee vet om uit die sand te kom en onder die doringboom langs die ou skoolbus in te trek – die huis waar Jannas woon.

Hy bring die foon versigtig terug na sy oor. "Hallo," sê hy, "sorrie vir die wag. Ek … e … Dit was sand. Ek was in die sand, moes net … aftrek … jy weet?"

"Is daar dan sand hier iewers?"

"E … nee-nee. Ding is … Ek is eintlik nie … in Johannesburg nie."

"O?"

"Ek is in die Kalahari."

Stilte. Dan: "O."

"Ek … e … moes dringend my planne verander. En toe … Ek het teëspoed gehad op pad hiernatoe. En verlede nag … Daar was 'n moord, of liewer 'n poging tot. En ek is soort van betrokke."

"Lara is vandag ses maande oud."

"Gerda, ek was van plan om jou te bel. Dinge was bietjie … Die om-standighede het so vinnig verander. Ek was regtig van plan om te bel."

"Nou ja, dan is dit een plek minder vir tee en koek. Dis jammer. Ek het spesiaal strontkoek gebak. Jou gunsteling. Baai, Albertus."

Lank nadat sy afgelui het, sit hy nog met die foon aan sy oor. Dit voel of daar lood in sy maag lê. Hoeveel kanse gee die lewe jou, wonder hy. Hoeveel keer is daar 'n klein openinkie na 'n nuwe moontlikheid? Maar jy loop hande-in-die-sakke verby, fluitend in die donker. Watse soort opperste doos is jy om die donker te kies? Of verkies jy deesdae die donker? Het jy gemaklik geraak daar? Shits stinks, but at least it is warm.

'n Harde geklop aan sy vensterruit ruk hom terug uit sy mymerings. Hy sit die foon in sy hempsak terug, skakel die bakkie af en klim uit.

'n Vrou met donkerblonde krulhare en 'n groot los T-hemp oor 'n denimkortbroek stel haarself as Janette Boonzaaier voor. "As jy na my op soek is, moet jy vinnig wees. Ek moet Askham toe ry."

Haar handdruk is ferm en kragtig, sterk vir 'n vrou.

Die skoolbus, sien hy, is 'n model uit die jare vyftig en staan op baksteenpilare – sy laaste rusplek onder 'n reuse-doringboom. Aan sy stertkant is 'n ewe bejaarde woonwa geparkeer, ook op bakstene. Vrolike gordyntjies versier sy vensters en in die oop deur hang 'n bont kralegor-dyn. Die voorkant van die woning is netjies afgekamp met kraalbos en spog met 'n sanderige tuintjie. In die een hoek is daar 'n kleiner kampie van ogiesdraad, twee hansboklammers binne-in wat na die besoeker staar met voorbarige, domastrante oë. Hulle blêr eenstryk deur.

"Woon u alleen hier?"

"Ja?"

"E … Maar u is … e …"

"Wit? 'n Vrou?" Sy glimlag.

"E … Ek was maar net …"

"Toe maar." Sy glimlag stram en lei hom deur die selfgeprakseerde voorhekkie na 'n tafeltjie met twee afgeleefde seilstoele met helderrooi kussings op.

"Ek het gewonder wanneer een van julle lotte hier gaan opdaag.

En ek is bevrees jy vang my op 'n slegte tyd. Maar kom laat ek hoor."

"Ek gaan nie lank bly nie," belowe hy. "Ek verneem dat Coin Blou-bees verlede nag hier by u was?"

Sy vee 'n sliert hare agter 'n oor in en snuif. "Ai, tog," sug sy. "Kyk, kaptein Beeslaar. Wat gisteraand in die duine gebeur het … Dis erg. Ek ken vir Kappies. En ek ken vir Leonora, sy vrou. So, glo my, ek probeer nie om minagtend of aspris of wat ook al te wees nie, maar … soms wens ek net die polisie hier wou hulle werk ordentlik doen, vir 'n slag die regte misdaad vasvat. Ek bedoel, enigeen wat vir Coin ken, sal weet hy is régtig nie in staat om 'n ander mens leed aan te doen nie. Regtig."

"O. Miskien het hy dan 'n onverskrokke double of iets. Want hy't gister twee mense by die dood laat omdraai. En daarna verdwyn."

Sy skud haar kop en haar hele haredos beweeg.

"Hoekom het u hom nie oorreed om homself oor te gee nie?" vra hy.

"Ek het probeer, glo my. Want ek weet hy's onskuldig en dat hy skul-dig lyk as hy probeer weghardloop." Sy loop kaalvoet, merk hy, blou naellak op haar tone. "Hy was so teen twaalfuur se kant hier. Verskriklik bang en in trane. Hy kom toe pas terug van waar hy weggekruip het en moes toe hoor hy het die polisiehoof in die hospitaal gesit."

"Maar as hy niks gedoen het nie …"

"Dis nie so eenvoudig nie, Kaptein. Daar kan dêm baie dinge gebeur op pad na die regbank toe. Baie. Veral as 'n polisieman seerkry. So, hy't my gesmeek ek moet hom Upington toe vat."

"En toe sê jy maar hy moet in die kampplek gaan wegkruip?"

"Nee! Ek het probeer om sense in sy kop in te praat. Maar hy was … Hy was heeltemal buitesinnig van die vrees!"

"As hy só bang was, is dit om 'n rede. Jy sal 'n verklaring moet gaan aflê. Jy kan sommer nou, op pad Askham toe."

Sy skud die hare. "Laat ek net vir jou iets verduidelik. Sit solank. Ek gaan haal iets koels." Sy wag nie op 'n antwoord nie, maar loop met lang, haastige treë na die bus.

Beeslaar gaan sit teësinnig op een van die seilstoele wat piepend onder sy gewig kla. Hy betrag die wêreld. Buite om die bossieheining is dit oop veld. Omtrent 100 meter verder is daar 'n windpomp met 'n suipplek vir diere. Verder weg staan 'n ry huisies, elk met 'n eenvoudige sinkdak en oop stoep, 'n waterkraan digby. Kinders en honde, hoenders en 'n aantal boerbokke is doenig oral in die sanderige pad wat voor die huisies verby loop.

Jannas Boonzaaier kom oomblikke later met 'n skinkbord uit die bus te voorskyn. Beeslaar staan op om die skinkbord by haar te vat. In die opstaan haak sy plakkie aan een van die tafeltjie se ysterpote vas en druk geniepsig op 'n rou plek aan sy regtervoet. Hy kreun van die pyn.

"Ag, shame," roep sy toe sy die toestand van sy voete sien, maar hy kan sien sy onderdruk 'n glimlag. Almal ken dus al sy storie met die vermiste domkrag.

"Dis niks," sê hy, "dis net 'n blaas of twee."

Sy sit nietemin die skinkbord neer en gaan haal 'n noodhulpkissie uit haar karavaan.

"Sit," sê sy toe sy terug is, "en sit jou voete op my skoot." Sy klap met haar plat hand op haar bobene. "Kóm."

"Regtig nie nodig nie," mompel hy en sit een voet op haar skoot neer. Sy haal 'n stuk watte uit haar kissie en gooi 'n paar druppels kleurlose stof daarop uit en druk dit dan op die een seerplek.

Die pyn slaan sy asem weg.

"Sorrie," sê sy. "Dit brand bietjie, maar dis die beste ding vir 'n oop seerplek. Kortvingertjie pyn, langvingers plesier. Dis my ma se gunste-ling gesegde."

Teen die tyd dat sy met beide voete afgereken het, het Beeslaar trane in sy oë.

"So ja," sê sy tevrede en maak haar medisynekissie toe. "Drink jou koeldrank, dan voel jy sommer beter."

Beeslaar drink, al is hy nog vol koffie. Hy sal nou rottegif drink as dit maar die pyn verlig.

"Kyk, Kaptein. Daar's iets wat jy moet probeer verstaan. Dié mense hier … Hulle is al só geboelie en verneder. Verwilder. Eintlik is daar nie 'n woord wat kan beskryf wat die San al deurgemaak het nie. Regtig nie."

"Ek hoor jou, juffrou Boonzaaier, maar …"

"Los tog maar die gejuffrou, noem my Jannas. Dis wat almal hier rond doen."

"Raait."

"Kyk," sê sy, "ek verstaan waar jy vandaan kom. Ek weet. Misdaad is misdaad. En aanranding moet gestraf word. Maar die Boesmans hier ... Wat jy hier sien ... Dis, dis ... Hoe kan ek dit stel? 'n Kultuur ... taal, alles wat jou maak wie jy is. Wat jou selfrespek gee, en jou bind aan 'n groep, 'n plek, jou identiteit, jou siel. Hierdie mense is van alles beroof."

"En wat van die man wat op sterwe lê? Hy is deur 'n mens aangerand. Nie die geskiedenis nie. En dit was jou plig om die polisie te bel toe hy vanoggend vroeg hier by jou was."

"Ek kon nie."

"Dan het jy hom en sy mense 'n onguns bewys."

"Ek sal nooit teen hierdie mense kan draai nie. Dis nie wie en wat ek is nie. En ook nie my rol hier nie. Dit het my lank gevat om hulle ver-troue te wen." Sy frons gefrustreerd. "Probeer verstaan. Die mense van hier is nie engele nie. Hulle drink te veel, ja, en daar's sosiale probleme. En hulle doen soms dom dinge en neem ongelukkige besluite. Maar dis nie evil, moorddadige mense nie."

Beeslaar slurp die laaste druppels uit sy glas en trek weer sy plakkies aan. Die bossiekop se ma was reg, besluit hy, die pyn is klaar minder.

"Kyk, Kaptein, professor Eckhardt se voordeur het oopgestaan. En Coin het ingegaan ..."

"Sonder om te klop."

"Sonder om ... Ek weet nie. Dit maak seker nie ... in elk geval. Toe hoor hy 'n gestoei en snaakse, onaardse geluide. En daar's in die jongste tyd allerlei spookstories hier. Mense praat van toorgoed. Coin sê hy het bang geword en weggehardloop. En dis al."

"Wat was sy verhouding met Diekie Grysbors?"

"Wat?"

"Diekie Grysbors, die man wat vroeër die week hier oorlede is."

"Hulle is beide drinkers. Maar Diekie was ... besonders. Spoorsnyer, jagter, plantekenner. Dieter het hom baie gebruik. En oom Diekie het ook met die jong klomp gewerk, hulle veld toe gevat en van plante en al die ou goed geleer. So, sy dood is 'n groot verlies. Vir almal. Groot."

"Maar hy was 'n vroueslaner."

"Ag." Sy skud haar kop. "Hy't al baie swaargekry in sy lewe. Ek sê nie dis 'n verskoning nie. Maar dis … Onthou, baie mense ken niks anders as geweld om probleme mee uit te sorteer nie. Die meeste was vroeër plaasarbeiders. En is soms soos drek behandel. Met geweld."

Beeslaar knik en staan op, sy voete wat dadelik protesteer onder sy volle gewig.

Jannas, sien hy, se oë vonkel geamuseerd. Sy staan ook op. Sy's lank. Byna 1,75 meter, skat hy. Atletiese lyf, gemaklik in haar eie vel.

Saam loop hulle na die voorhek toe, maar by die lammerkampie laat sy die twee diere vry. Nes Beeslaar gevrees het, pyl hulle reguit op hom af, kom staan voor hom en blêr.

Hy loop om hulle, maar een hap na sy plakkie. "Hei," sê Beeslaar en die lam skrik, kyk verdwaas op na die regop reus.

Jannas tel die lam op. "Diekie," sê sy, "het in die laaste tyd geld gehad. Nié van die Duitser nie. Hy't maar oral loswerk gedoen, veral vir Kappies, dink ek. Maar ek was besig met die San se bemagtigingstrust, die ISB, jy weet? Daar's mos die groot projek wat dié week gelaunch word. En al die skenkers kom spesiaal vir die geleentheid, die direkteure van ons NGO, so dis baie reëlings en admin en goed."

Sy vryf ingedagte die lam se ore, wat aanhoudend sy snoetjie probeer lig om aan haar vinger te suig. "Maar my grootste jop is om die drie San-leierskappe om 'n tafel te kry. En hemelweet, daar's maar baie komplikasies. Veral nou met die groepie wat in Bondelgooi bly."

"Die … e … ultra-tradisionaliste."

"Jip. Die jagterstam. Hulle het teëspoed gehad, die laaste tyd." Sy frons en byt haar lip. "Eintlik is dit meer rampspoed as teëspoed. Siektes en ongelukke, twee van die oumas wat skielik dood is. En toe begin die spookstories. En die agterdog teen mekaar en die jagterstam wil onttrek."

"Raait, en Grysbors se skielike rykdom?"

"E … ja. Soos ek sê, ek weet eintlik nie. Maar Diekie sou oom Windvoet se plek in die ISB se nuwe raad van trustees inneem. Die raad …"

"Toe maar, ek weet," sê Beeslaar, "dis vir die groot projek."

"Ja. Ek moes hom touwys maak vir die nuwe rol, maar toe's hy skierlik dood. En die Boesmans sê dit was Kappies se skuld, hy wou die Bondelgooiers uit die grond-deal hou. En die storie oor die voorvaders begin weer loop ... Bietjie van 'n gemors, jy weet."

"Vir wie het Diekie almal gewerk?"

"Wel, hy het op Jaspis grootgeword. Dis Oom Boy Wannenburg se plaas hier duskant die park. Oom Boy ken hom goed, seker die beste van ons almal. Maar hy't nooit vir oom Boy gewerk nie. Hy was sy volwasse lewe lank by boere in die Karoo. En toe die ǂKhomani hierdie grond kry, was hy een van die eerstes wat teruggekom het."

"Oukei. So Kappies en Grysbors was dus vriende, nie vyande nie?"

"Onthou, Diekie was 'n bobaasspoorsnyer. En Kappies is 'n jagter. Maar Kappies is ook 'n polisieman en 'n rassi—. Nee, laat ek eerder my mond hou. Maar wat ek wel sal sê is dat as daar moeilikheid is ... Dis altyd eerste die Boesmans wat aftjop."

"Voor Coin gisteraand hier was, was jy heelaand tuis?"

Sy knik. "Ek was hier, en my vriendin Heilna Wannenburg sal dit kan bevestig, oom Boy se dogter. Sy help my soms met my admin. Ons het 'n bottel wyn oopgemaak. En toe nog een ..."

"En," sê Beeslaar toe hy die tuinhekkie oopmaak, "Coin kom toe ook en probeer homself uit die moeilikheid pleit?"

"Nee! Hy was bang. Want hy het niks gedoen nie." Sy maak die hekkie agter hom toe. "En ek staan by hom. Dis my werk. Mense soos Kappies verstaan dit nie. Respekteer dit nie. Ek werk al tien jaar hier, kaptein Beeslaar, en weet jy vir wie ek regtig wanhopig word? Nie hierdie mense nie, maar vir my eie. Hulle arrogansie en hulle ... Ag, vergeet dit."

"Tien jaar so alleen."

"Alles die moeite werd. As alles goed gaan wil ek uiteindelik 'n wilderness retreat begin – dalk as deel van die kultuurplaas. Meditasie, joga tussen die duine. Die moderne mens leef so afgesny van die natuur. Dit stomp ons af, verarm ons. Ons vergeet ons is 'n produk van die na-tuur an dat ons in ons diepste wese terugverlang daarna. Hierdie plek is ideaal daarvoor. Selfs 'n spa. Dis 'n groeiende toerismebesigheid, jy weet?"

"As jy so sê."

"Dis so 'n magiese omgewing hierdie. Hier kan jy weer gelowig word, dink ek, jou siel herstel. Soos die Boesmans van ouds word. Hulle het geglo daar is snare van lig wat alles bind, die mens, die natuur, die aarde. Alles in die heelal. Dis die Boesmans se geskenk aan die mensdom, hierdie wysheid. En ek wil help om daardie drade te herstel."

Beeslaar glimlag en vee sweet af met 'n hempsmou.

"Ek's ernstig, Kaptein," sê sy. "Een van die grootste moderne siektes is depressie … Dis 'n leegheid van die siel. Dis oor ons nie meer 'n band met die natuur het nie. Mense sóék nou weer daardie … e … kosmiese konneksie."

"Kosmies." Beeslaar kan homself nie help nie. Hy betrag die bleek-verbrande wêreld om hom, die sinkhuisies en grashutte, maer honde. In die verte, sien hy, is Yskas en Hansie nog steeds diep in gesprek. Wat, wonder hy, sê hulle vir mekaar?

Hy kyk weer na Jannas Boonzaaier. "Die boer, Wannenburg, waar's sy plaas?"

"Oom Boy? Dis nie ver hiervandaan nie, jy ry terug park se kant toe. Hy's baie siek, sterwend eintlik. Dis rof, hy's nou eers sestig, shame."

Beeslaar klim in die bakkie en draai terug teerpad toe, verby 'n sinkhut wat in die bakkende son staan. "Rof," dink hy, "so 'n dood-ganery. Maar soms is die lewe nog rowwer."

40

Koekoes Mentoor het na die Kalahari Lodge gery en 'n rondawel gehuur. Daarna het sy 'n lang, koel stort geneem, tot haar lyf heeltemal afgekoel het.

Sy droog haarself net liggies af en stap terug na haar bed, trek die deken en kombers af en gaan lê kaal op die koel lakens, staar na die dak.

Slaap is wat sy nodig het, al is dit net vir 'n vinnige twintig minute, maar sy kry nie haar kop afgeskakel nie. Die oomblik dat sy haar oë toemaak, sien sy die eindelose swart pad van die vorige nag, die uil wat skielik uit die pad opvlieg en rakelings oor haar kar se voorruit die nag in verdwyn.

Uile, voorbodes van die dood. Ouvroustories.

Sy moet net hier klaarkry. Dat sy kan teruggaan.

Maar na wat?

Leë huis, leë bed. En daar's die werk. En die spoke wat dáár rond-loop. Dis eintlik ook net een spook en sy naam is Henry Kotana, haar voorganger. Een dag was hy nog Captain Crimestop en die volgende dag ontpop hy as skurk der skurke, lid van 'n uitgebreide bende diamant-smokkelaars. Miljoene der miljoene betrokke.

Flippenhel, die chaos wat hy darem agter hom gelos het. En waarin sy moes instap. En sy is heeltemal uit haar diepte uit, want dis haar eerste bevelspos. En almal wantrou haar motiewe. Sy wou by tye van 'n flip-pen brug af spring. Veral na die Kappies-ding, nié soseer die romanse nie, maar die ander ding. Die ding wat haar tot in haar geloof geruk het. Letterlik. Op die hospitaalbed in Kimberley, alleen, bang. Dis sonde, hierdie ding. Dis 'n naald in die oog van God. Dis moord. Sy kon nie bid nie, agterna. As sy haar oë toegemaak het, het sy die handjies gesien …

Sy staan op en loop badkamer toe. Genoeg van hierdie aaklige gedagtes. Hoe gouer sy dit begrawe, hoe beter vir haar.

Die rondawel is donker binne. Sy het die gordyne styf toegetrek teen die hitte. Dit veroorsaak 'n gedempte groen skynsel in die vertrek. Net voor die badkamerdeur vang sy haar refleksie in 'n lang spieël teen die muur. Sy steek vas. Verbeel sy haar dit of is daar selluliet teen haar bobene? Sy draai haar lyf na die dowwe lig, kyk na die groenkoper beeld in die spieël. Haar hare is nog klam en hang in nat krulle om haar kop. Dit beklemtoon haar puntige ken en die wip van haar neus, laat alles 'n bietjie spitser en skerper lyk. Haar bene is haar sterkpunt, "impala-bokkiebene" het Martin altyd gesê. Maar haar skouers is miskien te knopperig, dink sy. En haar borste te groot.

Daar was 'n tyd, toe sy op skool was, dat sy 'n topatleet was. Netbal gespeel dat die biesies bewe, want sy was rats en ligvoets en kon soos 'n blits onder die langer meisies se arms deur dans. Maar toe kry sy die frieken borste. En van blits raak sy badprop. Sy't al daaraan gedink om dit te laat verklein, selfs haar dokter gevra hoeveel so iets sou kos. Kleinhuisie vol, natuurlik.

Sy sug en gaan tap 'n glas water by die wasbak in en gaan lê weer, maak haar oë toe.

Beeslaar, dink sy, moet mens dalk eers beter leer ken voor jy van hom kan hou. Veel beter, selfs. Sy't al gehoor mense sê hy kan maar moeilik raak. Jy kan dit sien – die permamente frons sal 'n buffelbul na 'n sweetheart laat lyk.

Hy moet net nie met haar moeilik raak nie. Sy't genoeg probleme. Gelukkig is haar deel van die jop so te sê done en dusted. Dis nou net 'n kwessie van die dotjies op die i's.

Daarvan gepraat, sy beter opstaan en die Duitser op Askham se storie oor Bloubees gaan uitluister. Daar gaan tog niks van slaap of rus kom nie.

En sy moet dalk bly beweeg, die momentum behou. Dat sy kan

klaarmaak en wegkom. Dit voel terrible om hier rond te loop, hier in Kappies se ruimtes. Dis asof elke geraamte in die donker kaste van haar kop aan hulle deure skop. Sy weet nie of sy dit sal volhou sonder om te crack nie.

Sy kies 'n ligte kakielangbroek om aan te trek, met 'n los T-hemp en 'n paar plat sandale. Haar hare kam sy vlugtig met 'n langtandkam, net om van die ergste koeke en klosse ontslae te raak. Verder los sy dit, want dit weier in elk geval om deur 'n haardroër getem te word.

Haar kar is kokend warm toe sy 'n paar minute later inklim en weg-trek, maar die aircon werk fluks en die kar is lekker koel toe sy 'n kwar-tier later voor die Sonop-gastehuis op Askham stop. Die professor huur glo die hele huis. Dis 'n eenvoudige struktuur met 'n suinige voorstoepie en 'n stokkerige swaardvaring in 'n asbespot by die voordeur.

Sy parkeer onder 'n boom en klim uit, betrag die wêreld.

Die dorpie is op die rand van 'n kalkerige leegte gebou. Die kaart, sien sy, dui dit aan as die Kurumanrivier, maar sy sou hoogs verbaas wees as daar die afgelope 2 000 jaar water geloop het. Die dorp het een of twee kalkerige grondstrate met 'n aantal stofvaal woonhuise en 'n landboukoöperasie.

'n Lang, skraal man met dik brilglase maak die voordeur op 'n skrefie oop na sy 'n tweede keer geklop het.

"Professor Eckhardt?"

Hy loer oor haar skouer, asof hy wil seker maak sy het nie 'n gevaar-like agterhoede nie. "Ja?"

Sy stel haarself op Engels voor.

"U kan maar Afrikaans praat," sê hy huiwerig, "ek verstaan. En ek praat dit ook."

"Kolonel Cordelia Mentoor. Dis met my wat u gistermiddag gepraat het, tydens die aanval hier. Kan ons gou gesels?"

"Hmm, ja … Net 'n moment," sê hy en maak die deur toe. Sy hoor hom agter die toe deur vroetel en dan maak hy dit weer oop en kom na buite gestap. "Gaan u saam met my," sê hy, "ons gaan liewer na die … Daar in die koelte, ja?"

Hulle stap saam oor 'n sukkelende grasperk na 'n tuinstel onder 'n stewige seringboom skuins voor die huis. Die tafel en stoele staan vol potplante.

Die professor dra 'n netjies gestrykte kortbroek en kortmouhemp met 'n oop kraag. Om sy nek het hy 'n syerige serpie met blommotiewe gebind, dit tien teen een geleen om die wurgmerke aan sy nek te bedek. Sy kop is al byna kaal, buiten 'n ring yl hare wat net bokant die ore begin en reg rondom loop, en 'n laaste eilandjie op sy voorkop.

"Waaroor wil u praat?" vra hy versigtig. "Ek het tog gesê ek wil met rus gelaat word."

"Kan ek maar sit?" vra sy.

"E ... ja, ekskuus tog, laat ek net skoonmaak." Hy maak twee van die stoele skoon.

"Is dit deel van u werk?" vra Koekoes en wys na die potte.

"Ja."

"U doen navorsing, nie waar nie?"

"Ja-ja." Die geleentheid om oor sy werk te praat stel hom kennelik meer rustig en na 'n oomblik se huiwering trek hy los: "Ek het 'n kweekhuis hier net buitekant die dorp, in die woestyn."

Sy arms is pynlik maer en sy hande groot, met are wat blou en opgehewe net onder die vel lê. Dit lyk of hy opgeskeep is met die groot hande, want die een oomblik vou hy hulle oor sy skoot en die volgende voor sy bors. Hy kyk na die potplante op die tafel voor hom, asof hy hulle toespreek. "Dit gaan oor die medisinale kwaliteite van die plante, ja? Ek is van die Universiteit van München en ons probeer 'n databasis same ... saamstel. Van die San se plantekennis. Dis deel van hulle kulturele ... eiendom, ja?"

"Eiendom soos in ... hoe presies?"

"Patente. Dat dit hulle s'n is, ja? Hulle is die oorspronklike mense van die land, soos u weet. En hier is 'n magdom plante, rondom 4 000 spesies, met medisinale waarde. En die kennis was oorspronklik hulle s'n."

"Ek sien. En nou wil u universiteit dit ... wat? Gebruik?"

"Nein, nein! Inteendeel. Daar is 'n nuwe wet wat mense se kulturele eiendom beskerm, ja? Dit sê die eienaars van daaidie ... e-e ... van daai kennis het regte. En die regte is potensieel geld werd. Ons ... ons maak 'n volledige databasis, 'n digitale biblioteek van tradisionele kennis, veral van plante."

"Goed ... e ... interessant."

"Die alternatiewe medisynebedryf internasionaal is biljoene dollar werd. En as ... as jy sommige van die plante op groot skaal kan aanplant en verbou, dit skep werk en dit wek 'n hele bio-ekonomie. En dit kan baie-baie geld inbring, ja."

Koekoes kyk na die onindrukwekkende klompie potte op die tafel. By sommige steek daar net 'n droë stok met een blaar aan bo die grond uit.

"Die probleem," verduidelik hy, "is dat baie van die plantspesies uitsterf. Want die vraag is veel te groot. Die land het baie-baie tradisionele helers, ja? Meer as 'n kwartmiljoen. Dit is net die helers. Die pasiënte trek by 27 miljoen. Dit is baie-baie te veel."

Koekoes vee sweet van haar bolip af. "Eintlik, professor Eckhardt, is ek hier oor gister. En om u in te lig dat ons vir Coin Bloubees in hegtenis geneem het."

"Wat?" Hy vat-vat aan die syserp om sy nek. "Ja, ek ... Ek wil eintlik nie iemand aankla nie. Ek het niks oorgekom en ek wil eintlik niks verder ... e ... niks daarmee te doen het nie." Hy knip sy oë vinnig en staar na die potplante voor hom.

"Dis nie so maklik nie, Professor. Coin het u probeer verwurg. En toe gaan hy op 'n hele aanranding-spree. En vandag lê kaptein De Vos in die hospitaal vir sy lewe en veg, die einste kaptein Pieter de Vos wat gistermiddag u lewe kom red het. Nee, hoor. Dis nie sommer niks nie."

"Maar ék wil nie ... Mevrou, verstaan asseb—"

"Kolonel, dankie, Professor." Sy vee na 'n klein torretjie wat op haar knie geland het en wat besig is om sy vlerkies netjies onder hom in te vou. "Ek verstaan as u nog geskok is, maar Coin het 'n ernstige misdaad gepleeg."

"Maar ek wíl nie 'n saak ... ek ... Kyk, asseblief, ek het nie tyd om betrokke te raak nie. Ek werk onder baie-baie druk om klaar te maak voor Saterdag. Dis van internasionale belang. Ek ... ek kan nie deel word hiervan nie, ek kan nie."

"U het nie 'n keuse nie!"

Hy sit skielik regop en sy wange raak rooi. "Nein! Dit is verby. Schluss!"

"Jammer, Professor. Ek gaan 'n man met bloed op sy hande aankla. En jy gaan jou deel doen, of jy nou wil of nie."

Hy snuif, kyk na sy hande op sy skoot. "Dit was nie Coin nie. Dit was iemand anders. 'n Vreemde. Ek kan u regtig nie help nie. En ek wil eerder dat u nou gaan." Hy staan op en tel 'n potplant op. Die yl bossie daarin bewe liggies.

"Wel," sê sy en staan ook op, "ek hoop vir u part kaptein De Vos oorleef. Maar gepraat van oorleef: wat presies is u verbintenis met professor Zimmerman?"

Hy skud sy kop.

"Hermann Zimmerman. Ek wéét julle ken mekaar!"

"Nein! Ek weet nie van hom af nie. Ek wil dat u gaan. Asseblief."

"Ek het 'n getuie wat sê u ken professor Zimmerman heel goed. Professor Zimmerman se toergids, meneer Rubela, sê julle is ou vriende. Blykbaar was hy van plan om u vandag te besoek."

"Nein! Dass ist falsch! U moet gaan. Ek het nie meer iets om te sê nie."

Koekoes haal 'n visitekaartjie uit en hou dit na Eckhardt uit, maar hy draai weg van haar en sit die pot in sy hand hard neer. 'n Vaal blaartjie, een van die min aan die plant, val af en fladder grond toe.

"Moenie dink hierdie saak is nou verby nie, Herr Professor. Die Upington-polisie ondersoek Zimmerman se verdwyning. En u is hulle enigste skakel, so verwag maar my kollega, kolonel Lobatse, binnekort hier by u. En ek moet u waarsku: hy's glad nie so nice soos ek nie."

41

Die uitdraaibord na Jaspis is onlangs geverf. Dis 'n bloedrooi ploegskaar met die naam van die plaas in vars wit. "Jaspis Boy Wannenburg".

Die roosterhek raas ritmies onder die bakkie se bande. Anderkant verander die pad in 'n sanderige tweespoor met 'n hoë middelmannetjie van blonde Kalahari-gras.

Beeslaar hou die voertuig in 'n lae rat en sy voet op die petrol om die sand te hanteer en herinner homself dat hy die wiele 'n bietjie moet afblaas sodra daar 'n kans is. Eintlik gedra die 1,5-tonner hom goed, gly soos 'n veertjie oor die sand. In sy lewe was Beeslaar nog nooit regtig 'n karre-ou nie. Nooit met verlangende oë na 'n sportmotor gekyk nie. Sy pa het gedroom van 'n Corvette, onthou hy – "Nul tot 'n honderd in 5,4 sekondes, ou pappie."

Vir Beeslaar is 'n kar 'n gebruiksartikel. Soos 'n tandeborsel. En die vorige kar was klaar. Opgery op die klipperige grondpaaie van die Noord-Kaap.

Maar die bakkie maak kleingeld van die paaie.

Die gras onder die voertuig maak 'n gesellige skuurgeluid. Namate hy oor die een sandhelling na die ander ry, raak die sand dieper, maar die bakkie sukkel nie – stywe bande en al.

Na 'n vierde helling begin die grond egter fermer raak en kan hy vir 'n aantal kilometer bietjie spoed optel.

Dan lê die plaashuis voor hom, tussen groot bome en 'n driestuks windpompe.

Twee wit labradors kom gemoedelik aan sy hand ruik en vergesel hom tot voor 'n breë stoep wat met gaas toegemaak is.

'n Jong vrou kom maak vir hom die sifdeur oop. Dit sal Heilna, die dogter wees, besluit hy.

Beeslaar stel homself voor, volg haar by die voordeur in.

Sy lyk moeg, haar skouers geboë. Donker kringe onder haar oë. Sou dit 'n babelas wees na die drinkery met Jannas Boonzaaier die vorige aand, of is dit haar pa se siekte wat haar so afrem?

'n Swaar sigaretreuk tref hom sodra hy in die huis is. Die bron daarvan sit in 'n rolstoel in die sitkamer: Boy Wannenburg. Hy't 'n groot, balronde maag wat lyk of dit enige oomblik kan bars. Hol wange, uitgeteer en grys soos putty. Twee skootrekenaars staan agter hom op 'n werkstafel. Al twee is oopgeklap en word met 'n kraaines van drade aan eksterne hardeskywe en 'n knipperende modum verbind – 'n ander soort life support, dink Beeslaar.

Die sitkamer self is 'n ruim vertrek, maar oorvol. Buiten die meubels is daar 'n groot televisieskerm teen een muur, skilderye en geraamde foto's aan 'n ander en 'n duisternis koffietafeltjies, almal omtrent toegepak met boeke.

"Iemand van die polisie, Pa," sê Heilna. "Kaptein Beeslaar." Daarmee draai sy om en slof die vertrek uit.

"Jammer vir die pla, meneer Wannenburg." Beeslaar huiwer in die deur. "Ek verneem dat u nie wel is nie, so ek sal dit kort hou."

"Nee wat, ek's fine," sê die man ongeërg en laat val sigaretas op die vloer. Sy stem is hees en hy klink benoud, soos iemand met asma. "As dit van Heilna afhang, sal ek hier in my eensaamheid sit en vrek." Hy lag kortasemrig. Die lag sit onmiddellik oor in 'n slymerige hoes, bring trane in sy geelverkleurde oë. "Maar sit, man, sit," sê hy toe hy herstel het. Hy beweeg sy rolstoel se wiele en kom nader gery. "Ek het gewonder wanneer een van julle ouens by my sal uitslaan."

Beeslaar kyk rond vir 'n sitplek. Daar's oral boeke, selfs op die twee leunstoele naaste aan Wannenburg se lessenaar. Naslaanboeke, reken

Beeslaar, stukkies papier en gekleurde merkers tussen die bladsye ingedruk. Sommige lê oop, met hele paragrawe wat geesdriftig onderstreep is, krabbelings in die kantlyne.

"Ek sien u's besig," sê hy terwyl hy die plek bekyk.

"Man, weet jy, as jou lyf jou die dag begin opneuk, beter jy jou kop besig hou. Anders word jy mal. En jy moet die tyd omkry, nie waar nie?" Hy glimlag skeef. "Tyd omkry tot die tyd verby is, bygesê."

"Wat lees u?"

"Geskiedenis – van alles. Die Groot Knal, die sterre en planete, die aarde, ons – die hele boksemdaais." Hy glimlag ingenome. "Maar sit."

Beeslaar kies die een hoek van 'n rusbank met groot kussings op.

"Oppas net vir Rex!"

Te laat sien hy hoe een van die kussings op die bank lewendig word en met 'n luide grom grond toe spring. Dis 'n reuse-kat. Die ding grom en kap geniepsig na hom – met 'n poot so groot soos 'n tier s'n. Beeslaar spring agtertoe, maar die dier se naels tref hom skrams, trek 'n bloedstreep oor sy been.

"Rex! Sie jy!" raas Wannenburg.

Dis 'n rooikat, besef Beeslaar. Byna kniehoogte, rooibruin pels en swart tossels aan die punte van sy ore.

Rex steur hom nie aan die uitskel nie. Met onverskillige verwaandheid loop hy op sy gemak tot onder die oop venster en wip op die vensterbank. Hy gee Beeslaar nog een laaste vernietigende kyk voor hy geruisloos na buite verdwyn.

"Verskoon," sê Wannenburg. "Dêm ding is só skelm, jy kan nooit sê hoe hy gaan reageer nie. Driekwart van die tyd hoor ek nie eens as hy inkom nie. Jy sou dink met so 'n helse lyf … En beneuks, hoor. Jy wil nie weet nie."

"Makgemaak?"

Wannenburg lag, hoes. "Nooit. Dier soos daai. Hy maak vir jóú mak. Soms raak hy vir maande weg. En as jy weer op 'n dag sien, het hy die hoenderhok ingevaar en alles doodgebyt. Heilna wil hom al om die ander dag skiet, maar ek dink nie sy probeer te hard nie."

Beeslaar kyk eers versigtig rond voor hy gaan sit.

Wannenburg trek aan sy sigaret, blaas rook deur sy neusgate. "Maar jy kom nie oor huisdiere gesels nie." Hy rol sy stoel 'n bietjie nader aan die bank. "Jy kom oor ou Kappies."

"So, u weet al wat gebeur het?"

"Jong, hier weet almal alles. Nog voor dit gebeur, kan jy maar sê. Dis die fymis riemtelegram van die Kalahari. Tien keer vinniger as Twitter en al daai twak. Maar sê eers bietjie waar kom jy vandaan."

"Ek kom uit die stad uit, meneer Wannenburg, oorspronklik. Maar deesdae is ek op die platteland, so 200 kilo's suidoos van Upington, Groblershoop se kant toe. Maar eintlik kom ek oor 'n voormalige werknemer van u, Diekie Grysbors."

"Diekie! Dis sleg, man. Blerrie goeie spoorsnyer, die beste. Maar die drank, jong. Dis 'n ewige stryd."

"Het u nog kontak met hom gehad in die laaste tyd?"

"Man, nee. Ek wens nou ek het, want ons het so te sê saam grootgeword, jy weet?" Hy druk sy sigaret in 'n vol asbak dood. Dit staan op 'n klein sytafeltjie by hom, balanseer gevaarlik op 'n stapel boeke en CD's, ook afstandbeheerders vir die TV en ander toestelle.

Wannenburg se arms is uitgeteer en die vel is los en deurskynend en aan die binnekant van sy elmboog is daar 'n dun buis ingeplant wat na sy hempsak loop, 'n drup, waarskynlik.

"Morfien," sê Wannenburg toe hy sien Beeslaar kyk daarna. Hy haal 'n plat houer, lyk effe soos 'n heupfles, uit die hempsak. "As die pyn te veel word, druk ek hierdie knoppie en dan kry ek 'n ekstra skoot morfien. Oulik, hè?" Hy glimlag breed.

"E ... ja," sê Beeslaar, "dit moet 'n groot ... e ..."

Wannenburg waai die poging tot simpatie weg. "Diekie," sê hy, "hy't nog gereeld hier gekom. Meestal as hy in die knyp was met geld, wat ook maar kort-kort was. Hy sou die een dag 'n sakvol hê, maar môre is dit geblaas."

"Het u hom gehelp?"

"Ja, allamagtig, maar tot op 'n punt. En nou, hel, nou't hy my loop staan en voorspring."

"Het u nog onlangs met hom te doene gehad?"

Hy skud sy kop en steek 'n nuwe sigaret aan. "Ek was die laaste tyd maar baie in Bloemfontein. Dokters en dokters en dokters. Maar wag, ons moet darem iets drink, jong. Ek laat kom vir jou tee. Heilna!"

"Nee," keer Beeslaar, "ek is al weer op pad."

"Nonsens, man. Jy drink ietsie saam met my. Dis die ander ding waarvoor ons beroemd is hier in die Kalahari – ons gasvryheid. Niks se ge-Facebook hier nie. Heilná!"

"Ek bríng, Pa," kom die stem van agter uit die huis.

"Maar sê eers hoe gaan dit met ou Kappies? Ek hoor hy's maar sleg."

"Inderdaad, meneer Wannenburg."

"Boy. Noem my sommer Boy. Hier meneer en mevrou ons nie. Maar Diekie, hy't op 'n klip geval, dan nie?"

"Dit lyk so, ja. So, u het nie kontak met hom gehad nie?"

"Hoe so, man, is daar iets wat ek moet weet?"

"Ek vra maar net."

Wannenburg trek gulsig aan die sigaret en betrag Beeslaar deur die rook. "Kwit man, oor Diekie kan ek jou baie stories vertel. Hy was nog wat hulle noem 'n volbloed Boesman. Daar's bitter min van hulle oor, jy weet? As ek nou moet eerlik wees, weet ek nie of daar in dié deel van die Kalahari nog tien werklike Boesmans oor is nie. Een wat die taal kan praat en in die veld kan oorleef nie.

"Diekie het vir my gesê sy mense voel verneuk. Hierdie is Boesman-grond, maar die regte Boesmans het nog steeds niks. Die meeste van die 'inkommers' is Namas en gewone bruin mense. Ek dink hulle moes van die begin af 'n register gehou het – 'n 'raasgister', soos die Boesmans sê. Maar ewentwel, pleks daarvan is al wat leef en beef hier toegelaat."

"So," sê Beeslaar en vryf ingedagte oor sy knie, "mense soos Diekie en sy groep was nie gelukkig oor die toestand hier nie."

"Nee, kwit, en ek verstaan dit. Diekie self was nog van die ou soort, jy weet, nie 'n bang haar op sy kop gehad nie. Nie vir 'n leeu nie. Nie vir enige ding nie." Hy lag. Dit sit oor in hoes. Roggelend, sy tong wat by sy mond uitskiet, wit van die aanpaksel. Maar hy sit nie die sigaret neer nie. Toe die bui verby is, moet hy 'n hele paar sekondes hyg om sy asem terug te kry, sy voorkop natgesweet.

"Dis nie die rook nie," wurg hy, "dis hierdie bal in my maag. Dêm dokters kan nie sny nie, want dis een van daai simpel kankers wat ingroei in die organe in. En as hy nou eers sit, dan doen hy maar die ding wat in sy natuur is, hè? Groei. Groei alles plat wat voorkom, longe, maag alles. Tot hy die hele spul platgetrap het."

Beeslaar knik. Hy's nie seker of hy die woord "simpel" en "kanker" bymekaar sou sit nie.

"Maar jy weet," sê Wannenburg, "Diekie kon seker 'n ryk man geword het as hy nie so gesuip het nie. Hy't al in hoeveel films gespeel, jy weet? Kwit, al sedert die dae van *The Gods Must Be Crazy*. Hy was een van die jonger Boesmans in daai fliek. Daarna in hordes ander. Advertensies, dokumentêre, noem dit, ou Diekie was daarin. Dan gaan dit goed, volop geld, maar anderdag is alles op." Hy tik as af, mis die asbak. "Sy ander groot voordeel was sy Engels. Hy't getolk – vir jagters uit die buiteland, filmmakers, navorsers. Enige ding.

"Die laaste keer dat ek hom gesien het … Wanneer was dit nou? Weet nie, ek sal met Heilie moet tjek. Maar dit het nie goed gegaan met hom nie. Hy't gesê as dit nou nie was dat hy 'n gelowige man was nie, het hy gesweer die duiwel is los hier."

"Wat het hy bedoel?"

"Jong, ek het nie juis gevra nie. Of laat ek só sê, ek dink nie ek het juis geluister nie. Dit was die gewone klagtes, hy wat verneuk word en sy mense wat van voor af alles verloor. Ek was ook nie op my beste nie." Hy vat met die sigarethand oor sy buik. "Die ou swangerskap van my. Maar dis nou oor. Ek het my marching orders gekry – langboompies toe met my. Nou's ek klaar met hospitale." Hy glimlag ingenome.

Beeslaar is nie seker wat presies hy bedoel nie, maar hy vermoed Boy Wannenburg is huis toe gestuur om dood te gaan.

"En as ek geweet het ek sien hom nooit weer nie … Maar dis die ding van 'n skierlike dood, nè? Dis skiérlik." Hy glimlag dapper en teug diep aan die sigaret.

Die dogter kom ingestap met 'n skinkbord. Sy bodder nie om die boeke van 'n koffietafeltjie af te haal nie en sit dit bo-op neer. Beeslaar help homself aan suiker, vat 'n paar vinnige slukke en sit sy beker neer.

"Pa moenie te lank opbly nie," maan sy. Haar hare is styf agter haar kop in 'n poniestert vasgetrek. 'n Harde gesig, ou akneemerke oor haar wange en voorkop. Maar haar oë is sag, selfs weerloos.

"Wanneer laas het ons van Diekie gehoor, Heilie?" vra Wannenburg en neem 'n tentatiewe slukkie van sy tee. Hy trek 'n gesig en sit dit vinnig neer. "Haal bietjie vir hom die kiekie van my en ou Diekie daar af." Hy wys na die muur agter Beeslaar.

Die foto is oud en gelerig, vertoon 'n jong, blonde seun met 'n skewe glimlag wat hand om die lyf staan met 'n San-seun, al twee sonder hemp en al twee met 'n boog oor die bors. Jong Boy spog egter ook met 'n windbuks in sy hand.

"Hy't gebel," sê Heilna en neem die foto weer by Beeslaar en gaan hang dit terug. "Hy wou nogal dringend met Pa praat. Ek het vergeet om jou te sê."

"Waaroor?" vra Wannenburg.

"Ai, Pa. Ons was in Bloemfontein. Jy weet hoe't dit gegaan." Daarmee loop sy die vertrek uit.

Beeslaar staan op om ook te gaan.

"Ek stap saam met jou," sê Wannenburg en rol voor Beeslaar uit deur toe. "Hoe lank bly jy in die omgewing," wil hy oor sy skouer weet.

"Hopelik nie te lank nie."

"Jy's altyd welkom hier, jy weet? As die lodge vir jou te veel raak. Hier's goeie selfoonsein – ek het 'n mas met 'n versterker laat opsit, want ek gebruik baie internet. En hier's 'n hele woonstel wat leeg staan. Dis apart van die huis, hoor. Twee slaapkamers, kombuis, die works. Ek het dit vroeër gebruik as die manne wintertye kom jag. So, jy's welkom."

"Raait," sê Beeslaar onseker, "dankie. Maar ek …"

"En dis gratis. Mens raak mos moeg vir hotelle. Hulle is bietjie soos hospitale. Die kos is net kakker."

Beeslaar maak die sifdeur oop. "Net een ding nog," sê hy, "hoekom sou Diekie met u wou praat? Kon dit oor geld gewees het?"

Die twee labradors wat op hul sye lê en hyg van die hitte, roer pligsgetrou hul sterte elke keer dat hulle hul baas hoor praat.

"Nee, wat. As hy geld wou hê sou hy vir Heilna gesê het."

Beeslaar loop uit en druk die sifdeur agter hom toe. "Dankie, nog-maals, meneer Wannenburg."

"Boy. Noem my Boy. Almal doen dit. Tot die begrafnisondernemer," sê hy met 'n glimlag. "Swernoot lek al sy tjops vir my."

42

Koekoes Mentoor draai in die kalkerige gruispad af wat na die Witdraai-polisiestasie toe lei. Dis 'n kort afstandjie, want die stasiegebou sit so te sê teenaan die grootpad, maar die ingang is aan die agterkant.

Sy het vroeër vir Landers en Erasmus uitgestuur om die smouse te gaan haal om verklarings te kom aflê. En die NGO-juffrou sou ook 'n verklaring kom aflê.

Nice. Nog 'n paar spykers vir Coin blerrie Bloubees se doodskis. As die Duitse proffie dan nie wil saamspeel nie, het sy ten minste dit.

Sy parkeer onder die skadunette en klim uit in die stil hitte van die middaguur. Die plek voel godverlate. Sy sou wraggies nie vir lank hier hou nie. Dis verby rustig – gevrek sou 'n beter beskrywing wees.

Vroeg vanoggend het sy gou die saakboek vir die afgelope paar weke bekyk en gesien die insidente is hoofsaaklik diefstal en dronkmoles. En dis al. Mens sou verwag dit moet besiger wees, want die stasie is die enigste in 'n omtrek van 16 000 vierkante kilometer, waarby die park ook nog aangehaak is. Verder sny dit twee landsgrense aan – Botswana en Namibië, potensieel 'n blerrie addersnes van misdaad.

Maar hier gaat niks aan nie. Om die eenvoudig rede dat daar nie mense is nie. Jy kan maar sê daar's minder mense as wat daar tande in 'n hoender se bek is. En waar daar nie mense is nie, word daar ook nie k-a-k aangeja nie.

Seker daaroor dat Kappies so mal oor die plek is. Hy kan hier speel tot sy tong uithang. Sy moes hoeveel keer die stories aanhoor oor die lekker trips na grensposte of saam met die park se ouens in die vliegtuig om die grensdrade te inspekteer. Hope pret, hope lekker skoolseun-avonture en ander manewales.

Mal idioot.

Sy skud haar kop en klim die paar trappies op stoep toe.

Leerlingkonstabel Mollas Amraal beman die dienstoonbank binne. Sy's 'n senuweeagtige vrou van net duskant veertig wat glo eers onlangs by die Diens aangesluit het.

"Waar's Landers en Erasmus?" vra Koekoes.

"Hulle is hier, Kolonel," sê sy grootoog. Bokant haar flikker 'n stuk-kende neonbuis teen die plafon. Koekoes vererg haar vir die soveelste teken van De Vos se slapgatgeid met die toestand van hierdie plek. Op háár werf lyk 'n dienskantoor nie so nie. Die ligte is altyd aan. In werkende toestand.

Sy sê niks, maar stap verby na die vrouetoilet, links af in die gang. Daar's nie 'n prop vir die wasbak nie, is die volgende ding wat haar irriteer. Met die krane oop laat poel sy die water in haar hande en druk haar gesig daarin, vee dit tot agter haar nek in. Haar oë lyk moeg, sien sy in die gekraakte spieël. Sy kam haar hare en sit lipstiffie aan. Dit sal vir eers moet deug, haar deur die dag sien.

Toe sy klaar is, stap sy na die algemene kantoor waar sy Erasmus en die dik konstabel, wie se naam sy vergeet, aantref. Hulle sit luidrugtig en lag en redeneer in Tswana oor iets wat vir haar na sokker klink.

"Is julle klaar?" roep sy, en die dikke vlieg uit sy stoel uit op.

"Ons is klaar, Kolonel."

"Waar's julle verklarings?"

Die man kyk skaapagtig na haar, dan na sy maat.

"Julle moes twee manne gaan haal en hulle verklarings afneem?"

"E ... Hulle sê hulle weet niks, Kolonel."

"Wat de hel bedoel jy, man?"

Die kêrel trap ongemaklik rond.

"Nou luister jy mooi, konstabel ... e ..."

"Moatshe," help hy. "Goatsemodimo is my eerste naam. Dit beteken 'God weet', Kolonel. Maar die kaptein noem my Gatwee—"

"Reg. Konstabel Modimo—"

"Moatshe, Kolonel."

"Ja! Dankie, Konstabel. Ek het dit. Julle twee here is gestuur om ver-klarings af te neem. Dit beteken jy moet dit neerskryf en die getuie moet dit teken! Ek soek dit binne tien minute op my lessenaar. Neergeskryf en onderteken. Verstaan jy?"

"Ek verstaan, Kolonel."

"Nou maar doen jou werk!"

"Maar, daardie manne, Kolonel. Hulle is nou nie meer hier nie."

"Loop háál hulle, Konstabel. En hierdie keer sorg jy dat jy dit ordent-lik doen."

Die aanhoudingsel is reg langs die algemene kantoor. Sy gaan loer deur die traliehek en sien Jan Bloubees sit nog steeds in die hoek met sy knieë teen sy bors opgetrek.

Dit lyk of hy slaap, maar aan die trilling van sy los klere kan sy sien hy sit en bewe.

Sy wil haar vererg vir die vent se aansittery, maar draai liewer om en loop terug na haar kantoor. Die plek is al goed ingeruim, onder meer met De Vos se gemaklike lessenaarstoel, waarop sy 'n kussing gesit het.

Sy sit haar rekenaartas op die tafel neer en stap na die teetafel in die hoek. Haar oog val op die suikerblik – swart van die miere. Sy tel die blik op om dit uit te dra, maar dit gly uit haar hande.

Suiker oor die hele vloer.

"Flippen, fokken hél!" roep sy en loop knarsend deur die suiker om iewers 'n besem en skoppie te gaan uitgrawe.

Amraal is besig om deur die *Huisgenoot* te blaai en steek dit vinnig weg toe Koekoes by die dienskantoor inkom en 'n skoppie en besem vra.

"Dis in die stoorkamer, Kolonel. Maar ek sal kom opvee," bied sy aan, gretig.

"En wie beman miskien die toonbank en die fone?" wil Koekoes skerp weet. Dalk te skerp. Amraal krimp ineen, kyk na haar hande en knik bedees.

Die stoorkamer is links af in die gang. Die deur staan effe oop, want die handvatsel is af. Dit pluk haar humeur nóg 'n keep opwaarts. Dis hoe wetstoepassing sy gat sien – want niemand bodder met die klein goedjies nie. Dís hoe dossiere verdwyn!

Sy stoot die deur oop na 'n lang, smal, vensterlose vertrek. Dofweg kan 'n mens rakke weerskante uitmaak, volgepak. Sy soek vir die skakelaar langs die deur, maar niks gebeur toe sy daarop druk nie.

Nice, nou kan sy hier in die donker rondgrawe.

Daar's 'n geluid van iewers uit die donker, iets wat skuif.

"Hello?" sê sy verbaas. Geen antwoord nie.

Sy staan botstil en luister, maar hoor niks, haal dan haar selfoon uit om lig te maak en stap in.

Weer die skuifgeluid, nou harder. Klink soos 'n kartondoos oor 'n vloer. Sy voel haar nekhare prikkel.

"Wie de hel is daar!"

Dan is daar skielik beweging, 'n vaal vorm wat uit een van die rakke sigbaar word en op haar afpyl. Dit gebeur so vinnig, sy kan nie betyds geepad nie en word hard van haar voete af gestamp.

"Hei!" Sy val teen een van die rakke, veroorsaak 'n stortvloed papier. "Héi!"

Maar die figuur het reeds by die deur uit verdwyn – 'n gewarrel van arms en bene wat rats en geruisloos weghardloop, 'n skerp reuk van vrot vrugte agterlaat.

Koekoes sukkel om haarself uit die stowwerige gemors te verlos. Sy val amper weer toe sy oor 'n stapel dossiere struikel.

Teen die tyd dat sy die deur bereik, is die figuur skoonveld. Sy hardloop die gang af, loer vlugtig by oop deure in.

In die dienskantoor kyk Amraal verskrik op toe Koekoes verby storm buitentoe. Sy hardloop die lengte van die stoep op en af, maar sien niks en niemand nie.

"Het jy hom gesien?" vra sy toe sy terugkom in die dienskantoor.

"Askies, Kolonel?"

"'n Man, het hier 'n man verby gehardloop?"

"Nee, Kolonel!"

Koekoes se hart klop hard in haar keel. Sy's nie seker wat sy gesien het nie. 'n Mens, ja. Maar 'n harige kop.

"Wie was almal hier die laaste halfuur?"

"Net iemand wat 'n vorm moes kry – meneer Botha. Maar dis al."

"Hoe lyk hy?"

"Um … Hy's wit en … um … Hy's mos 'n groot man. En baie baard, ja. Maar hy's lankal nie meer hier nie."

Here, sy's besig om mal te raak. "Van wanneer af is die stoorkamer se lig stukkend!"

"Ek sal nou self nie kan sê nie, Kolonel."

"Jissis! Nou maar kry dit reg! En bring die skoonmaakgoed."

Op pad terug na haar kantoor begin sy spyt kry oor haar skellery. Jy beter 'n grip kry, Cordelia Mentoor, betig sy haarself. En gou ook.

Sy's net moeg, besluit sy. Dís wat dit is. Aartsmoeg.

Maar dis ook nie net dit nie.

Sy val agter haar lessenaar neer, sit 'n rukkie met haar gesig in haar hande.

En stadig dring dit tot haar deur: dis haar stukkende hart ook.

Stukkend. Vir hoe lank al. Al die maande na Martin se dood. Sy kon eenvoudig nie verstaan hoe die lewe skielik so hard en vreugdeloos kon wees nie. Dor soos klippe en troosteloos soos dooie blare.

Martin was haar saam-oudword-man. Sterk en steady, stil.

En slim. Hy was amper klaar met sy Unisa-graad. En hy het planne gehad. Vir hulle twee en vir 'n gesin. "En ek hoop hulle is almal dog-tertjies," sou hy sê, "Koekoes Twee en Koekoes Drie en Koekoes Vier." Idioot.

En toe's dit alles weg. Boef! En sy skrik wakker. En die wêreld lyk anders en sy wens dit was sý wat voor daardie dronk man se koeël ingeloop het.

En toe gebeur Kappies. Vir een klein, dizzy oomblik is daar 'n red-dingsboei, iemand aan wie sy kan klou.

Maar toe trap hy die laaste bietjie hart wat sy nog oorgehad het.

Min gespin. Wals lekker aan met die res van sy seunskindlewe.

En waar's sy? In 'n privaat kliniek in Kimberley, haar ingewande wat geskraap word. Leeg gehaal, leeg soos haar hart. Die klein handjies in die drein af.

Liewe Here.

Dit voel soos 'n 1 000 jaar gelede: Kappies wat skielik in haar lewe verskyn by haar bevorderingspaartie.

Die paartie was onbeplan, haar oud-kollegas wat besluit hulle vat haar Buffalo Bar toe. Een doel voor oë: ons drink op Mentoor. En drink, gaan ons drink. Laat die hônne hyl.

De Vos was toevallig reeds daar, saam met 'n paar pêlle. Hy was net vir die dag in Upington vir 'n hofsaak. Maar voor die aand om was, was hy in haar bed.

Koekoes probeer die trane onderdruk. Sy sit agteroor en knip haar oë, staar na die plafon in 'n poging om die opwelling te kalmeer. Daar is watervlekke by die basis van die dakwaaier, sien sy. Die een lê in 'n gekartelde ring om die waaierstang, lyk soos Australië. Daar's nog een regs, Nieu-Seeland. Sy ken iemand wat daarheen geëmigreer het. Daar's glo baie skape.

Sy vee haastig oor haar oë toe daar 'n versigtige klop aan haar deur is. Moatshe. Hy hou twee velletjies papier na haar uit.

Sy lees vlugtig.

Twee keer fokkol.

En skielik is die hartseer weg en die irritasie sit weer vol in die saal van haar gemoed.

43

Oom Dirkie kon net sowel met 'n donkiekar gery het. 'n Enkeldonkie-donkiekar. Dit sou dalk vinniger gewees het, want die oom moes toe wéér stop om sy ryding te lawe.

Hierdie keer was dit op Askham, waar hulle 'n uur moes wag vir die enjin om af te koel, want dit was al baie warm buite.

Kytie wou nie lelik dankie sê nie, maar die tydsame geryery het haar begin onderkry. Haar senuwees was gedaan en die onsekerderheid het begin oorneem.

Sy't eintlik geen benul waarheen sy op pad is nie. Sy ken nie hierdie wêreld en sy mense nie. En wat as daai Boesmanvrou 'n snaakse vrou is? Hier's niemand wat vir haar sal help as dinge nie uitwerk met die vrou nie.

Vir eers sit sy en die kleinding en oom Dirkie hier op Askham. Dis 'n dorp, maar dit lyk nie soos 'n dorp nie. Dit lyk soos 'n stofkol wat gedagtes het om 'n dorp te wees, soos 'n plek wat sommerso gedagteloos in die veld neergesit is. En dit smaak haar hy staan boonop op 'n vetkol, want dit lyk nie of dit ooit hier reën nie. Daar's g'n nergens 'n groenerig-heid te bespiede nie.

Hulle stap met oom Dirkie se waterkanne na die klein garage toe. Daar's 'n kafee, waar sy ingaan en 'n halwe brood koop. Die kind drentel saam met haar in, staan ene ogies en staar na die blikkieskos op een van die oop rakke. Kytie loer na die pryse maar besluit daarteen toe sy sien wat 'n klein blikkie viennas kos. Sy moet versigtig wees met haar geld. Wie weet wat nog vir hulle voorlê?

Op die ou end koop sy 'n stokkielekker en 'n halwe liter melk by die brood. Oom Dirkie koop 'n groot bottel Creme Soda.

Net voor hulle weer in die pad val, tjek Kytie die balans op haar selfoon – net meer as 'n 100 rand se lugtyd oor. Miskien moet sy die Antas-vrou net nog een keer bel, dink sy benoud. Dat sy net weer kan hoor hoe klink sy. Seker maak die vrou klink reg. Nee, besluit sy oplaas. Sy moet suinig wees. Sy moenie nou lugtyd mors nie.

"My suster," sê die oom en sit sy hand liggies op haar skouer, "moenie vir jou laat omtiep deur die benoudigheide nie. Dinge sal weer mooikom, vorentoe."

Die oom se onverwagse dierbaarheid wil skielik die huil in haar laat losbreek. 'n Harde snik skiet uit haar keel. Die tweede probeer sy dapper baklei, maar haar bolyf ruk en die trane vloei vanself.

Die volgende oomblik is die kind by haar. Sy slaan haar arms om Kytie se lyf en leun vertroostend teen haar aan, bly vir 'n hele ruk so staan. Tot Kytie voel hoe die swaar, swart gordyn van ingehoue angs weer beginte oplig en die bangte haar bors verlaat.

Teen die tyd dat hulle ry, is sy kalm en die laaste been van die rit word in stilte afgelê. Oom Dirkie is sigbaar ongemaklik met die verdrietigheid van sy passasier, maar hy sê niks, Vra ook niks, godsydank.

'n Halfuur later sien Kytie 'n afdraaibord: Louisvale. Hulle draai van die teerpad af na 'n klein nedersettinkie met eenvoudige huisies – sommige vuurhoutjieboksies van gemesselde baksteen en ander is van sink of gras aanmekaargelap. Oom Dirkie gaan stop by die eerste huis, 'n ou skoolbus op bakstene.

"Is dít waar Antas bly?" vra Kytie verbaas.

"Ek moet eers donkievoer hier aflaai, my suster," sê oom Dirkie en skud sy kop. "Antas-goed se plekkietjie is darriekant toe, nie meer ver nie. Dis Jannas-goed wat hier bly. Jy kan maar bietjie hier onder die boom sit, ek vat nie te lank nie."

'n Wit vrou met 'n vaalblonde bos krulhare kom uit die bus te

201

voorskyn. "Jissie, oom Dirkie, ek wag al die hele oggend. Ek was veron-
derstel om Askham toe te gaan."

Die oom maak verskoning, verduidelik dat die bakkie vandag weer
"ekstra steeks" is.

Daarna ry hulle agterom die bus na 'n klein sinkafdakkie met 'n
lendelam draadheining om, waar die donkievoer gestoor word. 'n Entjie
verder die veld in sien Kytie 'n takkraaltjie met 'n jong doringboompie
in die middel en 'n vyf stuks donkies wat mekaar staan en stoei vir die
boom se skrapse skaduwee.

"Jannas se donkies," sê Oom Dirkie en wys met sy ken na hulle toe.
"Sy koop mos so die vernielde donkies."

"Vir wat?" vra Kytie.

"Weetie so mooi nie. Ek bring maar net die voergoed."

Hulle klim uit.

Die kind kies dadelik koers na die donkies toe. Sy gaan staan by die
hek met haar gesiggie teen die draad gedruk en maak klein geluidjies
vir die donkies. Een van die donkies breek uit die kuddetjie onder die
boom weg en loop met kort treetjies na haar toe, sy lang ore nuuskierig
op haar gerig.

"Slag met diere, dié kjent," sê oom Dirkie en steek sy pyp in sy mond.
"Suster kan maar eers bietjie by haar gaan staan. Ek moet net gou met
Jannas praat, dan laai ek af."

Daarmee draai hy om en loop na 'n afdak van riete tussen die bus
en 'n karavaan waar die vrou met die hare ongeduldig op hom staan en
wag.

Kytie trek haar doek laag oor haar kop en loop ingedagte na die
donkiekraal toe. Die grond is sanderig en sy voel die hitte wat deur haar
skoensole opslaan. 'n Paar jong duwweltjiebossies maak hier en daar 'n
groenigheid, maar vir die res is die wêreld kaal en vaal, lê warm gebak
onder die genadelose son. Sy kan skaars glo sy het net die vorige middag
nog sopnat gereën – verskeie kere selfs. Hier lyk dit of daar in 'n 100 jaar
geen druppel geval het nie.

Hoe ver voel die huis nie. Koos – wat sou hy nou doen? As hy nog
geld op hom het, gaan hy tavern toe. G'n kerktoeganery nie. Hy smaak

niks van die pastoor nie, want die man praat uit sy nek uit. Hy sê 'n mens moet pa staan vir sy eie lewe. Maar die pastoor was nog nooit arm nie. Hy dink armoede is 'n keuse.

Maar Kytie weet die pastoor is reg. Want Koos was nog nooit 'n hande-uitsteker nie. Hou hom vaal met 'n naat as daar gewerk moet word. En jy moenie hom aanpraat nie, want hy sit vir jou blitsig op jou plek, veral as hy gesuip is.

Wat sal Koos sê as hy moet weet wat sy gedoen het. Hoe lank gaan dit vat voor hy uitvind?

Sy wil hom bel. Hom vertel. Hy is 'n goeie man. As hy nie drink nie. Maar sy los die gedagte. Koos is maar 'n los wiel as hy gedrink is, jy weet nooit watter kant toe skiet hy uit nie. En voor sy weet, kom haal die polieste haar.

Namate sy nader aan die donkiekamp stap, raak die sonbesies se skreeklank sterker. Hulle sit seker in die doringboompie in die donkie-kamp. Dat die Here nou die goed so 'n nare skreëry moes gegee het. Dit voel mos vir jou hulle sit naderhand in jou kop en skree, hulle geluid wat jou hele gebeente ratel.

Nóg 'n donkie het van die groepie onder die boom weggebreek en staan nou by die kind en snuif aan die handjie wat sy deur die hekdraad na hulle uithou. Sodra Kytie nader kom, staan die twee effe terug. Hulle kyk wantrouig na haar en draai hulle ore in alle rigtings.

Die kind is bly om Kytie te sien en slaan haar armpies om Kytie se bene. Die gebaar laat haar keel weer toetrek. Hoe het sy haar lewe lank nie gehunker na hierdie heerlike, onbevange liefde van 'n kind nie. En om dit nou in sulke omstandighede te kry – van 'n kind wat eintlik veronderstel is om bang en verskrik te wees.

"Wat is jou naam, kleinding?" vra Kytie en druk die meisietjie se koppie teen haar heup aan.

"Tienrand," kom die antwoord.

"Jou regte naam. Sê vir antie wat is jou naam."

Die kind kyk terug na die donkies. "Tienrand," fluister sy en glimlag vir die twee diere wat met groot, sielvolle oë deur die hekkie na haar terugstaar.

"Ek dink jy bedoel seker Tina, of hoe?" Kytie gaan sit op haar hurke langs die kind. Sy raak liggies aan haar kennetjie en draai haar gesig terug, totdat hulle mekaar in die oë kyk.

"Tina. Ek gaan van nou af vir jou Tina sê, oukei? Jy's Tina."

Die kind antwoord nie. Sy lig haar twee handjies op en sit hulle om Kytie se wange, sag en liefderik. Kytie se oë brand van die trane.

"Jy's besig om jou antie se hart te steel, Tina. Weet jy dit?"

Sy kry geen antwoord nie, maar dit voel vir haar of die kind maar al te goed verstaan wat sy sê.

44

Die lewe is te kort vir tydmors, dink Beeslaar toe hy van Jaspis wegry. So, hy beter sy kak met Gerda uitsorteer, om sy dogter se onthalwe.

Jy weet nie hoeveel tyd jy het nie. En jy dink altyd jy't meer as wat jy het. Jy stel dinge uit, gooi dit oor na die dag van môre. Maar jy weet nie of jy 'n môre het nie, die luukse om tydsaam dood te gaan nie.

Nie soos Wannenburg nie.

Die dood kom wanneer hy wil. Hy self was in sy laerskooljare toe hy dit die eerste keer geproe het, toe sy ouer broertjie dood is. Toe al, het hy ontdek, is dit niemand se speelmaat nie. Hy los vatmerke.

Dalk is dit die rede waarom hy hierdie beroep gekies het. Dalk het hy gedink, nee gehoop, dit sal hom immuun maak teen die pyn.

Hy't verkeerd gedink, natuurlik.

Want die lewe laat jou nie vergeet nie. Veral nie as daar 'n kind betrokke raak nie. Jy's dadelik vol worries. Jou nagmerries kry 'n nuwe agterplaas om in te kerjakker.

Des te meer rede hoekom hy moet trek. Terug Johannesburg toe. Om die beste te maak van die res van sy lewe. Om naby sy kind te wees.

Gerda skram nog weg van die gedagte om hom naby te hê. Sy sê dit nie, maar hy weet wat sy dink: jy's bad news, Albertus Markus Beeslaar.

En sy's reg. Die wete maak hom swak. Kyk hoe maklik het hy gister voor die Moegel gevou. Wanneer het jy so 'n papbroek geword, Beeslaar?

Dalk was hy dit reg van die begin af. Swak. Vanaf die eerste oomblik dat hy haar ontmoet het. Sy het soos 'n vlam tussen die res uitgestaan, rooi hare wat gloei, oë soos 'n hartseer see. Dit was by 'n braai en sy was hoog swanger en só begeerlik, sy't soos 'n soet pyn oor sy hart en brein gespoel.

Maar sy was Grovétjie se vrou. Grovétjie wat sy kollega was. Grové-tjie met die PTSD wat al hoe meer handuit geruk het. Hom uiteindelik sou laat knak, hom sy pistool sou laat vreet. Nádat hy sy twee kleuterseuns sou skiet. Toe sy hond. En toe homself.

Gerda het die bloedbad vrygespring, want sy was in Beeslaar se bed. Maar die afgryse kon sy nie vryspring nie. Ook nie die skuld en die selfwalging nie. Vir Beeslaar het sy uit haar lewe verban.

Herre, die chaos van daardie tyd. Hy het Noord-Kaap toe vlug, sy het by haar ouers gaan woon en daagliks gestry om net aan die lewe te bly klou – om haar seun se onthalwe.

Hulle het mekaar vlugtig gesien toe haar ma oorlede is. Hy het van Upington af Johannesburg toe gevlieg. Agterna het sy hom in sy hotelkamer kom sien om te sê daar's 'n nuwe man in haar lewe. Een wat niks met die polisie te doen het nie, een wat goed sal wees vir haar.

En toe gebeur dit. Dit wat altyd gebeur as hulle alleen bymekaar is. En nege maande later was klein Lara daar.

En sy het hom die krag gegee om weer te probeer. Om van voor af te probeer om 'n man te wees.

Sy selfoon biep sodra hy weer in die ontvangsgebied van die teerpad kom, SMS'e.

Hy ignoreer alles, soek Gerda se nommer.

Die foon lui lank voor sy antwoord. Sy klink uitasem, hy hoor stemme en harde musiek in die agtergrond.

"Dis ek," sê hy. "Ek wou net sê … ek … Dis nie dat ek nié wou kom nie, dis …"

"Jy weet wat, Albertus." Sy klink ongeduldig, vererg met sy gestamel, met sy patetiese geraap en skraap vir woorde en verskonings. "Doen jy nou maar eers jou belangrike werk. Dan praat ons weer. Nou is in elk geval nie 'n goeie tyd nie. Ek het mense. Orraait?"

"Um …"

"Nie nou nie. Ons praat later. Baai."

Die gemiste oproep, sien hy, was van Ghaap.

Die bliksem. Mag hy iewers met 'n pap wiel sit.

Hy doen nie die moeite om na die stemboodskap te luister nie, maar bel direk.

"Kaptein, het jy my boodskap gekry?" Ghaap klink minder gedwee as 'n paar uur gelede.

"Vertel maar."

"Ek het 'n voëltjie hoor fluit …"

"Spoeg dit uit, man!"

"Ek hoor Number One homself is hierdie week in die Kalahari. Hy en die adjunkpresident en 'n hele klomp ministers – klink my dis omtrent die hele kabinet!"

"Ou nuus, Ghaap. En dis nog net rumours. Waar trek julle nou?"

"Dis 'n reine rumour, Kaptein. Vra maar vir sersant Pyl, hy't sy Bybel onder sy arm. Hy lieg nie. En hy't dit by 'n tjommie gehoor. Die ou is 'n body guard by Number One-hulle. En hy sê hulle kom. Dalk is ons darem nog betyds, dis nou as sersant Pyl hier sal wakker skrik en minder soos 'n bejaarde ry. Maar in real time dink ek dis nog so 80 of wat."

"Nou toe, roer."

"Probleem is dat ons eers moes wag vir een van die manne van Witdraai wat moes saam terugkom. Dis hy wat vanoggend vir kaptein De Vos ingebring het."

"Tebogo Tholo."

"Einste. Maar nou het generaal Mogale besluit hy moet 'n ekstra voertuig invat Kalahari toe, want die ouens daar is bietjie short oor daar hoge besoekers gaan kom. Maar toe raak Tholo onwel. En dis hoekom …"

Beeslaar knip hom kort en lui af.

Hy dink: as die president regtig self kom, raak alles natuurlik dringender. Hy bel die baas.

"Mogale."

"Generaal, ek hoor dis nou 'n feit dat die president self …"

"Dis nog nie amptelik nie, man. Maar wat ook al die president besluit, dit maak geen verskil aan die dringendheid van die situasie daar by julle nie. Het jy met die prokureur gepraat?"

"Ek het, Generaal, en ek is bevrees hulle gaan nie hierdie ding met De Vos los nie."

Hy kan hoor Mogale brom 'n rits skeldwoorde aan die ander kant van die lyn. Hy dink hy herken dit: ngwana wa sefebe – son of a bitch in Tswana.

"Het jy al met die leiers gepraat?"

"Ek is op pad, Generaal."

"Nou maar roer jou gat. Dis heel eenvoudig: jy praat met rolspelers, kyk of daar 'n soort deal vir die tussentyd moontlik is."

"Dis juis nie so eenvoudig nie. Ek kry die gevoel hier gaan meer aan as net die ding met Diekie Grysbors, Generaal. Daar's meer issues …"

"Moet tog nou in vadersnaam nie weer gaan staan en klippe oplig nie, Beeslaar. Voer maar net die opdrag uit. Jy wil mos Johannesburg toe, of hoe?"

Dis met 'n gevoel van naderende onheil dat Beeslaar tot siens sê.

Wat hy nodig het, is 'n koue bier. Hy kan die lodge se bome al in die verte sien nader kom.

Dan lui sy foon.

Koekoes Mentoor, verwoed: "Coin Bloubees het ontsnap!"

45

"Fokken idiote!" skree Koekoes vir die natgeswete polisiemanne wat elk uit 'n ander rigting aangehardloop kom en hygend onder die stoeptrap gaan staan. Moatshe is heel laaste daar. Hy blaas soos 'n stoomtrein en sy wange tril van die inspanning.

"Kry hom nêrens, Kolonel," sê Erasmus tussen asemteue. Die pleister oor sy neus het losgegaan en daar sit 'n nuwe korsie bloed op sy bolip. Langs hom staan Landers, wat tot in die teerpad gehardloop en ook met leë hande teruggekeer het.

"Nou wat het van hom geword? Het hy fokken vlerke gekry? Jissis-fok!"

"Ons sál hom kr—"

"Julle is fokken pateties. En vir wat staan julle nog hier rond? Spring in die bakkie en gaan soek hom! Erasmus, jy ry agterlangs, Moatshe, jy's saam met my!"

Sy hardloop na haar Polo toe en voel hoe dit sak toe Moatshe op die sitplek langs haar neerval.

Sy kan sy plaakasem ruik. "Haal daai kant toe asem, man," beveel sy.

'n Verbouereerde Moatshe maak sy venster oop en draai sy gesig weg van haar.

Koekoes het Amraal beveel om agter te bly en die fone te beman. Beeslaar sal intussen op Louisvale gaan soek.

Haar kar gly gevaarlik toe sy met hoë spoed die draai deur die hekke vat. Moatshe gryp vas aan die deur en die paneelbord voor hom, 'n benoude piep glip uit sy keel.

Sy kan dit nie glo nie. Sy's só kwaad, dit kan haar nie skeel hoeveel vieslike woorde sy gebruik nie. En sy haat 'n gevloekery. Dis 'n naald in die Liewe Here se oog, het haar Daddy gesê. Net kommin mense vloek, opgevoede mense praat ordentlik. En hy was reg. Maar vandag is hy nie hier nie.

Vandag spat die kak, plein en simpel.

Want fokweet, om 'n simpel klein mannetjie soos Coin Bloubees te verloor. Sy't eenvoudig nie genoeg vloekwoorde nie.

En dit was g'n great escape nie. Hy't deur 'n venster in die manstoilet geklim. Dis 'n vrek klein venstertjie, toegegee, geen normale mens sou kon deurwurm nie. Dis skaars so groot soos twee skoenbokse opmekaar. En dit sit hoog teen die muur. Hoe hy dit reggekry het, weet nugter.

Die venster se knip is natuurlik al foréver afgebreek en niemand kan gebodder wees om dit reg te maak nie.

Daar's in die eerste plek nie 'n toilet in die aanhoudingsel nie.

Erasmus het hom toilet toe gevat. En toe vergeet van hom, want hy't met sy selfoon gestaan en speel, die hele familie gebel. En eers toe hy agterkom dis al vir baie lank stil in die toilet, toe eers het hy wakker geskrik. Teen daardie tyd was Bloubees wie weet waar. Soos 'n groot speld die niet in.

Koekoes ry eers in die rigting van Askham. Hy kan letterlik enige plek wees. Te voet of dalk met 'n lift. Huis toe? Hoogs onwaarskynlik, maar Landers gaan daar soek. Vir al wat sy weet, kan hy agter die eerste beste bos sit en g'n hond sal hom sien nie.

"Nou toe, Gatweet," sê sy vir Moatshe toe hulle by die teerpad kom, "waar begin ons?"

"Um, Kolonel, ek weet nie of hy met die teerpad sou geloop het nie. Hy sal in die bossietjies gebly het."

"Nou maar kyk of jy iets sien. Ek sal stadig ry. Waar anders nog?"

"Dalk by die mense daar buite Askham, Kolonel. As hy gelift het, dan sal hy dalk daarnatoe gegaan het. Dis ouma N!oei se plek en hulle verkoop bier daar."

Sy ry so stadig as wat haar humeur haar toelaat, hou saam met Moatshe die veld weerskante van die pad dop. Maar sy sien natuurlik niks beweeg nie. Dis net swartverbrande bossies en 'n paar kolle verbleikte lang gras. En verder sand.

Net buite Askham beduie Moatshe na 'n klipperige tweespoorpaadjie wat die veld inloop tot by 'n groep doringbome met 'n platdaksinkhuis daaronder. Moatshe spring uit sodra sy stop, Koekoes agterna.

Sy verwens haarself oor die sandale wat sy aan het. Hulle loop moeilik en skep sand en stof met elke tree. Laat dit vir haar 'n les wees: trek blerrie behoorlike skoene aan. Dat jy kan hol as jy moet. En hierdie idiote se gatte aan die brand kan skop.

Die groepie mense wat buite die huis op lae stoele rondsit, kyk agterdogtig na haar en Moatshe. Ja, bevestig 'n jong man, Coin kom gereeld by hulle langs, maar hulle het hom nog nie vandag gesien nie.

"As jy lieg," sê Koekoes, "gaan jy spyt wees."

"Ja, Mevrou," sê die man, "ek sal nooit vir Mevrou lieg nie." Koekoes draai vererg om en stap terug kar toe. Daardie man kan bly wees sy't nie haar stewels aan nie, dink sy wrewelrig en rev die enjin sodat Moatshe sy litte roer.

Volgende ry hulle Askham toe.

Die dorpie se hoofstraat is verlate. Selfs by die kafee en die petrolstasie is daar niemand in sig nie. Sy ry met 'n dwarsstraatjie af. Agter Eckhardt se huis staan 'n groot viertrek, 'n swart Range Rover met Gauteng-nommerplate. Dis groot geld wat daar staan, dink sy, die Duitser doen sy navorsing in styl.

Sy ry verby.

"Stop!" skree Moatshe skielik langs haar. "Reverse, reverse!"

Koekoes trap hard briek en die kar skuur skuins tot stilstand. Sy gooi hom in trurat, sit voet neer en maak 'n skerp U-draai.

"Daar!"

'n Skraal figuur het pas oor die heining aan die sykant van die Duitser se huis gewip. Hy land ligvoets in die buurman se groot erf en staan 'n oomblik in die digte skaduwee van 'n jong lemoenboom. Koekoes kan nie sy bolyf sien nie, net die bene en skoene wat onder die blare uitsteek.

Dan beweeg hy, glip koes-koes onder 'n paar ander vrugtebome deur.

Sy trap die petrol plat en jaag nader, maar verloor hom toe hy skielik weer oor 'n volgende heining wip, so rats soos 'n kat, en in daardie huis se agterplaas in verdwyn.

Koekoes briek skerp. "Uit," beveel sy vir Moatshe. "Ek ry om, kry hom aan die voorkant!"

Hy sukkel eers met sy veiligheidsgordel. Sy groot boep knyp dit iewers vas. Koekoes wil ontplof van ergenis. "Trek jou fokken pens in!" gil sy.

Hy's skaars uit die kar of sy draai om en trek weg, skop wolke stof op en jaag tot aan die onderpunt van die straat. By die hoek rat sy af en vlieg dan met swaaiende gat om die draai.

Aan die voorkant van die huis stop sy, gooi haar deur oop en skop tegelyk haar sandale uit. Dan is sy deur die voorhek, haar pistool uit en oorgehaal. Die huis lyk verlate, die gordyne toegetrek. Op haar tone draf sy met die tuinpaadjie af na die stoep.

Sy kyk rond, sien niks, geen beweging of klank. Dan loer sy versigtig oor die lae muurtjie van die stoep en sien die vent wat laag op sy hurke daar sit, kop ingetrek en asem wat liggies jaag.

Maar dis nie Coin Bloubees nie.

46

"Kom Tina," sê Kytie, "die ou son maak nou sy vure te dik aan. Sê maar koebaai vir die vaalpense, jy kuier weer anderdag."

Soos gewoonlik steur die meisie haar nie aan Kytie nie. Sy is in haar eie wêreld. 'n Derde donkie het intussen by haar kom staan. Sy gaan pluk van die groen duwweltjies wat oral opstaan en voer die donkies daarmee.

Kytie los haar dat sy speel. Sy lyk gelukkig en tevrede genoeg.

Dis glad nie koeler in die skaduwee van die afdakkie nie. Die sand bly warm gebak, al is dit ook in die koelte. Sy sit plat op haar boude, haar bene onder haar ingevou, en maak haar kopdoek los, waai daarmee na 'n vlieg wat al rondom haar kop gons. Die sweet oor haar voorkop en in haar nek vee sy af voor sy die doek weer vasmaak. Langs haar op die grond staan die plastieksak met die goedjies wat sy saamgebring het. Sy maak dit oop en krap afgetrokke deur alles – die roomysbak met die laaste stukkie van die halwe brood daarin, die banksakkie met haar ID en die geld, 'n warm fliesbaadjie vir haar, die trui vir die kind.

Goeie Here, wat nou?

Agter haar, deur die oop vensters van die bus, hoor sy die gedempte stemme van die krulkopvrou en oom Dirkie. Hulle praat oor oom Dirkie wat laat is oor hy eers moet gewag het vir iets anders, maar sy luister nie om te hoor nie. Verder weg, in die rigting van die teerpad Upington toe, dryf die klank van 'n vragmotor wat krapperig ratte verwissel.

Die son staan nou reg in die middel van die vuurwit hemel, die lug is so warm dit brand jou longe. En geen windjie wat roer nie. Sy maak haar oë toe. "Jirre," bid sy hardop, "kyk waar sit ek, op 'n vreemde plek by vreemde mense en ek weet nie waffer kant toe nie."

Sy maak haar oë weer oop. Die Here luister tog nie vir haar nie. Maar hoekom nou, wonder sy? Sy't dan nou net beginte dink dinge kyk weer op vir haar en Koos. Die goeie werk by die gastehuis. Kos in die huis, 'n dak bo die kop. En al suip Koos sy disability pension uit, kan hulle darem die meeste van die tyd klaarkom tot die einde van die maand.

Nou dit.

Hoe is die kind van 'n slegte moerskont van 'n dronkgat-ma dit dan nou werd dat Kytie haar hele lewe weggooi vir haar? 'n Moord pleeg? Daar's tienduisende van daai soort ma's. Nog meer van daai soort kinders. Los kinders. Onnodige kinders. Oor die hele land. Oor die hele wêreld.

En nou, wat nou? Sy kan nie vir ewig hiér bly nie. En as die polieste haar vang … Die regters het nie sawwe hande vir vrouens wat moor nie. Dis wat almal sê. Ook nie vir vrouens wat kinders steel nie.

En wat loop vertel sy vir die Antas-vrou? En vir hoe lank sal die vrou help? En in ruil vir wat?

Sy trek die punt van haar doek oor haar klam voorkop. In die bus agter haar hoor sy oom Dirkie praat al hoe harder. Hy klink ongelukkig, kermrig. Die juffrou met die krulkop raak weer stiller en kwaaier: "Nee! Oom Dirkie. Nee, dis nou die laaste keer. Volgende keer rapporteer ek dit. Nee-nee-nee, o, Jirre! Oom het nie 'n benúl hoe diep ek in die moei-likheid kan kom nie.

"Ons is hier besig met verskriklik belangrike onderhandelings met die regering. En die hoogste mense van die land kom oor 'n paar dae hier-natoe, die adjunkpresident self! En dan praat ek nie eens van die mense wat my salaris betaal nie! Oorsese mense. As hulle hierdie goeters hoor … Hulle sluit oornag hierdie hele plek toe, Oom. Hulle sluit hom toe. En héél éérste stop hulle vir my in die tronk. En dan vir Oom. En hier's al heel-oggend polisie. Hééloggend!"

Kytie se hele lyf raak styf toe sy die woord hoor. Hoekom was hier polieste? Soek hulle na haar? En is dit oor haar wat hulle praat?

214

O, help, Jirrietjie. Hoe't jy dan vir Kytie so ver gelaat kom net om haar te laat staan?

En of cóúrse soek die polieste na haar. Die polisie sal nie stilsit as dit 'n belangrike man is wat vermoor is nie. 'n Wit man. Oorsese man. En die kind dan? Dalk weet hulle nog nie eens van die kind nie, want die Duitser sou dit weggesteek het, die seksgoed. En niemand sal 'n straat-kind mis nie. Hulle raak altoos weg.

"Maar Jannas," klink oom Dirkie se stem weer op, "dit was net die een keer. En ek het ook nie geweet nie."

"Nonsens. Dis nié waar nie, en Oom weet dit."

"Maar Jannas weet hoe moeilik dit vir die mense is! Hulle is radeloos."

"Hulle gaan nog méér radeloos raak as hierdie ding nie end kry nie. En sommer dadelik ook. Die polisie is op en af hierso."

Daar is 'n lang stilte. Dan praat die juffrou weer: "Ek gee nou vir Oom die geld vir hierdie voer. Maar dan is dit nou vir eers klaar. Ek sal een van die boere vra om my te help. Maar ek dink …" Die res van die sin raak weg, behalwe dat sy Antas se naam nog 'n keer hoor. Dan raak dit stil en sy hoor 'n geskuifel van voete en 'n deur wat toegaan. Die vrou moet uit die bus beweeg het.

Kytie wonder of sy nóú moet hardloop. Sy kyk benoud rond. Waan-toe dan, Liewe Here?

Die volgende oomblik kom oom Dirkie om die hoek van die bus en hy lyk na donderweer. Die pyp in sy mond staan stokstyf soos hy hom vasbyt en daar is 'n harde trek om sy mond. Hy loop tot by die bakkie en begin dan aan een van die swaar bale droë lusern agterop die bakkie trek.

Kytie spring nader om te help.

"P'sop, suster," sê die oom ongeduldig, maar Kytie help in elk geval. Die bale is bitterlik swaar en die draad waarmee dit vasgebind is, sny kepe in haar hande. In die voorste hoek van die bakkie sien sy twee slope wat dik gestop lyk. Sy wil inklim om dit nader te trek, maar die oom roep kwaai: "Los die slope, dis my eie goed!"

Kytie staan weg.

"Laat die kjent kom," beveel die oom kortaf, "dat ons kan klim, laat ons kan vort!"

47

"Plat!" sê Koekoes vir die jong man wat versteen agter die lae stoep-
muurtjie sit. Sy klim die trappe tot op die stoep en gee 'n tree tot voor
hom. "Op jou maag!"

Die kêrel beweeg versigtig tot hy op sy maag lê.

Koekoes roep na Moatshe, hoor hom van iewers langs die huis ant-
woord.

"Jou naam!" sê sy vir die knaap.

Hy sê niks, staar na haar kaal voete voor sy kop.

"Naam!"

"O-o-Optel."

Dan bars Moatshe hygend deur 'n kweperbosheining en kom met sy
wippende pens die trappe op, leun uitasem teen 'n stoeppilaar.

"Roer jou litte, Konstabel, ons het nie heeldag tyd nie. Maak hom
vas!"

Moatshe pluk die kêrel regop en boei hom.

"Maar my wêreld," blaas hy, "dis dan Opteltjie. Wat maak jy hier, boe-
tie? En vir wat hol jy so weg?"

Die jong man skud sy kop driftig. "Nie-nie ekke nie," stotter hy. Sy oë
staan soos pierings en daar's wit vlekke op sy wange. Koekoes kan sien
hoe die bloed in sy nek pols.

Here help, dink sy moedeloos, nóg 'n stamelaar.

"Kolonel," sê Moatshe gedemp, "hy's bietjie ..." Hy dop sy oë om en
skud sy kop.

"Nou maar hoekom hardloop jy weg, Optel? En wat maak jy by professor Eckhardt se plek?"

Optel maak 'n kermgeluid en Moatshe laat los sy kraag.

"Hy doen maar so los joppies, Kolonel. Oralster. En hy's baie sku vir mense."

"Ek vra nie vir jou nie, Moatshe."

"Ja, Kolonel, maar ou Optel sukkel met die pratery. Of hoe sê ek Optellie?"

Kopskud en 'n wilde blik na Koekoes se voete. Sy lang kroeshare is 'n ongewone geelbruin kleur en staan wild en klosserig. Sy een pinkievinger is af en daar's letsels aan die ontblote gedeeltes van sy bolyf. Agter om sy nek, net binne die kraag van sy hemp, sien sy lang hale opgehewe vel uitsteek. Verder dra hy 'n los broek wat veels te groot is en sy sportskoene het gate aan die kante waardeur sy twee kleintoontjies peul.

Koekoes druk haar pistool terug in sy skede.

"Jy ken mos vir Cointjie, nè Optel?" vra Moatshe.

Knik.

"Het jy hom gesien?"

Kopskud.

"Nou hoekom het jy weggehardloop?"

Die jong man trek sy skouers op.

"Waar bly jy?" vra Koekoes.

Optel pluk aan sy boeie en maak 'n dreigende gromgeluid.

"Waar bly jy? Antwoord, bliksem. En wat maak jy hier?"

"Hy bly by …"

"Ek vra vir hóm, Moatshe!"

Die jong man swaai skielik om om weg te hardloop, maar Moatshe gryp hom aan sy hemp. Die hemp skeur en die knaap slaan Moatshe met die elmboog op die kant van sy pens, hárd. Moatshe skree en Koekoes pluk haar pistool uit.

"Stáán!"

Hy steek in sy spore vas en draai verwoed om, gluur ontstuimig na haar met 'n asem wat blaas. Hy lyk of hy enige oomblik op haar kan afstorm. Daar's 'n vreemde glinstering in sy oë en hy maak diep gromgeluide, soos 'n dier, sy hele lyf wat tril. Die knope van sy hemp het oopgespring en Koekoes sien nóg letsels – lang snyhale van sy nek tot op sy bors. Ook 'n kru tatoeëermerk van 'n leeu met lang tande.

"Rustig," roep sy vir hom. "Wat soek jy hier?"

Hy hou op grom, knip sy oë. En skielik lyk dit of die woestheid hom verlaat. Hy skud sy kop en kyk verward rond, raak opnuut weer bang en verskrik.

Koekoes sug. "Maak hom los, Moatshe. Ons mors ons tyd."

'n Halfuur later is hulle terug by die polisiestasie. Koekoes het intussen die ander voertuie geradio, maar nie een het goeie nuus nie.

Sy laat almal terugkom.

Beeslaar, hoor sy, wil eers by 'n ander voormalige werkgewer van Diekie Grysbors 'n draai gaan maak.

Sy is steeds moerig toe sy by haar kantoor instap. Hoe 'n mens jou plek só slapgat kan bestuur dat jou aangehoudenes deur 'n toiletvenster kan ontsnap, gaan haar verstand te bowe.

Nog 'n raaisel is die gemaskerde bliksem in die stoorkamer vroeër. Sy het die plek van hoek tot kant laat deursoek, maar dis of die mannetjie in die warm lug opgelos het. Hoe is dit moontlik dat niemand hom gesien inkom het nie? Daar's net een deur wat na die publiek toe oop is en dis die een by die dienskantoor. Die ander een gaan uit op die sementvierkant, maar dis met 'n hoë heining toegekamp. Die heining is seker maklik genoeg vir 'n jong man om oor te klouter, maar sy't die area deeglik bekyk. Daar's g'n spoor van 'n dag oud nie.

En wat sou hy gesoek het? Die stoorkamer het niks waardevols in nie. Maar dalk het die besoeker dit nie geweet nie.

Bloubees is 'n ander storie.

Die venster in die toilet sit hoog. Hy moes op die waterbak van die toilet geklim en soos 'n geitjie teen die muur opgeklouter het. Of het hy gespring? Hy is lig en dalk kon hy hoog genoeg spring om sy vingers oor die vensterbank te haak, homself dan verder optrek. Hoe hy deur die opening kon wurm, weet nugter. Die venster is bliksems klein. Maar so is Coin ook, helaas. Sy skat sy lengte op hoogstens 1,6 meter.

En as hy eers op vrye voete was, kon hy ongesiens by die groot hekke uitgesluip het – die hekke staan glo altyd oop.

Waarheen is hy toe? Fokken opgestyg hemel toe, vir al wat sy weet.

Die Moegel gaan haar braai. Dis vir blerrie seker.

Sy gaan was eers haar hande en stap dan terug na haar kantoor toe. Sy het net agter haar lessenaar neergeval toe daar 'n versigtige klop aan die deur is.

"Wat!"

Leerlingkonstabel Amraal loer skrikkerig na binne.

"Kom binne, man," roep Koekoes en kry dadelik spyt vir haar onge-duld.

"Sorrie," sug sy. "Kom sit en herinner my wat's jou eerste naam."

"Mollas."

"A, oukei, reg." Mollas doen haar naam gestand: sy's breër as wat sy lank is, haar boude en dye styf in haar uniform ingepak. "Volvleis," soos die streektaal sê. Haar gesig is koeëlrond, die wange twee gepofte appeltjies. En sy's nie meer jonk nie – dalk iets in die veertig. Sy dra 'n skelrooi lipstif en haar wenkbroue is met twee dun swart potloodstrepe ingevul.

"Wat kan ek vir jou doen, Mollas?"

"Wel, as ek mag sê, Kolonel. Dis vir my snaaks dat Coin so vortge-maak het."

Koekoes snork-lag. "Join the club, Mollas."

"Ek bedoel nie so nie, Kolonel. Ek … e … Ek het mos vir hom 'n bekertjie tee gevat, Kolonel. Vroeër. Ek het maar bietjie by hom gestaan terwyl hy dit drink. En … e … dit het amper vir my gesmaak hy's bly hy's hier by ons. Hy't niks gepraat van uitkom en weghardloop en sulke goed nie. En hy …"

"Here, Mollas. Dink jy hy sal vir 'n polisieman vertel hy's van plan om te ontsnap? En by the way, wie weet almal van daai stukkende venster? Het jý hom vertel?"

"Nooit!" Die potloodwenkbroue skiet omhoog. "Ek het nie eers geweet nie, want ek kom mos nie daar nie. Maar … maar Coin … Hy't gevra hoe veilig is dit hier, Kolonel."

"Natuurlik sal hy vra, want dan kan jy sê nee, dis baie veilig behalwe miskien vir die stukkende venster in die manstoilet! Goeie hemel, man, wat gaan met julle mense aan by hierdie stasie? Dis die een boggerop na die ander."

"Nee. Dis nie wat ek wil gesê het nie. Coin was baie bang, Kolonel, baie-baie …"

"En hy't blerrie rede om bang te wees. En jy beter van nou af in jou spoor trap. Ek hou jou dop."

"Ek sal wragtag nie korrupte dinge doen nie, Kolonel. Maar die waar-heid is dat Cointjie nie vir óns bang is nie. Hy's bang vir die … die …"

"Vir wát!"

"Die leeu-gees." Sy fluister die woord. "Dis hoekom ek sê, Kolonel. Hy sal nie weggehardloop het nie. En ek het gewonder, Kolonel. Die iemand wat Kolonel in die stoorkamer …"

Koekoes klap haar tong. "Nou wil jy my vertel ék het 'n spook gesien? Nee wat, julle het almal bietjie te lank in die son gesit, jong. Dit was 'n mens van vleis en bloed. En hy's hier in en hy's hier uit oor jy daar voor sit en slaap. Dis al." Sy waai met haar hand om te wys Mollas moet skoert.

Maar Mollas beweeg nie. Sy byt dapper op haar lip en sê dan vinnig: "Mense gaan dood hier by ons, Kolonel. In die laaste tyd. Daar's arige goe-ters hier. En … en … Coin sê dis die leeu-gees wat vir die professor … Hy was daar. Coin het hom geruik. En hy't vir Coin gewaar. Coin is bitterlik bang. Hy dink die leeu-gees gaan hom vang."

"Ja, hy sien spoke left, right en centre, want sy breins is aangebrand van te veel aaptwak!"

"Nee, Kolonel. Dis nie net Coin nie. Daar's ander mense dood."

Koekoes sug. "Waarvan praat jy, Mollas? Hier's g'n mense dood nie."

"Dit het begin met die slangbyt, Kolonel. Vorige jaar. Ouma Veter het gebyt geraak. En agter haar was dit een van die jong meisiekinders by die veldskool, 'n biermaker. Net so tjoeps. Maar toe's dit weer 'n skerpioenbyt."

"Steek, seker."

"Nee. Byt. Hulle sê sy byt is nog baie meer giftiger."

Koekoes sug teatraal.

"Toe's daar weer een van die groot leiers se seuns. ǂOkkozi, maar hulle noem hom Tsokkos, omgeval in sy eie vuur in."

"Dronk, natuurlik."

"Hy't sy hele kop geverbrand. Tot hy verdood is. En toe's daar nou hierdie week oom Diekie Grysbors wat in sy kop gepik is."

"Watse absolute nonsens! Grysbors het op sy kop geval!"

"Dis die … Die mense sê die voormense is kwaad. En dis hulle wat die leeu-gees stuur."

"Ja-ja, ek sien. En dis dieselfde spook wat kaptein De Vos in die duine wou doodsteek. En professor Eckhardt wou verwurg? Hmm? Is dit wat Coin vir jou gesê het?"

Mollas kyk weg en Koekoes probeer om haar humeur in toom te kry. Sy's lus en skud die beskimmelde vroutjie in haar styfgespande blou uniform.

Maar sy bedwing haar, haal twee maal diep asem. "Mollas, Coin maak nou of hy die apostel Paulus is wat almal moet waarsku teen die onheile wat kom. Hy het tien teen een laas nag by die vrou daar by die bus met dieselfde storie aangekom in die hoop dat sy hom sal help. En toe probeer hy vir jou."

Mollas skud haar kop driftig.

"Nou luister jy mooi na my. Vergeet al hierdie strooi en dan gaan jy terug en jy gaan doen jou werk. Jou bevelvoerder lê in die hospitaal vir sy lewe en baklei. En al voel jy 'n veer vir hom, toon 'n bietjie respek."

48

Met 'n seer hart ry Beeslaar vir die soveelste keer by die lodge se bordjie verby. Hy sou kon doen net 'n yskoue Windhoek Lager. Dalk 'n burger ook, en Beulah se slaptjips met baie sout en asyn, om die vog binne te hou. Want in hierdie hitte loop die sweet in riviere uit jou lyf, aircon of te not.

Hy het 'n paar keer op en af gery op soek na Bloubees. En die paar siele wat hy te voet langs die pad teëgekom het, uitgevra. Maar natuurlik het g'n mens hom gesien nie. En die nuus dat Bloubees ontsnap het, was kennelik vreeslik snaaks. Een oubaas het gekraai van die lag en vir Beeslaar gesê: "Ja, 'n boer maak 'n plan, maar 'n Boesman hét hoeka 'n plan."

By Yskas Arnoster se stalletjie stop hy. Daar word besigheid gedoen, sien hy. Twee Lexus-viertrekke het afgetrek. Gesinne op pad na die park. Die twee mans bekyk die versierde boë terwyl Yskas sy beste poging uithaal om 'n tradisionele riel te dans, sommerso daar in die stof om sy stalletjie. Na 'n ruk koop hulle 'n boog en 'n stel krale.

Beeslaar wag tot hulle gery het en klim uit.

Yskas is 'n gelukkige man.

"Lyk my dis fees hier by jou," groet Beeslaar.

Die man lag. "Daar's hy, Kaptein, daar's hy, die dag word mooi."

"Onthou net hy kan weer lelik raak ook. Veral as Coin Bloubees hier verby kom en jy laat weet my nie."

"Ek sê vir hom."

"Nee! Jy sê vir my! Hierdie keer gaan daar perde wees as jy en Hansie nie sê nie. Dan kan jy maar jou stalletjie toemaak, meneer Arnoster. Jy verstaan wat ek vir jou sê?"

Arnoster gee 'n klein laggie. "Cointjie laat nie vir hom vang … e-e … as hy nie gevang wil wees nie."

"Tot slim sy baas vang. Op 'n dag. En jy kan gerus maar die boodskap aan Hansie ook oordra."

Beeslaar se volgende stop is die ou skoolbus, waar hy Jannas Boonzaaier met 'n boek, 'n sigaret en 'n glas wit wyn by haar tuintafeltjie aantref.

"Ek dag jy's Askham toe."

"Ja, was ek ook. Dis nie exactly maan toe nie," sê sy en glimlag.

"En jy het nie dalk vir Coin langs die pad opgetel en 'n lift gegee nie?"

Sy sit haar glas neer en sit regop. "Dis eintlik 'n baie ernstige aantyging."

"Ja? Laas nag het jy 'n voortvlugtige hier aan huis gehad. Dus, kan ek maar rondkyk?"

Sy maak haar rug styf. "Streng gesproke …"

"Of het jy dalk rede dat ek nie kan kyk nie?"

Sy waai 'n vlieg voor haar gesig weg. Lang, ligbruin hare steek onder haar oksel uit toe sy haar elmboog lig. Dis onverwags sensueel. Die kwas sygladde hare roer iets diep onder in sy buik. Hy staar gehipnotiseer daarna. Tot hy agterkom sy sien hom, kyk dan vinnig weg.

"Gaan jou gang," sê sy en tel die boek weer op.

Beeslaar loer vinnig by die skoolbus in. Daar's 'n kombuistafel, gasstoof en 'n rak vir kookgerei. Aan die verste punt is 'n afgeleefde sitbank, klein koffietafeltjie en groot kussings op die vloer. Oulik, besluit hy.

Die karavaan huisves 'n dubbelbed en 'n paar rakke, klere aan hake teen die muur.

Onder 'n rietafdak tussen die twee voertuie het sy 'n badkamer inge-rig – eintlik net 'n kraan en waskom, klein spieëltjie teen die karavaan. Hy's beïndruk deur die praktiese eenvoud. Hy kyk vlugtig na agter, re-gistreer die lusernbale onder 'n afdak en die donkies in 'n takkraaltjie.

"Sal hy weer by jou kom hulp vra?" vra hy toe hy terug is by haar.

"Hy sal nie hiernatoe kom nie. En glo my, as hy nie gekry wil word nie, gaan niemand hom kry nie. Ek gee jou 'n brief."

"Wel, ons het hom vanoggend gekry!"

Sy drink 'n slukkie van haar wyn, hou die glas dan vraend op na hom.

Hy wys die aanbod van die hand. "Waar presies het Diekie Grysbors Maandagnag geval?"

"Ás hy geval het, Kaptein," sê sy en sit die glas neer. "Het hy regtig?"

"Sê maar net waar, juffrou Boonzaaier."

Sy beduie in 'n suidelike rigting.

"Sal jy my kan gaan wys?"

"Ek dag ek hét al verduidelik, kaptein Beeslaar. Ek kan nie gesien word as die polisie se informant nie. Dinge is al gespanne genoeg, regtig. Verstaan asseblief my posisie en vra liewer een van die inwoners. Yskas. Hy sal weet."

Hy groet en ry terug na Yskas Arnoster se stalletjie.

Yskas en "die ou" is in 'n hewige argument gewikkel. "Voertsek!" skree sy vir hom. "Ek wys nie my tiete vir die toeriste nie, voertsek!"

"Jy sal maak soos ek sê as jy wil twakgoed hê. En jy moet nie vir mý kom staan vloek nie. Ek klap vir …" Yskas gryp haar aan een arm vas en lig sy hand.

"Hoi!" roep Beeslaar en stap vinnig nader. "As jy haar slaan, het jy met my te doen! Wat gaan hier aan?"

Die man laat sak sy hand. Sy asem jaag en sy vrou se oë blits, maar nie een van hulle antwoord nie.

"Ek vra," sê Beeslaar, "wat gaan hier aan?"

"Dis die ou, Kaptein. Sy wil nie tradisieklere aantrek vir die toeriste nie."

"Uittrek, bedoel jy," sê Beeslaar.

Die vrou klap haar tong en gaan sit, tel weer haar handwerk op.

"Dis besigheid, Kaptein. Die mense soek Boesmans. Hulle wil nie armgatte sien wat hier teen die pad sit en goeters verkoop nie. Ek en Hansman dra ons tradisieklere, maar die vrou-goed wil hier rondsit in haaipolfaais! Dis sleg vir besigheid."

"Sal jy my gaan wys waar Diekie laas week geval het?"

Yskas gee sy vrou nog een laaste moordende kyk en klim dan saam met Beeslaar in die bakkie.

"Ons moet nou hierdie kant op," sê hy en verduidelik teerpadlangs in die rigting van Upington.

"Ek dag Diekie se huis is hier agter in Louisvale," sê Beeslaar en skakel die bakkie aan, aircon vol oopgedraai. "Hy was mos op pad huis toe, dan nie?"

"Nee, ons moet eers só ry," sê Yskas, "ek moet net by iemand gaan hoor of ek reg is."

Hulle ry sowat 'n kilometer en stop dan by 'n man met 'n paar donkies aan 'n leiband langs die pad. Yskas klim uit en draf haastig na die man toe. Hy hou sy rug na Beeslaar gedraai en haal iets uit sy sak en oorhandig dit, kry iets terug wat hy weer in die sak stop. Dan draf hy terug.

"Nee," sê Yskas toe hy weer inklim, "dis tóg daai kant toe." Hy beduie terug in die rigting van Louisvale, 'n oordrewe onskuldige trek op sy gesig, maar sy oë vonkel ondeund.

"Jy hou my vir die blerrie gek, Yskas. Ek is nie jou taxi nie. Wat jy het by daardie man gekoop, dagga?"

"Nooit, Kaptein. Ek het net gevr—"

"Jy lieg, man. Ek's lus en gaan gooi jou gat in die tronk."

"Dis vir die vrou, Kaptein. Dit was net bietjie twak. Vir haar hart en vir die kalmte. As die kaptein nou verby die stalletjie langs gaan, dan kan ek som—"

"Man, gaan wys my net waar Diekie geval het!"

"Dáár's hy, Kaptein. Askies, ons maak maar so. Die vrou-goed sal nie wegloop nie." Hy sê Beeslaar moet terug ry soos hulle gekom het. Verby die Louisvale-afdraai moet hulle 'n kort entjie deur die veld ry tot by 'n sandduin wat teen 'n spierwit kalkkliprantjie aangewaai het. Bo-op staan 'n groot kameeldoringboom.

Beeslaar ry tot naby die duin, daarna klim hulle tot bo en Yskas wys hom die skerp kliprif wat agter die boom verby loop. Hy sak op sy hurke en druk met sy vinger op 'n spesifieke skerp punt in die rif.

Daar lê 'n groot swart vlek in die sand.

"Hy't van daardie kant af gekom." Beeslaar sien 'n plat vierkantige huis van gras en latwerk sowat 200 meter die veld in. "Hy was daar, die aand. En toe't hy nou hier … Ek weet nie. Maar ons het hom die anderdagmôre hier gekom kry." Hy wys na 'n plek sowat 'n meter teen die helling af.

"Was jy by?"

Yskas knik. "Hy … e-e … Hy't nie mooi gelyk nie, Kaptein. Sy een oog was … e-e … Daar't bloed ingeloop. En iets het in die nag al aan hom gekou. Aan sy hand. Die een pinkie was al weg. Baie lelik."

Beeslaar staan 'n oomblik in stilte en bekyk die wêreld rondom hom. As iemand vir Grysbors wou voorlê – om watter rede ook al – was dit dalk die ooglopende plek om dit te doen: 'n swaar beskonke man wat teen 'n taamlike steil sandduin uit sukkel. Anderkant af net so steil, plus die kliprif wat daar uitsteek. Dis nag, iemand wag in die donker skadu-wee van die boom. Stamp Grysbors om, of tik hom oor die kop.

Hy dink skielik weer aan die vreemde figuurtjie met die masker die oggend by sy rondawel.

"Wat sê die mense oor wat hier gebeur het, Yskas?"

"Nee, dit sal seker nou afhang vir wie jy jou ore uitgee, Kaptein. Een klomp sê dis die spook."

Beeslaar snuif en vee die sweet van sy voorkop af. "Nou maar wat sê die ander klomp?"

"Nee, algar weet Diekie-goed was goed vies vir Kappies."

"Wat? Ek dag dis andersom? Kaptein De Vos was vies vir Diekie?"

"Nee, Diekie het gesê Kappies het hom uit geld uit geverneuk. Hy't laas week vir Kappies 'n werkietjie gedoen, maar … e-e … Kappies het hom nie gegee wat hy hom gebelo' het nie. Diekie-goed het ook met ander mense onenigtheide gehad. Soos die oubaas, hy was ook vir hom kwaad. En Antas-goed ook."

"Ho nou, wie's die oubaas en Antas?"

"Die leier, oom Windvoet. Maar hy's mos so siek en … e-e … hy't gesê hy't staatgemaak op Diekie, maar Diekie … Ek weet nie wat het Diekie gedoen nie. Antas ook, sy't vir Optel gestuur om hom te kom soek die dag."

"Watter dag, toe hy dood is? Laas Maandag?"

"Dáár's hy, Kaptein."

"En wie's Antas?"

"Nee, sy's mos die medisynevrou wat hier agter die duine bly. Sy … e-e … kom nie self sommer uit nie, maar sy stuur vir Optel. Hy laai die medisynes en gaan so oralster rond vir haar. En Maandag het Optel gekom sê Antas soek dringend vir Diekie-goed. En sy's baie, baie kwaad."

"En Optel, is dit haar man?"

Yskas lag. "Optel is Optel, Kaptein. Hy's nie van ónse Boesmans nie." Hy haal 'n sigaret agter sy oor uit en steek dit aan. "Hy's maar een van die los kjennerse hier rond."

"Los?"

"Nie ma-goed nie. Antas-goed … e-e … het hom langs die pad gekry, paar jaar terug al. Hy't maar so grootgeword by haar. Nou boer hy maar so by almal rond, help hier en daar. Doen goedjies. Hy's mos maar nie lekker in die kop nie."

Hulle loop terug en Yskas verduidelik vir Beeslaar die pad na Antas, die medisynevrou, se plek: deur Louisvale en dan nog so drie kilometer deur die sand.

Dis nie so maklik om die pad te kry en hom dan te hou nie, vind Beeslaar uit toe hy oor die eerste duin is en die tweewielspoor skielik ophou.

In 'n stadium moet hy omdraai, want hy neuk verkeerde rigting op, maar vind dan weer die spoor.

Die huis sit weggesteek onder 'n sambreel van ou bome. Meer afgesonder as dít kon Antas-die-medisynevrou seker nie wees nie, reken hy toe hy stilhou en uitklim. Die klank van windklokke begroet hom, 'n fyn gerinkel en iets wat soos houtfluite suis.

Daar hang hordes goeters uit die bome voor die huis. Slierte met glas, klippies en dierebeendere, ander met gedroogde kalbasse en boomsade.

Die huis self is 'n kunstige sameflansing van gemesselde klip, sinkplaat en gevlegte gras.

Die vrou wat hom by die voordeur ontmoet, is skraal en klein, hy skat haar nie 'n aks langer as 1,6 meter nie. En van kop tot tone in diervel geklee. Haar hare is kroeserig en styf agter haar kop vasgebind.

"Jy's van die polisie," sê sy en kyk op na hom met vreemde, bleekblou

227

oë. Sy's verrassend mooi, besef hy. Hy't iemand oud en knollerig verwag.

"E … ja," stamel hy. "Kaptein Beeslaar. Ek is tydelik op … e … op Witdraai. En …"

Daar's 'n diertjie in haar een hand, sien hy, wat sy hoog teen haar bors vashou. Dit maak fyn spingeluidjies.

"Japie, die meerkat," sê sy en glimlag stram. "Hy's nog 'n baba. Kom in, kaptein Beeslaar. Kom jy vir 'n konsultasie?"

"E … nee. Navraag."

"O?"

"U is 'n geneser, verstaan ek. En u het rusie gehad met 'n man wat laas week oorlede is, Diekie Grysbors. Ek sou graag wou weet waaroor het die rusie gegaan?"

"Wag 'n bietjie! Hoor ek 'n beskuldiging?"

"Nee, dis nie wat ek sê nie, Mevrou. Ek wonder net waaroor die rusie gegaan het."

"Hoekom?"

"Antwoord maar net, Mevrou. Asseblief."

"Daar wás geen rusie nie. Kyk, ek en Diekie het verskillende sienings gehad, kan jy maar sê."

"Polities?"

Sy tuur verby hom en streel ingedagte oor die meerkat. "Diekie het geldgierig geword," sê sy na 'n ruk, 'n harde trek in haar vreemde oë. "Hy't begin om dit wat in die eerste plek nie syne is nie, uit te verkoop."

"Wat dan? Wat het hy verkoop?"

"Die Boesmans se kultuurgoedere. Vroeër het hy my hier gehelp, want hy't 'n goeie kennis gehad van medisyneplante. Maar toe begin hy om die kennis aan 'n buitelander te verkoop. En dis hoe ons twee se paadjies geskei het."

"En laas Maandag? Waaroor het dit gegaan?"

"Dit …" Sy streel oor Japie se pels en die meerkatjie kreun tevrede. "Diekie het 'n groot taak gekry, baie groot. Hy moes namens oom Windvoet se mense in die trustraad gaan dien. Dis 'n groot eer en 'n nóg groter verantwoordelikheid. Maar as hy die jagterstam se leier wou wees, moes Diekie sy liefde vir geld en sy liefde vir die drank laat staan het. En verlede week, toe hy in die trust moes gaan sit het, het hy loop dronk word. Almal was kwaad vir hom. Sy vrou, sy bure, die mense van Bondelgooi wat in die jagterstam is. Almal, nie net ek nie."

"En kaptein De Vos?"

"Wil jy inkom, Kaptein? Ek wil die deur toe hou vir die hitte." Sy draai om en lei hom deur die voordeur. "De Vos was ook kwaad, maar om 'n ander rede."

Beeslaar moet buk om deur die lae voordeur te kom. Sodra hy deur is, maak sy die deur agter hom toe. "Moenie my vra hoekom nie, ek weet net die twee het vasgesit. Feit bly staan dat hy Diekie Maandag aangerand het. En dit het die breinbloeding aan die gang gesit."

Beeslaar besluit om nie te redeneer daaroor nie. "Is u van hier rond?" vra hy liewer. "Ek bedoel, voor die San die grond gekry het, het u hier naby gewoon?"

Sy glimlag styf en daar's twee fyn lyntjies om haar mond. Die res van die vel is glad, die kleur van ou perkament. "My stiefpa was 'n Baster van Namibië. Vandaar my agternaam, Wilpard. Maar my biologiese pa en my ma was van hier, vandaar my volle naam, !Kwabba-an. Die naam kom van 'n belangrike voorsaat. Maar almal noem my Antas – my kindernaam."

Beeslaar knik en vee sweet af. Twee minute uit die bakkie se lugverkoeling en hy sweet soos 'n perd.

Sy draai om en stap deur 'n klein portaal voor hom uit. Haar lang romp is van saggebreide leer en hang tot op haar enkels. Aan haar voete, merk hy, dra sy handgemaakte velskoentjies.

Binne is dit skemerdonker en lyk die plek eksoties en geheimsinnig: diervelle op die vloere en 'n aantal lewensgrote houtbeelde. Dit het menslike onderlywe, maar die koppe van diere: 'n bobbejaan, leeu en 'n buffelagtige ding met sekelhorings. In die middel van die vertrek is daar 'n lang, lae tafel met stapels boeke, kerse en kleiner ornamente. Hy kyk na die boeke, sien dis alles boeke oor die Boesmans, oor geskiedenis, kultuur, rotskuns. Daar's nog meer boeke in 'n boekrak teen een muur. Bo-op die rak is 'n aantal diereskedels uitgepak, grieselrige goed met hol oë wat in die skemer vertrek in staar.

"Ek het tee," sê sy terwyl hy rondkyk.

"Water. Dankie." Hy onthou te laat hoe sleg die Kalahari-water is. Jy kan leer daarin looi.

Die huis is koel binne en ruik na kruie en varsgesnyde rou aartappels. En iets donkerders … naeltjies. En houtrook.

Antas Wilpard bring 'n glasbeker met 'n teekleurige vloeistof in. Sy sit dit op die tafel neer en skink twee glase vol, gaan trek dan die swaar leergordyn voor 'n kleinerige venster oop. 'n Skag van lig, groen gefilter deur die bome buite, tuimel na binne en 'n oomblik lank lyk dit of alles in die vertrek effe skuif, wegdeins van die helder lig.

Wilpard, merk hy, lyk ook anders, meer in proporsie dalk, asof sy die ruimte vul, die geheel voltooi.

"U woon alleen?" vra hy om homself uit sy vergaping los te skud.

"'n Mens is nooit alleen nie, is jy? Jy's nooit die enigste wese op 'n plek nie. Daar's altyd diegene wat jou voorafgegaan het." Sy maak 'n vae gebaar in die lug.

"En hier woon nog mense?"

Sy gee vir hom 'n glas aan en hy neem 'n tentatiewe sluk. Dit smaak benoud, na sampioene. Hy hou dit vas, maar drink nie meer nie.

"Net ek en Son-Eib. Hy woon al 'n jaar of drie hier by my. Jy kan maar sê hy's soos 'n aanneemkind."

"Son-Eib? Is dit dieselfde persoon as Optel?"

Sy snuif liggies. Hy kan sien sy het 'n hekel in die naam. "Dis wat die mense hom noem, ja. Optel."

"Tot wanneer het Diekie by u gewerk?"

"Tot die aasvoël hier aangekom het."

"Aasvoël?"

"Die Duitser op Askham, wie anders? Hy maak 'n sogenaamde register van ons skaars medisyneplante. Óns kultuurgoedere. Vir hom is dit kammakastig 'n liefdestaak."

"Maar?"

"Groot geldmaaktaak, eerder." Sy haal die meerkatjie uit 'n sysak van haar romp te voorskyn, hou hom in haar een hand terwyl sy oor sy ruggie met die ander streel. "Daar sit miljarde dollars in die mark vir

230

kruiemedisyne. En mense soos hy buit goedgelowige Boesmans uit. En dit sal nie die eerste keer wees nie. Ons mense verskaf die kennis, die geleerdes en die vetkatte maak die geld. Die Boesmans sit met niks. Nee, ek glo soos die jagterstam. Ons moet ons self en ons goed weer terugvat. Ons moes nooit begin het om ons kennis te deel nie. Sodra mense sien ons is sagte mense, trap hulle ons."

"En u sê dit was Diekie se sonde? Hy het uitverkoop? Sou dit nie genoeg rede wees om hom uit die lewe te help nie?"

"Ai-ai, Kaptein. Jy's kwistig met die vinger wys. Is dit u manier om die polisie te beskerm? Ek kan u verseker, vir ons is elke Boesman se lewe kosbaar, al verskil ons sienings van mekaar. Daar's min genoeg van ons soort oor, die régte Boesmans, ons sal mekaar nie uitroei nie. Nee, ek het verlede Maandag na Diekie gesoek om hom nugter te hou, vir die vergadering die volgende dag. Ek maak 'n medisyne van kougoed – dis 'n kruid wat 'n mens se dranklus temper – en hy't belowe hy sal dit gebruik. Maar nou ja, toe sit hy vroegdag al aan die drank. En nou sit ou Diekie met sy gewete."

"Vir so ver 'n dooie man 'n gewete het."

Sy sit die meerkat weer terug in haar sak. "Dit pla hom. Hy het my sedertdien kom besoek, Kaptein, om te sê hy's jammer. Maar dis nou te laat. Die skade is klaar gedoen."

"E … seker, ja. Vir Diekie, altans." Hy voel 'n rilling teen sy lyf opkruip. Hy glo nie in spoke nie – het dalk te veel van sy eie. En die ware lewe is al angswekkend genoeg, jy't nie nog spoke nodig nie. "Wie volg nou vir Diekie op?"

"Ek sal, voorlopig. Ek het die bloedlyn en ek glo in ons saak, dat ons moet teruggaan na ons wortels, ons wegkeer van korrupsie en van geld."

"Maar eers wil u 'n klag lê teen Kappies de Vos."

"Kappies is juis die punt wat ons wil maak."

"Raait. En die man wat hom aangerand het, Coin Bloubees. Gaan u hom beskerm?"

Sy kyk skerp op na hom en haar vreemde, bleek oë glim. "Arme Coin. Ek probeer hom ook al vir jare op die *sceletium* hou … die kougoedkruie."

"Soort Anta-Booze?"

Sy glimlag. "Jy kan seker so sê."

"En Coin het nie dalk in die afgelope twee dae hier by u aangekom nie? Of dalk by u huurder?"

Sy betrag hom 'n paar sekondes lank. Dan neem sy die glas uit sy hand, sit dit terug op die skinkbord en loop agtertoe. "Kom," roep sy oor haar skouer, "dan kyk jy self of jy vir Coin gewaar."

Beeslaar gaan staan verbaas toe hy in die kombuis kom. Dit lyk soos 'n towenaar se werkswinkel.

Die reuk van rou aartappels en sampioene is hier byna oorweldigend. En daar's iets anders onderlangs, soeter – vrot vrugte dalk. Hy't dit onlangs geruik, maar hy onthou nie waar nie.

Daar's twee verweerde tafels wat toegepak staan van houers vol gedroogde bossies, worteltjies, takkies, skraapsels boombas en blare. Van die goed lyk soos dieremis. Teen die mure hang daar nog goed – trosse met knolletjies, gedroogde wortels en bondels groot blare.

Eenkant staan 'n outydse houtstoof met verskeie groottes potte bo-op, sommige wat staan en prut.

Antas sit die skinkbord op 'n rak langs 'n gasstoof neer. Daarnaas staan 'n gasyskas, die opwasbakke en dan die agterdeur.

Die werf, sien hy, het hoenderhokke en 'n lamlendige buitegeboutjie – dalk 'n puttoilet. Die res is sanderig en kaal, maar netjies platgehark. 'n Stokou, verweerde Jeep se neus steek onder die hangende takke van 'n digte peperboom uit.

Omtrent 'n 100 meter verder staan 'n eenvoudige klipgeboutjie. "En daardie huis?" vra hy.

Sy loop na buite en hy volg haar. "Soms is daar siek mense wat van ver kom en wat oorbly. Dis twee kamers. Die agterste is waar Optel bly."

"Die hulp. Lei u hom op?"

"Nee, Kaptein. Hy't nie my opleiding nodig nie."

"O, so hy's volleerd. Waar kom hy vandaan?"

Sy lag en skud haar kop. "Hy's 'n swerwer." Haar rok maak swiesj-geluide terwyl hulle oor die geharkte werf stap. Dis al die versiersels daarin wat so raas. In die loop vertel sy meer oor Optel. "Mense dink hy's vreemd. Vertraag, eintlik, want hy praat nie juis nie."

"Is hy dan stom of iets?"

"Nee, glad nie. Hy wil net nie. Maar hy's oulik, help oral uit. Soms is hy by Yskas en Hansie en help hulle met kurio's verf of krale ryg. Vroeër het hulle hom ook by die bosskool ingespan om die grasstrukture daar in stand te hou. Hy was 'n beter Boesman as almal van hulle saam. Maar die kinders het hom uitgewerk – omdat hy so anders is. Hulle lei hom 'n lewe. Spot en afknou, baie lelik. Arme ding, hy's eensaam en hy soek maar wat almal van ons soek, iets of iemand om aan te behoort."

"Sou hy weet waar Coin Bloubees wegkruip?"

Sy trek haar skouers op. "Moenie nou vir Optel ook bysleep nie, Kaptein. Hy hou hom eenkant."

Sy wys hom die voorste deel van die gebou, haar gastekamer, en dan vat sy hom agter om. Die deur het 'n traliehek voor met 'n groot slot daaraan. "Hy loop maar baie rond." Die venster, sien Beeslaar, het 'n velgordyn wat styf toegemaak is.

"Baie slotte," sê hy.

Sy glimlag en haal die meerkat uit 'n sak in haar velromp te voorskyn, soen hom liggies en druk hom teen haar nek aan. Die diertjie kreun-kreun en kruip by haar kraag in.

"Jy sal jou tyd mors met hom, Kaptein. Hy's maar sku vir die polisie. En as dit nog boonop 'n wit man is …"

"Waar was hy laas nag?"

"Waarskynlik maar in die veld." Sy wys na die rooi duine agter hulle. "Ek sien soms die gloed van sy vuur daar agter die duin. Soms hoor ek hom. Hy sing of speel op sy ghoera. Soms dans hy om sy vuur."

Hulle loop terug en Beeslaar kyk na die sidderende duine agter hulle. Hy't moeite met die prentjie van 'n jong man wat heelnag met homself dans en op 'n boogsnaar sit en tokkel. Wat sou hy speel? "Op my ou ramkiekie"? "Baby, light my fire"?

49

"Ek het slegte nuus," sê Koekoes Mentoor toe Beeslaar haar 'n rukkie later bel.

"Jy't nog steeds nie jou man opgespoor nie."

Lang sug oor die foonlyn. "Ja, dit ook. Maar intussen gaan Kappies de Vos dalk nie die einde van hierdie dag sien nie. Die Moegel het laat weet."

"Dis kak nuus, Mentoor, kak nuus. Jou saak raak nie makliker nie."

"Jy weet dan. En die generaal is nie bly nie. Hy soek nou net een ding en dis 'n resultaat, want daar's politieke druk van alle kante af."

"Jy sal hom kry."

"Nie as dit van die idiote by hierdie stasie afhang nie. Hoe vorder jy met jóú storie? Jy't maar ewe veel druk op jou, nie waar nie?"

"Presies. Maar ek bly vir jou soek, vra oral na Coin. Ons sal hom kry. Hy's maar net hier iewers."

"Tensy jou juffrou NGO hom weer weggesteek het."

"Ek het haar plek deursoek, maar hy's nie daar nie. Ook nie by die medisynevrou nie. Moenie worrie nie, Mentoor. Hy sal uitkom. Ek neem aan jy't niks daar by Askham rond gekry nie?"

"Sweet blue, behalwe dat ek my gat af gehardloop het agter die verkeerde idioot aan. Kaalvoet!"

Hy lag. "Moenie dat hulle jou onderkry nie, Mentoor."

"Man, ek is nie onder nie. En die spulletjie hier het hulle notice gekry: no more mister nice guy … missus nice madam, of wat ook al! Van nou af skop ek hulle gatte warm!"

Beeslaar bel die Moegel sodra Mentoor afgelui het.

"Ek luister," kom die kortaf groet.

"Diekie Grysbors is nie 'n onskuldige ou dronkie nie, Generaal. Sy medestamlede, die hoofman inkluis, was taamlik ongelukkig met hom en het hom as uitverkoper bestempel."

"Hoe ongelukkig?"

"Baie. Hy het glo Boesmangeheime verklap. En hy't dit vir geld gedoen. En die Boesmans is heilig oor hulle kultuurgoed, voel dit word uitgebuit."

"Hmm," brom Mogale. "En aan wie het hy die geheime verkoop? De Vos?"

Beeslaar vertel hom kortliks wat Antas gesê het oor die Duitser op Askham. "Ek dink eintlik indien Grysbors regtig uit die lewe gehelp is, is daar dalk meer rolspelers hier. Mevrou Wilpard, die medisynevrou, volg nou vir Diekie op as leier van die een faksie. Dalk was sy dood voordelig vir haar."

"Ek gaan meer as spekulasie nodig hê, man. So steek jou hande uit jou moue. En hou my op hoogte," sê Mogale uiteindelik en sit die foon neer.

By die lodge is dit skielik besig.

In die ontvangsportaal is Beulah agter die toonbank, besig om te luister na twee mans in glimmende baadjiepakke, donkerbrille en skerppuntskoene.

"Kaptein Beeslaar!" roep sy toe sy hom gewaar. "Dié twee here hier wil hê ek moet my gaste uitgooi."

Beeslaar staan nader.

Een van die twee mans draai skuins om na hom. "This is not your business, okay?" Hy't 'n ken soos 'n padroller en 'n plat neus met wye neusvleuels. Wanneer hy praat, beweeg hulle.

Beulah lyk diep verontwaardig. "Hulle sê die hele lodge is van vanaand af toe. Dis mos nie reg nie!"

"Dit is private eiendom hierdie, dan nie?" vra Beeslaar.

"Sir, please, stay out of it."

"I'm afraid I'm in it. I'm a paying guest."

Die man trek sy skouers agtertoe, lig sy ken en spreek Beeslaar in goeie Afrikaans toe: "Hierdie saak, kaptein Beeslaar, is bietjie ver bo jou rang, oukei?"

Beeslaar voel sy wange brand. Sekurokrate. Maak nie saak wie die politieke base is nie, die knegte word met die hand uitgesoek. Uit doosland uit.

"Van rang gepraat, wat daarvan jy vertel vir ons wat aangaan?"

"Nasionale veiligheid. Ons hoef jou niks te vertel nie. So, as jy ons nou sal verskoon." Die prater draai weer terug na Beulah, maar sy kollega bly na Beeslaar staar. Hy't 'n dik nek en 'n kop so kaal soos 'n kalbas.

"Mevrou, ons sal 'n grondplan van die geboue nodig hê, plus al die kamers sodra hulle ontruim is. En dit geld die kroeg en restaurant ook, nè? O, en aandete vir tien."

"Waar moet ek 'n grondplan uitkrap? Die eienaar is nie hier nie. En daar is net vier rondawels oop. Maar … e … daar is nog kampplekke. Heelwat, selfs."

Die man skud sy kop. "Ons kamp nie. En ek het slaapplek vir tien mense nodig. En ek sal 'n lys van al die personeellede nodig hê en …"

Hy word onderbreek deur 'n luide stem by die voordeur: "Middagsê, middagsê!" Dis die man wat vroeër met Silwer Bladbeen gepraat het, met die bossiebaard en die patat vir 'n neus. Lyk of hy klaar sy eerste hap weg het.

"Hang aan, Org," roep Beulah benoud.

Maar Botha laat hom nie koudsit nie. "Wat gaan hier by julle aan? Kermis, lyk dit." Hy wys met sy duim oor sy skouer waar etlike mense agter hom verskyn het. Nóg manne met skerppuntskoene en donkerbrille. Dit lyk kompleet soos 'n *Men in Black*-saamtrek.

Behalwe vir sersante Ghaap en Pyl wat ook probeer om in te kom. Hulle is albei so lank soos hemelbesems, troon bo die koppe van die veiligheidsmanne uit.

"Menere," roep die kennebak van die ontvangstoonbank af, "wag buite op die stoep, asseblief." Hy't 'n harde stem, gewoond aan bevele gee.

"Ek sal wag waar ek wil," sê Org. "Verkieslik in die kroeg, reg onder die aircon."

Hy het egter skaars in die rigting van die kroeg gedraai of een van die groep blinkpakke tree vorentoe, vinnig en rats, en blokkeer hom.

"Hei," roep Org. "Wie de hel dink jy is jy? Dis nie Luthuli-huis hierdie nie!" Hy lig sy hande om die ou op 'n afstand te hou, maar 'n ander een gryp hom en pluk sy arms styf agter sy rug in.

Org se gesig vertrek van die pyn. Een van sy hemp se knope het losgespring en ontbloot 'n deel van sy maag, krullerige swart penshare wat uitpeul.

"Leave him," sê Beeslaar bedaard. "We'll have our beer outside. Vier koues, Beulah!" Hy vat die omgekrapte Org aan die skouer en lei hom na buite. "Kom saam," sê hy vir 'n oorblufte Ghaap en Pyl. "And you," sê hy vir die kennebak, "you too."

Tot sy verbasing kom laasgenoemde saam buite toe.

Hulle loop 'n paar treë met die stoep af in die rigting van die voëlhokke. "My naam is Beeslaar," sê hy vir die veiligheidsagent. "Ek is hier op bevel van die Upington-cluster-hoof, generaal Mogale. Hierdie is my twee kollegas, sersante Ghaap en Pyl en dié is Org …"

Die agent knik net. "Generáál Mogale, sê jy?"

"Ek sê mos," antwoord Beeslaar.

"O … e … Doman," sê die agent. "Luitenant Romeo Doman, Staatsveiligheid. Ons het miskien op die verkeerde voet begin, maar …"

Beeslaar beduie vir sy kollegas en Botha om solank 'n tafel te kies en te gaan sit. Hy bly by Doman staan.

"Ons is net die skoonmakers," verduidelik Doman. "Ons kom die area beveilig, die res word deur die ouens boontoe op gehanteer."

"Bietjie advies, my vriend. Vertel vir die mense waaroor dit gaan. Kry hulle aan jou kant – dan werk almal lekker saam. Wie presies is dit wat jy kom beveilig?"

"Dis geklassifiseer."

"Raait, maar onthou, moenie onnodig vyande maak nie, Luitenant. Ons weet klaar dis die groot honne wat kom, Saterdag. Wees nice."

Doman knik, maar sy baksteenken bly onwrikbaar.

"Nou ja," sê Beeslaar, "nes jy wil. Ek en my manne gaan nou 'n bier drink en ons soek met liefde en graagte vir ons 'n ander blyplek. Dan kan jy na hartelus jou gewig rondgooi. Maar kry die tannies hier aan jou kant. Gaan jou lewe baie makliker maak."

By hulle tafeltjie aangekom, sit Pyl en Botha soos ou vriende en klets. Ghaap praat nie saam nie, sy oë is op Beeslaar gerig.

Beulah bring 'n skinkbord met vier glase en bier, maar Pyl weier syne, vra vir 'n Creme Soda.

"Hel, kêrel," roep Botha, "jy gaan toeslik soos 'n visdam vol parra-slym!"

Sy diepswart hare is vaal van die stof en sweet, met 'n permanente ring waar die hoedrand gewoonlik druk. Hy krap aanhoudend in sy baard en Beeslaar wonder met 'n rilling of daar lewendehawe in die nesterigheid bly.

"Creme Soda met roomys," korrigeer Pyl sy bestelling. Beulah be-loon hom met 'n glimlag en buk om sy bier weg te neem, maar Botha gryp dit net betyds onder haar hande uit. "Ons mors nie met kosbare vog in 'n droogtegeteisterde gebied nie," sê hy gemaak kwaai en neem 'n diep sluk, breek 'n wind agter sy vuis op.

Beeslaar slaan 'n swaar hand op Ghaap se skouer: "Goed gery, sersant Ghaap?"

Ghaap skuif ongemaklik onder sy hand.

"Geen teëspoed nie? Pap wiele of so nie?"

Pyl en Ghaap kyk vir mekaar. Die twee het in dieselfde buurt groot-geword, maar verskil soos dag en nag in hulle samestelling: Ghaap is donker van gelaat met 'n boksersneus en moerige kyk. Pyl, darenteen, het 'n karamelkleur seunsgesig met ronde appelwangetjies – vandaar sy bynaam, Ballies. Die wange is min of meer al rondigheid aan hom, want sy lyf is naalddun en knopperig.

"Kaptein," sê Ballies, "ons was by die apteek, Kaptein, en ons het ..."

"Mooi, sersant Pyl. Julle is twee gawe outjies. Maar ons gesels later daaroor." Hy gaan sit.

"En wat het daai mannetjie vir homself te sê?" vra Org. "Ons word almal hier uitgeskop want die een of ander spekvreter kom hiernatoe. Vorige keer was dit vir 'n gratis jag. Hierdie keer is dit presente uitdeel en stemme werf."

Beeslaar haal sy skouers op. "Dis nie dié outjies nie, onthou. Hulle doen maar net hulle werk."

"Se gat." Hy vat 'n sluk bier en steek 'n sigaret aan. Ghaap kyk met verlangende oë na die sigaret. Hy wil ophou – vir die gunste van 'n vrou.

"Politici," sê die baardman deur die rook, "kom net hiernatoe as hulle kan score. Onlangs was dit die nuwe jagplaas hier anderkant. Vir ryk Amerikaners. Die minister is glo hier weg met vier koedoebulle."

"Lewendig?" Pyl, met ronde oë.

"Dis 'n jágplaas, Gerschwin," sê Ghaap. Hy het klaar weer begin ontspan, sien Beeslaar, sit-lê op die outydse draadstoel en lyk effe soos 'n kriek wat Doom gekry het.

"Vorige keer dat hier 'n president was, was toe al die plase aan die Boesmans gegee is. Dalk is dit nou weer tyd vir die president."

"Boer Meneer dan ook?"

"Nee, jong. Deesdae werk ek vir 'n salaris op Wolfsnoet, dis 'n jagplaas aan die Botswana-kant van die grens. My eie grond is onder my gat uit vir dié klomp hier gegee. Ek was een van die eerste ouens wat onteien is vir hierdie Boesmanplek." Hy wys met die sigarethand na die ooptes rondom die lodge.

"Hoeveel plase was daar?"

"Agt, oorspronklik."

"En hoeveel daarvan was joune?"

"Tóé nog net die een. Vier geslagte lank in my familie. My grootoupa was die eerste intrekker hier en hy't self die grond gekom afmeet, die plaas uit niks uit opgebou. En ek het hom die laaste 15 jaar geboer."

"Jis," sê Pyl grootoog, "dit moes taf gewees het."

"Toe ek hoor die ding kom, was ek soos 'n afkophoender, man. Jy weet nie watter kant toe nie. Want dis nie 'n oornagding nie. Eers is dit gerugte en dan begin die onderhandelings. Intussen vreet die onse-kerheid jou. Jy kan niks beplan nie, want jy weet nie of jy môre nog 'n besigheid gaan hê nie. So, alles staan stil. En die staat betaal maar sowat 'n derde van jou grond se waarde, met diere en al."

"Maar Meneer het nog iets gekry, darem?"

"Iets, my vriend. Net iets. Maar dis seker nog beter as niks. Want as die nuwe wette deurgaan, kan hulle jou sonder 'n sent afskop." Hy vat 'n lang sluk van sy bier, sit die glas halfleeg terug, breek nog 'n wind op. "Nee, is so. Ek was seker gelukkig, as jy dit so bekyk."

Pyl skud sy kop meewarig.

"Maar gelukkig," sê Botha filosofies, "as ek eers 'n ding agtergelaat het, dan bekommer ek my nie meer nie. Jy beweeg aan. Maar soms is dit moeilik. Ek het die grond vol wild gelos, maar na die eerste winter was alles weg. Van die plaas self is daar niks oor nie. Ja, dis nou maar soos dit is."

Hy tik die sigaretas af en neem 'n sluk bier, kleiner dié keer. "En dis nou tipies politici, nè? Die oomblik dat die grond oorhandig is en die kameras weg en die rooi tapyte is opgerol, verdwyn die politici ook. G'n opleiding vir die arme donners wat nou skielik die grond moet boer nie, niks. G'n ondersteuning. Die landboudepartement sou kammakastig die mense kom leer boer, maar ag, dit was 'n grap. Aanvanklik het ek nog gehelp, maar wat. Jy kan nie 'n mens oornag leer boer nie. Dit vat jarre. Geslagte, dalk."

Hy trek diep aan die sigaret en blaas die rook stadig uit. "Maar dis die politici. Húlle het hierdie mense gedrop. Die dag toe die prez in sy Merc vertrek … ag, dis maar 'n fokken sêd storie. En nou's alles weg. Dit wat nie opgevreet is nie, is as skroot verkoop. Pompe, pype, heinings, you name it. En die arme fokkers is nog net so arm soos hulle was."

Pyl se Creme Soda float word voor hom neergesit deur 'n bloedjong meisie met 'n wipneus en 'n tiental bokstertjies in haar hare, elk met 'n ander kleur rekkie vasgemaak.

Botha wys sy moenie loop nie.

"Hennetjie, loop sê vir jou ma om vir ons tjips te maak. Die dors maak ons honger."

"Ja, Oom. Vier tjipse vir die oomse," sê die meisie en warrel vrolik weg.

"Gaan Meneer tuis hier?" wil Pyl weet. Daar's 'n wit streep roomys op sy bolip. Dit sit in die snor wat hy probeer kweek, sien Beeslaar ge-amuseerd.

"Ja," sê Botha, "maar net vir die nag. Ek moet môre gou hier deur om vir die park 'n leeu te gaan pyl. Hy't uitgebreek en ons moet hom opspoor en hom pyl."

Beeslaar onthou van die leeuspoor in die duine by De Vos se bloed-kol. "Sal 'n los leeu soos daai tot hier kom?"

"Nie sommer nie. Maar as hy honger genoeg is, wie weet. Hoekom vra jy?"

"Waar's die een wat jy môre doen?"

"Hy's op 'n beesplaas, maar dis 'n hele ent hiervandaan. 'n Los leeu is 'n etterse ding. Skelm. Nou se tyd dat 'n mens 'n ou suiplap soos Diekie Grysbors mis. Maar ons sal seker môre die park se vliegtuigie kry om te soek."

Beeslaar se foon piep – 'n SMS. Sy hart spring toe hy sien van wie dit is. Daar's geen teks nie, net 'n foto wat 'n ewigheid neem om af te laai. Hy staan op en loop 'n paar treë weg van die tafel. Dan is die foto daar: 'n pienk klein poffertjie met 'n gestrikte bandjie om die kop. Sy kyk met 'n effens verblufte frons na die kamera.

Vir 'n hele ruk kyk hy na die foto. Dit maak 'n onbekende verlange los – 'n diep hunkering na iets heilsaams, 'n plek waar jy tuis voel, kan voel jy behoort aan iets goeds. Enige plek. Solank dit naby hierdie klein mensie is.

Hy loop met die stoeptrap af en stap 'n ent in die lodge se tuin in, kyk na die sonverbrande duine in die verte. Agter hom hoor hy sy twee kollegas lag oor iets wat Org Botha kwytraak. Aan die kant van die lodge sien hy 'n aantal swart minibusse met getinte ruite geparkeer staan. Sal Doman se stoet wees. Voor die einde van hierdie week, weet hy, gaan hierdie plek krioel van die veiligheidskêrels.

Hy vis die papiertjie uit waarop Boy Wannenburg sy foonnommer neergeskryf het. Toe die man self antwoord, vra hy of die aanbod van 'n plek om te bly nog staan. En of dit orraait sal wees as hy twee kollegas saamsleep.

50 Die eland en die skoen

En Seko vertel vir sy sustertjie die springbokkie die geboorte van die maan:

|Kaggen het die skoen van sy skoonseun |Kwammang-a, wat in die reënboog bly, opgetel.

Dis die skoen wat |Kwammang-a weggegooi het.

|Kaggen het die skoen opgetel

en dit in die koel waters van die waterkuil gaan inlê.

Mooi het hy dit daar tussen die riete geweek tot dit sag was.

En vet en styf van die water geswel het.

En daar het 'n eland uit gegroei.

|Kaggen het die eland se spoor by die water opgemerk. En hy was bly.

En hy het gesing.

Die lied het sy tong liefderik laat tril: "Kwa:mma-kau-kau !kuken !khwirri."

En die eland loop na sy vader toe, wat hom met liewe-mooi oë aai en hom

met heuning uit sy knapsak smeer.

Maar |Kwammang-a se seun, die muishond, sien die verlieflikte eland.

En vertel vir sy vader van hom.

En |Kwammang-a het die eland doodgemaak en in stukke opgekap.

Toe |Kaggen dit sien, het hy verdriet gekry.

Getreur vir die pynvolle skade.
Hy het die galblaas van die eland stukkend gesteek.
En dit oor sy huilende hoof
uitgegiet.
Blind het hy 'n volstruisveer uit die lug gegryp
om sy oë mee uit te vee.
En hy gooi die veer op, op in die lug in op.
En hy sê vir die veer: "Daar bly jy nou.
Daar in die hemelse lug.
En voortaan is jy die maan
sodat jy lig vir die mense sal maak."

En Seko wag vir die maan wat hom die pad sal wys.
Vir hom en sy mense om terug te gaan.
Terug na hulle hiervandaan.

51

Kolonel Koekoes Mentoor lyk klein en amper verlore agter haar tafellessenaar toe Beeslaar 'n halfuur later, net na twee-uur die middag, met Pyl en Ghaap aan sy sy daar opdaag.

Haar een been is onder haar sitvlak ingevou en sy staar na haar skootrekenaar.

"A, die beroemde Drie van Douglas," sê sy geblus.

"Ons is nie van Douglas nie, Kolonel," help Pyl haar kordaat reg, "ons is twee dorpe nader."

"Oeps," sê sy met plat oë en wend haar tot Beeslaar. "Nuus? Het jy iets bruikbaars?"

"Dalk nie waarvan jy sal hou nie. Ek het pas in 'n hele peloton van die ssa vasgeloop. Hulle het die lodge beset en die res van ons moet skoert."

Sy rol haar oë. "Asof ons nou tekort aan k-a-k het."

Beeslaar trek vir hom 'n stoel uit. Hy moet van sy seer voete af klim.

"Ek en dié twee het plek op 'n boer se plaas gekry. Maar jy sal tien teen een na een van die ander gastehuise geskuif word."

"Dit sal die blerrie dag wees." Sy stoot haar kennetjie parmantig uit en vee 'n paar keer oor haar hare. Die fyn donserige krulle spring dadelik weer orent, wieg soos distels in die droë, statiese lug.

"Sjit," sê sy dan, "en tussendeur het ons regte werk wat gedoen moet word. En ons het niks!" Sy wip uit haar stoel en stap na die blaaibord. Sy moet op die punte van haar tone staan om die boonste vel papier oor die esel gelig te kry. Pyl staan hulpvaardig nader, maar sy stop hom in sy spore met 'n harde blik. "Gaan sit en let op, Sersant."

Die blad wat sy oopblaai, wys weer die rowwe, handgetekende kaart van die duinegebied wat sy saam met Beeslaar geteken het. Die boskamp waar Coin Bloubees die nag geskuil het, is aangedui, plus die lodge, die groter gemeenskappie van Louisvale en die kolletjies huisies van Bondelgooi. 'n Hele ent ondertoe is die polisiestasie en verder suid is Askham.

"Reg," sê sy en tel 'n blou merkerpen op, "kom ons begin weer van voor. Ons weet nou Bloubees het gisteraand van hier af gekom." Sy wys na Louisvale boaan die kaart. "En hiér het De Vos se Cruiser vasgeval. Beeslaar kom hier …" sy maak 'n merk, "… van die lodge se kant af. En daar het julle vir Kappies … e … De Vos gekry." Sy trek 'n woedende kring om die plek. "Oukei?"

"So far, so good," bevestig Beeslaar.

Ghaap sê: "Um, so …" Hy leun teen een van die hoeke van die tafel aan. "So, die aanvaller kon ook iemand anders gewees het? Die plek is naby genoeg aan die teerpad? Enigiemand kon mos daar inge—"

"Man, waar val jy nou uit? Ons weet blerrie goed wie die aanvaller was!" Mentoor se donsies bewe van die irritasie. "Wat ek sê, Sersant, is dat dít die situasie verlede nag was. Maar nou moet ons terugwerk van hiér af." Sy haal 'n rooi pen uit en teken 'n klomp pyle rondom Witdraai wat in alle rigtings uitskiet.

Beeslaar staan op en kom staan by die bord. "Ons was oral, Kolonel. Hier het ek by almal gevra – die smouse, die juffrou in die skoolbus en heeltemal noordwes, by die medisynevrou." Hy druk met sy vinger op die juiste plekke. "En jy sê jy was rondom Askham, hier, en jou mense oor die res van die gebied. Het ons iets misgekyk? Die kampplek?"

Hy kry 'n moordende kyk vir 'n antwoord.

"Sorrie, natuurlik het jy daar gesoek. Nou goed," sê hy bedaard, "dalk het hy 'n lift gekry Upington toe. Mier, die park. Hy kan oral wees."

"En nêrens nie," las Ghaap aan. "Maar die leë kolle op die kaart, neem ek aan, is wat – leeg?" Toe niemand antwoord nie, gaan hy voort. "Ek meen, die afstande is nogal groot. Agt kilo's van hier af Louisvale toe.

En die boskamp en die res is ook nogal ver." Hy praat stadig en afgemete soos gewoonlik, maar in die opgetensde nabyheid van Mentoor klink dit apaties, selfs effe beterweterig. "As 'n man hier wil wegraak …"

"Dánkie, Sersant!" sê Koekoes met 'n ongeduldige snuif. "Dis fokken taamlik obvious."

"Ek bedoel maar," hou Ghaap vol, "as hy boonop 'n spoorsnyer is en hy ken die wêreld hier so 'n bietjie, is daar vir hom meer as genoeg … Dis te sê as die leeu hom nie gryp nie."

Mentoor plak die pen vererg neer. "Heretjie, man, daar's nie nou tyd vir nonsens nie! Ons het werk om te doen, gewone, regte, goeie polisie-werk. Kom by!"

Ghaap sluk en maak sy rug reguit. 'n Oomblik lank sê niemand iets nie. Beeslaar gaan sit maar weer. "Oukei, Kolonel," sê hy kalm, "ons drie sal flat out gaan. You name it, we do it. Maar ou Ghaap het 'n punt. Blou-bees is nie exactly Usain Bolt nie. En hy lyk ook nie vir my of hy ure in die gim deurbring nie."

Pyl steek versigtig sy hand op. "Maar 'n Boesman is mos bekend daarvoor dat hy dae agter 'n gekweste bok aan kan hardloop. En lank sonder water kan klaarkom. Hulle kou die een of ander bossie, dan word hulle nie dors nie en dan grawe hulle vir volstruiseiers met water in of hulle eet 'n tsamma …" Hy raak stil toe hy almal se geïrriteerde kyke merk. "Sê maar net," mompel hy en kyk weg.

Koekoes se foon lui en sy gryp daarna. "Die Moegel," sê sy vir Bees-laar voor sy antwoord.

Beeslaar kan Mogale se lae geroffel dofweg hoor. Klink nie goed nie. En aan Mentoor se gesig kan hy dit sien: sy het 'n wit ring om haar mond en sy staar met ronde oë na 'n kakhuis probleem wat skielik op haar afpyl.

"Reg, Generaal," sê sy oplaas en beëindig die oproep.

Sy bly 'n oomblik na die foon in haar hand staar. Dan kyk sy op na Beeslaar. "Kappies de Vos," prewel sy, "is pas oorlede."

52

Oom Dirkie moes toe eers nóg 'n draai ry om "ietsietjie" af te laai.

Kytie het sommer geweet die "ietsietjie" kom uit daardie slope. En dit wás ook so. Die eerste aflewering was by 'n man met donkies langs die teerpad. Kytie se senuweeste was klaar en naderhand smaak dit vir haar sy sit op warme kole. As die polieste nóú vir hulle moes vang, het hulle die sleutel weggegooi. Vir goeds.

Ná die donkieman was dit weer by mense in die rigting van die Kgalagadi-park en daarna by 'n ouma in 'n sinkietjie in die duine, wat vir oom Dirkie 'n bondeltjie note in ruil vir die ander sloop gegee het. En 'n bottel water.

Op pad terug het Kytie se hart amper wéér gaan staan. Sy het 'n swart kar van voor af sien kom, 'n groot ding soos die een wat die vorige middag by die gastehuis voor kamer 9 gestop het.

Jirrietjie, dit kan mos nie wees nie. Maar die twee mans binne-in het gelyk of dit dieselfde twee kan wees.

Kytie het haar kopdoek laag oor haar gesig getrek en haar kop laat sak. Sy het besef sy's laf. Hulle weet mos nie van haar nie. Maar mens weet nooit nie.

Dit is al ver verby twee-uur toe hulle uiteindelik rigting kry na die Antas-vrou se plek. Die oom ry verby die skoolbusjuffrou se plek en verby die paar huisies van Louisvale. Toe hulle die sand tref, stop hy.

"Hiervanaf raak die sand te diep, my suster," sê hy, "maar dis nie meer alte ver nie. Jy druk nou net deur vorentoe. Daar's 'n boom

247

net oor die volgende duin, julle kan bietjie in die skaduwee sit daar."

Die son brand verdoods, maak nie uit dat hy al sy middagdraai gevat het nie. Kytie swaai haar sak oor haar rug en tel die kind op, begin oor die duin aanstryk. Sy's deurnat teen die tyd dat sy die boom bereik en in die koelte neersak.

Sy knoop haar kopdoek los en vee haar gesig af. Sommer die kind s'n ook. Dan haal sy die bottel water uit wat die ou vrou vir oom Dirkie saam-gegee het, neem self 'n sluk en hou dit dan vir die kind om te drink.

"Ts'gô," sê die klein meisietjie toe sy klaar gedrink het. Kytie vee haar duim oor die nat bolippie. Dit blink met 'n mengsel van water en sweet en die letsels oor haar wenkbrou en oog blom rooi van die hitte.

"Wat praat jy tog alles, kind?" Sy streel versigtig oor die merke en die kind glimlag. Sy het kuiltjies, sien Kytie verbaas. Dis die eerste keer dat sy dit sien. Jirre, wie slaan 'n kind wat só kostelik kan glimlag?

Die kind tel 'n droë takkie op en begin prentjies in die sand maak en Kytie leun teen die boom en maak haar oë toe. In die digte stilte van die hittige veld kan sy fyn kraak- en kriewelgeluidjies in die boom se bas hoor. Dit sal insekte wees, weet sy. Kewertjies wat kom eiertjies lê, ander wat in die barste rondskarrel agter die houtluise aan. Dis 'n volkome wêreld – net so vol dramas en sorge soos die een waarin sy beweeg. En hartseer? Kan dit ook hartseer raak, daar tussen die kewerkinders en die luise? God alleen sal dit seker weet.

Sy moet weggedommel het, want sy ruk wakker uit 'n droom toe die kind 'n geluid maak.

Sy staan halfpad teen 'n hoë duin uit en kyk na 'n figuur wat bo-op die kruin hurk. Roerloos.

Dis 'n man, sien Kytie. Maar hy't 'n dierekop. Ore. Tande.

Hy sit bewegingloos, kyk stip na die kind.

Kytie knip haar oë om seker te maak sy's wakker. Stomgeslaan kyk sy hoe die vreemde wese stadig 'n groot boog lig en afgemete 'n pyl in die boog vasvat – sonder om vir een sekonde sy oë van die kind af te haal. Kytie wil skree, maar haar keel is toegetrek, haar stem wil nie vat kry nie.

Die man trek die snaar styf. Dan sak die boog, die punt van die pyl loodreg op die kind gerig.

Kytie kry skielik weer haar hartklop terug. Sy skree en vlieg op. Hardloop so vinnig soos haar bene haar kan dra. "Tienraaaaand! Tienraaaand!"

Sy is skaars bewus van haar kopdoek wat van haar hare af vlieg. "Tienraaaaand!"

Deur haar trane en skrik sien sy die klein meisietjie verbaas omkyk. Dan weer terug na die half-man-half-dier bo-op die duin. Sy staan roerloos, haar handjies losweg langs haar sye.

Kytie sien hoe die pyl die boog verlaat. Sy sien die trilling van die vrygelate snaar.

En die kind wat haar handjies in die lug gooi, haar knieë wat knak en slap onder haar invou.

Kytie gil. Weer en weer. Storm vorentoe deur die warm sand. "Tienrand! Kytie kom!"

Dan is sy by haar en sy val op haar knieë neer. Die kind se oë is oop en sy haal asem. Sy leef, Goddank. Kytie voel koorsagtig oor haar hele lyfie, soek die pyl om dit uit te trek. Maar daar ís geen pyl nie. Bliksem het misgeskiet.

Daar's nêrens bloed nie.

"Hei-hei, kinnie-lief, hei. Kytie is hier," paai sy en trek haar teen haar vas. "Kytie is hier. Kytie sal na jou kyk."

Die kleintjie beur steunend uit die omhelsing weg.

Kytie raap haar terug, maar sy woel om los te kom.

Kytie lig haar kop, sien die dierding is weg. Skielik en stil-stil het hy verdwyn. "Hei!" skree Kytie vir die leë duin. "Bliksem! Is jy fokken mál?"

Doodse stilte. Net haar eie asem wat hyg soos 'n masjien.

Toe sien sy 'n beweging skuins bokant hulle teen die duin – 'n lang, geel slang wat krul en wriemel om los te kom van die pyl wat sy liggaam deurboor.

Kytie en die kind kyk roerloos toe. Tot die slang se liggaam stilraak. En die lewe hom verlaat.

53

Die nuus oor De Vos wat sy stryd verloor het, hang in die doodse, warm lug tussen hulle.

Mentoor, kan Beeslaar sien, vat dit dalk die swaarste. Hangskouers en oë klam. Sy sluk en staar deur die glasafskeiding na De Vos se kantoor. Dan staan sy op en gaan in die kantoor in, laat sak die hortjiesblindings en kom weer terug, die deur ferm agter haar toegetrek. Sy staan 'n oomblik met haar hand nog op die handvatsel.

Dan haal sy diep asem, trek haar skouers terug en stap met nuwe vasberadenheid terug na haar lessenaar. Daar brand 'n harde lig in haar oë – iets tussen angs en verbetenheid.

"Jou prioriteite, kaptein Beeslaar, het nou verander," sê sy.

"My prioriteite het hulle gat gesien. Punt."

"Ons fokus nou net op Coin Bloubees. Ons kry hom, maak nie saak hoe nie."

"Ek stem," sê Beeslaar. "Miskien moet ons ook agtergrond probeer kry – van Coin se kom en gaan die laaste tyd. En De Vos s'n ook."

"Dis nie nou waaroor dit gaan nie."

"Die agtergrond kan help."

"En dit kan ook help," sê sy met 'n koel glimlaggie, "as ons net gewoon na Bloubees soek."

Hulle staar na mekaar en Beeslaar besluit om vir eers liewer nie ballas te meet nie. Die terriër is in hierdie klein mensie wakker gemaak en sy soek nou net aksie en resultate. En dalk iets om haar woede op te rig.

"Kyk," sê hy bedaard, "ek dink ons moet minstens probeer kyk na hóékom Coin gister so moordlustig was. Hy's 'n bang haas in murg en been. Hardloop sy gat af as iemand net nies in sy rigting. Hoekom het hy gister skierlik so aggressief geword?"

Sy blaas ongeduldig, gebruik haar onderlip om die hare oor haar voorkop weg te blaas. "Ek persoonlik sal die hoekoms liewer vir die regter los om uit te figure. Dink jy nie? Jy het tog self al 'n ou genail wat hoog en laag sweer hy weet nie wát oor hom gekom het nie."

Beeslaar knik inskiklik. "Al wat ek sê, Kolonel, is dat daar op die oomblik baie battles hier onder die mense gefight word. Politieke battles. Geld-battles. En ons weet eintlik nie of Bloubees betrokke was in een van daardie battles nie. Óf De Vos, for that matter nie. Dalk help dit om te weet waarmee ons te doen het, dat ons meer effektief kan soek?"

Sy sit haar hande in haar sye en staar vir 'n ruk lank na haar voete. Toe sy opkyk, is daar 'n kil glimlag om haar mond. "Kaptein Beeslaar, kom ons verstaan mekaar nou mooi," sê sy en haar stem styg 'n paar toonhoogtes, "sommer nou, hier reg van die begin af. Hierdie ding is eintlik heel straightforward. Ék soek 'n cop killer. Dis al waaroor dit nou vir my gaan. So, ek gaan nou rank pull, oukei, Kaptein? Dan hou ons op redekawel en slim vrae stel en ons raak prakties, dan vat jy een van jou twee sersante saam met jou en julle loop op die voetpad af van hier af Louisvale toe en julle keer elke klip en bossie om. Tot julle hom kry."

Sy gryp 'n kokipen en gaan trek 'n lang rooi streep op die kaart om haar opdrag sigbaar te maak. "Tussen hier en hiér. Alles, oukei?"

"Maar …," waag Ghaap, "daai stuk is sekerlik al gedoen?"

Mentoor se oë flikker. "Dis soos ek sê, ons begin van voor af. Dis 'n opdrag."

Sy wag tot Beeslaar en Ghaap opgestaan het, dan sê sy vir Pyl: "En jy, sersant Watsenaam, jy bly hier en sit vir ons die papierwerk aan die gang."

"Pyl," hoor Beeslaar toe hy en Ghaap al oor die sementvierkant loop, "Gerschwin Pyl, maar die mense noem my Bal—"

"Ja, dánkie, Sersant!"

Beeslaar is eintlik verlig om uit die kantoor te kom, ofskoon dit op seer voete is.

Hy stap eers haastig na sy bakkie toe, kry 'n hoed en twee bottels water.

Ghaap staan hande in die sye en wag, loer bekommerd na Beeslaar se gestewelde voete.

"Gaan Kaptein oukei wees met die stappery? Lyk my 'n moerse ent en … e … Ek is regtig jammer oor die jack en so …"

"Nie nou nie, Ghaap," sê hy. "Ons kry eers vir Coin Bloubees. Dan kan ek jou op my tyd donner agterna."

"Met jou splinternuwe jack," sê Ghaap en glimlag verlig toe Beeslaar vir hom 'n bottel water aangee.

Hulle sit die tog in op 'n drafstap. Beeslaar besluit die beste taktiek met die hitte is om dit te ignoreer. Dink aan ander dinge – soos aan watter faksie Bloubees behoort. As hy reg onthou, is hy jagterstam, een van die medisynevrou se mense. Hy dink aan sy gesprek met Antas Wilpard, die ding wat sy gesê het oor De Vos wat vir Diekie Grysbors verneuk het. Verneuk het uit wat uit? Sou dit die rede wees hoekom Diekie sy kindervriend, Boy Wannenburg, gebel het? Wou hy by Wannenburg kla?

En watse geld het Diekie kort voor sy dood gehad? Iemand het gesê hy was skielik ryk – Jannas? As die jagterstam regtig so asketies wil leef soos Antas beweer, hoekom bodder met iemand soos Diekie vir 'n leier?

Hulle vind die voetpad wat 'n ent weg van die stasie se groothek begin en volg dit deur 'n groot stuk droë boesmangras met hier en daar 'n kriebos of yl besembossie. Elders is daar klompies saamgekoekte sekelbosse of jong doringbome. Vir die res is dit gras en sand.

Die voetpad is verlate, maar aan die rommel is dit duidelik dat daar normaalweg meer voetverkeer is.

Die eerste woning wat hulle sien, is 'n aanmekaargelapte sinkboksie onder 'n doringboom. Een van die takke het afgebreek en op die huisie ingeval. Dit lyk nou soos 'n natgereënde kartondoos. Ghaap stap haastig om die huis terwyl Beeslaar 'n deur oopdwing en na binne loer. Leeg.

'n Halfuur later kry hulle weer tekens van lewe: sinkhuisies en hutte onder bome. 'n Swetterjoel honde storm op hulle af, maar Ghaap buk vir 'n klip en die honde spat uitmekaar.

'n Groepie mense wat buite onder die bome sit, skud almal kop op die vraag. "Nie met 'n oog nie, Meneer," sê een van die ouer mans vir Beeslaar.

Ghaap skryf die man se naam neer voor hulle hul tog hervat.

'n Volgende huis sit teenaan die voetpad.

'n Kleuter met 'n elfgesiggie staan in die oop voordeur. Hy't net 'n doek aan wat besig is om uit sy speld te glip en met 'n lang, nat punt teen die kind se been kleef.

Beeslaar klop versigtig, glimlag vir die kind en klop weer, harder.

Die kleuter gee 'n tree na Beeslaar toe, maar verloor sy balans en gaan sit. Beeslaar kry die benoude reuk van 'n vuil doek en sy hart krimp. Hy verlang, besef hy. Hy wil by sy mense wees. Dis 'n verbasende gewaarwording. Vreemd. Onstellend.

Die kleintjie kry Beeslaar aan die been beet en hys homself op. Vir balans gryp hy aan die beenhare. Dis 'n lekker seer, vind Beeslaar.

Die deur gaan effe wyer oop en 'n jong meisie loer grootoog op na hom. "Mirrag, Oom."

"Is jou ouers hier?"

Sy skud haar kop. "Ouma Let!" roep sy oor haar skouer. Sy kyk na die twee mans met groot uitlokkende oë. Te wulps vir haar ouderdom, meen Beeslaar. Kan nie ouer as 14 wees nie. "Ouma Let! Hier's 'n Boereman!"

Ghaap loop solank om die huis, kyk agterdogtig om die hoeke en by stukkende vensters in.

"Ja!" sê 'n ou vroutjie skielik. Sy druk die meisie kwaai uit die pad en ruk die voordeur wyer oop. Haar kopdoek sit skeef en sy dra 'n vormlose huisrok, twee stokkiesdun bene wat onder uitsteek.

Beeslaar stel homself voor, vra na Coin Bloubees.

Sy skud haar kop heftig.

"Maar u ken hom?"

Sy frons en klap haar tong. "Kykhieso, meneer Polisieman. Ek is nou hier, soos ek hier voor jou staan, baie-baie dik vir julle polieste. Baie dik.

Julle loop aldag hier rond, reg om 'n Boesman te vang. Maar as dit óns is wat gedruk word van die crime, dan's daar fokkol polieste!"

"Ek hoor wat u sê," sê Beeslaar, "maar nou gaan dit oor moord. En Coin moes hier by u verby gekom het na hy ontsnap het. Het u hom gesien?"

"Daai traak my nou niks. Ek sit hier met kjennerse wat vanaand nie gaan eet nie!"

"Ek's jammer ..."

"My Hansie is geberowe. Heller oordag. Sy hele curiosities ..." Haar stem vou onder die emosie.

"Het hy dit aangegee? By die polisie, bedoel ek."

Sy kyk na Beeslaar met trane wat in haar oë skitter. "Maar is jy dan nou verstandeloos? Dis einste toe hy by júlle gewees het wat hy berowe is. Júlle het vir hom gekom laai. Sonder lat hy niks eers gedoen het nie. En toe't hy weer terugkom, toe's sy hele goeterse weg. En dis net oor julle 'n smaak gekry het vir Coin. Ons het niks eers met Coin uitgewaai nie! Niks."

Ghaap verskyn in die deur agter die vroutjie.

Sy vlieg verwoed om. "Siejy, wat soek jy in my huis!"

Ghaap skuur skuldig by haar verby en kom staan by Beeslaar.

"Waar's Hansie nou?" vra Beeslaar versigtig.

"Jirre weet waar. Al wat ék weet, is hier's niks kostelikheide in hierdie huis nie. Niks vir die kleingoed om te eet nie."

"Ek sal kyk of ek vir Hansie kan opspoor, Mevrou. En kyk of ek kan help."

"Help se gat, Meneer," sê sy bitter en kyk verby Beeslaar die dorheid in. "Help van die polieste! Julle sien ons eerder vrek!"

Beeslaar beweeg. Hy wil onder die woede uitkom, maar die kleintjie gryp hom aan sy been en byt hom onverwags aan die sagte vleis bokant die knie. "Heit, jou rakker!" sê hy en buk om die plek te vryf.

"D-d-d-z-z-l," sê die kleintjie vrolik, ingenome met die reuse-man se reaksie, en mik om weer te byt. Maar sy ouma buk skielik en gee hom 'n geniepsige veeg oor die agterkop. Die kind los Beeslaar se been van die skrik. Dan vertrek sy mondjie en hy begin huil.

"Gaan weg," skree die ou vroutjie vir Beeslaar. "Kyk hoe maak jy die kjend huil, weg!"

'n Oomblik lank huiwer hy.

"Kaptein," sê Ghaap agter hom. "Ons beter …"

Hulle is skaars terug in die voetpad toe die deur hard agter hulle toeklap en die ontredderde stem van die kind verdof.

54 Seko word deur die maan gepla

Wanneer 'n Boesman 'n uil gewaar
dan weet hy
daar's 'n leeu wat kom.
Dit kom uit voor die leeu
wat die dood sal bring.

En wanneer 'n Boesman dans,
wanneer hy die lig sien in 'n dans
beteken dit hy is in die wêreld van die gees.
Hy kan siekte sien
en hy kan enige plek gaan.
Enige plek waar hy nie is nie.

Sy gees kan oralster loop.
ǂkhaisa ǂkhai, sê die maan vir hom.
Wakker wees, wakker wees.
Daar's werk.

Daar's werk vir die uil.
En werk vir die leeu wat na die uil gekom het.

55

"Wat's die storie, Kolonel?" vra die Moegel toe Koekoes hom kort na twee-uur die middag bel. Sy stem klink asof hy van diep onder uit 'n spelonk praat.

"Ons het nou verskeie soekgeselskappe uit, Generaal. Ons sal vir Bloubees kry." Sy het self 'n grotgevoel aan haar, maar konsentreer daarop om sterk te klink.

"Met spoed, dan."

"Ek verstaan, Generaal. Gaan ... Is daar iemand wat sal kan oorvat hier? Ek bedoel nou met die oog op agterna ... later, met die politiek hierdie naweek. Daar sal tog seker een of ander reëlings met die cops van hier ... ons plaaslike mense moet wees? In verband met die politieke event Saterdag."

Mogale sug vermoeid. Dit klink soos 'n stormwind in die gehoorstuk. "Jong, ek is self nog nie presies seker oor wat op ons gaan afkom nie. Lyk my hulle kry nie hulle minds opgemaak oor wie presies die dinge gaan kom doen nie."

"Ek dag dis Number One."

"Dis verkiesingsjaar, so ek wag ook maar om finaal te hoor. Intussen moet ons ons werf skoonkry, die goed is sensitief."

"Wel, sover gaan die ssa-outjies nie baie sensitief te werk hier nie. Skop die locals rond en behandel ons soos werfvullis."

"Ek hoor jou, Mentoor. Moet jou maar nie te veel aan hulle steur nie. Konsentreer maar eers op jou jop."

Koekoes is nie gelukkig met die antwoord nie, maar sy los dit daar.

Ná die oproep klaar is, spoel die moegheid oor haar. Sy maak haar oë toe, voel trane brand. Sjit-sjit, sy durf nie nou uithaak nie. Sy moet baklei: skep jouself met 'n lepel op en gaan aan.

Dit was haar mantra in die tyd na Martin se dood. Jy sit eenvoudig die een voet voor die ander, kyk noord en fok voort, een tree op 'n slag.

Was al manier, destyds, om nie te gaan lê nie. Sy kon dit nie begryp nie, dat iemand so skielik net weg kan wees. En die manier hoe dit gebeur het, die sommersogeid daarvan. Boem. Weg. Niks.

Natuurlik het skuldgevoelens die leemte probeer volloop. Want dit was háár call out: 'n Sondagmiddag, 'n braai op Die Eiland langs die rivier. En 'n bakleiery. Martin gaan van diens af, wil huis toe en by die boeke uitkom want hy het 'n Unisa-taak wat wag. Sy sê: "Kom gou saam, ons kry 'n pizza op pad terug." Maar een van die braaiers pluk 'n skietding uit.

En Martin vang die koeël.

'n Week later was sy terug op kantoor. Mogale het haar terug verwelkom, almal in die kantien bymekaar geroep.

Sy onthou nie veel nie van sy toespraak nie – flertse oor dapperheid en cops wat die goeie stryd stry, en nie mag moed verloor nie.

Sy onthou bisarre goed: die versuipte vlieg in kaptein Stokkies Mokoena se tee, die geskifte skoenpunte van sersant Koos du Toit langs haar. Sy't in 'n borrel gestaan, Mogale se lippe sien beweeg, die vaderlike dreun van sy stem geregistreer. Maar sy woorde spesifiek het teen haar oortromme vasgeslaan, kon nie inkom nie.

Dis hoekom sy dit maar kort gehou het toe sy die res van die personeel hier ingelig het. Pleks van speeches en sad stories het sy almal aan die werk gesit. Mollas by die telefone, die res in die veld: Landers en Erasmus doen deur-tot-deur – eers by die informele sinkieshuise op Bondelgooi, dan by Louisvale. Gatweet en sy kollega, sersant Ntsibi, is met die pad langs park se kant toe tot by Welkom, wat byna teenaan die park se ingang lê.

Sy dink aan haar gesprek met Beeslaar vroeër. Sy was dalk te skerp. Maar hel, sy soek nie nou 'n gekarring nie. Wie weet watse kak karring hy los?

Sjit-sjit-sjit, sy moenie so vloek nie – onthou die naald in die Here se oog.

Maar dis wat gebeur as sy senuweeagtig raak. Haar stemmetjie klim die hoogtes in en die lelike woorde spring soos parras uit haar mond. "'n Dame vloek nie," sê haar ma. Maar ek ís g'n fokken "dame" nie, dink sy dan.

Sy sug en staan op, loop 'n slag om haar lessenaar, gaan sit die ketel aan, sit dit weer af. Dan stap sy deur na Kappies se kantoor. Sy moet besig raak, beweeg, voor haar verstand begin kantel. Want kantel, wil hy kantel en sy weet goed genoeg hoekom. Dis nie oor haar ding met Kappies nie. Dis oor die ánder ding. Die ding wat hy haar laat doen het. Sy't al byna begin vergeet daarvan, maar nou klim dít ook skielik uit die kelders van haar kop en kom hits haar angsvlakke op.

Dit was die hele besigheid met die vuurwapenlisensies. Sy dag sy beskerm Martin se goeie naam. Meanwhile help sy om Kappies de Vos se gat te red.

Bliksem.

Martin was DFO en sou glo help om Kappies 'n guns te doen deur 'n aansoek vir 'n vuurwapenlisensie te fast track. Al die papierwerk was daar – die geskiktheidvorms en sertifikate, getuigskrifte, die hele lot. Maar daar was 'n probleem met die rekenaar in Pretoria, wat 'n vertraging met die wapentjek veroorsaak het.

En intussen is Martin dood en die aansoek by die res van 'n wagtende klomp 271's, gereed vir die stempel maar nog nie ingeskryf op die sentrale wapenregister in Pretoria nie.

Die aansoek was vir Kappies se "pêl" en Kappies het die sertifikaat en getuigskrifte verskaf.

Toe die gerugte begin loop oor diamante en korrupte cops het Kappies een nag met 'n bottel tequila en 'n enkel rooi roos aan haar deur kom klop. Hulle het natuurlik oor die gerugte gepraat. Almal het. Almal was nervous, want die OPOD-ouens het aan almal se agterente gesnuffel. "Hierdie ding," het Kappies gesê, "gaan collateral damage bring, met goeie cops se name wat ook deur die modder getrek kan word. Selfs ouens wat al graf toe is."

Sy was dadelik nugter wakker: "Jy bedoel ouens soos Martin? No ways. Martin was straight. Nie 'n stoffie nie. Nie 'n haar nie."

En toe kom die storie van die gun licence uit. "Die ding kan maklik embarrassing raak, my baby. Ek's oukei, ek is nog hier om myself te verdedig. Maar ouens soos ou Martin … Gerieflike sondebokke wat kan buk vir ander se sondes. Blame it on the dead soort van ding, jy weet?"

Sjit-sjit-sjit.

En sy't die aas gevat. En sy doen toe die onuitspreekbare: versin 'n rede om Martin se laaste saakdossiere na te gaan. Sy soek "closure", was haar liegstorie. "Ek wil kyk na die goed waarmee hy in die laaste weke gewerk het," het sy gesê, "dalk kry ek iets wat sal sin maak van sy dood. Dalk was dit nie 'n ongeluk nie. Dalk was dit iets soos wraak. Die dronk idioot by Die Eiland wat hom geskiet het … Dalk is hy iemand wie se gun licence gesloer het, enigiets! Enigiets wat my kan help met closure." Sy het die toestemming gekry, almal jammer vir die weduwee oor die omstandighede. En sy't Kappies se pêl se aansoek laat verdwyn. Blame it on the dead – indien iemand sou. Maar niemand het gevra nie. Geen haan het daarna gekraai nie.

Behalwe Martin. Hy kom vra in haar drome. Warrige nagmerries waarin hy die vorm stempel. Oor en oor vanuit die graf.

Koekoes blaas 'n lang asem uit.

Nee, o hel, betig sy haarself en maak die kantoordeur ferm agter haar toe. Sy stap na Kappies se deurmekaar lessenaar toe. Kry werk vir jou hande. Kry hierdie saak op gang. Dat dit kan verbykom en klaarkom en oorkom. Dat dit afgesluit kan kom. Vir altyd.

Sy tel eerste die dagboek op, blaai dit vinnig deur. Die jaar is nog jonk, laaste week van Februarie, so daar's nog weinig inskrywings. Die meeste is gewone goed, vergaderings, 'n braai of twee. In Januarie was daar inspeksie by twee grensposte na Namibië, begin Februarie is daar 'n inskrywing vir "lugpatrollie KOP", sy neem aan dis op die Park se twee grense met Namibië en Botswana.

Sy steek vas by vandag se datum. "9 vm vertrek" staan in blokletters onder die datum.

Hy hét toe vertrek, demmit – bestemming onbeplan.

Trane brand skielik in haar oë. Sy vee vererg daarna. Hoekom kry sy trane vir Kappies, maar sy kan nie vir Martin huil nie? Nog nooit sedert daardie dag van 10 Oktober nie. Wat's fout met haar? Nie een enkelte traan nie!

Die kabinette bevat die gewone lading dossiere en saaklêers. Sy soek dit deur – dalk is daar iets oor Bloubees. Sy vind niks. Dan ontdek sy 'n skootrekenaar in een van die laaie. Sy haal dit uit en sit dit by die dagboek. In 'n volgende laai is die vorige jaar se dagboek. Weer eens blaai sy, maar vind niks wat haar opval nie. In nog 'n laai lê sy ID en paspoort. Sy sit dit ook eenkant.

Vir die res is daar niks wat opval nie. Sy trek die deur agter haar toe en dra die dagboek en rekenaar na haar lessenaar, maak die rekenaar oop en skakel dit aan.

Sy het 'n kode nodig, ontdek sy en loop weer na die kantoor. Kappies is geen rekenaarboffin nie. Hy roem homself daarop. Of liewer het. Kappies hoort ook nou by die hette.

Sy geheime kode sal eenvoudig wees, voor die hand liggend.

Haar oog val op die foto's teen die muur – maar dis meestal van jagtrofees met hom langs 'n dooie dier. By die deur hang daar 'n groepie outydse foto's – sy versameling oor Scotty Smith, die eertydse cowboy-cum-rower wat aan die begin van die jare 1900 in dié deel van die Kalahari geleef het. Kappies was gek oor die ou.

Hy't haar een oggend twee-uur kom opklop en saamgesleep na die man se graf in die Upington-begraafplaas. Hulle het op die grafsteen gesit en 'n bottel wyn gedeel en hy't haar vermaak met legendes oor die man.

Here, sy't 'n paar dom dinge gedoen in daardie tyd. En dié was een daarvan.

Terug by die rekenaar probeer sy die naam: Scotty Smith.

Bingo.

Sy soek vinnig deur die e-pos, skarrel met die datums terug tot by November laas jaar en vind haar eie boodskappe. Sy voel hoe haar gesig spontaan verkleur – die kamma-amptelike aard, vol swak verskuilde seksuele geskimpery. Ug, dit maak haar naar! Dit moet weg.

Delete, Delete.

Empty Inbox!

Empty Sent.

Empty Trash.

Sy soek vir foto's. Dit gaan jare vat, want daar's 'n swetterjoel van jag en gewere, nóg dooie diere. Maar uiteindelik vind sy een: 'n selfie, sy en hy met hulle kaal voete in 'n leivoor op Keimoes. Die foto is uit fokus, sy kan haarself skaars herken. Delete.

'n Vinnige soek deur Documents lewer niks op wat naastenby riskant kan wees nie. PDF's en copy-en-paste-dokumente oor Scotty Smith, die geskiedenis van die Kalahari. Een leêr is getiteld Stories 1. Dit bevat 'n aantal sublêers met inhoud wat lyk soos kortverhale. Wat de hel? Het ou Kappies skryfaspirasies gehad? Een titel vang haar oog: "Sysie September se voetjies ruik na gemmer". Haar wange brand. Dis wat hy altyd vir haar gesing het.

Delete. Delete. Empty Trash.

Wat van sy selfoon? Dis dalk nog in Upington. Sy sal sy vrou daarna vra.

God. Sy vrou!

Sy was ook eenkeer so 'n vrou …

Toe sy klaar is, skakel sy die rekenaar af, raap dit saam met twee van die dagboeke op en bring dit weg na sersant Pyl in die voorste vleuel. Hou alles ordelik en bymekaar en netjies en volgens die boek. Nou is nie die tyd om 'n voet verkeerd te sit nie.

Teen vyfuur is Beeslaar en Ghaap terug – ook onverrigter sake. Beeslaar, sien sy, se gesig is bloedrooi en hy loop moeilik. Daar's soutstrepe oor sy hemp en sy hare staan in alle rigtings van die sweet en die stof. Sy's op die punt om hulle huis toe te stuur toe Mollas laat weet sy het Leonora de Vos opgespoor: sy is terug by die huis.

Koekoes voel weer die senuweeprik in haar maag. Uiteindelik moet sy die vrou ontmoet. Leonora was tot nou toe nog net 'n vae fantoom, 'n skuldige gedagte in die nagloed van vurige seks.

Sou sy van Koekoes weet? Tien teen een nie. Want Koekoes sou nie die eerste wees nie.

Sy vra Beeslaar om saam met haar na Shetland toe te ry, die plaas waar De Vos woon … gewoon het. Dis nie te ver van Witdraai af nie, maar het die lastigheid van hekke wat oop- en toegemaak moet word. Hulle ry met haar Polo en hy moet homself omtrent dubbel vou om in te pas. Hy stoot die passasiersitplek amper tot in die kattebak net om sy bene in te kry.

"Wat sou die oorsprong van die plaas se naam wees?" wonder hy hardop toe hy na die derde hek se toemaak weer terug in die kar klim.

"Skots."

"Weet jy of raai jy?"

Sy sluk. Bedpraatjies. "Ag, dis algemene kennis. Jy nog nie van die Robin Hood van die Kalahari gehoor nie?"

Beeslaar kyk na haar. Groen oë met geel spikkels daarin. Reguitkyk oë, dwarsdeurkyk.

"Scotty Smith," sê sy. "Hy was 'n Skot. En 'n perdedief en 'n diamant-smokkelaar en 'n swendelaar wat vroeg in die 1900's hier aangekom het. Polisie kon hom nooit vastrek nie. Sy graf is nog op Upington."

"En hierdie is De Vos se eie plek?"

"Hoe moet ék weet?" Sy kyk by die venster uit. Die westerhorison begin kleure maak. Dis 'n eensame tyd van die dag, ouverdriettyd. Arme Leonora de Vos.

Slegte tyd om tot die verstommende besef te kom dat jou lewe pas geswenk het. Alles wat bekend was, is skielik verby en is saam met jou ander helfte graf toe.

En jy? Jy spoel op vreemde oewers uit. Van nou af is jy Die Weduwee. Nuwe naam, nuwe identiteit, nuwe adres vir jou plek in die lewe.

"Hoeveel polisiemanne ken jy met 'n plaas?" onderbreek Beeslaar haar grimmige gedagtes.

"Sou nie kon sê nie," antwoord sy afgetrokke.

"En die kar dan? Jy't gesien in watse kar ry hy?"

"Hmm?"

"De Vos se kar. Dit kos nuut oor 'n miljoen rand, daai ding. Dis die Cruiser 200. 'n Viersilinder vx. Hoe bekostig 'n ou op De Vos se sala-risskaal 'n kar soos daai? En dan nog 'n plaas ook?"

"Wel, dalk is nou nie die beste tyd om oor sulke goed te wonder nie. Ons gaan nou eers net ons simpatie betuig. En dan gaan ek slaap."

Hulle kom net betyds by die plaashuis aan om 'n voertuig te sien wegtrek. Org Botha, sien Beeslaar. Sy gesig is stroef en hy gee skaars erkenning toe Beeslaar sy hand in 'n groet lig.

Die opstal is 'n stuurs affêre uit die jare 60, geel geriffelde glaspanele in die voordeur en 'n suinige leiklipstoep, afgeskeepte tuin met 'n rots-tuin eenkant wat met onkruid begroei is.

Langsaan is daar 'n paar buitegeboue en 'n afdak met drie voertuie: Kappies se Cruiser, 'n double cab en 'n Mercedes. Koekoes weet nie veel van karre nie, maar nie een van hierdie drie lyk goedkoop nie. Beeslaar het 'n punt, hoe kry Kappies dit reg?

Moenie krap nie, sussa. Daar's nog nie eens 'n plek nie, never mind 'n jeuk.

'n Aantreklike vrou met lang bruin hare maak die lelike voordeur oop. 'n Oomblik lank is Koekoes se mond droog, sukkel sy om haar naam te sê. Die vrou steek 'n sagte hand met silwerpienk cutex op die naels na haar toe uit. "Ek is Ansie, Leonora se suster," stel sy haarself voor.

Koekoes sit haar dapperste glimlag op en stel haarself en Beeslaar voor, vra na die weduwee.

Hulle stap saam met Ansie deur 'n donker voorportaal en draai dan links af na 'n groot sit/eetkamer.

Leonora de Vos sit by die eetkamertafel en kyk afwesig op toe Ansie met die twee besoekers inkom en hulle voorstel. Sy sit haar brandende sigaret 'n oomblik neer om Koekoes en Beeslaar se hande te skud, tel dit dan onmiddellik weer op en trek diep daaraan. Daar is 'n wynglas voor haar, half leeg, en tekens van vorige besoekers – gebruikte glase en leë koffiekoppies.

Koekoes vind dit haas onmoontlik om haar in die oë te kyk. Bang dat sy haar skuld en skaamte sal verraai. Sy sit 'n koevert op die tafel neer met Kappies se paspoort en ID daarin. Dan skraap sy haar keel, probeer om haar onbetroubare stem in toom te kry. "Ons is almal diep geskok, Mevrou," sê sy oplaas. "En ons gaan flat-out om … e …"

Leonora knik net, maar vra dan vir Beeslaar: "Is dit jy wat gister-aand … wat Kappies in die duine gekry … wat hom gehelp het?"

"Ek wens ons kon meer vir hom …"

Sy lig haar hand. "Nee-nee," sê sy met 'n flou glimlag, "ek is dank-baar." Sy lyk moeg en afgerem, haar donker oë bloedbelope en dwalend. En sy lyk glad nie soos Koekoes verwag het nie. Kappies het nie veel oor haar gepraat nie, maar hy het nou en dan opmerkings laat val oor "versmorende vroue" wat "klouerig en klewerig" is en hoe hy dit nie kon uitstaan nie.

Hierdie vrou lyk beslis nie "klewerig" nie. Sy's maer en taai, verdor soos ou leer. Nie 'n mooi vrou nie. Sy het 'n harde, strak gesig en 'n be-nerige neus. Haar hare is donker en kort geskeer, maar die grys slaan by die wortels deur.

Die suster nooi hulle om te sit en bied 'n drankie aan.

"Ons is eers reg, dankie," sê Koekoes haastig, "ons moet nog werk. Maar as daar iets is … iets waarmee ons kan help …" Sy haal 'n kaartjie uit haar beursie, oorhandig dit aan die suster. "U bly vanaand hier by haar?"

"Eintlik nee. Leonora wil maar saam met my teruggaan huis toe. U weet, sulke tye. Buitendien kan ons in elk geval niks van hier af gereël kry nie en … 'n mens het mos maar jou familie nodig."

"Huis toe?" Beeslaar staan eenkant, 'n diep frons tussen sy swaar, swart wenkbroue.

"E … ja." Die suster vat selfbewus aan haar hare. Sy lyk bietjie soos 'n outydse filmster, vol kurwes en rondings. En sy lyk nogal ingenome met die groot moker van 'n man hier voor haar. "Ek neem haar saam met my."

Beeslaar knik en wend hom tot die weduwee. "Mevrou De Vos, het kaptein De Vos nog met u gepraat in die hospitaal? Dalk iets gesê oor gisteraand?"

Leonora De Vos neem 'n haastige trek aan haar sigaret. Haar hand bewe so erg dat sy as op haar skoot mors. Dit lyk nie of sy bewus is daarvan nie.

"Mevrou De Vos?" sê Beeslaar versigtig.

Sy skud haar kop en druk die sigaret dood.

Koekoes wonder hoe Kappies oor die rokery gevoel het, synde self geen roker te gewees het nie.

Sy skraap weer haar keel en vra of hulle dalk Kappies se foon saamgebring het.

Die suster antwoord. "Nee, weet jy? Ek weet eintlik nie wat daarvan geword het nie. Dit was natuurlik maar 'n bietjie deurmekaar laas nag. Die hospitaal behoort darem nog al sy goed te hê, of hoe, Leonora?"

Leonora kyk op na Koekoes. Haar kop bewe liggies en daar's 'n vreemde trek in haar donker oë. "Ek sal vra. Ek het nie juis opgelet ..." Haar stem draal weg. Dan tel sy die pakkie sigarette op en haal 'n nuwe uit.

"Nou maar dankie, dan gaan ons maar eers," sê Koekoes en vang Beeslaar se oog, wys vir hom hulle moet gaan. "Een ding," sê sy vir Ansie, "dit sal gaaf wees as u ons op hoogte kan hou van enige ... reëlings? Die kollegas sal graag wil weet."

Hulle stap terug voordeur toe. Halfpad deur die donker voorportaal gaan Beeslaar staan, sy hande liggies in sy heupe. "So, u swaer het nooit weer sy bewussyn herwin nie?"

"Nee, nooit. Maar hy was stabiel, die dokters het laatoggend nog gesê hy gaan deurtrek. En toe skierlik, hier by twee-uur se kant, het sy hart begin ... Dit het trillings gekry. En toe's dit ... Toe's alles net skierlik verby." Sy klap haar tong simpatiek en begin weer beweeg.

"Ons het maar gou huis toe gekom om noodsaaklikhede te kry, u weet. Ook amptelike goed, sy ID en goed – en by the way, baie dankie vir Kappies se papiere. Dit spaar ons ekstra moeite, baie bedagsaam van u. Leonora is laas nag so holderstebolder hier weg."

Koekoes en Beeslaar loop na buite en Beeslaar vra of daar iemand is wat intussen die plaas kan behartig.

"Hier is 'n voorman, ja. Maar Kappies boer nie regtig nie. Hy huur eintlik maar net. Daar's 'n paar springbokke wat loop, maar dis ook al."

"Nogtans," sê Beeslaar, "dis seker nie goedkoop nie."

Koekoes wil hom 'n skop gee. Nou is nie die tyd vir 'n kruisverhoor nie, maar sy kan aan sy gesig sien hy gaan vasbyt.

"Ek dink Pieter … e … Kappies huur eintlik maar net die huis, so iets. Leonora, weet ek, was haastig om weg te kom. Sy wou nader aan die familie trek. Hulle kon nie kinders hê nie, jy weet, en dit raak maar eensaam hier."

"Baie dankie," sê Koekoes beslis. "Dan groet ons maar eers. En u sal sê as ons met iets kan help, nè?"

Beeslaar steek weer vas. "En die familie is op Upington?"

"Nee-nee, in die Karoo. Orania."

"Ver," sê Beeslaar.

Sy lag asemrig. "Nie as jy gewoond is aan ry nie."

Koekoes wag nie vir Beeslaar nie, maar loop terug kar toe. Sy kan dit nie 'n oomblik langer verduur nie.

Beeslaar het egter bly staan, sien sy toe sy by die kar kom. Die vrou, wat met haar een heup teen die deurkosyn aanleun, kyk met groot kalfsoë op na hom.

56

Dis al na agt Sondagaand toe Beeslaar, Pyl en Ghaap uiteindelik hulle intrek op Jaspis neem.

Boy Wannenburg sit in die sitkamer-cum-studeerkamer en tokkel op een van die rekenaars op sy werkstafel.

Soos die verlore seun verwelkom hy vir Beeslaar, groet Ghaap en Pyl met groot entoesiasme. Heilna, die stuurse dogter, kom uit die kombuis geloop. Sy lyk vanaand minder vermoeid, kry selfs 'n verleë glimlag geproduseer toe sy as die "baas van die plaas" voorgestel word.

"En hoe gaan dit met Oom?" vra Pyl, 'n besorgde frons op sy seunsgesig. "Dis bitter gaaf van Oom, in die omstandighede."

Beeslaar krimp innerlik. Hy het hulle gewaarsku, op pad hierheen, om Wannenburg nie soos 'n sterwende te behandel nie.

En om dinge te vererger, voeg Pyl by: "Ek bid vir Oom."

Die siek man knik geamuseerd en Heilna sê hulle moet haar volg. Sy neem hulle deur die huis na hul blyplek, verby die kombuis van waar daar die geur van gebakte skaapvleis kom. Sy sê hulle kan kom eet sodra hulle hul goed neergesit het.

Die anneks is 'n ruim baksteengebou skuins agter die hoofhuis met sy eie klein grasperkie en 'n groot stoep met leunstoele. Binne is daar 'n sitkamer, kombuis en twee groot slaapkamers. Ghaap en Pyl neem die kamer met twee enkelbeddens en Beeslaar kry die hoofslaapkamer met 'n dubbelbed.

'n Paar minute later sit hulle in die groot kombuis aan vir 'n maaltyd van gebakte aartappels, groenbone, pampoen en skaapboud. Tussen hulle drie verslind hulle die kos. "Juffrou Heilna moet 'n restaurant oopmaak," sê Pyl toe hy vir die derde keer opskep, "Juffrou sal 'n miljoenêr raak." Sy sit nie saam met hulle nie, maar staan en roer aan 'n pot op die stoof. Dit ruik soet. Sy forseer 'n glimlag vir Pyl se kompliment, maar sê niks.

Pyl se entoesiasme het egter geen brieke nie. "As juffrou nou 'n kombuiswinkel met sy eie restaurant oopmaak vir die duisende toeriste wat hierdeur park toe ry. Kokkedoor en MasterChef kan maar gaan slaap!"

Beeslaar se ore skakel uit. Hy dink aan die suster van Leonora de Vos, Ansie Roos, met haar oorvloedigheid van boesem en heupe, die noupassende, geblomde rok.

Sy herinner hom aan Gerda se sagte rondings, aan haar warm asem in sy nek as hy haar vashou.

Hy skud die gedagte los. Keer terug na die suster van Orania. Hy't al baie gehoor van die plek, soort wit Afrikanertuisland iewers in die Groot-Karoo en teenaan die Garieprivier – of is dit daar nog die Oranje daar? Eienaardige lot, vermoed hy, bietjie outyds. Dalk soos die Amerikaanse Amish. Hy't dit al in flieks gesien, iewers in die tyd vasgehaak. Ry nog perdewaens, sny koring met die hand. Die vroue: stroewe, werkvernielde siele in oumarokke en kappies.

Maar nie Ansie nie. Haar rok vanaand was nousluitend met 'n lae hals. Die soom net bokant die knie. Sy bedryf 'n gastehuis daar, het hom 'n besigheidskaartjie in die hand gestop. Arbeidsvreug. Daar's 'n eienaardige embleem op die kaartjie. Hy het dit ook op die Mercedes onder die afdak se buffer gesien – 'n kordate mannetjie wat sy moue oprol. Vir wat – werk of baklei?

"As jy ooit daar verby kom," het sy gesê. "Laat net vooraf weet, ek maak vir jou plek." Sy het warm geglimlag en haar skouers beweeg, hom 'n glimp van haar cleavage gegee.

Sy't die reuk van geld aan haar, dink hy, knoets van 'n diamant om haar nek wat met elke asemteug flonker. Maar so ver hy weet is die mense van Orania maar aan die armrige kant.

Dalk het die susters ryk geërf – is dit miskien waar die karre vandaan kom?

Heilna onderbreek sy gedagtes toe sy vra of hulle al vir Coin kon opspoor.

"Nee, maar ons sal," sê hy en stoot sy stoel agteruit.

Sy is steeds aan't roer by die stoof, kyk na Ghaap en Pyl wat ook aanstaltes maak. "Daar's koffie in julle kombuis," sê sy vir hulle. "Vars melk in die yskas."

Pyl vra of hy kan help met tafel afdek en skottelgoed was, maar Heilna waai hulle met die hand weg, begin dan weer roer. Dis asof sy klaar van hulle vergeet het.

By die kombuisdeur draai Beeslaar om na haar. "Hoe goed het jy vir Kappies de Vos geken?"

Die lepel staan 'n oomblik lank stil, dan begin sy weer te roer. "Almal ken almal."

"En Leonora?"

"Natuurlik. Maar sy's selde hier. Ek dink nie dit was 'n droomhuwelik nie."

Beeslaar wag vir haar om meer te sê, maar daar kom niks. Hy besluit om vir eers die aftog te blaas. Die dag was lank genoeg.

"Dankie," sê hy in die deur, "vir alles. Jy het reeds jou hande vol, dink ek. Met jou pa. Dis hopelik net tydelik, tot daar weer plek is by 'n gastehuis."

Sy glimlag skeef. "Ag, my pa hou daarvan. Die dokters sê hy moet rus, maar hy sê daar's genoeg tyd na sy dood. Dalk is dit maar sy manier van uitstel, soort van. Die laaste bedryf 'n bietjie uitrek, jy weet?"

"En dis vir seker finaal?"

"So finaal as kan kom." Sy trek die pot van die warm stoofplaat af en lig dit op om die inhoud in twee groot mengbakke te giet. Die pot is swaar en Beeslaar gaan help.

Dis perskekonfyt, sien hy, dik en taai en rosig bruin.

Hy dra die leë pot na die wasbak toe en was dit ook sommer, trek dan die res van die vuil skottelgoed nader.

Sy laat hom begaan.

"My pa het hard geleef. Ek dink hy sou verkies het om hard en vinnig te gaan."

Sy maak die konfytbakke toe met kleefplastiek en skuif dit eenkant toe om af te koel. "Meer soos Diekie, dalk. Salig dronk."

Beeslaar dink aan 'n bebloede dronkaard op sy rug, alleen onder die bodemlose nag. Sou sy oë dalk oop gewees het? Dat hy vir oulaas na die sterre kon kyk? En het hy geweet hy gaan allenig sterf? Met diere wat aan sy liggaam vreet?

"Diekie sou die volgende leier word van die tradisionaliste," sê hy.

"Ai tog, ek weet nie so mooi nie. Hy was 'n … free spirit, is dalk die regte woord. Al die vergaderings en goed van 'n leier. Dit sou hom doodmaak. Hy's net nie die soort nie … was nie. Dis in elk geval so 'n lost cause."

"Jy bedoel die tradisionaliste? Windvoet se mense?"

Sy skud haar kop meewarig. "Terugtrek na 'n jagter/versamelaar-bestaan. En wat maak almal dan skierlik met hulle selfoonpaaiemente? Dis een ding om ertappels en hoenderpote te koop met jou government grant. Maar om dag vir dag rond te skarrel agter velduintjies aan. Vrek van die honger in die droogtejare. Ek weet nie. Jannas sê wel hulle het soort van iets werkbaars op tafel."

"En die medisynevrou vat nou oor. Ek neem aan jy ken haar." Hy sit die laaste klompie messegoed in die warm seepwater.

"Antas, ja. Baie weird, maar sy sal 'n beter job daarvan maak as oom Diekie. Sy't nogal sterk gevoelens oor die ding. Pissed off vir die stringe inkommers wat skielik grond en regte eis. Maar ek weet eintlik niks verder nie. Ek kry nie tyd vir dink nie, wat nog luister."

Heilna kom staan by hom en begin die skottelgoed afdroog. "Ja," sê sy na 'n ruk, "nou's Kappies ook weg."

"Hy was nie 'n gewilde man nie, klink dit my."

"Dis baie sag gestel. En Leonora, stomme ding. Hy't vroue soos kak behandel. Maar die Boesmans nog erger. Hy sou bevliegings kry en oor 'n naweek klopjagte doen, huise omkeer en sulke soort goed. Niks onwettigs nie. Net moedswillig. Vra maar vir Jannas."

"Wat was sy konneksie met Orania?"

Sy blaas minagtend. "Blerrie simpel spul. Sy skoonpa is die een of ander ringkop daar. En ek weet hulle gaan baie, veral Leonora."

Beeslaar wag dat sy nog iets sal sê, maar sy het weer toegeklap. Sy werk is naderhand klaar en hy kyk rond of daar nog goed is om af te was.

"Gaan slaap," sê sy. "Ons is klaar hierso."

"Waar's jou pa se kat?"

'n Moeë glimlag. "Rex? Ek hoor hy't jou gemerk."

"Ag. Net 'n ligte skraap. Hy't my baie skrams gevang."

"Maar jy hoef nie te worrie nie. Hy's 'n nagdier, tien teen een iewers in die veld. Let jy maar liewer op vir skerpioene. Hulle kom graag uit, hierdie tyd van die aand."

Beeslaar loop met 'n hol rug terug na die anneks.

57

"Antie Kytie, Antie Kytie! Kyk my looi lokkie!"

"Dis nie rooi nie, my hart, dis wit."

"Looi!"

"Dis so wit soos sneeu, my kind."

"Shmee-joe."

"Sneeu, kinnie. Dit val soos reën, maar dit is wit."

Sy sien die kind wat op haar toontjies tol. Haar hare is met groot wit strikke vasgebind en sy dra spierwit skoentjies met sokkies. "Shmee-joe," roep sy en gooi haar armpies in die lug.

'n Aantal vlokkies warrel na benede, gaan lê oor haar gesig en rok. Maar dan verkleur dit. Rooi. Al meer. En meer. Die linte word nat, hang taai om haar kop.

Oor haar wange loop daar strepe bloed. Dit drup teen haar ken af en sluit aan by die groeiende kolle op die rok. Kytie wil haar weggryp, maar sy staan versteen, te bang om aan die kind te vat. Die bloed het nou haar hele lyf bedek, net die wit van haar oë steek nog uit. Maar dan slik dit ook toe.

Kytie skrik wakker uit die droom met 'n snik in haar keel. Vir 'n paar minute lê sy en hap na asem, probeer onthou waar sy is. Dan stroom die werklikheid terug: die helder nagmerrie van die afgelope twee dae.

Hoe gaan sy ooit daaruit loskom, wie sal haar glo? Sy's arm, sy't niks. Almal sal dink sy wou die man besteel. Dit help ook nie hulle vra die kind nie. Dié kan nie eens haar eie naam sê nie.

Die Duitser se lyk, waar sou dít nou wees, in die dodehuis? Is dit waarheen die manne hom gevat het? Kannie wees nie. Hulle sou alarm gemaak het. 'n Ambulans, die polisie. En sy't hoe lank nog gestap tot in die dorp en het niks van een van daai twee gewaar nie.

Is die man ooit dood? Natuurlik is hy dood, Kytie Rooi. Jy't self gesien hy haal nie meer asem nie, sy oë wat so toegaan. Die baie bloed, Jirre, die bloed soos damme.

Hoekom het daardie manne 'n dooie so stilletjies wou wegvat? En kan dit regtig hulle wees wat sy toe wéér gesien het gister in die teerpad wat park toe gaan? Miskien was dit net haar kop wat op loop gesit het met haar, haar senuweeste wat so gaar en op is.

Jirrietjie weet, sy sal nie sommer weer haar gesig iewerster kan wys nie.

Sy kyk rond in die kamer. Dis groot, groter as waaraan sy gewoond is. Een glasvenster waardeur die blouerige sterlig inval. Daar's 'n tafel in die een hoek met 'n waskom op. Langsaan staan 'n rak met 'n kombers op.

Alles is so vreemd. Die stilte veral. Sy's gewoond geraas. Dis maar hoe 'n township maak. Geraas wat nie kan end kry nie, nie eens in die middel van die nag nie.

Maar die stilte hier is 'n ding wat lewe. Hy sit hou jou dop, jy hoor vir hom asemhaal. En hy's swaar en doods en hy wil jou ribbes papdruk. Jy voel glads hoe jou bloede styg en jou are toeswel.

Sy ril, al is dit warm. Sy het heel middag al so 'n arigheid aan haar, al vandat sy die dierkopman met sy boog gesien het. Watse besigheid was dít dan nou? Was dit een van hierdie plek se Boesmanse wat vir hom snaaks wil staan en hou? Hulle bangmaak, of iets? Sy't sowaar gedink hy gaan die kind skiet, want hy't rég op haar gemik. Maar toe's dit al die tyd die slang.

Daarvandaan het die vreemdigheid net meerder geraak. Beginnende by al die goeterse wat so in die bome om die huis hang, roer die hele tyd, soos die rustelose van dooies. Die medisynevrou, meen Kytie, het altemits 'n goeie hart, maar die Jirrietjie weet, die vrou is vreemd, bitterlik vreemd met haar velrokke en die meerkat in haar nek. Die huis net so: al die skrikmaak standbeelde en die gebeentes teen die mure, die snaakse ruike en die brousels in die kombuis.

Alles was bietjie soos 'n droom. Maar nie 'n lekkerkry-ene nie. Dalk is dit ook die baie sand. Eindelose sand, rooi en rou. Dit smaak die plek sit iewerster vreeslik ver en diep in 'n Bybelse woestyn.

Voor Kytie en Tienrand in die huis kon ingaan, moes hulle eers vir hulle van 'n kant af "gereinig" kry.

Eers dag Kytie dis om hande en gesig te was.

Maar toe tel die vrou 'n bossie droë stingels met blaargoed op uit 'n potjie wat sy by die deur hou en sy steek dit met 'n geel Bic lighter brand. Die dik blou rook het vir Tienrand laat hoes, maar die vrou het steeds die bossie om Kytie en die kind se lywe geswaai – al om hul koppe en af tot by die enkels. "So ja," het sy naderhand gesê en die smeulende bossietjie weer in die sand by die voordeur gesmoor, "nou's al die ver-keerde ou goeters vort. Nou kan julle maar verbykom."

Kytie was dadelik reg met haar storie se verteldery. Sy't die laaste hele paar duine die tyd gebruik om dit agtermekaar te sit. Maar Antas wil niks van dit gehoor het nie.

"Sjjj," het sy Kytie stilgemaak, "later. Kom maar eers tot rus. Wag tot al die parte van jouself hier aangekom het, hè? Dat jy jouself kan byme-kaar kry en kan beginte behoorlik asem kry." En toe het sy by die kind gebuk en lank na haar gekyk, haar naam gevra.

"Tienrand," het Kytie gesê. "Ek wil haar Tina noem. Maar sy luister nie juis daarvoor nie."

Antas het hulle deurgevat kombuis toe. "Dis waar ek werk, Kytie. As jy wil, kan jy my môre help. Ek het pas 'n klomp vars kruie gekry wat in bottels en blikke moet kom."

Toe het sy hulle die kamer kom wys.

"Is dit veilig hier, Mevrou?" wou Kytie weet.

Antas het net gelag. "Julle het 'n buurman ook, hoor. Hy's in die kamer agter julle. Son-Eib. Maar almal noem hom Optel. Hy is baie skaam so hy sal nie vir julle henner nie. En, soos onse Tina hier, praat hy nie juis nie. Maar dit beteken nie hy's dom nie. Nè, Tina? Daar's mos ook ander maniere van praat, of hoe sê ek?"

"Is hy … e … familie van Mevrou?"

"Nee, Kytie. Hy't nie mense nie. Hy bly maar hier en hy's my regter-hand met die medisynes."

"Ek sien," het Kytie gesê. Sy het skielik beter gevoel. Hiérdie vrou is 'n goeie vrou wat mense help.

Alle soorte.

Teen skemertyd het sy hulle ingeroep vir gebakte eiers en dik snye brood met goue stroop. Sy het die meerkat klein stukkies eier gevoer en hom vir die kind gewys. "Japie," het sy gesê. "Jy mag hom vashou as jy jou broodjie opeet." Tienrand het nie aanpraat nodig gehad nie. Haar kieste het bol gestaan van die kos.

"Mevrou is so goed vir ons. Vir my. En ek …" Die huil het haar keel toegetrek en groot trane het oor haar wange gedrup.

"Sjjj," het die vrou gepaai. "Ons praat maar liewer môre. Jy't 'n taai twee dae agter die rug."

"Maar Mevrou, ek is bang Mevrou versta—"

"Ek vertrou vir Queenie. Sy sal nie onnodig mense na my toe stuur nie."

Die kind roer in haar slaap.

Kytie draai op haar sy en trek haar teen haar vas. Sy ruik die seep waarmee sy die kind se hele lyfie voor ete gewas het. Sy vryf saggies oor haar voorkoppie, trek met haar vinger die geniepsige merk oor haar wenkbrou en wangetjie na.

Dan verstyf sy.

Daar's 'n dreuning uit die rigting van die groothuis. Klink soos 'n enjin. Na 'n rukkie word dit stil.

Sy lê en luister, maar hoor 'n ruk lank niks, tot daar 'n skraapgeluid hier naby is.

Dit kom van langsaan. 'n Deur wat oopgaan?

Sy haal stadig asem, dat sy beter kan hoor.

Nou's dit 'n sleepgeluid, skuifelende voete. En daar's 'n stem ook. 'n Lae soort dreunerigheid, bietjie soos 'n tor.

Dit kom beslis uit die kamer langsaan, sypel uit die mure hier by haar kop en eggo uit die donker hoeke van die kamer. Baie saggies, raak somtyds heel weg.

Is dit haar verbeelding, of die wind? Of is dit Optel? Nou hoekom maak hy sulke brommerige geluide?

Liewe Here, niemand weet eers waar sy is nie. Al wat 'n onheil is, kan haar hier kom trap. G'n niemand wat sal hoor nie. Jy sal nog wil 'n skree gee, maar jou stem slaan vas in berge sand.

En die duine loop oor jou en bêre jou beendere vir goeds. En die stilte kom vee al jou spore weg.

58

Die nuusleser oor die sesuurbulletin sê 'n sluipmoordkomplot teen die voorsitter van die Afrika-Unie is pas onthul. "Dit was een van die skokfeite oor die Suid-Afrikaanse veiligheidsagentskap wat vorendag gekom het met die bekendmaking van die geheime spioenasiebande."

Koekoes draai die televisie se klank af en staan op. Useless bliksems, mompel sy en trek haar pajamas uit om te gaan stort. Sal 'n poep nie in 'n vol hysbak ruik nie.

Sy het haar die vorige aand al in hulle vasgeloop toe sy ná donker by die lodge aangekom het. Twee kêrels in donker sweetpakbroeke en t-hemde het haar by die ingangshek voorgekeer en geëis om haar ID te sien.

En toe sy by ontvangs aanklop vir haar kamersleutel het 'n benoude jong meisie agter die toonbank gevra of sy bereid sou wees om die volgende dag na Meerkat Paleis te verhuis, "in die lig van omstandighede". Die lodge sou haar verskuif en haar losies vergoed.

"Ek gaat nêrens!" het Koekoes verklaar. "Sê jy maar vir jou baas kolonel Mentoor weier. En as hy 'n saak daarmee het, kan hy dit met die polisiehoof op Upington opneem. Of met die provinsiale kommissaris in Kimberley. Nes hy wil."

Om haar humeur verder te roer, was die kombuis reeds gesluit.

Na 'n geredekawel is Koekoes darem met vleistoebroodjies en 'n bottel wit wyn daar weg, komplimente van die lodge.

Die pad na haar rondawel loop langs die swembad verby waar sy

Romeo Doman, luitenant van die ssa, aangetref het met 'n laptop op sy skoot.

Sy wou hom eers ignoreer, maar hy het haastig opgespring en haar met effe oordrewe vriendelikheid begroet. "Kolonel Mentoor! Laat my toe, asseblief, om verskoning te vra vir my manne se oorywerigheid by die hek." Sy't soos 'n fool bly staan met die bordjie brood in die een hand en die wyn in die ander. Agter Doman het twee van die "manne" gestaan en nie in die minste jammer gelyk nie.

"Kyk, luitenant Doman. Ek is moeg en ek is nie lus vir nonsens nie. 'n Kollega is dood vandag en ek is my blyplek kwyt. So kom ons twee besluit maar sommer nou, hier, ons bly uit mekaar se pad en uit mekaar se hare. Dan doen elkeen maar net sy werk. Oukei?"

"Dis 'n deal." Hy het geglimlig, sy tande glimmend in die donker, en haar met 'n effense buiginkie 'n rustige nag toegewens.

Daar het natuurlik niks van 'n goeie nagrus gekom nie. Sy het ure wakker gelê, sommer net met haar oë toe. Dis iets wat sy haarself in die tyd na Martin se dood aangeleer het. Al kan jy nie slaap nie, laat rus jy minstens jou oë.

Maar hoe kry jy jou kop stil? En jou opgefoeste hart?

Vir kort rukkies het sy wel weggedommel, gedroom hoe sy in 'n sandstorm na iets soek. En bly soek en soek. Iemand roep na haar, Koe-koooees, Koekooooees! Sy staan tot by haar knieë in die sand. Sak weg. Daar's 'n hand, sy probeer gryp daarna, maar dit verkrummel voor haar oë weg in die woedende, warrelende sand.

Skemeroggend het sy die stryd gewonne gegee en haar moeë lyf uit die bed uit gelig. Vandag, het sy vir haarself gesê, haal jy alles uit. Kry jou man, kry hierdie saak in die sakkie. Gaan huis toe en gaan rus.

Die stort doen sy werk en was die swaarmoedigheid weg. Sy trek haastig aan. Vandag dra sy vir seker haar stewels. Sy trek sokkies aan, steek haar voete in die stewels en staan met los veters en maak 'n beker rooibostee. Sy slof buite toe. Die koel oggendlug is plesierig en in die bome rondom die lodge is die voëls se vroemôre koorsang in volle swang. Met die beker tee gaan sit sy by die tafeltjie vlak voor haar deur.

Sy neem 'n versigtige sluk. Heerlik. Sit die beker neer en buk om haar veters vas te trek.

'n Harde ruisgeluid laat haar vinnig opkyk, betyds om te sien hoe haar beker kantel en van die tafel af op die sement tuimel, waar dit in stukke spat.

Dan sien sy die pyl. Iemand het 'n pyl na haar geskiet!

Haar instink neem oor. Sy duik die rondawel in, gryp haar pistool en loer versigtig na buite. Sy sien niks wat beweeg nie. Niks.

Uit watter rigting het die pyl gekom? Links. Sou haar getref het as sy nie gebuk het nie.

Dan beweeg 'n figuur agter 'n aalwyn uit en hardloop in die rigting van die lodge. Kakiehemp, donker mus. Koekoes laat nie op haar wag nie. Sy sit hom agterna, volkome gefokus soos 'n atleet, knieë wat vinnig pomp en haar elmboë wat knap teen haar liggaam werk.

Die figuur nael langs die lodge in, vleg deur die geparkeerde motors. In 'n stadium raak hy weg. Dan sien sy hom weer – om die agterhoek van die lodge.

Sy vlieg agterna, maar loop haar voluit vas in 'n wasgoeddraad met reuse-lakens oor. Sy hardloop blindelings deur, maar tref dan iets solieds. Die lakens vleg om haar, die wêreld wit.

Sy skree, bewus van haar pistool wat uit haar hand uit glip.

En dan is alles verby. Sy lê op die sement en hyg na asem, voordat 'n beer van 'n man haar aan haar hempskraag beetkry en in die lug optel.

"Sit my neer!" skree sy.

Dis 'n blok van 'n kêrel in 'n swart T-hemp en oefenbroek wat haar verbaas bekyk – een van Doman se lummels. Met haar wapen in sy hand.

"Gee terug my wapen," sis sy en bestorm hom, maar hy dans rats agteruit.

Koekoes dink nie twee keer nie en skop hom op die knie, voel hoe dit onder haar skoen meegee. Die kêrel reageer voorspelbaar, gryp na sy knie. Sy spring vorentoe en vat haar pistool terug en hervat haar jaagtog.

Met haar arms klap sy 'n pad oop tussen die wasgoed op die lyn. Anderkant uit trippel sy haastig tot by die naaste buitegebou. Binne staan twee wasmasjiene, herkouend aan hulle ladings. Die volgende gebou se deur is toegesluit en sy hou verby tot waar die agterplaas die sand tref. Deur 'n turksvyheining, maar daar is niks. Anderkant is oop veld, gras en bos en sand. Maar nêrens roer 'n spriet of takkie nie.

Vrae maal deur haar kop. Wat de hel was dít? 'n Practical joke, of iemand wat gemik het om raak te skiet. Wie sou met 'n pyl en boog hier rondsluip?

Sy hoor voeteval agter haar en vlieg om. Die ssa-nar hink nader.

Hy praat deur stywe lippe. "Kolonel Mentoor?"

"Het jy hom gesien?"

"Wie?"

"Die man wat ek gejaag het, idioot. Hy't 'n kakiehemp aangehad en 'n mus."

Hy skud effe verbluf sy kop.

"Useless," blaas sy verergd en stap verby die man terug na haar plek toe. "Fokken useless."

59

Kytie skrik wakker van 'n skerp, warm lig in haar oë. Dis die son, besef sy sodra sy tot verhaal kom. Dit val deur die oop deur en maak 'n lang streep oor die bed. Buite raas die voëls uitbundig en dinge voel 'n bietjie meer normaal. Sy moet toe tog weer aan die slaap geraak het. Laas het sy nog benoud geluister na die skuurdery en die gebrom van hiernaas.

Sy kyk langs haar op die bed. Die kind is weg.

Haastig trek sy skoene aan om te gaan soek. Die kind is nêrens buite nie. Kytie roep saggies na haar. "Tina! Tienrand!"

Sy loop in die rigting van die groothuis, wat sag lyk in die son se vroegoggendse genade. Selfs die doringbome rondom lyk 'n bietjie jonger en vol nuwe moed en die hoenders is uit hulle hokke en loop pik-pik rond, hul vere gloeiend uitgepof in die lig van die son.

Kytie kyk oralster of sy die kind gewaar. Dalk wou sy gaan kyk of Japie wakker is. Gisteraand het sy die meerkat flou gespeel. Antas moes hom red en in haar romp se sak wegbêre.

Van iewers kom die reuk van vuur. Sy snuif. Dit ruik na verskroeide vleis en hare. En dit kom uit die rigting van hulle kamer.

Ag Jirre help. As dit die kind is …

Kytie sit om en draf terug, 'n harde benoudheid in haar hart. Die rook kom van die ander kant af, agter, die rondloper se kant.

By die hoek van die gebou steek sy vas. Die kind sit saam met 'n jong, halfnaakte man by die vuur.

"Tina!"

Die kind beweeg nie, maar staar grootoog na die vuur. Kytie sien die vlamme in haar ogies flikker. Die letsel oor haar wenkbrou en wang is rooi geverf – bloed? Dit laat haar soos 'n wilde ding lyk.

Maar sy lyk nie bang nie.

Almiskie. Sy sit op haar hurke langs die vuur en staar oopmond na die vars geslagte dier wat aan 'n spit bo-oor die vlamme hang. Dit lyk na iets tussen 'n kat en 'n muishond met pluisies hare wat nog hier en daar aan die kop en pote klou en stinkend rook.

Eenkant oor 'n stok hang die dier se afgeslagte vel, verskrompeld en bebloed.

Die jong man spring vinnig op. Hy lyk woes en ru, met strepe bloed wat oor sy skouers af tot oor sy ribbes loop. Klein en skraal, maar jy kan sien hy's taai, verdoodlik sterk. Elke spier onder sy geelbruin vel sien jy beweeg, so glad soos slange. Die bloed oor sy skouers, meen sy, kom van die dier wat hy in die veld moet doodgemaak en oor sy skouers huis toe gedra het.

Hy kyk behoedsaam na Kytie.

"Optel?"

Hy buk skielik en tel iets van die grond af op. 'n Mes!

"Optel, wat maak jy?"

Hy vee die mes stadig aan sy bobeen af en trap agteruit.

"Tienrand," sê Kytie en tree versigtig nader, "kom na Kytie toe. Gou, meisiekind. Kom."

'n Oomblik lank staar Kytie en die jong man behoedsaam na mekaar.

Dan loop Kytie vinnig tot by die vuur en raap die kind op. Die meisie sit haar eers teë, maar Kytie vat haar stewig vas en lig haar tot op haar heup.

"Jy's Optel," sê Kytie vir die man. Hy antwoord nie, sy blik staan vas op die kind, hy kyk met 'n snaakse gulsigheid na haar.

"Jy los vir haar uit! Sy't jou niks gemaak nie," sis Kytie dreigend en druk die meisietjie styf teen haar vas. "Het jy my gehoor! Jy los haar uit, sy's niks van jou nie!"

Dan draai sy om en loop vinnig weg, haar rug wat hol staan van die rillings.

60

Die pyl is weg, sien Koekoes toe sy terugkom by haar rondawel.

Sy hét dit tog gesien. Daar lê die teebeker se skerwe nog op die grond. Sy los dit net so en gaan na binne, gaan sit op haar bed. Sy bewe soos 'n riet, merk sy toe sy haar pistool langs haar neerlê: skrik en adrenalien. En bebliksemgeid.

Sy is seker dit was Doman se mense. Hulle wou haar wys wie's baas hier op die plaas. G'n wonder Doman was so mak gisteraand nie. Met sy jakkals-smiles en buiginkies. Hulle het hoeka al besluit om haar 'n les te leer.

Maar hy gaan spyt wees. Dáárvan kan hy seker wees.

Sy haal 'n paar keer diep asem en tel dan haar selfoon op.

Daar was twee oproepe, dieselfde nommer.

Sy bel terug, kry 'n oorstelpte konstabel Gatweet Moatshe aan die lyn.

Daar was wéér 'n inbraak op Askham. Wéér by die Duitser.

'n Oomblik lank wonder sy of Moatshe ook gekskeer. Maar Moatshe klink opreg benoud.

"Is die professor oukei?" vra sy.

"Nee, hy't niks oorgekom nie, Kolonel."

"Wie't dit aangemeld, Eckhardt self?"

"Nee, Kolonel, die vrou van die gasteplek daar. Sy sê die man se werk is heeltemal verwoes."

"Wanneer?"

"Seker so in die nag rond, Kolonel. Sy't nie gesê nie. Maar ..."

"Wanneer het sy gebel, Moatshe? En hoekom hoor ek nou eers?"

"Nee, sy't nou-nou net gebel. Maar die Duitsman wil nie polieste hê nie. So ... e ... Ek wil net geweet het, Kolonel, moet ek maar iemand uitstuur?"

"Sê eers of iemand al iets van Coin Bloubees gehoor het."

"Nee, Kolonel. Hy's nog net so weg soos gister."

"Is konstabel Amraal al in?"

"Sy het pas ingekom, Kolonel."

"Kan sy al bestuur?"

"E ... sy het darem nou anderdag haar drivers gekry, Kolonel." Daar is huiwering in sy stem, maar sy ignoreer dit.

"Stuur haar solank uit na Eckhardt toe."

Sy sluit haar deur en draf vinnig na haar kar toe.

Beulah wag haar aan die bopunt van die sementpaadjie in.

"Kolonel Koekoes," sê sy met 'n dringende fluister, "die agente keer nou al wat mens is wat hier wil in en uit. Vanoggend het hulle een van die stalletjiemanne hier onder in die pad soos vrot patats op die teer neergegooi. Hy het na kaptein Beeslaar gekom soek."

"Wie?"

"Ou Yskas. My baas is ballisties hieroor. Die besigheid kan nie bekostig dat hulle toeriste ook so behandel nie!"

Koekoes bel Mogale sodra sy in haar kar is.

Hy luister in absolute stilte na haar. Vandag hoor sy nie eens sy swaar asemhaling nie.

Sy's ontsteld en sy stilte maak haar senuweeagtig, dit laat haar vinniger praat, oor haar woorde struikel, onsamehangend. "En ... en ... dinge word nie makliker gemaak deur die-die-die ... Ek bedoel die SSA wat ... wat ... Hulle maak of alles ... Hulle mors my tyd en ondermyn my ondersoek!"

In 'n stadium wonder sy of hy nog op die lyn is. "Hallo?" vra sy.

"Ek luister," kom die diep stem.

Sy ploeter voort, vergeet die naam van die plaas waar Beeslaar en sy adjudante heen verhuis het. Uiteindelik het sy die hele relaas uitgeryg gekry, tot by professor Dieter Eckhardt op Askham. "Hy weier steeds dat ons betrokke raak, so ek weet nie wat sy storie is nie. Maar ek wou vra of daar enige nuwe inligting is oor professor Zimmerman? Hy't nie dalk intussen opgeduik nie? Ek wou nog gister vir kolonel Lobatse bel om te hoor, maar dinge het maar vinnig ontwikkel hier en die ..."

"Hier's nog niks nuuts oor Zimmerman nie. Lobatse gee nou van sy ander sake weg sodat hy voluit met die ding kan gaan. Roer intussen jou litte – die hele wêreld blaas nou al in my nek. En as Doman se spulletjie jou pla, bel my."

Na die oproep klaar is, skakel sy die kar aan en trek weg, wip verby Doman se spierpoedels by die hek en ry na die kurio-stalletjies toe. Die een naaste aan haar is Yskas s'n. Dit lyk verlate, maar 'n vrou wat voor 'n netjiese grashutjie sit met handwerk op haar skoot en twee maer honde by haar voete, staan op en stap nader.

"Yskas is nie hier nie."

"Het hy 'n foon?" wil Koekoes weet.

Die vrou trek haar skouers op. 'n Moedelose gebaar. "Gesteel."

Koekoes klim uit haar kar. "Hy was vroeg vanoggend by die lodge. Weet u waaroor?"

"Juis daaroor. Hy't vir die groot poliesman loop soek. Dis onse curiosities. Iemand het dit stukkend gebreek. Net hier." Sy wys na die reste van 'n vuur by 'n groot doringstruik.

Koekoes herinner haar iets van 'n ander kurio-insident die vorige dag, iets wat Beeslaar gesê het.

"As hy terugkom, sê hy moet dit by die stasie kom aanmeld."

Die vrou sug en draai om na haar huis toe. Sy bodder nie om te groet nie. Koekoes herken die lyftaal – kom van 'n leeftyd van niks-hê en alles-verloor en niks-wat-nooit-verander nie.

61

Op Askham kry Koekoes aanwysings na professor Eckhardt se kweek-huis 'n paar kilometer die woestyn in.

Dis 'n struktuur van wit geverfde glas naby 'n waterpomp, ontdek sy toe sy daar stop. Etlike ruite is stukkend geslaan en die gebou lyk tande-loos en triest in die harde oggendson.

Eckhardt self sit op 'n houtbankie onder 'n boom. Hy groet nie toe Koekoes uit haar kar klim en nader stap nie, maar kyk liewer anderpad. Die bont beblomde serpie is weer om sy nek en hy sit met kromgetrekte skouers en ignoreer haar toe sy vra of hy oukei is en of hy 'n idee het wie dit kon gedoen het.

"Toe maar," sê sy namens hom. "Ek weet klaar dis jou vriend Coin Bloubees."

Sy sug ongeduldig en kyk om haar rond, neem die omgewing in. Daar's nog 'n gebou agter die kweekhuis. Dit lyk of dit Eckhardt se kantoor en dalk 'n laboratorium kan huisves. Mollas staan by die kweekhuis se ingang en Koekoes loop na haar toe.

Binne lyk dit of 'n orkaan die plek getref het. Potte en plante, glasstukke en grond lê tussen die lang aluminiumrakke uitgesaai. Van die vetplante is platgetrap, lê soos bomslagoffers oor die vloer.

"Wie se werk is dit hierdie, Mollas? Coin?"

"Kolonel, dis nie 'n mens wat hier geamok het nie, Kolonel." Haar gesig blink van die sweet en haar ronde wangetjies bewe van ontstelte-nis. "Nie oompie Coin nie. Hierdie werk ... Dit het 'n malgeid op dit."

In die hoek van een van die panele sien Koekoes vreemde krabbels in die verf. Sy trap versigtig oor gebreekte plante en potte.

'n Tekening, sien sy, 'n man se lyf, maar die kop van 'n bobbejaan. Die figuur dra 'n boog en 'n hand vol pyle. Iets is langsaan in die wit verf uitgekrap – vreemde woorde, ondermekaar geskryf:

Geelhond is !gi:xa

!gum sê !gi:xa

Sê Voertsek

'n Rilling glip teen haar rug af. Op die grond onder die skryfsel lê 'n dooie slang. Die dier is met 'n pyl deurboor. Sy ril weer.

Kry 'n grip, Mentoor, betig sy haarself.

Sy kyk weer na die woorde. "Wat beteken dit?"

"Ek dink dis van die ou tale, Kolonel. Maar niemand praat dit meer nie. Dis baie verkeerde goeters hierdie!"

"Jy's blerrie reg, konstabel Amraal. Dis meer as verkeerd, dis gemeen. Gmf, Geelhond, nogal. Wie de hel dink hy is hy?"

"Leeu, Kolonel, dis mos die woord vir leeu. En hierdie goeters is die leeu-gees wat die mense so van praat. Dis hy. O, Heretjie, Kolonel." Mollas knyp haar oë styf toe.

"In hemelsnaam, man, kry end met die toorderytwak! Hierdie is 'n blerrie lafaard se werk. En sy naam is Coin Bloubees."

Maar Mollas wil niks weet nie. Sy bly agteruit trap. In die proses skop sy per ongeluk teen 'n glaskerf. "Jai!" skree sy hard en spring om, loop vinnig en met 'n stywe rug uit die kweekhuis uit.

Koekoes moet haarself keer of sy skel die vrou agterna. Sy kyk mismoedig oor die chaos heen. Wat de hel het in hierdie man se kop uitgehaak?

En wat as Mollas reg is? Wat as daar iets anders aan die gang is hier … Sy durf nie daaraan dink nie. Beeslaar is nié reg nie. G'n manier nie. Sy gaan nie nóú begin om klippe op te lig nie.

Sy loop met groot vasberadenheid uit die verwoeste plek en terug na die Duitser toe. Dié sit steeds bedremmeld onder die boom.

'n Bakkie kom aangery – Beeslaar. Hy klim uit.

"Hel," sê hy, "praat van klippe en glashuise."

"Jy weet dan," sê sy, "en hoe! Maar gaan kyk self. Ek gaan solank met die steeks professor praat."

Eckhardt lig sy kop toe sy aankom. "Ek moet na huis."

"Binnekort, Professor. Eers wil ek 'n paar antwoorde van jou hê."

"Maar ek wil nie polisie hê nie."

"Sê liewer vir my hoekom een van jou ekswerknemers so gatvol is vir jou."

Hy draai sy gesig weg. "Ek … Ag … Hy's reg." Sy stem is dik van die emosie. "Ek moet voertsê."

"Voertsek."

"Voertsek," sê hy skaapagtig agterna. "Ek doen alles hier om te help." Hy wys met sy groot, slap hande na die geboue. "My lewenswerk. Álles om te help." Hy kyk verslae na die kweekhuis en Koekoes wonder wanneer het sy simpatie met mense soos hy verloor. Is dit haar werk? Is dit oor hy 'n uitlander is? Met al sy wetenskap en fênsie sjmênsie ideale om die onnosel mense van Afrika van hulself te kom red?

"Jy kan mos maar weer plantjies plant, of hoe, Professor?"

"Nein! Ach, mein Gott! U verstaan ook niks. Hierdie … hierdie is nie belangrik nie!"

"Ekskuus?"

"Hierdie … Die verlies … Dis nie vir my nie, dis vir die ménse hier."

"Wel, iémand wou nie jou hulp hê nie. Maar ons sal hom kry, moenie worrie nie. Dit sal dalk nou nie jou plantjies …"

"Nein! Dit is nié … nie net plante nie, Mevrou!" Sy stem raak dun en hees en daar is trane in sy oë. "Baie van hierdie plante was baie-baie seldsaam. Daar's nie baie mense oor wat dit nog ken nie. En eeue se kennis wat ek … wat óns bymekaargemaak het. Oor jare. Baie mense het daaraan gewerk! Dis baie-baie maande se soek. Deur die beste, beste mense. Coin, Diekie, die laaste oumas wat nog geweet het waar en hoe om te soek. Soms … soms wag 'n mens vir … jy wag baie-baie jare. Vir kondisies. Vir 'n spesifieke plant om op te kom. Soms is dit 'n brand. Of soms 'n plaag van muise. Kilometers se stap. Da-a-e! Hierdie plante is skatte. Die Boesmans se skatte, Mevrou."

Sy onderlip bewe en hy sit met sy lang dun arms om homself geslaan.

Koekoes haal diep asem voor sy praat. "Professor," sê sy en hoop sy klink hierdie keer meer simpatiek, "wat het u aan Coin Bloubees gedoen dat hy só kwaad vir u is?"

Hy skud sy kop. "Ek wil na huis."

"Ek gaan iemand by u huis plaas vir beskerming."

"Nein!"

Beeslaar kom nader gestap en Koekoes stel hom voor aan Eckhardt.

"Lyk my na groot skade," sê Beeslaar, "ook in die laboratorium. Op wat skat u dit?"

"Wat?"

"Die skade, lyk my daar's van die laboratoriumtoerusting beskadig. Ek neem aan u is verseker."

"E … natürlich, ja," antwoord hy geïrriteerd.

"En u inligting? Die goed op die rekenaars?"

"My data is … elders."

Beeslaar vee sy voorkop af en sit sy hande op sy heupe.

"Is dít wat hulle gesoek het?"

"Wat?"

"Is dit dáta waarna hulle gesoek het, Professor?" vra hy.

Eckhardt kyk na Koekoes. "Kan ek maar gaan?"

"Watse boodskap is daar teen die glas?" vra Beeslaar. "Kan Coin die ou tale praat?"

"Nein. Nie Coin, dis nie hy nie. Hoeveel keer moet ek dit nog aan u sê?"

"Verstaan u die boodskap? Ek bedoel nou buiten 'voertsek' en so aan."

"Dis San, dalk !Xam. Maar dit het uitgesterf. Dalk is dit Nama. Maar Coin praat Afrikaans. En ek … ek moet weg."

"Hoekom wil u nie eis nie? Dit lyk my na duisende rande se skade daarbinne. Hoeveel is u navorsing werd?"

Eckhardt tuur na die kweekhuis. Dit lyk 'n bietjie soos die baas – vuisvoos. "Die projek … Die navorsing, dis 'n register van medisinale plante … plante wat die San oor eeue … die kennis kom oor eeue. Ek probeer dit alles te … 'n sentrale kennisregister te maak van al die plante.

Om vir die San patentregte daarop te verkry. En om die plante kommer-sieel te kweek. Dis potensieel miljoene rande, miljarde selfs werd. Die medisyne-industrie is groot. Is dit duidelik genoeg?"

"Des te meer Professor, dis 'n polisiesaak!"

"Nein! Daar is geen tyd. Dit het geen sin. Ek werk nou om die patent-formules ... Ag, u sal nie verstaan nie."

"Probeer maar," sê Beeslaar en frons, "ons doen ons bes."

"Saterdag oorhandig ons die register aan die ISB, die nuwe San-trust. Alles moet klaar wees dan, ook die patente."

"Die plante hier, dit wás dus waardevol?" Beeslaar lig sy kop in die rigting van die kweekhuis.

Eckhardt skuif aan die serpie om sy nek. "Seker nie in geld nie. Nog nie."

"Wat ..."

Koekoes knip sy vraag kort met haar eie. "Wanneer laas het Coin hier gewerk?"

"Ach mein Gott! Coin, Coin, Coin. Ek was tuis die afgelope week. Coin het 'n plant gebring wat hy wou verkoop. Hy het dit iewers gevind. Shetland, dink ek."

"Watse plant, belangrik?"

"Wat maak dit saak? Alle plante is, maar hierdie is 'n variant van 'n spesie wat ons reeds het – *mesembryanthemaceae*. Ek het hom bedank en hom 200 rand betaal. En dit was al. Kan ek nou gaan?"

Beeslaar vra of hulle gestry het oor die prys.

"Wat? Nein! Coin was in sy noppe ... e ..." hy soek vir die Afrikaanse woord, besluit op "skik". Hy sluit af: "En nou gaan ek."

"Ek sal u neem," bied Beeslaar aan. "Dan kan ek sommer u verkla-ring ook afneem. Vir die versekering."

"Danke, nein!" Eckhardt staan op. "Ek maak geen eise, geen verkla-ring. Daar is niks weg nie. Dis net verwoes. Baie dankie. Baie."

Hy stap op wankelrige knieë na 'n Jeep Cherokee wat onder die bome by die kweekhuis ingetrek staan. Hoeveel voertuie hét die man, dink Koekoes. Gister was daar die swart Range Rover by sy agterdeur.

"Laat jy hom sommer net so gaan?" vra Beeslaar toe die man wegtrek.

Koekoes voel haar nekhare kriewel. "En wat wil jy hê moet ek doen, 'n verklaring uit hom uit wurg? Jy weet net so goed soos ek wie se handewerk hierdie is. En ons sorg dat ons hom kry. Laat die blessitse professor in sy maai vlieg. Oukei?"

"Het jy gesién hoe lyk dit in sy laboratorium?"

"Wat's jou punt, Beeslaar?"

"Ek dink net ons moet ons nie blind staar teen een moontlikheid nie. Is dit nie vir jou ook snaaks dat Eckhardt in twee dae se tyd al hierdie goed oorkom, maar hy weier dat die polisie dit ondersoek nie? En hy hou vol dis nie Coin nie. En wat sou Coin motiveer om skierlik so wild en moordlustig te raak? As jy mooi daaraan dink, weet ons eintlik maar min van waarmee Coin of Kappies of enige van die ander betrokkenes besig was. Ek bedoel, die Coin wat ek gister in die selle gesien het lyk nie vir my soos iemand wat al hierdie kak in 'n kwessie van 'n dag sal maak nie. Herre, Mentoor. Ons moenie met oogklappe in hierdie ondersoek ingaan nie."

"Oogklappe! Dis juis wat jy dalk nodig het, lyk dit my, Kaptein. Om jou oog op die bal te hou."

Beeslaar steek sy hande in die lug. "Orraait, orraait, Mentoor. Dis jou saak. Ons maak soos jy sê. Maar moet net nie later kom sê ek het jou nie gewaarsku nie."

62 Die !gi:xa loop in die nag

En in die nag sal die maan haar hare losmaak
en dit oor die aarde uitgooi.
En Seko sal die dans doen.

O, my hart groei sterk.
Ek kry die boodskap van die dooie mense.
Hulle sê:
Seko is die !gi:xa van die mense.
Hy maak die reën.
Hy is die heler en geneser.

Die maan maak haar gesig oop.
Die sterre dans tot onder in my ribbes.
Ek voel dit daar.
My lyf wat tril en bewe.
Ek voel die kragte groei.

Ek voel die maan se hare om my kop.
Die hare groei op my.
Die maanhaar van die leeu.
My voete rek, daar's hare om my tone.
Ek loop die duine in met my swaar doekvoete.
Snuiwe die sand, snuiwe dit so.

Ek voel die kragte opstoot in my binneste.
Die brul breek uit my uit.
Ek brul.
My klank rol ver, ver oor die nag.
Tot in die sterre gunter.

Die maan span die boog.
Die snaar trek styf.
Ek sing van die dood.

63

Beeslaar stop vir petrol by die klein garage op Askham.

"Volmaak," sê hy afgetrokke toe die pompjoggie kom vra.

Hy kyk na sy foon. Hy het al twee maal vanoggend probeer, maar Gerda antwoord nie. Dis nou eers agtuur, dalk is sy besig met die kinders. Kleinpiet gereedkry vir die crèche of so iets.

Hy druk weer haar nommer in. Dit gaan oor na stempos: "Haai, óf ek óf my foon is weg. Los 'n boodskap."

Hy probeer: "Ek ... e ... Ek wil net graag dankie sê ... Die foto van Lara en ..." Hy kom nie verder nie, want die tyd is verstreke.

Daar's 'n klop aan sy venster.

"Jes, sorrie, hoeveel?" vra hy.

Die pompman kou aan 'n stokkie. "Dis 602 rand, Meneer. En elf sent."

Beeslaar haal sy garagekaart uit.

"Cash, Meneer."

"Wat?"

"Ons vat nie kaarte nie, Meneer. Jy kan hier by die shop kry."

Daar's 'n klein OTM in die kafeewinkel. Hy koop terselfdertyd 'n hele paar yskoue koeldranke: Coke vir Ghaap, Stoney-gemmerbier vir homself en 'n blikkie van Pyl se walglike groen Creme Soda.

Net voor hy die dorp uitry, gewaar hy 'n straatjie wat links afdraai. Op 'n ingewing swaai Beeslaar daar in en hy sien die planteman se groot Cherokee agter 'n huis geparkeer staan. Langsaan is 'n swart Range

Rover, die agterdeure oop. 'n Man met 'n dik nek en 'n stoppelbaard is besig om 'n krat agterin te laai.

Beeslaar probeer onthou of daar sprake was van kollegas wat saam met die wetenskaplike werk. Nee, so ver hy weet bly die professor allenig hier. Hierdie ou lyk buitendien nie soos 'n wetenskaplike nie, tensy plantkundiges deesdae gewigte pomp en soos spierpaleise probeer lyk.

Beeslaar maak 'n stadige u-draai en gaan stop aan die oorkant van die straat. Die kêrel sien hom raak en huiwer. Hy sit die krat neer en maak die Range Rover se agterdeur toe, knik saaklik vir Beeslaar.

Eckhardt kom haastig by die agterdeur uitgeloop. Hy lyk nog steeds ontsteld en angstig, roep iets na die man en beduie met sy hande. Die man draai skerp na hom toe, blaf 'n enkele woord en Eckhardt steek vas.

Beeslaar klim uit. "Alles reg hier, Professor?" roep hy.

Die diknek kyk nie om nie, maar begin haastig terugstap huis toe. Toe hy by die Duitser kom, sê hy iets vir hom en stap verby.

"Professor!"

"Alles … alles reg, Konstabel," roep Eckhardt en vat-vat aan die serpie om sy nek.

"Is u doodseker?"

"Ja-ja! G-geen probleem, hoor." Hy glimlag dapper, maar Beeslaar kan op 'n afstand sien dis aangeplak. "Danke schön, Konstabel!"

Beeslaar staan in die deur van sy bakkie en kyk hoe Eckhardt omdraai en in sy huis in verdwyn. Die man se gedrag is diep vreemd, om die minste te sê. En verdag.

Of is Mentoor en die Moegel reg? Hy wil altyd te veel klippe oplig, sy lyf Sherlock Holmes hou.

Dalk is dit hierdie warm plek met sy flikkerende horisonne wat sy brein op loop sit. Want hy raak al hoe meer oortuig dat hierdie saak nie eenvoudig is nie.

Daar is net te veel los rafels. Hy bly nuwes ontdek, met elke gesprek wat hy met mense het. Die prokureur, Silwer Bladbeen, om mee te begin. Hy probeer sê De Vos het by die plaaslike politiek ingemeng en hy het 'n uitval met Diekie Grysbors gehad. En hy't iets probeer skimp oor De Vos se bankrekening.

Beeslaar het hom nie te veel daaraan gesteur nie, maar miskien moes hy? Daar's De Vos se duur voertuig – waar kry hy die geld vandaan? Die professor … nee, twéé professors as 'n mens die een op Upington by tel, op een dag aangerand. Die een verdwyn, die ander weier om 'n saak te maak. Al twee is Duits, ken mekaar. En wat van die politieke spanning in die gemeenskap en al die ongelukke wat mense tref – noodlottig tref.

Hulle weet nie genoeg van De Vos nie. Dis duidelik dat hy agendas gehad het – maar wat? En Coin Bloubees. Hy kan werklik nie glo dat die patetiese figuur wat hy die vorige dag in die selle gesien sit het, dieselfde man is wat al hierdie goed aanvang nie. Daar's 'n soort bravade, 'n bla-tante uittarting aan hierdie misdaad wat hy moeilik met die hakkelende man kan versoen.

As dit sy saak was, sou hy wou antwoorde hê.

Sy foon lui. Dis 'n onbekende nommer, sien hy voor hy antwoord.

"Kaptein Beeslaar, kan jy kom help?"

Hy herken Jannas se stem.

"Hier's moeilikheid, 'n helse bakleiery."

"Wie?"

"Yskas, hy dreig om my plek aan die brand te steek."

"Byt vas," sê Beeslaar en skakel sy bakkie aan.

By die skoolbus aangekom, is daar pandemomium. Mense staan in bondels buite die heining en roep en skree na 'n man wat op Jannas se tuintafel staan met 'n bottel in die een hand en 'n Bic lighter in die ander.

Beeslaar beur sy weg oop tussen die mense tot by die tuinhekkie en gaan na binne.

Dis Yskas op die tafel, sien hy, met 'n brandbom in die hand – 'n glasbottel met 'n bruin vloeistof en 'n stuk lap as lont.

"Moenie nader kom nie! Ek gaan gooi!"

Jannas is by die ingang van die karavaan. Sy lyk benoud en staan met arms wyd gestrek, blok die deur agter haar.

"Laat ons praat, Yskas," roep sy. "Hou asseblief nou op. Dat ons liewer praat!"

"Praat se gat! Daai moerskont moet daar uitkom!"

"Asseblief, man! Sit weg die bottel!"

"Jannas moet wegstaan, want as hy nie gaan uitkom nie, gaan Jannas-goed seerkry!" Yskas skree met alles in sy maer liggaam: "Hans, jou kont! Kom uit daar! Kom uit! Of jy sal brand soos 'n vark!"

Die mense voor die hek roep en skree vir Yskas om te gooi en vir Hansie om binne te bly.

Beeslaar gee 'n tree vorentoe en Yskas gewaar hom.

"Staan tru, Kaptein, staan tru! Want sowaar as wat die Here my hoor, ek gaan hierdie bomgoed van my gooi!"

Beeslaar staan. Van die karavaantjie se kant af sien hy benoude ogies wat kort-kort deur die gordyntjies loer. Hy vang Jannas se oog en wys vir haar sy moet Yskas se aandag hou.

Agter hom skree 'n vrou: "Meneer, hy's gesyp! Hy's gesyp!"

"Yskas, ons sal jou help," roep Jannas. "Klim net af, dan praat ons. Ons sal almal help. Hansie sal ook help om vir jou nuwe goed te maak."

"My goed is my góéd! Daai moerskont het my goed gevernietag. Vandag gaan hy brand dat hy bars. Hans, kom uit daar, anders brand jy tot jy vrek!" Hy mik aanhoudend met die bottel na die karavaan en Jannas skree hy moet ophou.

"Gooi, oom Ysie, gooi!" roep 'n klomp kinders wat mekaar kogge-lend in die ribbes pomp en kraai van die lag. "Gooi, oom Ysie, gooi hom in sy moer in!" Die ritme daarvan raak aansteeklik en kort voor lank val van die grootmense ook in.

Beeslaar gee een lang tree bo-oor die takheining en probeer nog 'n paar gee, maar Yskas sien hom en lig die bottel. Van die inhoud klots uit en val oor sy hand.

"Pas op, man," sê Beeslaar. "Hou nou op voor iemand seerkry!"

Die kinders tel sy woorde op, draai dit in 'n ritme uit: "P'sop oom Yskas, p'sop! Oom Ysie pissie sop nie," koggel hulle. "Oom Ysie pissie soppie!"

Beeslaar begin sy geduld verloor. "Ek gaan nou nog net een keer waarsku, Yskas, dan kom haal ek jou daar af!"

"Skiet hom, oom Poliesman, skiet!"

Yskas klik die aansteker aan en bring die bottel nader aan die vlam.

"Yskas, nee!" roep Jannas. "Ek kry vir Hansie dat ons praat! Hou nou op!"

Die vlam bewe in Yskas se hand en hy sukkel, want die nat lont klou teen die kant van die bottel vas, maar dan vat díe vlam.

Beeslaar tree vinnig vorentoe, hy kry vir Yskas aan sy bene beet en ruk hom van balans.

Die bottel skiet uit Yskas se hand, die vloeistof trek in 'n boog vlamme deur die lug. Hy gil woedend en skop na Beeslaar, maar dié gryp hom gemaklik van die tafel af. Die vlamme spat in alle rigtings. Beeslaar is vaagweg bewus van die geskree, ruik hare en vleis brand, besef dan dis hy sélf wat aan die brand staan.

Hy los en hardloop vir die kraan langs die karavaan. Dit staan reeds in vol vloed oop, met Jannas wat die opvangkom met water reghou en uitskiet oor hom. Sy help hom om sy smeulende hemp af te ruk en hy druk sy kop onder die lopende waterkraan in.

Die water is skokkend koud op sy lyf, maar blaas sy kop oop.

Toe die ergste brand bedaar het, soek hy vir Yskas, maar dié is nêrens.

Hy wag nie, spring om en hardloop na die voorhek toe. Die bondel mense maak oop voor hom en 'n ent vorentoe sien hy vir Yskas hardloop.

Beeslaar sit hom agterna, gebruik die voordeel van sy lang, kragtige bene en vinnig-vinnig haal hy hom in en bring hom grond toe.

64

"Hy't my ghraafs geverbrand," protesteer Yskas terwyl Beeslaar hom terugsleep na sy bakkie toe.

Hy neem aan die "ghraafs" verwys na sy "crafts". Maar hy's te moeg en te moerig vir vra.

"Ek sê jou," roep Yskas, "dis Hansie se dinge dié! Dis hy wat alles begin het. Hy sê dis ék wat sy ghraafs gebreek het, hy gaan my wys. Maar dis valse beskuldiginge. En hy klap sommer my vrou. Jy moet vir hóm loop vang, nie vir my nie!"

"Hoe weet jy dis Hansie? En wat van die arme Jannas? Jy wil sommer haar plek afbrand?"

"Hansie wil nie hê ek moet vooruitkom nie. Nou maak hy of dit die leeu-gees se werk is."

"Herre, Yskas, pleks julle help mekaar."

Toe hulle terug is by die bakkie laat Beeslaar hom agterin klim en beveel hom om daar te bly.

'n Benoude Hansie het intussen uit die karavaan gekom en staan bewerig by die tuintafeltjie terwyl Jannas bloed van sy gesig afvee.

"Kom," sê sy vir Beeslaar, "dat ek na jou stukkende plekke kyk."

Beeslaar skud sy kop.

"Ek's orraait." Hy gaan haal sy sopnat hemp, druk weer sy kop onder die kraan in.

Hy voel 'n hand op sy skouer.

"Jy het gebrand," sê sy. "Beste is om dit koel te hou. Kom sit, dan help ek jou."

Beeslaar droog die hemp uit met 'n kragtige draaislag. "Dankie, jong, maar ek dink ek sal oorleef."

Hy gee die hemp nog 'n draai en neem die droë doek wat sy na hom uithou, vee sy gesig en nek af, onder sy oksels en oor sy maag. Dan trek hy die hemp weer aan. Dis plesierig koel op sy vel.

"Die stryery het gisteraand al begin," sê sy moedeloos. "Toe Hansie sê dis Yskas wat sy goed gesteel het. Ons het dit op die ou end uitgewerk, maar vanoggend toe lê Yskas se handwerk nou weer in die vuur. En dit is beslis nie Hansie nie."

"Jy's seker?" vra Beeslaar en kyk hoe Hansie die bottelstukke rondom die tuintafeltjie een-een optel.

"Ek wéét dis nie hy nie," sê sy mismoedig. "Dat daar nou sulke onnodige goed moet gebeur, nou dat ons uiteindelik, na jare, iets het wat vir almal sal kan werk. Nou skierlik is dit of daar 'n duiwel los is."

Beeslaar buk vir oulaas by die kraan, skep 'n hand vol water en spoel sy mond uit. Alles proe na petrol. Agter die skoolbus merk hy 'n skraal jong man met sy hande vol gedroogde lusern by die donkiekraal. "Één persoon wat nie belangstel in al die opwinding hier nie," sê hy.

"Dis Optel. Hy't nie erg aan mense nie. Hy óf die donkies. Beide al te veel verniel."

"Dis die outjie van Antas, die medisynevrou?"

"Ja, sy het haar oor hom ontferm. Hy's goed met diere. Minder so met mense, ongelukkig. Maar hy's hulpvaardig, so op sy manier."

"Loop hy van daar af tot hier by jou? Dis nogal 'n entjie, dan nie?"

Sy lag. "Ja, vir mense wat gewoond is om oral te ry. Optel is jonk en fiks, hy loop groot afstande in die woestyn. Maar as Antas aflewerings of inkopies wil hê, ry hy met haar Jeep."

"Wat's die storie met die leeu-gees?" vra Beeslaar.

"Mense sê dis 'n towenaar wat ongelukkig is oor hoe dinge hier gaan."

"Raait, 'n towenaar soos in 'n … wat, geneser? Iemand soos Antas?"

Sy lag en skud haar kop.

"Nou ja, ek beter my ry kry," sê hy. "Ek vat vir Hansie ook saam in."

"Los maar eers vir Hans. En laat ou Ysie sy roes afslaap en stuur hom huis toe. Jy sal sien, sonder vanaand is die twee weer vriende. Oukei?"

"Wat? Dit was sommer 'n grappie dié?"

"Nee. Dis oop wonde. Mense wat niks oor het nie, deur die eeue gestroop. Deur my en jou soort."

Beeslaar skud sy kop en gaan klim in sy bakkie.

Dis byna nege-uur teen die tyd dat hy terugkom by die Witdraai-polisie-stasie. Mentoor se wit Polo staan reeds daar. Sy het hopelik al 'n bietjie afgekoel en die tjip op haar skouer rus gegee.

Hy gaan lewer Yskas in die selle af en stap dan deur na Mentoor.

Sy sit soos gewoonlik met haar een been onder haar ingevou, besig om deur 'n dossier te blaai, en kyk nie op as hy inkom nie.

"Kolonel," groet Beeslaar.

"Kom sit."

Hy maak so, woordeloos. Die tjip is dus nog intak.

Moerse.

Sy maak die dossier toe en leun vorentoe, elmboë op die lessenaar. "Jy was nogal lank weg?"

"Ek moes petrol ingooi. En toe 'n petrolbom ontlont."

Haar wenkbroue skiet omhoog.

Hy vertel haar van die petalje by die bus.

"O, sjit!" sê sy en slaan met haar hand teen haar voorkop, "ek het vergeet. Een van hulle, Yskas, was vroegoggend by die lodge, maar Doman se boelies het hom uitgegooi."

"Dit het tien teen een bygedra tot sy woede. Dis maar sleg, want die kurio's is hulle brood en botter. Ek glo eerlik nie hulle het dit self gedoen nie. Dis iemand anders se werk."

Sy trek 'n gesig. "Coin?"

"Hel, nee. Die man is nie Superman nie."

"Wel, miskien moet ons die side issues los en op Coin Bloubees konsentreer. Sy nonsens moet end kry. Ons kan nie toelaat dat hy nóg meer skade aanrig nie. En ons kan veral nie toelaat dat hy vir ewig wegkruip nie."

"Dalk moet ons die gemeenskap betrek. Coin woon op Bondelgooi en die mense daar is meestal in die jagterstam. Dalk kan ek met hulle leier gaan gesels, Windvoet !Kgau."

"Oukei … en wat sê? Iemand steek vir Bloubees weg, so hy moet 'n beroep doen?"

"So iets, ja. En wat maak ons intussen met Eckhardt?" Hy vertel haar van die diknek in die Range Rover. "Ek dag die professor werk alleen?"

Sy frons, die klipperigheid terug in haar oë. "Wat maak dit nou saak of die professor alleen werk? Feit bly dat sy werk verrinnefok is. En ons kan raai wie dit is. Mollas en Gatweet het die omgewing daar gefynkam en oral rondgevra. Ek vermoed dat Coin tien teen een laas nag daar gaan wegkruip het. Almal weet van die plek – behalwe ek en jy, natuurlik. Hy weet van die plek, want hy't al daar gewerk. En hy't geweet die professor werk nou van die huis af, die plek sou verlate wees."

Beeslaar kyk na die gebiedskaarte teen die muur, die blaaibord agter haar. "En jy's heeltemal seker Bloubees is ons man?"

"Wat de hél, Beeslaar!"

"Raait," sê Beeslaar en staan op. Hy wonder of sy iets weet wat hy nie weet nie. Dalk iets wat sy nie wil hê hy moet uitvind nie? Hardop sê hy, "Ek vat vir Ghaap saam. Ons mag dalk vir 'n hele ruk buite sein wees. Oubaas !Kgau bly glo in die gramadoelas, iewers op 'n pan."

"Jy beter jou eers gaan skoonmaak. Jy kan seker nie só by 'n hoofman opdaag nie." Sy glimlag en kreukel haar neus. Die glimlag bring ook haar kuiltjies uit.

Beeslaar swig vir die kuiltjies en glimlag verleë terug, onmiddellik spyt oor sy vermoedens.

Hy tref Ghaap en Pyl in 'n tydelike kantoor aan. Pyl sit fronsend en mor voor 'n skootrekenaar en langs hom hang Ghaap met sy een boud op die lessenaarblad, 'n verveelde glimlag op sy gesig.

"Nou toe," sê Beeslaar, "is julle aan die gang?"

Al twee kyk verras op.

"Ek," sê Pyl en stoot die rekenaar agteruit, "het minstens één ding ontdek, Kaptein."

"Jy meen jy kan kakpraat én werk? Waarmee is jy besig?"

"Ons probeer maar 'n bietjie agtergrond kry, hoe dinge hier gelyk het die afgelope week, dalk ook bietjie verder terug."

"Het kolonel Mentoor gevra jy moet dit doen?"

"Nie spesifiek nie. Maar ons dag dis dalk handig. Ons is deur al die kaptein se dagboeke en die saakboeke en die logs."

"En?"

"Hy't baie op trips gegaan, veral in Namibië in. En hy't baie gaan jag."

"Is dit sy rekenaar daardie?"

"Kom glo uit sy kantoor uit, maar ek short 'n password. En ek kry dit nie ge-override nie. Die techies in Kimberley sê ek het 'n spesiale program nodig. Hulle kan stuur, maar dan kry ek dit eers môre. Vir wat dit werd is."

"Dalk het hy die ding nie meer gebruik nie," stel Beeslaar voor. "Ek en Ghaap moet uitgaan in die distrik. Het jy nog baie te doen?" Pyl skud sy kop. "Ek wag vir Upington om te sê oor kaptein De Vos se lykskouing en ek soek in die argief alles oor Bloubees. Maar die stelsels hier is maar bietjie deurmekaar. O, voor ek vergeet, iemand het na jou gesoek, Kaptein. Die prokureur, meneer Bladbeen. Hy wou nie 'n boodskap los nie, maar hy't gevra Kaptein moet Kaptein se e-posadres stuur."

"Oukei. Maar as jy klaar is, Ballies, wil ek hê jy moet kyk wat jy alles oor silwer Bladbeen self kan opspoor. Kyk in kaptein De Vos se dagboeke vir melding van hom. En kyk sommer op die internet ook. En dan doen jy dieselfde met professor Eckhardt van Askham."

Pyl trek sy notaboek nader en skryf dit neer. Dan wys hy na die stapel dagboeke. "Een van hierdie dagboeke lyk soos kaptein De Vos se private ene. Sy Namibië-grenspatrollies is in albei aangeteken, maar in die persoonlike ene is daar ekstra bestemmings bygevoeg. Dis plekke soos Walvisbaai, met 'n adres in Sam Nujomastraat. En daar's 'n trip via Karasburg na Oranjemund en Alexanderbaai. En een na !Nami#nus, geen clue hoe mens dit uitspreek nie, maar dis die ou Lüderitz."

Beeslaar dink na. "Dis ver plekke, nie waar nie? Dis nie juis jagtersmekkas nie, dis hawens. En Oranjemund en Alexanderbaai is diamantgebiede, nie waar nie? Dalk was hy daar vir sake, ondersoeke waarmee hy besig was? As jy tyd oorhet, kyk bietjie in die saakboek of jy kan sien of daar oop dockets is, sal jy? Dalk het daar ouens by die grensposte oorgeglip wat hy daar moes gaan haal het, kyk maar."

Pyl maak 'n aantekening, sê dan: "Ek en Ghaap wonder ook oor ander goed in die dagboek."

"Onthou net, Pyl, ons ondersoek nie nou De Vos se doen en late nie, nè?"

"Natuurlik nie. Maar tog. Hy het die afgelope twee maande baie van die locals ingeskryf en by elke naam is daar rye nommers en goed. Ghaap sê hy dink dis koördinate."

Beeslaar kou sy lip. "Wie almal?"

"Coin is een van hulle," sê Pyl ingenome. "Dan is daar 'n Ouma v, twee keer Desember verlede jaar. En 'n Ouma p. In Oktober is daar inskrywings vir Upington, einde Oktober. Al wat bystaan, is 'g.e.a.r.'."

"Seker gear," bied Ghaap aan. "Soos in gereedskap. Hy's mos op 'n plaas."

"Vergeet nou eers van dit," beveel Beeslaar ongeduldig. "Net die name, Pyl."

"Diekie en Diekie en Diekie, um, laat ek sien. Daar's geldbedrae ook by – seker betaling. 200 …"

"Die name, Pyl!"

"Um, einde November op 'n Sondag is dit Diekie. Desember is … Haai, dis Orania by Krismis! Wat maak hy in Orania?"

"Nevermaaind," sê Beeslaar, "sy vrou se mense is daar. Los dit nou eers."

"Sorrie, Kaptein. Um, Desember het verskeie Upingtons en twee Coins." Hy sit die boekie neer en tel die volgende kalenderjaar s'n op. "Januarie het hy baie: Drie Diekies plus Optel. Februarie … Ek sien twee Diekies. Nee, meer. Vorige naweek, Sondag, was Diekie plus Optel, maar dit lyk of dit agterna doodgetrek is. Afgelope Saterdag ook, weer deurgestreep. Woensdag weer … Nee, doodgetrek. En gister sou hy Orania toe gaan. Dit tel seker nou vir 'n deurstreep."

"Hel," sê Ghaap, "dis mos 'n hectic plek daai."

"Hmm," sê Beeslaar ingedagte. Wat de hel was De Vos mee besig?

"Oukei, Ballies, dis goeie werk, maar konsentreer eers op jou eie goed. Kom ou Ghaap, laat ons ons ry kry."

65

Koekoes maak koffie. Dis net na nege op die blou Maandag, tog voel dit of dit al vyfuur kan wees. Sy het vanoggend nie eens kans vir brek-fis gehad nie. Weet ook nie of sy sal kan eet nie. Sy drink te veel koffie. Maar dis in hierdie stadium óf die koffie, óf dis drank. Sy's nie 'n wafferse drinker nie. Martin het glad nie gedrink nie. Maar na sy dood het sy gewoond geraak aan 'n glas wyn saam met badtyd saans.

Probleem is drank maak jou swak, maak die honde los uit die donker buurte van jou kop. En dis die ding van 'n donker buurt – jy gaan nie alleen daar in nie. Die laaste tyd het die een glas soms twee geword. En as dit die dag rof gegaan het, het haar hand dalk 'n bietjie geglip. Een of twee keer selfs onbehoorlik.

Sy vat die beker en gaan kyk na die groot gebiedskaart wat een hele muur van die vertrek opneem. Dis 'n helse gebied vir een man om in weg te raak.

Haar oë dwaal oor die plekname op die kaart: Twee Rivieren by die parkingang in die noorde. Welkom, die klein dorpie net hierdie kant van die hek. Dan weer wes, Namibië se kant toe, die leë vlaktes van die Mier-gemeenskap. En al die droë panne: Klein-Awaspan, Groot-Awaspan, Hakskeenpan. Eenbekerpan. Die jagplase rondom. Suide toe lê die ‡Khomani-grond: Andriesvale en Bondelgooi en Louisvale, die Molopo Lodge en Kalahari Lodge en 'n hele aantal ander toeriste-lodges.

Daar's 'n klop aan haar deur. Sersant Rassie Erasmus.

"Kom," sê sy, "vertel vir my jy het goeie nuus." Hy was pas weer op

Bondelgooi en die toeristekamp, natgesweet en rooi in die gesig. En hy het steeds die pleister oor sy neus – danksy kaptein Beeslaar Saterdagaand in die duine. Die bloukol onder sy regteroog begin oor sy wang uit te sak. "Jy lyk bietjie oes, jong."

Hy glimlag styf en sy groot adamsappel wip. "My vrou sê ook so."

"Julle het Bloubees se huis ook weer deursoek?"

"Daar's niks, Kolonel. Niks wat soos die moordwapen kan lyk nie. En ek dink nie hy sal so dom wees nie."

"Here, Erasmus. Hoe's dit dan met julle? Jy behoort mos elke liewe erdvarkgat in hierdie omgewing te ken?"

"Kolonel, as hierdie ouens eers in die reservaatgebied is, kan hulle reguit loop tot binne-in die park. Dan is dit feitlik onmoontlik, want daai park is groot."

"Maar hierdie hele wêreld sit vol spoorsnyers. Kry een van die donners om jou te help!"

"Coin is die beste, Kolonel. Dit was altyd hy en oom Diekie Grysbors."

Koekoes vat 'n groot sluk koffie. Dit brand in haar keel af.

"Hoe het julle hom dan vantevore gaan uithaal as hy nonsens aangejaag het?"

"Wel, laas keer dat hy so weggeraak het, het ons hom op Welkom vasgetrek, dis mos nou teenaan die park se ingang."

"Ek weet waar dit is, Sersant! Was julle daar, Saterdagaand, met kaptein De Vos?"

"Um, nee, Kolonel. Ons het … e … Bloubees het dan gebel om te sê waar's hy."

"Het julle gedrink Saterdagaand?"

"Kolonel?" Die adamsappel spring.

"Ek vra of julle gedrink het voor julle na Bloubees begin soek het."

"Nooit, Kolonel!" Die bloed stoot op oor sy nek.

"Wat het julle dan al die tyd gedoen, Erasmus, dambord gespeel?"

"Maar net … wat ek vir Kolonel vertel het."

"En dis normaal om op verdagtes te vuur?"

"Dit was net … Nee, kaptein De Vos het hom herhaaldelik gewaarsku om te staan en …" Hy kyk nie na haar nie, maar sy kan sien hy stry tussen veg en vlug.

"Jy lieg deur jou tande, Erasmus. As ek vir jou goeie raad het, beter jy en Landers en Tholo reg wees vir 'n ondersoek. Bloubees se prokureurs gaan vir julle uitmekaar trek. En as hulle klaar is met julle, gaan die bloubaadjies van OPOD julle vervolg. Julle kan julle maar klaarmaak. Almal is gatvol vir vrot poliesmanne. En OPOD wil bitter graag spiere wys!"

Erasmus sluk en hy vee 'n nuwe vlaag sweet van sy voorkop af.

"Intussen kan jy jouself bruikbaar maak. Kyk of jy vir ons 'n vliegtuig kan organise. Julle gebruik die park s'n vir grenspatrollies, nie waar nie?"

"Ja, Kolonel," sê hy gretig. "Ek bel dadelik, Kolonel."

Lank nadat hy by die kantoor uit is, sit sy nog en tob. Hoe's dit moontlik dat sy vir 'n man soos Kappies geval het? Was sy dan só blind? Só erg van haar trollie af?

Die antwoord is duidelik genoeg "ja". Met 'n uitroepteken!

Alles wat sy nou van Kappies ontdek, laat haar wonder. Die duur, nuwe kar. Orania. Liewe Here. Waar was haar verstand? Sy't vir ses weke lank 'n verhouding met hom gehad.

Maar dit was nie liefde nie, dit was seks. Net dit. En dit was ook nie so dikwels nie, net nou en dan as hy op Upington was. Hy sou nie eens bel nie, net laataand opdaag. En sy, arme poephol, sy't gegryp na enigiets wat haar uit die ellende kon lig. Al was dit dan net nou en dan met woeste, hongerige seks. Daar's nooit baie gepraat nie. Hulle het ander behoeftes gehad.

Hoeveel shady deals het Kappies gehad? Soos die wapenlisensie vir die buddy wat hy by Martin probeer verby kry het?

En wat maak sy as Beeslaar regtig begin torring aan Kappies? Watse geraamtes gaan daar uitpeul? En hoe lank se krap gaan dit wees voor hy by háár uitkom? Want as sy eerlik moet wees, doodeerlik, moet sy toegee Beeslaar het 'n punt. Dit sou wél help om te weet waarmee Kappies en Coin en Diekie en die res van die spulletjie hier besig was die laaste tyd.

Maar sy durf nie.

Here, Cordelia Mentoor.

Hoe gaan jy ooit weer iemand in die oë kan kyk?

Jou ma, om maar een te noem. Só trots op haar enigste kuiken wat iets van haar lewe maak. "'n Kolonél, my hart. En dit op 32. Jou pa se hart swel seer sekerlik nou waar hy daar in die hemel rondsit."

Pa Polla Mentoor met die sagte hart. En die marshmallow-muise wat hy kleintyd vir haar huis toe gebring het. Klokslag, na werk, stop hy by die Spar vir sigarette. Plus twee muise vir haar. Een pienke en een bloue, vaal van die suikerstof. Met liquorice-sterte. Sy't nie gehou van die liquorice nie. En hy sou lag. "Ek sal die stinkstertjie eet."

Koekoes maak haar rekenaar oop.

Daar's 'n dowwe pyn onder in haar maag. Asof al daardie muise van ouds nou beginte terugknaag.

Sy staar na die skerm voor haar. Sy wil haar pos tjek, notas begin maak, iets wat sy vir die Moegel kan wys, iets wat sal lyk of sy ten volle in beheer van die situasie is, met 'n helder plan na 'n einddoel toe werk.

Maar sy bly staar, haar gedagtes wil haar nie laat los nie. Sy wonder of Kappies en Kotana ooit met mekaar te doene gekry het. Sy wil haar vaag-weg herinner dat Kappies iets van 'n jagnaweek saam gesê het. Sjit, don't go there. Los in godsnaam die frieken bobbejane agter die bult!

Koekoes klap die rekenaar toe. Haar koffie het koud geword, maar haar maag gaan nie 'n vars koppie duld nie.

Dis amper tienuur, sien sy. Dalk moet sy gou teruggaan lodge toe en haar rondawel ontruim. Gebruik maak van die aanbod om na die nuwe lodge toe te gaan, Meerkat-watookal, onder Doos Doman en sy spul ninjas se neuse uit te kom. Wou hulle kak lag oor die "lakens stoei"-episode.

Lakens stoei, Liewe Here!

Sy vat haar foon en stap oor die bakkende vierkant na die hoofgebou. Uit die onderpunt van die lang, donker gang hoor sy iemand snork. Dit sal Yskas, die stalletjieman wees. Sy gaan vra vir Gatweet Moatshe om vir haar die sel oop te sluit.

Die smous lê uitgestrek op die bank, snork soos 'n dieseltrein. Hy het nie skoene aan nie en sy voete is grof en vol merke, die toonnaels dik en getjip. Kan dit hy wees wat sy vanoggend deur die wasgoed sien verdwyn het?

Sy skop liggies aan sy een voet. "Wakker word, ou grote."

Yskas snork diep en draai op sy sy.

"Hei!" Sy tik hom aan die boarm. Hy hou op snork en sy oë gaan stadig oop.

Sy kan sien hoe hy eers probeer uitreken waar hy is. Dan sit hy skielik regop en lek sy droë lippe.

"Nou wat maak 'n man dan nou wéér hierso?" mompel hy.

"Hy sit hier as hy diep in die kak is."

Hy sluk en kyk verward op na haar.

"Jy was vroeg vanoggend by die lodge, nie waar nie?"

"Ek wil 'n crime gekom rapporteer het. By Beesl—" Die volle omvang van sy situasie dring nou pas tot hom deur. Hy snuif en trek sy knieë beskermend op.

"Luister, meneer Arnoster, ek stel nie belang in jou brandstigtery nie, ek wil weet hoe laat jy vanoggend by die lodge was?"

"Mevróú?"

"Toe jy na kaptein Beeslaar kom soek het, het jy enigiemand behalwe die veiligheidsmanne gesien?"

Hy kyk verdwaas na haar. "E … e … dit was mos nou reeds hulle wat my uitgesmyt het. Onbeskof, ook. En … e-e … hulle wil nie geglo het ek is ek nie, ek moet my pampiere wys. Beulah-goed het vir hom ook gesê wie's ek."

"Het jy enigiemand gesien daar? Iemand wat nie daar hoort nie, dalk een van jou mense?"

"Maar hoe bedoel Mevrou dan? Ons hóórt dan hier?"

"Man, moenie vir jou onnosel hou nie. Ek soek na iemand wat vanoggend daar gekom kwaad doen het. Een wat 'n pyl en boog by hom gehad het."

"Dit was nie ék nie, Mevrou. My goed is …" Die herinnering kom terug. "My goed is alles verwoes! Dit kan nie ek gewees het nie." Hy lyk of hy enige oomblik in trane kan uitbars.

Koekoes blaas gefrustreerd haar asem uit. "Ek sê nie dis jy nie. Ek vra of jy iemand gesien het, een van jou … julle mense."

Hy skud sy kop verdrietig. "Net vir Beulah-goed. En … e-e … en dan was daar meneer Botha en-en … Ek het niks meer pyl-en-boge nie. En ek het hulle self gemaak."

"Wie loop dan rond met sulke goed?"

"Ons gebruik mos die bogies by die grasskool. Vir die kjinners wat leer. Maar … e-e … as Mevrou nou 'n mooi boog soek. Ek kan een maak. Dit kos net 100 rand."

"Waar's Coin Bloubees?"

"Coin loop ver."

"Wie steek hom weg, hè? Ek wéét een van julle steek hom weg."

"Nee, nooit, Mevrou. Ons Boesmanse, ons is nie …"

Koekoes se selfoon lui. Die Moegel.

Sy loop uit die sel uit.

"Generaal." Moatshe kom aangewaggel met 'n glas water vir Yskas en sy loop vinnig verby hom terug kantoor toe.

"Het jy Saterdagaand hier by ons 'n missing gedoen?"

"Flippit, Generaal. Nee … O, wag 'n bietjie. Dit was die vrou, die hawelose in die dienskantoor. Ek het nie die aangifte gevat nie, maar … e … die twee konstabels het met haar gewerk. Sy was dronk en ru-moerig. As ek reg onthou, was die herrie oor 'n kind. Het hulle hom gekry?"

"Enigste een wat iets gekry het is die pers, Mentoor."

Koekoes se mond word droog.

"Die 'herrie' van jou het horings gekry," brom Mogale.

"Maar hoe kom hulle aan my?"

"Die gewone manier, jong. 'n Prokureur, ene meneer Agarob Gooi. Noem homself die Stem van die Stemloses."

"Ag, Heretjie, Generaal."

"Kan jy weer sê, Mentoor. Want hy's koerante toe. En hulle soek na jou."

Koekoes trek haar asem in. "Generaal, ek het niks daarmee te doen nie. Ek het toevallig verby geloop toe die vrou die klag kom … régtig." Kalm bly, sussa, kalm bly. Maar wat de hel probeer die Moegel doen? 'n Fokkop van sy eie mense deurskop na háár toe?

"Dis regtig nie my probleem nie. Ek is nou wraggies jammer …

Generaal." Haar stem is hoog en dun. Sy skraap haar keel. "Wat ek wil sê is dat ek … ek nou eers 'n moordenaar probeer vang."

"Nou maar doen dit. En doen dit verdomp gou."

66

Beeslaar en Ghaap ry eers Jaspis toe sodat Beeslaar skoon klere kan aantrek vir hulle besoek aan Windvoet !Kgau.

Beeslaar is bekommerd oor Mentoor. Enige mens sou hom afvra hoekom daar op een naweek, op een klein kolletjie in die Kalahari, soveel moeilikheid gebeur. Reg voor 'n helse politieke gedoente.

En sy's min gespin oor Kappies se doen en late.

Hulle loop eers na die hoofhuis om te groet en tref vir Heilna Wannenburg aan wat probeer om 'n glas medisyne aan haar pa op te dwing.

"Ek drink nie daai kak nie," sê die siek man obsternaat.

"Dit moet, Pa." Sy sug lankmoedig. "Drink dit net."

"Jy moet my kom help," sê Wannenburg toe hy Beeslaar en Ghaap by die deur opmerk. "Sy boelie my."

"Kry vir Oom 'n kannetjie Doom," sê Ghaap en kry 'n moordende kyk van Heilna as beloning.

"Wat het jóú oorgekom," vra Wannenburg vir Beeslaar.

"Jy moet die ander ou sien," sê Beeslaar droogweg. "Ek het juis gou kom skoonmaak. Ek moet met oom Windvoet gaan praat."

"Nogal! Jy moet vir my iets saamvat. 'n Springbokboud. Die ou het nog vir my pa gewerk. Goeie man."

Beeslaar gaan stort vinnig en trek skoon klere aan. Toe hy terugkom, sit Ghaap met Wannenburg en gesels. Op sy skoot het hy 'n pakkie in koerantpapier toegedraai. Seker die bevrore boud.

Wannenburg glimlag bleek. "Loop jy maar lig. Ou Windvoet kan 'n fool van ver af sien aankom." Sy lippe lyk droog en korserig en hy haal vlak asem.

"Ek gaan maar net hulp vra."

"Ja, hel, ek hoor dit gaan sleg met hom. Ek en hy, tesame is ons 'n dying breed. Elkeen die laaste van sy spesifieke soort. Jy moet vir hom sê ou Boy sien hom weer anderkant."

Beeslaar knik. "Ek sal hom sê."

"En kom vanaand 'n bietjie vroeër. Heilna marineer koedoesteaks om te braai."

Sodra hulle wegtrek, raak Ghaap besig met 'n padkaart wat hy op Upington saam met die pleisters gekoop het. "Nutteloos," mompel hy en vou die kaart weer toe.

"Wat's nou weer fout, Ghaap?"

"Dis 'n lui donner wat die kaart geteken het. Hier's niks op nie. Net een dorp en ek sal sweer dis nie eens 'n dorp nie."

Beeslaar moet lag. "Dis die Kalahari dié, nie Johannesburg nie."

"Maar daar staan fokkol op die kaart. Dis so leeg soos ... wat ook al, my bankrekening. Ek sweer hulle het 'n fout gemaak. G'n plek kan so leeg wees nie."

"Hy lyk maar net vir jou so leeg. Hier gaan heeltemal te veel dinge aan vir 'n leë plek."

Op 'n ingewing stop Beeslaar toe hy by die stalletjies verby ry en sien dat Hansie klaar weer reg is vir besigheid.

"Alles reg by jou, Hansie?" vra Beeslaar.

Hansie het sy broek aan wat hy vir die toeriste dra, die skortjie van springbokvel. Aan sy voete pryk 'n paar groen Crocs.

"Kaptein het my lewe gered vanmôre, maar ek is nie kwaad nie."

"Wat gaan jy verkoop? Ek dag jou goed is gesteel."

"Net die bogies is weg, ek het darem nog die kraaltjies."

"Nou wie dink jy het julle goed verniel, Hansie?"

Hansie kyk na sy groen skoene. "Daar's mense, Kaptein, wat sê dis toordery."

"En wat glo jy?"

"Kaptein, ek is 'n kerkman. Maar van die mense hier praat van gees-te. Juis oor daar so baie ondeundigheide in die laaste tyd hier by ons is. Snaakserige goed. Daar was 'n leeu se spoor by Yskassie se vuur. Maar hier loop dan nie los leeus nie. So die mense sê dis die gees van 'n leeu. As voormense ontevrede raak, dan gebeur dit. Maar Yskas sê mos nou ék het die spoor gemaak. Ek kán spore maak. Enigeen kan."

Hy buk en vee 'n plekkie in die sand mooi glad. Dan druk hy met verskeie kante van sy hand daarop en maak 'n spoor. "Man-leeu," sê hy en glimlag. Daar's net een tand op sy onderkaak, vir vasbyt, mees waarskynlik.

"So dis 'n méns wat die spoor by Yskas se vuur gemaak het?"

"Is 'n mens, ja. Maar dis nie ek nie."

67

Koekoes kyk op toe daar 'n ligte klop aan haar deur is.

Sersant Pyl staan met Kappies se skootrekenaar in sy arms en sê hy wil iets vra – of hy 'n koerier kan inskakel om vir hom 'n CD-ROM uit Kimberley te bring.

"Hoekom?"

Pyl tree versigtig na binne. Met sy lang, dun bene laat hy haar 'n bietjie aan 'n sekretarisvoël dink, maar sonder die slangvretergesig, want syne is oop, met die appelwangetjies, aanvallig selfs, was dit nie vir die ongelukkige lappie hare op sy bolip nie. "Dis kaptein De Vos se rekenaar, Kolonel. Die techies in Kimberley kan vir my 'n program stuur om die kode te kraak."

"Nou wie't gesê jy moet daarmee sit en tyd verspeel?"

"Kolonel?" Hy kyk verras op, trek sy maer skouers terug.

"Het ék jou gevra om dit te doen?"

"E ... Nee, Kolonel. Maar ek dag ..."

"Ék dag, Sersant, dat ek jou gevra het om die papierwerk te doen. Het jy al enige uitslae van forensies se kant af?"

"Nog nie, Kolonel, maar ..."

"Ek wil nie maars hoor nie. Gaan doen jou werk en los die computerspeletjies."

"Kolonel, ek het maar net gedink ... kaptein Beeslaar het ..."

"Kaptein Beeslaar lei nie hierdie ondersoek nie. Maak jy net soos jy gevra word. Dis al! En gee my daardie rekenaar hier."

"Kolonel," sê hy en kom sit die rekenaar op haar lessenaar neer, sy ken dapper uitgestoot.

Sy voel soos 'n rot toe sy sien hoe bedremmeld hy wegstap. Die sekretarisvoël weg, 'n afbekhond in sy plek. Maar dis tawwe tieties. Ons word maar almal so nou en dan met die neus in die modder gedruk.

Haar foon lui en sy gryp dit. "Ja!"

"Koekoes, ek is jammer om te pla, maar ..."

Dis Helena Smith van *Die Gemsbok*. Koekoes se hart slaan 'n slag oor. Hoekom, Liewe Jesus, moes jy nou juis vir Helena op hierdie saak gesit het? Kon dit nie maar iemand anders gewees het nie? Iemand wat niks van haar weet nie. Niks van haar vuil wasgoed ...

"Ek het nog steeds nie kommentaar nie, jong. En wanneer ek het, sal ek jou kontak, oukei?"

"Ek bel oor iets anders. Oor 'n vermiste kind ..."

"O. Dis nie my saak nie, Helena. Ek kan jou absoluut niks sê nie."

"Maar die ma van die kind sê ..."

"Ek weet níks van haar nie."

"Wag nou eers, die ma sê jy ..."

"Helena, luister, ek weet niks van haar nie. Hoekom vra julle nie liewer hoe sy in die eerste plek haar kind kwyt is nie? Waar was sy toe die kind weggeraak het? En hoe nugter was sy?"

"Koekoes, jy's nie ernstig nie. Hierdie is 'n formele navraag!"

"Nou maar rig jou formele navraag aan die regte mense. Ek het absoluut niks met die saak uit te waai nie. Niks soos in nul. Ek was nie betrokke nie, ek het nie die klag ontvang nie, ek ken nie die ma nie en ek ken nie die kind nie. Ek was nie eers aan diens toe sy dit aangemeld het nie."

"Dus weet jy sy het dit aangemeld?"

"Teen hierdie tyd wel, natuurlik! Jy't klaar op Upington navraag gedoen, nie waar nie? Volg dit maar met hulle op en los my dat ek my werk hier kan doen. Ek weet dis erg as 'n kind missing raak, maar hierdie een is nie my saak nie."

"Jy meen dis erg, maar nie erg genoeg vir jou nie?"

"Helena, jy moet ophou dink jy kan my melk vir so lank as wat jy lekker kry. Ek is nie jou dial-a-quote-antie nie. Van nou af sal ek dit waardeer as jy my nie meer direk op my selfoon bel nie. En ook nie vir elke bakatel nie!"

"Ek bel nie vir elke bakatel nie. Ek bel oor 'n kind wat weg is en 'n ma wat jóú aangewys het as die persoon by wie ek navraag kan doen. Van wanneer af is een lewe belangriker as 'n ander? Is dit dalk oor kaptein De Vos en jy ..."

"Hierdie gesprek is verby, Juffrou Smith."

"Maar ..."

Koekoes druk die foon dood, trane van frustrasie wat in haar oë brand. Dónnerse vroumens. Dís wat gebeur as 'n mens beheer ver-loor. Jy word uitgevang deur 'n aasgier soos Helena Smith. Dit was na Krismis vorige jaar. Kappies het haar lankal gedrop. En sy was terug uit die hospitaal na die ... Here, sy sukkel met daardie woord: vrugafdry-wing. Sy was dus láág, om die minste te sê. Alles was deurmekaar, sy't pas oorgeneem as bevelvoerder in Kotana se plek en haar senuwees was gaar.

Twee oud-kollegas het haar omgepraat vir 'n vinnige glas wyn in die Southern Cross. Sy wou nét loop, toe Kappies die bar binnestap. Hy het haar nie gesien nie, hy was te danig met die blondine aan sy arm. Koekoes het geweet wie dit was – die nuwe PRO vir Gariep Wine Cellars, mooi en beboesemd en bene tot in haar gat.

En sy wat Koekoes is se neus steek skaars bo die bar counter uit. Godweet wat oor haar gekom het, maar sy't shooters bestel en almal moes down. Luide aanmoediging: go, Toortjie, go!

Sy was al by haar derde toe Kappies by die bar verskyn en hardop sê: "Lyk my Klein Duimpie is vanaand uit haar boks gehaal!"

Net so.

Sy was skielik nugter. En skaam. En verneder. Naar. Sy moes badkamer toe vlug. Waar Helena Smith haar gekry het – kotsend. En huilend.

Sy't toegelaat dat Helena haar huis toe vat. Die res kan sy nie onthou nie.

Maar toe sy weer vir Helena sien, het sy geweet: Helena weet!

318

Sy sak agteroor in haar stoel, probeer die trane keer. Here, sy's moeg. As sy net vir Coin Bloubees in die hande kan kry, klim almal van haar rug af en kan sy dalk rus vir haar siel kry. Sy's só moeg. Moeg vir sterk wees. Moeg vir die tawwe-koekie-speel. Altyd, áltyd in beheer wees. Altyd harder grom as die ander honde in die hok.

Sy weet wat hulle haar agter haar rug noem. Al die gegrinnik oor haar postuur, haar gebrek aan gravitas. En name soos Fluffy en Stofpoepertjie. Stoepkakkertjie. Sy's moeg om die kleinste te wees met die grootste bek.

Moeg.

Sy skrik toe Mollas aan haar deur klop.

"Kolonel, is u orraait, Kolonel?"

Koekoes hoes en vee oor haar neus en wange. "Allergie, Mollas. Wat is dit?"

"Sorrie ek pla, Kolonel. Maar iemand het by kaptein De Vos se huis ingebreek."

68

Die teerpad val weg en word gruis – spierwit kalkgruis in 'n stuk landskap wat so plat en kaal is dit lyk of dit deur 'n atoombom platgevee is.

"Jirre, dis 'n kak plek dié," brom Ghaap. "G'n wonder die mense moer mekaar nie. Hulle sê jy kan mal word as jy allenig op een van hierdie panne beland."

"Watter een is hierdie?"

"Koo se Pan, sê die kaart. En hy's nog klein. Die ou grootmeneer is Hakskeenpan, Namibië se kant toe. Kilometers en kilometers van niks. Afgewissel met fokkol." Hy haal 'n donkerbril uit sy hempsak en sit dit op. "Mens sal blerrie blind word in hierdie plek," mompel hy.

Dis 'n hele ent voor hulle die uitdraai na Windvoet !Kgau se blyplek sien. Die pad loop oor 'n gedeelte van die pan voor hulle die eerste duin tref. Beeslaar sit die bakkie in tweede rat en gee vet teen die helling uit. Die bakkie gedra hom goed en hulle rusper gemaklik oor. Twee duine verder kom hulle af op 'n paar sinkhuisies naby 'n groot kameeldoringboom.

'n Groepie kinders speel om die huise rond, jaag mekaar kaalvoet oor die warm rooi sand.

In die skaduwee van die boom sit 'n diep bejaarde man op 'n grasmat met sy een knie onder sy ken opgetrek.

Die hitte slaan Beeslaar vol op die bors toe hy uit die bakkie klim. Dis nog skaars 12-uur, maar die lug is klaar só warm, dit skroei tot in jou longe. Hy haas hom na die koelte van die boom, Ghaap agterna.

Die ou man staan flink op en groet hulle gulhartig. "Kom sit, kom sit, kjêrels!" Hy dra 'n vrolike bont hemp wat los oor sy benerige lyf hang en daar's dun diervelriempies om sy nek.

Sy naam is Herklaas Wonderboom, blyk dit, die leier se swaer. "Windvoet is nou selwers nie hier nie, maar sit so bietjie, sit. Maak julle bene lank."

Hy roep na die spelende kinders. Een van die ouer seuns – Beeslaar skat hom rondom 12 – breek weg van die groep.

"Ja, Oupie?"

Die ou man gee hom opdrag om bekers te gaan haal. Toe hy terug-kom met 'n skinkbord en drie bekers gaan hurk hy by die voet van die boom en begin met sy hande in die sand grawe. Sy bolyfie is kaal en Beeslaar sien hoe sy ribbetjies en die knobbels van sy bladbene werk tot hy 'n stuk sinkplaat oopgegrawe kry. Hy lig dit op en haal 'n groot kan water uit die gat onder die plaat. Die ou man vat die kan aan, skink al drie bekers vol en gee dit dan terug saam met die bevrore springbok-boud wat Beeslaar saamgebring het.

Die water is effe brak, maar dis heerlik koel en Beeslaar drink sy beker leeg. Hy bedank die ou man en sit sy beker terug op die skinkbord. Dis 'n ou, verweerde blikskinkbord, 'n prent van 'n protea nog net-net daarop sigbaar.

"Ou Windvoet," sê hy, "is vroemôre al vort, want hy's mos nou so siek. 'n Baie ongesonde siekte."

"Ek hoor dis ernstig?"

"Ja, ons weet nie mooi wat dit met hom is nie. Maar dit kom al 'n hele tydjie, sedert ouma Veter se begrafnis. Hy't eers net so 'n magerigheidjie aan hom gehad. Nie lus vir 'n kos nie. En toe raak hy slegter."

Beeslaar onthou dat hy al die naam gehoor het, iets wat Jannas gesê het. "Is dit nie die tannie wat deur 'n slang gepik is nie, Oom?"

"Wat pra' jy. Ons was almal ongelowig oor daardie ding. Daai ouma ken vir slanggoed. Sy's dan nog in die regte veld gebore. Regte Boesman gewees, sy."

"So, Oom se swaer is Upington toe? Na die dokters?" vra Beeslaar en staan op. Hy's haastig om weer in die aircon te kom.

"Nee, jong, hy's na die medisynevrou toe. Sy het hom nou onder die hand geneem. Die boddelmedisynes van die ander dokters help nie vir hom nie."

"Mevrou Wilpard?" vra Beeslaar.

Die oom se vlieserige oë vonkel. "Daar's hy. Antas-goed, ja. Sy het die regte kennisse. As sy vir jou deurgelees het, moet jy maar vir jou regmaak, want jy kom weer tot 'n lewe. Haar medisynes kom uit die grond uit. Soos onse mense."

"En Oom se swaer is seker ook al 'n groot man, of hoe? Ek hoor hy's oor die 70?"

"Ja, meer ouerder, eintlik, baie meer. Anderkant taggentag, maar darem maar nog duskant van die dood."

Hy lag vrolik. "Toe hy hom gelaat inskryf het vir die ID, toe't hy maar gesê hy's 75."

"Hoë ouderdom," sê Beeslaar.

"Maar gesond, jong, soos 'n jongperd. Dis net nou skierlik, hierdie alles. Smaak my dit neuk verkeerd hierso. Dis of die duiwel en sy maters nou rindeloos regeer."

"Wat sou Oom sê is dan die moeilikheid?" vra Ghaap en skud sand van sy broek se sitvlak af.

"Nee, Boetie, wat ook al aangaan, dis onkristelike dinge. Toe ouma Veter nou so siek geword het, het sy gepraat van die geelhond wat loop. Eintlik, dis sy gees wat loop."

Ghaap kyk onderlangs na Beeslaar. Dan haal hy 'n pakkie sigarette uit en hou vir die ou man, wat sy kop skud.

"Ek het 'n bors," sê hy en gee 'n slymerige hoesie.

Ghaap steek aan. "'n Hond se spook?" vra hy deur stywe lippe terwyl hy rook uitblaas. Die rook bly om hom hang, vasgehou in die digte hitte.

"Dis leeu se kind. Ouma Veter was 'n spesiale mens as dit by die leeue kom. Sy kon met hulle praat, jy weet, 'n liedjie sing."

"Síng?"

"Ja. Dis nog van die ou veldkennisse van onse mense. As leeugoed nou in die omtrek is, dan kan sy vir hom bietjie aangeprys het. Want hy's eintlik mos maar 'n trotse ding. Jy moenie vir hom ignoreer of vir hom lelik sê nie. Jy sê vir hom jy sien hom en hy's 'n sterkman. Dan't hy sommer weer moed geskep. Anders kan hy vir hom onnodig hou. Hy jaag die donkies, want hy's nou honger, sien?"

Ghaap skud sy kop, buk en tel die skinkbord met die leë waterbekers op. "Ek gaan maar eers die bekers weer bêre," sê hy, "lat ons kan ry. Dankie vir die water, Oom."

Beeslaar en die ou man kyk hom agterna. "Het die leeu ... die spook van die leeu ..."

"Dis g'n spook nie. Dis die leeu se gees. In die ou dae wat verby is, daai tyd kon 'n medisyneman of die reënmaker mos in die ander wêreld ingaan. As hy gedans het, hy dans tot anderkant verby, tot hy nou bloed het in sy neus. Dan gaan sy eie gees nou uit sy lyf uit. En dan kan hy 'n mens gesond maak. Of hy sit vir hom miskien weer neer in die leeu se lyf. Maar dis die ou goed. Deesdae kan hulle nie meer nie, ons het mos nou eintlik uitgegaan uit die ou goeterse. Daai goed het almal al gever-geet. Maar nou weer, nou praat die mense weer, veral partykeers as daar nou drank is, dan praat die mense los."

Beeslaar vee die sweet uit sy wenkbroue. Sy een oog brand nou al vandat hy hier aangekom het. "Coin Bloubees, Oom. Dis hoekom ons hier is. Ons soek na hom. Hy's nie dalk hier nie?"

"Hiér? Nee, jong. Ek hoor hy was weer met onbruikbaarheide besig. En nou's daar glads 'n poliesman dood."

"Juis. Hy het nie dalk hier aangekom nie?"

Die ou man skud sy kop. "Nee, ons het hóm laas gesien toe daar filmmense was. Dan soek hulle mos maar mense wat vir hulle kan Boes-mans wees vir die films. Cointjie was laaste keer saam met so 'n klompie hier. En oorle Diekie ook. Hulle moes hier oral oor die duine gekruip het, kaalgat, want hulle maak mos nou toneel. Dan moet hulle lyk soos een wat 'n springbok voorlê. Cointjie moes wys hoe hy hardloop, laat dit nou lyk hy kom van baie ver agter die springbok aan. Hulle het darem vir my ook ietsietjie gelaat doen. En hulle betaal mooi. Maar nie as jy dronk-dronk aankom nie. Hulle het bietjie gesukkel met Coin. Hy's mos lief vir die waterkos, dan loop hy soos een wat in die hakskene gepik is. Dit lyk nie reg in die films nie."

"Ek sien, dankie, Oom. Nog net een ding. Sal Oom se swaer kan help om vir Coin op te spoor?"

Oom Herklaas haal 'n blikkie snuif uit sy hempsak, gooi 'n bietjie op die rugkant van sy linkerhand uit en neem twee vinnige snuiwe – een vir elke neusgat. Daarna nies hy en vee sy neus met 'n sakdoek af. "Kyk," sê hy toe die snuifblikkie en die sakdoek weer weggesit is, "ek is jammer vir die man wat dood is. Maar toe Windvoet by hom loop kla het oor die ou gardes wat so skierlik geverdood raak, toe luister daai man met stom ore en hy vat nie netisie nie. Nou's hy sélf gekom vat, maar nou's dit 'n ander saak. Nou's almal wakker en soek oralster. So, al wat ek vir jou kan sê, Kaptein, is dat jy maar self by Windvoet moet gaan hoor of hy vir julle wil help. Lat hy kyk of hy nog kragte in hom oorhet vir dit."

69 Seko vertel van die leeu wat nie brul nie

Die grootste jagter van die Kgalagadi is nie groot nie.
Hy's die kwaaiman in die duine.
Niemand wat hom ken nie.
Hy's vir almal 'n geheim.

Kyk maar 'n bietjie uit.
Hy lê waar niemand kyk nie.
Woon in 'n gaatjie in die sand.
Klein mannetjie, die heel geringste.
Maar sy gedagtes is dieper as die nag.

Jy gaan vir hom nie sien nie, maar hy sien vir jou.

My naam is Seko en ek is die mierleeu.
Jy sal my nie kan hoor nie, maar ek hoor vir jou.
Ek hoor jou hartklop al van ver af.
Ek voel dit in die roering van die sand.
Vir my kan jy nie vang nie.
Want ek vang vir jou.

70

Die kind speel al heel oggend agter op die werf tussen die hoenders. Optel het vir haar 'n pop gemaak, 'n soort lappop. Maar pleks van lap is dit van sagte leer. Vir hare het hy stukkies van 'n springbokpronk opgewerk, geel gekleur met kleursel wat hy glo self maak van g‖ariba, die elandsboontjie. So sê Antas.

Vir Kytie lyk die pop maar bietjie arig, maar Tienrand was tog te in haar skik en het in die sagte sand onder die groot peperboom in die agterjaart, waar die Jeep ook ingetrek staan, gaan sit en met die pop gespeel.

Optel het ook gekom. Hy het met sy rug teen die neus van die Jeep aangeleun en na Tienrand sit en kyk. Sy lippe het heeltyd beweeg, asof hy met haar praat. Kytie was verbaas en tegelyk onthuts. Sy dag hy praat nie!

Sy het hulle deur die kombuisvenster dopgehou en heeltyd gewonder wat hy alles vir die kind sê, maar toe sy uitgaan om te hoor, staan hy vinnig op en stap weg.

"Ts'wabba-an," het Tienrand gesê en die pop vasgedruk.

Ai Jirrietjie tog, het Kytie gedink, kon hulle nie maar 'n gewone popnaam gevat het nie? Iets soos Cindy of Vytjie of wat ook al. Tienrand het die poppie op die sand in 'n bedjie van droë gras neergelê. Maar net nou maar moes die pop weer "opstaan" en het hulle twee saam-saam begin om die hoenders rond te jaag.

Kytie het weer by die kombuistafel kom sit, maar gesorg dat sy steeds 'n goeie uitsig oor die jaart het.

Sy begin weer werk. Sy moet gedroogde blare in 'n vysel fynstamp.

Dis nie moeilike werk nie, maar Kytie is nie gewoond aan tafelwerk doen nie. Sy boer mos maar met die Handy Andy en stofsuiers. Dis loopwerk en bukwerk en kruipwerk as jy 'n vloer met die hand moet polish. Niks se gesittery nie.

Antas kom stryk ook by die tafel neer. Sy het 'n paar blikkies van die rak afgehaal waaruit sy klein bietjies poeiers met 'n mes se punt uitskep. Sy sien hoe Kytie kort-kort deur die venster loer om te sien of Tienrand nog orraait is.

"Jy hoef nie bang te wees vir Optel nie, Kytie," sê sy besorg, "hy lyk maar net vir jou so wild. Onder al die wildigheid is daar 'n suiwer hart."

Wild is nie die woord nie, dink Kytie. Dis eerder woes. En donker. Daar sit onheil in sy kyk, veral as hy na Tienrand kyk. Dis besitlik, honger ampertjies.

Nee, daar's los skroewe in daai kop, so waar as parramanel.

"Jy sien, Kytie, hy is maar net baie sku, mense het hom al baie geknou. So hy hou hom eenkant. Ek sê mos, hy verdwyn vir dae. Dan loop hy in die veld en gaan sy wippe na en kyk of hy iets gevang het. Dan bring hy dit vir ete. Hy's fluks. Jy hoef hom nie 'n tweede keer te vra om iets te doen nie. En hy's … Hoe sê ek dit nou? Hy's dierbaar vir my hart. En jy kan maar dophou, hy gaan vir ons nog groot dinge doen."

Maar Kytie se eie hart bly maar ongerus en springerig. Ongedurig. Sy bly dink aan al die bloederige goed daar by sy kamer, die eienaardige geluide van die vorige nag.

"Miskien," sê sy heel versigtig, "miskien moet ou Tienrandjie eers bietjie alleen speel? Laat sy kan gewoond raak."

"Hy's so bly sy het uiteindelik gekom. Baie bly! Hy't lank gewag vir haar."

Wat bedoel die vrou, uiteindelik? Kytie besluit sy gaan liewerster nie vra nie. Vir eers moet sy die ander dinge voorskuif, soos die polieste wat agter haar aan sit vir die moeilikheid in kamer 9.

"Ek … e … Mevrou moet weet dat die … dat die polieste … Hulle soek vir my. As hulle vir my hier kry, dan is Mevrou ook in die moeilik-heid. Ek sal maar moet uitkom. En myself gaan inhandig. Ek … Jirre, Mevrou, dis 'n verskriklike ding wat ek gedoen het!"

"Ek dink nie hulle sal sommer hier kom soek nie. Ant Kyt het mos nie wyd en syd gesê jy's hier nie. En ek is seker dinge is nie so donker soos dit lyk nie."

"Ek het 'n lelike verkeerde ding gedoen, maar … Wat daai man wil gedoen het. En as ek moet dink wat daardie kind al klaar in haar lewe … Dit sal nie haar eerste keer gewees het nie, Mevrou. Ek weet. Haar mense is dronk gemors. Gemórs! Ek kon nie … Dis mos nie reg nie!"

Die huil kom en Kytie sien hoe 'n traan op die vysel spat. Sy vee dit vinnig af.

"Ek sê jou wat," sê Antas, "ons maak 'n plan. Ek ken mense wat jou saak vir jou sal kan stel. Jy moet nou net vertrou. Alles sal nog regkom. Ons sal sorg daarvoor. Verstaan jy?"

Kytie verstaan nie regtig nie. Maar sy wil.

Antas gooi al die poeiers bymekaar en gaan haal 'n skotteltjie waarin daar al heel oggend blare lê en week. Sy skep die blare uit, roer die poeier by die water en sit die skottel op 'n skinkbord saam met 'n aantal ander medisynes. "Ons praat later weer, Kytie. Nou moet ons eers spring, want ons kry 'n belangrike gas. Optel ry nou juis om hom te loop haal."

Buite hoor Kytie die Jeep se enjin ratelend aan die gang kom. Sy kyk buitentoe, sien vir Tienrand wat met die pop onder haar arm staan en kyk hoe Optel wegtrek.

"Dis onse leier, Kytie, en hy het ons hulp nou baie nodig. Hy is een van die laastes van hierdie wêreld se oorspronklike Boesmans. Sy stamboom gaan ver terug, toe sy mense nog vry was in die Kalahari. Hulle plek was net hier anderkant, by 'n watergat, voor die Boere dit kom vat het. Nou staan hy op sterwe, maar sy mense het hom bitter nodig. Dis 'n tyd van groot beproewing. Hy moet nou staande gehou word. So, ant Kyt, ons gooi nou alles in om hom te help."

Antas wys vir haar hoe sy 'n groot kom met die kookwater op die stoof moet volmaak en dan haar vysels moet bygooi. Die hele spulletjie moet saam afkoel. Dan moet sy die drie poeiers meng en in 'n klein potjie op die stoof laat borrel tot dit bruin is. Dan afgiet in 'n emaljebeker – niks anders nie, net emalje, want anders raak die goed se kragte flou.

Kytie verstaan niks van al die goeters nie, maar sy bly stil, terwyl

Antas die hele huis eers vol rook maak. Dis kooigoedkruie, sê Antas, dit bring die voormense se goeie kragte die huis in.

Daarna verdwyn Antas in haar behandelingskamer in. Dis 'n vertrekkie net regs van die donker woonkamer met sy gebeentes en sy maskers. Nou mag daar nie meer gepraat word nie, sê sy. "Ons moet stil wees dat die medisyne sy werk kan begin. Onthou, ons werk nie soos gewone dokters nie. Ons werk met die binneste dinge."

Sy bly lank daar in die kamertjie, tot Optel weer terugkom met die leier.

Met die eerste oogopslag kan Kytie sien die man is bitterlik siek. En oud. Sy kop is spierwit en daar's blou oumensvliese oor sy oë. Hy't 'n barmhartige gesig, sag gebrei deur son en weer, hande grof soos skilpadpote. Dis arbeidershande, dink Kytie, hande wat in hulle lewe myle se draad gespan het, ontelbaar baie skaap geskeer het.

Sy's verbaas oor hoe hy lyk. Sy't gedagtes gehad aan 'n mens wat belangrik lyk, nie dié uitgeteerde oubaas nie. Daar's niks leierigs aan hom nie. Niks se grêndgeid nie, duur skoene en soet-en-taais nie. Sy broek en baadjie lyk te groot, tweedehands, welfare shop.

Hy is baie swak en Optel dra hom met gemak tot in die behandel-kamer, waar Antas lank met hom besig bly. Net een keer kom sy uit vir vars lappe en 'n treksel van die bruin goed.

Etenstyd help hulle die oom uit die huis om in die koelte van die bome te loop sit en Kytie moet kompresse van aalwynblare maak wat die oom op sy maag en op sy voorkop kry.

Tussendeur skarrel Kytie nog om kos ook te maak.

Vars groente wat Optel die oggend op Askham loop haal het en in die snaakse spens kom stoor het – eintlik net 'n diep keldergat in die sand neffens die kombuis, koel en donker binne.

Sy's net klaar met die skottelgoed toe daar 'n diep dreunklank van 'n vreemde kar opklink.

Antas kom haar waarsku: "Ek dink jy moet die kind vat en kamer toe gaan. Hier, vat vir Japie, dan hou jy vir Tienrand in julle kamer. Hou die gordyn toe. En hou julleselwers stil. Dis polisie!"

71

Beeslaar en Ghaap tref die leier van die jagterstam van die ǂKhomani-San op 'n groot koedoevel onder 'n digte peperboom aan die voorkant van die huis aan.

Oom Windvoet !Kgau lê kaalbolyf, sy oë toe en sy rug teen 'n stapel kussings gestut. Daar's aalwynblare en nat handdoeke oor sy voorkop en sy maag vasgepak.

Beeslaar probeer om nie aan die windklingels te raak toe hulle nader stap nie, maar met min sukses, en hy kan hoor Ghaap vaar ook nie beter nie. Daar's te veel van die goed, girts en rinkel by die geringste aanraking.

Die medisynevrou vermaan hulle om nie te lank te bly nie.

"Die oom is in behandeling en ek wil nie die proses versteur hê nie. Oom Windvoet," sê sy saggies en kniel by hom, "die polisie wil met jou praat."

Beeslaar sak op sy hurke. "Ons gaan nie lank bly nie, Oom, maar daar's 'n groot probleem hier in die gemeenskap en ons hoop dat Oom ons kan help."

"Ek is 'n siek ou man, Meneer. Wat kan ek dan nou doen?"

"Vir Oom se mense vra om met ons saam te werk. Dat hulle nie vir Coin Bloubees wegsteek nie."

"Jy kan self sien waar lê ek, ou seun."

"Ek is jammer daaroor, maar kan Oom nie die mense net laat weet nie? Dis in almal se belang dat ons hierdie ding stop. Voor daar nog mense seerkry."

Die ou man skud sy kop moeisaam. "My mense het al so verrinne-weer geraak, ou seun."

"Oom, ek verstaan daai dinge, maar as die mense vir Coin laat uitkom, dan kan die res van die dinge hier mos nou aangaan. Die projek en so aan. Ek belowe ons sal mooi na Coin kyk."

Antas maak 'n geluid. Sy sê niks, maar Beeslaar kan sien sy dink niks van sy belofte nie.

"Oom, ek dink nie Coin het bedoel om die polisieman seer te maak nie. Hy was bang en hy't geskrik. Dit verstaan ek."

Ghaap staan op. Hy het sy pakkie sigarette uit, maar Antas beduie kwaai hy moet op 'n ander plek gaan rook. Hy stap houtgerus weg en steek aan.

"Beloftes," sê die ou man en hy maak sy oë oop. "Daarvan het ons al so baie gekry." Hy hoes en sy gesig vertrek van die pyn. Antas skuif die lapgoed en die blare op die ou man se maag en voorkop terug in posisie.

"Maar die ding met Coin, Oom. Dit lyk nie goed vir Oom se mense nie."

Die ou man beur regop, vee die lappe en goed van sy voorkop af. "My mense en ek, ons weet al lankal dinge loop verkeerd. Ek was myselwers by De Vos gewees. Maar julle polieste vat nie netisie nie. Sê ons is dronk."

"Ek is jammer as dit so was, Oom. Regtig. Maar kan ons nie nou maar saamwerk nie?"

Die medisynevrou leun vorentoe en kyk streng na Beeslaar. "Die oom is regtig siek, dis nou genoeg." Sy probeer die ou man weer op sy rug laat lê, maar hy sit hom teë.

"Nee, kjend," sê hy en druk haar hand weg. "Laat my praat vir solank ek nog kan. De Vos was nie 'n goeie man nie. Praat met die hande as 'n ding nie vir hom reg is nie. Ek het vir Diekie-goed gewaarsku, ons moet onder hom uitkom, want hy's 'n kat-en-kwater en vir die Boesman het hy g'n aanvallige hart aan hom nie. Hy kom kamma met 'n groot belowing ..." Hy hoes weer en daar loop water uit sy neus uit. Antas leun vinnig oor en vee dit saggies weg.

Toe die oom weer praat, is sy stem krakerig en hees. "Hy't een slag by my aangekom met vleis. Hy sê daar sal nog baie kom as ons hom help. Hy sê … Hy sê daar kom oorvloedigheid. Ons gaan almal vet raak, vergeerd van armte, sê hy, daardie dae's vir ons verby, vir ons klomp Bondelgooiers. Ons sal kan koop net wat ons wil … grond, diere, allester … Ons gaan weer vooruit, tot ons weer vooraanstaande kom, voor in die ry. Want dit is die ding met ons Boesmans, ons was eerste hier in hierdie land, maar ons staan laaste om iets te kry."

Beeslaar haal 'n sakdoek uit en vee die sweet agter sy nek af. "Ek is nie seker ek verstaan mooi nie, Oom. Het kaptein De Vos vir julle geld belowe?"

"Baie. Hy sê ons sal weer ronderibbes loop. Op ons eie grond met spekvet diere. Maar kyk waar loop ons, meneer Poliesman. Agterder as agter, uit onse hoewe uit. En nou's dit te laat vir ons. Ons sterf hôrgalôs uit. Minder opregte Boesmans oor as arnosters. So, vergeerd julle maar onse hulp, Meneer."

Hy sak agteroor teen die kussings.

"Watse geld, oom Windvoet?"

"Ek weet nóú nog nie. Maar kort-kort …" Hy maak sy oë toe en vee met 'n bewende hand oor sy maag. "Kort-kort as ek weer hoor, dan't hy vir Diekie of een van die anderes weer geld gegee, dan't hulle vir hom geloop help daar …" Hierdie keer begin die oom hardop hyg en dit lyk of sy maag rukkings maak, sy gesig is asvaal en besweet.

Antas lig die ou man se kop, probeer vir hom iets uit 'n bekertjie inkry. "Dis nou genoeg!" sis sy vir Beeslaar.

Sodra die oom bietjie bedaar het, haal sy 'n koekseltjie kruie uit haar voorskoot en steek dit aan die brand. Toe dit rook, swaai sy dit stadig om die ou man se kop en oor sy lyf. Sy begin iets neurie, wieg ritmies saam.

Beeslaar staan saggies op en kyk rond vir Ghaap, maar sien hom nie. Onwillig om te roep, stap hy om die huis na agter.

Ghaap staan by die gastehuisie 'n ent weg. Hy loer by 'n venster in, maar spring terug toe die kamerdeur skielik oopgaan en 'n klein seun-tjie uitgehardloop kom. Hy jaag 'n jong meerkatjie wat met 'n stokstert voor die outjie uitskarrel. Kort op hulle hakke volg 'n ou vroutjie in 'n kopdoek. Die meerkat kies koers om die hoek van die huisie, met die kind agterna.

Die vrou steek vas en kyk verskrik na Ghaap, wat sy hand lig in 'n groet.

Die volgende oomblik sien Beeslaar iemand wat aan die agterkant van die huisie beweeg. Hy besef dadelik dit moet die loseerder wees, Optel.

Hy roep na Ghaap, wys vir hom hy moet om die huis gaan en die man voorkeer. Maar Optel is te vinnig. Hy raap die kind en die meerkat op en lê rieme neer. Binne oomblikke het hy oor die naaste duin verdwyn. Die vrou hardloop nog 'n entjie agterna en bly roep, maar sy kan dit nie volhou nie en gaan staan. Ghaap stap na haar toe, maar sy trek skamerig haar kopdoek af, sê iets vir hom en loop dan vinnig by hom verby en terug na haar kamer toe, klap die deur toe.

Beeslaar wys vir Ghaap hy moet terugkom en die twee stap saam terug om die huis. Ghaap se asem jaag. Hy steek nietemin 'n sigaret aan, neem 'n paar vinnige trekke en skiet die res weg voor hulle stil-stil verby die siek man en sy versorgster loop.

In die bakkie stel Ghaap die aircon vol oop. "My gat afgeskrik," sê hy. "Ek dag eers daar's 'n slang, met dié dat almal so hol. Toe hol ek maar agterna. Jirrr, daai mannetjie kan hól." Hy lag en haal weer 'n sigaret uit.

"Moenie eers daaraan dínk nie," waarsku Beeslaar.

Ghaap sug en sit die sigaret terug in die boksie. "Toe ek die antie vra hoekom hardloop almal so, sê sy sy en die kêrel speel maar jaag-jaag met die kleintjie. Hulle wil nie pla met die genesery nie."

"Optel," sê Beeslaar, "die kêrel. En die antie? Wie is sy?"

"Sy werk in die kombuis, glo." Hy haal sy selfoon uit. "Maar het jy gesien, daar's sein by daardie plek? Daar moet iewers 'n toring naby wees. Ek dag dis heeltemal to moer in gone, die plek." Hy grinnik. "Dalk het die bossiedokters deesdae almal sein, dat hulle die ambulans kan bel, want …"

Sy selfoon lui.

"Sien," sê hy, "dis die voorvaders." Hy antwoord, luister 'n paar oomblikke in stilte en lui dan af. "Dit was Pyl. Hy sê kolonel Mentoor laat weet ons moet deurskiet na kaptein De Vos se plaas. Daar was glo 'n inbraak."

72

Koekoes het Mollas gestuur om solank 'n bakkie te gaan uittrek en die aircon te laat loop. Sy moes eers vinnig haar gesig gaan was, dat sy soos 'n mens kon voel. In die gang het sy Pyl teëgekom, wat onmiddellik in die muur in wou smelt. Sy't gevra hy moet sy baas inlig en probeer om die weduwee De Vos op te spoor.

Mollas sit klaar agter die wiel van die groot Hilux toe sy buite kom. Koekoes los haar daar en klim in.

"Oukei, Mollas, jy ken die pad," sê sy, "en sit 'n bietjie spoed op, dat ons kan terugkom voor die middaguur."

Mollas neem die opdrag letterlik op en trek in 'n stofwolk weg, vlieg deur die groot hekke en om die skerp draai by die groot kareebome wat teruglei na die teerpad. Sy stop skaars voor hulle op die teerpad klim en 'n oomblik lank vrees Koekoes dat hulle oor die pad gaan skiet en aan die ander kant op hulle dak te lande gaan kom. Maar Mollas klou aan die stuurwiel en hulle bly op hulle wiele. Koekoes gespe haar veiligheidsgordel haastig vas. Langs haar bewerk Mollas die ratte asof sy 'n hyskraan bestuur. Sy's eintlik heeltemal te kort om al die voetpedale by te kom en dit lyk of sy wasgoed trap.

"Stadig, in godsnaam," roep Koekoes en gryp na die deurhandvatsel toe Mollas skerp briek trap om by die ingang na Shetland af te draai, maar Mollas gee klaar weer vet en jaag met wirrende bande oor die roosterhek. "Fokkit, man, oppas!" skree Koekoes.

Mollas roep: "Ja, Kolonel," maar sy ry niks stadiger nie. Sy duik en

334

rol agter die stuurwiel, 'n verbete trek om haar mond. Sy's bang, besef Koekoes, sy ry soos een wat op 'n krokodil se tande dans.

Hulle kom darem in een stuk by die onvriendelike plaashuis aan en Koekoes klim met bewende bene uit die bakkie.

'n Bejaarde voorman wag hulle in. Sy naam is Floris van der Westhuizen, sê hy, en hy wys na die voordeur, waarvan een van die geriffelde glaspanele stukkend geslaan is.

Hy dra 'n kakiehemp en kortbroek. In sy hande het hy 'n laphoedjie beet wat hy genadeloos knie en brei terwyl hy vertel hoe hy dit 'n uur gelede ontdek en dadelik vir mevrou De Vos probeer bel het. Sonder sukses.

"Here, Mevrou," sê hy, "wie is dan so respekloos? Kaptein De Vos se liggaam is nog nie eens koud nie!"

"Was jy binne gewees?"

Hy skud sy kop. "Ek's allenig hier op die plaas, Mevrou. Ek voel te arig om allenig in te gaan."

"Het jy dan nie iets gehoor nie?" vra Koekoes.

"Ek bly ver," sê hy en wys na 'n staning bome en 'n windpomp omtrent 'n kilo en 'n half verder. "Maar as ek iets gehoor het, was hierdie huis nog heel. Dis nou maar wragtag, hoor. Wragtag."

"En jy's seker dis nie jy wat jou kans waargeneem het nie?"

Die man se wange bewe ontsteld. "Ek en Kappies was goed met mekaar, Mevrou."

"Is jy 'n werknemer hier?"

"Nee, Mevrou, ek is afgetree. Ek bly nog hierso, want waar sal ek nou gaan? Ek het 'n paar beesgoed wat hier loop. En somtyds sit ek hand by as hier klein goedjies is, 'n kraan wat lek of 'n yskas wat breek."

Koekoes vra hy moet buite wag dat sy en Mollas eers gou deur die huis gaan.

Binne is daar chaos. Die sitkamermeubels is omgedop en kussings lê die wêreld vol gesaai. Die inhoud van die TV-kas is uitgeruk en lê op die grond, afgerukte elektriese drade wat mishandeld loshang. Boeke, CD's, rakke DVD's lê in hope op die vloer.

"Jirrietjie, Kolonel," sê Mollas, "dit lyk dan soos die Dietsman se kweekplantasie."

Koekoes sê niks nie. Sy kyk vlugtig by die kombuis in, sien die yskaste se deure staan oop en van die inhoud is uitgegooi. Die res van die huis lyk min of meer dieselfde.

"Ek dink die kaptein het 'n plek hier langs die huis," bied Mollas aan toe hulle deur al die vertrekke is. Sy lei Koekoes om die huis na 'n motorhuis met verseëlde roldeure en 'n gewone deur in die sykant. Die deur word met 'n ysterhek beveilig, maar dié is uit die muur losgeruk. Dalk met behulp van 'n koevoet, meen Koekoes. Sy sien tjipmerke in die sement waar die skarniere ingebout was.

Binnekant is dit 'n tipiese beergrot: groot kroegtoonbank in die een hoek, versier met 'n Bloubulvlag, dierehorings, bierbekers en 'n ornamentele drankvaatjie met 'n koperkraantjie. Daarnaas staan 'n opgestopte meerkat en 'n spierwit bobbejaanskedel met lang slagtande. Iemand het 'n sigaret onder die meerkat se een armpie ingedruk. Teen die muur agter die kroeg pryk foto's van 'n laggende Kappies met jagtrofeë en 'n groot, outydse swart-en-wit foto van 'n man met 'n baard. "George St Leger Gordon Lennox 1846–1918" lui die onderskrif: Kappies se held, Scotty Smith. Daar rondom is verskeie ander foto's en tekeninge van dieselfde man, asook ou, vergeelde foto's van geregsdienaars op kamele.

"Nou wonder ek, Kolonel," sê Mollas, "waar is die kaptein se kopbeen?"

"Sy wátsegoed?"

"Dalk is dit 'n liegstorie, Kolonel. Maar Erasmus en Landers het een slag gesê die kaptein het 'n mens se kopbeen hier in die kroeg."

"Is jy seker hulle het dit gesê?"

Mollas frons, daar's skielik twyfels in haar oë. Sy haal haar skouers op en haar ken maak 'n dubbele rolletjie. "E … hulle het net die een keer gepraat van dit, Kolonel. Dalk het die kaptein dit nie meer gehad nie."

"Bel maar een van die twee en maak seker, Mollas," sug Koekoes en loop na die gewerekas wat in die hoek van die vertrek met oopgerukte deure staan. Dit lyk of die gewere voltallig is. 'n Behoorlike versameling, baie goed onderhou. Die kolwe glim en 'n mens kan sien die staal word gereeld met liefde geolie.

Wat op aarde sou die inbreker gesoek het?

Sy stuur Mollas om vlugtig deur die res van die buitegeboue te gaan kyk en stap self terug na die hoofhuis.

Kappies en Leonora het nie 'n kamer gedeel nie. Dit kan sy sien. In Leonora se bedkassie lê 'n aantal leë pildosies. Koekoes herken een van die name – 'n swaar slaappil wat die dokter vir háár ook voorgeskryf het na Martin se dood: Stilnox 12,5 mg. Dit het haar hoofpyn gegee en sy het dit in die toilet afgespoel.

Sy gaan maak die bedkassie in Kappies se slaapkamer oop, ontdek 'n stukkende ou horlosie, 'n sleutelhouer met 'n haaspoot daaraan en 'n paar antieke patroondoppies in 'n klein houtkissie, los sente. Op 'n tafel voor die venster lê 'n stapel jagtydskrifte. 'n Klein koffertjie staan met sy deksel oop, 'n pak pajamas reeds ingepak. Sy onthou die dagboek op Kappies se lessenaarlaai waardeur sy vinnig geflip het. By vandag se datum was "Vertrek" ingevul.

Die hangkas ruik na hom – sweet en varsgekloofte hout. 'n Onverwagse golf emosie stoot in haar keel op, spoel flarde herinneringe teen haar aan: sy vingertoppe wat die kontoere van haar rug en boude volg, sy tong wat rasper oor haar bors. "Die tong is 'n magtige swaard," sou hy grinnik as hy dit oor haar maag sleep na die hitte tussen haar bene.

Sy klap die kasdeure toe.

In die badkamerkassie soek sy medisyne. Maar buiten Grandpa-hoofpynpoeiers, Eno en staaldruppels is dit net die gewone skeergerei.

By die voordeur hang die Land Cruiser se sleutels aan 'n houtbord met 'n embleem van Orania daarop geverf. Sou 'n Krismispersent van skoonpa gewees het, vermoed sy.

Met die sleutel in haar hand stap sy na buite. Daar's oral sand in die groot kar ingetrap en daar's tot stof aan die paar blou fluweel-bulballas wat aan die truspieëltjie hang. Sy glimlag toe sy dit sien. "My bloed is blou," sou hy sê.

Die ruimte onder die sitplekke lewer een sokkie op, maar niks verder nie. Ook nie die paneelkissie nie. Tjipspapiere, 'n platgetrapte sigaretdosie en 'n aantal doppies vir Castle Lager-bottels lê in die voetholtes van die agtersitplekke.

337

Mollas kom sê sy sien niks snaaks in die buitekamers agter die huis nie. Daar's 'n waskamer en verder agtertoe is 'n skuur met plaastoerusting in. Sy slot is óók gebreek, maar dit lyk nie of daar iets weg is nie.

"En Landers-hulle?" vra Koekoes terwyl sy die voertuig se agterdeur oopslaan. Binne lê daar 'n ammo-boks met gereedskap, 'n leë koelersak, braairooster in 'n swartsak toegedraai en braaibrikette. Geen leë bierbottels nie. Landers en kie moet dit Saterdagnag iewers stil-stil verwyder het.

"Kolonel," sê Mollas gewigtig, "Adjudant Landers sê ek het reg geonthou, daar wás 'n kopbeen, hulle het dit Saterdagaand nog gesien. Dit staan maar altyd daar, maar dis nie 'n regte kopbeen nie, dis van plastiek en dis vir ys. Maar hy kom self ook uit, Kolonel, om te kom kyk."

Net toe kom Beeslaar en Ghaap aangery.

"Jy kon nie dalk vir Leonora opspoor nie?" vra sy Beeslaar toe hulle aangestap kom.

Hy skud sy kop. "En ek bring slegte nuus van oom !Kgau. Hy gaan niemand aansê om ons te help nie."

"Sjit," sê sy, "back to square one." Sy vat hom en Ghaap vinnig deur die huis. In die beergrot gaan albei die mans staan. "Wow," sê Ghaap, "nice plek!"

Beeslaar sien eerste die gewerekas en loop nader.

"Dit lyk nie of daar 'n missing geweer is nie. Die rak is vol, elkeen op sy plek," sê sy.

"Lyk so," bevestig hy. "Tensy dit los tussen die ander gestaan het. Die een wat hy Saterdagaand by hom gehad het, was die stasie s'n."

"Ons sal seker nie weet tot ons die … e … lisensies iewers kry nie. Of sou Leonora weet?"

Hy trek sy mondhoeke skepties af. "Ons behoort goeie vingerafdrukke hierop te kry. Dié klomp lyk goed geolie. Dalk het die inbreker daaraan gevroetel. Pyl kan inkom en dit vir ons doen, tensy jy dink ons moet vir Hans Dans uitkry? Daar behoort meer afdrukke in die huis te wees, op die TV en die kaste en goed." Hy staan met sy hande in sy sye na die res van die vertrek en kyk en tree dan nader aan die ou foto's agter die kroegtoonbank. "George St Leger Gordon Lennox 1846–1918" lees hy hardop, " lang naam vir 'n perdedief, of hoe?"

Koekoes ignoreer die vraag. "Ons weet eintlik al wie se afdrukke ons gaan kry, nie waar nie? Ek dink ons kan vir eers volstaan met Pyl. Ons het nie nou juis tyd om te wag dat Hans Dans al die pad uit Upington kom nie. Hoofsaak is seker om uit te vind wat weg is."

Beeslaar trek weer die mond. "As dit Bloubees was, sou hy tog minstens kos en drank gevat het, dink jy nie? Veral drank. Nevermaaind gewere. Maar die kosgoed uit die yskas lê alles op die vloer, dit lyk nie of hier juis drank weg is nie." Hy haal sy selfoon uit en stap weer buite toe. "Ek gaan weer kyk of ek vir Leonora of die suster in die hande kan kry."

"Vra haar of sy iets weet van 'n ornamentele skedel."

Hy stop en draai om na haar. "Wat waar was?"

"Op die bar. Dis glo van plastiek, 'n ysemmer of 'n ding. Landers en Erasmus het dit Saterdagaand nog gesien."

Beeslaar loop om die kroeg en maak kasdeurtjies aan die agterkant oop, maar skud sy kop. "Raait," sê hy toe hy klaar is, "ek sal vra. Ek weet nie waar sy of haar suster is nie, maar ek hoop hulle antwoord nou."

Koekoes kyk vir oulaas oor die vertrek en volg hom dan buite toe. Maar hy kom kennelik nie reg nie, want sy hoor hom 'n boodskap los toe sy by hom aansluit.

"Jy weet," sê hy, "dit hinder my dat ons so min weet van De Vos se doene en late die laaste tyd."

Sy voel dadelik die irritasie teen haar nek opkruip. "En hoe sal dit ons help om vir Bloubees op te spoor?"

Hy sug lankmoedig. "Oubaas Windvoet sê De Vos wou 'n deal maak met die groep Bondelgooiers. En hy't glo gepraat van groot geld, maar daar het niks van gekom nie. Ek weet nie wát hy hulle belowe het nie, maar uit sy dagboek kan jy sien hy't met etlike van die mense ..."

"Dis tydmors, ek sê jou. Laat Landers en Erasmus nou maar eers kom kyk of daar iets belangriks missing is. Intussen moet julle Van der Westhuizen se huis gaan deursoek en hom invat stasie toe."

Beeslaar lek oor sy onderlip en staar verby haar die vlaktes in. Sy kan sien hy probeer om sy humeur in toom te hou.

Dan haal hy sy skouers op en sê: "Orraait, ons sal gou die oubaas se huis gaan doen. En Pyl laat weet om sy vingers-gear te bring."

Hy stap sonder 'n verdere woord weg, Ghaap agterna.

Koekoes bel die Moegel. Dit lui lank voor die stemboodskap begin speel. Sy kyk na die vaal, verwaarloosde voortuin terwyl sy wag. Die binnekant van die huis is net so kleurloos, ongeag die wanorde.

Watse soort huwelik was dit hierdie, wonder sy. En hoekom was die twee hoegenaamd nog bymekaar?

Sy sien stof uit die rigting van die grootpad en 'n minuut later stop Landers en Erasmus op die werf.

"Ons het nie so baie in die huis gekom nie, Kolonel," verklaar Erasmus toe hulle uitklim. Sy neem hulle nietemin deur die huis, maar hulle het niks bruikbaars om by te dra nie, kyk met ronde oë na al die skade.

In die beergrot stem al twee saam dat die gewere voltallig is. "Maar Scully was Saterdagaand nog daar, Kolonel," sê Erasmus en sy adamsappel wip.

"So julle hét gedrink, Erasmus?"

Hy vat-vat aan die pleister op sy neus en loer onderlangs na Landers. Dié staan hande agter die rug en staar na 'n plek bokant die TV. "Die leeukop, Kolonel, daar moet 'n leeukop hang. Kaptein het hom juis uit die huis uit geskuif, want iemand het sy snorhare gesteel!"

Koekoes sug diep. Here, dink sy wanhopig, hoekom raak hierdie besigheid met elke verbygaande minuut meer soos 'n blerrie sirkus? As dit nie 'n ysemmer is nie, is dit 'n opgestopte dier. Sy kan haar nou al indink hoe Bééslaar gaan reageer.

Sy besluit om nie hier rond te staan nie. Sy stel die twee polisiemanne aan om die fort te hou tot Beeslaar terug is. En vra Beeslaar moet haar bel sodra hy iets van mevrou De Vos gehoor het.

Dan gaan klim sy weer saam met Mollas in die bakkie. "En nou ry jy in godsnaam net rustiger, konstabel Amraal," beveel sy moeg.

73

Die warm Maandagmiddag op Shetland is vol frustrasie en slegte humeure en lewer weinig aan bruikbare inligting op.

Beeslaar se bui duik verder toe hy Erasmus en Landers betrap wat aan oubaas Van der Westhuizen begin stamp. Hy stuur hulle weg om 'n verlate ou beeskraal en skuur 'n ver ent die veld in te gaan deursoek.

Sersant Pyl is self nie in die beste bui nie en loop soos 'n mank volstruis rond, doen sy werk met die vingerafdrukke in stilte en weier om te sê wat hom krap. Maar Beeslaar kan raai dit sou iets met die verskriklike feetjie te make hê.

Hy en Ghaap gaan sit saam met die verbouereerde oom Floris op die agterstoep van die huis – die koelste plek wat hulle kan vind – en vra hom uit.

"Ek het van jongs af op hierdie plaas gewerk," vertel hy. "My mense kom maar almal uit die Karoo uit. Ek het hier vrou gevat en sy's hier begrawe, lê daai kant toe saam met twee van ons kleingoed."

Hy beduie na 'n klein kampie met 'n aantal grafstene halfpad tussen die opstal en sy huis. "Die ander werksmense is almal vort hiervanaf, het in Bondelgooi en Welkom loop afpak. Maar ek het mos nou die klompie hoefgoed wat ek hier aanhou. En ek en Kappies het lekker saamgewerk. Ek kon my beeste loop en dan doen ek onderhoud so af en toe."

"Onderhoud?" vra Beeslaar.

"Draad herstel of 'n pomp of 'n ding, dié klaste van goedjies. Ons het lekker gebly, ons het nie mekaar gehenner nie."

"So wat het Diekie Grysbors en Coin dan kom doen?"

Van der Westhuizen krap in sy grys korrelbaard. "Kyk, Kappies het gesê hier's geskiedenis op die plaas. Dis ou geskiedenisse hier en hy het mos vreeslik sin in die geskiedenisse. Baie van die ou Boesmanse ken dié wêreld goed. So dis maar al. Smaak my hy't uitgekyk vir ou grafte en veesuipplekke van die vroeë tyd. Ek self loop nie meer so ver nie, ek het mos die knie." Hy vat met 'n verweerde hand aan sy regterknie.

Beeslaar vra of hy enigiemand hier gewaar het sedert die vorige aand.

"Hier was gisteraand mos maar verkeer hier en ek dink Mevrou-goed is so teen nege hier weg. Vanoggend was daar weer paar keer mense, maar ek het nie te veel netisie gevat nie, want almal was dadelik weer vort."

"Enigiemand wat jy sou herken, Oom?"

Die oubaas skud sy kop.

Dis al laatmiddag toe hulle uiteindelik Shetland se stof van hulle voete skud. Hulle is net terug op die teerpad toe Leonora de Vos bel.

Haar reaksie vang hom onkant, want sy bars uit van die lag toe hy haar van die inbraak vertel.

"Dank die Heer daar loop nog inbrekers met 'n sin vir humor rond. En 'n bietjie smaak. Daardie verdomde skedel is die rede hoekom Kappies sy kroeg na die garage toe getrek het. Ek het die simpel ou leeukop agter-nagegooi!"

"E … so, dit was nie …" Beeslaar wonder of sy gedrink het. Sy klink glad nie soos die wesenlose mens wat hy die vorige aand ontmoet het nie.

"Dit was good riddance," sê sy meer bedaard. "Die enigste ander goed van waarde is seker maar die TV's. En my juwele het ek aan my, eintlik ook net die ring wat iets werd is. O, en in my spieëlkas sal jy dalk 'n silwer ketting kry. Dis sommer 'n goedkoop ketting, hoor, met 'n ou koeëlpunt aan wat Kappies iewers op die plaas opgetel het. Hy was mal oor die ou goed, maar ek dra dit glad nie."

"En die gewere?"

Die lighartigheid is skielik iets van die verlede. Sy blaas 'n swaar asem uit. "Wat my betref, kon hulle die hele lot gevat het. Dit, kaptein Beeslaar, was my man se eintlike liefde."

Die gesprek loop vinnig ten einde – Leonora wat geen idee het waar die geweerlisensies sou wees nie en die mededeling dat sy en haar suster reeds op Orania aangekom het en daar sal bly tot Kappies se liggaam vrygestel word.

Lank nadat die gesprek verby is, herkou Beeslaar nog daaraan. Hy wonder nie oor haar reaksie op die gewere nie – sy sou waarskynlik dikwels grasweduwee gewees het as haar man gaan jag – maar dis meer die bytende lag, asof sy haar aan iets verlekker.

Dis al laat die middag voor hulle huiswaarts keer na Jaspis.

Pyl het tydens die rit uiteindelik begin ontdooi en kort voor lank het hy en Ghaap hulle gunsteling stryery hervat: Chuck Norris. Ghaap hou vol hy was in *Expendables 1*, maar Pyl verskil heftig.

"Hy wás," sê Ghaap, "en as jy hom nie gesien het nie, is dit oor hy so vinnig is."

"Vinnig met 'n kierie, ja. Hy's 'n oupa, man, tussen tagtag en biltong."

"Nooit, broer Ballies, Chuck Norris is onsterfbaar. Het jy dan nie gehoor van die keer toe die mamba hom gebyt het nie? Vyf dae van verskriklike pyn – voor die mamba gevrek het."

"Dit was nie eens 'n mamba nie. Was 'n kobra. Daar's nie mambas in Amerika nie."

Ghaap lag, kennelik verlig dat die ou Ballies weer terug is.

Daar's 'n vreemde kar onder een van die bome naby die huis ingetrek. Dis Org Botha s'n, ontdek Beeslaar toe hy in Boy Wannenburg se blougerookte vertrek aankom. Botha sit met 'n drankie in die hand en luister na Wannenburg se geesdriftige verhaal oor die "Missing Link".

"Kom, kom," nooi Wannenburg toe hy Beeslaar gewaar, "daar's koue bier daar in die hoek." Beeslaar haal 'n bottel Windhoek Lager uit die kroegyskas in die hoek van die vertrek en kom sit daarmee.

"En ek neem aan," sê Botha en tik as af, "Oom verwys nie nou na Grease Lightning nie?"

Wannenburg lag en die lag sit oor in 'n gewelddadige hoes wat sy hande só laat skud dat die sigaret op die vloer val. Beeslaar raap dit vinnig van die tapyt af op en sit dit in die asbak by sy rolstoel neer.

"Grease Lightning," verduidelik Org Botha vir Beeslaar, "is die omgewing se mechanic. Hy't so 'n uitstaanvoorkop soos 'n mannetjies-bobbejaan. En as hy smile, trek sy ore plat." Hy neem 'n sluk uit sy glas. "Hulle sê die weerlig het hom al drie keer op 'n windpomp gevang en des moers geslaan. En elke keer stoot dit sy IK met een punt op. As dit so aanhou, gaan sy IK en sy ouderdom min of meer gelyk loop teen die tyd dat hy 80 is."

Botha lag klaar en gaan top sy dop op. "Maar vir wat delwe oom Boy dan nou so in die oermense in? Mens kan seker maar net rondom jou kyk. Plenty lewendige voorbeelde, of hoe?"

"Jouself ingesluit?" vra Beeslaar.

"Kwit, nee," sê Wannenburg, "Org se mense stam uit die Neander-thallers. Jy kan mos sien hoe vol hare is sy gesig."

Botha kom sit weer en tel sy brandende sigaret uit die asbakkie op. "Persoonlik blameer ek my ma se mense. Oom moes my óuma gesien het." Hy grinnik.

Wannenburg raak ernstig: "In die ou dae het mense gereken dis die San en die Khoi wat die "Missing Link" is. Blerrie tragies. Die Britte en die Franse het heel skelette ingevoer, betáál daarvoor." Hy skud sy kop. "Dit was ook nie teen die wet om 'n Boesman te skiet nie. Jy't net 'n permit nodig gehad. Die laaste is kort voor die Tweede Wêreldoorlog uitge—"

Hy onderbreek sy verhaal toe Heilna binnegestap kom. "Heerdertjie, Pa, julle gaan mos versmoor hier." Sy waai driftig na die rook en maak nog vensters oop, tel asbakke op om uit te gaan gooi.

"Oom kry haar ook nie mak gemaak nie," simpatiseer Botha toe Heilna uitgaan. "Dalk moet sy 'n keertjie daar by my kom jag, dat sy bietjie ordentlike geselskap kry." Hy trek sy wenkbroue op.

Sy klap haar tong geïrriteerd. "Ek gaan solank die vuur aansteek," roep sy oor haar skouer, "julle moet klaarkry dat Pa kan gaan rus."

Beeslaar besluit om haar te volg en die twee stap stil-stil saam na die braaiplek langs die huis, waar hy 'n vuur aanmaak terwyl sy twee braairoosters borsel. Die twee wit labradors kom ruik vol verwagting rond en gaan lê dan sugtend eenkant.

"Lyk my die twee daarbinne is ou vriende," sê hy terwyl hy werk.

Sy snork. "Org Botha het net een vriend en dis gratis drank."

Beeslaar glimlag. "Dit lyk of jou pa hom geniet."

Sy raak stil en staar ingedagte in die vuur. "Jong, mense is snaakse goed. Eers kom hulle in troppe kuier. Almal wil sien hoe lyk 'n man wat in sy eie graf in afstaar. Maar namate die siekte lelik versleg, die opgooi en die inkontinensie, raak hulle weg. Op die ou end is dit die aasvoëls wat oorbly."

"Soos Org? Buiten drank, wat aas hy?"

"Wat dink jy?" Sy sug en pak beide die braairoosters oor die vuur sodat hulle kan skoonbrand. "Hy't klaar 'n plaas en 'n vrou onder homself uitgesuip."

"Wat gaan jy maak, na jou pa ..."

"Jy kan dit maar sê, hoor, na sy dood. Ek weet ek gaan nié boer nie. Ons skaal so by so af, verminder die diere en so aan. Ek en Jannas doen dalk nog iets saam. Intussen vat ek dit een dag op 'n slag." Dan verskoon sy haarself om kombuis toe te gaan.

Dit het intussen sterk skemer geraak. Beeslaar gaan sit op een van die leunstoele en laat rus sy voete op 'n lae houttafeltjie.

Hy wonder wat Mentoor nou doen, of sy al bietjie gekalmeer het. Hy was lus en skud haar vanmiddag. Miskien is sy reg: Coin Bloubees is 'n dief en 'n dronkaard wat in 'n oomblik van paniek 'n trosbom afgetrap het.

Tog, dit maak nie enduit sin nie.

Níks aan hierdie saak maak sin nie.

Beeslaar staan op en gaan krap warm kole uit die vuur weg na die braaivlak langsaan. Dit het nou heeltemal donker geword en hy stap vinnig terug huis toe om die vleis en braaigereedskap by Heilna in die kombuis te gaan haal.

Toe hy terugkom by die vuur, is Ghaap en Pyl ook daar, vars gestort en vol seepreuke.

"Heilna is nie van plan om te trou nie, Ballies," sê Beeslaar. "So jy kan maar bietjie bedaar met die Old Spice." Hy kan sweer hy sien in die donker hoe die kêrel bloos.

"En jy weet natuurlik," voeg Ghaap onmiddellik by, "Chuck Norris het Old Spice uitgevind, nè?"

Pyl mompel vererg iets, maar Ghaap is klaar goed op dreef. "En het jy geweet Chuck Norris het kernkrag uitgevind?" Pyl maak of hy dit nie hoor nie. Hy druk sy netjiese hempskraag reg en vee oor sy hare, kyk in die rigting van die kombuis. "Ja," terg Ghaap, "dis wat hy gebruik wanneer hy braai!"

"Ag, dis nou flou," bevind Pyl.

Die twee help hom om boerewors op die een rooster te pak en terug te sit oor die kole.

"Wat maak Kaptein van die inbraak op Shetland?" vra Pyl.

Beeslaar skud sy kop en neem 'n slukkie van sy bier. Dit het warm geword en hy sit dit eenkant. "Ek glo nie oubaas Van der Westhuizen het iets daarmee te doen nie, vir starters. Vir die res dink ek die inbreker het na iets spesifieks gesoek. Die weduwee sê sy het haar juwele by haar en die ysemmer is waardeloos."

"En die leeu," vra Ghaap, "wat's die storie met die opgestopte leeu-trofee?"

Beeslaar trek sy skouers op. "Wat is so 'n ding werd? Ek neem aan De Vos het dit self geskiet." Hy draai die rooster om terwyl Pyl vir hom met die flits lig maak.

"Kan nie veel werd wees sonder al sy dele nie," sê Pyl. "Erasmus sê van die tande was ook uit, nie net die snorre nie."

"Het jy tyd gehad om bietjie op die internet te grawe na enigiets oor Bladbeen en Eckhardt?"

"Môre," sê Pyl, "daar was nie juis tyd vanmiddag nie."

"Kyk dan sommer of jy kan uitvind wat die boodskap op Eckhardt se kweekhuisglas beteken. En of daar 'n tradisie of geloof met leeus is. Almal bly praat van 'n leeu-gees. Maar doen dit maar stil, ou Ballies, hou dit vir eers net tussen ons, oukei?"

Toe die wors gaar is, dra Pyl dit kombuis toe terwyl Ghaap en Beeslaar aan die steaks begin. Ghaap se braaivurk is te kort na sy smaak en na 'n ruk verkas hy ook kombuis toe om 'n beter een te gaan soek.

Beeslaar se kop bly teruggaan na die gesprek met Windvoet !Kgau die middag. Watse rykdom het De Vos hom beloof? En in ruil vir wat presies?

Dan is daar die "geskiedenisse" waarvan oom Floris gepraat het. Sou dit iets met die beloofde "rykdom" te doen kon hê?

En iewers tussendeur is daar aanhoudend iets met 'n leeu – dán is dit 'n spook, dan weer die "geelhond"-inskripsie by die Duitser en nou's dit De Vos se missing trofee. Mentoor gaan glad nie daarvan hou nie, maar hy wil meer weet hieroor.

Org Botha verskyn skielik in die ligkring om die vuur. "So," sê hy en kom nader gestap, "ou Coin sit nog steeds vir julle ore aan?"

Die twee wit labradors loop hom lui-lui tegemoet, gee die roetine-snuif aan sy harige knieë en kom lê weer. Botha het steeds die brandewynglas in sy een hand en 'n sigaret in die ander. "As 'n Boesman wil wegraak, gaan g'n hond hom kry nie, ou pappie. Daarvoor kan ek jou 'n brief gee."

"So verstaan ek," sê Beeslaar en wikkel die rooster. Hy wonder die hoeveelste keer dit die afgelope twee dae is dat iemand die San se mitiese towertruuks aan hom probeer verkoop. Maar al wat hy sien is arm mense wat sukkel om vooruit te kom.

"En nou't hy by ou Kappies ook ingebreek, hoor ek."

"Jy's goed ingelig, Org," sê Beeslaar en betrag die man. Dit lyk nie of hy lief is vir bad nie en sy klere is altyd gekreukel.

"Kon jy sien waarna hy gesoek het?" vra hy.

"Wie?"

"Coin, natuurlik."

Beeslaar onderdruk die weersin wat die man by hom wek, vra liewer: "Hoe goed het jy vir Kappies geken?"

"Meeste mense hier rond ken mekaar mos maar goed." Hy staar 'n oomblik in die vuur, 'n harde trek om sy wollerige mond. "Nou't hy ook na die groot jagveld verkas." Hy kyk op na Beeslaar. "Sy gewere, is dié nog daar?"

"So ver ons kan sien," sê Beeslaar neutraal.

Botha skiet sy stompie in die vuur. "Ai, ou Kappies, daai goed was sy bybies."

347

"Dis duur om te jag, dan nie?"

"Dink jy De Vos het betáál?" Hy maak 'n snorkgeluid en steek nog 'n sigaret aan.

Beeslaar draai die steaks om en vir 'n rukkie staan hulle in stilte en staar na die sissende rooster met vleis.

"Maar jy sê," Botha vat 'n sluk uit sy glas, "julle het nog steeds geen taal of tyding van Coin nie?"

"Nee, jong. Maar sê gerus as jy idees het." Ghaap kom terug met 'n langsteelvurk en begin weer help om die vleis om te draai.

"Ek persoonlik," sê Botha, "sou die bloeiende hart in die bus gaan vra. Sy en Kappies was nie groot maats nie. Vra maar vir Heilna, sy sal beaam. En De Vos se Orania-konneksies was veral 'n teer punt. Leonora se pa is mos een van die stigterslede van die plek. Al die kinders van Verwoerd daar op 'n hoop bymekaar."

"Letterlik?" Ghaap se aandag is skielik geprik.

"Letterlik. Sy standbeeld staan ook daar iewers op 'n koppie. Hy en die koeksister."

"Die wát?"

"Daar's 'n standbeeld van 'n koeksister ook! Leonora se hele familie bly daar. Ek dink nie haar pa was mal oor sy skoonseun nie, maar ou Kappies het gereken dis 'n great plek. So veilig, het hy gesê, niemand sluit ooit 'n voordeur nie. Nee, hy't gedink dis 'n kwaai plek," grinnik hy.

"Wonder wat die Boesmans daaroor te sê gehad het," sê Ghaap.

"Jong, deesdae … Alles is politiek. En die busjuffroutjie weet goed hoe om dit te speel. So, as ek julle was, het ek by haar begin."

"Jy's self ook nie te lief vir die locals nie, klink dit my," merk Beeslaar droogweg op.

"Wel, daardie spesifieke dame het haar eie agendas, hoor maar wat ek vir julle sê. Sy's nie verniet so danig met Heilna nie. Ek dink sy't lankal planne vir ou Boy se grond. En vir Coin het sy tien teen een klaar hier uitgesmokkel Upington toe. Hier's genoeg mense wat deurgaan soontoe. Eskom, Telkom, what have you. En dan's daar haar persoonlike dagga delivery van."

"Hel, Org, dís nogal 'n statement," sê Beeslaar.

Botha glimlag leedvermakerig. "Oom Dirkie in sy 1986-Datsun-bakkietjie. Hy's die plek se drug lord! Gaan vra maar vir haar wat kom alles saam met haar donkiekos. Hy was hoeka gister by haar. De Vos het haar al lankal uitgetjek, maar sy sort hom uit met haar prokureur."

"Silwer Bladbeen?"

"Silwer Bladbeen," sê hy en skiet sy stompie weg.

74

"Let go and let God" sê die pamflet wat Koekoes in haar bedkassie ontdek.

"Van alle New Age-kak," sê sy hardop en klap die laai toe. Sy kan nie bekóstig om te let go and let God nie. Dis nou net vasbyt. Op die hare van haar tande. Enduit.

Sy het pas vir Beulah by ontvangs gaan sê sy's reg om te verhuis, as daar nog elders vir haar plek is.

Sy is verby moeg en só ver verby honger, sy wil nie kos sien nie. Drink, dít wel. En dis ook wat sy gaan doen sodra sy by haar nuwe plek aankom.

Sy het alles ingepak, buiten haar pajamas. Sy soek oral, onder die kopkussing, onder die bed, niks. Oplaas lig sy die beddegoed op en skrik vir die vreeslike ongedierte wat daar lê. Sy gil kliphard, val agteruit teen die spieëlkas.

Dis 'n reuse-skerpioen! In die middel van die bed. 'n Swart, gemene monster wat dadelik sy stert lig en homself draai sodat die angel reg in haar rigting wys, knypers oop, gereed vir die aanval. Sy staar vasgenael daarna, haar asem vlak.

Dan beweeg die ding vorentoe.

Koekoes gil en vlug by die rondaweldeur uit, wat sy stewig agter haar toeklap voor sy op 'n drafstap na ontvangs gaan. Iémand moet die blessitse ding kom uithaal. Én haar tas – bogger die pajamas. Sy ril so ver sy loop. Hoe het dit in haar bed gekom? Haar bed!

"Mentoortjie!" Dis Romeo Doman, by die swembad op 'n lêstoel, bene lank uitgestrek en sy rekenaar op sy skoot.

Sy is op die plek kwaad. "Ek is nie jou speelmaat nie, Doman."

"Wou maar net hoor of jy orraait is," roep hy agter haar aan.

Sy draai om, klim van die sementpaadjie af en loop tot by sy stoel. "Is dit miskien jou manier van iemand vergat?"

Hy kyk op na haar, die ene onskuld. "Wat? Ek wou net hoor of jy oukei is. Na jou … stoeiery met ou Tiny vanoggend. Die ou loop nou nog kruppel." Hy glimlag breed, wys sy kraakwit tande.

Koekoes sien rooi.

Sy skop verwoed, voor sy kan dink. Haar stewel tref die voorste poot van die stoel en die rekenaar gly skuins van sy skoot af. En die volgende oomblik wip dit in die water.

"Jissis!" roep Doman en duik agter die rekenaar aan.

Koekoes kyk hoe hy oomblikke later weer opkom met die laptop in sy hand. "Is jy befók?" skree hy. "Klein teef!" Hy hou die rekenaar bokant sy kop terwyl hy wal toe swem. "Klein kortgat kak, wie dink …"

Koekoes buk blitssnel, gryp sy selfoon van die grond af en gooi dit na die verste punt van die swembad.

"Wat de fok?" skree Doman. Hy kyk met ongeloof na haar en dan terug in die rigting waar die selfoon verdrink.

Hy plak die sopnat rekenaar langs die swembad neer en duik weg om die foon te gaan red.

Koekoes wag nie vir 'n nuwe sarsie beledigings nie, maar hardloop na ontvangs.

By die nuwe gastehuis is sy bly om 'n kroeg aan te tref.

Die interieur is weer eens safari, maar met die klem op meerkatte. Vandaar die plek se naam: Meerkat Paleis.

Sy bestel 'n bottel yskoue sauvignon blanc van Orange River Cellars en 'n geroosterde kaas-en-tamatietoebroodjie met tjips.

Die kroeg is leeg en sy kies 'n klein tafeltjie in 'n donker hoek. Vanaand bodder sy nie met sippie-sippie wyndrink nie. Sy drink 'n behoorlike teug, wil hê die alkohol moet haar vinnig vat.

Haar foon lui. No caller ID.

In beginsel antwoord sy nie sulke oproepe nie. Dis gewoonlik iemand wat iets aan jou wil afsmeer. Sy druk dit dood, maar dit lui onmiddellik weer. Sy luister.

"Dis Kotana," sê 'n stem wat sy gehoop het sy nooit weer hoor nie.

"Hoe kom jy aan my nommer?"

Hy lag. "Jy's dan die nuwe baas op my plaas, Mentoortjie. En ek het darem nog vriende daar, jy weet? Boonop het ons twee 'n gemeenskaplike vriend, nie waar nie, Kolonel?"

Sy druk die foon dood en plak dit neer asof dit 'n giftige slang is, kyk rond of iemand haar sien.

Maar die kroeg is leeg.

Weer die foon. Waar de hel kom hý nou vandaan? Sy dag hy sit in die tronk, verhoorafwagtend. So ver sy kan onthou, het hy nie borgtog gekry nie – vlugrisiko. Sy tel versigtig op, luister.

"Moenie neersit nie, Mentoortjie. As jy weet wat is goed vir jou, luister jy, oukei?"

Sy sluk gal terug.

"Ek sê, oukei, Mentoor?"

"Kappies is dood."

"Nevermaaind Kappies. Jy moet iets vir my doen."

"Jy's seker mal. Ek het niks met jou te doen nie, Kotana."

"O, maar jy het. Die oomblik dat jy met 'n wapenlisensie gaan lol het om jou katelknapie te help, het jy met my te doene gekry."

Koekoes se hart ruk. "Wat … wil jy hê?"

"Kappies het iets wat aan my behoort. En ek wil dit terughê."

"Jy's mal!"

"Kom ons sê dis … goedere waarvoor ek reeds betaal het. En jy gaan dit vir my kry. Anders praat ek."

"Doen jou eie vuilwerk."

"Daar's 'n kêrel daar wat jou gaan help. Org Botha. Ou vriend van Kappies. Hy sal vir jou sê wat hy nodig het. En jy maak sy pad vir hom maklik. Dis al."

Voor sy iets kan sê, is die lyn dood.

Koekoes staar na die foon in haar hande. Org Botha? Sy herinner haar vaagweg 'n lang man met 'n wollerige volbaard. Sy het hom by die lodge gesien. Is dit nie hy wat Sondag by die stasie was nie, kort voor Bloubees ontsnap het? Het iets kom afhaal, 'n vorm, het Mollas gesê.

Goeie Here, wat kan nou nóg vandag met haar gebeur? Sy voel of sy koponderstebo in 'n wasgoedmasjien ingedruk is. Dit is 'n nagmerrie dié. En elke keer as sy haar rug draai, sodra sy dink nou kan dit nie erger nie, dan kom daar 'n nuwe brander op haar af.

Sy vat 'n groot sluk wyn, probeer een van die tjips op haar bord eet, maar kry dit kwalik afgesluk. Die krakerigheid herinner haar aan die skerpioen in haar bed. Dit was die giftige soort, sy weet, want hy't 'n dik stert en kleiner knypers.

Sy neem nog 'n sluk wyn om die paniek afgesluk te kry. Sjit-sjit-sjit, wat weet Kotana van die gun-lisensie? Wat het dit met hóm uit te waai? 'n Nuwe vlaag paniek. Haar ore suis en haar maag draai. O, Here, sy is sooooo gefok!

Nog drank. Sy skuif die bord weg en tel die glas weer op net toe daar twee nuwe klante by die kroeg inkom: Helena blerrie *Gemsbok*-Smith en die uitgetofde prokureurtjie, Silwer Bladbeen.

Koekoes sak diep af in haar stoel toe hulle, skynbaar diep in gesprek, verbystap kroeg toe en stoeltjies uittrek. Die twee sit met die rug na haar gekeer en kyk deur die spyskaart.

Koekoes staan saggies op en tel haar handsak, die bottel wyn en haar glas versigtig op. Maar Helena se valkogies mis niks. Sy sien Koekoes se refleksie in die spieël agter die bar.

"Halló-halló!" roep sy in die spieël en swaai dan om. "Ek hoop jy gaan ons join vir 'n drienk! O, maar ek sien jy hét al een!"

Helena, vermoed Koekoes, kom uit 'n eenkindgesin. Voor in die koor, stuit vir geen koue skouer nie en altyd die middelpunt van 'n geselskap. Sy's baie wit, witmuiswit. En mollig. En lief vir rooi lipstick en swaar mascara.

Bladbeen is vanaand in sygladde chinos, 'n boordjiehemp met 'n Armani-logo op die sak en insteekskoene van 'n sagte bruin leer met tossels op. Mister chic.

"Kom sit net vir 'n glas, Koekoes. Dan stel ek jou sommer aan Silwer bekend."

"Ons ken mekaar," sê Bladbeen en steek 'n gladversorgde groethand uit.

Koekoes wys lammerig haar hande is vol met bottel en glas en handsak en hy trek die hand met 'n beleefde glimlag terug.

"Sorrie, Helena," sê Koekoes en probeer 'n glimlag opsit, "dit was 'n rowwe dag en ek moet nog my tas uitpak en bad en … ag, baie dinge. Volgende keer, oukei?"

"Hoe gaan dit met die ondersoek, Kolonel?" vra Bladbeen. Hy sit een grondboontjie in sy mond en kou dit vinnig, soos 'n konyn.

"Dit vorder," antwoord Koekoes en hou haar skouers regop. "Ons volg verskillende leidrade op en behoort binnekort 'n arrestasie te maak."

"Ek sien, ja," sê Bladbeen met 'n skewe koppie, "soos om 'n siek ou man te treiter," hy vang Helena se oog, "terwyl hy mediese behandeling ondergaan. En ek verneem dit het meneer !Kgau 'n ernstige terugslag besorg."

Koekoes sit die bottel neer. "Niemand het getreiter, soos jy dit stel nie. Ons het met respek vir samewerking gevra, dat die persoon of persone wat 'n verdagte moordenaar versteek, hom moet uitlewer. Ek praat nou van 'n man wat nie net van moord verdink word nie, ook 'n poging tot moord, diefstal, saakbeskadiging … Die lys is vinnig besig om baie lank te word. En ek sê weer: niemand is gedreig of getreiter of gedwing nie."

"Ek waarsku maar net, julle gaan nie baie goed lyk as die adjunkpresident en die internasionale afgevaardigdes van die VN hier aankom nie. Om van die internasionale pers nie te praat nie."

Helena tjip in: "Ek hoor daar was 'n inbraak by Kappies de Vos se huis? Het iemand … Was daar mense tuis?"

"Hoe kom jy daaraan, Helena?"

Sy lag. Daar het lipstick op haar tande gesmeer en dit lyk of sy bloed in haar mond het.

Koekoes haal haar kamersleutel uit en gooi haar handsak oor haar skouer. Hoe langer sy hier staan, hoe groter raak die moeilikheid. "Dan sê ek maar eers goeienag," sê sy, tel haar wynbottel op en stap uit.

Helena roep nog agter haar aan, maar sy bly stap.

Pas in haar kamer aangekom, lui haar selfoon, maar sy ignoreer dit en skink 'n nuwe glas wyn in. Sy hoop dit sal haar help om te slaap. Voor sy enigiets doen, trek sy eers al die komberse en lakens van die bed af, inspekteer die vloer onder die bed. Sy weet sy's simpel, Doman en sy span dose sit vyf kilometer hiervandaan in die Kalahari Lodge.

Sy gaan badkamer toe en draai die badkrane oop. Terwyl die water inloop, tel sy die foon op, sien die gemiste oproep van nou net: "No caller ID".

Bel haar ma.

"Hartjie, hello," antwoord haar ma en Koekoes se oë skiet vol trane. Sy sukkel om 'n woord uit te kry.

"Koekoes?"

"Askies, ma," sê sy met 'n wurgstemmetjie, skraap gefrustreerd haar keel.

"Is jy oukei, kind?"

Koekoes byt, maar die trane wil nie wyk nie. Dit spat oor haar wange en sy snuif en druk om die huil binne te hou.

"Liefkind." Sy bly 'n oomblik stil, soek kennelik na die regte woord. "Ai my ou kind, soms is dit moeilik, nè?"

"J-ja," kry Koekoes uitgepers.

Haar ma gee nog 'n paar sekondes skiet, dat Koekoes die emosie onder beheer kry.

"Ma, sorrie, dit was nou nie my bedoeling om ... om in jou ore te huil nie."

Haar ma lag saggies. "Dis al hoekom die Here my ore gegee het, my kind."

"Ag, Ma, ek is so 'n kakhuis."

"Hau, so 'n lelike woord in so 'n mooi mond! Jy's my en jou pa se madelief."

"Molshoop, Ma. Dis wat ek deesdae is. Molshoop."

Haar ma lag. "Jy praat bietjie grof, maar jy is steeds die mooiste roosknop in die bos. Onthou jy dit net."

Koekoes voel sommer beter en na 'n kort gesprek oor die stand van die dahlias en die strooimeisierok wat haar ma vir 'n neighbour se dogter se troue maak, gaan klim Koekoes met 'n ligter hart in die koel badwater. Sy sak behaaglik terug tot net haar kop uitsteek en neem 'n klein slukkie van die wyn. Dít proe ook sommer beter.

Daar's 'n klop aan haar deur.

Ignoreer. Wie ook al hierdie tyd van die aand haar geselskap opsoek, moet maar môre weer probeer.

Die persoon klop weer, harder.

Koekoes sug en klim uit, bind 'n handdoek om haar lyf en loop druppend na die deur, maak dit oop.

Silwer Bladbeen. Staan daar met 'n saaklike gesig en 'n aktetas by sy voete. Die stoeplig gooi 'n boaardse skynsel oor sy gladgeskeerde kop. Hy klap na motte wat om hom dans.

"Ek gaan môre formeel eis dat jy van hierdie ondersoek verwyder word, Kolonel."

"Wát?"

"Jy is uit op 'n strafekspedisie teen een van my gemeenskap se mense. En nié nét het jy hom reeds gewelddadig aangerand nie, jy was in 'n seksuele verhouding met sy sogenaamde slagoffer!"

Koekoes hap vir woorde. "En jy … e … kom spesiaal na my kámer toe, kom ruk my uit die bad uit om my te dreig, meneer Bladbeen?"

Hy maak sy rug styf. "My kamer is toevallig hierlanges af. Ek dag ek kom sê jou vroegtydig, voor jy jou tas uitpak."

"Gaan slaap, Bladbeen."

"Ek is ernstig, Mentoor. Jy dink al die onaangenaamheid gaan verby wees sodra jy vir Coin vasgetrek het. Moenie dink ek is onnosel nie. Ek sien goed waarmee jy besig is. Jy's uit op 'n persoonlike missie met Coin, nie waar nie? Jy't klaar besluit Coin is skuldig en jy gaan hom aankla vir moord, maak nie saak of hy skuldig of onskuldig is nie. Jy't besluit hy gaan boet. Dis of jy persoonlik wraak wil neem vir De Vos se dood! Jy's net so erg soos hy – nalatig en onverskillig en korr—"

"Gaan slaap, Silwer."

"Ons het viér sterfgevalle aangegee, De Vos gesmeek om dit te ondersoek. Hy het hom afgesmeer. Twee van die partye dreig nou om hulle aan die projek te onttrek. En dis oor julle mense! En as dit nou nog moet uitkom dat daar 'n seksuele …"

"Nonsens, daar wás geen verhouding, van watter aard ook nie! Daar wás nie. En jy, meneer Bladbeen, beter ligloop vir joernaliste. Skinder is hulle spesialiteit. Vir hulle is feite bloot lastig. En nou moet jy my régtig verskoon. Goeienag."

Sy druk die deur in sy gesig toe en skuif die grendel in.

Toe sy terugklim in die bad en haar glas optel, bewe sy so erg dat dit uit haar hand glip en in 'n oogwink onder die badskuim verdwyn.

Sy staar na die duik in die skuim. Simpel blerrie poefter-prokureur. Die vermetelheid.

Ergste van alles is dat hy reg is.

Sy gaan te kere soos 'n kat in water. Blind vir die rooi vlae wat een-een opspring, die vrae wat sy nie kan beantwoord nie. Nie durf ondersoek nie.

Sy beter bid. En fokken hard bid dat sy reg is. Anders sien sy haar gat finaal.

75

Die polisie was skaars weg, toe moes Kytie bontstaan in die kombuis. Sy was eintlik bekommerd oor Tienrand, want Optel het nog nie teruggekom met haar nie.

Maar Antas was bietjie ferm: "Los nou eers, ant Kyt. Daar's nou belangriker goed. Die oom is bitter siek!"

Kytie het vinnig aan die werk gespring. Eers moes sy stinkklawer fynmaal, wat Antas saam met twak meng. Die oom kry 'n stopsel daarvan wat hy deur die uitgeholde voorbeen van 'n skaap moes rook. Dit sou hom glo tot bedaring bring.

Na 'n ruk was hy ook rustiger, maar sy lyf het steeds pynlike sametrekkings gemaak en Kytie moes loop soek vir hondepisbos, wat glo help met die konvulsies.

En dit het ook. Maar of dit die kruie is wat gehelp het of die dinge wat Antas alles met die oom gedoen het, dit sal nugter weet.

Sy't voortdurend kooigoedkruie bly brand en oor die ou man gewaai. Hulle het hom teruggesukkel huis toe, na Antas se behandelkamer. Sy het Kytie aangesê om haar hande op die oom se bors neer te sit en tjoepstil te bly. En toe het sy haar eie hande bo-op dié van Kytie gesit. Vir lank moes hulle so sit, oë toe.

In 'n stadium kon Kytie voel daar kom 'n groot kalmte in die vertrek. Haar en die medisynevrou se hande het vuurwarm word. Maar dit was nie 'n sleg hitte nie. Dit was sag en vredigrig en dit het in haar arms opgekruip tot in haar kop en bo by haar kroontjie uit.

Dit was die vreemdste gevoel. Asof Kytie en Antas en die oom se asems saamgeloop het, een asem geword het.

Antas het saggies beginte neurie, 'n vae lied in 'n girtserige taal wat Kytie aan insekvlerke en reën op 'n sinkdak laat dink het. En mettertyd het die grysheid uit die ou man se gesig begin wegsak.

Kytie het weer 'n aftrekseltjie loop maak – hiérdie keer 'n mengsel van kanna en dasbos en kankerbos. Dit moes die laaste giwwe uit die oom se lyf trek.

"Die oom was nou vir te lank kwaad," het Antas gesê.

"Kwaad?"

"Dis maar vir die politiek, ant Kyt. Daar was so baie onenigheid en bakleiery. Bitterheid, ook. En hy het gesien hoe alles hierso verkeerde kant toe loop. Dit het hom siek gemaak. Want kwaad en bang ... Ant Kyt, ek sê vir jou. Dis dubbel giftig vir die lyf. Want mens vergeet jou lyf hoor alles wat daar in jou kop rondloop. En dit steek hom aan. Die giwwe trek deur liggaam toe."

Kytie het nie mooi verstaan nie, sy het maar stilgebly. En sy't ook nie gebodder om te vra nie, want die volgende oomblik kom Optel met klein Tienrand terug. En die kleinding hardloop op Kytie af en Kytie se hart skiet vol van 'n lieflike geluk.

Teen vyfuur was die oom al soveel beter dat hy iets kon eet en kort daarna was hy reg dat Optel hom met die Jeep kon huis toe vat.

En dis toe waar die volgende moeilikheid inkom. Klein Tienrand wou opsluit saam.

Kytie was opnuut verbaas dat dié kind so maklik geheg raak. Eers met haar wat Kytie is, en nou met Optel. Sy praat nog steeds nie. Huil ook nie. Sy wriemel haar net uit Kytie se arms los en hardloop terug na die Jeep toe, gryp om op te klim. Sê nie boe of ba nie, maar sy's koppig.

"Los," het Antas rustig gesê. "Sy was baie soet, heel middag. En sy't iets spesiaals met Optel, mens kan dit sien."

Almiskie, wou Kytie sê. Dis nie te sê dis 'n goeie ding nie. Sy vertrou vir Optel nie so ver sy hom kan sien nie. Hy loop so bêrekop rond, kyk mens nie in die oë nie, soos 'n agterbakse hond. As jy nader kom, staan hy vinnig op en loop 'n entjie weg, maar hy hou vir jou onderlangs dop.

En daar's iets arigs in sy kyk. Sy weet ook hy kan praat, sy hoor hoe hy met Tienrand praat. En wat van die onaardse gebrom-brom snags?

Maar goed, hy's darem bietjie anders met die kind. Daar's die pop. En hy't vir Tienrand 'n soort rokkie gemaak van saggebreide leer. Met die hand. Onder die boom by die hoenderhok met 'n dik stopnaald gesit en twee stukkies leer aanmekaargenaai.

Toe Tienrand vir die soveelste keer onder Kytie se hand uitglip en op die Jeep gaan klim, sê Antas ongeduldig Kytie moet nou laat staan. Die oom kan nie vir ewig hier in die Jeep bly sit nie. Hy moet voor donker terug wees by sy plek.

"Maar wat as die mense vir Tienrand herken, Mevrou?" het Kytie nog vir oulaas probeer. "Die merke op haar gesiggie, mense sal dit onthou." Maar Antas het vir Optel gewys om te ry. Einde van die geredekawel.

Nadat hulle weg is, ruim Kytie die kombuis op en gaan dan kamer toe. Daar's drie boodskappe op haar selfoon, sien sy toe sy dit aanskakel. Twee van Nathali by ontvangs en een van mevrou Schoonraad self: "Kytie, bel tog sodra jy kan?" Haar stem hoflik geïrriteerd.

Kytie wonder wat om te doen. Tronk toe gaan is een ding, maar die gedagte dat die kind moet teruggaan na haar trop woestelinge … Daardie gedagte wil haar hart breek.

Queenie antwoord dadelik toe sy bel: "Antie Kyt? Hier was van-middag mense wat vir Antie gekom soek het."

"Polisie?"

"Nee. Hy't gesê hy werk saam met Antie."

"Wat het jy gesê, Kwin? Maar jy moet praat, my foun se tyd is min."

"Nee, maar net … Hulle het maar vir ant Kytie gesoek, dis al."

Kytie het dit verwag, maar dit val steeds soos 'n klip in haar maag, die gedagte dat sy haar werk geverloor het. Want dis die één ding waar-oor mevrou Schoonraad baie kwaai is – 'n gewegblyery op 'n Maandag, sonder notice. As jy lus is vir wegbly, is jy lus vir koebaai sê. "Dis my werksleuse, mense," sê sy een maal 'n maand op die vergadering, "en ek maak nie uitsonderings nie." Victor het al gesê hulle moet die vakbond hier inbring, dit sal vir Mevrou 'n ander "leuse" laat sing.

Toe die gesprek met Queenie klaar is, loop Kytie eers buite toe. Sy sal die hoenders moet gaan voer. Buitendien, 'n hoender is 'n kalmerende ding. Die manier waarop hy rondstap en alles op die werf inspekteer. Heel aanstellerig, sy vlerke vroom ingevou. 'n Liewe, versimpelde skepsel.

76

Dis al byna twee-uur in die oggend toe Beeslaar uiteindelik handdoek ingooi met die slapery.

Hy trek sy stewels aan en gaan maak 'n beker sterk rooibostee wat hy uitneem stoep toe.

Die nag is sag en stil, die luggie lou en vol genade. Van iewers uit die verte klink daar die dun, bewerige weeklag van 'n jakkals op. Dis 'n eensame klank, hang onbeantwoord in die stilte van die woestyn voor dit stadig wegdryf.

Hy gaan sit in een van die diep houtstoele en strek sy bene lank uit, rus sy voete teen die lae stoepmuurtjie.

Dis donker. Die maan is in sy kwynstand, 'n dun skilletjie lig wat soos 'n nagedagte aan die helder kors van die melkweg hang. Die droewe jakkals klink weer op en hierdie keer is daar 'n antwoord, nóg verder weg.

Vir 'n rukkie is dit stil. Dan hoor hy iets wat hier by hom onder die stoep beweeg. Hy luister met ingehoue asem, dink skielik weer aan al die praatjies oor die leeu-spook.

Dis tjol, hy weet, maar hy luister nietemin.

Dan sien hy 'n beweging op die boonste trappie van die stoep. Dis Boy Wannenburg se rooikat, Rex. Die kat gewaar hom en laat sak sy lyf byna ongemerk, behoedsaam, oorgehaal vir spring. Beeslaar kan sy intense oë sien blink. 'n Oomblik lank staar die twee mekaar beweging-loos aan. Dan draai die kat om en verdwyn die nag in, net so stil soos hy gekom het.

Beeslaar bly verruk sit en blaas sy asem saggies uit.

Van die groot huis se kant af kan hy Boy Wannenburg hoor hoes. Hy wonder of die kat nou daar is.

Hy vat sy tee en stap daarheen, tref vir Wannenburg op sy rolstoel aan met 'n teleskoop op 'n driepoot langs hom.

Van die kat is daar genadiglik geen teken nie.

"As jy die storie van die mens wil verstaan," sê hy toe Beeslaar by hom aansluit, "moet jy die sterre verstaan."

"Jy reken," sê Beeslaar skaapagtig en kyk op na die hemel. "Ek weet nie aldag of ek die storie van die mens wíl verstaan nie."

Wannenburg lag saggies. "So jonk nog en al klaar so sinies. Miskien moet jy iets anders gaan doen, wegkom van al die kak en hare."

"Ja," sê Beeslaar en vat 'n sluk tee. Hy dink aan die onderhoud in Johannesburg, 'n gewone werk, agt-tot-vyf. Die kans om 'n slag sy eie stories te verbeter.

Wannenburg verstel die teleskoop en druk sy oog teen die opening. "Sterrestof, die mens," prewel hy. "Jy sal dit nie glo as jy so rondom jou kyk nie."

"Daar's 'n liedjie daaroor, nie waar nie?"

Wannenburg lag. "Daar's 'n liedjie oor alles, ou seun. Maar intussen bly ons soek. Hulle reken daar is meer as 'n miljard sterrestelsels. En elkeen bevat miljarde sterre."

"Hoeveel kan jy sien deur daardie ding van jou?"

"Ag, sommer robbies, dié ding. Jy kan die maan se gate sien en 'n paar planete."

Wannenburg bly lank stil, sê dan: "Bly my fassineer. As jy vat hoe lank dit 'n ster vat om dood te gaan, dermiljoene-joene jare. Gebeur so in paaiemente, kan jy maar sê. En met elke nuwe fase máák hy goed. Goeie goed, elke chemiese element, die goed waaruit ek en jy en alles in die heelal bestaan, van goud tot snot. Fokken wonderlik, man. Alles," hy waai met 'n bleek hand oor die voortuin uit, "is eintlik maar dieselfde chemiese elemente wat hulself herrangskik. Oor en blerrie oor. Van die Himalayas tot by 'n dansende blerrie bobbejaan."

"Is dit waaroor al jou boeke en dinge daar binne gaan?"

"Ja, Heilie sê ek mors my tyd – die bietjie wat daar oor is."

"Maar jy dink anders."

"Agg." Hy snuif. "Sy's seker ook reg. Soos altyd. Maar 'n mens dink maar oor al die goed – die verbysterende vrae, jy weet? Wie is ons en waar kom ons vandaan en hoekom is ons hier. En wat beteken dit alles. Pateties, ek weet."

"En is jy al nader aan 'n antwoord?"

Hy sit agteroor in sy stoel en steek nog 'n sigaret aan. "Dis eenvoudig, eintlik."

"Ja?"

"Alles begin en alles eindig. Met die dood. Jy's nog 'n fetus in jou ma se maag," hy trek aan die sigaret, "'n bondel selle, dan sit jy al vol dood. Jou hand is eers so 'n knop, nè?' Hy maak 'n toe vuis om te illustreer. "Dan moet triljoene selletjies eers vrek sodat die vingertjies kan skei. Die Hindoes noem dit Shiva, die god van verwoesting en skepping. Alles moet eers tot niet gaan sodat daar nuwe goed kan kom."

"En dis nou alles wat jy bedink as jy so na die sterre sit en kyk."

"Death in the midst of life. Kyk maar vir ou Kappies. Woep, wap, weg."

"Hoe bedoel jy? Moes hy doodgaan vir iets … nuuts?"

"Man, hy was 'n kont, om die minste te sê. Enigiets na hom is 'n verbetering. Wat ek bedoel, is dat dit alles eintlik sinloos is. Jy kan soek na betekenis en logika en 'n hoër hand en 'n genadige god tot jy blou in jou gesig is. Kyk nou maar na my: baas van my plaas – drié plase, I'll have you know. Volgende dag moet ek medisyne drink om my eie kak te produseer. En Kappies, een dag nog voorbok, volgende dag witbeentjies."

Beeslaar glimlag in die donker vir die beeld. "Gepraat van witbeentjies – iemand het 'n skedel uit sy bar gesteel."

Boy Wannenburg snork. "Hy was eintlik so 'n kind. Plestiekskedel en al."

"Hoekom sou iemand so iets wou steel?"

"Hang seker af wat daarin was, nie waar nie?"

"Ou patroondoppies, so ver ek kon vasstel," sê Beeslaar. "Ander ding wat my opval, is dat niemand 'n goeie woord oor hom te sê het nie. Selfs ou Org Botha vanaand."

"Daai's 'n maklike een. Org Botha is nóg een wat hy deur die ore genaai het. Shetland is sy plaas en Kappies huur dit teen 'n appel en 'n ei, kontrak vir tien jaar. Toe's daar so 'n tyd terug 'n koper, prys is goed en alles. Maar Kappies wil nie die kontrak opsê nie. Met die gevolg dat die koop sy gat sien. En nét toe kom die Boesmans met die nuwe grondeis. En die Staat onteien teen 'n belaglike prys, dek skaars ou Org se bankskuld. Ek ken nie die presiese detail nie, maar dis so iets van die aard."

"En nou?"

"Nou niks. Org sit met sy vinger in sy hol, werk as 'n gidshond op 'n jagplaas."

Beeslaar dink na. "Maar hoekom sê Botha dan niks?"

"Jy moet harder vra. Hy's maar 'n simpel bliksem, ou Org. Maar ek dink nie hy't iets met Kappies se dood te doen nie. Ek sê maar. Vóór jy vra!"

77 Seko se merke

Die jagter dra sy merke
wat hom 'n jagter maak.
Jy sien dit aan sy hande.
Net vier volle vingers aan die regter
vir die styftrek van die snaar.

En links, die een wat boogvashou.
Links word die web mooi oopgemaak.
Mooi tussen duim en wysvinger.
Die pyl sal vlieg.
Reg, sonder hendery.
Reguit-reguit sal hy trek.

Want die een moet doodmaak om te lewe. En die ander moet
doodgaan sodat die een kan lewe. Dis die afspraak van die jagter
en die prooi.
Want twee is hulle.
Twee.
Dan kom die dood.
Een word hulle.
Een.

78

Drie glase wyn agter die blad ofte not, Koekoes kan nie slaap nie.

Sy lê al só lank na die dak en staar, sy's skoon weer nugter. Ure lank geluister na muskiete wat om haar kop zoem. En dis warm. Die dak-waaier werk nie en die lugreëling dreun soos 'n diesellorrie. Dus lê sy oopoog in 'n poel sweet en wroeg.

Vir die soveelste keer tel sy haar foon van die bedkassie af op om te kyk hoe laat dit is.

Kwart voor vier. Daar sal beslis nie nou iemand in die gastehuis se swembad wees nie, besluit sy en trek haar plakkies aan. Sy sit geen ligte aan nie, maar neem die kamer se flits saam.

Die swembadligte is godsydank afgeskakel en sy glip geluidloos oor die rand in die stil water in. Sy duik ondertoe en probeer onderwater swem vir so ver sy kan, doen dit 'n hele paar keer tot sy uitasem is, draai dan op haar rug om en dryf met haar arms en bene uitgesprei, kyk vir die helder sterre bokant haar.

Teen die tyd dat sy hoendervleis het, klim sy uit en gaan terug kamer toe, los die sterre dansend in die donker water agter haar.

Sy's net binne toe haar foon lui.

Sy gryp dit op. "Anonymous caller" staan op die skerm. Sy antwoord huiwerig.

"M-M-Mevrou Poliesman," sê 'n korserige dik stem, "ek het jou 'n p-p-present gegee, maar jy l-laaik dit fokkol."

Koekoes praat, maar daar kom nie klank nie.

"H-hy is beeldskoon, Mevrou. Mm-mm … beste s-s-spesie in die Kgalagadi: P-pa … *P-a-arabuthus transvaalicus.* Maar ek noem hom die s-s-s-s-spoegman. Het jy geweet hy kan sy gif s-skiet? Hy's s-s-spesiaal soos jy. S-s-spesiaal vir jou gaat uit-uithaal, hmm. Klippe opgelig, Mevrou."

"As jy nie jou naam gaan sê nie, sit ek neer."

Roggellaggie.

Koekoes raak woedend. Swernoot! Sy herken hom van Saterdag, die stem oor Eckhardt se foon. En gisteroggend vroeg, voor sy en Beeslaar duine toe is.

"Coin? As hierdie jou idee van 'n grap is …"

"Mm-hmm. Mevroutjie Poliesman. M-meeste meisies-s-s … is bly vir so 'n steekding, hmm-hmm. S-skaarse present. Skaarser as diamante."

Die beeld van die swart skerpioen op die wit laken, die boosaardige stert wat lig sodra sy die kombers oplig. Sy dag dis Doman se narre.

"Luister jy nou bietjie hier, Coin Bloubees. Ek gaan vir jou kom uithaal. En jy gaan fokken spyt wees."

Hy lag weer. "Kom ons p-p-praat daaroor, po-po-poliesmanvrou. Net ons twee. Dalk het ek 'n ander, ander present vir jou. Gee ek jou 'n v-v-vrot pampoen."

"Ons kan by die polisiekantoor gesels! Ek wag vir jou."

"Hmm-mm, k-kom jy maar na my toe. Dan sal jy mooi verstaan, hmm. Luister jy vir my."

"Coin, waarvandaan bel jy? Weet jy in hoeveel moeilikheid jy is?"

"Ouma Soof se huis, nét jy. Alleen."

Sy hoor die lyn doodgaan.

"Coin! Cóin!"

Wat nou? Wie de fok is Ouma Soof? Sy kyk paniekbevange rond, vang haar eie refleksie in die spieël. Here, sy lyk soos 'n verskrikte vlakhaas!

Die foon lui weer. Sy antwoord dadelik.

"W-Welkom, mevrou Poliesman."

"Wát?"

"Op Welkom. Reg voor, kyk vir die vierde huis. E-ek wag vir jou."

Hy sit neer voor sy enigiets kan sê.

Sy dink 'n rukkie na.

Dan bel sy vir Beeslaar.

79

Dit voel vir Beeslaar hy't skaars sy oë toegemaak toe sy foon lui.

Koekoes Mentoor, uitasem.

"Die bliksem is op Welkom!" Haar stem is hoog, piepend van die angs en opwinding. "Ry jy solank. Ek kry versterkings!"

Dis nog donker buite, sien Beeslaar. Hy trek vinnig aan. T-hemp, kortbroek, sy stewels. Hy laai sy pistool en knip dit vas in die skede aan sy belt.

Net voor hy by die deur uitgaan, gryp hy 'n langmouhemp – goeie sonbeskerming – en sy hoed.

Ghaap is op en half aangetrek toe hy in die sitkamer kom.

"Bloubees?" sê-vra hy.

"Gou maak," sê Beeslaar.

"Wat van Pyl?"

"As hy gou genoeg aangetrek is, kom hy saam. So nie bly hy." Beeslaar loop kombuis toe en soek na waterbottels. Hy vind twee en maak hulle vol, gryp die hele beskuitblik en 'n tupperwarebak met snysels van die oorskiet koedoesteaks.

Uit die slaapkamer hoor hy hoe Ghaap vir Pyl aanjaag.

"Is julle reg?" roep hy, pak al die eet- en drinkgoed saam in 'n plastieksak en gaan soek sy donkerbril en karsleutels.

Pyl se oë staan nog op skrefies, maar hy's by. Beeslaar merk dat hy sy T-hemp agterstevoor aan het, maar besluit om vir eers niks te sê nie, anders raak dit weer 'n ding.

Die hoofhuis se ligte brand. Hy kan Heilna deur die kombuisvenster sien. Haar hare is los en staan bosserig van die slaap.

"Gaan vra vir haar of alles oukei is," sê hy vir Pyl, "ons kry solank die bakkie. Moenie praatjies maak nie. Ek wil ry."

Pyl draf met die tuinpaadjie langs terwyl Beeslaar en Ghaap omstap en in die bakkie gaan klim. Dan onthou Ghaap sy selfoon lê nog in die huis en hy hardloop haastig terug.

'n Minuut later is beide die jong sersante terug en Beeslaar sit voet in die hoek.

Hy bel vir Mentoor. "Ons is op pad."

"Kyk uit vir Landers. Hy wag by die ingang."

"Het Lánders hom gekry?"

"Tip-off, maar dis nie nou belangrik nie, man. Sorg dat jy daar kom en haal die bliksem uit. Ons het nie die adres presies nie, maar die plek is klein genoeg, Landers sal jou wys!"

Die bakkie se ligte dans oor die rooi duine. Verby die laaste duin moet Beeslaar skerp rem trap vir 'n gedaante wat skielik voor hulle op-doem – 'n ystervark. Die dier versteen en sy penne blom oop. Klein, agterdogtige ogies. Dan skarrel hy vinnig die lang gras in.

Die rit na Welkom duur minder as 'n kwartier. Beeslaar sien dadelik die groot polisiebakkie by die uitdraaipad en Landers wat stadig weg-trek sodra Beeslaar sy ligte vir hom flikker. Pyl sit op die agterbank met sy iPad, volg hulle gang op die navigasie.

Landers domp sy ligte. Beeslaar doen dieselfde. Die nedersettinkie slaap nog. Stuk of twintig klein huisies, losweg in die sand uitgesprei. Hier en daar die vae vorm van 'n donkie, maer honde wat huilend blaf. Verder geen sigbare beweging nie. Dis donker, geen straatverligting nie. Meeste huisies lyk of daar in elk geval geen elektrisiteit is nie.

Hulle ry stadig tot Landers sy arm uitsteek en na 'n huisie beduie.

Beeslaar stop en hulle klim saggies uit, gaan sluit by Landers en Eras-mus aan.

"Ouma Soof Kooper," fluister Landers, "Coin se antie."

Drie honde by die voordeur gaan aan't blaf. Beeslaar besef hulle sal vinnig moet speel. Hy wys vir Ghaap en Erasmus om agterom te gaan voor hy op die voordeur hamer, die honde teen dié tyd al histeries. 'n Klein vroutjie in 'n pienk kamerjas maak die deur op 'n skrefie oop.

"Polisie! Ons soek vir C—"

"Hier's niemand'ie!"

"As hy nie vanself uitkom nie, gaan ons hom uithaal!"

Haar oë glim vyandig. "Ek sêran! Hy's nie hier nie." Sy druk die deur toe, maar Beeslaar keer.

Van agter die huis is daar skielik uitroepe en 'n deur wat klap.

Beeslaar beur die voordeur oop en druk die ou vroutjie uit die pad. Hy het sy flits uit, registreer bank en stoele. 'n Deur na links: twee beddens, een leeg. Nog 'n vertrek: matrasse met kinders op. Die kombuis: agterdeur hang oop.

En Ghaap wat die donker in hardloop.

Hy trap haastig deur die huis na die agterdeur om Ghaap agterna te sit. Dié verdwyn reeds tussen 'n aantal grashutte in, blaffende honde agter hom aan.

Net buite die agterdeur steek Beeslaar vas. Rassie Erasmus is op die grond. Bloubees moet hom onderstebo gestamp het. "Jy oukei?"

Erasmus hap vir asem, knik net.

Beeslaar los hom en sit Ghaap agterna, hoor hom roep – vir Bloubees om te stop. Om die hoek van nog 'n huis kom hy op Ghaap af in die middel van 'n oop stuk sand. Daar is nog huise, maar Bloubees is skoonveld.

Hulle spat uitmekaar, die een links, die ander regs, draf in die donker om die hand vol huisies, maar gee later op.

"Ons sal hierdie huise een vir een moet deursoek," sê Beeslaar toe hulle weer bymekaar aansluit.

"Klein kak!"

Landers kom aangehardloop. "Kaptein! Daar's moeilikheid. Erasmus is gesteek!"

Beeslaar word warm en koud. "Ernstig?"

"Hy bloei. Hier onder die ribbes." Hy wys iewers onder sy borsbeen.

"My goeie bliksem, wanneer het dít gebeur?"

"Dis Bloubees, Kaptein. Toe hy weggehardloop het."

"Sjit, ek dag hy't hom net omgestamp. Hy nog gesê … Nevermaaind."

"Ek weet nie hoe erg dit is nie, dalk is hy oukei."

Beeslaar besluit vinnig.

"Julle twee soek verder. Huis-tot-huis. Kry die donner. Ek gaan te-rug. Ken jy hierdie plek, Landers?"

"Min of meer, Kaptein."

"Nou maar julle los mekaar nie alleen nie. En as dit gevaarlik lyk, wag vir versterkings. Ons soek wragtag nie nog casualties nie!"

Beeslaar tref Erasmus in die polisiebakkie voor ouma Soof se huis aan. Hy sit kromgetrek, hou 'n plek onder sy ribbes vas.

"Hoe lyk dinge?" vra Beeslaar.

Erasmus probeer dapper glimlag, maar sy oë blink van die skrik. "Ek het dit nie eens gevoel nie, Kaptein. Tot ek die bloed sien. Ballies het my gehelp tot hier. Hy's nou daar binne, kry iets om te help."

Beeslaar lig die hemp op en kyk na die bloed. Daar's 'n smallerige snywond links van die midrif. "Lyk my jy gaan leef, ou grote. Hoe voel jy?"

Die outjie is vaal in die gesig en hy haal vlak asem teen die pyn. Die pleister oor sy neus het losgetrek. Hy probeer dit met 'n bloedbesmeerde hand terugdruk. "Vasbyt," sê Beeslaar en bel vir Mentoor.

"Het jy hom?" roep sy.

"Ghaap en Landers soek hom. Ek is by Erasmus. Hy't seergekr—"

"Wat de fok, man! Gaan soek vir Bloubees!"

Beeslaar vererg hom só hy druk die foon dood voor hy dalk terug-skree. Erasmus, sien hy, begin al hoe vinniger asemhaal. "Rustig," sê Beeslaar vir hom, "haal stadiger asem. Hoe meer jy ontspan, hoe minder raak die pyn, oukei?"

Erasmus frons. "Ek voel nie so lekker nie, Kaptein."

Beeslaar roep na Pyl.

Hy verskyn in ouma Kooper se voordeur, 'n groot lap in die hand. Hy draf met lang treë tot by Beeslaar, wat die doek by hom vat en dit saggies teen Erasmus se maag aandruk. "Hou hom daar," sê hy en voel aan die man se nek vir 'n slagaar.

"Die outjie stres," sê hy saggies vir Pyl, "hy gaan bly bloei as hy so aangaan."

"Ek sal by hom bly," sê Pyl, "maar Kaptein beter by die antie gaan luister. Sy's onder die indruk ons jaag haar kleinseun, Kenny!"

Beeslaar gaan klop weer by die tante, waar daar nou ligte brand. Hy tref ouma Soof Kooper in die kombuis aan, besig om 'n huilende kind te sus.

"Wie's dit wat gehardloop het?" vra hy.

Die kleintjie huil harder en die vrou druk hom stywer vas. "Hy't níks gemaak nie!"

"Wie was dit?"

Haar oë skiet vol trane en sy byt op haar lip.

"Wié, mevrou Kooper!"

"My kleinseun, Kenny!"

"Waar's Coin?"

Sy lig net haar skouers en druk die kind teen haar aan. By haar staan twee ander jong kinders, kyk met wit oë op na die reus in ouma se kombuis.

Beeslaar gaan terug na die pasiënt. Pyl het hom gehelp tot in die passasiersitplek, gee hom bietjies-bietjies water. "Hy lyk rustiger, Kaptein," sê Pyl.

"Bel my as hy slegter word." Hy gaan klim in sy eie bakkie en ry die sanderige straatjie uit tot waar dit na regs swenk. Hy het die kopligte aan, sien net sand en duine anderkant die groepie huise.

By die verste huis hou hy stil, bekyk die wêreld eers en gaan hamer aan die voordeur. Die deur gaan op 'n skrefie oop, 'n opgeskote seun wat om die rand loer. Beeslaar druk verby hom. "Polisie," sê hy en skyn sy flits binne rond. "Is Coin Bloubees hier?" 'n Drietal mense in hul beddens skud hulle koppe.

Hy gaan deur nog drie huise voor hy vir Ghaap en Landers raakloop, hulle het ook niks kon regkry nie.

Van die teerpad se kant sien hulle ligte – sal Mentoor wees.

Sy stop vlugtig by die Kooper-huis voor sy verder ry en oomblikke later in 'n wolk stof agter Beeslaar se bakkie stop.

"Waar's hy?" roep sy nog voor sy behoorlik uit is.

Beeslaar skud sy kop. "Ons is deur die meeste van die huise."

"Ons doen dit weer, hierdie keer ordentlik. Ghaap en Landers doen die klomp voorlangs. Ek en jy vat hierdie agterstes."

Sy laat nie op haar wag nie, draf met haar pistool uit tot by die eerste huis, 'n eenvoudige pondokkie van gras en sink. Beeslaar klop aan die lendelam voordeur, maar daar's geen reaksie nie. Hy slaan met 'n toe vuis, maak groot lawaai, maar Mentoor wag nie vir reaksie nie. Sy kom blitsvinnig van agter en skop die deur in.

Dit vlieg oop en 'n verskrikte man steek sy hande in die lug. "Coin Bloubees," skree Mentoor. "Waar's hy? Toe! Praat!"

Beeslaar vererg hom vir haar woestheid, maar hy hou sy bek. As hy nou iets sê, gaan alles net vererger.

Die man stotter. "H-hier's nie …"

"Jy lieg! Waar steek julle hom weg? Praat!" Sy stamp die man teen die muur, pen hom met haar pistoolhand vas. Met haar kop wys sy vir Beeslaar om die huis te deursoek. Hy lig sy flits, sien 'n aantal mense wat verskrik regop in hul beddens sit.

Hy skakel die flits af en draai om. "Kom ons gaan. Hy sit sy hand op haar skouer, lei haar ferm buite toe.

Sy skud sy hand af en sodra hulle buite is, sê sy: "Jy vat nie aan my nie, kaptein Beeslaar."

Hy steek viervoet vas. "Mentoor," sê hy so kalm moontlik, "jy moet bedaar, hoor. Ons het al genoeg moeilikheid."

"Ek gaan g'n fok bedaar nie. Dis van al die bedaardery dat Coin hier onder ons neuse rondhardloop!"

"Jy kan nie mense se deure afskop en jou wapen in hul gesigte druk nie."

"Ek sal my wapen druk waar ek wil. Ek soek 'n moordenaar. En as jy meer van 'n poging aangewend het die afgelope twee dae was dit nie nodig nie." Haar kennetjie trek op 'n spits, uitdagend en woedend.

Beeslaar skud sy kop en probeer sy humeur beteuel. "Daar's klaar stories oor rowwe behandeling en daar's rééds 'n prokureur wat hier rondloop en klagtes bymekaarmaak. Dink 'n bietjie na, man."

"Dink jy maar lekker na," sê sy snipperig en wip by hom verby, "ék het 'n cop killer om aan te keer!"

80

Kytie lê en kyk na die slapende kind langs haar op die bed. Die vroeg-oggend se skemer gee net genoeg lig dat Kytie kan sien hoe haar ooglede beweeg. Sy moet 'n woelige droom hê, lyk dit, want haar oogballe beweeg onrustig.

Die kleintjie was die hele nag onrustig. Kytie wonder wat in haar gedagtes aangaan. Sy het nog nie een keer na haar ma gevra nie. Snaaks, dit. Maak nie saak hoe sleg of wreed die ouer is nie, 'n kind bly tog aan die naelstring klou.

Is almal se begeerte nie maar om lekker te wees nie, veilig. Om iewerster te behoort, naby jou mense. Te meer nog as jy klein is, jou mense kyk mos uit vir jou, hou die woestigheid daar buite.

Nie hierdie kind nie. Sy lyk sy's losgesny al by geboorte.

Dalk is dit dié dat sy so toe-oog aan 'n vreemde mens kan aanlap. Wie ook al dit is, as sy maar bietjie liefde kry.

Maar wat gaan nou van haar word?

Antas sê die prokureur kom vandag. Laat hy kan help, vir Kytie wys hoe sy haar saak kan uitlê. Maar die kind dan? Word sy soos 'n bôl uitgepaas? Terug vir die slegasems daar by die brug?

Hoe hét Tienrand in kamer 9 beland? Die ma sou haar nie self gebring het nie. Die Duitsman moes haar op die dorp loop haal het.

Die kind roer en kerm sag. Kytie trek haar sagkens nader en slaan haar arms om haar. Die koppie ruik na heuning en soet Kalahari-gras. Sy sal vir ewig so kan lê, met dié klein lyfie onder haar ken ingekruip.

Sy wil net weer insluimer toe sy 'n klank van langsaan hoor. Metaal wat skuur, heen en weer. En 'n geneurie.

Wat op aarde doen die Optel-mens?

Bedags, as hy hout aandra of die agterplaas hark, lyk hy byna gewoon. Maar sy wat Kytie is, sy ken vir malkop as sy hom siet. Voorlangs lyk hy mak hond, maar agter in die kop loop al die varkies los. Sy kan sweer dis soos dit is by hierdie Optel. Hy kyk so bietjie dommerig, maar Kytie weet hy lees en skryf soos enige een. Antas se lyste medisynes, volgens die alfabet en waarvoor elkeen gebruik word, hoe jy hom aanmaak en hom meng. Hy skryf daai allester. Hy's lief vir skrywe, lyk dit vir haar. Skryf orals waar hy lus kry. Op die muur, agter die hoenderhok, het Kytie afgekom op iets wat hy daar vir Tienrandjie geskryf het:

Maak die uintjieblom oop?
Die een wat oopmaak is die madelief.
Gaan die uintjie ook oop?
Oop is die madelief, oop.
Klaar staan sy, oop en klaar.

Op 'n ander tyd en 'n ander plek sou dit dalk vir Kytie mooi gewees het. Maar hier in hierdie sande … Sy weet nie so lekker nie.

Naby hulle kamerdeur het sy 'n ander skryfsel teen die muur gekry:

U sal my hart neem, my hart,
waarmee ek radeloos van die honger is.
Dat ek ook sal vol word, soos U.
Want
die honger is in my.

Jirre, die rillings kruip oor haar hele lyf.

As Optel kan versies maak en medisynereseppe skryf, vir wat hou hy hom so onnosel? Meantime sit sy kop vol geitjie-gedagtes. Dalk is dit vir hom makliker om dom te speel? Dit skrik mense weg. Tienrandjie praat ook nie, maar sy's nie agterbaks nie. Sy's oop en daar's liggies in haar ogies. Dalk is dit wat met Optel verkeerd is. Hy het nie lig in daardie twee oë van hom nie.

Die kleinding teen haar lyf broei Kytie nou te warm. Sy staan suutjies op en gooi haar rok oor haar kop. Buite is die nag stil en helder en Kytie loop katvoet om die huis.

Sy sien hom nie buite nie, maar daar's lig by sy kamer, 'n klein openinkie in die hoek van die velgordyn waardeur 'n skeut geelkoper lig ontsnap.

Optel sit gehurk op die vloer met 'n slypsteen tussen sy voete vasgeknyp, besig om die lang lempunt van 'n spies daaroor skerp te maak. Die houtsteel van die spies het hy stewig in sy regterhand vas en met die linker lei hy die lem oor die nat blok van die steen. Kort-kort sprinkel hy water, begin dan weer trek en stoot. Heen en weer, ritmies, terwyl hy in 'n lae, donker stem sing. Sy kaal bolyf volg die slypaksie geoefend. Vorentoe en agtertoe, soos in 'n dans, die spiere oor sy rug en ribbes, die sterk bo- en voorarms wat rats en soepel gly. Die steen self is lank, al effe hol na sy middelkant van jare se gebruik. En langsaan, op die vloer uitgepak en gereed vir hulle beurt op die steen, lê 'n hand vol messe. Sommige van hulle herken sy – messe uit die kombuis. Maar daar's ook 'n jagmes met 'n breër lem en 'n dik, stewige hef.

Verskeie kerse en 'n paraffienlamp gooi oranje tinte oor die binnekant. Sy kan net 'n smal strook van die vertrek sien. Eenkant staan 'n klein tafeltjie met 'n notaboek daarop, oopgeslaan en met 'n potloodstompie in die vou.

Bokant die tafel, teen die muur, is daar tekeninge van diere en Boesmanfigure, letters en simbole, dansend in die flikkerende lig.

Die jong man hou skielik op met werk. Hy lig sy kop en draai dit effe skuins, asof hy luister. Dit raak só stil, Kytie kan haar eie hart hoor klop. Dan tel hy die spies op en kom gebukkend regop.

Kytie ruk weg van die venster en loop haastig, op haar tone, weg.

81

Beeslaar en Ghaap leun teen die bakkie se neus en kyk na die bedrywigheid in en om die klein dorpie. Hulle het pas die stuk veld noordwes van Welkom gefynkam terwyl Mentoor en Landers en 'n paar ander die res van die omliggende stukke deursoek. Beeslaar het die bakkie onder 'n haak-en-steekdoringboom ingetrek.

"Vandag gaan hierdie son die kak uit ons brand," sê Ghaap en tuur na die opkomende son. Hy vat 'n groot sluk water uit die bottel wat Beeslaar vroegoggend ingepak het. "As hy so rooi is met die opkomslag moet jy jou maar reghou." Hy buk terug in die oop deur van die bakkie en neem nóg 'n stuk beskuit uit die blik. Die steaksnysels is lankal op. "Gaan jy nie eet nie?" vra hy met 'n mond vol kos.

Beeslaar skud sy kop. Hy voel effens naar want hy het te vinnig water gedrink toe hulle teruggekom het uit die veld.

Maar dis veral Mentoor wat hom dwars sit, die onbeheerste manier waarop sy deure afskop en mense verskree.

Hy wat Beeslaar is het self 'n humeur aan hom. En hy het al foute gemaak vanweë daai humeur. Maar hierdie ding – daar kom 'n punt waar aggressie jou saak begin seermaak. Hy besef Mentoor het groot druk op haar. Maar sy's vinnig op pad na 'n moerse train smash.

Ou tannie Soof Kooper hou vol dat die mannetjie wat op vlug geslaan het, haar kleinseun Kenny is. En Kenny ken van moeilikheid met die gereg. Dis hoekom hy hier by sy ouma wegkruip. Nes Coin is hy by uitstek 'n dief en op Upington, sê Pyl, soek hulle glo klaar na hom – steel ou vrouens se beursies uit hulle handsakke op die taxi's.

Beeslaar bel vir Pyl, wat sê hy's bekommerd oor Erasmus. "Ek dink ek gaan moet deurry Upington toe met hierdie klong, Kaptein. Hy hoes bloed, lyk dit. En hy vrek van die pyn. Miskien het daardie lem hom dieper gesny as wat dit lyk. En hy sê dit is Kenny Kooper wat hom gesteek het."

"Seker?"

"Seker, Kaptein. Hy kén vir Kenny."

"Herre, Ballies, en jy sê nou eers."

"Ek weet, Kaptein, maar Erasmus het ook maar nou gesê, hy was dom geskrik."

"Raait," sê Beeslaar, "sit intussen voet neer. En ek meen néér. Ons bel solank 'n ambulans in Upington, dalk kan hy jou halfpad kry."

"Probleme?" vra Ghaap toe Beeslaar aflui.

Beeslaar vertel hom. "Nog te meer rede om daai outjie te vang – al is hy ook nou wie: Coin, Kenny of die pous se neef. Ek is seker hy's hier iewers in hierdie sande in, maar ek gaan nie alleen hier in nie. Ons sal iemand moet kry om ons in te vat."

"Soos wie," vra Ghaap en kyk kouend na die woestyn.

"Ons kyk maar." Beeslaar bel vir Jannas Boonzaaier.

"Hoe goed ken jy die mense op Welkom?" vra hy. "Hier's 'n kêrel met die naam Kenny Kooper, wat weet jy van hom?"

"Moeilikheid. Kleinsoof Kooper se jongste. Sy werk in die park, agtermekaar vrou, ouma Soof pas die kinders op. Kenny is 'n slim kind, maar hy's wild. Hy't hier in die moeilikheid beland, toe's hy weg Upington toe. Hoekom?"

"Het jy hom onlangs hier rond gesien?"

"Nee. Wat gaan aan? Van waar af bel jy?"

Beeslaar sien vir Mentoor uit die veld gestap kom. Sodra sy hom gewaar, pyl sy op hom af. "Ons is op Welkom, op soek na Bloubees, maar toe …"

"Coin! Maar wat het hy met Kenny uit te waai?"

"Luister, Jannas, jy help nie vir Coin as jy hom beskerm nie. Weet jy of hy hier by Kenny sou wegkruip?"

"Hoekom dink jy ... Is Kenny dan hier?"

"Die man wat die dagga inbring, oom Daantjie ... e ... Dirkie. Wat jou donkievoer bring. Ek hoor hy was gister by jou met 'n besending. Het hy mense gebring? Of vir Coin saam teruggevat?"

"Hokaai net 'n bietjie daar! As jy vir een oomblik dink ek smous dagga, moet jy weer ..."

"Vergeet die dagga. Het Bloubees 'n lift by die oom gekry?"

"Nee! Oom Dirkie het 'n vrou en 'n kind saamgebring, nie vir Kenny nie. En hy't twee mense teruggevat, albei moes tande laat trek. Maar jy's waaragtig verkeerd as jy dink ek het enigiets met dagga uit te waai, hoor! En nou weet ek steeds nie wat jy wil hê nie. Soek jy vir Coin of vir Kenny? En jy weet seker die Boesmans het hulle eie ingang na die park? Jy kan so te sê van Welkom af stap."

"Ek sal iemand nodig hê om my te wys."

"Yskas, sonder twyfel, as hy nugter is. En al uit die selle is."

Beeslaar maak 'n geluid, te flou vir 'n volle lag. "Hy's uit, maar lê tien teen een nog sy roes en afslaap. Wie anders is daar?"

Haar antwoord verras hom: "Heilna. Maar sy sal vir Yskas nodig hê. Sy ry altyd met 'n ekstra paar oë. Ek sal haar gou bel."

Mentoor is rooi in haar gesig en haar asem blaas toe sy by hom en Ghaap kom.

"Julle is vinnig klaar?" Sy kom staan arms gevou by hulle, haar voete wyd geplant.

"Mentoor, dis nie Coin Bloubees na wie ons soek nie."

Sy klap haar tong vererg. "En 'n super-speurder uit die groot stad Johannesburg eet dit vir soetkoek op?"

Beeslaar skud sy kop moedeloos. "Erasmus sê self so, Mentoor. By wie't jy jou tip-off oor Bloubees gekry?"

"Trek jy dalk my woord in twyfel?" Sy vee hardhandig na die sweet langs haar slape.

Hierdie meisie, dink Beeslaar, wil nou net een ding doen en dis baklei.

"Ek trek nie jóú woord in twyfel nie. Ek bevraagteken jou bron.

Want hier's geen Coin Bloubees hier nie." Hy hou vir haar 'n bottel water uit. Vredesgebaar.

Sy skud haar kop, kyk nukkerig na die duine. 'n Skaduwee beweeg oor hulle en al drie kyk op: 'n reuse-kroonarend wat laag op die warm lugstrome hang. Die voël duik weg met 'n hoë skree, verdwyn in die verblindende son.

"Ek het Erasmus solank Upington toe gestuur," sê Beeslaar. "Pyl vat hom."

"Jy't wát?"

"Hy't begin bloed hoes."

"Fokkit, Beeslaar. Jy kon my minstens gesê het! Intussen verloor ons kosbare tyd. Jy en Ghaap sal nou hier moet in." Sy wys na die woestyn.

"Ons kan gaan, ja, maar dis 'n helse groot area, wat ek nie ken nie. Ek het gebel vir 'n spoorsny—"

"Wat waarvandaan moet kom?"

"Louisvale."

"Jissie, Beeslaar, ek dag dis hoekom jy die groot wiele het. Kan jy nie jou foon se GPS gebruik nie? Dis amper 60 kilometer van Louisvale af. Teen die tyd dat jou spoorsnyer hier is, is Bloubees in Kaïro. Ek sal intussen self gaan."

"Dis gevaarlik, Mentoor. Gee my 20 minute kans, my ouens is reeds op pad. Die verdagte is te voet, ons sal hom maklik kry."

"20 minute," sê sy en stap weg. Haar vaal krulle staan woelend om haar kop.

Beeslaar kyk haar ingedagte agterna. En skielik weet hy hy sal sy eie ondersoek moet doen as hy régtig wil weet wat aan die gang is. Hierdie gifappeltjie sal liewers van 'n krans af spring voor sy erken sy't dalk die kat aan die bal beet.

Sy selfoon piep. Dis 'n SMS van Heilna, wat klaar op pad is – mét Yskas.

Beeslaar gaan sit op 'n houtstomp in die diepste skaduwee van die haak-en-steek. Hy is skielik weer bewus van sy brandende voetsole, wens hy kon dit in 'n kom koel water steek. Mens voel nie die pyn as jou liggaam adrenalien pomp nie – dis 'n feit van oorlewing. Hy't eenkeer sy sleutelbeen in rugby beseer. Agterna, toe sy liggaam begin afkoel, het hy eers besef dis gebreek.

Die sit bring nie juis verligting nie en om die aandag van sy voete af te lei, stap hy terug die dorpie in. Hier en daar is die mense reeds op, kinders sit buite met borde pap of toebroodjies, waai onskuldig vir die groot polisieman. Hoenders skrop kringe in die sand, soek pikkend iets eetbaars onder die lawaai van honde wat stywebeen staan en hul werwe blaffend verdedig.

By ouma Soof sit almal by 'n plastiektafel aan die skaduweekant van die huis. Daar is vier jong kinders by haar en sy lyk allermins bly toe die polisieman nader stap.

"Jammer vir al die ... e ..."

Sy waai die verskoning weg met 'n ongeduldige hand.

"Sal u omgee as ek nog 'n paar dinge vra?"

Sy wys vir een van die kinders om sy stoel te ontruim. "Laat die oom sit, Mikkie."

"Meneer weet," sê sy sodra hy sit, "dis nie maklik hier nie – om kleintjies reg groot te maak nie. Maak nie uit of hulle jou eie of jou kleinkinders is nie." Sy wys na die klompie om haar. "Om vir hulle respekte te leer nie."

Beeslaar gaan sit versigtig op die afgeleefde plastiekstoel, nie seker of dit sy gewig kan dra nie. "Waarheen sal Kenny gaan, mevrou Kooper?"

"Ai-ai." Haar stem raak hees en sy baklei haar emosie. "Daai kind los nie voetspore nie. Hy los trane." Sy skud haar kop verdrietig, snuif. "En ek ken vir Rassie Erasmus. Sy ma is 'n kristelike mens. As hy iets moet oorkom ..."

"Ou Rassie gaan orraait wees, Mevrou. Een van my eie manne het hom Upington toe gevat. Ons sal mooi na hom kyk. Maar dit sal goed wees as u kleinseun homself oorgee."

Sy knik en vee oor haar wange.

"Waarheen sou hy gevlug het, Mevrou?"

"Hy sal seker deur die ‡Khomani-plek probeer gaan."

"U bedoel die gasteplaas hier agter?"

Sy kyk betraand op na hom. "Vind hom asseblief, Meneer. Hy's nie 'n veldkind nie, hy sal nie regkom so alleen in die duine nie."

383

Heilna kom aangery in 'n groot Ford Ranger Wildtrack met dakrooster, soekligte, snorkel, die works. By haar is Yskas Arnoster, vol vreugde en smiles oor hy homself bruikbaar kan maak. Hy gaan die uitkyk wees, spog hy.

Hy luister saam met Heilna na Beeslaar se storie, stem saam dat Koopers tien teen een vir die aangrensende ‡Khomani-gasteplaas sou probeer mik om in die park in te gaan.

"En dan?" vra Ghaap, "hoe groot is die park?"

Heilna trek 'n mondhoek op. Dis die naaste aan 'n glimlag wat Beeslaar nog gesien het. "Net oor die 38 000 vierkante kilometer, die Botswana-deel ingelsuit. So ons beter ons roer." Sy dra 'n tenktop met uitgeholde moue, 'n kortbroek en stapsandale. Haar hare is in 'n vlegsel laag in haar nek vasgemaak en sy het 'n Stetson op haar kop.

Sy wip terug in die groot bakkie. Beeslaar klim langs haar in met Ghaap agter en Arnoster wat rats agterop tot op die dakrak klouter en homself bo-op die ekstra spaarwiel tuismaak.

Sy hanteer die voertuig met groot gemak, laat die kragtige enjin toe om sy werk te doen, kalm en vertroud en met nét genoeg spoed dat sy en Yskas die sand kan lees.

Hulle ry noordwes. Halfpad op teen 'n buitengewoon hoë duin klop Yskas hard op die kajuit se dak. Sy kop verskyn onderstebo by Heilna se venster: "Spoor," sê hy, "lyk my hy's anderkant." Dan spring hy af en hardloop 'n ent met die duin aan terwyl Heilna die bakkie stadig agteruit laat gly. Onder gekom, klim almal haastig uit en wag vir 'n teken van Yskas bo teen die duin.

Ghaap wil iets sê, maar Heilna maak hom stil.

Sy kniel in die poeiersagte sand by hulle voete, kyk intens na die merke om hulle. Beeslaar en Ghaap kyk begriploos na mekaar.

Dan doen Heilna 'n vreemde ding: Sy hou haar hand liggies oor een van die merke en maak haar oë toe. Vir 'n paar sekondes sit sy so, maar na 'n ruk skud sy haar kop, staan op en beduie vir Arnoster hy moet kom.

Die vier klim woordeloos terug in die Ranger.

"Is dit nou hy, of nie?" vra Ghaap voor sy die enjin aanskakel. Sy antwoord nie, maar wikkel net haar kop, sit die kar in trurat en retireer 'n ent. Dan sit sy haar voet neer, kry genoeg momentum om met gemak oor die hoë duin te kom. Beeslaar skat dis maklik 15 meter hoog.

Die enjin dreun gretig en klim die hoogte uit so rats soos 'n geitjie, skuur reguit oor die lip, waar Heilna die rem optrek.

Anderkant is die sand fermer. Dis die windkant, weet Beeslaar, en die oppervlak is gewoonlik vaster en makliker vir so 'n swaar viertrekker.

Heilna beveel haar twee passasiers om te bly sit, maar klim self uit. Sy stap al met die kruin van die duin langs, ver, 'n stuk of 30 meter. Haar skraal figuur gooi 'n lang skaduwee oor die westerwang van die duin, skerp afgeëts, tot by die plukseltjies sand wat haar sandale met elke tree opskop.

Vreemde vrou, besluit Beeslaar. Heeltemal ander mens in die veld. Nóg stiller en geslote, maar tegelyk teenwoordig en gefokus, asof sy daar hoort.

Sy gaan sit op haar hurke, haar kop effe vooroor gebuig. Sy strek haar hand uit, hou dit 'n entjie bo-oor die sand en sit 'n lang tyd so.

Dan kom sy haastig teruggedraf.

Hulle draai reg wes, ry 'n paar honderd meter in die duinstraat af. Yskas klap hard op die dak. Heilna het nog nie behoorlik tot stilstand gekom voor hy afspring en begin hardloop nie. Beeslaar en Ghaap gooi hulle deure oop en hardloop agterna. Toe hulle oor die duin kom, sien hulle hom teen die oorkantste duin. Hy is moeg, maar hy bly hardloop.

Beeslaar roep dat hy moet staan, maar dit spoor net die outjie aan. Sy gang is moeilik soos hy al met die skuinste van die duin beweeg. Beeslaar en Ghaap bly voorlopig onder in die duinstraat op fermer grond. Dan glip Kooper skielik oor die rand van die duin en verdwyn buite sig. Beeslaar en Ghaap wat nou moet klim om hom agterna te sit.

Uiteindelik bo, sien Beeslaar hygend hoe Kenny klaar weer teen die volgende duin uitsukkel. Daar is polle gras en 'n paar verdorde doringbome. Heilna probeer die gras platry, maar die voertuig begin sukkel in die onegalige sand. Sy bring die groot kar tot stilstand en klim uit. Yskas is by haar en sy wys vir hom om te bly staan.

Beeslaar roep weer vir Kenny om te stop, maar die mannetjie bly beweeg.

Heilna klim vinnig tot op die dak van die Ranger. Sy't 'n geweer in haar hand, lig dit vinnig tot voor haar bors.

Dan klap die skoot. Oorverdowend. Skeur die dik stilte van die woestyn.

En Kenny Kooper val.

82

Kytie is onrustig en op haar senuwees, heeloggend al waar sy in die kombuis met 'n maalklip staan en werk, besig om 'n stukkie gebrande volstruiseierdop tot 'n fyn poeier te maal. Die girts-girts van die twee klipkante op die eierdop herinner haar aan Optel by sy slypsteen vroeg die oggend.

Sy het moeite om die prentjie uit haar kop te kry.

Sodra die doppe fyn genoeg is, vee sy dit met 'n bakhand eenkant en begin dan met die gedroogde wortels: rooivergeet- en slanghout- en dawidjiewortels saam met 'n gerasperde stukkie granaatskil. Op die ou end word dit Antas se beroemde maagpoeiers. Vandag maak hulle klompe nuwe medisynes vir 'n bestelling. 'n Swaar ketel water staan reeds op die stoof en borrel en daar brand kerse met 'n wilde kruieruik aan hulle.

Antas self sit ook hand by, gee nou en dan 'n aanwysing. Verder is sy besig met die boeke van al die verskillende medisynes. Sommige van die resepte het sy geërf, vertel sy. Ander het sy self oor die jare bymekaargemaak en opgeskryf.

"Ek probeer om dit in 'n goeie volgorde te kry. Soms staan een resep op verskillende plekke en op verskillende maniere neergeskryf. Optel help my baie, want hy ken sy kruie. Hy leer vinnig en het oor die jare baie agter die ou kenners in die veld aangestap, gesoek vir die regte plante, gehelp met die uitgrawe en dra."

"Dis 'n groot werk," sê Kytie om die praat aan die gang te hou. Sy is klaar met die wortels, skraap dit in 'n piering. "Ek self is lief vir werk, staan nie graag op 'n agtervoet as dit by werk kom nie. Kopwerk is weer 'n ander storie. Ek is nie uitgeleerd nie. Soos met die kruiens. Meeste van die name het ek nog nooit van gehoor nie. Kokkoro … Korroriet—"

"Kokkoromoniet," help Antas.

"En hondepis en ver-pis en dassiepis. En steenbokdrolletjies en … en al die name wat een ding klink, maar verskillende dinge is."

Antas kyk op van haar boeke. "Is jy klaar, Kytie?"

"Alles is gemaal, Mevrou."

"Nou gooi jy dit saam in een van daardie koevertjies en gaan gee vir Optel, dat hy dit kan aflewer."

Die kind wil weer met alle mag saam en dis op die ou end net Japie die meerkat en 'n stokkielekker wat haar help ompraat.

Antas vat haar aan die hand en stap met haar 'n entjie die veld in. Sy drentel steekserig saam terwyl Kytie die kombuis regvat. Toe sy klaar is, gaan soek sy hulle.

Hulle sit op hulle knieë in die sand, neuse byna op die grond. Antas het 'n droë grassprietjie in haar hand en raak liggies aan die sandkorreltjies in 'n klein tregtervormige gaatjie. "Mierleeutjie kom uit. Mierleeutjie kom uit," sing sy. "Hier buite is vir jou lekker konfyt."

Sy hou op en fluister: "Sjjj, nou mag ons nie praat nie. Want mierleeu is koning onder die sand. Hy kom net uit vir mense wat saggies praat."

Sy roer weer met die sprietjie, liggies.

Dan is daar skielik beweging. Hulle al drie kyk stip hoe 'n piepklein insekkie, so groot soos 'n vuurhoutjiekop, soos blits uit die dieptes kom: 'n vaal gedroggie met groot vangkake wat uit die sand opskiet en dan weer verdwyn.

Tienrandjie klap haar handjies plesierig.

Die speletjie word by verskeie ander gaatjies herhaal, tot die son te warm word.

Hulle trek terug na die peperbome by die hoenderhok. "Mevrou Antas," sê Kytie toe hulle sit en die kind 'n broodjie uit Kytie se voorskootsak kry, "hoe het Mevrou geweet van Tienrand se merke?"

Die medisynevrou kyk na die hoenders wat al agter die kind aanstap en die broodkrummels oppik wat sy om haar uitstrooi. "Jy weet sy's 'n buitengewone kind, Kytie?"

"Hoe bedoel Mevrou?"

"Sy's hiernatoe gestuur. Ons het haar gesien, al lank voor ons van haar geweet het."

"Mevróú?"

"Optel, eintlik. Hy kan met ons voormense praat. Húlle het hom gesê."

"Waffer voormense? Wat waar is?"

"Hier, ant Kyt." Sy maak 'n vae gebaar in die rigting van die duine. "Hier lê baie bloed in hierdie sand. Mense dink ons spore is doodgevee. Maar die sand onthou. Die bloed wat hier uitgeloop het, jou en my mense se bloed. Dís wat hierdie sand sy rooi kleur gee."

Kytie knik respekvol. "Ja, Mevrou. Maar … e … Tienrand?"

"Sy's een van ons, Kytie. Ons het haar verwag."

"Haar mense is mos eintlik op Upington."

"Dis mense wat los geraak het van die sand. Die sand is ons anker, ons naelstring, die plek waar ons hoort. Maar vir hulle het dit lankal gebreek."

Kytie voel kriewelrig. Versigtig sê sy: "Maar as ek nou vorendag gaan kom, Mevrou, by die polieste. Dan stuur hulle vir Tienrandjie terug na die … e … los mense, dan nie?"

Die medisynevrou blaas 'n lankmoedige asem uit. "Ons sal sien," is al wat sy sê. Dan staan sy op en gaan rustig na binne. Haar lang leerromp wat klok en vou en die sade en skulpies wat sjik-sjik maak.

Dis al byna twaalfuur teen die tyd dat Optel terugkom. Hy bring groentes en melk, brood en 'n paar blikkies tamaties. En 'n man in 'n grys pak klere en skoene met dun veters.

Die prokureur.

Kytie maak koel ystee met baie suiker. Sy's die ene senuwees. Terwyl sy werk, hou sy maar buite dop hoe die kind al agter Optel aanloop. Hy haal groot houtstompe van die Jeep se bak af en gaan pak dit op die houtstawel agter die hoenderhok.

Toe die tee reg is, vat Kytie dit woonkamer toe. Die prokureur praat met 'n ronde, geleerde stem, vertel vir Antas van "lastighede" met die "projek".

"Kom sit, Kytie," sê Antas, "dan vertel jy vir meneer Bladbeen jou hele storie. Hy gaan vir jou help, jy sal sien." Hulle twee kyk betekenisvol na mekaar terwyl Kytie op een van die kussings by die lae tafel neersak.

Sy kan nie praat nie. Daar's nie behoorlik spoeg in haar mond nie.

Antas probeer help: "Ant Kyt het die kind van 'n vreeslike ding gered, nè Antie?"

Kytie sluk die banggeid terug. "Meneer, ek het nie geld nie. Ek staan op my laaste sente. En dis hoeka geleen. Ek kan nie vir j—"

"Sjjj, Kytie," paai Antas, "dis later se storie. Vir nou is dit belangrik om te sê wat daai man alles wil gedoen het en hoe ant Kyt vir Tienrand moes wegvat."

Kytie skraap haar keel. "Dit het mos so gereënt, Meneer. 'n Raasreënt."

Toe sy klaar is, voel sy amper beter. Om die storie vir hierdie man van die wet te vertel voel vir haar reg. Die sonde moet uit.

"En agterna, Mevrou? U sê daar was twee mans. Hoe't hulle gelyk?"

"Ek kan nie mooi gesien het nie, Meneer. Maar dit was twee. Kleur kan ek nou nie mooi sê nie. Miskien kan hulle wit gewees het."

Die prokureur dink na. Hy het 'n notaboek wat oop voor hom lê en kort-kort girts sy goue pen daarin. "Hmm," sê hy na 'n tyd, "daar was 'n storie in die koerant gister. Die Duitse man is … was 'n wetenskaplike, dink ek. Vermis geraak. Jy't nie gesigte gesien nie?"

Kytie skud haar kop. "Die reënt, Meneer."

"En die kar?"

"Dit was 'n grote. Van die vierwielgoed."

"Four by four?"

Sy knik.

"En Tina … Tienrand. Sy bly by haweloses. Ken jy haar ma?"

"Nee, maar ek dink ek het hulle al gesien. By die taxistop daar agter die Shoprite. Somstyde is daar groter kinders ook by. Soms sien ek die mense lê uitgepaas daar by die brug. Maar wie die ma-goed presies is …"

Hy drink sy tee in klein slukkies en dit lyk of hy baie diep dink. Naderhand sê hy: "En sy vra nie na haar mense nie?"

Kytie is skielik weer hartseer en sukkel om te praat. Gelukkig neem Antas dit verder. "Dis juis die ding, Silwer," sê sy, "sy's gelukkig hier. Sy huil nie, sy eet soos 'n wurm en is mal oor Optel. Jy't self gesien hoe bly sy was toe julle gekom het."

Die prokureur sit sy tee neer, maak nog 'n krabbeltjie in sy boek. Dan sê hy: "Antas, is jy bereid om mevrou Rooi nog 'n rukkie te huisves?"

Kytie kyk verbaas op, maar Antas sê dadelik ja.

"Jy het die regte ding gedoen, Kytie," sê hy, "deur daardie klein ou meisietjie te red. En om hier na Antas toe te kom. Dit gaan nie 'n maklike ding wees nie. Die feit is dat jy nie bewys het nie, sien? Want dis net jy wat dit gesien het. En die meisie self praat nie."

"Maar ek het dit gesien, Meneer. Hy't ... Sy broek was uit en ... Hy't haar ... Hy wou haar afdruk om ... om ... Sy ou ding was uit. En sy ... Jirre, Meneer. Sy het nie gebaklei nie! Maar haar ou ogies ... soos 'n klein ou hondjie. Hoe kan so 'n man ... Dis 'n gróótmens! Wat met kinders ..." Die huil kom nou genadeloos. "Hulle op ... opmórs! En ... en hulle stap weg, kyk vir jou of jy die gemors is!" Woedende trane spat uit haar oë.

Antas vryf haar arm en paai. Na 'n ruk sê sy: "Silwer, wat as ons kan bewys die ma huur die kind uit?"

"Dit sal moeilik wees. Tensy die toeris 'n geskiedenis het. Maar los dit vir my. Ek ken darem ook goeie mense by die polisie. Van polisie gepraat ..."

"Hulle was al twee keer hier," sê Antas. "Hulle soek na Coin."

Die prokureur snuif fyntjies. "En soek ons hom nie almal nie! Al is dit nou ook net vir skadebeheer. Moenie dat hulle jou ontsenu nie, Antas. Jy bel net vir my!"

83

Koekoes Mentoor raak duiselig toe sy skielik uit haar stoel opstaan om haar kantoordeur toe te maak. Sy wil Beeslaar onder vier oë spreek, maar wil nie hê die hele gebou moet hoor hoe moerig sy is nie.

Die duiseligheid vang haar onkant en sy kantel teen die lessenaar se rand aan.

"Ho," roep Beeslaar en spring op.

Sy hou haar hand op, stop hom in sy spore. "My voet gehaak, dis al," sê sy vinnig en loop met 'n stywe rug deur toe. Na 'n derde nag sonder slaap is sy lighoofdig.

"Die punt is, kaptein Beeslaar," sê sy toe sy weer sit, "dat jy in die eerste plek 'n siviele persoon by 'n polisieondersoek betrek het." Sy konsentreer daarop om asem te haal en om haar stem te beheer, voor dit weer piepend deurslaan.

"En dat sy gewapen was. En derdens op 'n verdagte gevuur het! Wat de fok, man!" Haar stem gly op die "fok" en piep soos 'n kruiwawiel. Sy skraap haar keel, sê dan rustiger: "Dis om die minste te sê nalatigheid. Jy én ek kan geskors word daarvoor, besef jy dit?"

"Ek het nie geweet sy't 'n wapen by haar nie." Hy sit soos 'n blok daar op sy stoel. Regop rug, sy bene wyd oop en arms oor sy bors gevou.

"Sy hóórt in die eerste plek nie daar nie! Ek dag jy kry 'n spoorsnyer!"

Beeslaar vee met al twee sy hande oor sy gesig. Hy lyk vermoeid en sy sien soutstrepies in die kraaipootplooitjies langs sy oë. "Sy't nie eens naastenby na hom gemik nie," sê hy. "Sy't presies vyftig meter na regs

392

gemik, op die boom wat daar gestaan het. Dit was 'n waarskuwingskoot, anders het ons nóú nog gesoek. En onthou, hy't 'n polisieman aangerand. Ernstig aangerand!"

"As dit hy was."

"Jis, Mentoor. Jy's nie régtig gepla met konstabel Erasmus se welstand nie, is jy? Jy skop mense se deure af en verskr—"

"Nonsens! Natuurlik is ek bekommerd. Maar hy word versorg. Dus beweeg ons aan. En indien jy vergeet, ék bepaal hoe ons aanbeweeg met hierdie ondersoek."

"As mens dit 'n ondersoek kan noem."

"Wát?"

"Ek bedoel dit, Mentoor. Hierdie is 'n fiksasie met een man. Daar's nie afdoende getuienis nie, daar's nie bewys nie. Dis asof jy jou persoonlike …"

"Bly stil!" Haar stem slaan skel deur, maar dit kan haar nie skeel nie. "Wat weet jy van my persoonlike sake af?"

Hy hou sy hande in die lug.

"Ek probeer 'n moordenaar vang, dís waarop ek fikseer. En dis nou fokken jammer as dit met jou vakansie in die Kalahari inmeng. Dalk is dit beter dat ons paaie skei en jy jou aan hierdie saak onttrek."

"Op grond waarvan? Dat ek die saak behoorlik wil ondersoek? 'n Benul probeer kry waarmee Kappies de Vos besig was? Want ek sê jou een ding, hy't meer as genoeg vyande gehad."

"Maar ons wéét wie sy moordenaar is. En wat sy motief was. Al wat jy hoef te doen, kaptein Beeslaar, is om hom te vang. En gepraat van 'n 'behoorlike' ondersoek, het jy al by Leonora getjek watse ander goed uit die huis weg is? En het jy die voorman ingebring soos ek gevra het?"

Beeslaar skud sy kop. "Daar's niks weg buiten die skedel en die mufkop leeutrofee nie. En die voorman is skoon."

"Nou ja," sê sy, "daar het jy dit. Wat kan ek sê? Jy maak in elk geval soos jy lekker kry."

Hy mik om op te staan, maar bly dan sit. "Sê my net een ding. Wie't vir jou gesê om op Welkom te gaan soek?"

'n Nuwe golf woede borrel in haar op. "Wie dínk jy? Dieselfde man wat ons sedert Saterdag aan ons neuse rondlei. Wat jy in die woestyn in laat wegdonner het. So, los jy my in vrede om Kappies de Vos se moordenaar vas te trek. Gaan doen jy maar waarmee jy lekker kry."

Lank nadat hy weg is, bewe haar hande nog steeds. In haar kop storm dit: sy weet hy is reg. Maar sy is óók reg. As die omstandighede anders was, het sy ook "behoorlik" gewerk, soos 'n blerrie bobbejaan gesit en klippe omkeer op soek na skerpioene.

Maar omstandighede is nie anders nie. Daar's nie tyd vir filosofeer en raaisels herkou nie. Sy moet hierdie ding vinnig en sekuur afhandel.

En sy hoef nie die skerpioene te soek nie. Hulle soek haar.

Losgelaat deur 'n hondsdol Coin Bloubees met sy kranksinnige oproepe en speletjies met haar.

Maar hoekom sy? Oor sy toevallig Saterdagmiddag vir Eckhardt gebel het? Hom gedreig het en Kappies opgekommandeer het … sy planne in die wiele gery het?

En wat wás die planne? Wraak? Teen die stomme Duitser met sy simpel plantjies? Kappies vermoor? Vir 'n motgevrete leeu en 'n plêstiek ysemmer? Waarmee is hy in godsnaam …?

O, Here, daar gaan sy weer. Die sirkels. En in elke sirkel is 'n nuwe vraag.

Dit gaan haar mal maak.

Sy haal 'n notaboek uit. Dalk moet sy alles neerskryf. Maar sy skryf nie, sy voel verlam. Haar hande en voete tintel onaangenaam, asof die bloedvloei afgesny is. Sy moet iets doen. Mogale bel – voor hy haar bel oor die oggend se fiasko.

Sy selfoon lui 'n paar keer en gaan dan oor na stempos, kort en nors: "You've reached General Mogale. Leave a message."

Op sy landlynnommer sê die sekretaresse Koekoes moet aanhou, die generaal is in 'n vergadering. Sy sal gaan hoor of hy haar oproep kan neem.

Terwyl sy wag, begin die twyfels weer knaag. Het daar al klagtes oor haar by hom uitgekom? Doman, Silwer Bladbeen met Helena fokken Smith se geskinder?

Gaan hy haar terugroep sodat Beeslaar en sy boksombende na hartelus deur haar geskiedenis kan krap?

394

Sy voel die bloed uit haar kop dreineer, die vuis teen haar borsbeen.

Uiteindelik kom die sekretaresse terug aan die lyn en sê die generaal kan nie nou gesteur word nie, sy moet 'n boodskap los.

"Sê maar hy moet sy e-pos tjek," versoek sy floutjies.

Dis dalk net sowel – spaar haar die stamelende verduidelikings oor die foon.

Met nuwe hoop trek sy haar rekenaar nader.

Hou dit kort en kragtig, besluit sy. Loop die klagtes vooruit: "Dis duidelik dat die plaaslike gemeenskap en hul prokureur saamspan om ons saak te bemoeilik," maak sy haar openingsparagraaf. Daar is "ooglopende pogings" om politieke munt uit die ondersoek te slaan deur die polisie verdag te maak. Een taktiek is 'n "skinderveldtog teen my as persoon – uit gefabriseerde leuens," skryf sy.

"Ek voel my ook verplig om te meld dat luitenant Romeo Doman van die SSA hom by die saak inmeng. Gister het dit so ver gegaan dat ek fisiek daarvan weerhou is om 'n verdagte te voet te volg. Nie alleen het dit my persoonlik in gevaar gestel nie, maar ook my verdagte laat ontsnap.

"Laastens: ongelukkig het ek nie die volle samewerking van kaptein Beeslaar en sy span nie.

"Wat betref die verdagte in die saak, ene Jan Bloubees van die nedersetting Bondelgooi: ek is vol vertroue dat hy binne die komende 24 uur opgespoor en aangekeer sal word. Die Oorgrenspark stel vanmiddag hulle patrollievliegtuig beskikbaar vir 'n lugsoektog. Ek verwag dit teen drie-uur.

"Ek onderneem om u deurentyd op hoogte te hou."

Na die e-pos weg is, voel sy inderdaad beter en klap die rekenaar toe. Sy gryp haar pistool en gaan roep vir Mollas om saam met haar in die distrik in te ry. Sy gaan nou self soek – tot tyd en wyl die lugsoektog kan begin.

Beginnende by die boskamp. Dan miskien die medisynevrou waar Beeslaar aldag rondlê. En die ou leier. En die NGO se meisie. Mollas sal weet waar om almal te kry.

Die voertuie is almal uit behalwe die monstergroot Hilux buite onder die skadunette. Koekoes vermy die groot rygoed normaalweg, want sy voel soos 'n sirkusmuis agter die stuur.

Daarom gee sy die sleutel vir Mollas, klim woordeloos in en gespe haar veiligheidsgordel vas.

Die wegtrek voel soos 'n lansering by Cape Canaveral: stof en klippers spat in alle rigtings, maar hulle kom ongedeerd by die boskamp aan, heel moontlik in rekordtyd.

Die plek lyk verlate, maar hulle soek nietemin deur. Kort voor lank is albei sopnat gesweet. Koekoes se tong kleef aan haar verhemelte vas en sy voel of sy sweef. "Water," vra sy, "is daar nie 'n kraan hier nie?"

"Hier's lankal nie meer 'n kraan nie, Kolonel," hyg Mollas, "lankal al. Iemand het dan die pomp gesteel. Maar ons sal water kry by Jannas."

Dis net 'n paar kilometer tot by die afdraai na Louisvale en Mollas ry tot by die bushuis onder die kameeldoringbome.

Daar staan 'n blink BMW-viertrek voor die deur, Silwer Bladbeen agter die wiel. Sodra Mollas stop, trek hy weg, gee 'n stywe knik in hulle rigting voor sy getinte ruit toegly.

Jannas dra 'n lang sykaftan in helder oranje en 'n tulband van dieselfde stof wat haar krulhare in bedwang hou.

Onder haar een arm knyp sy 'n bondel lêers vas wat dreig om uit te glip terwyl sy probeer om haar foon te beantwoord en 'n iPad vas te hou.

"Dis 'n malhuis by my," sê sy verskonend en druk die foon dood om te groet. "Dis ons skenkers wat uit Europa vlieg en karre en bussies en akkommodasie nodig het. En tussendeur die finale vergaderings voor die naweek … Nevermaaind. Waarmee kan ek help?"

Mollas het egter nog nie halfpad verduidelik nie, toe verflou haar vriendelikheid.

"Ag nee, regtig," sê sy vermoeid. "As ek geweet het waar die sielsalige Coin wegkruip, het ek hom sélf ingebring. Dit raak nou belaglik."

"Vertel dit vir Leonora de Vos," sê Koekoes.

"Nee, Kolonel, jy verstaan verkeerd. Dis regtig in almal se belang dat Coin se onskuld bewys word."

"Hy het niks te vrees as hy onskuldig is nie."

Jannas frons en glimlag tegelyk. "Kom," sê sy en lei hulle na 'n tuintafeltjie voor die bus, kennelik haar werkplek, want daar's 'n skootrekenaar op die tafel en een of twee kartonbokse met nóg lêers en papiere. Daar's 'n kraffie met water en sy skink vir haar besoekers in. "Kyk," sê sy toe sy die water aangee, "Saterdagnag, toe Coin by my aangekom het, het hy nie eens geweet dis Kappies wat aangeval is nie. Hy't net gehoor dis moeilikheid. En dis 'n cop."

Koekoes drink haar water op en aanvaar dankbaar nog 'n glas. Die water is lekker, maar die gasvrou irriteer haar. "As hy so onskuldig was, hoekom het hy in die eerste plek in die boskamp gaan wegkruip, juffrou Boonzaaier?"

"Hy was bang, Kolonel. Maar nie soseer vir Kappies nie. Hy het letterlik 'n spook gesien. Twee keer op een dag. En die tweede keer was byna noodlottig."

Koekoes proes in haar water. "Sorrie dat ek lag, maar dis tjol."

"Wel, dis wat hy gesê het en ek glo hom."

"Jy moet so sê, nie waar nie? Dis tog wat jy loop en verkondig – die San is vredeliewende natuurkinders, nie so gierig of moorddadig of mal soos die res van ons gewone mense nie. Wanneer gaan julle mense wakker skrik, juffrou Boonzaaier? Of moet daar eers nóg 'n moord gepleeg word?"

Die vrou lig 'n wenkbrou. "Vyf mense is die afgelope klompie maande hier dood, kolonel Mentoor, niemand lig 'n vinger nie. Maar een cop sterf en 'n hele peloton word uit Upington hierheen gestuur. Ek is jammer om dit te sê, maar Kappies was 'n slapgat polisieman wat sy posisie misbruik het vir sy private agendas. En as ek dinge reg verstaan is jy besig met presies dieselfde ding!"

84

Kenny Kooper hou niks van die polisie nie. Hy het 'n hele aparte woorde-skat om dit duidelik te maak, wat wissel van gebiede onder vroue se rokke in tot by die voortplantingsorgane van perde en donkies.

Beeslaar moet vir Ghaap terughou toe hy sy humeur wil verloor. En Kenny self maak dit nie makliker nie: "Toe, toe, toe, kom moer my, pêrep—"

"Kenny!" roep Beeslaar, "hou 'n slag jou vuil blerrie bek en luister. Wanneer laas het jy vir Coin gesien?"

Kenny lag. "Wanneer moes ek vir Coin gesien het? Ek kom dan gister eers hier aan."

"Sê jy, maar hoe weet ons? Waar was jy Saterdagaand?"

"Op Upington. Ek het niks gemaak nie. Ek was nie hier nie! Ek het eers gister gekom."

"Hoe?"

"Gelift, of course. My private jet is unfortunately in vir 'n service."

"Met wie, Kenny?"

" 'n Boer. 'n Boer in 'n bakkie."

Beeslaar kyk na die maer kêreltjie wat met sy bene opgetrek op die sementbed sit. Hy weeg tien teen een nie veel nie, maar hy dra sy vyandigheid in tonnemaat.

Beeslaar gaan hurk skielik by hom en Kenny trek homself onwille-keurig plat teen die muur. "Kyk, Kenny, jy's al so diep in die kak, jy beter maar leer stadig asemhaal. Dis een ding om ou tannies te besteel. Maar dis 'n ander ding om 'n polisieman te lem. So ek vra nou weer. Kan jy bewys jy was Saterdagaand op Upington?"

"Saterdag was ek saam met my tjommies by Amarosa's Tavern in Henkelstraat. Jy kan vir Denver vra. Denver Cloete. Ons is vriende."

Ghaap haal 'n selfoon te voorskyn. "Jy moet dié sien, Kaptein," sê hy. "Ons Kenny is 'n vermoënde man. Kyk bietjie na sy hardware. Samsung Galaxy. Splinternuut, uit die boks. Fokken nice vir 'n etter wat ou anties rob, of hoe, Kenny?"

"Los my goed!"

"Wie s'n is dit, Kenny?" vra Beeslaar.

"Dis myne! Ek het hom self gekoop. Met my eie geld!"

"Eie geld se gat," sê Ghaap. "'n Luis soos jy weet niks van eie geld nie."

"Ek help vir Denver. Ek was die gaste se karre en goete en ek help hom met die tuin."

"Watter tuin, idioot?"

"Op Upington. Die gastehuis! Bel vir Denver, sy nommer is daar." Hy wys na die foon. "Hy sal vir julle sê!"

Beeslaar staan op. "Raait, ons sal hom bel. Sommer lekker op jou lugtyd. En hy beter vir ons sê waaroor jy so haastig hier na jou ouma toe gehol het. Of sal hy ook lang stories hê soos jy? Dissie ekkie, wassie ekkie? Al taal wat julle praat! Jy breek jou ouma se hart. Jy weet dit, nè?"

Kenny kyk vir sy skoene. Die rammetjieuitnek skielik stil.

Hulle los hom so en stap terug kantoor toe. Dis 'n luglose kamertjie langs die algemene kantoor, waar die res van die stasie se manne lessenare deel. Pyl het al self ingespring om dit leefbaar te maak, maar dit bly stowwerig en goor.

Beeslaar se foon lui: Pyl. "Erasmus moes 'n operasie kry," sê hy, "maar hy was gelukkig. Die lem het die long net geraak, maar die groot are gemis. So hy's oukei en ek is op pad terug."

"Stop gou op Askham en gaan loer in by professor Eckhardt, Pyl. Kyk of hy orraait is. Hy't gister nie goed gelyk nie."

Ghaap trek Beeslaar se aandag. "Sê Pyl moet vir ons drinkgoed saambring. Ek soek 'n liter Coke en twee hoenderpaais."

Beeslaar dra die boodskap oor, sit sy eie bestelling ook by en lui af. Hy trek 'n stoel uit, maar gaan sit met sy boude op sy lessenaar, sy voete op die stoel en trek sy skoene uit om die skade te bestudeer. Die bloed-blaas onder sy een grootoon het weer begin bloei. Die pleister sit nog, so hy besluit om dit so te los.

"Wat doen ons nou?" vra Ghaap.

"Ons pak die saak van 'n kant af. Van die begin," sê hy en trek die sokkies en skoene weer aan.

"Wat waar is?" Ghaap lê oor twee lessenaarstoele, sy bolyf gedrapeer oor die een stoel en sy lang bene oor die ander.

"Dis presies wat ons moet uitvind. Ek sou sê ons werk terug van De Vos se moord. Dalk het die ding 'n ander aanloop waarvan ons nie weet nie."

"Ons is bietjie gefok sonder kaptein De Vos se rekenaar, is ons nie? Liewe Heksie het hom mos teruggevat."

"Dis kolonel Mentoor vir jou, Ghaap. Maar ja, ons kyk na kaptein De Vos se doene en sy late, veral na wat hy nié gedoen het nie. Soos die klomp sake wat oom Windvoet !Kgau wou hê hy moet ondersoek. Jy onthou wat sy swaer gesê het?"

"Die oom met die yskas in die grond?"

"Ja. Daar is 'n klomp mense dood hier, kort na mekaar. Toeval en ongeluk en so aan. Nog voor Diekie Grysbors verlede week. Oom !Kgau en die prokureur wou hê De Vos moet dit ondersoek."

"En Grysbors is die ou … die man wat … op sy kop geval het, nie waar nie?"

"Ja. Dit was die finale strooi vir Silwer Bladbeen. Hy wou klagtes in-dien teen De Vos. So, kyk jy solank of jy Kenny se vriend Denver Cloete kan opspoor. Kry vir ons ook Kenny se hele pedigree, bel ons mense op Upington ook. En dan gaan kyk jy of jy 'n lys van die San-sterftes hier kan kry."

"Dink jy dit hou verband met kaptein De Vos, dalk wraak?"

"Ons moet ondersoek of ons dit kan uitskakel. Maar doen dit sonder geraas. Ons wil nie onnodig stry kry met Mentoor nie, oukei?"

Ghaap knoop sy ledemate los uit die stoele en gaan op soek na die stasieargief. Beeslaar haal sy beursie uit en soek vir die visitekaartjie van Silwer Bladbeen.

Die prokureur antwoord dadelik, klink beide verbaas en bly om van Beeslaar te hoor.

"A, en daar kom Mohammed na die berg."

"U was van plan om te eis dat die polisie sekere sterftes in die gemeenskap ondersoek. Herinner my weer watter sake dit was?"

"Is dit 'n strikvraag?"

Beeslaar sug. "Nee, meneer Bladbeen."

"Kan ons ontmoet? Ek sit nou in 'n vergadering, maar behoort teen laatmiddag vry te wees. By die Meerkat Paleis? Ek sal my dokumente gereed hê."

Beeslaar bevestig en lui af, bel dan vir Leonora de Vos.

Sy klink moeg.

"Hoekom het u man die plaas gehuur, mevrou De Vos?"

"E ... wat? Dit was ... um ... Noem dit 'n hobby."

"Hobby?"

Sy blaas 'n lang asem uit in die foon. "Dit was maar sy beheptheid met die geskiedenis van die grond en die omgewing."

"Verskoon dat ek vra, maar dis seker nie goedkoop om so 'n groot stuk grond te huur nie, of het u gehelp?"

"My pa het nou en dan ... e ... belê by ons. Maar die grond is nie geboer nie. Ons het net in die huis gebly tot die grond na die Boesmans sou gaan. Oorhandiging is mos hierdie week, maar ons kon aanbly tot einde Maart, wanneer ons huis op Askham reg sou wees."

"So die mense wat vir julle gewerk het daar, Diekie en Coin, hulle het met die hobby gehelp, as ek reg verstaan, om na ou plekke op die plaas te soek. Is dit korrek?"

"E ... ja, hoekom?"

"Ons soek sy moordenaar, mevrou De Vos."

"Ek dag julle weet wie dit is. Ek kan jou nie help nie. Kappies is dood en ek wil met rus gelaat word."

Beeslaar groet toe hy 'n lawaai onder uit die gang hoor, manstemme wat op mekaar skree en 'n hou wat val.

Dis Landers, sien hy toe hy gaan ondersoek instel, besig om vir Kenny Kooper in die aanhoudingsel rond te stamp.

Beeslaar roep hom.

"Ek's nie klaar met jou nie, ettergevreet!" sê Landers en stap met kort treetjies saam met Beeslaar terug na die algemene kantoor.

Beeslaar laat hom sit, wag tot die mannetjie se asem bedaar het, sê dan: "Volgende keer as jy 'n verdagte rondstamp, stamp ek jou. Verstaan ons mekaar? Jy doen niemand 'n guns om 'n robbies soos Kooper rond te klap nie."

"Erasmus lê in die ICU en dié wetter sit hier en drink tee!"

"Moenie onnosel wees nie, Landers, hier's klaar genoeg kak en om Kenny rond te klap gaan niks verand—"

"Hy is 'n rubbish, Kaptein, 'n werfetter. Hy's bekend by ons, hy verhuur jong Boesmanmeisies aan die toeriste!"

"O? En hoekom sê jy niks?"

"Daar was nooit 'n klag nie, maar almal weet. Hy's 'n stuk sjit, Kaptein moes my gelos het."

"Dis nou genoeg! Ruk jouself reg. Ek weet dis tough, eers jou kaptein, en nou jou buddy, maar nou moet jy 'n grootmens wees, oukei? Vertel my liewer van kaptein De Vos se ysemmer."

Landers moet sigbaar ratte verwissel.

"Kaptein De Vos se … O, die kopbeen. Dis … dis mos maar net 'n joke," sê hy versigtig. "Hy't vir die nuwe outjies vertel dis 'n regte Boesmankopbeen, nog uit ou Scotty Smith se tyd. Maar almal weet dis plastiek."

"Hmm," sê Beeslaar. "So hy's die plaaslike legende, dié Scotty Smith?"

Landers ontspan. "Laaste van die groot cowboys, het Kaptein altyd gesê. Hy was mal oor ou Scotty. Oor hoe slim hy was, hoeveel Boesmantale hy gepraat het, die truuks wat hy op almal getrek het. Ou Scotty het een slag die president van die Vrystaat se koets geskaak en deur Bloemfontein rondgery en vir almal gewaai." Landers se oë vonkel nostalgies, asof hy self daar was. "Daar's so baie stories. Hy't diamante gesmokkel en dit in sy koffiekan weggesteek. As die polisie kom om te soek, het hulle koffie gekry uit die kan. Hy's nooit gevang nie."

"Regte ou rakker." Beeslaar gaan sit op die punt van Landers se lessenaar.

Landers frons. "Maar hoekom wil Kaptein weet?"

"Nee, ek wonder maar hoekom iemand die skedel sou steel, jy weet?"

"Dalk oor dit 'n kwaai ding is om te hê? Mens kry gereeld bene in die veld. Soms met Augustusmaand se oostewinde wat goeters in die sand oopwaai. Ou Boesmangrafte en so. Kaptein De Vos sê ou Scotty het 'n regte skedel gehad waaruit hy witblits gedrink het. Ek weet nie of dit waar is nie."

"Ek hoor Scotty Smith het Boesmans geskiet vir die sports? Het dit jou nie gehinder nie? Ek meen, Landers, Scotty Smith het die geraamtes aan 'n dokter op Upington verkoop. Tientalle, glo."

"Dis net stories. Daar's nie bewyse voor nie."

"Het jy familie hier rond?"

"Ek is nie 'n Boesman nie, Kaptein. Ek is van die Kaap se Kleurlinge."

"Jy's eerstens 'n polisieman. Soos kaptein De Vos ook was, al was sy hero 'n reeksmoordenaar. En 'n perdedief en 'n diamantsmokkelaar."

Dit raak stil tussen die twee.

Na 'n ruk sê Beeslaar: "So, is Orania ook deel van die lekker kroeg-stories? Jy weet natuurlik hulle laat net Boere daar toe?"

"Dis mevrou De Vos se plek. Maar hoekom vra Kaptein dan al hierdie goed? Ek dag ons soek na kaptein De Vos se moordenaar. Nou lyk dit of Kaptein die kaptein ondersoek. En al die skimpe van … van … Nee, jitte. Nee." Hy staan op en probeer verby Beeslaar kom om uit die kantoor te vlug, maar Beeslaar steek sy bene uit en keer hom.

"Gaan sit, Landers. En bedaar. Dan vertel jy my hoekom julle Saterdagaand so wild was. Julle was gesuip, nie waar nie? En moenie dit probeer ontken nie, want ek kon die drank ruik. Aan kaptein De Vos en aan julle."

Landers gaan sit stadig, asof hy bang is daar lê 'n slang op sy stoel. Daar's sweet in die pokgate oor sy wange. "Die kaptein was … Hy het baie kwaad geword. Toe Coin hom gebel het. En ek dink hy en die mevrou het ook … gestry. En, en …" Hy skud sy kop liggies. "Hy was vroegmiddag al omgekrap."

"Hoekom?"

Landers skraap sy keel. "Ek dink dit was Mevrou, of iets. Hy was …
Toe hy my kom laai het by die stasie, was hy al vol oorlog."

"Nugter?"

"Ek … um … Dit wás Saterdagagtermiddag, Kaptein. En hy moes
die call vat vir die Duitser, want daar was nie vervoer by die stasie nie,
want …"

"Ja-ja, ek ken die storie. So, hy was klaar geïrriteerd. Hy't met Me-
vrou baklei en toe's julle hier weg en Coin bel hom."

"Dis die Boesmans, Kaptein. Hy … hy was gatvol vir Boesmans.
Eintlik … Ons is almal gatvol vir hulle. Veral die drinkers onder hulle.
Daar's aanmekaar moles. En ongelukke."

"Wat het Maandag gebeur toe julle vir Diekie Grysbors loop haal
het?"

Landers kyk onthuts op na Beeslaar en hy sluk.

"Landers? Het daar iets gebeur?"

Die man skud sy kop.

Daar's 'n klop aan die deur: Ghaap, met 'n klomp dossiere onder die
blad. "Ek's net langsaan," sê hy. "Begin solank met dié lot." Hy hou die
dossiere op.

"Kyk, ouboet. Ek weet jy voel lojaal teenoor kaptein De Vos. Julle
kom al lank saam. Maar nou's nie die tyd nie, nè? Nou's dit elke man vir
homself. En as ek jou goeie raad kan gee, werk jy saam. So, ek vra weer,
wat was die storie met Diekie Grysbors?"

"Iemand het hom gaan laai, vroegdag. Gatweet, dink ek."

"Wie?"

"Moatshe, die dikke, die kaptein noem hom Gatweet. Hy's nie … hoe
sê ek … die skerpste potlood nie. Maar Oom Diekie was dronk. En hy't
regéér. Sê die kaptein skuld hom derduisende rande, het hom verneuk
en … klomp stories. Dronkstories."

"Het kaptein De Vos hom aangerand?"

Die jong konstabel blaas sy asem uit, kyk benoud rond. "Net getik.
Oom Diek was oproerig en vol bek. Toe …"

"En watse geld het kaptein De Vos hom geskuld?"

Skouerophaal.

"Man, Herre! Ek is nie lus vir tannetrek nie!"

"Kaptein was heeldag al omgekrap, ek weet nie of dit Mevrou was of wie nie, maar hy was … Hy't met almal baklei."

"Wié almal, Landers?"

"E … Org Botha. Maar … e … Kaptein moenie vir my vra nie, ek …"

"Wié?"

Landers krap agter sy oor, kyk dan op sy horlosie. Skrik oordrewe vir die tyd. "E … sorrie, Kaptein, maar Kaptein moet my verskoon. Ek moet weg. Ek vlieg vanmiddag saam met die kolonel."

"Ek soek name."

"Ek weet net van Org Botha. Hy … hy … was hier. En …"

"Hy wat!"

"Ek-ek-ek weet nie. Hulle was buite en hy't die kaptein gestamp. Hy was woedend. Hy't die kaptein met 'n haelgeweer gedreig. Dis al wat ek weet!"

85

"Mollas, as jy in die sand gaan vassit, braai ek jou."

"Ek sal nie, Kolonel."

"Nou maar toe." Koekoes draai die lugreëling op sy maksimumstand sodra hulle by Jannas Boonzaaier se skoolbus wegtrek. Sy is natgesweet, voel hoe die water in die vou van haar cleavage opdam en dan in straaltjies afloop na haar naeltjie. Die horlosie sê dis eenuur – drie ure voor hulle die vliegtuig by Twee Rivieren, die park se ingang, kry. Meer as genoeg tyd om eers die misterieuse medisynevrou te gaan opsoek.

Mollas se bestuursvernuf laat haar teen die tweede duin in die steek. Sy jaag teen hom uit met 'n dolle vaart, maar uit angs probeer sy die stuurwiel te ferm manipuleer, hang aan hom soos 'n drenkeling. Die 1,5 ton-bakkie word uit sy spoor gedwing en begin onmiddellik traksie verloor, skop fonteine sand op onder die wiele. Mollas spring met al twee voetjies op die petrolpedaal. Die enjin skree wild en sy toereteller skiet in die rooi in.

"Los, Mollas! Los, die fokken petrol!"

Maar Mollas klou vir dood, gevries in haar angs.

"Fokkit man!" Koekoes stamp haar op die boarm, hard, om haar uit haar verstarring te kry. Haar vuis sak diep in die sagte vet. Mollas laat los alles en die bakkie ruk dood. Vir 'n ruk sit hulle beide in geskokte stilte, Mollas wat haar pynlike boarm vryf met trane wat in haar oë bibber.

Koekoes swets onder haar asem en klim uit om die skade te bepaal.

Die sand is sag en poeierig onder haar voete. En vuurwarm, asof sy in 'n bed kole staan. Sy weet die sand konsentreer die hitte, kan dit tot 70 grade Celsius opstoot. Maar hierdie voel erger.

Sy loop om, sien hulle is eintlik oukei as hulle versigtig retireer.

"Is jy orraait?" roep sy na Mollas wat nog steeds verwese sit en haar arm vryf.

"Sit hom aan."

Mollas sit versteen.

"Sit die fokken kar aan, Amraal!"

Die kragtige enjin dreun en Koekoes gaan klim weer in.

"Nou sit jy hom in reverse. Liggies werk met die petrol, net tik-tik, dat hy homself agteruitrol teen die duin af." Mollas maak so. Die agter-wiele doen hulle werk en die bakkie beweeg agteruit.

"Nou los jy die stuurwiel. Die bakkie vind self die spoor. Jy dwing niks," beveel Koekoes. "Moenie worrie nie, jy doen eintlik oukei."

Hulle ry sonder verdere moeilikheid en stop 'n paar minute later voor die mooi sement-en-grashuisie onder die bome.

Sy stap voordeur toe, klap vies na een of twee van die langer wind-klingels om haar kop.

'n Vrou in 'n lang gewaad van gebreide leer kom by die voordeur uit. Sy haal vinnig asem, asof sy gehardloop het.

Koekoes stel haarself vlugtig voor.

"Wat kan ek vir u doen, Kolonel?" Sy stryk met 'n plathand oor haar hare en dan oor haar romp. Met elk van haar bewegings rinkel daar iets aan haar uitrusting.

"Kan 'n mens van hier af loop tot in die park?"

"Wat? U het al die pad gekom om my dít te kom vra?" Daar is ligte sweet op haar hoë, adelike voorkop. "Dis bitter ver van hier af park toe. Die plaaslike mense het wel hulle eie ingang, maar dis oor die 60 kilo-meter hiervandaan!"

"Ons is op soek na 'n man wat gister uit aanhouding ontsnap het. Hy het nie dalk by u kom aanklop nie? Kan ek maar rondkyk?" vra Koekoes.

"Onder geen omstandigheid nie!"

"Wat steek jy weg, mevrou Wilpard? Ek kan oor 'n halfuur terug wees met 'n soekbevel, of jy kan toelaat dat ek nou vinnig deurkyk. Wat sê jy?"

Die medisynevrou se neus sper oop van ontsteltenis, maar sy sê nie 'n woord nie. Sy tree teësinnig agtertoe om Koekoes en Mollas in te laat.

Dis donker binne en 'n oomblik lank kan Koekoes nie sien nie. Sy's bewus van die vreemde speseryerige geure binne, merk al die kerse en die witgebleikte diereskedels teen die mure. Sy loop verby die groot tafel in die leefvertrek en stop by twee stapels groot boeke oor San-mitologie, -kultuur en -geskiedenis. "Wilpard," vra sy, "is dit San?"

"Dis my stiefvader se agternaam. Hy's 'n Baster van Namibië. My ma en my biologiese pa was Boesmans. Is dit belangrik?"

"Nee, ek sien maar net die boeke. Het gewonder of u die Boesmans spesiaal opswot." Sy loer in by 'n donker vertrekkie met 'n stretcherbed in die middel en houtrakke aan elk van die vier mure, botteltjies en blik-kies daarop uitgepak. Dit sal die medisynes wees.

Die slaapkamer is langsaan. Daar is tradisionele Boesmanboë teen die muur en Koekoes loop nader. Sy vee oor die skag van een van die boë. Haar vinger tel stof op.

"Ornamenteel," sê die medisynevrou skielik agter haar en sy wip van die skrik.

"Kan hulle skiet?"

"U kan probeer."

Koekoes skuur vererg by die vrou verby en sluit aan by Mollas in die kombuis – nóg medisynes.

"Jy soek na jou eie skaduwee, mevrou Polisieman," sê die medi-synevrou agter haar. "Jy't hom klaar binnegelaat. Die saad van sonde kom op. Soos dit sy aard is."

Koekoes voel 'n rilling teen haar rug afgly en loop uit na die agter-plaas, amper bly om die hitte weer te voel.

Daar's 'n stokou groen Jeep onder groot kareebome ingetrek. "Is dit joune?" vra Koekoes. Die medisynevrou knik.

Koekoes stap nader. Uit die hoek van haar oog sien sy 'n beweging agter die hoenderhok. Sy gaan kyk. Daar's 'n puttoilet waarvan die deur half oophang. Die reuk tref haar neus en sy hou verby na die buitegebou 'n ent van die huis af, gaan kyk eers aan sy agterkant. Daar's 'n sukkelende jong boom en 'n vuurmaakplek. Velle van afgeslagte kleinwild lê oopgespalk op die warm sand om droog te word.

Sy gril toe sy dit sien, voel 'n mislikheid in haar keel opstoot. Sy sal moet eet, weet sy. Dis al die kafeïen op 'n leë maag. En die adrenalien. En die angs en frustrasie. Sy voel tam, lewensmoeg.

Mollas kom sluit by haar aan toe sy 'n deur in die gebou wil oopmaak. Daar's 'n traliehek voor met 'n stewige slot.

"En dié vet slot?" vra Koekoes.

"Ek dink dis waar Optel bly, Kolonel."

"Nou vir wat is alles so agter slot en grendel? Gaan sê die medisynevrou moet vir ons kom oopmaak."

Terwyl Mollas terugloop huis toe gaan kyk Koekoes na die voorste vertrek. Dié se deur staan oop en sy gaan in: twee outydse ysterkateltjies, netjies opgemaak, tafel teen die muur met 'n waskom. Sy voel aan die handdoek langs die kom. Klam.

Onder die een bed sien sy 'n paar kindertekkies.

Sy trek die deur agter haar toe, net betyds om 'n man te sien wat haastig wegstap by die huis, in die rigting van die duine. Sy kan haar oë nie glo nie – dis Coin Bloubees!

"Hei!" Dis wrágtag hy: die vaal broek en die kort, dun liggaam, dieselfde laphoedjie.

Sy hardloop, roep vir Mollas om te keer, want sy's nader.

Bloubees kyk nie om nie. Hy laat spaander in die rigting van die duine. Sy gaan hom nooit inhaal nie, weet sy, die voorsprong is te groot. Teen die tyd dat sy by die duin kom, is hy skoonveld.

Sy gaan staan, van voor af mislik.

Mollas kom ook by.

"Is Kolonel orraait?" vra sy hygend.

"Jy gaan moet fiks word, ousie. As jy 'n ordentlike polisieman wil word, moet jy verdomp kan beweeg. Die rede hoekom 'n mens twee-twee uitgaan, is vir veiligheid, nie om mekaar geselskap te hou nie. Verstaan jy?"

"Askies, Kolonel."

Koekoes sug. "Sorrie, Mollas. Ek is net moeg. Maar ons moet mense hier kry, dat ons hom ordentlik kan soek."

"Maar dit was nie Coin nie, Kolonel, dit was Optel."

"Nonsens, man."

"Ja, Kolonel, regtig. Ek ken vir Optel en ek ken mos vir Coin ook. Van ver af lyk hulle dalk soos mekaar, maar Optel dra nie skoene nie. En sy hare is ligter en hy's darem baie jonger as Coin, sien?" Sy vee sweet uit haar oë. "En … e … as Optel net 'n polisieman gewaar, dan hardloop hy. Altyd."

Koekoes kyk rond. "Ek kon sweer. Dit lyk dan net soos hy! Dis die-selfde hoed en klere en als!"

"Ja, miskien, Kolonel. Maar hierdie een was Optel."

Koekoes sug moedeloos, begin terugstap tot waar Antas Wilpard vir hulle staan en wag.

"Wie's die ander mense wat daar in die buitekamer was?" vra sy.

"Hier's nie mense nie. Dis net ek en Optel."

Koekoes los dit. "Ek wil sien wat in sy kamer is."

"Ek het nie 'n sleutel nie, ek kom nie daar nie."

"Ek wil weet hoekom dit nodig is om so 'n moerse slot te hê. Dis mos nie asof julle hier langs 'n highway bly nie!"

"Dis maar hoe hy is. Hy hou homself by homself. Eenkant."

"Nou wat daarvan ek reël vir hom 'n bietjie geselskap, mevrou Wilpard? Sommer vandag nog. Dan kom kuier hy by my in die selle!"

"Maar hy het absoluut niks gedoen nie!"

"Hoekom hardloop hy dan? Nee, wat, vanaand kom slaap hy by my. Kom, Mollas!"

86 Seko sien die gevaar

Die danser bind die raasbessies om sy enkels.
Sjik-sjik ... sjirrr!
Sjik-sjik ... sjirrr!
Hy hoor die stemme wat by sy ore in dryf.
Sjik-sjik ... Sjirrrrrrr!
En die stemme trek aan hom, die stemme van die voormense
trek-trek hom in.
En hy dans die dans.
Sy voete stamp die grond.

En die sterre skud in die blinde hemel.
En hy voel die kragte en die dreun van die aarde.
Luister vir die klank wat uit die grond uit groei.
In sy gebeentes in optrek.
Breek oor die duine.
Harder en harder.
Seko! roep hy, Seko!
Seko is die grootste reënmaker van die duine.
Seko sal die sterre soos duwwels uit die Suiderkruis se rug pluk.
Die dorings aan mekaar string.

Dit oor die veld laat blits soos 'n groot karwats.

Sjik-sjik ... sjirrrrr!
Sjik-sjik ... sjirrrr!

87

Beeslaar bel vir Heilna om Org Botha se selnommer te kry.

"Gee hom sommer 'n boodskap van my," sê sy. "Na gisteraand moet hy wegbly. Hy't tot wie weet wanneer hier gesit en drink. Vandag is Pa vrot van die pyn."

Beeslaar voel skuldig, maar hy bly stil oor sy middernagtelike sterre-kykery saam met die siek man.

Botha antwoord nie sy foon nie en hy laat 'n boodskap.

Toe hy klaar is, kyk Ghaap op van die notas wat hy sit en maak. Daar's 'n vonkel in sy oë.

"Wat?" sê Beeslaar.

"Jy kry weer daai gevaarlike kyk aan jou," sê hy, "van nou af moet almal weer bontstaan."

"Jy kan sommer begin met die bontstanery. Gee ons 'n opsomming van dié besigheid."

Ghaap sit sy pen neer. "Soos ek nou verstaan, het alles eintlik op Upington begin, Saterdagoggend. Reg? Met een Duitse professor wat 'n ander Duitse professor op Askham bel. Maar hy kry hom nie, so hy los 'n boodskap. Volgende is die proffie op Upington missing en die an-der een word aangerand. En teen middernag lê kaptein Kappies de Vos in die duine met 'n steekwond reg onder sy linkersleutelbeen. Dis die slagoffers. Volgende is die verdagte: Coin Bloubees erken hy was by pro-fessor Eckhardt op Askham, maar ontken dat hy hom aangerand het. Hy sê dis die werk van 'n toorder. Hy word bang en vlug, kaptein De Vos

413

haal hom in die duine in, maar hy oorrompel die kaptein en steek hom met 'n mes. Volgende: hy word by die boskamp getrap en ingebring. Ontken alles en ontsnap. Reg?"

"Dít, Ghaap, is een faset. Die ander faset is die agtergrond. Eerstens van kaptein De Vos. Hy't rusie met baie mense, onder meer met sy landlord, Org Botha. En Diekie Grysbors, wat beweer De Vos het hom verneuk. Oom Windvoet !Kgau sê hy mislei die mense en die prokureur dreig met 'n formele klag. O, en sy vrou is ook vies vir hom. So, ons sien dus nog net een deel van die spieël."

"Die wát?"

"Die spieël in die raaisel. Die Bybel?"

"O," sê Ghaap. "Wel, anyway, Kenny se vriend Denver is nie 'n baie goeie vriend nie. Ek het hom intussen gebel, maar hy beweer hy weet niks van Kenny nie. Lieg natuurlik dat hy bars."

"By watter gastehuis werk hy?"

"Rivier … iets." Ghaap blaai in sy notaboek rond. "Fluisterrivier."

"Ons moet uitvind of dit dalk dieselfde gastehuis is as dié van die Upingtonse professor."

Beeslaar se foon lui. Johannesburg. Hy los dit.

"Jou foon lui," mompel Ghaap.

Beeslaar druk dood. Die vertrek is skielik te klein. Hy vat die foon en loop uit, verby die dienskantoor en by die voordeur uit. Buite bak die son nou op sy felste. Hy kies koers na die onderpunt van die voorstoep waar 'n digte karee oor die afdak hang.

Daar's nie stoele nie, so hy gaan sit plat op die warm sement, laat sy bene oor die rand afhang en druk "call back" op die foon.

"Bloemerus," antwoord die hoof van veiligheidsbestuur by Atlas Holdings.

"Jy't my gesoek."

"Wou maar net sê die bestuur is opgewonde oor jou koms, dis gister goedgekeur."

"Maar ek was nog nie eens vir 'n onderhoud nie!"

"My aanbeveling is genoeg. Plus: volle medies, kar, 13de tjek, presta-siebonus. Jy kyk na 'n pakket van meer as 'n halfmiljoen per jaar."

Beeslaar duisel. Hy't in sy lewe nog nooit so baie geld gesien nie. En dis 'n werk met kantoorure, naweke vry, by sy eie mense.

"Wat sê jy, ou swaer?"

"Ek moet dink, Bloemie."

"Dínk? Jirre, ou maat, wat's daar om oor te dink?"

"'n Leeftyd."

"Mens moet maar die een of ander tyd die naelstring knip. Jou base het dit al lankal met jou gedoen. Hoeveel jaar sedert jy laas bevorder is?"

Toe die gesprek klaar is, bel Beeslaar kolonel Mos Lobatse op Upington. Hy's een van die senior speurders by hoofkantoor, een van die Moegel se blue-eyed boys.

"Hoe's dinge?" vra Lobatse. "Klink my bietjie kookwater daar, of hoe?"

"Ek hoor jy was in die hospitaal, Mos? Paar spaarparte verloor?"

Lobatse lag. "Voel of ek meer as net 'n blindederm kwyt is, glo my. Skaars van die operasietafel af, erf ek Mentoor se saak, dankie. Die koerante bel al tot uit Duitsland!"

"Is die man steeds weg?"

"Steeds. En geen leidraad nie. Lig Mentoortjie jou nie in nie?"

"Sy beter nie hoor jy noem haar Mentoortjie nie. Sy's kapabel en skiet jou in die knieë."

"Hehe, knaters, meer likely."

"Luister, Lobatse, die gastehuis, wat is die plek se naam?"

"Fluisterrivier, why?"

"Denver Cloete, sê dit jou iets?"

"Hang aan, dit lui 'n klok. Ek dink hy's op die lys van daai plek se personeel. Ek kyk gou in die file, oukei?" Beeslaar hoor hom toetse indruk op sy rekenaar. "Hier's hy. 'n Tuinman. Wat is dit van hom?"

"Ons het sy tjommie hier, 'n Kenny Kooper. Hy't een van ons manne met 'n mes bygedam, die ou in die hospitaal gesit. Maar die tuinman, Cloete, ontken die vriendskap."

"Het dit betrekking op De Vos?"

"Dis dalk 'n long shot, maar De Vos is ook met 'n mes gesteek Saterdagaand en ons weet nie waar Kenny Saterdagaand was nie – hier op Upington."

"Hmm, interesting. Laat ek kyk hier … Cloete was by sy ma, sien ek. Maar jou man daar sê anders?"

"Ja. Kooper beweer die twee van hulle was saam by Amarosa's Tavern in Rosedale."

"Oukei, ek hoor jou. Ek gaan kuier vir mister Cloete. Een van die twee lieg. As ek vir Denver hard genoeg druk, wie weet wat grawe ek uit oor Zimmerman. Ek laat jou weet."

Beeslaar staan op, loop ingedagte terug kantoor toe. Halfpad met die stoep af steek hy vas.

Hy moet vir Gerda bel. Hy weet hy moet. Dis 'n kwessie van moet en moed. Laasgenoemde se reserwes is egter laag. Hy skep diep asem en bel.

Die foon lui lank voor sy antwoord.

"Is jy nog in die Kalahari?"

Sy hart lig, sy klink nie meer so kwaad nie. Maar sy klink moeg en terneergedruk. "Is jy oukei?"

"Watse vraag is dit nou, Albertus?"

"Niks, sorrie. En ja, ek is nog hier. Lyk my minstens tot die naweek toe. Dan kom ek. Dis te sê as ek nog welkom is. Ek … e … Dit lyk of dinge na 'n kant toe staan vir werk … In Johannesburg, bedoel ek."

Sy sê niks. Die stilte rek en hy grawe in sy kop rond vir woorde. Die regte woorde. Uiteindelik vra hy: "Lara … en Kleinpiet is gesond?"

Hy hoor 'n sug. "Ja, jong, hulle is fine. My … my pa is 'n ander storie. Ek dink hy weet. Weet dat ek hom gaan invat na daardie plek, Horizon House. Jis, wat 'n simpel naam vir 'n inrigting. Kan hulle nie beter name vir die plekke uitdink nie?"

"Ek moes daar gewees het. Om jou te help."

Stilte. Dan sê sy: "Dis net … Ek het niks gesê nie, maar op die een of ander manier voel hy dit aan. Hy huil. Ek … kan dit nie uitstaan nie." Haar stem word hees en sy hart krimp vir haar.

"Sjit, ou girl. Dis blerrie rof. Ek is amper klaar hier, dan …"

Sy foon piep: "call waiting". Pyl.

"Sorrie Gerda, daar's 'n ander oproep. Maar wat ek wou sê, is ek is amp—"

416

"Ag, Albertus, los tog. Werk kom eerste. Ek sien jou wanneer ek jou sien. Of nie." Sy groet.

Die pyn maak dorings in sy hart, skuldpyn. Hy bel vir Pyl.

Terwyl hy wag dat Pyl antwoord, kyk hy na die stowwerige plante onder die stoep. Die stof lê so dik, dit lyk of die plante in sement gegiet is. Só gaan hy ook binnekort lyk, mymer hy, as hy nie nou 'n skuif maak nie. Hy't nou die kans om 'n verandering te maak. Maar hy doen dit wragtag nie, hy laat glip dit deur sy dom, onbehendige vingers.

Pyl antwoord. "Kaptein, ek dink professor Eckhardt het die hasepad gevat. Ek het lank geklop en om die huis gestap, maar niks. Die buurvrou sê hy't gery, haastig, asof die duiwel hom jaag. Hy't haar kruiwa omgery, maar nie gestop nie. Sy vriende is kort daarna weg, ook haastig."

"Die kwekery, hy's dalk daar. Gaan kyk maar. Ek weet nie wie die vriende kan wees nie, so gaan maak maar vir ons seker hy's oukei."

"Waar?"

"Wag, ek kom na jou toe. Gee my so vyf minute."

Voor hy vertrek gaan gooi hy eers weer 'n draai by Kenny Kooper, wat onmiddellik 'n stywe nek maak toe Beeslaar binnekom. "Ek soek my lawyer," mompel hy.

"Saterdagoggend, Kenny, het jy en jou tjommie by een van die toeriste daar by die gastehuis probeer inbreek?"

Die jong man draai sy kop na die muur. "Ons het niks gedoen nie. Ons was nie eers daar nie! Ek soek 'n lawyer."

"Jy lieg, Kenny. Denver sê hy ken nie eens vir jou nie."

"Tsk," antwoord Kenny.

"Dink maar bietjie na. Intussen gaan die polisie op Upington jou vriend haal. Dan hoor ons wat sê hy."

Kenny gee Beeslaar 'n moordende kyk. "Lawyer," sê hy.

Beeslaar gaan haal sy bakkiesleutels, donkerbril en hoed in die kantoor, tref Ghaap aan met 'n lessenaar vol papier en 'n moedelose uitdrukking op sy gesig. Hy is nog besig om deur die dossiere te soek na die ongeluksterftes van die afgelope vier maande. "Jirrr," sê hy, "dis hectic. Hier's 'n kêrel wat met sy kop in die vuur geval het. Doodsertifikaat

417

sê hy was dronk. Kan 'n mens só perrelêtiek raak? Ou Pyl is reg, drank is 'n euwel."

"Hoe vorder jy?"

"Ek weet nie eens waarvoor ek soek nie, Kaptein."

"Daar's vier, Ghaap. Ongelukke. En kyk vir ouer mense, een van hulle kon met die leeus praat of iets. En onthou, dis nie nodig dat die hele wêreld weet waarmee ons besig is nie."

Beeslaar mik deur toe. "Ek's nou-nou terug, dan vat ek en jy weer vir Kenny aan, oukei?"

Ghaap knik ingenome.

Pyl wag vir hom voor die winkeltjie by Askham se enkele petrolpomp, besig om 'n blikkie koeldrank met 'n strooitjie te drink. Die koeldrank het 'n toksiese groen kleur wat die jong sersant 'n groen tong gee.

Hy wip by Beeslaar in en die twee ry uit na Eckhardt se navorsings-kweekhuis in die duine. Alles lyk verlate, die blindings van die labora-torium toegetrek. Beeslaar stop onder die doringboom voor die ver-nielde kweekhuis en hy en Pyl klim uit. Dis doodstil, geen roering van wind of lewende wese nie. Die laboratorium se deur is nie op slot nie en kraak oop.

Binne hoor Beeslaar 'n sagte skuurgeluid, dalk 'n voet wat versit. Hy tree versigtig na binne. Die kantoordeur wat na regs uitgaan, staan effe oop. Hy stoot dit verder oop, sien niemand nie, maar hoor swaar asem-haling.

"Professor Eckhardt?"

Die skraal man loer agter sy lessenaar uit, staan dan stadig op. "Ek … het iets laat val," verduidelik hy verleë. Hy haal sy swaar bril af en vryf die glase teen sy hemp. Sy hande bewe liggies. "Maar ek is eintlik …" Hy sit die bril weer op en kyk verby Beeslaar en sy oë rek toe hy vir Pyl gewaar.

"Ontspan, Professor. Dis my kollega, sersant Pyl. Het u iemand anders verwag?"

"Um, nein." Hy lyk glad nie of hy ontspan nie, bly vat aan die serpie om sy nek.

"U is taamlik vinnig by die huis weg, verneem ek. Is daar iets fout?"

"Nee, nee, nee. Dis maar net … Ek het net nie tyd om met jou te praat nie. Ek moet dringend weg … e …"

"Waar's u vriende?"

"My … e … Hulle is nie …"

"Die fris kêrel wat gister by u was, waar's hy?"

"Ag, ja! Hy … e … Hulle is weg, ja. Weg. Alles is goed, dit gaan goed. Maar ek moet ongelukkig werk, nè? Ek is bietjie agter, goed?"

"Sal nie lank neem nie," sê Beeslaar en kyk in die lugversorgde kantoor rond. Dit lyk of die geleerde man al 'n bietjie opgeruim het sedert die vorige dag se chaos.

"Kos seker baie om so 'n laboratorium hier so in die middel van die duine te bedryf," sê Beeslaar en trek vir hom 'n stoel nader.

Eckhardt staan 'n oomblik lank onseker, kyk benoud van Beeslaar na Pyl en skuif dan weer agter die rekenaar in. "Dit is nie so 'n baie … e … volledige laboratorium nie, Inspekteur."

"Sê maar kaptein, Professor. Dis die rang. Maar steeds – hierdie plek vreet seker elektrisiteit. Rekenaars, ligte, al die toerusting, aircon en ys-kaste. Dit moes seker spesiaal aangelê word hier. Wie't dit vir u gebou?"

"Skenkers."

"Dis vanselfsprekend, ja. Watse skenkers? Liefdadigheid? Besig-hede?"

"Dis vir bewaring en opheffing."

"En wins."

"Nee! My werk hier is níks vir geld, dis om kennis te bewaar."

"En wat kry die borge daaruit?"

"Dis nie so eenvoudig nie, Kaptein." Hy lyk verbouereerd, hap vir woorde. "Natuurlik is daar … is daar geld verbonde. Al wat ek probeer doen, is om die kennis wat …"

"U het reeds gesê, ja. As ek reg aflei van mevrou Wilpard tap u die San se plantekennis?"

"Ek tap nie! Dis deel van 'n groter projek. Mevrou Wilpard is … Ek wens sy wou saamwerk. Baie-baie graag wil ek dit gehê … gehê …" Hy gee op met die grammatika. "Sy is gekant teen my. Sy glo die San moet hulle kennis terugvat. Maar dis te laat, ja? Ander het dit reeds gevat.

419

En sy sien nie die groter prentjie nie. Dit is juis wat ek wil doen. My werk is ... e ..." Hy kyk onseker op na die lang, skraal Pyl wat teenaan sy lessenaar kom staan en nuuskierig na hom kyk.

"Dit gaan oor ... e ... Dis deel van die groter projek, hè? Om 'n vol ... volhoubare inkomstebron ... eenvoudig om die San te help om geld te verdien."

"Dis nou die projek wat die naweek bekend gestel word?"

"Dis baie groot, Kaptein. Baie. Ek werk al vier jaar hieraan. Vier jaar. Sáám met die San." Hy raak bietjie meer lewendig, die begeestering wat die senuwees verjaag. "Dit is nou of nooit, ja? Vir die San, hulle kennis. En dieser ... deesdae is dit baie geld werd. Niemand ken Suider-Afrika se wonderlike plante beter nie. Die San is al vir tienduisende jare hier. Het u geweet hulle mitochondriale DNS gaan terug na die vroegste homo sapiens?"

Hy kyk ingenome na Beeslaar en Pyl, asof hy spontane applous van hulle verwag. "Minstens 100 000 jaar! Maar die ander groepe wil nou kapitaliseer, al die nuwe ... e ... setlaars, wat eers onlangs gekom het ... Die Khoi-nasie bietjie oor die 1 000 jaar, die swart nasies en wit eers baie later. Dit is nie hulle s'n nie. En, en, en ek ... e ... ek maak die kennis bymekaar vir die San, soos in 'n biblioteek. Dis belangrik vir die San én vir die plante. Al twee op die rand van uitsterwe!"

Hy spring op en gaan haal 'n potplantjie met vaal blaartjies uit 'n soort broeikas in 'n hoek van die vertrek, kom sit dit voor die twee polisiemanne neer. Versigtig, asof dit heilig is. Dan staan hy terug en beskou dit trots. "Opwíndende plant, ja? Baie-baie goeie kwaliteite. Jy sal vir dae in die veld soek om hom te kry. *Adenium oleifolium* van die *Apocynaceae*-familie. Bitterkambro. Ons bring hom uit die Groot Karoo en hy's ba-a-ie skaars. Maar stérk medisyne. Daar's duisende genesers wat sy bas wil hê, vir alles! Van slangbyt tot maagpyn. En as ons dit nou kan kweek ... Briljant!"

Hy mik om nog 'n plant te gaan haal.

"Oukei, Professor," keer Beeslaar, "ons begryp. Maar nie al die San-mense is ewe happy nie, of hoe? Mevrou Wilpard, byvoorbeeld. En Coin?"

Eckhardt se gesig vertroebel. Hy haal weer die bril af en vryf dit, maar sê niks.

"En die geld?" por Beeslaar. "U sê dit is geld werd. Hoe?"

Eckhardt gaan haal 'n groot koffietafelboek van 'n staalkabinet af. Bont Post-its steek tussen die blaaie uit en die professor slaan dit oop by 'n dubbelbladfoto van 'n bos met vlesige blaartjies.

"Hierdie nederige plant," sê hy en druk met 'n groot plat vinger daarop, "is potensieel die antwoord op 'n wêreldwye siekte!"

"O." Beeslaar kyk, onbeïndruk. Pyl kom loer oor sy skouer en sê: "My wêreld, dis 'n ... bossie."

Eckhardt sug, klap die boek toe en gaan sit dit weer weg. Hy lyk skielik lewensmoeg, diep lyne wat langs sy mondhoeke afloop, en sy oë lyk klein en ver agter sy brilglase. "Ek moet nou weg, Kaptein. Ek het net iets kom haal, hier. Maar ek moet eintlik dringend ... Kyk, ek mag eintlik nie met u praat nie."

"Sê wie? U vriende? Vir wie is u so bang?"

"Asseblief, Kaptein. Bitte, bitte."

Beeslaar vou sy arms oor sy bors en plant sy voete uitmekaar. "Luister, Professor. Een van u sógenaamde kollegas het u Saterdag probeer verwurg."

Eckhardt vat senuweeagtig aan sy serpie.

"Dieselfde man het waarskynlik kort daarna 'n polisieman vermoor. En u ánder vennoot, Diekie Grysbors, is laas week skierlik dood. U kweekhuis is verwoes, u toerusting beskadig. En dan práát ek nie eens van u Duitse kollega, professor Zimmerman, nie. Dié's heeltemal weg, dalk óók vermoor! So, ek vra weer: wie verbied u om te praat?"

"Ek kan nie, asseblief, laat my met rus!"

"Wat het met hom gebeur, met professor Zimmerman? En hoekom lieg u oor hom?"

"Hy ... hy ... Ons is niks van mekaar nie!" Die man lyk of hy enige oomblik in trane kan uitbars. "Ek het níks met hom nie!"

"Ons het getuienis dat u en professor Zimmerman mekaar die afgelope twee jaar minstens vier keer uitgebreid ontmoet het. Die laaste keer was op Groot Mier, nét hier anderkant."

"Asseblief, Inspekteur …"

Buite hoor hulle 'n voertuig stilhou, groot enjin wat bly luier, 'n onheilspellende klank in die drukkende stilte.

Die professor se oë rek. Hy staan haastig op en kyk benoud rond, asof hy plek soek om weg te kruip. Hy klap die laptop toe en raap dit saam met 'n eksterne hardeskryf op. "Asseblief," vra hy met 'n klein stemmetjie. "Ek moet … weg. Sofort! Nou! Hulle moet my nie kry nie. Bitte!"

Beeslaar loop met lang treë uit die kantoor, pluk die voordeur van die gebou oop en gaan buitetoe, sy hand op die pistool aan sy heup. Die vlamwit son verblind hom 'n oomblik, maar bring hom nie van stryk nie. Met sy skof vasberade vooroor stap hy na die swart Range Rover wat die een oomblik nog in die skaduwee van die kameeldoringboom luier, maar dan in 'n groot stofwolk wegtrek en met spoed agter die kweekhuis verdwyn, terug in die rigting van Askham.

"Bly hier," roep Beeslaar vir Pyl, "kyk na Eckhardt!"

Hy hardloop na sy bakkie toe.

Die stof is só dig, hy kan kwalik sien, maar hy hou die pedaal diep ingetrap. Heel gou is hy uit die diepste ente sand en op fermer grond en kan hy behoorlik voet neersit. Die Range Rover versnel ook. Dit lyk kompleet of hy homself teen die pad plat trek vir ekstra spoed.

Die bestuurder, sien Beeslaar, weet presies wat hy doen met die tweeton-voertuig. Sodra hy die enkele teerstraat van die dorpie tref, swaai die kar liggies, maar skiet dan weer met hernude spoed weg.

Beeslaar gooi die bakkie oor in 'n laer rat en hou sy voet plat op die petrol. Die enjin brul begerig en die toereteller boer in die rooi.

Net voor hy die teer vat, tik hy die remme liggies. Die bakkie gryp die teer sonder probleem en hy sit dadelik weer voet in die hoek.

Die Range Rover is klaar aan die einde van die straat, sien hy, waar die uitdraaipad na die R360 wegvurk. Dit vat die draai netjies, glip net betyds voor om 'n reuse-vragmotor wat by die dorp indraai en die pad blokkeer.

'n Oomblik lank oorweeg Beeslaar dit om agterom deur die veld te skiet, maar los die gedagte toe hy die draadheining sien wat die grootpad na Upington afsny.

"Fok, fok, fók!" skree hy en trap rem.

88

Haar hart gaan dit nie hou nie.

Kytie moes blitsvinnig die middag sorg dat sy en die kind uit die oog raak toe die groot polisiebakkie by die voordeur stop. Die prokureur was skaars die deur uit en daar was net genoeg tyd om vir haar en Tienrand in die putlatrine agter die hoenderhok te gaan toemaak.

Hoe sy vir Tienrand stil gehou het, weet sy nou nog nie. Maar haar senuwees was klaar. Die verskriklike drang om te hardloop het hoog in haar bors gesit. Maar sy was vas. Met kind en al. Die polieste is blykbaar nou oral, soos huismiere oor 'n pot konfyt. Want iemand het 'n ander poliesman gevermoor.

Kytie kan nie stilsit as haar senuweeste haar so vreet nie. Sy moet iets vir haar hande kry om te doen. Soos 'n skottel brooddeeg aanmaak en hom tot in sy lewe in knie.

Antas was net so opset na die polisie weg is. Sy het eers tee gemaak van gedroogde balderjan en kattekruid en wat nog. Al die name kan Kytie ook nie meer skeel nie.

Antas het aan haar gesit om ook van die konkoksie te drink. Daarna het sy haarself in die behandelkamer gaan toemaak. "Die hele plek is deurtrek met die slegte energie, Kytie. Ek moet stilte kry, dat ek weer in myself kan inkom. Aggressie versteur die energie van rus en heling," het sy gesê.

En aggressief is die regte woord. Kytie kon die poliesvrou hoor aangaan op die werf hier buite. 'n Regte merrieperd met 'n stemmetjie soos lap wat skeur. Kytie het deur 'n gaatjie in die deur vir haar geloer toe sy terugkom van die buitekamers – so 'n klein vroutjie met 'n skielike gesig. Bits en snipperig, 'n lang kennetjie soos 'n rooskewer. Maar bebliksemd soos tien.

Vir wat moet hulle twee keer op een dag hier kom, wonder sy en gooi nog water by die deeg. Een ding weet sy: al sê die prokureur ook wat, uitvinne gaan hulle vir haar uitvinne. Een of ander tyd. Dalk sal dit ook 'n godsgenade wees. Maar sal dit vir Tienrand so 'n genade wees? Kytie sug en knie harder. Haar kop is suf gedink oor al die goed, gedagtes wat soos 'n donkiemeul bly draai.

Van buite hoor sy 'n gilletjie en sy gaan kyk met deeghande en al by die kombuisvenster uit. Optel, lyk dit, het teruggekom uit die wildernis. So te sê kaal. Hy't net sy xai-velletjie aan, sy bolyf en bene vaal van die stof. Hy is besig om die kind al in die rondte te jaag. Sy skree van plesier en jaag op haar beurt die hoenders. Die onnosel geveertes vat beurte om skellend te vlug.

Sy lyk so gelukkig hier, die kind. En haar gelukkigheid is aansteeklik. Dit het al begin nesmaak en eiers lê in Kytie se bors. Antas net so. Selfs die arige Optel se toe gevreet raak bietjie makker as hy haar gewaar.

Die prokureurman sê Kytie en die kind moet eers hier bly. Maar tot wanneer? En wat maak hulle dán? Kytie gaan tronk toe vir moord. Klein Tienrandjie gaan terug na die dronkgatte wat haar met sigarette brand. Jirre, die gedagte!

Kytie draai terug na haar kniewerk. Sy kyk eers weer op toe sy bewus word dat die geluide van buite anders geword het. Optel se gejaag lyk nie meer na 'n speletjie nie. Dit het heftiger begin raak, vinniger en wilder, die sirkels kleiner. Al in die rondte, al in die rondte, al om die kind, dryf haar al dieper onder die boom in.

Kytie laat val die brooddeeg en loop agterdeur toe. Haar deeghande gly op die knip van die onderdeur, maar sy kry dit los en gaan vinnig uit.

Optel gaan staan en gooi sy kop agteroor, sy arms wyd gestrek. Dan begin sy hele lyf ruk. Bondels spiere spring oor sy rug, boude wat tril en die hande in 'n koorsige bewerasie.

Langs hom staan Tienrand en kyk oopmond op na hom.

Die jong man se lyf is natgesweet en daar is taai spoeg om sy mond. Sy lyf maak wilde rukkings. Dan gryp hy boontoe en pluk iets uit die takke bokant hom, 'n dierekop.

Kytie skrik uit haar verlamming wakker en storm op hulle af. "Tien-rand! Kom weg daar!"

Optel trek die maskerding oor sy kop. Dis 'n soort mus met ore wat lyk of dit lewend van 'n dier afgesny is en daarop vasgewerk is. Vir oë is twee ruwe gate gemaak en die mond is 'n skeur. Lang, wit slagtande is in 'n kring daarom vasgewerk. Uit die wange kom vaalbruin snorbaarde, soos dié van 'n leeu. Afskuwelik.

Die maskergesig draai om na Kytie en 'n onaardse geroggel laat die ore en die snorre bewe.

Kytie se bene wil knak, maar sy bly loop. Nes sy naby genoeg is om na Tienrand te gryp, grom die gedrogtelike ding en spring vorentoe.

Boosaardige oë brand agter die gate. Dit raak doodstil en Kytie hou haar asem op.

Dan bars daar 'n harde gebrul uit die jong man se lyf. Weer brul hy. Weer en weer, elke slag harder, soos 'n verwoede leeu.

Kytie gil en strek haar arms na die kind, maar hy ruk haar besitlik weg en stamp haar agter sy eie lyf in. Dan gooi hy sy arms wyd oop en storm brullend op Kytie af.

89

Teen die tyd dat die swaar vragmotor oor die pad gerusper het na die koöperasiehek weet Beeslaar hy gaan nooit die groot Range Rover inhaal nie. Die voorsprong is net te groot.

Hy bel vir Ghaap.

"Soek vir my die eienaar van DA 6547 GP, 3-liter diesel Range Rover, swart, splinternuut. Gou spring, Ghaap!"

Hy maak 'n vinnige U-draai en die bande kla, maar sy bloed kook behoorlik. Hy kén daardie swart kar, dis een en dieselfde kar wat die vorige dag agter die professor se huis gestaan het! Verdomde professor.

Hy beter hom inhou, besluit hy en vat die pad terug na die kweek-stasie. Die dag het hoeka met 'n knal begin. Hy't gedag Mentoor bars 'n aar oor Heilna se skoot op Kenny Kooper. Maar hy vermoed sy sou nie 'n oog geknip het as dit Coin Bloubees was nie.

Die skoot was effektief: Kenny het platgeval en soos 'n maer vark in die sand gelê en skree.

Heilna was die rustigste van almal. Sy het presies 50 meter regs van Kenny op die stam van 'n witgatwortelboom gemik. Sy skiet nie mis nie, het sy droogweg gesê en vir Beeslaar die koeël gaan wys. Sy't met haar knipmes die koeëlpunt uit die knoetserige stam gesny en dit aan hom oorhandig. "Aandenking."

Ghaap bel terug.

"Daai kar behoort aan 'n maatskappy," sê hy. "Masipa Cleaning Services."

"Wat? Soos in vloere mop?"

"Weetie. Ek kry 'n Johannesburgse straatadres, maar verder niks. Ek sal my pêllies daar in Soweto bel en vra of hulle ons iets kan sê."

"Bel eers vir kolonel Lobatse op Upington, hy moet reël dat die voertuig voorgekeer word. Ek weet nie wat de fok hier aangaan nie, maar daai ouens lyk na bad news. Ek vermoed die cleaning services is 'n front vir 'n rent-a-heavy outfit."

Beeslaar stop in 'n stofwolk by die kweekhuis.

"Raait," sê hy met die instapslag. "Nou gaan ons gesels, Professor. Ek wil weet wat hier aangaan."

"Waar … waar is die …?"

"Die manne van Masipa Cleaning Services? U vriénde, Professor? Hulle het die hasepad gevat. Wie is hulle?"

"Hulle … hulle het vir Hermann ontvoer."

"Hel, léwe hy?"

Die professor knik bedremmeld en vryf sy brilglase met bewende hande.

"Waar is hy, in godsnaam?"

"Hulle … hulle het hom."

"Fokkit, Professor! Die hele polisiemag op Upington soek hom. Het jy enige benul?"

"Ja, ja. Dit spyt my. Hermann … e … Hy … Hulle, die mans, werk vir … vir 'n prokureursfirma."

"Jy lieg al weer, Professor!"

"Nee-nee-nee," roep hy ontsteld. Sy oë is rooi en hy kyk senuweeagtig in die vertrek rond. "Dis Zapmed se prokureurs. Zapmed is Hermann … se maatskappy. Ach, mein Gott. Wat 'n gemors! Hulle is private … private speurders of sekuriteitsmanne of iets vir die prokureurs. Die prokureurs het hulle gestuur. Zapmed se prokureurs in Suid-Afrika. En Zimmerman. Hy … Die manne is Nico en Flip. Hulle het hom baie-baie seergemaak. Hulle sê hulle gaan hom doodmaak as ek nie … as ek nie saamwerk nie. Hermann wou nie meer vir Zapmed gehelp het nie. Hy wou nie meer nie."

"Het jy hom gesién? Vir Zimmerman? Herre, Professor!"

427

"Nein! U verstaan nie."

"Nou maar lig my in! En maak blerrie vinnig. Ek is moeg vir al die gelieg! Is dit hulle wat jou so aangerand het, Saterdag?"

"Nein! En dit was nie Coin nie. Ek wéét nie wie dit was nie."

"En die verwoesting hier?"

"Nee. Nie hulle nie."

"U lieg al weer."

"Wag, laat ek verduidelik. Hermann is ... Hy is 'n bio-prospekteer-der. Hy het my navorsing gevolg. Hulle ... Dis 'n Switserse firma, Zap-med. Hy is 'n raadgewer vir hulle ontwikkeling van medisyne en ..." Hy stop onseker, frons en sit die bril weer op. "Ek is deur 'n ander maat-skappy gesponsor, Novell. Hulle sponsor filantropiese projekte, ja? Maar Zapmed het Novell oorgeneem. Baie-baie-baie geld, 700 miljoen dollar. Maar lank vantevore het Novell 'n trustfonds gestig vir die filantropiese projekte, om dit uit die transaksie uit te hou. Maar ... maar ..."

"Die pôpô en die fên."

"Wat?"

"Nevermaaind, gaan aan. So, wie's jou vriende dan?"

"Zapmed het 'n regsaak gemaak teen ons en Nico en Flip is deur Zapmed se prokureurs ... Hulle werk vir die prokureurs. Want Zapmed soek my ... e ... my formule ... Ag, dis baie-baie ingewikkeld."

"Formule vir wat?"

"Kanker! Prostaatkanker, om presies te wees. Hulle soek die for-mule ... 'n formule wat ek ontwikkel het ... Ach, mein Gott! My werk hier, dit het ... Dis 'n wêrelderfenis, die kennis. Maar die formule is vir die San. Dit is baie geld werd."

"En Zimmerman wil dit hê?"

"Zapmed!" roep hy ongeduldig uit. Hy kyk knipperend na Beeslaar. Sy onderlip bewe en daar's trane van ontsetting in sy oë.

Beeslaar sug en sê vir Pyl: "Gaan bel solank vir Lobatse en sê vir hom van Zimmerman."

"Professor," probeer hy weer na Pyl uit is, "verstaan ek jou reg? Die manne van Masipa Cleaning Services, Flip en Nico, bedreig hulle jou lewe?"

"Hulle pas my op dat ek … Ek moet die formules herskryf dat dit die San se alleen … alleenreg omseil." Sy ogies raak blink van emosie en Beeslaar is bevrees hy kan enige oomblik in trane uitbars.

"Moet jy die formule scramble?"

"Nee. Ja, dis die biblioteek! Die plantbiblioteek met die San se medi-synekennis."

"Herre, Professor, nou maak ek regtig geen kop of gat uit nie."

"Dit gaan oor een spesifieke plant. En 'n insek."

"Insek. Ek dag dis 'n plantbiblioteek."

"Ook nie die insek nie, die larwe eintlik. *Diamphidia nigroornata*. Dit is baie-baie skaars en kom na reën by een spesifieke plant voor. Slegs mense wat presies weet waarna hulle soek, sal dit kry."

"Mense soos Diekie en Coin?"

"Presies!" Blydskap op sy gesig. 'n Gedeelde kennis wat hom meer gerus laat voel. Hy vertel met hernude geesdrif verder: "Die San gebruik die larwe vir pylgif, verstaan? Jy moet die natuur en die habitat goed ken. Hulle soek eers na die mis van 'n kleiner tipe bok, sien? Soos 'n steenbok. Jy moet ver-ver afstande loop daarvoor. As hulle sien die mis lyk op 'n plek meer losserig, weet hulle die bokke se maag werk want hy het aan daardie plant gevreet. Dis 'n … kanniedood, sê julle? Die plantsoort, bedoel ek. Hulle soek die plant en as hulle sien hy's gevreet, grawe hulle in die sand by hom … glo my, Kaptein, dis nié enigeen wat dit weet nie."

"En Zimmerman, Professor, waar kom hy dan in?"

"Ja-ja, Hermann." Sy gesig vertroebel weer. "Hy het my gewaarsku, hy wou nie dat sy Zapmed my formule steel nie. Hy wou koerante toe. Want … Dit gaan oor die formule, verstaan? Oor die bakterie in die lar—"

"Baktérie?"

"Dis die bakterie in die larwe se stelsel wat dit so giftig maak, dis in die maagsappe van die larwetjie. Maar as jy dit meng met *Dicerocary*— Toe maar, dis 'n soort duwweltjie wat altyd in die omgewing groei en die San gebruik dit vir blaasprobleme en …

"Ek het die mengsel in 'n laboratorium verder ontwikkel tot 'n stof wat androgene selle …" Hy skud sy kop gefrustreerd en maak 'n handge-baar. Hy gaan nie eens probeer verduidelik vir 'n leek soos Beeslaar nie.

"Sê maar net dit teiken kankerselle in die prostaat. En dis 100 persent effektief."

"En baie geld werd?"

"Natürlich. Ek doen al 15 jaar lank die navorsing. Die tradisionele kennis is een ding, maar … om die chemiese toepassing te ontwik-kel, dit behels jare se navorsing en toetsing. Maar onlangs het ek die deurbraak gemaak. Die formule kan nou in die naam van die San gepa-tenteer word. En chemies op massaskaal vervaardig word."

'n Selfoon lui iewers onder die berge papiere en boeke op sy lessenaar.

Hy skrik en deins terug. Na 'n paar luie hou dit op. En begin dan dadelik weer.

Beeslaar lig papiere op, vind die foon en hou dit uit na Eckhardt. Maar dié weier om daaraan te vat en Beeslaar antwoord self: "Hello?"

Geen respons, maar hy hoor die beller is besig om te ry. Dan sit hy neer, maar bel onmiddellik weer.

Eckhardt gryp die foon en druk dit dood.

"Hy wou my help, Hermann, my beskerm. Die formule is reg, en die potensiaal is … Dis giganties. En die naweek word dit oorhandig en … en alles. Maar Zapmed sê my navorsing behoort aan hulle." Hy haal weer die bril af en vee oor sy oë, sluk benoud.

Beeslaar gee hom tyd om te herstel, gaan kyk solank waar Pyl draai en sien hom uit die kweekhuis kom. Hy het na die skade binne gaan kyk terwyl hy gewag het om deur te kom na Lobatse. "Gaan kyk gou agterin die bakkie," roep Beeslaar, "daar's 'n bottel brandewyn in die gereed-skapskis, bring jy dit vir ons."

In die kantoor sit die professor kopondersteebo en staar na die vloer. Sy bril het uit sy hand geval, maar dit lyk nie of hy van plan is om dit op te tel nie.

Beeslaar tel die bril op en gee dit vir hom. Dan gaan soek hy 'n ketel, maak 'n klein koppie sterk, soet tee en neem dit terug na die kantoor. Hy gooi 'n stewige skoot van die noodmedisyne by wat Pyl gebring het en gee dit vir die professor.

"Opdrink," sê hy. "Bietjie turbo-charged Engelse troos."

Eckhardt se wange word bloedrooi van die tee, sien Beeslaar tevrede en sleep vir hom 'n stoel nader. "Nou, Professor, vertel vir ons, wat was jy van plan om vanmiddag te doen? Hoe het jy onder Nico en Flip uit-geglip?"

"Hulle het al my modems en goed weggevat, dat ek net in my kan-toor bly en werk. En hulle het rugby gekyk op TV en Nico, die ... die groot man wat jy ook gesien het, het aan die slaap geraak, toe het ek het deur my venster gekom. Om te vlug na 'n goeie vriend in Groot Mier, maar eers moes ek die rekords hier kom wegvat, dit ... Ek wou dit nie so los nie."

"So, eintlik moet jy nou op 'n veilige plek kom waar jy jou dinge kan doen vir die naweek se gedoente, of hoe? En hopelik vind Coin Bloubees en sy mense jou óók nie. Want hulle soek nie regtig jou biblioteek nie?"

"Hou óp met die Coin, Coin, Coin! Dit was 'n ander ding, Saterdag! 'n Aaklige man wat schtinkt. Baie-baie vreeslik. 'n Iemand met 'n ... 'n kop van 'n dier."

"Ekskuus?"

"Hy is ... waansinnig. My van agter bespring en met 'n tou om my nek ... Schrecklich! En toe die deur ... Die deur kraak as hy oopgaan, die voordeur. Hy het my gelos toe die deur kraak. Ek dink hy wou gaan kyk en ... Ek het my selfoon by my ... Ek het so gesukkel. My hande bewe en kan nie nommers bel ... net die "call back" ... Dis al wat ek kon doen, ek moes so vinnig, so baie-baie en ... Coin het my lewe gered! Ek het met die polisievrou gepraat. Die kleine, die kolonel. Op die foon en toe sien ek die man kommt zurück! Hy kom wéér en hy het nou ook ein Schlang om sy nek! En hy ... En hy praat 'n vreemde taal, 'n Boes-mantaal ... Hy sê woorde oor en oor en ... Schrecklich! Schrecklich!"

"'n Masker met tande en diereore?" Beeslaar is seker dis die man wat hy Sondagoggend by sy rondawel gesien het. In die granaatbos. "Het jy hom al voorheen gesien?"

"Nein! Hy het die foon gevat en my wéér gegryp, druk my keel toe met één hand, ek het gedag ek sterwe nou. Ek kon net hoor hy sê iets van, van, van ... kaptein De Vos en ... Fäulnis ... verrotting. En, en ék is 'n dief. Al die lelike dinge!"

431

"Jy sê hy was kaalbolyf?"

"Ja, en klein, soos Coin. Maar … rooi gesmeer met 'n iets wat baie-baie schtinkt. Ek hét vir kaptein De Vos gesê, Saterdag, toe hy kom. En ek hét gesê dis nié Coin nie. Coin en ek ken vir mekaar, ons werk saam. Baie. Meer as die ander. Hy het gehelp soek na die *Diamphidia*-kewer se larwe. En toe … en toe kom Nico en Flip … Mein Gott!"

"Kom," sê Beeslaar en help die professor op, "kry wat jy moet kry en dan ry jy saam met ons. Ons sal jou uitsorteer met 'n veilige plek. Maar dan moet jy praat, nè? Jy gaan nie meer sit en lieg nie, Professor? En ek wil weet waar Zimmerman is!"

Beeslaar vra vir Pyl om die professor met sy rekenaars en al by-mekaar te maak, hy sal hulle by die bakkie kry. Hy gaan haal sy bottel brandewyn en stap na buite.

Voor hy bakkie toe gaan, loop hy eers weer 'n draai om die plek en gaan dan by die kweekhuis in. Alles lyk nog net so chaoties soos die vorige dag. Hy trap oor gebreekte plante en gaan kyk weer na die in-skripsie in die verf. "Geelhond !gi:xa Voertsek."

Dis nie Bloubees wat hier geskryf het nie, daarvan is hy nou so te sê doodseker. En dis ook nie die manne in die Range Rover nie.

Wie dan? Die mal moer met die dierekop? Wie is dit? Of wat?

Wat is dit wat hy miskyk, die spook wat hy nie kan sien nie?

Wat dit ook al is, hy beter vinnig uitvind. Voor daar nóg dooies val.

90

"Kolonel, ek vra askies, maar ek het nog nie geëet nie," sê Mollas versigtig toe hulle by die groot teerpad indraai.

Koekoes self wil naar word by die geringste gedagte aan kos.

"Gaan laai my by Meerkat Paleis af, Mollas. Dan gaan jy terug kantoor toe en kry iets om te eet. Ek ry sommer met my eie kar vliegveld toe. En ry in godsnaam stadiger. Ek wil graag in een stuk by die huis kom, oukei?"

Mollas lig genadiglik haar voet van die pedaal en die kort entjie na die gastehuis word in groter kalmte afgelê.

"Luister, Mollas," sê Koekoes toe hulle voor die gastehuis stop, "Landers kry my vanmiddag by die park. Kry jy vir Gatweet en Ntsibi. Ek wil hê julle moet teruggaan na die medisynevrou se plek toe en vir Optel gaan optel en inbring."

"Ek moenie meer saam gaan soek vir Coin nie?"

"Nee, Landers moet een van die ander manne saambring. Wie's nog daar?"

"Dis mos nou kaptein Bee—"

"Hy's besig, hy en sy manne. Wie anders?"

"Ek dink sersant Tholo, Kolonel. Ek dink hy kom vandag mos terug van sy sick leave."

Koekoes onthou. Hy's die man wat Kappies Saterdagnag deurgejaag het Upington toe. En sy dood sleg gevat het.

"Nou maar sê vir Landers ek kry hulle daar by die park se ingang. Jy en die res gaan vir Optel haal. En breek die kamerdeur se slot as mevrou Wilpard nie vir jou wil oopmaak nie. Ek wil weet wat die klein twak alles daar aanhou."

Mollas skud haar kop. "Maar ons gaan hom nie kry nie, Kolonel. As hy eers die woestyn ingehardloop het, kry ons hom nie weer nie."

"Mollas, maar jy gaan sórg dat hy nie verdwyn nie. Verstaan ons mekaar? Jy gaan sórg."

Die dik vroutjie knik en trek met 'n vaart weg.

Silwer Bladbeen wag Koekoes by die ingangsportaal van die gastehuis in.

"Kolonel, 'n vinnige woord?"

"Nie vir jou nie, meneer Bladbeen. En in elk geval ook nie nou nie."

Sy stap verby.

"Wag!"

Koekoes wag. Sy het nie krag vir nóg 'n oorlog nie.

"Dis oor Zimmerman, ek wil iets vra."

"Waar val jy nou uit, Mister Bladbeen?" vra sy moeg.

"Hy is 'n pedofiel."

"Ag goeie hemel, man. Ek doen nie meer daai saak nie. En waar kom jy in elk geval daaraan?"

"Goeie bron."

"Pffff. Is dit deel van jou skindertog, Silwer? Wil jy iets van my hê? Want jy mors my tyd."

"Ek sal kan bewys hy is 'n pedofiel, maar dan wil ek beskerming hê vir my kliënt. En ek wil hê julle moet dit deel van die ondersoek maak."

"Gesels met kolonel Lobatse op Upington, hy hanteer die saak."

"Ek sal ons klag oor polisiegeweld, oor jou geweld teen Bloubees gister laat vaar. In ruil. Ek bied jou eintlik 'n uitweg."

Koekoes kyk na die man. Sy kaal kop, die kraakvars linne van sy klere. "Ek het absoluut geen cooking clue waarvan jy praat nie, man."

"Jou metodes is amper so erg soos dié van Kappies. Eergister het jy Bloubees amper bewusteloos geskop, kolonel Mentoor. En ek verneem vanoggend is daar op Kenny Kooper geskiet. Lui dít 'n klokkie? Ek bied jou 'n uitweg."

"In ruil vir wat!"

"Los vir Coin. Hy's lankal nie meer in die Kalahari nie. Vang die regte man. Dis iemand wat die gemeenskap terroriseer. En dit gaan die projek verongeluk. En kyk na die kwessie van die pedofiel."

"Ek moet gaan," sê sy, "ek is laat. Ons praat weer as Coin agter tralies is."

Koekoes tap 'n bad lou water in. Sy hou die selfoon naby sodat sy dit kan hoor. Sy moet dink. Helderheid kry. Haar kop maal soos wit waters. Optel, wat soos Coin Bloubees lyk … Wat de hel?

Sy draai die koue kraan groter oop.

Streng gesproke, dink sy, is haar kop reeds op 'n blok – gereed vir die afkap. Sy kan die byl al hóór swaai.

Enige oomblik nou gaan Mogale haar bel.

Die saad van sonde, flits die woorde van die medisynevrou skielik deur haar kop. Die saad van sonde kom op. Dis in sy aard. Wat het sy bedoel? Wat weet sy?

Bangmaakstories. 'n Sluwe kwaksalwer wat haar wil ontsenu. Koekoes ril opnuut, sy is skielik só naar sy moet uit die bad spring en hardloop vir die toilet. Maar haar maag is leeg en sy bring niks meer as droë braakgeluide voort nie.

Jy soek na jou eie skaduwee, maar hy groei ín jou. Wat beteken dit? Haar angs dalk. Die fisieke vrug … Dit het sy laat afdryf in die kliniek op Kimberley.

Haar foon lui.

"Kolonel Mentoor?"

'n Onbekende stem.

"My naam is Wayne Ackerman en ek bel van die *Volksblad*."

"Bel die woordvoerder op Upington," sê Koekoes kortaf.

"Net vinnig, Kolonel! Net een vraag. Die Duitse wetenskaplike wat Saterdag verdwyn het. Het hy 'n kind by hom gehad?"

"Wat?"

"Professor Zimmerman? Iemand het hom opgemerk met 'n kind van so rondom ses? U was blykbaar by albei ondersoeke …"

435

"Ai man, jy's regtig by die verkeerde persoon. Bel kolonel Lobatse op Upington."

"Maar ons het inligting …"

"Hoor jy miskien sleg? Ek ondersoek die moord op 'n polisieman. Dit is maar een van tien wat weekliks landwyd vermoor word. Doen bietjie dáároor 'n storie."

Daarmee sny sy die oproep af. 'n Kind van ses. Dit sal die konneksie met die kinderpiepie wees wat hulle Saterdag in Zimmerman se kamer opgemerk het. Wat het die man met 'n kind in sy kamer gemaak? Blad-been sê hy is 'n pedofiel? En wat het agterna van die kind geword? Dis nou Lobatse se moeilikheid. Maar hy's oukei, hy sal dit uitsorteer. Sy moet nou net eers deur hierdie dag kom.

Die horlosie sê dis tyd dat sy haar ry kry na die klein vliegveld naby die park.

Dit neem haar net onder 40 minute om tot by die park te ry. Sy sien die polisiebakkie by die hek, Landers agter die stuur en nog iemand by hom. Dit sal Tholo wees, reken sy.

Sy knik vir hulle en ry deur die ingangshekke en doeane-punt. Die landingstrook is net 'n paar kilo's verder. 'n Vriendelike kêrel in 'n Sanparke-uniform met groot sweetkolle onder die arms kom haar tege-moet. Hy stel homself voor as Christo Hansen, senior wildbewaarder, en hy spreek sy spyt uit oor De Vos se dood.

Koekoes skrik toe sy die man sien wat reeds by die vliegtuig staan en wag. Dis die bossiesbaard met sy nabymekaar ogies, Org Botha.

Hy groet haar met 'n slinkse glimlaggie. "Ek en Koekoes het baie goeie vriende gemeen," sê hy vir Christo toe hy haar wil voorstel. "Jy kan maar sê ons is vennote."

Hy steek sy hand uit om haar te groet, maar sy ignoreer dit.

"Ou Org," verduidelik Hansen, "ken die gebied soos die palm van sy hand. Help ons dikwels as ons diere moet opspoor en pyl. Kappies het ook. Hy was so 'n uitstekende skut. Org ken natuurlik vir Bloubees ook baie goed."

Botha gryns. "Moenie worrie nie, ek weet min of meer hoe hy sal beweeg. Hy's 'n slim donner, maar hy gaan hom misreken."

Die vliegtuig is klein – ses sitplekke en vensters wat na buite oop-klap – met 'n piloot wat lyk of hy pas uit die kleuterskool ontsnap het. Koekoes weifel 'n oomblik lank voor sy inklim, onseker of haar labiele maag so 'n vlug sal oorleef. Sy het 'n klein koppie soet tee en 'n halwe beskuit afgewurg voor sy by die gastehuis weg is, maar dit het haar nie juis beter laat voel nie. Inteendeel.

Die opstyg verloop egter glad en sy ontspan dankbaar.

Namate hulle hoogte kry, val die wydse landskap van sand en spierwit kalkleegtes onder hulle oop. So ver die oog kan sien strek die sandduine soos rimpels in 'n kalm, rooi oseaan. Buiten die enkele gruispaaie is daar min tekens van menslike aktiwiteit.

Die vlieënier swenk suidwes sodra hulle hoogte het en duik dan weer laer namate hulle die park se suidelike grens nader.

Hansen verduidelik waar die heining loop en van waar dit aansluit by die !Ae!Hai-wildreservaat wat aan die ǂKhomani- en Miergemeen-skappe gesamentlik behoort. Hulle bedryf dit as 'n toeristeplaas. Hy laat sak die vliegtuig nóg laer en 'n kraaknetjiese kampplek kom uit die grasbedekte sandduine te voorskyn. "Imbewu," roep Hansen. "Dis die kamp waar !Ae!Hai se toeriste tuis gaan!"

Daarna hou hulle noordwes – eindelose uitspansel van sand en savanna-gras, hier en daar die dowwe groen kolle van doringbome en struike. Van tyd tot tyd sien sy diere wat in troppe loop en aan die hardloop gaan sodra hulle die motore van die vliegtuig hoor. Gemsbokke waarvan die horings lang skaduwees oor die sand trek, die kenmerkende boggels van reuse-elande. Nog 'n struktuur kom in sig – 'n halfmaan van pikante houthuisies op 'n hoë duin wat uitkyk oor 'n maanwit pan, plat soos 'n snoekerblad.

"!Xaus Lodge," roep Hansen vanuit die voorste sitplek. "Enigste luukse lodge in die park – behoort ook aan die ǂKhomani en die Miermense gesamentlik. As dit reën, word die pan vol water, dan's daar baie diere."

"Maar ek soek nie diere nie," roep Koekoes terug.

Haar opmerking laat Botha lag. Hy sit reg langs haar en ruik na bokvet. Sy tande is geel. Hy sê iets, maar sy kan nie hoor nie, doen ook geen moeite nie.

Hy wys na die vloer tussen die twee sitplekke – 'n jaggeweer met 'n teleskoop, toegewikkel in 'n groen kombers. Koekoes dink aan die Heilna-vrou vroegoggend, hoe woedend sy vir Beeslaar was. Here, sy't soos 'n brandende kat te kere gegaan. Voor almal.

Die vliegtuig swenk weer en hulle vlieg reg suid, maak van tyd tot tyd lae duike oor die duine. Koekoes se maag reageer nie goed op die duikslae nie, maar sy oorleef.

"Hierdie hele gebied behoort aan die Mier-gemeenskap," beduie Hansen. "Meestal jaggebied, ryk jagters vanoor die hele wêreld. Groot besigheid. Iemand wat die wêreld ken, kan taamlik maklik hierdeur beweeg as jy van Mier se kant af kom."

Hulle draai weer, oos, terug in die rigting van Twee Rivieren. Die vlieënier hou die vliegtuig laag en Hansen gee vir haar 'n kragtige ver-kyker aan. Botha het nou syne ook uitgehaal. Vir geruime tyd vlieg hulle heen en weer oor 'n groot stuk duineveld wat vir Koekoes lyk of daar nog nooit 'n lewende mens op was nie. Witgetrapte wildpaadjies trek kruise deur die godverlate landskap. Sy weet later nie meer in watter windrigting hulle vlieg nie en sy sukkel om in die duine te fokus, want alles lyk dieselfde: duine en nogmaals duine en bosse en gras en bome. Buiten 'n bok hier en daar, is daar niks te sien nie.

Dan roep Botha skielik uit: "Daar! Sak, sak, sak!"

Die vliegtuig kantel en maak 'n wilde draai.

Dan sien sy die skraal figuur van 'n man wat ligvoets oor 'n oop stuk grasveld hardloop vir die bedekking van 'n kameeldoringboom aan die voet van 'n duin. Sy mik haar verkyker en sien net betyds hoe hy onder die boom in verdwyn.

Die volgende oomblik is daar 'n helse lawaai. Org Botha het sy venster oopgeklap om die geweerloop deur te steek.

Die vlieënier trek die klein tuigie omhoog en maak dan 'n skerp U-draai en duik terug na die boom. Koekoes klou aan haar armleunings vas, die koue angssweet wat op haar uitslaan. Sy is lus en los Botha dat hy die bliksem skiet. Maar besluit daarteen – sy's klaar in genoeg kak soos dit is.

"Sit weg die geweer!" roep sy uiteindelik.

Botha steur hom nie aan haar nie en lê aan toe hulle naby die boom kom.

Koekoes stamp teen hom. "Dis 'n bevel! Jy kan nie skiet nie. Jy weet nie eens of dit Bloubees is nie!"

Hy gryns en trek die geweer terug. Die vlieënier maak nog 'n draai en vlieg weer oor die boom, nóg laer. Maar die persoon bly in die skadu.

"Waar's ons?" roep Koekoes vorentoe.

"Amper op die grens van die park. Ek stuur ons bakkie uit met die koördinate. Jou manne kan van die reservaat se kant af ingaan, oukei?"

Koekoes wys vir hom duim-op en stuur die sms na Landers en Tholo.

Vir die eerste keer in drie dae voel sy die knoop op haar maag verslap. "Ek hét jou, jou donner, ek hét jou." As Coin Bloubees vanaand in die selle sit, sal sy weer kan eet.

En weer slaap.

91

Kytie se hart klop in haar keel en sy staar na die afskuwelike masker.

"Hou op!" skree sy. "Hou op! Optel! Hou op! Tienrand is bang!"

Hy antwoord met 'n aaklige brul.

"In die naam van God! Optel!"

Sy arms staan wyd en sy vingers tril boosaardig terwyl hy aanhou grom. Dan pluk hy 'n mes uit sy xai-vel en hou dit dreigend in die lug. Kytie herken dit. Dis die jagtersmes wat hy die oggend gesit en slyp het.

Kytie vries. "Asseblief, Optel," pleit sy. "Laat die kind gaan, asseblief."

"Son-Eib?" Dis Antas agter haar. Sy staan met haar palms gelig in die agterdeur, prewel iets in 'n vreemde taal.

Die jong man sien haar en bedaar aanmerklik.

Antas kom by Kytie verby. Sy trek die masker af en vat Optel aan sy hand. Dis asof hy wakker skrik uit die een of ander beswyming, hy laat val die mes. Antas buk vinnig en tel dit op. "Kom," sê sy en lei hom by Kytie verby terug huis toe.

Kytie se bene voel of dit jellie geword het, maar sy tel vir Tienrand op en vlug kamer toe. "Ons moet dadelik weg hier, ou kinnie. Hierdie mense is almal gepik. Maak nie saak wat daai gladdejakkals van 'n prokureur sê nie, maar hiér raak dit nou té gevaarlik."

Sy haal haar sak onder die bed uit, trek die velrokkie wat Optel vir die kind gemaak het uit en haar eie klere weer aan.

Kytie stap vinnig oor die werf en om die huis met die kind aan haar hand.

Hulle is skaars onder die bome aan die voorkant uit of Antas hard-loop haar van agter in.

"Kytie, wag!"

Kytie loop stadiger, maar sy bly loop.

"Kytie! Die polisie het gesê hulle kom terug. Jy wil tog nie hê hulle moet jou hier langs die pad vang nie?"

Sy gaan staan en die kind leun swaar teen haar heup aan. "Mevrou, ons gaan maar eers. Ons sal vir niemand sê nie, van Optel. Mevrou was goed vir my. En vir Tienrand. En ons wil nie vir Mevrou 'n stink dankie sê nie. Maar dis nie goed vir haar om naby Optel te wees nie. Hy's gevaarlik. Ek weet nie wat met sy kop verkeerd is nie, maar wat dit ook al is, dis iets leliks. Iets boosaardigs."

"Nee, Kytie, daar's niks duiwels aan Optel nie. Hy's 'n geneser, soos ek. 'n Opregte geneser, 'n !gi:xa. Hy kan dinge sien wat gewone mense nie kan nie."

"Ek is 'n kristelike mens, Mevrou. Ek weet nie van goëlery en sulke goed nie, maar ek moet vir Tienrandjie …"

"Optel is net bang. Hy sien gevare wat ek en jy nie kan sien nie."

"Nee, o, Jirrietjie, Mevrou, maar ek dink dis maar beter as ons gaan." Sy vat die kind se hand.

"Wag, Kytie. Laat ons uit die son kom en dan praat ons. Toe? As jy nog steeds voel om te gaan, sal ek jou self invat Louisvale toe en vir Jannas vra of jy nie vannag by haar kan oorstaan nie, oukei? Kyk hoe moeg lyk Tienrand al klaar."

Kytie sug. Dis al laat, verby vieruur, en dis 'n verdomde ver ent deur die sand terug na die juffrou in die bushuis. En die kind is stil en traag, weer soos aan die begin. En dan is daar die polisie.

Sy loop onwillig terug, die klein meisietjie gedwee aan haar hand. "Waar's hy nou?" vra sy behoedsaam toe hulle by die huis aankom. "Ek wil nie hier ingaan nie, Mevrou."

"Jy moenie bang wees nie. Optel was net oorstuur."

"Almiskie! Hy het my met 'n mes gedreig, Mevrou!"

"Hy sal jou regtig nie seermaak nie. Hy is net bitter bang … regtig bang. Al die polisie en dinge. Hy sukkel daarmee, dan raak hy so. Hy is eintlik … Hy het siek geword van swaarkry. En ek dink Tienrand is baie goed vir hom."

Sy vat Kytie se hand en loop met haar en Tienrand om die huis en gaan by die agterdeur in.

"Gaan sit jy solank," sê sy en sit 'n ketel met water op die stoof. Kort-kort kyk sy in die rigting van die behandelkamer.

"Is dit waar hy is?" vra Kytie, "in Mevrou se kamer?" Sy begin agterdeur se kant toe staan.

"Sit, Kytie. Hy is kalm. Ek het hom iets ingegee – bietjie van die kanna-daggamedisyne."

Maar Kytie wil nie sit nie. "Ek dink dis beter as Mevrou ons maar dorp toe vat."

"Optel gaan niks maak nie. Hy slaap tien teen een al. Kom, dat ek my eie hart ook bietjie laat bedaar."

Kytie gaan sit onwillig en tel die kind op haar skoot, kyk hoe Antas twee drinkbekers vol warm water maak, 'n suurlemoenskyfie by elkeen ingooi en 'n paar druppels uit 'n glasbottel byvoeg.

"Optel," sê sy en kom sit, "skrik baie groot vir die polisie. En nes ons klein meisiekind hier, is hy in sy lewe al baie verniel. Baie. Maar hy sal nooit vir Tienrand skade aandoen nie. Die nekriem wat hy vir haar gemaak het, is baie spesiaal. Dis van elandvel. Dit bevat die sterk asem van die Boesmans se heilige dier. Dis die asem van die lewe. Dat die ‡khai in jou sal opstaan. Die Boesman se wysheid. En dit verseker dat jy sterk word en mooi groei."

Kytie druk die kind stywer vas teen haar. "Nou maar vir wat … vir wat gaan hy dan so te kere? Dis … Mens skrik jou dood. Hy't bloed op hom. En hy maak soos 'n mal mens."

"Nee, dis niks van mal nie. Dis die spesiale kragte wat so deur hom werk. Dis hoekom hy so bewe. Dis die dierkragte. Die kragte van die leeu en die ander diere met die sterk geeste. Dit help hom om te sien, verstaan jy? Hy het die gawe van 'n !gi:xa, 'n wonderwerker. En wat hy vandag gedoen het, is om Tienrand te beskerm. Hy dans die dans van die bobbejaanmense."

"Die bobbejáánmense! Jirrregot, Mevrou. Dis … dis …"

442

"Sjjj. Dis nie wat jy dink dit is nie, Kytie. Hy praat met die voorvaders, die geesmense."

Kytie skud haar kop. Sy het nie krag vir nog vreemde goed nie, sy wil weg.

"Dis die !gwe. Die boodskap. Wanneer 'n !gi:xa so beginte skud, dan sê hulle hy kry die dárraken, dis die skuddings. Dit kom uit die baie ou tye, toe die Boesmans nog in die veld kon jag. Onse mense het dit verloor, maar Optel het dit teruggebring. Hy is 'n ware sjamaan."

"'n Wátsegoed?"

"Dis net 'n geneser, Kytie." Antas staan op en gaan haal 'n stokkielekker uit 'n blik bokant die stoof. Sy bied dit vir die kind aan, maar dié draai haar gesiggie weg en druk dit diep teen Kytie se nek aan.

"Drink jou tee, Kytie, dit sal jou laat beter voel."

Die tee smaak vreemd, bietjie bitter-peperig, maar drinkbaar. Sy kan voel hoe daar 'n sagte plek onder haar ribbes oopgaan.

"Sondagmiddag," sê sy toe die beker halfpad is, "net voor ons hier aangekom het, het hy 'n jakkalskeps opgehad en sy lyf was vol strepe en verf en goed. En ek het gedink hy gaan vir klein Tienrandjie met 'n pyl doodskiet."

"Maar hy het nie, Kytie. Hy het die geelslang getref. As daardie slang vir haar gepik het, was sy dood. 'n Geelslang maak bitter sterk gif."

"En snags. Hy maak geluide snags. Ek hoor hom van langsaan af."

"Dis as hy sing, Kytie. Hy sing in die ou tale. Die tale van die |Nu en die Ju!'hoansi en ander Boesmantale wat al lankal uitgesterf het. My en jou voormense se tale, Kytie. Dis in die skole uit hulle uitgeslaan, dis skinnertale, het die wit mense gesê."

Kytie kyk weg. Sy wil nie weet nie.

"Optel het dit geleer. By die paar ou mense wat nog kon. Hy is bitter slim. Die mense hier sê hy's vertraag en hy's 'n idioot. Voertsek, is wat die kinders hom noem. Dis 'n verskriklike naam."

"Hoekom noem hulle hom so?"

"Oor mense verskriklike goed is. Wreed. Wreder as diere. Toe |Kaggen mens en dier geskei het, het die boosheid net in die mens agtergebly."

"Ek weet darem nie so mooi nie. Daar moet 'n rede wees vir so 'n naam."

"Dit was toe hy sy pinkie afgekap het. Dis 'n ou Boesmantradisie. Dit help die jagter om beter te skiet. En hy het 'n leeu se snorbaarde van iewers af gekry en dit onder die vel ingeplant. Nog ander dinge." Sy skud haar kop.

Sy lyk treurig, dink Kytie. Asof sy self besef, vir die eerste keer dalk, hoe gepla Optel is. Sy gee 'n lang sug, sê dan: "Niemand weet regtig wie hy is nie. Nes Tienrandjie. Maar vir my is hy Son-Eib. In die ou Boesmanstories was dit die seun van die reënboog. Hy is geliefd, maar mense raak bang vir hom, oor hy anders is. Met Christus was dit ook so, jy sal weet."

"Nee, Mevrou. Jesus het 'n ma en 'n pa gehad."

"Maar hy was lank op sy eie in die woestyn, sprinkane geëet."

Kytie sluk. Dis wat Pastoor Monty ook sê – as Jesus vandag geleef het, het ons hom tien teen een met klippe gegooi en van voor af gekruisig. "So," sê sy versigtig, "Optel … Hy's niemand se kind nie. Hy's 'n optelkind."

Antas maak haar vreemde bleekblou oë toe en neem 'n slukkie tee. "Ek het hom langs die pad opgetel. Ek was op pad van Namibië af terug, net duskant Hakskeenpan. Hy't langs die pad gelê en ek het hom amper nie raakgesien nie. Hy was so vaal soos die klippe daar. Maar toe beweeg hy. Ek dag eers dis 'n bos of 'n ding, maar toe sien ek die hand wat opkom. Ek het my koud geskrik. 'n Kar moet hom getrap het, want hy was stukkend van kop tot tone. Jy sien, Kytie? Hy en Tienrand deel baie seerkry. Hy sal haar nie seermaak nie."

"Miskien seker, Mevrou, maar …"

"Hy sál nie weer nie, Kytie. Ek het met hom gepraat. Ek het vir hom gesê as hy nie end kry daarmee nie, moet hy eers weggaan. Jy sal sien. Hy luister vir my."

Kytie drink die laaste van die tee. "Maar die polisie, mevrou Antas. Hulle sal mos vir ons hier kom kry."

"Ek het 'n plan. Jy moet net probeer om my te vertrou. Oukei?"

92

Beeslaar wag buite professor Dieter Eckhardt se huis terwyl die profes-sor, met Pyl aan sy sy, 'n tassie klere en toiletware pak.

Hy gaan voorlopig saam polisiestasie toe sodat hulle hom veilig kan hou tot een van hulle hom Jaspis toe kan vat. Heilna was heel inskiklik om hom tot die naweek onderdak te gee. "The more the merrier," het sy in haar plat stem gesê toe Beeslaar haar bel.

Terwyl hy wag, bel Beeslaar ook vir Jannas Boonzaaier. Sy antwoord uit haar raserige ou Defender. Sy's amper in Upington, sê sy, om mense by die lughawe te gaan haal.

"Watter mense ken jy wat die ou San-tale kan praat?"

"Ouma Poppie was die laaste hier rond, maar sy's mos onlangs dood. En op Upington is daar nog twee vroue wat 'n skooltjie vir N|u, die ‡Khomani-taal, aan die gang hou. Maar hoekom vra jy?"

"Die geskrif by die Duitser se kweekhuis."

"O. Ja, ek het gehoor die mense praat daarvan. Probeer by Antas Wilp—"

Die lyn sny uit. Sy's seker in die dooie kol tussen Upington en hier, besluit Beeslaar. Hy bel vir Ghaap: "Hoe vorder jy?"

"Nee, sharp. Dit was bietjie besig hier. Hier's niemand nie, want kolonel Koekoes het al die troepe opgekommandeer. Een lot is uit na die medisynevrou toe, om daardie jong outjie te gaan arresteer. Optel. En die res is uit park toe. Ek's soos my fokken vinger hier."

"En Kenny Kooper?"

"Sy prokureur was hier. Nou's Kenny skierlik so mak soos 'n lam-metjie. Bied glads inligting aan oor Zimmerman en 'n missing kind. Bruin kind."

"Nice. Ons sien jou oor 'n paar minute en Pyl bring vir jou 'n ver-rassing."

"Steers burger?"

"Die professor. Jy kan hom sommer self braai en in die tamatiesous versmoor."

Eckhardt lyk soos 'n ou man toe hy saam met Pyl in die kar klim. Sy bagasie bestaan uit kartondose met elektroniese toerusting en boeke en 'n swart vullissak vol kabels.

"Moenie worrie nie, Prof," sê Beeslaar. "Van nou af is jy veilig, ons sal mooi na jou kyk."

Op Witdraai aangekom het Pyl inderdaad 'n verrassing: 'n CD-ROM vir De Vos se skootrekenaar om te kyk of hy die uitgewiste inligting weer kan vind. Enigste probleem, sê hy, dis nog in Mentoor se kan-toor. Indien dit nie weggesluit is nie, kan hy dit dalk in haar afwesigheid "leen".

Dis nie in Pyl se aard om so iets te doen nie, maar die gifappeltjie het hom diep gekwes.

Die professor word solank in die verlate algemene kantoor gesit. "Nog net 'n rukkie, Prof," belowe Beeslaar hom. "Een van ons neem jou nou-nou na jou nuwe plek toe. Dis op 'n plaas en jy sal in vrede daar kan werk. Daar's internet en alles."

Hy en Pyl kom tegelyk terug by hulle stowwerige kantoor onder in die gang.

Pyl glimlag breed, want hy het die rekenaar gevind.

Enigste een wat nie bly lyk nie, is Ghaap. Hy brom oor die kos wat hulle saamgebring het, sê dis koud. En oud. "Hierdie worsrol lyk soos 'n dinosourus-drol." Hy eet dit nietemin op.

"Raait," sê Beeslaar, "ons gooi ons notas uit terwyl ons eet."

Pyl val eerste weg. "Die hospitaal op Upington," sê hy en vee krum-mels af, "sê ou Rassie Erasmus is buite gevaar. Hy was gelukkig, dit was 'n slow puncture, so hy's oukei."

446

"Mooi skoot, Ballies," sê Beeslaar en vat die laaste hap van sy steak-en-kidney pie, "jy't daai outjie se lewe gered. En jy, Ghaap, jy's ook vol nuus?"

Ghaap kruis sy arms agter sy kop. "Ek, liewe vriende, het sommer baie nuus. Ek begin maar by die begin. 'n Joernalis van die *Volksblad* het my probeer vermaak. Ene Ackerman. Hy was op soek na kolonel Mentoor oor die twee sake wat sy Saterdag gehanteer het. Hy beweer die AWOL-proffie van Upington is met 'n kind opgemerk, wat óók vermis word."

"Wie's die kind?" vra Beeslaar.

"Dis die ding. Dis nie 'n wit kind nie. Dus is die weermag nie onmiddellik ingeroep nie. Dis glo 'n klompie boemelaars se kind."

"En Mentoor?"

"Tja, weet nie, nè? Sy's in die lug." Hy wys met 'n lang voorvinger boontoe. "Wat my terugbring by ons vriend Kenny. Ná sy prokureur kom klets het, was Kenny soos 'n reborn child of Christ. Gierig vir nice wees. Die prokureur, dis nou Silwer Bladbeen, sê Kenny was beslis Saterdag nog op Upington. Hy en sy tjommie Denver het professor Zimmerman in die dorp raakgeloop. Die professor wou weet van die dorp se boemelaars. Hy doen glo opheffing en charity en what-what op die dorpe waar hy toer.

"Die boemelaars is Saterdagsmoors by die taxistaanplekke. Hulle doen odd joppies vir die taxidrywers, gooi vullis uit en was vensters, al daai. En hier's die interessante ding: Kenny en Denver sien toe die professor met een van die hawelose kindjies by hom in die kar.

"Kenny sê sy vriend Denver sê dis die proffie se ding. Hy kies 'n kind, loop koop klere en kos en goed en hef hom so staan-staan op. Niemand weet wat alles opgehef word nie, maar die proffie gaan groot met die ophef. Kind se nuwe klere hou ook nie lank nie, dan het die ouers dit al weer verkwansel."

"Mooi," sê Beeslaar. "Hoekom is Kenny toe weg uit Upington?"

"Toe hulle uit die dorp uit terugkom by hulle pozzie daar by die gasteplek, toe sien hulle al die ligte. En Kenny loop met twee gesteelde beursies en 'n foun in sy sak."

"Mooi, man," sê Beeslaar. "Kon jy 'n lys van die sterftes kry die afge-lope aantal maande?"

"Doodsertifikate wat hier uitgeskryf is, ja. Maar dit is half chaoties."

"Hoe so?"

"Dit lyk my kaptein De Vos is nie so 'n Nazi wanneer dit kom by pampierwerk nie."

Beeslaar glimlag innerlik. Dis die ding waaroor hy die meeste baklei in hulle tuiskantoor. "So, wat het jy?"

"Twee oumas, 'n jong man en 'n jong vrou. Een ouma is dood van slangbyt," sê hy en krap op sy lessenaar rond tussen 'n stapel papiere, trek dan 'n dun bruin legger uit. "Ja, dis die ouma met die slangbyt. Ouma Veter. En … wag." Hy blaai tussen die papiere in die lêer. "Ja, 'n jong man, 24, doodgebrand in sy eie vuur. Was glo perrelêtiek dronk. Sy gesig en kopvel onherkenbaar verbrand, een hand was ook in die vuur, van die vingers af. Dan het ons 'n vrou … ma van twee kinders, en ons het 'n tradisionele bierbrouer. Dit sê hier sy was 'n t!ari-stoker. Ek dink dis daai bier wat hulle van die voëltjiemis maak. Dis die n!annetjie-gou se mis – die versamelvoëltjie."

Pyl kyk op van die rekenaar. "Ek sê mos. Alkohol is sleg vir 'n mens. En dan's dit nog voëlmis ook." Hy vee selftevrede oor sy snorretjie.

"Hoe gaan dit met die prof?" vra Beeslaar.

Pyl gaan kyk. Toe hy terugkom, sê hy: "Slaap. Van die drank, natuurlik."

Ghaap rol sy oë, maar gaan aan met sy lys. "Die t!ari-stoker is dood aan infeksie in die baarmoeder. Sy in die hospitaal op Upington dood. Dan is daar die ouma Veter. Die oom met die yskas in die grond het van haar gepraat, nè? En dan die ander ouma, Poppie. Skerpioen, aan die hand, pinkievinger om presies te wees. Die doodsertifikaat sê gifonge-val. Maar die mense sê skerpioenbyt."

"Sal 'n steek wees," sê Beeslaar.

"Wat?"

"Skerpioensteek."

"Nee, die byt is glo giftiger."

"Twak. Skerpioene het net in die angels gif. Maak nie saak nie. Dit al?"

448

"Al wat ek kon kry. O, en 'n vermiste persoon. Jong meisie van 14. Daar loop glo kort-kort minderjariges weg, maar hulle word gewoonlik weer gevind. Hierdie een het spoorloos verdwyn."

"Hmm."

Pyl kyk op van sy rekenaar. "Dis bietjie baie ongelukke vir so 'n klein gemeenskappie? En dis net onder die tradisiestam se paar siele, as ek reg verstaan. G'n wonder die ou leier is upset nie."

"Juis," beaam Beeslaar. "Juis. Dis hoekom ons bly soek, ouens. Hier's meer aan hierdie saak as een Coin Bloubees. Maar ek sê weer, ons hou dit onder die radar. Oukei?"

Sy antwoord is twee entoesiastiese knikke.

93 Seko moet planne maak

Dis die swartluismense wat kom. Hulle met die knopkieries van vuur.
Hulle gaan vir Springbokkie kom haal, maar Seko sal dit keer.

Seko, die !gi:xa, die reënmaker van die ware Boesmans.
Die tyd raak kort.
En Seko is die een wat die pyn voel kom, die harde pyn.
Seko voel die pyn wat kom.
Dit maak hom deurmekaar. Dit maak vlegsels in sy kop, skifsels voor
sy oë.
Hy kan nie sien nie. Dit maak hom bang.
Seko wil nie deurmekaar wees nie. Nie weer nie. Deurmekaar is sleg.
Maak hom swak, dit blaas die wind in hom plat.
Die wind van die eerste mense.
Van Seko, die kind van |Kaggen.
Die kind van die eland.
Droewe optelding.
Voertsek allenage wegja ding.
Voert-Seko.

94

Beeslaar kyk tevrede na sy twee jong sersante. Elkeen verdiep in sy eie ding. Hy het hulle rou uit die kollege geërf toe hy twee jaar gelede uit Johannesburg gevlug en 'n pos op Griekwastad gekry het.

Hy was gelukkig, hy kon hulle na die hand grootmaak. Aanvanklik was daar haakplekke. Pyl was bietjie van 'n eager-beaver-people-pleaser. Ghaap, weer rof en trommel, soos die Griekwas van die omgewing sê. Maar hulle het mooi aangekom en elk sy eie spesialiteit ontwikkel. Pyl het as 'n rekenaarboffin ontpop. Ghaap is bietjie meer van 'n aksieman. Maar hy's 'n dêm goeie speurder.

Hulle drie maak 'n lekker span. Hulle weet nog nie hy gaan loop nie, het klaar sy papiere ingedien nie. Hy het nog nie die moed gehad nie.

Veral nie teenoor Ghaap nie. Ghaap gaan voel Beeslaar het hom ge-drop. Hy sal nog met hulle praat. Sodra die geleentheid hom voordoen.

Beeslaar tel sy bakkiesleutels op.

Eers gaan hy met Silwer Bladbeen praat.

Beeslaar het skaars by die Meerkat Paleis gestop of sy selfoon lui. Gerda, sien hy.

Praat van tydsberekening.

"Albertus? Dis my pa." Haar stem breek. "Ek … kan, kan nie meer nie."

"Hou nog net bietjie, ek kom beslis die na—"

"Jy wéét jy gaan nie."

"Ek sal, ek belowe. Het iets gebeur? Ek bedoel, was hy …"

Stilte. Hy dink hy hoor haar huil.

Hy grawe in sy kop rond vir die regte ding om te sê. "Onthou net," sê hy oplaas, "jy doen dit ook vir hóm, dat hy professionele sorg kry, dan nie?"

Sy snuif in sy oor en 'n sagte golf beweeg deur hom. Hy wil haar vashou. Hy kan hom voorstel hoe sy lyk: die rooi sproete oor haar neus en hals lyk of hulle brand, haar oë groen, troebel kuile.

"Gelukkig is Horizon naby, in Linden. Ek … Dis so 'n ellendige ding om te doen."

"Ek weet, meisie." Hy onthou haar pa – onverbiddelik, ouskool, gou opgang gemaak in die polisie in die ou dae.

"My pa is weg, jy weet? Hy't uit sy eie lewe verdwyn. Hy het nou al my naam ook begin vergeet. Ek kry soms die gevoel … dis so hulpeloos. Asof ek hom sien wegdryf in 'n rivier. See toe. Hy kyk nie eens om na my toe nie, groet nie eens nie. Dryf net weg."

"Gerda, ek maak klaar hier, dan kom ek. Oukei?"

"Dis orraait Albertus. Dankie. Baai."

Hy sit 'n ruk en nadink tot sy foon weer lui.

Silwer Bladbeen.

"Ek het nou net hier by u gastehuis gestop. Ek is op pad binne—"

"Meneer Bladbeen! Ek is nog nie daar nie." Hy klink omgekrap. "Ek is hier by mevrou Wilpard se plek met twee van jou kollegas wat die plek se deure wil afbreek sonder wettige verlof. Kolonel Mentoor het hulle glo gestuur. Dis nou kaptein De Vos se taktiek uitgeknip. En ons gáán dit nie meer vat nie!"

"Laat ek asseblief met een van my mense daar praat, gee hom sommer die foon aan."

Beeslaar klim uit die warm bakkie. Hy het onder die digste skaduwee van 'n groep dadelpalms geparkeer, maar die hitte bly versmorend. En dit gaan sit eerste in sy voete, herinner hom aan die rou blase daar. Hy stap met klein treetjies na die gastehuis se ingang. Dalk kry hy binne 'n lugversorgde sitplek.

Sersant Moatshe antwoord aan die ander kant.

"Wat is jou opdrag, Moatshe?"

452

"Ons kom kry vir Optel, Kaptein. En ons moet sy kamer deursoek."

"En?"

"Meneer Bladbeen sê ons kom nie vandag hier reg nie. Ons moet papiere hê, maar ons het nie papiere nie. Optel is ook nie hier nie."

"Kom terug, Moatshe. En sê vir Bladbeen ek wag."

Hy gaan sit in die gastehuis se kroeg en 'n vriendelike kêrel met 'n naamplaatjie waarop "Abraham Kat" gegrafeer staan, kom neem sy bestelling.

"'n Bier-plesier," glimlag hy vriendelik, "op die juiste uur." Hy neem Beeslaar deur 'n groot glasdeur na 'n rustige binnehof met tafeltjies op die stoep wat op 'n swembad uitkyk.

Minute later bring hy die bier en 'n komplimentêre bakkie springbokbiltong en droëwors.

Beeslaar neem 'n behaaglike eerste sluk van die koue bier en sit agteroor in die gemaklike stoel. Hy wonder oor Mentoor. Blerrie merrieperd. Hy het nog nie weer 'n woord van haar gehoor nie. Dalk beter so.

Sy bier is halfpad toe hy 'n hand op sy skouer voel.

'n Mollige jong vrou loer familiêr oor sy skouer en vra of sy kan sit. Sy stel haarself voor as Helena Smith van *Die Gemsbok* en gaan sit oorkant hom, gooi haar bladsak met die logo van haar koerant eenkant op die tafel neer en bekyk hom ingenome.

Beeslaar herken haar spierwit hare en rooi mond. Hy het haar Sondagoggend tussen die nuuskieriges gesien wat by die hek naby die moordtoneel op die ‡Khomani-grond saamgedrom het. Sy ruik effe na Stimorol Spicy Cinnamon-kougom.

Abraham is dadelik by met ystee.

"Ek hoor daar was 'n hele klomp inbrake hier die afgelope twee dae, Kaptein? Is dit deel van kaptein De Vos se moordondersoek?" Sy vee die lipstifmerk van haar glas se rand af.

"Inbrake?"

"Ja. Twee keer op Shetland en gister by die professor op Askham. Leonora de Vos sê daar was verlede nag wéér iemand by hulle huis op Shetland."

Beeslaar skud sy kop. "Jy moet maar die kanale volg, jong."

Sy lag. "So ek moet 'n ou op Upington bel oor goed wat hier aangaan?"

"Min of meer ja. So nie, kolonel Mentoor."

"Koekoes praat nie meer met my na haar fling met De Vos nie."

Beeslaar kyk na haar. Haar wit hare en wit wimpers laat hom bietjie aan 'n witmuis dink. "Ek wag eintlik op iemand," sê hy.

"Oukei, sorrie." Sy bloos effe en tel haar bladsak op. "Onthou net, as julle nie bereid is om te praat nie, moet julle ook nie kla oor hoe ek môre die nuus aanbied nie."

Silwer Bladbeen daag saam met Beeslaar se tweede bier op.

Hy bestel 'n whisky en kyk vlugtig na die tyd. "Dankie," sê hy, "vir die wag en …" hy trek aan sy hempskraag en lig sy glas, "… dit is seker ook nie maklik nie … Jou kollega … Om saam te werk nie."

"Sy soek 'n moordenaar."

Bladbeen maak 'n geluid. "En ek hoop sy spoor hom op … Die regte man. Dis baie werk, hierdie projek van ons. Jare en jare. En Saterdag kom alles bymekaar. En nes julle, wil ons ook die saak agter die rug hê. Met al die rolspelers aan boord."

"Wel, ek hoop die ou oom, oom Windvoet, maak dit."

Bladbeen neem 'n slukkie van sy whisky. "Dis juis met oom Windvoet-hulle wat die grootste … uitdaging was. Hulle het begin kop uittrek oor al die sterftes. En verlede week se afsterwe van Diekie … Nou ja, dit was so te sê die laaste strooi."

"Maar hoekom was dit aanvanklik so moeilik om hulle te betrek? Die projek hou tog baie voordele vir hulle in."

"Presies. Voordele. Maar ook verantwoordelikhede. As hulle die meeste van die grond vir hulle manier van leef kry, moet hulle hou by die beginsel van 'n jagter/gaarder-lewenstyl. Hulle mag byvoorbeeld nie met honde en gewere jag nie. Anders is die grond môre, oormôre weer leeg en moet hulle tóg weer gaan werk vir 'n lewe. Die ander twee stamgroepe het beswaar gemaak. Have your cake and eat it too, nie waar nie? So, daar was spanning. En toe die ou mense met die kennis begin doodgaan … Oom Windvoet-hulle het die idee gekry dis kwaadwillig, 'n manier om hulle aandeel in die grond en ander voordele te verminder. Dis moeilik."

"En jy het gedink 'n volwaardige ondersoek sal gemoedere kalmeer?"

"Ja. Kyk, sedert die San die grond 25 jaar gelede gekry het, was hier bitter min ontwikkeling. Die regering het hulle in elke moontlike opsig gefaal. En hier's al baie geld hier deur – NGO's en liefdadigheid en opheffingsprojekte, noem maar op."

"Maar?"

"Mense gee geld vir die 'idee', sien? Hulle sien iemand wat water uit 'n volstruiseierdop drink, dan gee hulle geld. Hulle hou van die 'idee' van suiwer Boesmans wat nog iewers in die Kalahari rondhardloop. Nie van ouens met selfone en kettings om die nek nie. En die plek krioel van die navorsers en bemiddelaars en TV-spanne, you name it. En almal wil help, maar dit bly 'n gemors."

Beeslaar eet biltong, hou die bakkie uit na Bladbeen, maar dié trek sy neus op.

"Met die Instituut, die ISB, het ons nou uiteindelik 'n ding wat dalk vir almal kan werk, genoeg geld, alles."

Uit die hoek van sy oog sien Beeslaar Helena Smith uit een van die gastehuis se kamers kom en in die swembad duik. Sy swem met stadige hale tot aan die oorkant. Daar klim sy uit en sit op die rand, loer nuuskierig na Beeslaar en die prokureur.

"Die mense wat dood is, hoekom twyfel julle aan die oorsake? Is dit net om oom Windvoet gelukkig te hou?"

"Natuurlik nie! En moenie vergeet van Diekie Grysbors se aanranding nie, 'n voorval wat sy dood veroorsaak het."

"Kyk, meneer Bladbeen, laat ons met mekaar eerlik wees. Grysbors was baie dronk toe hy geval het. En regtig, die mense waarvan u praat, die mense van oom Windvoet. Vir elkeen van hulle is doodsertifikate uitgereik, wettige sertifikate. En die oorsake was duidelik. En ons weet minstens een van daardie mense het 'n sky-high bloedalkoholvlak gehad. Natuurlik sou kaptein De Vos twee keer dink."

Abraham Kat stop vlugtig om te hoor of hulle al gereed is vir 'n top-up, dan stap hy verby na Helena Smith langs die swembad met 'n lang glas tee, ysblokkies wat rinkel.

"As iemand aan slangbyt sterf," hervat Beeslaar die gesprek, "wat verwag jy van die polisie? Moet ons die slang arresteer?"

Bladbeen skud sy kop, ongeamuseerd. "Ons wéét daar's iewers groot fout! En mense is bang. Hulle begin praat van geeste en 'n goëlery en goed. 'n Leeu wat sy spoor in die nag by hulle blyplekke los. En al die praatjies kry stertjies en die mense raak nóg banger. Jy't gesien wat gebeur het met Yskas en Hansie gister. Jannas sê jy was daar, jy't dit self beleef!"

"Dit was iets anders. Agterdog en jaloesie."

"Nee! Dis wat hier gebeur. En Kappies is vaal gewaai. Hy weier een-voudig. Hy't nie eens moeite gedoen om ons uit te luister nie."

"Maar hy wás by oom Windvoet. Die oom het my self vertel. Van die ouer mense het hom met sy … wat óok al, sy geskiedenisekspedisies … Hulle het hom gehelp om ou watergate en suipplekke op Shetland te soek."

"Hy was vol baie promises, my liewe Kaptein. Hy sou kastig ou Scotty Smith se verborge skatte soek, dit met die Boesmans deel. Nonsens, totale nonsens. Maar toe ons by hom kom vir hulp met die ondersoeke het hy ons soos … soos afval behandel. Boemelaars. Die blote manier waarop daai mense dood is, mense wat Kappies gekén het! Nee, heerlikheid."

Hy drink 'n groter sluk whisky dié slag, wikkel die glas dat die ys kan smelt. "Selfs hy moet geweet het iets klop nie aan daardie mense se 'ongelukke' nie. Dis oumas wat die veld ken soos ek en jy ons eie skoene ken, laat staan nog toelaat dat 'n gifding hulle byt. Dis eenvoudig nie moontlik nie, ek sê jou. En juis nou. Daar is soveel op die spel, kaptein Beeslaar. En weet jy hoe min Boesmans is daar oor?"

"Maar een van hulle het De Vos vermoor. Is Coin Bloubees dan nie van oom Windvoet se mense nie?"

"Ag, vader. Coin al weer. Dis in niémand se belang om De Vos te vermoor nie. Niemand!"

"Nou wat wil julle hê? Vir generaal Mogale sê jy jy vat die saak Menseregtekommissie toe?"

"Ons wil net hê dit moet ondersoek word. En ons wil hê Diekie se dood moet behoorlik ondersoek word. Veral die omstandighede rond-om dit, die vete tussen hom en De Vos. En ek waarborg jou … régtig …

456

as julle die man in die hande kry wat De Vos vermoor het, kry julle die man wat hierdie gemeenskap terroriseer!"

"En Coin dan?"

Bladbeen wikkel sy whiskyglas. "Niemand weet waar hy is nie. Ek soek hom ook. Maar ek sê jou, kry die regte moordenaar. Dis nou belangriker as ooit, kaptein Beeslaar!"

Beeslaar slaan die laaste van sy bier weg en staan op. "Ek moet gaan."

Bladbeen staan ook op, los die res van sy drankie net so. "Ek loop saam met jou," sê hy. "En ek betaal die bier, dit gaan sommer op my rekening hier."

Hulle loop terug voordeur toe. Buite begin die bome al lang skaduwees trek. "Wat is die plan met die mediese formule van prof Eckhardt?" vra Beeslaar. "Verkoop aan die hoogste bieër?"

"Ja, dis die volgende stryd. Want daar's baie spelers. Die regering wil natuurlik dat dit aan 'n Suid-Afrikaanse party gaan. Ons het gehoop op 'n groot buitelandse speler. Ons sal sien. Maar eers moet ons dit gepatenteer kry," sê hy en gaan staan op die voordeurtrap.

"Jy't dus baie te doen met professor Eckhardt?"

"Hy's 'n fantastiese man. Sy hart is reg. En hy gee om vir die Boesmans."

"En wat van prof Zimmerman?"

Bladbeen versit sy aktetas en kyk vir die sonsondergang. "Dáár's nou vir jou nóg 'n voorbeeld, Kaptein, van die onverskilligheid van die polisie. Ek het al ure gelede vir Mentoor gesê Zimmerman is 'n pedofiel. Maar sy't my afgelag. Sy's te besig om 'n onskuldige man te jag."

Hulle albei kyk op toe 'n kar met 'n hoë spoed by die gastehuis indraai en in 'n stofwolk onder 'n boom parkeer.

Koekoes Mentoor klim uit die kar, slaan die deur toe en kom op hulle afgestap.

Daar is donderweer op haar gesig.

95

Dis al die tweede eier wat uit Kytie se hande stukkend op die grond val. Sy is aan't eiers uithaal in die hoenderhokke agter in die jaart, maar die trane maak haar blind.

Twee jong hoenders kom voorbarig nader om na die eiergele te pik. "Neuk weg, julle gorrelose helsems! Staat vreet julle eie ongebore klein-goed. Voert!" Sy klap verwoed na hulle en die res van die eiers glip uit haar voorskoot en val ook grond toe.

Nou vat die huil haar heeltemal oor. Sy's 'n mooi een, dink sy, om op die veregoed se skel. Hoe't sy dan nie vanmiddag self vir Tienrand in die steek gelaat nie. Haar uitgelewer aan die duiwel.

Kytie huil in haar voorskoot, net daar waar sy in die middel van die hoenderhok bly staan.

Alles het gekom na daardie bitsgesig polisievrou vroeër die middag weg is met die belofte dat sy terugkom.

Mevrou Antas het die prokureur laat kom. Sy wou klaarstaan as die snip weer kom. "Jy fight die law met law, Kytie, dis al hoe jy kan wen."

Toe kom die prokureur en die twee sit koppe bymekaar. Vir Optel het hulle duine toe gestuur. En toe sê hulle hy moet die kind saamvat.

"Nee!" het Kytie gesê en haar kopdoek styfgetrek. "Tienrand gaat nêrens met daai klong nie."

"Sy kan ook nie hier bly nie, Kytie," het Antas met 'n ferm stem gesê en die prokureur het dit beaam.

"Dan gaan ek saam," het Kytie obsternaat teëgekap.

458

"Jy sal nie kan byhou nie, ant Kyt. Jy gaan hulle agterhou en daar's nie tyd nie. Hulle moet nóú vertrek."

"Nee! Tienrand bly net hier."

"Kytie, as die polisie hier kom en hulle sien vir haar, gaan hulle haar saamvat. Ek hoor uit Upington hulle soek al hoog en laag vir haar."

"Wie sê so?"

"Dis in die koerante, daar's 'n foto by en alles. Optel sal mooi na haar kyk, hy's dan so lief vir haar. Jy is verniet bekommerd. As die polisie weer weg is, kom hulle terug."

Kytie moes besluit, gee sy die kleinding vir die bobbejaankop om in die duine weg te steek? Of vir die polieste wat haar sal terugvat na die slegasems by die brug, wat haar uitverhuur vir seks.

Kytie kon nie kies nie. Toe kies hulle namens haar.

Kort daarna het twee polisiemanne opgedaag. Die een, so 'n dikke wat baie sweet, het 'n koevoet by hom gehad om Optel se kamerdeur oop te breek. Maar die prokureur het iemand gebel, toe's alles skielik verby en is hulle weer druipstert weg.

Daarna het die gewag begin.

Kytie het haarself probeer besig hou met werk. Sy't die werf gevee en toe die kombuis getakel, pottelaaie uitgepak, die rakke afgewas. Kort-kort het sy uitgegaan om te gaan kyk of sy al enigiets gewaar. Toe sy vir die soveelste keer gaan vra wanneer Antas vir Optel terug verwag, het die medisynevrou met haar geraas. "Hou nou op, Kytie."

"Mevrou, dit was glád nie 'n goeie ding om Tienrandjie saam met Optel te laat gaan nie. Ek moet vanmiddag liewerster gegaan het. Dit was dalk vir almal beter."

Antas het nie geantwoord nie, sy't net anderpad gekyk asof sy dinge weet wat Kytie liewer nie moet weet nie. "Ons sal die regte ding doen," het sy na 'n ruk gesê, en sy was 'n bietjie minder kwaai. "Maar ons wag tot die tyd reg is."

Kytie vee haar gesig af en trek haar kopdoek reg. Dit het al sterk skemer begin word. Sy loop nietemin wéér 'n keer duine toe, maar sy sien niks. Dis asof Optel en klein Tienrandjie in die groot, leë stilte verdwyn het.

Die donker druk haar terug na haar kamer toe.

Sy bel vir Queenie.

"Antie Kytie! Die polieste het vandag na jou kom soek. Ek het niks gesê nie. Maar oom Koos was … e … moeilik."

"Jy meen hy was gedrink, Queenie?"

"Ja, Antie. Hy weet Antie is nie by Antie se antie-goed op die plaas nie. Hy sê hy't gebel. Hy wil ook weet waar's Antie."

"Het jy vir die polieste gesê waar's ek?"

"Ek het niks gesê nie. Hulle sê daar's 'n man weg by die gastehuis, Saterdag. En toe Antie nou nie by die werk opdaag nie, moes hulle kom vra of Antie hom gesien het of wat. Wat gaan aan, Antie?"

"Queenie, nou luister jy vir my mooi. Môreoggend eerste ding, as jy nie van my hoor nie, dan wil ek hê jy moet na die polieste toe gaan."

"Antie Kyt?"

"Ja, Queenie. En dan vertel jy vir hulle jy't my Saterdag gesien. En dat ek 'n kind by my gehad het wat nie myne is nie. En jy sê vir hulle die res, van die kind se gevernieldery. Want dit was daai man wat haar wil geseks het!"

96

Wat sy nodig het, besluit Koekoes, is 'n sterk dop. Sy bestel 'n dubbel Vodka-tonic.

"Wat van 'n lekker Kalahari-burger daarby?" vra Abraham Kat, die vriendelike kroegman, "met gemarineerde koedoe vir die patty? En lekker N!abbas. Dis die Kalahari-weergawe van Franse truffels. Vreeslik lekker."

Mentoor skud haar kop. Sy sien vir baie dinge kans, maar die bedompige smaak van paddastoele is nie een van hulle nie. Sy neem die drankie terug na haar kamer toe. Sy is só moeg, sy's kapabel en raak op die kroegstoeltjie aan die slaap. Beter dat sy in die omgewing van haar bed kom.

Die dag was een groot fokkop.

Beginnende by die fiasko op Welkom. En eindigend by die verskrikte wildstroper wat hulle op !Ae!Hai gevang het. En nog erger: daardie deurtrapte doos, Org Botha, wat haar vir drinks wil nooi.

En om alles te kroon, tref sy vir Beeslaar op haar drempel aan, diep in gesprek met Bladbeen.

Sy sluit die kamerdeur oop en sit die lig aan. Die kamer is netjies opgeruim, sien sy, skop haar stewels uit en val op die bed neer. Met haar oë toe draai die wêreld 'n bietjie, sit sy weer in die vliegtuig wat oor die duine duik.

En alles vir niks.

Sy bel die kantoor en Gatweet Moatshe antwoord. Met 'n huiwerige stem vertel hy hoe hy en Mollas die middag met 'n kluitjie in die riet weggestuur is van die medisynevrou se plek.

"Jissis, man. Was dit nou te moeilik om een mannetjie op te tel en sy kamer te deursoek?"

"Die prokureur was daar en kaptein Beeslaar het ons laat terugkom."

"Was hy dáár?"

"Nee, hy was op die foon, Kolonel."

'n Nuwe vlaag moedeloosheid spoel oor haar.

"Waar's Mollas nou?"

"Ek dink sy's huis toe, Kolonel."

"Kry haar in die hande en sê sy moet my bel."

Sy beur orent en prop haar selfoon in sodat sy die battery kan laai.

Die selfoonsein in haar kamer is nie baie sterk nie en sy moet taamlik lank wag vir haar e-pos om af te laai. Die Moegel, sien sy, en haar hart slaan 'n slag oor. Die boodskap is kort en kragtig: "Bel my. Oor Zimmerman en De Vos. Doman is uitgesorteer, maar jy't nog 48 uur. Hou Beeslaar op sy plek."

Bliksems, dít sal hulle wys.

Maar dis 'n leë oorwinning. Die oorwinning van 'n loser. Beeslaar doen eintlik net sy werk. En hy doen dit reg.

Sy kry skaam vir haarself. Jý's die loser en die doos, Cordelia Mentoor, dink sy en tel haar glas op. Jy hop hier rond soos 'n springmielie in 'n warm pot, net met een ding gepla, en dis om uit die kak uit te bly. Die effort raak nou te veel. Miskien moet sy net oorgee. Let fucking go and let God, paas die blerrie saak uit vir Beeslaar en gaan huis toe. Gaan raak 'n properse weduwee, sit Sondae blomme op Martin se graf, pak weer al die foto's van hom uit wat jy so diep weggebêre het.

Verf die huis uit, raak ontslae van die muf en die verbete gestoei om met sy dood te begin deal.

Reeds 48 uur! En sy's frieken nêrens nie! Sy suig die laaste druppels van die vodka uit haar glas en gaan tap 'n bad water in.

In die yskas vind sy 'n bottel Bezalel, 'n fris wit wyn van 'n private kelder buite Upington. Sy neem die bottel met 'n glas saam badkamer toe.

Haar selfoon lui en sy hardloop terug kamer toe: Beeslaar.

"Sorrie," begin sy voor hy iets kan sê, "vir netnou. Ek … Dit was nie 'n goeie dag nie."

"Dis orraait. Ek wou nog sê ek is op pad Shetland toe. Daar was laas nag 'n inbreker. Ek hoor dit by die pers. En die voorman …"

"Here, Beeslaar, ek het nie krag nie, man."

"Kom ek en jy kalmeer al twee 'n bietjie. En dan praat ons die ding uit."

"Ek wil nou net die saak in die sakkie kry. Dis al. Mogale het nou pas laat weet ek het nog 48 uur. So, as jy dink jy gaan ons man op Shetland kry, be my guest."

"Maar daar's goed wat jy moet weet. Oor Zimmerman en Kenny Kooper."

"Ek weet klaar."

"Ja, natuurlik, Bladbees het jou probeer sê. So jy weet hy's 'n pedofiel?"

"Jip, het jy nog meer?"

"Fokkit, Mentoor. Lyk my die enigste ding wat jy nié reeds weet nie, is dat jou fling met Kappies nie meer 'n staatsgeheim is nie."

"Skinderstories!"

"Is dit waar?"

"Dit het niks met jou uit te waai nie."

"Maar jy kan nie so iets net aflag nie. Ás ons eendag vir Bloubees opspoor, gaan sy prokureurs vir jou cleaners toe vat. Jou affair met De Vos maak hierdie hele ondersoek belaglik. Ons het geen clue van waarmee De Vos besig was nie, want jy beskerm hom. Weet jy met hoeveel mense het hy baklei? Weet jy van Org Botha wat 'n haelgeweer onder sy se neus ingedruk het?"

"My opdrag is duidelik: vind 'n moordenaar. En dis wat ek doen. Tot siens, Kaptein!"

Koekoes prop die foon weer in. Sjit-sjit-sjit.

Dan kom die trane. Here, wat moet sy doen?

Sy moet dink. En vinnig ook.

Wat is dit wat Kotana soek? Wat is dit wat Kappies hom skuld? En hoe pas Org blerrie Botha in dit alles in? Is dit hy wat so op Shetland rondkrap?

Sy ril as sy net aan hom dink. Sy nat, rooi bek in die aaklige nes van 'n baard. Sy't hom nie kans gegee om naby haar te kom vanmiddag nie. Maar vir hoe lank gaan sy dit regkry om hom van haar af weg te hou? En hoe hou sy vir Kotana van haar gat af? Sjit, as sy net geweet het waarna hulle soek.

Hoe weet Kotana van haar en Kappies? En hoe weet hy van die wapen- lisensie wat sy namens Kappies uit Martin se lêer verwyder het? Dit was vir die "pêl" van Kappies en hy het haar destyds laat verstaan sy doen dit om Martin te beskerm. Hy het gepraat van collateral damage, dat Martin se naam deur die modder gesleep gaan word as iemand ontdek hy het die aansoek ge-fast track. Juis in die lig van die Kotanaskandaal. Maar die "pêl" was Kotana se man, tien teen een. Dís hoekom Kotana weet.

Fokkit.

Sy gaan haal die bottel wyn in die badkamer, gooi vir haar 'n glas in en trek dan haar laptop nader. Sy moet nóú uitvind wat die konneksie is. Sy onthou die naam van die ou wat op die 271-vorm was: Greatness Gogoro.

Dit vat 'n hele ruk om dit te google, want die wifi-sein is swak. Uit- eindelik vind sy dit: Greatness Gogoro was een van die klein vissies, 'n delivery boy in Kotana se sindikaat. Twee amptenare by die Diamant- raad, wat staatsgetuie gedraai het, het 'n lys gemaak van die mense wat hulle omkoopgeld afgelewer het. Koeverte met tot 20 000 rand op 'n slag. In ruil vir vervalste diamantsertifikate.

Sy soek nóg berigte, vind 'n klein beriggie in die DFA, 'n Kimberley- koerant: "Goodbye Greatness: Gangster Found Dead".

En Kappies? Was hy ook 'n koerier vir Kotana? Het hy diamante oor die grens ingebring? Is dit die rede vir al sy trips Namibië toe?

Die hangertjie wat hy vir haar gegee het. Hy't gesê sy moenie bly raak nie, dis zirkonium. "Ongelukkig nie die ware jakob nie, babes. Maar ek deel graag my ware jakobrégop met jou!" Hulle was saam in die bad. Hy het haar aan haar knieë nader getrek, uit die water opgelig en op hom neergesit.

Wanneer was dit? Desember. Sy het pas Greatness Gogoro se 271 vernietig.

Wat 'n opperste idioot was sy nie!

Koekoes klap die rekenaar toe en reik na haar wynglas, maar haar maag ruk skielik op en sy moet hardloop vir die toilet.

97

Beeslaar skakel die bakkieradio aan. Hy moet iets met sy hande aanvang, anders slaan hy die stuurwiel stukkend.

Blerrie vroumens is besig om heeltemal die plot te verloor.

Dis donker teen die tyd dat hy op Shetland se plaaswerf stop en 'n ander voertuig sien staan – 'n ou Cruiser. Hy herken die kar. Org Botha s'n.

Hy haal sy flits en sy Glock 17 uit, laat glip die magasyn in. Better safe than sorry, is sy motto. En Org Botha vertrou hy net so ver as wat hy sy drankasem kan ruik.

Hy kyk rond oor die verlate werf en wonder wat van Floris van der Westhuizen geword het. Hy't gesê hy sal hier wag.

Die huis is donker. Hy sit die flits aan en lig deur die vensters, maar sien niks. Hy sal die den gaan probeer, dink hy, en loop om die huis. Sy oog vang 'n lig, 'n groot ent agter die huis in die veld in. Iemand met 'n koplampie aan wat met toue besig is.

Hy bêre die pistool, sit sy flits af en loop nader. Die persoon staan by 'n stellasie met 'n katrol en kettings daaraan, besig om die kettings te laat sak.

"Botha?" roep hy.

Die man swaai om.

"Nou toe nou!" sê Beeslaar en stap nader. "Waarna soek jy in die donker op 'n dooie man se werf?"

Botha gryns. "Die kalf is in die put, nie waar nie?" Hy wys na die katrol wat bo-oor 'n gat in die grond hang. Die sinkplaatdeksel lê eenkant geskuif.

Die lang kêrel lag en vou sy arms. "Nee, ek kom kry dit maar so. Ek het kom kyk of alles reg is hier op Shetland, met Leonora weg en als. Toe ek omstap, toe sien ek die katrol en die kettings hier oor die put. En toe kom kyk ek maar, dis al. Die put is nog uit ou Scotty Smith se tyd, maar dis lankal droog. Gevaarlik, so 'n oop put. Maar hier's niks snaaks nie, jy kan maar kyk."

Beeslaar tree nader.

Dan beweeg Botha skielik en stamp hom hard teen die regterskouer. Die impak gooi Beeslaar van balans. Die flits vlieg uit sy hand. In die donker probeer hy 'n greep op die ander man kry. Maar hy gryp net lap, hoor hoe die voosgewaste hemp skeur. Hy steier na links, sy arms uit om balans terug te kry.

Die volgende oomblik voel hy die vuis in sy niere, gevolg deur 'n harde skop. Hy skiet vorentoe, swaai wild met sy arms om die momentum te stop. Voor hom gaap die swart bek van die put.

Hy val, probeer nog gryp na die kettings, maar sy greep is te skalks.

Hy tuimel kop eerste die donker diepte in.

98

Dis al byna tienuur, sien Kytie toe sy wakker word. Sy moet op die trap voor haar drumpel aan die slaap geraak het.

Die selfoon het van haar skoot af geval.

Die hoofhuis is donker en die werf lê doodstil onder die helder lig van die sterre.

Sy spring op om te gaan kyk of Tienrand en Optel nog nie terug is nie. Maar sy kamer is donker, die slot nog steeds toe aan die ysterhek voor sy deur.

Sy stap haastig oor die werf na die huis, waar sy saggies by die agterdeur ingaan en een van die paraffienlampe aansteek. Die huis is stil, buiten die gekrap van die boomtakke op die sinkdak. Sy gaan loer in die voorkamer en in Mevrou se behandelkamer, maar daar's niemand nie. Met 'n loodswaar hart gaan sit sy water op, trek 'n stoel by die tafel uit en wag vir die water om te kook.

Waar is daardie hondsdol mannetjie met haar kind?

Sy is die kwaadste vir haarself. Sy moes geloop het toe sy wou geloop het, voor die medisynevrou haar kom ompraat het.

Sy skrik toe daar skielik 'n hand op haar skouer druk. Antas, wat sê sy kan ook nie slaap nie.

"Maar weet Mevrou dan nie waar hulle sal wees nie?" wil sy weet.

"Ai, Kytie, probeer kalm bly, ek sal vir ons die tee maak." Sy gebruik kruie wat sy uit haar behandelkamer gaan haal.

"Ek wil gaan soek na hulle. En dan dink ek moet ons maar vort, ek

468

en ou Tienrandjie. Dis nie reg dat ek haar hiernatoe gebring het nie."

Antas skink vir elkeen 'n bekertjie tee en laat loop 'n dik straal kondensmelk in agterna.

"Hy het haar gedroom, weet jy?" sê sy en gaan sit. "Hy't die prente geteken van 'n kind wat gaan kom met die merke, nes dié van 'n springbokkie. En hy't tot die naam ook gedroom – N!inK!ei. Dis haar naam."

"Ek weet nie of sy self weet wat haar regte naam is nie. Haar kristennaam. En Tienrand is baie ver van Ntjienk … wat ook al. Sy's 'n gewone Kleurlingkind, Mevrou. Haar ma is 'n gewone slegasem Kleurling. Wat sal sy weet van Boesmans en goed? Daai ma sal tien teen een dink jy vloek haar as jy sê haar kind is 'n Boesman!"

Antas stoot die tee na Kytie toe. "Toe, drink. Dalk is jy reg, Kytie. Daardie vrou sal liewer haar kind uitverhuur as wat sy 'n Boesman genoem wil word."

Kytie drink haar tee. Dis romerig en soet en smaak na speserye met 'n effense wrang nasmaak. Sy drink die beker leeg. "Ek wens ek kon gaan soek," sê sy en hou die beker dat Antas nog ingooi.

"Ons sal hulle nie kry nie. Nie in die donker nie."

"Dan moet ons die polieste bel, Mevrou."

"En Optel heeltemal oor die rand druk?" Antas sê dit baie stilletjies, maar Kytie kan sien sy is bang.

Agter haar, teen die muur, beweeg haar skaduwee saam met die flikkerings van die lamp se vlam hier tussen hulle op die tafel. Sy dink aan die malgeid wat sy die middag in Optel se oë gesien het.

"Hy's eintlik siek, nè, Mevrou? Hy moet eintlik gehelp word, in 'n hospitaal wees vir mense met kopsiektes, nie waar nie?"

Antas blaas saggies oor haar tee. Kytie kan sien sy dink ver dinke. Uiteindelik sê sy: "Die voormense het hom vertel daar kom 'n groot bevryding vir die Boesmans. En dit word waar, Kytie. Ook van Tienrand se koms. Al hierdie dinge gebeur nou, nóú, hierdie week. Die regte Boesmans gaan hulle vryheid kry. En Optel gaan ons reënmaker wees. Alles sal weer word soos dit was."

Kytie staar na haar. "Wat," vra sy versigtig, "het Tienrand met die Boesmans uit te waai? Sy's niks van julle nie."

"Van óns, Kytie. Besef jy dan nie dat jy ook Boesmanbloed in jou dra nie? Gaan kyk in die spieël."

'n Yslike vrees kom lê skielik oor Kytie se bors, gly met haar rug langs tot onder in haar bene. Hierdie mense is die een soos die ander, so stawelmal! Sy moet daadlik weg. Jirrietjiegod! As sy net nie so moeg was nie. Haar arms voel lam en swaar, haar knieë sal buckle en kolêps as sy nou moes opstaan. Dis die tee. Antas het iets in haar tee gegooi.

"Ek en Tienrand het … Ons moet weg. Ons …" Maar haar tong wil nie verder nie. Haar hande wil ook nie lig nie en sy voel of sy uit haar lyf uitgly. Af, af en affer die donkertes in.

99

Beeslaar se eerste gewaarwording is die pyn agter sy kop. Dit brand uit sy rug en skouers en klop teen sy nek en agterkop op.

Hy lê onderstebo, besef hy, half op sy skouers en nek. Sy bene is iewers bokant sy kop. Hoe het hy dan só geval? En wat ruik so ontsettend sleg? Dis verstikkend, soos 'n ou grafkelder.

Sjit! Dis dalk presies waar hy is. Hy dink aan die stories oor Scotty Smith en die Boesmanbeendere.

Maar hoekom lê hy dan so gatoorkop?

Hy probeer sy voete voel. En dan beweeg. Daar's 'n harde kraak en 'n hand vol stof wat oor sy gesig afdwarrel. Hy probeer weer beweeg. Sy voete moet iewers bo sy kop vasgehaak het, in 'n verrotte houtstellasie of iets, en sy lyf het deurgeval.

Die hout bokant sy kop kreun en stort dan met 'n slag na benede, sy voete agterna. Daar's 'n skerp steek in sy linkerboud, moet 'n houtsplinter wees. Hy rol op sy sy en kyk na bo. Nou kan hy die rand van die put sien en die helder sterlig wat deurval.

Hy voel in sy sakke, vat sy selfoon raak en skakel die flits daarvan aan. Die put is vlakker as wat hy vermoed het, maar dit gaan steeds byna onmoontlik wees om manalleen hier uit te kom. Daar's sein, sien hy! Net een strepie. Hy bel vir Ghaap.

"Yebo," kom die antwoord in 'n slaperige stem, "het Kaptein aan die drink gegaan?"

"Luister! Julle moet vir Org Botha voorkeer."

"Die leeujag—"

"Lúister net. Org Botha. Ek is in die moeilikheid op Shetland. Botha het my in 'n put gestamp en gevlug. Sorg dat die boodskap …" Daar's 'n geraas op die lyn en die sein val weg. Beeslaar swets kliphard en bel weer, hou die foon hoog bokant sy kop in die hoop op ontvangs.

Beset.

Hopelik Ghaap wat die waarskuwing inbel Witdraai toe. En sy gat roer om hom uit te put te kom help.

Beeslaar skyn die lig rondom hom. Hy moet bestek opneem van sy situasie. Die hout bokant hom is inderdaad 'n soort platform sowat drie meter onder die bek van die put. Dit moes sy val gebreek en tien teen een sy lewe gered het.

Hy lig ondertoe, sien hy staan op die vloer van die put. By sy voete lê die brokstukke van die platform. En beendere. Hy laat die lig daarop skyn, sien stukkies sening wat nog daaraan vasklou. Die ronding van 'n skedel steek bokant die grond uit en die sagte sekels van 'n aantal ribbes. Kleinerig – kan dalk 'n hond wees. Maar dit kan ook menslik wees.

Wat dit ook al is, dit lê al 'n ruk hier. En die stank is besig om hom mal te maak.

Hy spring en kry een van die dwarsbalke vasgevat, klem dit met albei hande vas terwyl hy met sy voete teen die putwand skop en homself boontoe probeer hys. Dit vat verskeie probeerslae, maar uiteindelik kom hy reg.

Moeg en uitasem kry hy sy bene om die balk gehaak en kan hy homself tot bo-op die balk gesukkel kry. Nou vir die volgende probleem: die put se rand is heeltemal te hoog. Al spring hy ook – wat hy in elk geval nie op die balk kan doen nie. Dis reeds verrot en kan so by so enige oomblik onder hom ingee.

Sy foon lui.

Hy hou met die een hand aan die rotserige muur vas en antwoord die foon met die ander.

"Hello, Albertus!" 'n Angstige vrouestem. Ansie Roos, Leonora se suster.

"Ansie," hyg Beeslaar, "jy moet dadelik die Witdraai-polisie bel, sê ek het hulp nodig, dringend. Hier, op Shetland!" hyg Beeslaar.

"Wág, moenie neersit nie. Jy moet ons help. Dis lewe en dood, Albertus, mense wat ons … vir Leonora met die dood dreig."

"Bel die polisie, Ansie! Gou. My sein kan enige oomblik gaan. Maar bel éérs Witdraai toe. En dan Hopetown se polisie, hulle is die naaste aan Orania, dink ek."

"Jy moet …"

Die lyn sny weer uit.

Beeslaar gebruik die foonflits en lig teen die rotswande rondom hom. Die muur regs van hom is grof genoeg dat hy dalk genoeg traksie sal kan kry. Maar 'n klim teen die wand op sal beteken dat hy sy skoene moet uittrek, maar sy tone is nog rou van die blase. Waddehel.

Hy steek die foon weer in sy sak en balanseer homself versigtig op die balk terwyl hy sy stewels uittrek. Toe die eerste een uit is, kry hy 'n idee. Hy lig boontoe. Org Botha het die ketting nie behoorlik gehaak nie. As hy hard genoeg gooi, kry hy dit dalk uit die haak.

Die eerste hou is mis en die stewel val terug verby hom die duister-nis in. Met die tweede skoen tref hy die tou. Dit gly effens van die pyp, maar nie heeltemal nie. Hy sal nóg iets moet gooi. Al wat hy het, is die selfoon. En as hy dít moet verloor, is hy deeglik gefok.

Hy grawe in die growwe mure rondom tot hy 'n klip raakvat wat hy losgewoel kan kry.

En die klip doen die truuk. Die tou glip van die pyp af en val na be-nede, ver genoeg vir Beeslaar om dit vas te gryp. Met 'n blye hart begin hy die moeisame taak om sy helse gewig voetjie vir voetjie na bo te hys.

Dit voel soos eeue voor hy homself oor die lip van die put gebeur kry. Uitasem maar dankbaar bly hy vir 'n rukkie lê, probeer om sy bonsende hart onder beheer te kry.

Uit die rigting van die huis sien hy 'n liggie flikker en hy trek homself plat teen die grond.

"Kaptein Beeslaar? Hallo?" Floris van der Westhuizen, die voorman, kom versigtig nader gestap.

"Hier," roep Beeslaar. "Waar's Botha?"

"Hy't gery, Kaptein. Lankal."

"Nou waar de hel was jy al die tyd?" wil Beeslaar vererg weet.

"Hy't my lelik seergemaak." Hy rig die flits op homself en Beeslaar sien die bloed wat in strepe oor sy wange loop. "Ek het mos nou vir die kaptein gewag toe hy hier aankom. Hy't my hard geslaan en vasgebind, Kaptein, my op die agterstoep gelos … Maar ek het darem weer losgekom. Jirrietjie-ons, maar die kaptein lyk … Jy't ook bietjie baie seergekry!"

Beeslaar kreun kliphard toe hy opstaan. Sy een skouer is nat en taai, voel hy. Sal bloed wees. Maar die bloed hinder hom minder as die walglike stank wat aan hom kleef. Dis in sy klere en hare, in sy neus en mond.

"Wat's onder in hierdie put, Floris?"

"Daar't 'n dier ingeval, Kaptein. Dis dié dat hy die dubbele deksel gekry het, mos."

"Kom lig 'n bietjie met jou flits hier rond – ek is myne kwyt. En my wapen." Hulle soek, maar vrugteloos, soos Beeslaar vermoed het.

"Hy moes hom opgetel en saamgevat het," sê Floris.

"Fokker gaan ek afslag!"

"En hy't goed geweet van die vrottigheid daar onder, Kaptein. Dit was nog in sý tyd hier. Hy't kalk oorgegooi en die dubbele deksels."

Beeslaar hobbel op sy kaal voete agter Floris aan huis se kant toe.

"Vandag was besig hier, Kaptein," roep Floris oor sy skouer. "Vreemde mense, hulle het binne-in die huis ingegaan."

"Wat soek hulle? Dieselfde ding as Botha?"

"Dis die klippers, Kaptein. Ek is amper seker dis wat."

"Diamante? Maar wat laat jou dink dis diamante?"

"Dis wat Org sê. Hy wil by my geweet het waar's Kappies se ysbak. Ek vra vir hom, wafferse ysbak, ek weet mos nou niks van 'n ysbak nie. En toe sê hy ek weet goed. Kappies het die diamante daar gebêre en ek sal weet, want ek was by toe Kappies dit hier op die plaas iewerster uitgegrawe het, miskien in hierdie einste put. Maar ek weet niks van dit nie."

By die huis gekom, drink Beeslaar eers water, spoel dan sy hande en gesig af. Dan bel hy vir Leonora de Vos. Sy antwoord nie en hy laat 'n boodskap op haar stempos, bel dan die suster, Ansie.

Sy antwoord dadelik.

"Het jy die polisie gebel?" vra hy.

"Ek kan nie! Dis 'n polisieman … 'n man van die polisie wat vir Leonora … Hy sê ons het iets wat aan hom behoort."

" 'n Polisieman? Van Hopetown?"

"Nee! Dis 'n swart man. Hy't gebel en gesê as ons dit nie vir hom gee nie, gaan hy … gaan hy … Hy gaan Leonora se kop afsny en haar liggaam by Verwoerd se standbeeld uitstal. Hy sê … hy sê …" Haar stem raak dik van die trane.

"Oukei, Ansie. Het hy sy naam gesê?"

Sy snuif hard in die foon in. "Kot … iets. Kotana."

"Is jy seker, Ansie?"

"Ja, ek dink so. Leonora sê sy ken hom. Leonora sê hy beter sy voete nie op Orania sit nie. Sy sê sy wag vir hom met my pa se haelgeweer."

Beeslaar sidder. Die feit dat Kotana 'n uitvaagsel is, gaan niks tel as daar 'n swart man in 'n wit tuisland doodgeskiet word nie.

"Jy moet vir Leonora kry om my te bel, hoor jy?"

"Sy gaan nie. Sy sê sy skuld niemand niks nie en oor haar dooie liggaam sal sy toelaat dat Kappies se kak haar lewe verpes."

"Het sy Kappies se diamante, Ansie?"

"Sy wát?"

Beeslaar sug. "Jou suster is in baie groter moeilikheid as wat jy dink, hoor. As ek nie binne die volgende uur van haar hoor nie, stuur ek self die polisie na julle toe. Kotana is niemand se speelmaat nie. Hoor jy wat ek vir jou sê?"

Sy is van voor af in trane, snuif snotterig in sy oor.

"Ek moet nou gaan. Maar as ek nie binnekort van haar hoor nie, word jou suster in hegtenis geneem."

100 Seko smeer die elandvet in

Ek het vir my sustertjie die springbokkie 'n vuurtjie gemaak.
Sy sal lekker eet.
O, my sussie die springbokkie se wangetjies sal blink.
Sy sal lag en haar handjies klap.
En Seko sal dans.
Hy sal sy beenpyp stop en rook.
Kannablare, stinkblaarpitte, sy kop sal helder raak.
Helder sal hy die gedagtes pluk wat tussen die sterre skyn.
Want die taak is groot, sê die vader van die eland.
Sê |Kaggen, die mantisman.

Dis die bloedrooi wortels van die syselbossie.
So|toa sê die voormense.
Lê dit in die vuur, maak as.
Meng daardie as met elandvet.
En dan vat jy jou mes, Seko, vat jou mes, maak snye oor jou hele lyf.

Smeer die so|toa-vet in al die wonde.
Vryf, sê die voormense.
Smeer dit, smeer dit aan jou lyf.
Dat die vyand warkop raak en jou nie meer kan sien nie.
Hulle pyle sal verdwaal.
Sal omdraai en op hulle terugvlieg.

Sing die lied van die hamerkop, sing die lied van die dood.
Vannag gaan Seko die leier van die swartluismense haal.
Vanaand sal dit so wees.

101

"Jy sal moet 'n klem-in-die-kaak-inspuiting kry, Kaptein," sê Ghaap toe hy Beeslaar se stukkende plekke sien. "Veral die plek in jou boud. En daarna sal ek 'n bad vol Old Spice aanbeveel."

Beeslaar sit op die bakkie se agterflap en vee die ergste bloed aan sy bene en sy nek af met handdoeke wat Ghaap uit die leë huis gaan haal het. Hy het sy gesig en kop onder die kraan ingedruk en Ghaap het gehelp met die stukkende plek agter sy nek langs. By nader inspeksie lyk dit asof hy lig genoeg van sy val afgekom het.

"Jong," sê Beeslaar en gooi 'n bloederige handdoek eenkant toe, "ek het reeds klem-in-die-kaak van jou musiek in my bakkie."

"Nooit! Dis kuns daai, Kaptein! Poetry with beat, art with heart, truth in motion." Ghaap staan met sy lang bene wyd uitmekaar en rook 'n sigaret.

"Poetry se voet. Dis ouens wat nie kan sing nie. So hulle sê simpel rympies op en slaan dromme in die agtergrond."

Ghaap kraai van die lekkerkry. "Dis kwaai ouens wat daardie musiek maak. Hemelbesem en Jitsvinger en daai boys. Kwaai musiek. Lyk my jy's meer 'n Valiant Swart-man, Kaptein. Mystic Boer en so aan. Of is dit Boer in Beton?"

"Dis Koos Kombuis. Ernstig nou, Ghaap. Ons sal moet terugklim in die put in. Ek wil weet wat lê daar onder."

Ghaap kyk na hom met ronde oë.

"In die middel van die nag?"

"In die middel van die nag, Ghaap."

"Wanneer laas het Kaptein geëet?"

"Het jy enigiets by jou?"

"Never fear when the Sarge is near," sê hy en gaan haal 'n mandjie uit sy bakkie. "Tada! Dit sou my en Pyl se aandete gewees het. Jy't nét gebel toe Heilna dit oorbring, broodjies en koffie en alles. So, kry vir jou, kaptein Beeslaar!"

Hy gee vir Beeslaar 'n vleistoebroodjie aan en vertel dat hy en Pyl intussen nie stilgesit het nie. Pyl het dit reggekry om De Vos se kode te kraak, maar die rekenaar is skoongevee.

"Dis sleg," sê Beeslaar deur 'n mond vol kos. Hy het nie besef hoe honger hy is nie. Dis 'n lang tyd sedert die middag se droewige steak-en-kidneypasteitjie.

"Maar Ballies is slimmer as De Vos – wat nie besef het jy moet 'n rekenaar se hardeskyf ook skoonvee as jy die data permanent wil delete nie."

Beeslaar gooi vir elkeen 'n bekertjie koffie in. Oom Floris van der Westhuizen lê solank op die bakkie se agterbank. Ghaap het sy kop-wond bekyk en die ergste bloed help afvee. Hy aanvaar dankbaar die koffie, maar sê nee dankie vir die brood.

Toe hy terug is by Beeslaar vertel Ghaap verder. "Ballies het op die rekords van De Vos se spaarpot of iets afgekom – hy hou afskrifte van sy maandelikse inbetaling by 'n soort beleggingstrust of 'n bank of 'n ding daar op Orania. Laaste vier maande het hy groot deposito's gemaak. Ballies sê vyftigduisend ora per keer. Dis die geldeenheid daar, gelyk aan 'n rand."

Beeslaar vat nog 'n toebroodjie uit die blik. "Kotana," sê hy. "Dis dalk die geld se oorsprong. En dis dalk uit diamante."

"Waar val Kaptein nou uit met Kotana?"

"Goeie speurwerk, Ghaap," sê hy kouend. "Kotana wil Leonora de Vos keel afsny oor iets wat Kappies hom skuld. En oom Floris sê dis wat Org ook soek."

"Scotty Smith se diamante," sê Ghaap. "De Vos se rekenaar is vol van die stories." Hy grinnik. "Jy't slim geword daar onder in die put, kaptein

Beeslaar, het die voorvadergeeste jou besoek? Hulle sê mos dis wat gebeur as jy doodgaan. Jou ouma of iets kom haal jou en vat jou deur die tonnel. "Anyways, Pyl sê De Vos het honderde kaarte van die plaas en die om-liggende gebiede – topografiese kaarte. En dis waar die koördinate in die dagboek vandaan kom. Jy onthou gisteroggend, die dagboek? Hy vermoed dis ou watergate. Die San het vroeër rondom die watergate gewoon – dit sou die eiendom van een clan wees wat oor geslagte oorgedra is. En hy vermoed dis waar Scotty Smith sy smokkeldiamante weggesteek het."

"Wel, wel. Pyl is 'n blerrie genius."

"Daar's twee vet lêers op die rekenaar, alles vol stories van diamante. Pyl is nog besig om deur alles te ploeg. So, die hele storie gaan oor 'n klomp verlore diamante."

"Eintlik 'n legende oor verlore diamante. Dalk bestaan die diamante nie eens nie." Beeslaar sit sy beker neer. Hy voel al beter met die kos en die koffie agter die blad. Hy wonder of hy Mentoor moet bel, maar sien heel gou van die gedagte af. Sy's kapabel en plooi dit so dat Bloubees iewers in die prentjie ingedruk sal word.

Hy grawe in sy gereedskapkissie vir 'n ekstra flits. Hy verbeel hom daar moet iewers een wees. Hy vind dit onder 'n stel skroewedraaiers wat hy in seemsleer toegedraai het. Die batterye hou nog, sien hy.

"Pyl sê daar swerf baie stories oor verlore skatte hier rond – daar was al verskeie ekspedisies om na 'n verlore stad onder die sand te kom soek. Dis nie net De Vos wat daarin geglo het nie." Ghaap steek 'n nuwe sigaret aan met die stompie van die een wat hy pas klaar gerook het.

"Ek dag jy sou ophou," betig Beeslaar, "nou's jy 'n kettingroker."

Ghaap lag. "Selfverdediging teen jou stank, Kaptein."

"Wat van Org Botha, is daar enigiets van hom op die rekenaar?"

"Afskrif van die huurkontrak, dis al."

"En jy't waarskuwings uitgestuur vir Botha?"

Ghaap knik oordrewe, sy oë wat blink van die opwinding. "Ek hoor nog niks, maar Ballies hou sy oor op die lyne. Ek het Witdraai ingelig – daar's vanaand 'n bemanning van twee, by the way. En Upington. Maar broer Pyl hou dit dop. En tussendeur lees hy cowboy-stories op die rekenaar."

"En die Duitser?" vra Beeslaar en pak die oorblywende eetgoed terug in die mandjie.

"Soos 'n vark in Palestina. Sit al heelaand in sy kamer met sy rekenaars. 'n Prokureur in Pretoria sê die patent word hierdie week nog geregistreer, so beloof die akteskantoor. So, alles goeie nuus. En iemand is op pad om oom Floris te kom haal."

Hulle stap terug na die put.

Die reuk is oorweldigend en dit kos groot oorredingsvermoë om Ghaap daar in te kry.

Hulle praat nie, maar werk versigtig met die katrol en kettings. Tot Ghaap die bodem bereik.

Hy het 'n sakdoek oor sy neus gebind, maar Beeslaar weet dis pure verniet. Hy staan net 'n oomblik, dan roep hy dat Beeslaar hom op moet trek.

Toe hy bo kom, is hy sopnat gesweet. Die taai karkasreuk wat soos 'n wolk om hom hang. Hy stop Beeslaar se skoene in sy hand voordat hy kokhalsend verby hom beur en opgooi. Toe hy klaar is, sak hy moeg agteroor tot hy plat op die grond sit, knieë effe opgetrek en sy kop wat hang.

"En?" vra Beeslaar.

"Dit is nie 'n dier daar onder nie, Kaptein, dis 'n mens, en daar's 'n moerse gat in sy kop."

102

Sy moet tóg aan die slaap geraak het, besef Koekoes toe die foon haar uit 'n warrige droom skud.

"Mentoor," antwoord sy met 'n skor stem.

"Hartjie?"

Haar ma. Sy sit die bedlampie aan en swaai haar bene van die bed af. Die lig sny soos 'n lem tot diep in haar brein. Die bottel wyn, sien sy, is driekwart leeg.

"Hoekom bel Mamma so laat?"

"Ag, ek kon nie slaap nie."

"Drie-uur in die oggend? Wat gaan aan?"

Haar ma blaas in die foon.

"Ma? Het iets gebeur?"

"Ag, ek was maar net 'n bietjie bekommerd."

Koekoes weet dit is 'n leuen. Sy ken daardie stem van haar ma. Dis die stem van die afgelope paar maande, die magtelose stem van een wat sien hoe haar enigste dogter uitmekaar val. Die stem wat klein word as sy in die dogter se huis inkom en sien hoe vol stof dit daar is, hoe min daar eintlik geleef word.

"Wat is dit, Ma?"

"Dis net 'n man wat gebel het, gister deur die dag. En nou net ook."

"Hoe bedoel ma, watse man?"

Sy kan hoor haar ma dink, die regte woorde bymekaar maak. "Kotana," sê sy uiteindelik.

Koekoes voel die prik van senuwees in haar maag. "Het hy iets gesê?"

"Hy … e … hy sê hy … Koekoes, ek dag die man sit in die tronk."

"Wat het hy gesê, Ma?"

"Nee, hy vra of ek trots is op jou."

"Dis al?"

"Ja."

Koekoes sak agteroor op die bed, maak haar oë vir 'n paar sekondes toe. Sy is so moeg. Sy wens almal wil haar net uitlos. Dat sy kan slaap. Vir ewig slaap. Vergeet van hierdie nagmerrie, die werk, die voortdurende rusies en rugstekery en politiek, jou staanplek verdedig, terugbaklei. Here, so moeg.

"Ma, sal jy na ant' Kitty toe kan gaan? Net vir 'n dag of twee. Net … Ek werk aan 'n moeilike saak en ek wil nie hê hulle moet vir jou pla nie."

"Hygend, kind."

"Asseblief, Ma. Dit sal een bekommernis minder wees."

"Maar hierdie tyd van die nag?"

"Ma, as hierdie saak verby is, gaan ons twee bietjie weg. See toe. 'n Mooi plek soos Knysna. Ek belowe."

"As jy so sê, kind," sê sy floutjies.

Nadat sy afgelui het, gaan drink Koekoes water. Haar mislikheid van die vorige aand is terug. Die hand wat die glas onder die badkamerkraan inhou, is bewerig. Dis 'n mengsel van babelas en stres.

Sy kan haar loopbaan maar groet. Haar fling met Kappies lê die hele wêreld vol. Dis een ding, maar wat van haar spore by Greatness Gogoro? Kotana sal vir seker nie sy bek hou nie. Hy het tien teen een planne om te verdwyn, maar dit kos geld, al is dit net Swaziland toe. Dis hoekom hy sy diamante soek. Sy bates is natuurlik gevries. Sy onthou die berigte: negentien mense is gearresteer en daar is beslag gelê op vyftig miljoen rand se bates.

Bliksems. Bliksemse Kappies.

Here, wat het sy gedoen!

Nou sit sy met Kotana. En Kotana se plaaslike trawant, daardie klosbaardgorilla van 'n Org Botha.

Dink, Koekoes, dink! Dis wat haar Daddy altyd gesê het. As jou asem wil opraak, ou kinnie, moet jy jou kop gebruik. Here. Daddy … Hy draai in sy graf om.

Sy staan op om die ketel te gaan aansit. Van slaap kan sy vir die res van die nag vergeet.

Terwyl sy vir die ketel wag, stuur sy 'n sms aan haar ma. "Vergewe. Gaan na ant Sus asb xx."

Sy het twee gemiste oproepe, sien sy. Beide van Beeslaar. "Vlieg jy in jou peetjie," mompel sy en skrik toe die foon in haar hand lui.

'n Anonieme nommer.

Sy antwoord versigtig: "Hallo?"

Daar's stilte op die lyn. Dan die droë, hikkende roggellaggie. Jan Bloubees. "Jy dag jy vang die slang, Kolonel. Toe vang jy net sy sleepsel."

"Wat wil jy hê?"

"Onse Kenny, 'n vrot pampoen. Kg-kg-kg. Hy's 'n vullis, mevrou Polisieman, 'n goeie daad, sowaar as God. Dus. Ek's bereid om jou nog 'n kans gee. Hmm?"

"Nog 'n kans! Jy dink seker ek's onder 'n bobbejaan uitgebroei. Fok-ker! Wat het in elk geval van jou gehakkel geword? Of was dit ook net vir show?"

Die nare wurglaggie.

"Aijee, mevrou Polisieman. Die v-v-vrot pampoene verdwynnnn, kg-kg-kg. Kom jy maar na my toe. Dan hoor jy die waarheid. Oor jou goeie vriend Krapper de Vrot. Hmm-mm. Vertel ek jou, hmm. Hoe jou vrot pampoen die Boesmans gerob … gerob en gebesteel het."

Koekoes se hart klop in haar keel. Is dit 'n kans of gaan hierdie bliksem weer 'n gek van haar maak?

"Kom alleen, dié slag, mevrou Polisieman. Alleen-alleen. My hart was seer gisteroggend. Jy't jou woord geverbreek. Tsk-tsk."

"Waarnatoe kom ek, Bloubees?"

"Oralster, maar naby, hmm. G-gee jou my woord. Ek gee jou alles. En jy los my uit, dat die Boesmans kan trek."

"Kan trék?"

"Ek wag net tot vyfuur. Laaste kans. Jy sien my nie weer nie, mevrou Polisieman."

"Waar?"

Stilte.

"Hallo?"

"Ry deur Louisvale, anderkant uit. Kyk nou uit. Die kameelboom wat in twee staan. Alleen, mevrou Polisieman. Sonop is ek weg. Jy sien my nie weer nie."

Koekoes trek 'n ligte kortbroek aan, moulose T-hemp met 'n kakiehemp bo-oor. Stewels, dik sokkies en 'n hoed. Haar z88 is gelaai, 'n ekstra magasyn vir ingeval. Flits. Selfoon. Dan tik sy 'n vinnige e-pos aan die Moegel: "Generaal, het belangrike nuwe deurbraak in die saak. Ek mag dalk 'n paar uur van die radar verdwyn. Maar u het 'n afgehandelde saak teen die einde van die dag op u lessenaar. Ek bring hom persoonlik." Sy lees die nota weer 'n keer deur. Druk dan "send" en gryp haar karsleutels.

Here, doen sy die regte ding, wonder sy toe sy die deur agter haar sluit. Polisiereël 101: jy gaan nie alleen in 'n gevaarsone in nie. 102: nooit. Aan die ander kant: 'n kameeldoringboom is kwalik 'n gevaarsone. Maar dis onbekende terrein. En 'n slinkse fokker.

Dit is skaars twee kilometer na die Louisvale-uitdraai. Die bushuis is donker. 'n Reuse-arendsuil vlieg uit die doringboom by die tuinhek, flits van 'n gloeiende rooioog in die kar se ligte.

'n Halwe kilometer verby die laaste hut van die nedersettinkie, op pad na die medisynevrou se huis, sien sy die boom. Dit moet jare gelede deur weerlig getref gewees het, want dis is reg deur die middel oopgekloof. Die een kant buig dor en swart verbrand tot in die sand. Sy laat skyn die kar se ligte op die boom, maar sien niks beweeg nie. Na 'n ruk skakel sy die kar af en klim uit, tjek vir 'n selfoonsein. Dis swak, net een strepie.

Sy druk die kardeur agter haar toe en dit raak donker om haar. Die melkweg, sien sy, het nou heeltemal gedraai en duik skuins en ver terug na die horison. Buiten die tieks en krake van die enjin wat afkoel, hoor sy geen geluid nie. Sy glip haar pistool uit en lig met die flits rondom haar, stap dan stadig nader aan die vaal gedaante van die gebreekte boom.

"Hallo?" roep sy versigtig. Luister. Hoor geen beweging nie.

Sy laat dans die flitslig oor die takke van die boom en stap dan om hom. Die sand wys dierespore, tien teen een bokke. Verskeie haakbosse staan verder weg, roerloos, geen teken van lewe nie.

Agter die boom gaan sy staan. Dis só stil sy kan haar eie hartklop hoor, ook die skuur van haar klere met elke roering van haar liggaam.

Sy wil net omdraai toe sy iets agter haar hoor, só vinnig en geruisloos, sy't geen kans om te reageer nie. Met ongeloof voel sy die slag teen haar agterkop.

Dan word alles donker.

103

Beeslaar en Ghaap deel die oorblywende koffie toe hulle terugkom by die voertuie.

Die voorman weier 'n aanbod van nog koffie. Hy rapporteer dat hy darem beter voel. Maar hy's diep ontsteld toe hy van die liggaam hoor.

"Kaatjie," sê hy onmiddellik en daar kom trane in sy oë. "Dis Hansie Aucamp se meisiekind."

"Wat laat jou so sê?" wil Beeslaar weet.

Hy vee oor sy oë. "Sy was nog nie eens 15 nie! Kaatjie het die skool gelos, daai tyd. Ou Hansie het haar 'n helse pak slae gegee. Maar sy wil niks gehoor het nie. Sy wil net Upington toe. Die jong mense wil almal, hier's nie 'n toekoms hier nie. Kaatjie het by 'n gorrelose klomp daar naby Witdraai ingeval. Sleg-sleg mense. Drink, gebruik die meisies vir geld. Ons het haar kort-kort hier gesien. En toe's sy eendag net vort."

"Het haar ouers dit aangegee?"

"Natuurlik. Hulle het haar tot op Upington loop soek."

Beeslaar kyk na Ghaap. "En," sê hy, "jy't die saakboek by Witdraai bekyk. Het jy dit raakgesien?"

Ghaap knik en steek 'n sigaret aan. "Daar's baie van hulle, Kaptein. Dis soos die oom sê, kort-kort minderjariges. Meestal dop hulle op Upington uit. Ek het nie meer as 'n jaar teruggegaan nie. Maar ek sal weer tjek."

"Hoe lank gelede, oom Floris?" vra Beeslaar.

"Agtien maande dalk, maar dis daai tyd wat dit sleg was hier. Deurmekaar. Rof en trommel, en Botha was heeltyd op die waterkos, vroemôre al beginne. Mense het baie gepraat. Dis van die geldtroebels en hy't beginne vee te verkoop, al wat 'n poot is wat hier geloop het. En toe kom kaptein Kappies."

"En die put?"

"Nee, ek weet nie meer nie. Dalk voor daardie tyd. Of na. Eintlik was sy ook nie ál meisiekind wat hier was nie. Botha het gelaaik van die jong-jong meisies. So, dalk … dalk is ek verkeerd. My kop is bietjie baie onderstebo."

"Hou vas, daar's iemand wat jou sal invat Upington toe. Hulle sal nou enige oomblik hier wees."

Beeslaar haal sy selfoon uit en bel Mogale, wat deur die slaap antwoord, klink of hy 'n sakdoek in sy mond het.

"Ek hoop dis goeie nuus," sê hy skorrerig.

"Hier's 'n situasie, Generaal. Ek is op De Vos se plaas, Shetland, die een wat hy gehuur het." Hy verduidelik wat gebeur het.

Mogale luister sonder om 'n woord te sê. Toe Beeslaar klaar is, vra hy of Botha betrokke kon wees by De Vos se moord.

"Ek is nie seker nie, Generaal. Hy was Saterdagaand een van die manne in die lodge se kroeg. Daar was taamlik baie ouens en hulle was raserig. Ek het niks opgemerk nie, maar hy kón uitgeglip het. Wat ek wél weet, is dat hy kort vantevore 'n groot uitval met De Vos gehad het, iewers laat verlede week, hy't hom met 'n haelgeweer gedreig. Dit was tien teen een oor die diamante. Ek vermoed dis dalk die sogenaamde verlore diamante van Scotty Smith."

"Wié?"

"Dis 'n lang storie, Generaal. Hy's 'n geskiedkundige figuur wat blykbaar onder meer met diamante gesmokkel het. So bietjie oor 'n honderd jaar gelede. Shetland was oorspronklik sy plaas. Die storie is blykbaar dat hier iewers nog 'n groot sak van sy smokkeldiamante versteek gelê het. De Vos het geglo hy gaan die diamante vind. Nou's Henry Kotana ook agter die diamante aan, klink dit my. De Vos het dalk 'n deal met hom aangehad, ek weet nie. Kotana het vir Leonora de Vos op Orania begin treiter daaroor. De Vos en Kotana was glo bevriend."

"Fokkit, Beeslaar, kan jy nooit dinge eenvoudig hou nie? Is De Vos vermoor vir diamante?"

"Dit kan ek nog nie sê nie, maar ek sou nie verbaas wees nie."

"En Mentoor? Laaste wat ek van haar gehoor het, was klagtes oor jy wat haar ondersoek bedonner!"

"Ja," sê Beeslaar versigtig, "ons verskil seker bietjie. Maar sy's reg – Bloubees bly 'n hoofverdagte, in hierdie stadium. Ons het gisteraand gepraat, ek en sy. En ons verstaan mekaar – sy volg Bloubees op en ek doen my ding."

Die Moegel klink nie vreeslik oortuig nie, maar hy laat dit daar. "Wat het nou van Botha geword?"

"Ons het omliggende stasies ingelig. Ek dink hy soek ou Scotty se skat vóór die grond Saterdag formeel aan die San-trust oorgedra word. Tot dan is die plaas en alles daarop synde. Ek dink tussen hom en Kotana hardloop hulle nou reisies daarvoor. Kotana is klaar op pad Orania toe. Hy moet dink Leonora is met die diamante hier weg. Ás dit bestaan."

"Haar man lê in die Upington-lykshuis, maar sy sit op Orania?"

"Ja, ons moet dalk nie 'n groot begrafnis vir De Vos verwag nie."

Die son sit al hoog teen die tyd dat Beeslaar en Ghaap terugkom op Jaspis. Pyl en 'n forensiese spannetjie het hulle kom aflos by die toneel op Shetland.

En konstabel Tholo is vir die tweede keer in drie dae met 'n pasiënt Upington toe – hierdie keer is dit met oom Floris van der Westhuizen.

Beeslaar gaan eers stort, was homself twee maal van kop tot tone met seep. Hy ruik homself steeds toe hy uitklim. Die reuk, weet hy, verlaat jou nie vinnig nie. Dis asof dit vasplak op plekke waar jy met seep nie kan bykom nie.

Heilna neem hom onder hande met haar uitgebreide apteek. Sy skrik nie vir die stank wat steeds aan hom kleef nie. "Daar's nie 'n stank op aarde wat ek nog nie raakgeloop het nie," verseker sy hom. "Onthou, ek het op 'n plaas grootgeword. En," sê sy sagter, "ek het 'n siek oukêrel wat nie meer sy sluitspiere kan beheer nie. So, sit stil en byt solank op jou tande, want dit gaan brand."

"Hoe gaan dit met hom?" vra Beeslaar en trek sy hemp uit.

489

"Hy't 'n moeilike nag agter die rug. Baie pyn gehad. En die pyn maak hom kortasem. En die rook help ook nie."

"Raak hy nie bang nie?"

Sy blaas 'n lang asem uit. "Hy's mos eintlik heel filosofies daaroor. Nie bang vir die doodgaan self nie. Dis die laaste avontuur, sê hy." Sy bekyk die stukkende plekke aan sy bolyf en sê dan: "Maar ek dink g'n mens sal kan kersvashou by jóú avonture nie. As jy nie 'n petrolbom vang nie, val jy kop eerste in 'n put."

"Bo-op 'n lyk."

Sy was die stukkende plekke agter sy regterskouer eers met 'n lap wat in soutwater gedoop is. Haar hande werk selfversekerd, geoefend, maar genadiglik ook sag.

"Soms wens ek hy wil godsdienstig raak. Daar's minstens vertroosting, miskien selfs 'n soort betekenis. Want dis maar 'n simpel besigheid, hierdie ding van lewe. Jy wroeg en jy wroet en gaan te kere." Sy benadruk elke woord met 'n druk van die lap. "En vir wat? Jy eindig tog weer net waar jy begin het, te swak om jou eie stert af te vee. En dan krap ons jou toe in die vaalkombers, sing vir jou lang gesange."

"En hy? Wat dink hy?"

Sy lag en drup alkohol op 'n stukkie watte. "Jy weet, op die ou end is dit hý wat mý sit en opbeur. Hy sê daar hoef nie betekenis of nut te wees nie. Dis arrogant om dit te verwag. Hy is bly dat hy kon lewe. Dat hy in die veld kon grootword. En hy's bly hy kon daardie liefde in my oordra. Dis vir hom genoeg."

Die alkohol brand soos vuur op sy skouer en hy snak na asem, maar dis vinnig verby en sy plak groot pleisters op. Met die wond in sy boud gaan dit moeiliker. "Dis diep," bevind sy. "Ek sal skoonmaak so ver ek kan en Bactroban smeer. Maar jy sal dalk moet laat kyk daarna."

"Hoe lyk dinge met die professor?" vra hy.

"Hy's veilig hier. Ek skiet nie mis nie, tensy ek hard probeer," sê sy.

"Jy beter nie skiet om raak te skiet nie, ou girl. Ek's klaar kniediep in die kak soos dit is."

Sy grinnik en plak 'n pleiser op sy boud. "Kenny gaan beslis volgende keer luister as jy hom beveel om te stop. Ek gee jou 'n brief."

Toe hulle klaar is, staan daar 'n groot brekfis van eiers en spek klaar. Beeslaar en Ghaap eet soos wolwe en bespreek die nag se gebeure.

"Hoe ver het jy gekom met die sterftes?" vra Beeslaar en smeer dik konfyt op sy roosterbrood.

Ghaap hou sy vurk op. "Laat ek eers iets anders …" Hy kou klaar. "Ek onthou nou 'n ding wat oom Floris gister gesê het. Ek wou weet waar's die ander plaaswerkers dan. As hy nou voorman is, moet daar mos gewone manne ook wees."

"Goeie punt. Wat sê hy toe?"

"Botha se pa het twee plase reg langs mekaar gehad en daar was baie werkers. Maar Org was op die punt om alles aan die bank te verloor, toe die regering die een plaas vir die Boesmantuisland uitgekoop het."

"Hmm. En die werkers?"

"Meeste was ǂKhomani en woon nou op die grond, maar hulle was geslagte lank arbeiders op Shetland en Scotty's Fort, die ander plaas." Ghaap vee die laaste eier uit sy bord op met 'n stuk brood en kou eers langsaam klaar voor hy verder gaan.

"Jy weet, Kaptein" sê hy oplaas, "eintlik gaan ek nie weer saam met jou op 'n jop uit nie."

"Ja, bly jy maar in jou ma se kombuis en brei 'n truitjie."

"Ek meen, hier kom ek onskuldig uit Upington op my wit perd aangery, lied oor die lippe en vreugde in my hart. En ek kom help gou met afstofwerkies aan 'n saak waarin die parra reeds gepak en getronk is. Maar twee dae later sit ek onder in 'n put en krap jou skoene uit liggaamsreste uit."

"Wat kan ek sê, Ghaap, all for one and one for all. Buitendien skuld jy my. Vir die jack, en my stukkende voete! Maar wat het van jou lys sterftes geword?"

"Daar was vier mense sedert Oktober vorige jaar. Almal natuurlike oorsake en ongelukke. Almal properse doodsbriefies, alles netjies."

"Maar …"

"Een van die konstabels op Witdraai, konstabel Amraal, die kort dikketjie."

"Schumacher."

"Einste," lag Ghaap. "Sy sê twee interessante goed. Een is dat die ou leier, wat ons gister by die medisynevrou gesien het …"

"Oom Windvoet !Kgau."

"Sy bevestig dat die oom na elke sterfte by De Vos was, gevra het vir 'n ondersoek. Elke keer geweier. Die storie was die hele wêreld vol. Hartseer ding, sê sy, is dat De Vos daardie mense persoonlik geken het. Hulle het mos kort-kort kom help met sy ou Skots-gesoekery."

"En die tweede punt?"

"Missing pinkies."

"Hmm," sê Beeslaar, "Diekie Grysbors s'n is deur diere afgevreet."

"Ouma Veter se slangbyt was aan die hand, links. Sy het twee vingers verloor. Ouma Poppie se skerpioenbyt was aan die arm, ook links. Sy's glo in haar slaap gezap, maar die doodsoorsaak was infeksie. Sy het die hele hand verloor voor sy beswyk het. Al twee oumas was glo maar lief vir die groentwak en die rooiprop so daar was maar bietjie twyfel oor die ongelukke. Hierna het die storie begin loop oor die leeu-gees. Die mense sê dis 'n d!yga, 'n toornaar wat hom in 'n leeu verander. Daar's oral leeuspore gevind!"

"Herre, die leeuding is lastig. Ons weet almal hoe maklik maak jy 'n leeuspoor na. Almal hier kan dit skynbaar doen. Daar was by De Vos se moordtoneel ook een."

"Sjit, hè? Anyways, dis maar bietjie deurmekaar, die stories. Number next was Tsokkos, ouma Poppie se kleinseun. Hy't in sy kampvuur geval, dood aan verstikking met 'n bloedalkoholvlak van 0,3 persent. Dis 'n wonder hy't nie van die alkohol gesterf nie. Maar een hand en 'n gedeelte van sy kop was in die vuur, die pinkie is weggebrand. By hom was dit die regterhand."

"Wat was sy spesialiteit?"

"Sy wat? O, ja. Hy was 'n tradisionele danser. Ek dink Mollas sê hy was vroeër op 'n toeristeplaas iewers in die Cederberge saam met 'n groep performance Boesmans, Kaptein weet? Doen kultuurgoed vir die toeriste en so aan. Volgende is die t!ari-biermaker, jonger vrou, Joesie … Joesie … vergeet haar van. Maar sy's dood aan inwendige bloeding. Sy't 'n soort kruiemengsel in haar vrouewerke gehad om 'n swangerskap te stop. Mollas sê die Boesmanvroue het dit tradisioneel gebruik, in droogtejare, om … e … ontslae te raak. Sy't baie probleme gehad, die meisie, was 'n ruk lank 'n prossie. Almal dink dit was self-moord."

"Geen handtrauma?"

"Hand aan eie lewe geslaan?" grinnik Ghaap.

Beeslaar drink sy koffie, ingedagte. "Ons moet die verband vind tussen hierdie sterftes, De Vos se moord en die politieke dramas. En die Duitser, prof Eckhardt. Van hierdie mense het vir hom ook gewerk."

"Én die diamante."

"En die diamante, ja. Was tien teen een in die Boesmanskedel op De Vos se bar counter."

"So waar begin ons?" vra Ghaap en begin die vuil borde bymekaar-maak en op die skinkbord pak om kombuis toe te vat.

"Ons loop terug op ons spoor. Ons vra die ou leier, oom Windvoet. En ons praat met die medisynevrou en met Jannas Boonzaaier."

"En Org Botha?"

"Fokker gaan bloei as ek hom in die hande kry, dis vir seker."

"Wat as hy op pad Orania toe is?"

"In daai geval, sersant Ghaap, gaan haal ek hom persoonlik daar uit."

"Ek gaan net nie saam nie," mompel Ghaap en dra die skinkbord uit.

Beeslaar gaan haal sy selfoon uit die slaapkamer. Hy het dit daar inge-prop terwyl hy en Ghaap geëet het. Die foon is nog nie vol nie, maar hy's haastig om in die pad te kom.

Daar's 'n klop aan sy kamerdeur, die professor. Hy is so wit soos 'n laken en hou sy foon na Beeslaar op.

"Hulle soek na my, Kaptein," sê hy, "hulle bel al van gisteraand af."

"Goeie hemel, Professor, hoekom sê jy niks?"

"Die prokureurs … Ons prokureurs in Pretoria gaan vandag 'n interdik probeer so …"

"Sê jy dit vir daardie clowns as hulle jou bel?"

Beeslaar vat die foon by hom. "We are coming for you. Will get what is ours," staan in 'n sms. Hy kyk na die sender: "No caller ID".

"Professor, jy beter jou prokureurs kry om hierdie ouens in toom te hou, want hulle gaan sleg tweede kom. En as hulle hiér aangesit kom, gaan hulle vir hulle vasloop in 'n bebliksemde boervrou. Met 'n geweer. En dit sál lelik raak. Sê vir hulle."

Die professor knik, oënskynlik verlig. Eerste keer dat hy die man sien glimlag, dink Beeslaar. Dit laat hom tien jaar jonger lyk. Hy dra vandag 'n vars serpie om die nek – met luiperdkolle op. Dalk uit Heilna se klerekas.

Beeslaar stap saam met die professor na buite, groet en bel dan vir Pyl.

"Die geraamte ís toe 'n mens, Kaptein," sê hy opgewonde, "en dis vroulik. Én dit lyk na moord. Dokter Dans reken dit was 'n hamer. Sy's nie dood van in die put val nie."

"Ouderdom?"

"Hy skat tienerjare, dalk 14, en dat die oorskot meer as 'n jaar al daar lê. Sy't 'n paar jeans aangehad, as ek reg luister, en 'n horlosie. En dis al wat hy bereid is om nou …"

"Raait. Kon jy al iets oor Botha hoor?"

"Nee, Kaptein. Landers het laat weet die jagplaas naby Mier, waar hy werk, het hom die naweek laas gesien. Gatweet soek noord, park se rigting. Tholo-hulle ry die Upingtonpad en vra die karretjiemense langs die pad en kyk by die nedersettings. Ek sal julle bel sodra ek iets hoor."

"Mooi, Sersant," sê Beeslaar en lui af.

Ghaap kom sluit by hom aan.

"Nou toe," sê Beeslaar, "laat ons aan die werk spring. Ons begin by ou Hansie Aucamp se stalletjie."

Buite is die hitte in vol sterkte op pad.

Beeslaar en Ghaap stap verby die groothuis se voorstoep waar die twee wit labradors op hulle gewone plek lê. Hulle flop hulle sterte 'n paar keer teen die grond vir die twee manne, te lui om op te staan.

Van binne die huis hoor Beeslaar hoe Boy Wannenburg hoes. Hy wonder oor die dag wat dié man tegemoetgaan. Is hy vanaand nog hier as hulle terugkom? En is hy werklik so gelate oor sy naderende dood soos hy aan sy dogter laat blyk?

Onderweg na die bakkie bel hy Mentoor, laat sy vierde boodskap en bel dan vir Ansie Roos op Orania.

"Hier's 'n polisieman, Albertus. Hy sê hy's van Hopetown. Het jy hom gestuur?"

"Ek het, ja. Ek hoop hy kry bietjie sense in Leonora se kop gepraat!"

Hy kan hoor dit gaan nie goed met haar nie. Sy klink asemrig, praat saggies en senuweeagtig. "Jou suster het my toe nie gebel nie. So ek hoop julle is verstandig, Ansie."

"Sy wil niks weet nie. Sy wil nie eens hê ek moet met jou praat nie."

"Luister, Ansie, julle twee het Sondagaand Kappies se diamante saamgevat, nie waar nie?"

"Ons het wragtag niks gevat nie. Waar kóm almal aan die storie?"

Beeslaar maak die bakkiedeur oop en skakel dit solank aan dat die aircon kan begin loop. "Los maar, Ansie, dis nie nou tyd vir lieg nie. Het Kotana al weer van hom laat hoor?"

"Ek weet nie, Leonora praat nie met my nie, maar sy's rêrig besig om te crack. Sy wil nie die polisieman laat inkom nie. Kan jy nie hiernatoe kom nie?"

"Jy moet vir Leonora kry om my te bel. Julle weet nie waarmee julle nou lol nie. Kotana is 'n gevaarlike man. Hy gaan nie liggies met julle werk nie. Maar sê my, toe Org Botha Sondagaand daar was, het hy uitgevra na die diamante?"

"E … Hy het net met Leonora gepraat. Alleen. Ek kan die man nie uitstaan nie, so ek was in die kamer. Kan jy nie asseblief hierna toe kom nie? Ek dink sy sal met jou praat."

"Sê sy moet die diamante opgee. Dis in Kappies se ysemmer – die een wat soos 'n skedel lyk."

"Ek sal vra. Maar kom, asseblief?"

"Praat met die outjie van Hopetown se polisie. En kry Leonora om my te bel!" sê hy en lui af.

104

Kytie voel eerste die verskriklike koppyn. Dit voel vir haar kompleet of haar harspan papgedruk word. Haar mond is kurkdroog en haar tong lê soos 'n dooie mossie onder haar verhemelte. Sy sien ook g'n steek nie, al is haar oë wawyd oop.

Alles is swart, swarter as nag.

Sy lê op haar sy en haar voete en arms is vasgebind, hande agter die rug soos 'n hoender op 'n slagblok.

Waar is sy? Sy onthou g'n draad wat gebeur het nie. Laaste ding wat terugkom is sy en Antas aan die kombuistafel. En die tee met die kondensmelk … Jirre, die tee!

Agter haar is daar 'n geluid, 'n mens wat asemhaal.

"Wie's daar?"

'n Kreun. "Kytie?"

"Wat gaan aan, Mevrou, waar's ons dan?"

"Die spens, onder die grond. Dis hoekom dit so donker is."

Kytie probeer spoeg bymekaarmaak, dat sy kan skree.

O, Jirrietjie, Jirrietjie. "Wat het jy in my tee gegooi, Mevrou?" Sy voel die kil grond onder haar lyf en ruik die muf ruike van kruie en aartappels. Opnuut maak sy al haar kragte bymekaar, wurm en beur om regop te kom.

"Wat het jy gemaak, Antas? O, Jirrietjie, ek kan niks sien nie! Waar's Tienrand?"

"Dis my skuld, Kytie. Ek's jammer, só jammer," sê sy en haar tong maak taai klapgeluidjies as sy praat.

"Ek het dit gesien kom, Kytie, ek's so jammer, ek kon sien hy raak siek, maar ek wou dit nie weet nie. Jy was al die tyd reg. Toe jy en Tienrand hier aankom, dit het gelyk hy word beter."

Kytie hoor haar beweeg. Antas lê iewers agter haar. Kytie skuif haar bene rond, tot sy vir Antas voel.

"Draai vir jou, Mevrou, dat ons mekaar se hande kan soek. Dan werk ons saam om los te kom."

As dit net nie so donker was nie. Dis of die donker in haar kop inloop en die hele afferingte onderstebo gooi.

"Watse tyd sou dit wees?" vra sy. "Hoe lank lê ons al hier? Hoe kóm ons so?"

"Sjjj, Kytie, kom ons konsentreer nou eers daarop om los te kom."

Dit duur 'n ruk voor hulle hulselwers só gewriemel kry dat hulle mekaar se hande voel. Hy't rieme gebruik, voel sy. En hy het dit baie styf vasgemaak. Haar arme twee hande voel dood. Sy sukkel met Antas se rieme, maar na 'n paar minute gee sy op.

"Probeer Mevrou met myne," sê sy moedeloos.

Maar Antas kom ook nie reg nie. Haar asem jaag van die inspanning.

"Ek gaan probeer staan," sê Kytie na 'n ruk. Sy seil tot teenaan die muur en werk haarself daarteen op tot sy regop staan. In die proses stamp sy teen die rakke, hoor blikkies en bakkies gly, party wat op die grond val.

Sy staan 'n paar sekondes om asem te skep en begin dan met so 'n skuins geskuifel in die rigting van die deur beweeg, waar sy nou 'n dowwe strepie lig sien. Haar enkels se velle voel gou afgeskuur.

Maar die deur sit soos 'n rots.

Kytie kan nie help nie, sy begin huil.

"Vir wat doen hy so 'n gruwelike ding?" wil sy by Antas weet. "Wat vir 'n duiwel sit daar in sy kop? Wat gaan hy met ons maak? En met Tienrand? Hy's mal! Ek het mos gesien, hy's stawelmal!"

Sy huil sonder keer. Dis die ou hartseer en die nuwe hartsere wat inmekaar inkarring en alles tegelyk by haar wil uitklim.

Al die slegte goeters wat sy al vanslewe met haar saamkarwy, die narige dinge wat haar snags in haar drome besoek: sy en haar sustertjie, Rokkies. Rokkies met die droefgesiggie. Enigste sustertjie, kleiner as sy. Rokkies wat duim gesuig het, met haar goue kroesiekoppie en groot, gelowige ogies. Nés Tienrandjie.

Rokkies wat sy ôk nie kon veilig gehou het nie. Wat ook so geverniel moes worre.

O, Jirregot! Sy moes geloop het, gister.

Wat praat sy, sy moes nooit eers gekom het nie. Sy moes Saterdag al direk polieste toe gegaan het.

Al die moese, al van kleintjietyd af. Al van Rokkies se tyd af. O, Rokkies, jou Kytie is so moeg. Sy wil na jou toe gaan. Daar bo in die hemel, waar jy al so lankal sit wag.

Antas praat skielik uit die donker en Kytie wip van die skrik. "Dit het alles by die bosskool begin," sê sy. "Die bosskool was so goed vir hom, daardie tyd. Ek dink hy het gevoel … Hy't gevoel hy behóórt uiteindelik. Iewers en aan iets wat betekenis het, iets groters as net sy eie ou swerwerslewe, oral uitgeskop, oral waar hy gaan.

"Toe ek hom langs die pad gekry het, Kytie. Jy moes hom gesien het. Hy was net vel en been. En bang. Vir mense, veral. Ek het hom soos 'n hondjie gevoer. Die kos in 'n bakkie gesit, want hy wou nie kos uit my hand vat nie. En toe hy sterker was, het ek vir hom stories vertel en gelees. Al die ou San- en Khoi-verhale wat ek as kind geleer het. Ek kon dadelik sien die stories maak hom kalmer. Ek kon sien hy's slim. Ek het nóg harder geprobeer.

"Dit het 'n jaar gevat, dalk langer, om hom so ver te kry dat hy nie vir mense weghardloop nie. Maar as hy bang is … Jy't self gesien. Soos hy beter geword het, het ek hom bedags saam met my gevat toe ons die bosskooltjie begin bou het. Hy't stadigaan makker geword en met die kinders begin speel, dinge begin leer.

"Tot die kinders hom begin spot het. En toe begin hy met …" Sy sug.

"Ek moes geluister het. Ouma Veter het my al probeer waarsku. Maar … ek was stywekop. Sy't baie tyd met hom deurgebring. Sy en die ander. Hulle't hom toegelaat om agter hulle aan te stert, want hulle was jammer vir hom. Ouma Veter het dit eerste opgelet, maar ek wil nie geluister het nie. Ook nie eens toe sy so skierlik dood is nie. Verál nie toe nie ..."

105

Koekoes word wakker van 'n verskriklike reuk. Sy kan dit glad nie plaas nie – iets tussen vrot vrugte en bloed.

Bloed! Here, waar is sy?

Daar's 'n lap of iets oor haar oë en haar mond is met 'n growwe materiaal toegestop. Sy sukkel om asem te kry, want haar neus voel geblok.

Alles pyn, elke ledemaat, haar kop, haar nek en haar rug en knieë. Haar bene is styf agter haar ingebuig en vasgebind met 'n tou wat loop na haar hande en keel. Die geringste beweging druk haar strot toe.

Paniek ruk in haar op en sy wil skree, met alle geweld losruk.

Dink, sê haar verstand vir haar.

Skree en skop, sê haar paniek.

As sy net kon sien, 'n idee kry van waar sy is, wat haar moontlikhede is.

Fokus, Koekoes. Tel terug van tien af. Soos jou daddy jou geleer het. Daai tyd toe jy in die rivier beland het. Jy het jou asem uitgehuil van die skrik. Die nag gedroom daarvan. Selfs Daddy se marshmallow-muise kon jou nie kalmeer nie. "Tel saam met Daddy," het hy gesê, "terug van tien af. Die muise tel saam. Kom. Tien. Nege …"

Sy tel vervaard, maar kry haar wilde hart nie onder beheer nie. Tien, nege, agt … Hoe lank lê sy al hier? Tien, nege, agt … Jou idioot!

Daar's 'n geluid naby haar. Sy hou asem op.

Iets wat skuur. Sinkplaat.

Die tou aan haar voete en hande ruk styf en haar liggaam word hardhandig getrek. Dit raak lig om haar, minder benoud.

Sy wriemel en kreun, voel hoe die stywe ding om haar nek en haar mond losgemaak word. Sy spoeg die prop uit en skree, haar mond droog en haar tong rou. Maar daar kom skaars 'n geluid uit.

'n Hand forseer haar mond toe. Sy ruk haar kop, probeer die band oor haar oë afskuur.

"S-s-s-s-s."

Sy bedaar en hy los effe. Iets nats drup op haar wang en sy draai haar kop, probeer naarstigtelik na die druppels lek.

"Water," prewel sy. "Help my!"

"S-s-s-s-s. Stil, luis. Stil." Sy ruik sy asem, warm, suur, teenaan haar gesig. En daar hang 'n doodse walm aan hom.

Die vog drup-drup nader aan haar mond. Sy lek daarna. Dis warm en slymerig. Dis sy spoeg! Fok, hy kwyl oor haar!

Sy proes en wil opgooi.

'n Gelag. Dis dieselfde hiklag as oor die foon.

Bloubees.

"Jou fokk—!"

Die hand druk weer haar mond toe, forseer haar kop in die sand. Dan is daar 'n verskriklike steekpyn in haar nek. Dit brand soos 'n wit vlam tot agter haar oë, skroei die hele wêreld oop, laat haar bewusteloos wegdryf in die helderheid in.

106

Yskas Arnoster staan oudergewoonte by sy stalletjie langs die pad. Hy het 'n band van springbokvel om sy kop en sy tradisionele xai-velletjie, rubberplakkies aan sy voete en 'n handgedraaide sigaret agter sy een oor ingedruk.

Beeslaar stop en klim uit.

Yskas kom nader gestap, groot glimlag op sy gesig.

"Daar's hy, Kaptein, daar's hy."

"Môre, Yskas, waar's Hansie?"

Die man se gesig versomber. "Is dit wáár wat die mense sê, Kaptein?"

"Wat sê die mense?"

"Nee … e-e … Van Hansie-goed se Kaatjie. Op Shetland. Dis hoe-kom julle vir hom kom soek?"

"Ons kan nog nie sê nie, Yskas. Is Hansie by die huis?"

"Nee, Kaptein, hy's Shetland toe."

Beeslaar sug en vee sweet af. "Luister, ou Yskas, het jy vir Org Botha al vandag gesien?"

"Die ander polieste soek ook vir hom! Is dit … e-e … oor Kaatjie wat julle vir hom soek, Kaptein? Ek sal nie bietjie verbaas wees nie. Hy hou mos hoeka van die jong kjennerse. Maar smaak dit my hy't haaspoot gemaak."

"Het jy hom gesien?"

"Nie met 'n oog nie, Kaptein, nie met 'n oog nie."

"Sê my, het jy ook naweke vir De Vos gewerk?

"Nee … e-e … ek het mos maar my ou skroppie hier teen die pad. Ek is 'n man vir besigheid, Kaptein. Maar Kappies het ook net die mense gebruik wat daardie wêreld ken. Die Oumas en Diekie, die meeste. Kyk, Diekie-goed se oupa was mos 'n mak Boesman, Kaptein sien?"

"Gaan aan?"

"Hy's kleintyd gevang en … e-e-e … vir boeremense gegee om groot te maak. Maar hulle het nie sy Boesmangeit uit hom gekry nie. Want hy't Boesmankragte gehad. En hy kon so waterwys, sien? En almal wil vir hom gehad het, toe die wit boere mos ingetrek het. So … e-e-e … hy het die ou putte en die watergate goed geken. Toe De Vos nou oorvat by Org Botha, toe moet Diekie weer al daai plekke van sy oupa-goed loop soek.

"Nou, somskere … e-e-e … het van die ander oues ook gehelp. Ouma Veter-goed, byvoorbeeld, haar voormense was park-Boesmanse. Hulle het op die park se gronde gewoon voor die park ge … voor die park gepark is. So het sy nou ook die veldkennis gehad en hulle sê sy kon met leeus praat en in die lywe ingaan van ander diere en …"

"Oukei, hou maar by die feite." Beeslaar lig sy hoed en vee die sweet oor sy voorkop af.

"En Tsokkos, Kaptein, hy't óók mos vir hom geloop en krippe soek."

"Krippe!"

"Ou krippe waar hulle in dourietyd die vee gelaat suip het. Ek praat van lank se tyd, toe die mense hier nog wild was en die boere rondgery het met ossewaens."

"Jy bedoel putte?"

"Daar's hy! E-e-e … en gorras, wat hulle gegrou het in die rivier-beddings. Al daai klaste van dinge. De Vos het alles daai goete gesoek."

"En Coin dan?"

"Nee, hy ook. Maar hulle het bietjie kwaad geraak vir hom. En daar was klomp omkraplikheide ondermekaar. Oom Windvoet sê hulle gee te maklik hulle Boesmankennisse weg, hy en oom Diek, en De Vos verkul vir hulle. En toe meng die gal met die pensmis en al-mal is nie bietjie vies nie. Veral vir Kappies. Hy gedra vir hom duur, ry nuwe mouters en waar staan hulle? Honger wat met dors trou, dis waar.

En toe begin die dodery, Kaptein." Hy skud sy kop meewarig. "Mense wat een-een uitboek. Almal sê dis onse voormense wat kom praat."

"Presies wanneer laas het jy vir kaptein De Vos gesien?"

"Saterdag. Hy was mos nou oralster op soek vir Coin."

"En hoe't hy gelyk?"

"Nee, seker maar soos normaal? Met sy snor en sy *gun*? En met so bietjie krosteragheid."

Beeslaar groet en loop ingedagte terug bakkie toe. Die storie het nou lyf en bene – van die gesoekery op Shetland en die groot geld wat De Vos aan die San beloof, maar waar niks van gekom het nie.

Maar wat beteken dit? Wat sien hy wat Beeslaar is nie raak nie? Hy kry nie die gevoel afgeskud dat daar 'n ander speler iewers in die newels van hierdie hele deurmekaarspul skuil nie.

Toe hy terugklim in die bakkie en die lugreëling op volsterkte oopdraai, sê Ghaap die Moegel soek na hom. Dié het glo nuus oor Kotana.

"Het enigiemand al iets gehoor van Mentoor?" vra Beeslaar en ontkoppel sy foon van die laaier in sy sigaretaansteker.

Ghaap lyk of hy geslaap het, loer deur halfmas-oë na Beeslaar. "Die generaal sê sy gaan glo van die radar af, nuwe leidraad of iets in die Bloubees-saak. Sy het iewers verlede nag 'n email gestuur en hy't dit nou eers gekry."

"Ek hoop nie haar leidraad is van dieselfde bron as gister s'n nie."

Ghaap glimlag skeef. "Dit het ons darem 'n ander skarminkel besorg." Hy gaap tot daar trane in sy oë kom.

"Teen 'n prys. Arme blerrie Erasmus. Maar dié bron van Mentoor … Sy sê dit was Coin, maar hoekom stuur hy ons juis na Kenny Kooper se huis toe?"

Ghaap trek sy skouers op. "Dáái sal ek nou nie kan sê nie. Kenny was maar toeval. As hy nie gehol het nie, het ons nie eens geweet van hom nie."

Beeslaar se foon lui. Die Witdraai-polisiestasie.

"Dis Mollas Amraal, Kaptein. Manie Landers sê die mense by die park se hekke het vanoggend vir Org Botha daar deurgelaat. Hy het die vliegtuig gekry wat daar by die park staan. En hy's vort met hom."

"Hoe laat?"

"Al so uur gelede, Kaptein."

"Stuur vir my die parkbaas se nommer."

Beeslaar sit 'n paar sekondes en wag. Hy staar oor die sidderwit horison en trommel met sy vingers op die stuurwiel. Sodra hy die nommer kry, bel hy.

Die ou wat anderkant optel bevestig dat die vliegtuig 'n uur gelede weg is met Org Botha aan boord. "Hy's saam met 'n klompie gaste weg Upington toe. Hy wou weet of die vlieënier hom Bloemfontein toe kan vat, maar dis natuurlik buite die kwessie."

Beeslaar lui af en bel dadelik die Moegel. "Ek dink hy's op pad Orania toe, Generaal. En ek wil hom daar gaan uithaal!"

"Wag nou eers, man! Jy kan nie sommer indonner nie!"

"Hy't niks daarvan gedink om my in 'n put in te gooi nie, Generaal. Die man is gevaarlik. Hy't meer gewere as tande."

Aarseling. Hy kan omtrent die ratte in die Moegel se kop hoor krap. "Ek is seker Org Botha werk saam met Kotana. Kon u al 'n spoor op Kotana sit?"

"Hy was laas in Johannesburg. Die voëltjies by die Valke monitor sy fone. Hy was in kontak met die weduwee. En ook met Mentoor."

Beeslaar sluk wind. Liewe Herre, is dit hoe ver haar verhouding met De Vos gegaan het? Al die pad na Kotana en sy diamant-mafia? Die verdomde meisiekind, hoe't sy in só 'n gemors beland? Sy's miskien 'n merrie, maar sy's nie skelm nie. En sy's dalk op die oomblik van haar trollie af, juis oor die romanse-storie, maar sy's nie korrup nie. Hy laat hom dit nie vertel nie.

"Kotana moet wragtag desperaat wees, Generaal, as hy selfs vir Mentoor probeer aanvat. Ek neem aan die Valke luister na die gesprekke?" Beeslaar klim uit die bakkie uit. Aircon ofte not, hy het asem nodig.

"Kotana is nie stupid nie. Dis moeilik genoeg om tred te hou met sy nuwe fone al om die ander dag. Daar's nie sprake van afluister nie."

Beeslaar sug verlig. "Die diamante, Generaal," sê hy, "ek dink al hoe meer dis waaroor De Vos vermoor is. Hy het een van die San-groepe hier groot rykdom beloof as hulle hom help om dit op te spoor. Die meeste van daardie mense is intussen dood, kort op mekaar dood. Nie vermoor nie, maar weens ongelukke en goed, presies soos Diekie Grysbors, die man oor wie Generaal my in die eerste plek hiernatoe gestuur het. Al die mense was op De Vos se payroll, maar hy't eenvoudig geweier om hulle sterftes te ondersoek.

"Daarmee sê ek nié die San het De Vos vermoor nie. Dit kon net so wel Leonora of Botha of Kotana self gewees het. En as al die sterftes oor die diamante gaan, is Leonora de Vos dalk volgende aan die beurt."

Beeslaar kan sy swaar asemhaling in die foon hoor. Dan sê hy: "Kry 'n vliegtuig en gaan Orania toe. Dat ons hierdie ding kan klaarkry. En as jy van Mentoor hoor – sê vir haar ek soek haar."

Toe die oproep klaar is, sit Beeslaar voet in die hoek.

"Ek gaan nie na daai plek toe nie," protesteer Ghaap, "Kaptein kan my maar op Upington aflaai."

"Moenie 'n ouvrou wees nie, Ghaap. Hulle kan jou niks maak nie."

Hy wag vir 'n antwoord, maar Ghaap staar nukkerig na die verblindende landskap wat verby hulle vlieg.

Na 'n paar minute sê hy: "Wat nou van die liggaam in die put? Hoekom was Org Botha gisteraand dáár doenig? Wat was hy van plan om te doen?"

"Ek weet nie, Ghaap. Daar was nie juis tyd vir 'n casual chat nie. Maar dis 'n goeie punt. Vraag is of De Vos geweet het daar's 'n liggaam daar onder? Hy sou tog heel eerste daar gesoek het – dis naaste aan die huis. En tipies Scotty Smith om diamante vlak by sy eie voordeur weg te steek. Maar ons sal vir Org Botha self gaan uitvra oor die liggaam in die put, sommer daar op die stoepe van Orania!"

107

Koekoes swem in 'n kokende oseaan. Rooiwarm golwe dein weerskante van haar.

Sy gaan verdrink en verdwyn en daar's niemand wat ooit gaan weet wat van haar geword het nie.

"Daddy," probeer sy roep.

Koekoes word wakker van die pyn en die hitte.

Sy haal bitter moeilik asem en sy moet baklei teen die blinde paniek wat haar wil oorval.

Dink, meisie, jy's pa Polla Mentoor se kind. As die water oor jou kop wil gaan, moet jy ontspan, jou lyf net slap hou dat alles makliker kan gaan.

Sy was al op pad na die modderige bodem, daardie dag in die rivier, toe sy sy arms voel. Die volgende oomblik was sy in die son, het hy haar gewieg tot sy minder skree.

Daarna het hy haar geleer. As dit voel of jy wil sink, moet jy ophou spartel. Jy moet dryf.

Jou instink sê vir jou jy moet baklei, maar jy gebruik jou kop. Tel terug van tien, laat die wildigheid bedaar.

Sy doen dit. Sy tel, oor en oor.

Sodra sy rustiger voel, strek sy haar hande so ver ondertoe as wat sy kan, tot sy haar voete voel. Versigtig voel sy na die tou om haar enkels, voel die knoop, begin hom bewerk. Haar vingers is lomp en geswolle, maar sy bly probeer. Na 'n tydjie voel sy die stywe knoop meegee. Sy rus vir kort rukkies en gaan dan verder, voel dit losser word tot dit uitein-delik oopmaak.

Jes!

Sy toets die speling om haar bene. Die ruimte is baie nou en sy voel grond sover sy haar hande kan beweeg. Sy moet in die een of ander tonnel in die grond lê. 'n Erdvarkgat? Here!

En die hitte. Ondraaglik. Haar lyf bly nat. Hoeveel vog verloor sy nie so nie? En die dors. 'n Verskriklike dors. Hoe lank lê sy al hier? Geen idee nie. Sy weet nie eens of dit oggend of aand is nie. Sy moet hard baklei teen 'n nuwe vlaag paniek.

Dalk kan sy probeer om agteruit te wriemel, maar die spasie is te nou en sy lê met haar kop aan die diepkant van die gat, haar gewig werk teen haar.

Sy hoor 'n geluid. Buite. 'n Hoë, aanhoudende klank. 'n Mens, al op een noot. Dit kan nie wees nie: dit klink soos 'n kind wat huil!

108

"Not 'n fok gaan ek daar in, Kaptein," sê Ghaap toe hulle die bord na Orania sien.

Beeslaar neem die afdraai uit Hopetown. Dis nog net 'n raps oor die 40 kilometer. Hy bel weer na Ansie Roos, maar sy tel nie op nie. Hy los 'n boodskap – die soveelste.

Vorentoe is daar 'n padblokkade. Dit sal Mogale se werk wees, om Kotana vas te trek.

Toe hulle deur is, lui Beeslaar se foon – Ansie, uiteindelik.

"Hy's hier, kaptein Beeslaar. Org Botha!" Sy fluister, angstig. "Asseblief, ek mág nie bel nie, maar Leonora is in die toilet. Jy moet gou maak."

"Waar's hy?"

"Hy't weggegaan. Leonora wou hom skiet! Sy … Sy't heeltemal gek geword. Sy drink … Sy drink al heel nag. Wag met die haelgeweer by die venster. Sy wou Org skiet!"

"Die polisieman, wat het van hom geword?"

"Hy's in die spens toegesluit!"

"Julle moet hom daar uithaal."

"Dis Leonora!" Haar fluisterstem slaan deur van die angs. "Sy dreig om mý ook toe te sluit. Niemand mag inkom nie. My pa, die predikant, die leier. Haar kop het … O, sjit, sy's klaar."

"Kry die poliesman los!"

"Kom gou, asseblief!"

"Kwartier," roep hy voor die lyn doodgaan.

Hy trap die petrol van die klein Hyundaitjie plat. Dis al wat hy en Ghaap op Kimberley se lughawe kon huur. 'n Useless klein dingetjie wat hopeloos te klein vir hom is. Moes hom blou sukkel net om homself ingefrommel te kry. Selfs Ghaap sit omtrent met sy knieë tot by sy ore gedruk.

"Wat gaan aan?" wil Ghaap weet en probeer vir die soveelste maal om sy stoel agtertoe te skuif.

"Groot kak, jong. Leonora de Vos is gesuip en sy swaai 'n haelgeweer rond. En Org Botha is klaar daar. Vat my selfoon en bel Leonora en Ansie se nommers al twee. Ons móét kontak maak. En kry die gastehuis se adres op die GPS."

Ghaap werk stil en vinnig, span sy eie selfoon ook in om te bel. Na 'n derde probeerslag kom Leonora de Vos se stem oor die luidspreker: "Jy probeer verniet, Beeslaar. Pieter se nonsens stop hier! Hier! Al moet ek ook elke laaste een van julle vrekskiet! Hóór jy my!? Ek skiet …"

"Leonora wag! Laat ons praat."

"Daar's niks te sê nie! Ek is klaar met julle almal, hóór jy my? Klaar! Ek skiet almal vrek."

"Laat dan vir Ansie gaan."

"Jy weet níks!"

"Laat haar en die polisieman gaan. Hy't 'n vrou en kinders. Hy's heeltemal onskul—"

"Niemand is onskuldig nie! Die hele polisiemag is korrup. Julle almal! Álmal! En ek is kláár daarmee!"

"Gee dan die diamante op. Dis hoekom almal jou pla! En laat ons praat. Asseblief. Ek is byna daar, dan praat ons."

Haar antwoord is 'n klik en die lyn wat doodgaan.

Die GPS wys hulle is naby die plek. Weerskante van die pad raak dit lowergroen van die mieliesirkels. Hulle moet naby die Gariep wees, re-ken Beeslaar. Hy moet in 'n stadium skerp rem trap vir 'n trop apies wat oor die pad warrel.

"Bel die Moegel," sê Beeslaar toe hy vorentoe padborde gewaar.

"Ek gaan nie hier in nie," sê Ghaap. Hy druk teen die paneelbord voor hom vas, asof dit gaan help om die kar tot stilstand te dwing. "Jy kan my maar net hier aflaai. Ek sal die logistiek van buite af hanteer."

"Hou op kerm, jy gaan niks oorkom nie. As jy in Soweto kan rondkerjakker kan jy hier ook ingaan."

"Dit was anders, Kaptein. Hierdie boere skiet nie mis nie!"

"Fokkit, Ghaap, daar's 'n mal mens met 'n gelaaide haelgeweer wat dreig om die wêreld plat te skiet. Stop jou nonsens. En bél die baas! Nou!"

Ghaap bel mompelend toe hulle die dorp binnery. Regs is daar 'n winkel en 'n kafee met die naam Afsaal. En 'n oranje bord met 'n blom op en wit kinders wat uitbundig in die lug in opspring: Welkom in Orania.

Die GPS beveel Beeslaar om links by Pêrelstraat in te draai. Die gastehuis lê 'n paar 100 meter verder in 'n systraat. Beeslaar ry nie in nie, maar trek onder 'n boom in en neem die foon by Ghaap oor die oomblik toe Mogale antwoord.

"Generaal, ons is hier. Org Botha was reeds by die huis langs, maar Leonora de Vos het hom met 'n haelgeweer weggejaag en hou haar suster en ons man van Hopetown gyselaar."

"Wat's jou plan? Die kollegas op Hopetown het versterking gestuur, so jy moet maar uitkyk vir hom. Kolonel Octavius Mazabane. Hy wag vir jou iewers."

"Ek sien hom, Generaal. Hy's by die indraai na die dorp. Ek sal eers alleen ingaan, kyk of ek sense in daai vrou se kop kan praat."

"Hou kontak," beveel Mogale en lui af.

Beeslaar flikker sy ligte vir die bakkie. 'n Fris kêrel klim agter die stuur uit en kom nader, stel homself voor as Mazabane. Hulle ruil selfoonnommers uit en Beeslaar gee hom die adres om in sy eie GPS in te sit en sê dan hy moet aan die begin van die gastehuis se straat wag op sy teken. Dan ry hulle, die bakkie wat op 'n afstand volg.

Die straat is breed en stil, die middagson wat al begin skaduwees stoot oor die pad. Ondertoe, rivier se koers, is daar 'n kaalvoetseun op 'n skaatsplank.

Beeslaar draai stadig by die gastehuis se straat in. Ghaap, sien hy, sak al hoe laer in sy sitplek weg, dis amper nog net sy knieknoppe wat uitsteek. Wat in die man se kop aangaan, weet nugter. Dalk verwag hy 'n bende bebaarde witmans in kakieklere met R1-gewere.

Die gastehuis het 'n groot grasperk reg rondom, netjiese beddings en digte varings onder die bome. "Arbeidsvreug" staan op 'n houtbord by die ingangshekkie.

Daar's geen ander verkeer nie en Beeslaar wonder wat van Org Botha geword het. Hy ry stadig verby die huis. Alles lyk toe en stil, gordyne styf toegetrek. Hy ry om die blok, sien aan die agterkant is daar geen ander huis nie, maar 'n vrugteboord, swembad en groentebeddings.

"Dis waar jy afklim," sê hy vir Ghaap, wat benoud by die karvenster uitloer en dan ongelowig terug na Beeslaar. "Toe, kyk hoe naby jy kan kom en of daar ingange is. Hou jou foon aan."

Ghaap maak die deur met 'n wit gesig oop. "As ek iets oorkom, soek ek 'n staatsbegrafnis," mompel hy.

Beeslaar ry stadig verder, verwonder hom vlietend aan die rustigheid en stilte. Dis soos 'n Sondagagtermiddag op Putsonderwater, so stil. Die huise is meestal oud – sommige armoedig en verwaarloos, ander meer netjies. Een huis is nog in aanbou – strooibale vir mure.

Beeslaar draai nog 'n keer by die gastehuis se straat in en stop 'n entjie van die plek af. Hy bel vir Mazabane. "We're going in," sê hy, "you can come closer, park about three houses away. If you hear anything, you come."

Oorkant die straat sien hy drie mans staan – 'n jong kêrel met 'n krimpende haarlyn, 'n bejaarde man in werkersklere en 'n dik man met 'n oorgekamde bles en 'n dashemp. Hulle kyk bekommerd na hom en na die gastehuis. Dit sal die leier, die vader en die predikant wees. Hy klim uit en stap nader.

Die pa stel homself voor as Wally Theunis. Hy't growwe hande wat bewe toe hy senuweeagtig sweet van sy voorkop afvee. "Sy't net skierlik uitgehaak, Kaptein."

"Het daar iets gebeur, Oom?"

"Sy was klaar in 'n toestand toe sy en Ansie gister hier aangekom het. Sy is nie … sy ly aan haar senuwees, soos haar ma. En sy het g'n maklike lewe gehad nie. Ansie is weer sterk. Alles op 'n skinkbord. Maar die arme Leonora. Sy't altyd die lewe aan sy skerp kant beet."

"Hier was 'n man met 'n baard, Oom. Hy sal in 'n gehuurde kar ry: klein, wit tien teen een. Het julle hom gesien?"

"Sy't hom amper geskiet! Hy moes vinnig padgee."

"Watter rigting? En wat ry hy?"

"Wit Polo, dié kant toe op." Hy wys met sy duim.

Die leier staan nader. Hy het helder, wakker oë en 'n onverwags sagte stem. "Ons is bereid om enigiets te doen om te help, Kaptein. Ek het die inwoners hierlangs gevra om in hulle huise te bly – ons soek nie ongevalle nie. Dis 'n vredeliewende gemeenskap, ons is nie gewoond aan ..."

"Dit was die beste ding om te doen, vir julle ook. Die polisieversterking is op pad," sê Beeslaar. Hy wag tot al drie in die huis is voor hy omdraai en oor die straat stap.

Daar's 'n groot wilgerboom by die lae tuinhekkie. Hy staan vir 'n paar minute en bekyk die stil wêreld om hom. Hy hoor trekkers in die verte en sproeiers in tuine digterby.

Die huis het verskeie vensters voor. Geen diefwering, alarms of kameras nie. Hy wonder of Ghaap al enige vordering agter die huis gemaak het. Sy gedagte is skaars koud of daar's 'n geweldige slag.

Beeslaar hardloop.

Hy't sy pistool uit en bars deur struike en beddings tot by die hoek van die huis. Die skoot het van agter die huis gekom.

Hy draf tot onder 'n venster, staan 'n oomblik gebuk daar, loer dan vinnig na binne. Dis 'n sitkamer – leeg.

Dan lui sy foon. Hy gryp vervaard daarna. Druk dood. Sjit, hy't dit nie op silent gesit nie. Dit lui onmiddellik weer. Gerda! Here, nóú? Hy druk dit weer dood.

Van binne die huis hoor hy nog 'n skoot. Die klank eggo om die huis en in die leë strate af.

Beeslaar sak instinktief en hardloop koes-koes langs die sykant af. As daardie mal vroumens Ghaap iets aangedoen het ... Die Here help haar.

Dan is hy om die huis en struikel byna oor Ghaap, wat gebukkend onder 'n badkamervenster staan.

"Groot kak," fluister hy vir Beeslaar en wys na die agterdeur wat uit sy skarnier na buite hang, 'n groot hap uit die hout.

"Bel Mogale," sê Beeslaar, "en wag vir Mazabane voor jy nader kom. Ek gaan in."

Hy hardloop gebukkend nader, sy pistool oorgehaal. By die deurkosyn aarsel hy, luister. Daar's 'n roggelgeluid van net binne die deur. Dan sien hy die bloed wat stadig oor die drempel kruip en teen die treetjie afdrup.

Hy kyk versigtig om die hoek van die kosyn.

Org Botha lê uitgestrek oor die kombuisvloer, sy kop byna in die deur. Waar sy maag moes gewees het, is daar 'n gat. Dieper die kombuis in sit 'n jong polisieman. Bloed vloei uit 'n wond bo-aan sy bors. Leonora staan roerloos en kyk na die slagting om haar, die haelgeweer slap in haar arms.

Beeslaar tree vinnig oor die lewelose liggaam van Botha, gryp die geweer by Leonora en knak hom oop. Dan is Ghaap daar en boei haar hande terwyl Beeslaar na die polisieman omsien.

Die outjie se oë wil toeval en hy haal roggelend asem. Hy kreun hard toe Beeslaar sy hemp probeer oopmaak om die skade te bepaal. Dis 'n skoon wond, sien hy, hoog teen die bors en agter uit. "Hang aan, ouboet, hang net aan. Jy gaan oukei wees, hoor?"

Vir Mazabane, wat in die agterdeur vasgesteek het, roep Beeslaar om vadoeke te soek. Die jong man kom in beweging en trek laaie oop, vind die vadoeke en gee dit haastig aan.

"Daar moet nog 'n vrou iewers in die huis wees," sê Beeslaar en bondel een van die kraakskoon vadoeke en druk dit op die wond, "kyk dat sy veilig is!" Die man staan 'n oomblik versteen. "Toe!" skree Beeslaar en hy beweeg.

Die dorp het nie 'n dokter nie, maar die leier oorkant die straat het reeds 'n ambulans uit Hopetown ontbied. 'n Halfuur later is die gewonde jong polisieman in 'n ambulans op pad Kimberley toe en Leonora de Vos in boeie saam met Mazabane weg na Hopetown.

Ansie Roos het hulle in die toilet gekry, waarheen sy ná die skietery gevlug het.

Sy het bloed aan haar gehad, 'n sproeisel oor haar gesig en hals. Dit het 'n tydjie geduur om haar tot bedaring te bring.

Toe vertel sy hoe sy die spens vir die jong polisieman oopgesluit het terwyl Leonora se aandag op Beeslaar aan die voorkant van die huis gevestig was.

"Dawie wou haar van agter oorrompel en die geweer vat. Maar ék wou net wegkom. Leonora was kapabel en skiet ons al twee! Maar toe's hý skierlik daar. Daai Org … Org Botha. Hy moes iewers by 'n venster ingeklim het. En hy't 'n pistool en hy rig dit op ons. Op my en Dawie. Ek weet … Ek weet nie wat Dawie … Ek dink hy wou my beskerm. Toe skiet … skiét Org! En Dawie val. En … en … en Leonora kom … Leonora kom binne … Dit was verskríklik … ek was so bang!"

Ghaap het haar na die huis oorkant die straat toe gelei, waar die leier se vrou haar onder hande geneem en versorg het.

Beeslaar het geduldig gewag tot daar 'n vrou van die forensiese span opgedaag het, wat die toneel kon verwerk sodat hy na die diamante kan begin soek.

Na hy elke hoek en laai binne die huis deursoek het, is hy buite toe.

Maar geen skedel, geen diamante, niks.

Dis laatmiddag teen die tyd dat hy oor die pad suiker na die leier se huis. Hy tref Ghaap aan, houtgerus op 'n leunstoel in 'n deftige sitkamer, gesellig aan't klets met 'n koppie tee in die hand en 'n kies vol melktert. Teen die muur agter hom hang 'n skildery van 'n klomp gespierde mans met baarde wat 'n yslike ossewa met dik toue oor 'n hoë krans laat sak.

Hy kyk skuldig op toe Beeslaar binnekom. "Was nou net op pad om vir jou tee te vat, Kaptein," sê hy en sluk die melktert af.

Ansie sit eenkant met 'n skoongewaste gesig en nat hare. Sy het 'n kamerjas van die gasvrou aan en hou 'n stewige brandewyn in haar hande vas.

"Ansie," sê Beeslaar en trek vir hom 'n stoel tot teenaan haar. Sy skuif senuweeagtig weg en kyk met sielvolle oë na Ghaap, haar nuwe held. "Jy moet nou mooi na my luister. Toe jy en Leonora Sondagaand op Shetland weg is, het julle die plek 'n bietjie omgekrap, nie waar nie?"

Sy skud haar kop.

"Jy kan maar vir my sê. Jy's nou veilig. Leonora kan niks meer aan jou doen nie."

Haar oë dam op en trane stort oor haar wange. Sy vee dit vinnig weg met lang rooi naels.

"Julle het die huis omgekrap om dit te laat lyk of daar 'n inbraak was, nie waar nie? En toe vat julle die skedel wat op die kroegtoonbank staan."

"Ek … Ons het dit regtig nie gedoen nie. Régtig."

"Org Botha was daar net voor ek en kolonel Mentoor daar aangekom het. Het hy die diamante kom soek?"

Sy skud haar kop en snuif.

"En julle is kort na ons daar weg, reg?"

Sy knik.

"Met die skedel."

Sy begin saggies huil. Ghaap kyk hulpeloos in die vertrek rond vir tissues, bied dan vir haar sy delikate koekservetjie aan. Sy blaas slobberend haar neus. "Ons tasse was klaar … klaar gepak. Ek het dit ingelaai en sy het nog 'n laaste … 'n laaste draai … Sy …"

"Toe sy uit die huis kom, het sy enigiets by haar gehad? Het sy daardie ysbak by haar gehad, die een wat soos 'n mensskedel lyk?"

"Ek kan nie onthou nie. Ek weet nie. Ons wou net wegkom. Dis so 'n god— godvergete plek daardie. Sy't gesê sy kom nooit weer terug nie. Nooit, nooit, nooit weer nie. Sy is vir ewig bevry."

"Bevry? Jy bedoel deur Kappies se dood?"

"Ek dink so. Sy het hom … Was lief vir hom. Maar hy was, Vaderweet, hy het eenvoudig al wat vrou is … My ook probeer. Maar ek het hom vinnig … Só 'n vermetele poephol." Sy knyp haar oë styf toe. "Leonora kon nie swanger word nie, maar Kappies … Here, ek weet nie hoeveel los kinders het hy gemaak nie. Hy was só … 'n maai … maaifoedie!"

'n Groot snik wel op en sy gebruik die japon se gordelpunte om oor haar neus te vee. Die hals trek effe oop, wys die rondings van borste. "Sy sal hom vergewe en dit gaan wonderlik vir 'n paar maande. Sy's van vooraf verlief. Hy's so 'n … 'n …" Sy neem 'n groot sluk van die brandewyn.

"Maar Saterdag was die finale strooi, dink ek. Een van hierdie weglê-eiers van hom het uitgebroei."

"Jy bedoel 'n kind?"

"'n Seun, wat uit die bloute daar opgedaag het. Een van die Boesmankinders. Hy's negentien en hy's ... ek weet nie wat nie, versteurd of vertraag of iets. Hy praat van visioene en die voorvadergeeste. Leonora dag eers hy wil net geld hê. Sy't hom weggejaag, maar toe sê hy iets. Ek weet nie ... Sy't net beheer verloor."

Die leier se vrou kom binne met 'n skinkbord. Daar's 'n pot vars koffie en toebroodjies op uitgepak. Ghaap spring galant op en neem die skinkbord by haar.

"Julle moenie rof wees met haar nie," sê die vrou besorg en neem Ansie se glas by haar, "sy's deur harde waters."

"Laaste vraag," belowe Beeslaar en aanvaar dankbaar 'n beker koffie. Hy gooi drie opgehoopte lepels suiker by. Al roerend vra hy: "Wie's die seun, Ansie? En wat het hy gesê?"

"Ek weet nie regtig nie. Leonora het my vroeg Sondagoggend van die Medi-Clinic op Upington gebel. Ek het dadelik gery om by haar te wees. Sy was woedend ... eintlik meer bitter. Sy't iets gesê van Daniëlskuil. Dis waar hulle getroud is, Kappies se eerste pos by die polisie. Leonora se ellende het daar al begin."

109

Kytie en Antas het ure lank in die donker gesit en kort-kort probeer om mekaar losgemaak te kry, maar sonder sukses. Hulle polse en hande was later rou.

Deurentyd het hulle gepraat. Eers nie so vlot nie, want Kytie was baie kwaad. "Dis nie reg nie, Mevrou," het sy volgehou. "Dis soos om 'n vals hond aan te hou. As hy eers skade gemaak het, as hy 'n kind se gesig vir haar afgeruk het, dan is daai spytwoorde te laat."

"Ek het so baie hoop gehad, Kytie. Dat ek hom op 'n manier sal kan gesond kry."

"Maar het Mevrou dan nooit kinders van Mevrou se eie gehad nie? 'n Man en so aan?"

"My werk is om mense te help, nie ander dinge nie. Díe dat ek gedink het ek kan my Son-Eib heelmaak. Dit was asof die gode hom vir my gestuur het. Ek sou van hom 'n volbloed Boesman maak, Kytie. 'n Leier."

"Maar mense is nie sokkies nie, Kytie," sê sy na 'n tyd. "Hulle laat nie vir hulle lap verby 'n punt nie."

"Maar wat dan van Tienrand, Mevrou. Gaan sy dan ook mal word?"

Lang stilte.

Kytie kan 'n vlieg hoor wat buite die deur rondkarring.

"Tienrand is jonk, dalk is die skade nie so groot nie," sê sy uiteindelik.

"Dan moet ons vir haar kry. Waar loop soek ons vir hulle? En dink Mevrou hy sal iets aan die kind doen?"

Sy antwoord nie. Kytie het die vraag seker al 'n honderd keer gevra. Dus bly sy ook maar stil. Wat help dit ook om jou kop te sit en warm maak daaroor?

Sy moet aan die slaap geraak het, want sy word wakker van 'n aaklige droom – meneer Tros Philander se aaklige peester. Dit klim uit die groot kanaal wat in die wingerde agter die plaasskool verby loop. Swart geswel en toornig klim hy daar uit, soek vir haar.

Die droom skud haar. Sy't hierdie goed weggedruk, dit diep begrawe, selfs uit haar drome verja. Maar die Duitser van kamer 9 het dit weer oopgekrap en orent geruk. Nou's daar twéé wrokkige geeste wat haar agtervolg.

Alles het by meneer Philander begin, vyftig jaar gelede. Kytie was tien en Rokkies agt. En meneer Philander was die skoolhoof. Die man wat haar sustertjie so geseksverniel het. Vir sagte klein Rokkies, wat nog duim gesuig het.

Kytie het probeer om te keer, sy't vir juffrou Strauss loop sê, maar nee, Kytie kry liewerster op haar jis. Dinge was anders daai tyd. Kinders is muispis-in-die-peper, mag gesien wôre, maar nie gehoor nie.

Daardie dag het meneer Tros met Rokkies-goed afgeloop kanaal toe. Die gevaarlike kanaal uit die Groot Gariep. Mensvreterkanaal. Vir die wit wingerdboere se druiwes.

En meneer Tros maak sy broek los en haal daai slang van hom uit … Kytie het uit die wingerd gevlieg en hom in die kanaal gestamp, vir Rokkies gegryp en daar weggehol. Daai kanaal met sy gladde skuins rande en sy diep, vinnige waters het vir Tros Philander gevat.

Jirre, Jirre, sy bêre daai ding al so lankal, so diep-ver weg.

Maar die straf haal jou in, want straf het baie geduld.

Meneer Philander het versuip.

En Rokkies … Rokkies het nooit reggekom nie. Krismistyd daai jaar het die harsingskoors haar kom haal. Ma se hart wat breek, wat uit die werk uit val. Kytie vat haar plek oor in die wingerd, werk haar jongmeisiekindhande bloed. Nooit weer terug skool toe nie, nooit geleerd geraak nie, bly sit met standerd sopskottel.

Kytie buk vooroor en vee haar neus aan haar knieë af. Sy moet vir haar regruk en bymekaarskraap. Want sy moet vir Tienrand gaan haal.

Sy sukkel haarself weer regop, skuifel met die rak langs. Die dinge wat sy met haar gesig kan voel, probeer sy uit die rak te werk en af te stamp. Dalk is daar iets wat sy gebreek kry. Op 'n kol raak haar neus iets wollerigs en sy roep uit van skrik.

Dan is daar iets koels – 'n inmaakbottel. Hoe het sy dit dan vroeër gemis?

Sy voel-voel of daar meer as een is. Ja, daar is nog een langsaan. Sy woel dit liggies met haar neus tot teen die randjie van die rak, stoot dit oor die rand en hoor dit in die sanderige vloer val. Dan die ander een.

Glas wat breek.

Sy sak op haar knieë, voel 'n stuk glas onder haar maermerrie. Dit sny, maar sy voel skaars die pyn.

Antas het eerste 'n skerf beet en sê Kytie moet draai. Dit smaak vir haar soos ure voor hulle mekaar se hande beetkry en die snywerk kan begin.

Hulle werk in stilte. Al twee naderhand bloederig, maar hulle hou nie op nie. Daai kranksinnige klong, besluit Kytie, het haar dalk vir dood hier gelaat staan, maar dood gaan sy waaragtag nie bly lê nie. Nie sy wat Kytie Rooi is nie!

110

Koekoes Mentoor hoor voetstappe, heen en weer. 'n Stem wat gedemp dreun.

Dit voel darem al of die ergste hitte uit die grond getrek het. En sy leef. En haar voete is los.

Veel om voor dankbaar te wees.

Sy het geen idee hoe laat dit is nie. Sy het ure lank weggeraak, weet sy, wanhopig rondgedwaal in nagmerries en hallusinasies.

Afskuwelike drome. En toe sy bygekom het, was dit telkens die groot stryd om die paniek onder beheer te kry. Male sonder tal het sy probeer om haarself uit die gat te wurm, maar die spasie is te nou en sy het nie genoeg speling om haarself agteruit te worstel nie.

En sy het nie krag nie. Wat hy haar ook al ingespuit het, dit het haar energie getap. Dit en die hitte en die dors.

Sy probeer om nie aandag te gee aan die pyn in haar spiere nie. Veral haar skouers voel of hulle uitmekaar geskeur word. Dis beter om op iets anders te fokus – soos die feit dat sy geen kat se clue het van waarin sy beland het nie.

Een ding is seker – niemand gaan haar kom soek nie. Afgesien van haar selfvoldane boodskap aan die baas, gaan niemand hulle vingers stomp werk agter háár aan nie. Hoeveel mense het sy in die bestek van twee dae vervreem? Twee dae! God, dit voel soos twee eeue. Twee eeue van knypstert rondloop, aanhoudend asem ophou, só erg dat jou verstand tot stilstand kom. Sy't soos 'n blinde buffel rondgestorm, alle rooiligte en logiese leidrade geïgnoreer. Alles platgeloop, platgeskree, platgefoeter.

En nou weet sy dit helder: dit was haar eie ego wat sy nie uit die pad kon kry nie. En haar eie ongure geskiedenis met De Vos. Here, dat sy vir hom bedrog gepleeg het. Hy wat so korrup was. Sy moes dit geweet het. Natuurlik moes sy! Die oomblik toe hy met die versimpelde storie kom oor collateral damage in die Kotanaskandaal. "Goeie cops se name, babes, wat ook deur die modder getrek kan word. Selfs ouens wat al graf toe is." En sy móés gewonder het die oomblik toe sy Greatness Gogoro se naam en pedigree sien, die taxibesighede, die hoeveelheid wapens, die Glock, 'n Beretta, die Vektor .223.

Daar's niemand so blind soos dié wat nie wil sien nie, het haar ma altyd gesê as sy van Daddy verskil het.

Sy wat Cordelia Mentoor is, verdien wat sy gekry het.

Sy verdien om in die wildernis uitgegooi en vir die hiënas gevoer te word. Sy't na 'n vinnige, maklike uitweg gesoek, maak nie 'n fok saak hóé nie. Kry 'n skuldige, sluit die saak, einde van al die probleme. Fluit-fluit.

Nee, poplappie. Die kak haal jou in. En die Here slaan met 'n krom stok. Jy verdien dit om jou gat vierkant te sien!

Sy voel die trane agter haar oë prik, probeer om dit terug te sluk. Trane is nou te laat.

Daar's 'n nuwe geluid bokant haar. Swaar goed wat gesleep word. Sy luister en na 'n rukkie ruik sy dit: vuur. Hy't 'n vuur gemaak. Wie ook al hy is. Sy kon nog nie sy gesig sien nie.

Maar Coin Bloubees is hy vir-fokken-seker nie. Coin is 'n patetiese sukkelaar. Ouer, om mee te begin. Veel, veel ouer, minstens iets in die 50. Hierdie kêrel is jonk – 'n seun, eintlik. Maar veerkragtig en rats, sterk soos 'n leeu. Onwrikbaar, nie so 'n kermgat soos Coin nie.

Ook waansinnig.

Sy was so 'n stupid, stupid idioot. Dit het haar in die gesig gestaar, haar uitgelok en gekoggel. Hiérdie mannetjie het die pyl geskiet. Dis hy wat die skerpioen in haar bed gesit het. En die figuur in die stoorkamer, dit was óók hy. Dit was die dag toe Coin ontsnap het.

Coin was baie bang, het Mollas agterna gesê. Hy was bang vir iets anders as die polisie. Sou dit hierdie gek vent wees? Is dit hoekom hy in die polisiestasie was?

Wie kan dit wees? Hoe kry hy dit reg om so ongesiens rond te beweeg? Wat is dit wat Mollas gesê het? Die skielike reeks sterftes, 'n soort diergees … Wat was dit? Die leeu-gees.

Nee, hierdie is niks bonatuurliks nie. Dis 'n mens, uit en gedaan. Onsigbaar ja, soos 'n rondloperhond, iewers in die agtergrond. Iemand soos Optel.

Oral op die agtergrond, lyk bietjie vertraag, kan nie praat nie, niemand weet waar hy vandaan kom nie. Hol as hy 'n polisieman sien. Maar intussen maak hy hulle dood. Hy het Kappies vermoor. En nou's dit haar beurt.

Koekoes probeer om haar hande te voel. Sy moet loskom.

Die geluid bokant haar verander weer. 'n Ritmiese gestamp en 'n geratel. 'n Klaende stem wat 'n paar klanke oor en oor herhaal. Mettertyd word dit dringender, harder, vinniger.

Dan 'n hoë, wilde skree, 'n hortende gegrom.

En stilte.

Skielik raas die sinkplate bo haar, 'n hand wat haar gryp, haar uitpluk en haar 'n ent weg sleep en haar los. Sy lê tjoepstil.

Die doek om haar mond word afgeruk en sy hap groot monde lug, verstik pynlik, probeer skree. 'n Harde klap oor die gesig. Sy spoeg bloed en sand en gil.

Nog 'n klap. Haar kop duisel.

Hy grom en pluk haar aan haar hare regop, maak haar sit. Sy bid dat hy nie sien hoe sy die rieme om haar voete losgewoel het nie.

"Optel," sê sy.

'n Gegrom en 'n harde klap. Die blinddoek skuif en sy sien sy voete. Kort, vierkantige voete, skubberige tone met gebreekte naels. Rieme om die enkels waaraan daar ratelpeule hang.

"Optel."

'n Woedende brul en die ratelpeule raas toe die voet opvlieg en haar in die ribbes skop. Hy brul in haar gesig. Sy ruik die soet stank van sy asem, die suurvrot van sy lyf.

"Wat wil jy hê, Optel!" gil sy, maar hy klap haar stil, gooi haar op haar sy.

Sy lê wesenloos en kyk van onder die blinddoek uit hoe hy terugdans na die vuur. Hy is so te sê kaal, buiten 'n xai-vel om sy heupe. Die res is rooi. Lang snye oor sy arms, maag en bene wat bloederig glinster. 'n Afskuwelike masker van growwe sak en velle is oor sy kop getrek. Die groot ore van 'n dooie dier, slordige gaatjies waardeur sy fanatieke oë blink. Vir die mond is daar 'n ruwe skeur waarin die lang slagtande van 'n leeu vasgewerk is.

Hy gooi nog hout op die vuur, daarna 'n hand vol blare wat bolle stinkende rook maak. Met sy hande skep hy die rook en suig dit in. Hande vol. Dan trek hy 'n lang stok met 'n skerpgemaakte punt uit die kant van die vuur, rig die stok op haar, brul hemel toe, begin om ritmies om die vuur te dans.

In 'n hopie velle eenkant van die vuur is daar 'n beweging.

Koekoes knak haar nek ver agteroor om beter te kan sien.

'n Klein, poedelkaal dogtertjie staan groot-oog uit die bondel op.

111

Dit was eers ná sy gesprek met Ansie en 'n lang oproep na Mogale dat Beeslaar na Gerda se boodskap op sy foon geluister het: "Dis maar net dat jy weet, Albertus, Lara het koors en haar eerste tandjie het deur-geb—"

Hy het dadelik gebel. Maar moes tevrede wees om 'n boodskap te los, een van daardie lomp, gemompelde, kruiperige verskonings wat half-pad afgebreek is toe die tyd om was.

Daarna het hy besig geraak. 'n Taakmag van die Valke het opgedaag, op soek na die diamante en na Kotana, maar sonder sukses. In beide gevalle.

Teen agtuur is Beeslaar, Ghaap en Mazabane deur Hopetown toe, waar Beeslaar nog weer met Leonora de Vos wou praat.

Sy het al baie gekalmeer, maar was verwese, haar oë hol in hulle kasse. En ten spyte van die warm Karoonag het sy gebewe.

Beeslaar het vir haar koffie en een van Ghaap se sigarette aangebied. Sy het die sigaret aanvaar, maar die koffie van die hand gewys.

"Wat het dan gebeur, Leonora? Hoekom die woede?"

Sy het die sigaret aangesteek. "Jy sal dit nooit verstaan nie."

"Ek kan probeer?"

"Glo my, jy sal nie. Min mense kan begryp hoeveel vernedering 'n vrou bereid is om van haar onnosel, selfbehepte, egoïstiese doos van 'n man te vat. Verby die punt van selfrespek, verby álle grense van ordentlikheid, van die normale. Om 'n vloerlap te word, 'n onsigbare ..."

Sy het diep aan die sigaret getrek en 'n ruk lank na 'n hoek in die vertrek gestaar.

"Dít was ek," sê sy oplaas. "My lewe lank. Die idioot. Gedink dis my lucky day toe 'n catch soos Pieter my raaksien. Die ewige oujongnooi-muurblommetjie by die dans." Sy het skielik gelag. 'n Lelike, enkele blaf.

"Dis waar Pieter my kom haal het. Hier, op hierdie dorp, 15 jaar ge-lede. Op 'n fokken dans. Ek was 30 en op die rak. Hy was die ramkat van die dorp. By die jaarlikse landboudans verloor hy 'n weddenskap. Die verloorder moes my vra om hom te soen."

Sy het haar oë toegeknyp, die skaamte wat nog blink en helder skroei. Maar die trane het deurgekruip, in die diep lyne langs haar neus afge-loop. Sy is geen mooi vrou nie, het hy gedink. Sy weet dit ook en dit moet seermaak. Benerige planklyf met 'n plat, vreugdelose gesig.

Sy het weer gelag. "Hy't my gevra om te trou. Die jong haan en die lelikste ou ooi van die Karoo! Bedags hol hy rond soos Indiana Jones en saans huil hy in my arms oor hy 'n promosie gemis het. Ek dokter sy wonde as iemand hom donner oor Pieter by sy vrou geslaap het. Bisar! En elke keer as ek hom uitsmyt, kruip hy huilend terug: 'Ek kan nie sonder jou nie, babes.'"

Beeslaar het haar nie probeer aanjaag nie: sy het behoefte aan praat gehad, kon hy sien.

"Ag, Here," het sy gesug, "en al die sotlike geldmaakskemas. Dan is dit konyne – saam met 'n idioot vir 'n vennoot wat skaars 'n vlieg kan kak voer, laat staan konyne boer. En Pieter verpand ons huis en die vennoot vertrek landuit. Ander keer weer is dit goedkoop volstruis-vere uit PE vir 'n verestofferfabriek. Of goedkoop Ray-Bans uit Viëtnam. Ek weet nie hoeveel keer my pa ons uit die tronk gehou het nie. Op Daniëlskuil moes ons omtrent uit die dorp vlug oor 'n skema met llamas op die dorpsmeent."

Sy't die sigaretstompie hardhandig in 'n piering doodgedruk en dadelik 'n nuwe gevra. Beeslaar het by Ghaap gaan bedel. Ghaap het onwillig die volle pakkie oorhandig.

Leonora het 'n sigaret aangesteek en na twee of drie trekke haar verhaal hervat: "Op Daniëlskuil … Dis waar hy …" Haar oë het weer vol trane geskiet. "'n Bruin vrou het swanger geraak … gesê dis Pieter se kind. Hy't dit natuurlik ontken. Sy't haarself met kind en al voor 'n kar ingegooi. En die kind … Hy't oorleef."

"Is dit die seun wat Saterdag by jou was?"

Sy't verbaas opgekyk na hom.

"Ansie het my vertel."

Sy het lank na die sigaret in haar hand bly staar. 'n Lang druppel het aan die punt van haar neus gevorm en draderig op haar bors geval voor sy dit met haar hand kon keer.

Beeslaar het opgestaan en tissues gaan soek, vars koffie ingeskink.

Toe hy terugkom by haar, het sy haar neus gesnuit en die trane oor haar wange en ken opgedroog.

"Ken jy die seun, Leonora? Sy naam."

"Hy's nie reg in sy kop nie. Praat van visioene en die Boesmans wat sal teruggaan wildernis toe en … ag, 'n gebrabbel. Maar toe … toe sê hy sy ma se naam was Lena. En ek kyk na hom. Ek het hom al opgemerk in die omgewing. 'n Vaal, verflenterde rondloper. Een van … ag, baie. Dryf altyd iewers op die agtergrond rond.

"Maar toe hy haar naam sê. En ek kyk, regtig kyk. En ek sién! Ek sien haar. Lena. Dieselfde geelbruin oë. Kleur van kaneel. Sy was mooi, die ma. Hipnoties, wild. Maar verdorwe. Ek het haar geld gegee. Dat sy haar bek hou. By my pa geleen … Here, my pa. My arme, arme pa. 20 000 rand. En toe's dit die blerrie llama-fiasko. En 'n verplasing Postmasburg toe. En alles begin van voor af. Ek het al amper vergeet van haar toe ek hoor van die … ongeluk."

Sy het diep getrek aan die sigaret, die as in 'n piering afgeskud. "Ek is só op, kaptein Beeslaar, so op, so op.

"Lena woon nou by die katmense, sê hy. So iets. Sy kom na hom toe in sy drome. Hy moet glo vir sy pa gaan sê hy moet die Boesmans laat gaan. Hulle beendere teruggee. En die … Here, iets soos die trane van die maan."

"Trane van die maan? Sou dit die diamante wees?"

Sy't haar skouers moeg opgehaal. "Ek het nie eens geluister nie. Dit kon my nie skeel nie. Ek het net nóg 'n fiasko gesien. En ek was klaar, gedaan en klaar. Pieter se sondige saad wat die vaders opsoek, die tweede tot in die fokken derde geslag.

"Buitendien was my tyd uitgedien. Pieter het my nie meer nodig gehad nie. Sy één, verdomde, idiotiese skema het skierlik wins opgelewer. Die Scotty Smith-nonsens. Dis naweke in die veld of agter die rekenaar, dag en nag en sommer in werktyd ook. Die vrek duur nuwe voertuig om agter alles mee aan te ry en Boesmanspoorsnyers wat die wêreld vol stap. Daai seun ook. Saam met ou Diekie. Waar die geld vir alles vandaan gekom het, weet die Here alleen. Dalk het hy 'n ander idioot oortuig om solank 'n miljoen voor te skiet. Dalk daardie aasvoël van 'n Kotana."

"Org Botha?"

"Guh. Die grootste loser van hulle almal. Nee, wat. Dit sal Kotana wees. Godweet, dit kan my régtig ook nie skeel nie."

"Een van hulle het jou man doodgemaak, Leonora."

"Dit was seker maar 'n ongeluk wat gewag het om te gebeur. Maar dit sal nie Botha wees nie. Hy wou die piep kry toe hy hoor Pieter is dood sonder 'n woord."

"'n Woord oor die diamante?"

'n Geïrriteerde snuif. "Weet ek veel. Hy was bang, of eerder angstig. Hy wou weet of Pieter nog iets oor Shetland gesê het."

"En het hy?"

"Nee! Hy't fokkol gesê. Hy's net … weg. Ek dink op 'n manier was Org ook verlig, want Pieter moes iets … 'n soort houvas op hom gehad het. En iets aan hulle huurtransaksie was snaaks. Daar was 'n deposito en Pieter het dit van iewers vandaan gekry, godweet waar, want by my pa sou hy nie weer 'n sent kry nie. Dalk was dit ook Kotana. Wat ek wel weet, is dat dit daardie walg van 'n Org se gat voorlopig van bankrotskap gered het. Die maandelikse huur was laag. Beláglik laag. Ek het nie gevra nie, want dit kon my nie meer skeel nie. Teen daardie tyd … Ek was só uit die prentjie uit. Pieter was so vol van homself, so verwaand en mislik. Ek was onsigbaar."

Sy't die sigaret doodgedruk en moeg opgekyk na hom.

"Jy besef dat ek vir Pieter se dood verantwoordelik is, nie waar nie?"

Hy het niks gesê nie. Sy sou self vertel.

"Ek het die seun so te sê aangehits om dit te doen. 'Gaan sê self vir jou pa,' het ek vir hom gesê. 'Hy's tien teen een nou op pad om vir Coin Bloubees op te tel. So, as jy weet waar Coin is, kry jy jou pa ook. En dan gee jy vir hom 'n boodskap van my. Jy sê vir hom ek sê koebaai. En Lena ook! Sê vir hom sy het sy naam geroep toe sy voor daai kar ingespring het. Sê vir hom!'"

"Wat is sy naam, Leonora," wou Beeslaar weet, "die seun?"

"Optel. Maar dis nie sy naam nie, sê hy. Dis wat die mense hom noem. Maar hy noem homself iets anders. Saki … Nee, Seko. Hy noem homself Seko."

112

Die kind kyk met 'n bewende koppie rond. Sy lyk bedwelmd, dink Koekoes, haar knietjies wat wil-wil swik. En sy's van kop tot tone rooi gemaak.

Waar kom sy vandaan? Hoekom het sy nie klere aan nie?

Sy hoort nie by hom nie, dis duidelik.

Sy's bang.

En sy lyk gedisoriënteerd, verwilderd.

Die danser beweeg wiegend en stampend na haar toe, die skerp stok steeds in sy regterhand. Hy steek dit in die sand in en beweeg met sy arms wyd gestrek op die kind af.

Sy rek haar mondjie groot oop, maar daar kom geen geluid uit haar nie. Sy wil agteruit tree, maar verloor haar balans, gaan sit op haar kaal boudjies.

Dan draai sy haar om en begin stadig oor die sand wegkruip die donker in.

Die man agter haar brul, gryp haar aan haar voet en lig haar onderstebo op. Hy vat haar terug vuur toe en sit sy dans voort.

Die kind begin weer wegkruip.

Hy ignoreer haar – tot sy uit die ligkol van die vuur begin verdwyn. Dan storm hy weer agter haar aan en bring haar terug.

Koekoes wikkel haar hande. Die rieme het tydens die klappery losgeraak en sy kan die lewe weer voel terugvloei.

Hoop.

En trane. Sy byt op haar tande. Dis te vroeg om bly te raak, maar dit gee tog nuwe energie.

Die vel by haar polse en haar enkels voel rou. Sy ignoreer die pyn en werk om die rieme heeltemal los te kry. Die gang is moeilik, want haar hande is opgeswel en dom, maar dis kleingeld in vergelyking met die hel wat verby is. "Nou moet jy sterk staan in jou skoene," hoor sy haar ma se stem, "voorwaarts mars!"

By die vuur is die dans nog in volle swang, die ratels om die vent se enkels wat ritmies slag hou met die stamp van voete en die onaardse sang. Sy sien die spiere in sy rug en oor sy skof wat tril en ruk en sy vel glinster bloederig in die lig van die vuur.

Koekoes lê nog steeds op haar sy in die sand, masseer haar hande om die bloedvloei weer aan die gang te kry. Sy hoop dat haar gewoel nie so opvallend is nie. Sy weet sy moet iets doen om weg te kom, maar wat? Ontspan, haal asem, tel terug van tien, soos haar daddy haar geleer het.

Sy is verlig om te sien Optel se aandag is voorlopig by die vuur en by die kind.

Met haar oë stip op hom, wikkel sy haar voete. Dit sal bloedvloei in haar kuite stimuleer, haar bene weer bruikbaar maak.

Dan verander die dans se pas. Dit raak vinniger, dringender, sy voete stamp harder op die sand, stof wat met elke voetslag opstaan.

Toe hy weer naby die kind verbykom, buk hy en tel haar op. Sy gil, maar hy ruk haar met geweld stil, sleep haar agter hom aan soos hy die dans hervat.

Koekoes begin bietjies-bietjies vorentoe beweeg, sy seil versigtig, sentimeter vir sentimeter, nader aan die vuur.

Toe die danser weer om die kring van die vuur verbykom, laat val hy die kind, rol haar op haar magie om. Met sy een knie in haar ruggie druk hy haar plat, hou haar daar. Dan lig hy haar linkerhandjie op, hou haar pinkievingertjie regop. 'n Mes flits in sy ander hand. Hy moes dit uit sy velbroek gepluk het. Hy lig die lem, roep iets hemelwaarts.

Koekoes beur orent. 'n Oomblik lank kantel die wêreld om haar, maar sy herwin haar ewewig en storm vorentoe.

Die oomblik dat die lem neerswiep, is sy by hom, ruk die skerpgemaakte stok uit die sand en plant dit in sy nek. Hy gryp na sy nek, laat val die mes.

Koekoes buk en gryp die mes, stamp dit diep tussen sy ribbes in.

113

Kytie en Antas soek met stukkende hande op die donker rakke vir iets soos vuurhoutjies of 'n aansteker.

"Ek weet een van die twee moet hier iewers lê," sê Antas, "maar mens let mos nie op as jy kan sien nie." Sy klink vir Kytie darem al 'n bietjie beter, asof die loskommery haar weer 'n bietjie hart gegee het.

Hulle trap maar ligvoets in die donker rond, bang vir breekglas op die sanderige vloer, en werk die rakke voel-voel deur.

Na 'n ruk sê Kytie: "Al het ons ook lig, Mevrou, daai deur gedra vir hom steeds baie ongewillig. Dit moet 'n swaar besigheid wees wat hom anderkant vashou. Dalk is dit die groot ou tafel waarop ons die kruie meng."

Die medisynevrou antwoord nie. Kytie hoor haar vroetel op die rakke. Dan vat sy aan iets wat swaar van die rak af op die sandvloer val. Sy hoor Antas se klere raas soos sy buk om in die donker daarna te tas. "Hierso antie Kyt, vat aan," sê sy, "dis water. Puurwater. Vir die aanmaak van spesiale medisynes."

Kytie voel skuldig oor die groot slukke wat sy vat en dit kos nie bietjie wil om op te hou drink en vir Antas ook bietjie uit te spaar nie. Die bottel voel glyerig in haar hand – Antas se bloed, vermoed sy.

"Ek dink ek gaan eers uitsit met die soekery, Ant Kyt," sê Antas toe sy ook gedrink het. "Ek het my lelik gesny. Help in elk geval nie ons vind die aansteekgoed nie. Ons weet mos waar sit ons en ons het nie lig nodig om te weet ons kan nie die deur oopkry nie."

"Kom ons probeer nog net een keer die deur," stel Kytie voor.

"Ek dink nie ek kan nie. Ek voel 'n bietjie flou. Ek het my polse sleg gesny. Ek gaan net 'n rukkie sit, oukei?"

Kytie vat maar weer die deur aan. Sy val teen hom met haar hele alles, maar dis soos 'n baksteenmuur, die deur. Uitgeput sak sy teen die deur af op haar stêrre neer.

Sy voel ietsie skietgee. Sy druk harder met haar rug. Dit beweeg!

Haar vermoede was dalk reg dat dit 'n tafel is, want hier onderlangs gee hy beslis meer skiet.

Sy druk met alle mag en krag en die houtpanele kraak effe, dan beur sy regop en probeer skop. Dit was 'n fout, haar voet voel of hy wil breek. Teen die muur neffens haar onthou sy was 'n besem. Sy vat dit raak, mik die stok teen die onderste punt van die deur en stamp dit hard.

Die hout kraak, prys die Heer! Dit gee haar nuwe krag en sy hou aan kap. Antas kom help en hulle neem beurte om te kap tot die gat groot genoeg is vir Kytie om deur te kruip. "Dankie, Liewe Here," roep sy toe sy uit is, "dankie, dankie lat U vir my uitspaar. Spaar asseblief nou vir Tienrandjie ook uit!" Die kombuis is donker, maar daar kom genoeg naglig deur die venster dat sy die olielamp en 'n aansteker in die hande kan kry en ligmaak.

Sy sleep die tafel voor die spensdeur weg en vee haastig na die houtsplinters wat nog op die grond rond lê. Mevrou Antas, sien sy in die lig, bloei nogal erg uit die wond aan haar een pols.

Beide hulle selfone is weg en Antas kry nie die sleutel van die Jeep nie.

"Dit sal in sy kamer wees, ant Kyt, daar's 'n spaarsleutel. Jy sal moet gaan haal, want ek dink ek moet nou eers die bloed keer. En kyk asseblief of Antie sy notaboek ook kry, miskien kan ons daarin sien waarheen hy met Tienrand is."

Kytie kry Optel se kamersleutel in die teeblik en hardloop so vinnig soos haar bene haar kan dra na sy kamer.

Sy het seker gemaak sy het 'n ekstra kers en 'n dosie vuurhoutjies by haar, maar sy bodder nie daarmee om sy deur oop te sluit nie, die sterre skyn helder genoeg.

Die deur kraak oop en sy loer na binne, maar dis te donker om iets uit te maak.

Haar hande, sien sy toe sy die vuurhoutjie trek, bewe kompleet nes dié van een met kouekoors. Dan stoot sy die deur heeltemal oop, skep 'n diep asem en gaan in.

Wat sy daar binne sien, laat haar amper agteroor val van die skrik. In haar dag des lewens het sy nog nie soveel duiwelsgeid op een plek saam gesien nie.

"Liewe Here-God, wees my genadig," prewel sy. Die mure is kant en wal bekrap van tekeninge en kriewels en snaakse woorde. Grilgoeters soos slange met lang tande en geitjiegoed met snaakse koppe. Oor die plafon krioel 'n streep groot skerpioene en mans met bobbejaangesigte en spiese. Een muur is vol van 'n leeu se kop met 'n woeste maanhaar. In die maanhaar krioel klein mannetjiegoed met sulke kwaadwillige drie-puntkoppe.

Kytie kry golwe grillings oor haar hele lyf. Sy het gevoeltes gehad oor die klong se malgeid, maar dit is nóg mallerder, dié. Dis nou Satans-werk!

En Tienrand! Jirrietjie, in watse gevaarlike skoene het Kytie Rooi vir haar gestoot? Erger en leliker as by haar suiplap-ma.

Kytie probeer vir niks verder kyk nie, bang die weghol pak haar beet. Sy moet loop hulp soek en sy't die sleutel van die Jeep nodig. Waar sal hy dit bêre?

Sy kan sien waar slaap hy: 'n hoop droë gras in die hoek van die vertrek met springbokvelle oor, stompiekerse koplangs op die vloer. Daarneffens 'n klein rakkie met boekgoed wat in slordige stawels inge-druk is. Een lê oop – sy herken sy handskrif uit die bosmedisyneboeke.

Nou nog net die sleutel.

Sy kyk op 'n groter rak teen die muur, dalk is dit in 'n pot of blik of iets. Die kers bewe só, sy voel die was drup op haar stukkende hand.

Haar oog vang canfruitbottels met 'n deinserige water binne-in, iets wat daarin dryf. Dit lyk soos vet wurms. Sy kyk van naderby, dan laat val sy die kers en die boek van skrik. Dis vingers.

Mensevingers!

O, Jirregot! Die skree spring soos 'n wilde ding uit haar keel. Sy trap agteruit, voel vir die vuurhoutjies in haar voorskootsak. Daar's nou net een ding in haar kop, en dis hol. "Onse Here in die Hemel, bedryf die duiwels uit, bedryf die duiwels uit, hou ons harte rein, bedryf die duiwels uit voor u heilige heiligheidlikheid," prewel sy en lig met die vuurhoutjie tot sy die kers weer sien.

Sy steek hom aan. Al biddend buk sy vir die boek en sien die ronde ding wat onder op die rak staan. In die kersligskemer dag sy dis 'n volstruiseierdop. Sy kyk weer, maar dis g'n eier nie. Dis 'n mens se kop! Spierwitte kopbeen, maak wittandjies en die oë dans soos onheilskolle.

Kytie roep op Boontoe en sy skree. Jirrietjie help! Sy moet uit.

En die Jeep moet maar bly. Al loop sy op haar kale rims, vir Tienrand moet sy gaan uithaal uit die hande van hierdie wille duiwelsding.

114

Die vliegtuigie waarmee Beeslaar en Ghaap terugreis van Kimberley na Upington, het al baie beter dae gesien. Sy venstertjies ratel, die sitplek-bekleedsel lyk rafelrig en verder hop hy met elke lughobbeltjie soos 'n kangaroe op in 'n warm plaat.

Beeslaar byt op sy tande teen onderskeidelik mislikheid en angs. Hy kyk afgunstig na sy jong kollega wat soos 'n baba lê en slaap op die agterbank.

Net voor hulle opgestyg het, het hy 'n oproep van 'n iesegrimmige Mogale gehad: "Mentoor is AWOL," het hy gesê. "Ek raak nou onrustig."

"Nog steeds? Weet enigiemand …"

"Niks. Jy beter opskud. Kry 'n vliegtuig van Upington, ek stuur iemand wat jou voertuig sal terugvat."

Gemengde gevoelens. Diep-diep afgepis met daardie snip klein merrie met haar klipgatkoejawel. Maar net so bekommerd ook.

En waar sal hy begin soek na haar?

Iets moes Dinsdagaand gebeur het nadat hy met haar gepraat het. En wat ook al dit was, sy was oortuig dit sou na Coin Bloubees lei.

Coin Bloubees.

Lewe hy ooit nog? Niemand het hom nog gesien nadat hy uit aanhouding ontsnap het nie. Hy het soos 'n groot speld verdwyn.

As hy nie De Vos se moordenaar is nie – wie dan wel?

Nie Leonora nie. Sy hét 'n motief, dis vir seker. Maar sou sy donker-nag alleen en kaalvoet duine toe gaan? Sou sy weet presies waar De Vos is en hom voorlê en met 'n mes steek? Sou sy 'n leeuspoor los?

Onwaarskynlik.

Org Botha? Beslis 'n motief, twéé selfs. Hy voel verkul uit die diamante op sý plaas. En hy beskerm die beendere van Kaatjie onder in die put. Maar: hoe't hy geweet waar De Vos in die duine is?

Kotana? 'n Dooie De Vos beteken vir hom niks sonder die diamante nie. Ás die diamante ooit bestaan.

Wat hom terugbring na Coin Bloubees.

As professor Eckhardt se storie reg is, het Coin eintlik sy lewe gered eerder as om dit te bedreig. Hy het die kêrel wat die professor wou wurg, onderbreek.

En dáárdie kêrel is toe al die tyd Optel?

'n Mal mens, sê Leonora, praat van visioene oor die Boesmans. Hy't min of meer dieselfde vir Koekoes oor die foon gesê, dan nie? Maar hoekom dan die professor wil vermoor?

Die groot projek word Saterdag aangekondig – nét voordeel vir die plaaslike mense. Wen-wen vir almal. Selfs vir die heel konserwatiewes – of wat jy ook al die jagter/versamelaars wil noem.

Wat is die essensie van die projek? Meer grond, groot geld, politieke vrede.

Wie is gekant dáárteen? Selfs die ou leier, oom Windvoet !Kgau, is ten gunste. Vroeër het hy gedroom van terugkeer na 'n volledige jagter/gaarder-bestaan, maar in 'n wêreld wat klaar opgemeet en afgekamp is, is dit onmoontlik. Tradisie-toerisme is die kompromis.

Tensy ... tensy daar een van die tradisionaliste is wat nie wíl bes gee nie. Wat bly glo aan die ideaal van 'n vrye verlede.

'n Versteurde mens ... soos Optel. Optel wat glo De Vos is sy pa. Wat visioene het dat die Boesmans hulle "vryheid" gaan kry, terug sal gaan wildernis toe.

Die vliegtuig begin daal, merk Beeslaar dankbaar. Onder hom sien hy reeds Upington se juweelgroen lappe wingerd en vrugteplase, die blink, breë baan van die Gariep. Hulle vlieg aan die kant van die dorp verby, oor die groot plakkerswyke wat die woestyn in kruip.

Die landing is meer van 'n galop as 'n neerstryk en Beeslaar pluk omtrent die armleunings uit hulle skroewe soos hy klou.

Sy bene bewe steeds toe hulle die volgende klein vliegtuigie bestyg. En die vlieënier, sien hy, het nog puisies op sy gesig, wat sy angsvlakke loshande die rooi in laat styg. Die snuiter spreek hom ook as "Oom" aan, maar hy bied darem vir hulle koffie uit 'n warmfles aan. Ghaap aanvaar gretig 'n plastiekbekertjie, maar sê "die oom" sal nie neem nie, "want koffie vlek sy kunsgebit".

Die 260 kilometer na die Kgalagadi-oorgrenspark is per vliegtuig net so saai soos padlangs, maar dis korter en hulle land kort na tien die oggend op die vliegveld by Twee Rivieren.

Pyl wag hulle in en begin al praat nog lank voor hulle naby hom is. "Die hele wêreld soek al na julle en generaal Mogale sê ons moet die vlieënier terughou want ons moet uit die lug uit soek na kolonel Mentoor en dan's daar 'n vrou wat vroegoggend by Jannas Boonzaaier aangekom het, wat by die medisynevrou gebly het. Sy kom glo met die storie van 'n kind wat sy uit Upington ontvoer het en die vrou het …"

"Pyl!" roep Beeslaar.

Maar Pyl is soos 'n afdraandlorrie sonder brieke.

"… het in die nag geloop want sy't 'n kamer vol met die mensevingers gekry en toe het sy weggevlug maar sy sê sy't 'n toeris doodgemaak en die kind ontvoer en die kind se lewe is nou in gevaar want dis die jong man wat haar gevat het en hy's …"

"Pyl!"

Die jong sersant klap sy mond toe en kyk half skaapagtig na Beeslaar.

"Een ding op 'n slag, oukei? Weet enigiemand iets van Mentoor?"

Pyl skud sy kop. "Die NGO-vrou, Jannas, sê daar's 'n vrou by haar en sy beweer die seun by die medisynevrou, Optel, is gevaarlik. Hy't 'n kind ontvoer en dalk vir Mentoor ook."

"Raait, dankie. Ek gaan nou eers die Moegel bel. En terwyl ek besig is, kan jy en Ghaap daai vliegoutjie gaan sê hy moet sy motore aanhou. Gee hom die Moegel se boodskap. Pyl jy gaan saam met hom."

Mogale antwoord dadelik toe Beeslaar bel. "Die laaste keer dat iemand Mentoor gesien het," blaf hy, "was gisteroggend vieruur. 'n Nagwag by die Meerkat …"

"Paleis, die gastehuis, Meerkat Paleis."

"Man, wat de fok ook al. Sy't in haar kar geklim en gery, Namibië se kant toe. Al wat ék het, is die e-pos van gisteroggend drie-uur wat sê sy gaan vir 'n paar uur onder die radar wees. Maar nou moet jy mooi na my luister, Beeslaar."

"Ek luister, Generaal."

"As daai meisie iets oorkom, gaan ek jou velle vir jou aftrek. Jy kry vir haar lewendig daar uit. Dit beteken ongedeerd. Sy's deur kwaaiwaters laas jaar, maar sy't groter blerrie ballas as 'n rugby-voorry. En sy's 'n dêm goeie cop."

"Ja, Generaal."

"En die tweede ding is tyd."

"Generaal bedoel Saterdag, soos in die president wat kom?"

"Man, newwer fokken maaind dit! Ek praat van Mentoor. En lewe en dood. Sy's in 'n woestyn. Sonder water, waarskynlik. So sy't statistics 60 uur om te oorleef. Waarvan die helfte verby is. So vergeet alles en kry Mentoor daar uit."

"Ek maak so, Generaal."

"Die idiote van die selfoonmaatskappy sê die laaste sein was net daar naby die Meerkatwatsenaam. Ek het ook die SSA-man daar ingeskakel, luitenant Doman. Hulle het 'n paar heli's wat die president en die ander haai polaais Saterdag gaan invlieg uit Upington. Hy kan een beskikbaar stel. Koördineer met hom, sal jy? En ek soek 'n uurlikse update!"

Beeslaar bel onmiddellik vir Jannas Boonzaaier.

"Jis, kaptein Beeslaar," sê sy en haar stem klink verlig, "ek is so bly jy's terug. Waar's jy?"

"Twee Rivieren."

"Alle hel is los hier. Hoe vinnig kan jy hier wees?"

"Kannie. Ek soek na 'n vermiste ..."

"Ek weet waar sy is!"

"Waar?"

"Luister eers. Antas, die medisynevrou, het sleg seergekry. 'n Vrou wat by haar bly, het nou net hier aangekom, Kytie Rooi. Sy sê daar's 'n kind ook ..."

"Kry hulle by die kliniek, verdomp!"

Beeslaar sien Ghaap en Pyl wat haastig teruggeloop kom. Hy wys vir hulle om hulle litte te roer.

"Beeslaar, luister!" sê Jannas. "Dis die seun wat by Antas …"

"Ek weet, Jannas! Dis Optel, ek weet. Wáár's hy?"

"Hy het mal geword. En gevaarlik. Hy het 'n kind by hom, 'n klein meisietjie, en Kytie Rooi glo dat hy daardie kind gaan seermaak … haar lewe bedreig."

"Het sy iets gesê oor kolonel Mentoor?"

"Nee, behalwe dat Optel se kop heeltemal uitgehaak het na Mentoor Dinsdag daar was. Ek dink … Ek is seker hy't vir Coin ook."

"Wáár, Jannas? Waar's hulle?"

"Here, ek weet nie. Jy moet gaan soek! Maar ek het 'n dagboek van Optel hier. Ons probeer hierin soek. Maak gou!"

"Gee my so 30 minute," sê hy en lui af.

Pyl sê die vlieënier moet net gou brandstof inneem, dan kan hy opstyg. "Jy sorg dat jy in kontak bly, nè, Pyl?"

Pyl sluk en sy oë is rond. "Ghaap is dalk beter met 'n lugsoekery, Kaptein?"

"Ghaap gaan saam met my die woestyn in. Glo my, ou Ballies, jy wil liewer in die lug wees. Sê die loods moet rondom die gastehuise en die nedersettings gaan vlieg, kyk vir 'n alleenplek in die duine daar rond. En bel my."

Hulle ry terug in die Hilux van die Witdraai-polisie en Ghaap gebruik die polisieradio om almal te laat weet dat alle inligting van nou af deur hulle gaan. Toe hy klaar is, gord hy homself in en merk droogweg op: "Ek kry daai vlieënier jammer. Laaste slag wat ek met Ballies saamgevlieg het, het hy die hele plek se kotssakke opgebruik. Daai outjie laaik fokkol van vlieg."

115

Sy het geen idee waar sy is nie. Iewers in 'n see van rooi duine, onder 'n bestraffende son wat nog skaars 'n paar uur oud is, maar reeds sy sadistiese tol begin eis.

Tot tyd en wyl is daar skaduwee – 'n lae doringbos met 'n effense oorhang teen die skuinskant van 'n duin. Maar die skaduwee krimp kleiner met elke sekonde dat die son teen die woedende hemel uitklim.

Hulle is al ure aan't vlug en Koekoes is nie seker of hulle regtig vordering maak nie. Alles lyk eenders so ver die oog kan sien. Daar's niks wat 'n baken kan wees nie. Dis net een duin op die ander – elke volgende een hoër. Waar is hulle in verhouding tot ander goed? Die gesplete boom, byvoorbeeld, waar sy Dinsdagnag haar kar parkeer het?

Geen idee nie. Sy's rigtingloos in haar moer in. En haar kragte gaan nie meer lank hou nie. Sy's swak van die dors, die kind ook.

Die woestyn is doodstil. Al klank is haar eie hartklop en die vinnige, vlak asemhaling van die kind, oor wie sy hurk om vir haar skaduwee te maak.

Want die kind is steeds sonder 'n draad klere. Daar was eenvoudig nie tyd die vorige nag nie.

Toe sy die mes in Optel se borskas instamp en hy die kind laat los, het Koekoes haar aan haar arm gegryp en gevlug. Blindelings, die donker in. Sy het 'n woedende brul agter haar gehoor, brandende vleis geruik, maar sy't nie gaan staan om om te kyk nie.

Die kind roer effe in haar arms. Sy lê met haar ogies toe, haar lyfie teen Koekoes s'n aangeleun. Die rooi verf het hier en daar al aan Koekoes afgesmeer. Sy kyk verbaas na al die letsels op die tenger klein liggaampie. Kolle oor haar ribbes en boudjies, sal sigaretbrandmerke wees. 'n Lang haal oor haar wenkbrou en wang. Die vel oor die boonste punt van die oortjie is vereelt en verfrommel, asof sy met 'n vuurwarm yster bygedam is.

Wat op aarde het met hierdie kind gebeur? Wie't haar so verniel?

'n Skaduwee swiep oor die duin en Koekoes kyk op, sien 'n reusagtige voël wat lui-lui hoog in die hemel bokant hulle draai. Instinktief trek sy die kind dieper onder haar in. Arende vang dassies en meerkatte en sy't al gehoor dat hulle selfs 'n hond optel. En hierdie dingetjie is so klein en tenger.

Koekoes staan op. Die kind kerm toe sy haar aan haar handjie optrek. "Kom, meisie, ek kan jou nie dra nie. Dis nog net 'n klein entjie, ek is seker ons is baie naby aan die teerpad."

Sy weet nie of die kind haar enigsins hoor of verstaan nie. Vandat hulle by die vuur weg is, het sy nog nie 'n woord geuiter nie.

Hulle klim skuins-skuins teen die duin uit. Nou en dan gaan sy staan om asem te skep. Sy's bewus van die skaduwee van die voël wat bo hulle draai.

Bo-op die duin kyk sy reg rondom hulle. Niks. Sy gaan sit en die dogtertjie sak onmiddellik langs haar neer, leun teen haar aan. Koekoes trek haar T-hemp uit en gooi dit oor die kind se lyfie. Sy gaan sit langs haar in die sand. Die son byt op haar eie skouers, maar sy ignoreer dit. Dis niks in vergelyking met die verskriklike dors nie. As sy net minstens 'n karkoer of 'n tsamma of 'n wat ook al kon sien. 'n Gemsbokkomkommer – of is dit alles dieselfde ding? Sy't al op TV gesien die San pers die goed uit.

Ag, Here, sy sal nie eens weet hoe lyk so 'n ding nie. Al struikel sy oor een. Sy weet ook nie of sy dit regtig sal kan eet nie. Sy's verskriklik naar. En haar kop voel of hy kan bars.

Sy laat sak haar kop op haar knieë, voel die son in haar nek brand. Dalk moet sy net 'n rukkie rus, die mislikheid afgesluk kry. Sy voel die skaduwee van die voël weer oor hulle swiep en lig haar kop om te kyk hoe laag hy vlieg.

Dis dan dat sy die beweging in die verte gewaar. 'n Swart stippeltjie wat op die dowwe lyn van die horison beweeg. Sy trek haar oë op skrefies om beter te sien. Dit lyk of dit nader kom, groter word.

Dan is daar nog een. Dis soos iets wat kort-kort in die son weerkaats – aan en af in die dansende lugspieëlings. Sy hou dit stip dop, kyk na die kind by haar. Dalk het sy dit ook gesien? Maar die meisietjie sit met haar koppie slap vooroor gebuig. Haar ogies is toe en haar mond hang oop. Sy gaan nie meer lank hou nie, besef Koekoes.

Sy spring op, waai met haar arms en roep: "Hier! Hier!"

Met opgehoude asem kyk sy of daar reaksie is. Dan buk sy en maak haar kortbroek los, trek dit uit met trae, dom vingers. Die kind, sien sy, is stadig besig om op haar sy te kantel. Koekoes trek haar weer regop en stut haar met haar been. Dan waai sy haar kortbroekvlag.

Maar die spikkels verdwyn. Sy tuur oor die horison. Dalk het hulle net agter 'n duin in verdwyn. Dis mos nie gelykpad tot by haar nie?

Maar wat sy ook al gewaar het, sy sien dit nie meer nie.

Sekerlik moet hulle haar gesien het. Tog?

Angs pak haar beet. Is dit hoe dit gaan wees, die einde van haar lewe? So sommerso, sonder sin? Na alles wat jy deur is. Al die verdriet – eers Daddy, toe Martin kort daarna. En elke keer die hoop – vorentoe gaan dit beter. 'n Deur klap toe, maar iewers gaan 'n venster oop. Die Here hoor jou gebed, Hy't 'n groter plan.

Toe nie.

Sy sak weer neer.

Net eers 'n bietjie rus, haar kop teen haar knieë stut. Hy's te swaar vir haar nek.

Sy hoor die moedige klop van haar hart, stadig, traag, maar nog daar. En haar gelate asem. Die warm lug wat haar keel en haar longe brand. Sy knip haar oë stadig. Daar's water op haar knie, sien sy verbaas. 'n Klein blink spoortjie. Sy vee met 'n vinger daaroor, bring die vinger na haar mond.

Sout.

Dis trane, besef sy, maar sy's te moeg om dit te keer, maak haar oë toe.

Sy sien hoe dit teen haar bobeen afloop, voel dit by haar neus uitdrup. Pas dan eers hoor sy dit ook. 'n Dor, toonlose kla-geluid. Haar eie.

Sy moet ophou, sy mors energie. En vloeistof. Sy moet probeer beweeg. Sy maak haar oë moeisaam oop. Die kind is nie meer langs haar nie, maar lê 'n ent teen die duin af. Sy moet vooroor geval het.

Koekoes probeer opstaan, maar haar knieë knak onder haar en sy tuimel teen die skuinste af. Sy voel die sand wat oor haar lyf brand, sien die wêreld kantel. En dan word dit skielik donker, 'n genadige skaduwee wat oor haar gly. Sy tas rond tot sy die kind se handjie voel. En met haar laaste kragte trek sy haar teen haar aan, vou haar in haar arms toe.

Sy voel liggies aan die kind se keel. Dis stil daar, die fladdering verby.

'n Groot rustigheid kom uit die liggaampie uit, 'n sagte vredigheid. Die swaarkry is oor.

Jy het jou bes gedoen. Maar nou's dit klaar. Dis tyd vir rus.

So, dis hoe dit voel om dood te gaan ... Het Martin ook so gevoel? En Daddy?

Geen big deal nie, ou Kinnie, geen big deal nie.

Jy lig net anker, sien?

116

Luitenant Romeo Doman het laat weet die beloofde helikopter land binne 'n halfuur by die groot markiestent wat vir Saterdag se verrigtinge in die voortuin van die Kalahari Lodge in aanbou is. Die heli sal hom net oppik, dan kan hulle begin help met die soektog.

Beeslaar en Ghaap het intussen by Jannas Boonzaaier se bushuis aangekom. Sy wag hulle in, sit klaar in haar antieke Defendertjie, die enjin wat luier. "Kom klim by ons in," roep sy, "hierdie tjorrie van my is die beste ding vir hierdie duine!"

Heilna sit reeds by haar, 'n geweer oor haar skoot.

"Die vrou, mevrou Rooi, is sy oukei?" wil Beeslaar weet.

"Sy's pretty uitgefreak, maar sy's oukei," sê Jannas en sit die kar in rat en trek weg. Die ou enjin raas, maar loop gesond. "Heilna het haar bolangs verbind, want sy was nogal stukkend. Jou vriend Doman sê die staatsmedici land binnekort. Dis nou Nommer Een se persoonlike hartspesialis en 'n klein spannetjie dokters. Sy sal in presidensiële sorg wees!"

"Wat van die medisynevrou?" roep Beeslaar terug.

"Gone. Ek vermoed sy is die woestyn in om na Optel te gaan soek."

Die Defender klim ligvoets soos 'n toktokkie oor die sand en Jannas ry uit die nedersetting uit in die rigting van Antas Wilpard se huis. By 'n dooie kameeldoringboom, wat lyk of die weerlig dit in twee gekloof het, sê Heilna Jannas moet stop. "Kyk," sê sy, "wielspore. Draai uit boom toe."

Ghaap en Beeslaar kyk, maar dis al taamlik vaag. Jannas ry nader aan die boom en almal klim uit, Heilna heel voor met die geweer. "Sy was hier," sê sy toe sy anderkant die boom kom. Die een helfte van die boom se kroon moes op die grond geval het na die weerlig en bied 'n perfekte skuiling vir Mentoor se spierwit klein Polo'tjie.

Die kar is nie gesluit nie. Binne vind Beeslaar Mentoor se selfoon, flenters geslaan, moontlik met 'n klip.

Jannas bring die Defender nader en almal klim terug, Heilna wat die rigting aandui.

In die ry vertel Jannas hoe 'n uitgeputte Kytie Rooi vroegoggend by haar aangekom het met haar verhaal. "En dis 'n bitter verhaal, hoor."

Die Defendertjie beur swaaiend teen 'n duin uit. By tye raas die enjin so dat Beeslaar skaars die verhaal kan volg.

"Sy't 'n boek by haar, Albertus. En jy sal nie glo wat jy alles daarin sien nie. Hemelweet! Ek het gekyk, gehoop om iets raak te sien oor Op-tel se plek in die duine, maar die goeie Vader weet, daai boek is die werk van 'n malmens op drugs, *heavy* drugs! En die ergste is die … Sjit, al daardie ongelukke waarvan ek jou vertel het. Ouma Veter en ouma Poppie. Dis áls Optel! Daar's tekeninge daarvan – ses altesaam. Kappies en Coin ook!

"Heeltemal waansinnig. En om te dink hy loop hier onder ons rond en heel …" Die res van haar sin word weer deur enjinlawaai uitgedoof.

Hulle skuur oor 'n hoë duin en op die afdraende tel Beeslaar weer stukke van die verhaal op. "Jy raak tegelyk naar en hartseer, ek sê jou! Hy't homself Seko genoem. Daar's 'n tekening van 'n groepie mense – wat iemand onder die klippe steek. Die naam van die tekening is 'Voert-sek! VoertSek! VoertSEKO!' Dis die naam! En ek dink ek weet waaroor dit gaan. Dis die dag toe hy uit die boskamp gegooi is!

"Dit was sy trigger! Kytie Rooi sê daar's bottels met afgekapte vingers in sy kamer."

Heilna staan skielik op toe hulle oor 'n duin gaan. Sy wys vir Jannas om te stop en kyk deur haar verkyker na iets op die noordelike horison.

Sodra die voertuig staan, slaan die hitte toe. En lastige klein woes-tynvliegies wat teen nat wange en slape vasplak. Die Defendertjie het nie 'n dak nie, so die insittendes vee almal sweet af terwyl Heilna die wêreld bespied.

Jannas sê Ghaap moet in die kis agter hom kyk vir 'n mandjie met waterbottels.

Hy haal twee uit, een vir die vroue voor en een vir hom en Beeslaar.

"Dié kant," sê Heilna uiteindelik en wys skuinsregs van hulle. "Ek dink Antas is hierlangs."

Jannas sit die kar in rat en gly ligvoets teen die duin af. "Daar was stories destyds," hervat sy die verhaal, "uit die bosskool. Hy't mos gehelp met die bou en alles.

Eers was dit sy vinger. Hy't sy eie pinkie afgekap. En toe's hy weer op 'n dag vol snye – glo 'n leeu se snorhare. Maar toe hy iemand se horlosie met 'n klip stukkend kap, was dit die finale strooi. Oom Diekie het nog met Antas probeer praat, maar hulle het hom by die skool weggejaag. Hy't die kinders uitgefreak. Sjit, dit was reg onder ons neuse, ons álmal se neuse!"

Heilna spring weer op en wys hulle moet stop.

"'n Spoor," sê sy, "tien teen een Antas. Dis 'n paar uur oud, so sy kan nie ver wees nie."

'n Ent verder stop hulle weer. Heilna klim uit. "Wag vir my," sê sy. "En moet asseblief nie praat nie."

Almal sit tjoepstil en kyk hoe sy teen die duin oploop en versigtig oor die kruin loer. "Sy't dit by die Boesmans geleer," fluister Jannas, "die spoorsnyery. Sy lees die sand soos 'n boek, kan aanvoel waar die dier is, kommunikeer met hom."

Heilna wink en Beeslaar en Ghaap gaan sluit by haar aan. Die reuk tref hulle nog voor hulle bo-op die duin is.

"Brand," sê Beeslaar gedemp. "Vleis en hare. En dalk iets wat al geruime tyd dood is."

"Dis net oor die duin," fluister Heilna. "Julle reg?"

Beeslaar vee die sweet uit sy oë en knik. Dan kruip hulle saam oor die lip van die duin.

Antas sit langs 'n uitgebrande vuur en hou die bloederige liggaam van die jong man in haar arms vas. Sy wieg heen en weer, troosteloos, stadig, ritmies. Sy huil klaend, prewel tussendeur, haar kop oor hom gebuig.

Die driemanskap stap stilweg tot by haar.

"Sj-sj-sjjj. Sj-sj-sjjj, my lief," hoor hulle haar huil. "O-o-o, Son-Eib, Son-Eib."

Die een kant van Optel se lyf is swart en rou. Sy regterarm is byna weggebrand en die wit van sy ribbes steek plek-plek uit. Die vrou het die res van die liggaam op haar skoot probeer trek en druk hom sag teen haar bors aan, wieg hom saam met haar.

Beeslaar loop versigtig nader.

Hy vat liggies aan haar skouer.

"Nee!" roep sy en druk Optel se liggaam stywer vas. "Los ons! Gaan weg!"

"Antas," sê hy en buk oor haar, "waar's die kind? En my kollega, waar's kolonel Mentoor? Optel het hulle hier—"

"Nee-ee-ee." Sy skud haar kop en huil harder. "Sy't hom doodgemaak. Sy't hom vermóór. Hy was net bang, net …"

"En die kind, Antas? Wat het hy met die kind gemaak?"

Sy skud haar kop, maar hou nie op huil nie.

Beeslaar kyk rond, sien die sirkelspoor om die vuur, die hoop gebreide velle wat eenkant lê.

"Hier," hoor hy Heilna gedemp agter hom roep. Sy staan 'n ent weg by 'n gat wat halfpad met 'n sinkplaat toegemaak is. Hy stap nader en skop die sinkplaat weg. Daar's 'n diep holte wat skuins in die grond ingaan. "Erdvarkgat," sê sy. "Hy't tien teen een jou kollega hierin aangehou." Sy wys na die duidelike sleepmerke 'n ent verder weg. "Hy moes haar uitgesleep het en hier …" Sy wys na die plek waar die sleepmerke ophou en tel die rieme op wat daar lê. "Dis nie gesny nie, so sy moes die knope oopgebyt het."

"En toe?"

Heilna kyk na die vuur waar Antas met die dooie jongman sit. "Dalk het sy … Sy het hom dalk daar oorrompel."

"Ons moet haar spoor kry, Heilna. Jy moet nou jou beste uithaal. Daar's nóg 'n gat iewers, of hoe?" Hy snuif die warm lug. "Iets het in hierdie hitte gelê en vrot. Dink jy dit kan dalk sy wees?"

Heilna skud haar kop en begin soek.

Dan maak Ghaap die gruvonds: 'n soortgelyke gat wat met doring-takke en gras toegemaak is. Binne lê die opgeswelde liggaam van 'n man.

"Bloubees," sê Heilna. "Arme, arme idioot!" Sy pak die takke weer terug, versigtig en eerbiedig.

"Mentoor, Heilna," herinner Beeslaar haar. "Ons het nie tyd nie."

"Kom," sê sy en stap terug vuur toe. Hulle loop om die mistroostige tafereel van Antas en Optel. Heilna wys na spore wat weglei van die vuur. "Sy't beslis die kind by haar gehad," sê sy.

Beeslaar trek sy asem diep in en 'n groot verligting spoel oor hom. "Hoe ver kan sy wees, Heilna? Gaan sy oukei wees?"

Sy skud haar kop. "Ons weet eerstens nie waardeur sy is die afgelope 30 plus uur nie. En of sy water gekry het nie. En ek dink …" Sy kyk terug na die vrou en seun by die vuur. "Daai man was al só ver heen. Maar jou kollega is al 'n rukkie terug hiér weg, iewers laatnag."

"So daar's nie tyd nie!"

"Ja, van nou af werk ons teen die tyd," sê Heilna. "Ek gaan vir Jannas haal. Dalk kan julle solank stap, oukei?"

Beeslaar besluit Ghaap moet by die medisynvrou bly, hy sal solank alleen verder.

Ghaap stem teësinnig in. "Hoe de hel het Liewe Heksie dit reggekry om hiér te beland?" brom hy en oorhandig die bottel water aan Beeslaar. "Hééltemal op haar eie. Sy short dringend 'n copy van die Polisiereëls!"

Beeslaar is skaars oor die tweede duin toe hy 'n enjin hoor. Oomblikke later bars die klein Defender oor die duin en laai hom op. Hy's aansienlik meer verlig as wat hy hardop sou erken. Die idee om koers-loos in hierdie hel van hitte en sand rond te dwaal, is 'n lot wat jy jou ergste vyand nie sal toewens nie. Sy hart krimp as hy aan die klein hardegat met haar wolkoppie dink – 'n dag lank vasgebind in 'n gat in hierdie hitte. Jissis.

Dat sy dit enigsins oorleef het, is al 'n godswonder, wat nog 'n man oorrompel, een wat van tien duiwels besete is. Hy moet so sterk soos 'n bees gewees het!

En die kind. Sy sleep met daai klein lyfie van haar nog die kind ook saam.

Oor 'n volgende duin roep Heilna halt en die Defendertjie stop-gly tot stilstand. Sy spring uit en draf 'n ent met die duinestraat langs voor sy buk, iets optel en daarmee terugkom.

Sy hou 'n kakiekortbroek op. "Sy's klaar in die moeilikheid," sê sy somber. "Haar spore kruis mekaar 'n paar keer. En as sy eers klere begin verloor …" Sy skud haar kop bekommerd.

Beeslaar se hart slaan 'n slag oor. "Ons móét haar kry, Heilna. Doen jou ding met die spore. Ons moet haar kry! Watter rigting gaan ons? Wat as ons opsplit?"

"Dis te gevaarlik. En die spore is baie deurmekaar."

"Maar jy kan tog sê hoe oud dit is? Toe, man, doen wat jy kan."

"Oukei. Ons kan split, ek sal dié kant op gaan, wes. Jy en Jannas vat daai kant. Ou wat eerste iets gewaar, trek 'n skoot af, oukei?" Sy wag nie vir 'n antwoord nie, maar spring dadelik weg.

Beeslaar en Jannas ry 'n hele paar minute met die duinstraat langs. Plek-plek verdwyn die spoor waar die grasbedekking digter is. Beeslaar is dors, maar hy spaar sy water vir Mentoor en die kind.

Normaalweg is hy nie 'n ou vir bid nie, maar hy ontdek dat hy dit tóg doen. Hy sal homself nooit vergewe as daai kuiltjies hier moet verdor nie.

Dan sien hy die duik in die duin links van hom. Hy wys vir Jannas. Sy skakel die klein enjintjie oor na 'n laer rat en trap die petrol plat. Hulle seil teen die duin op, Beeslaar wat regop staan en aan die roll bars vasklou. Jannas druk die voertuig se neus oor die duin.

"Daar!" roep Beeslaar en spring uit. Hy gee 'n paar lang treë tot waar die neutbruin lyfie van Mentoor halfpad teen die duin af lê. Twee kindervoetjies en 'n armpie streek onder haar lyf uit.

"Mentoor!" roep hy en sak uitasem by hulle neer. Hy voel aan haar nek. Daar's 'n baie vae hartklop en hy sien haar ooglede fladder. "Hou aan, meisie. Ek's hier. Jy gaan oukei wees, hoor. Hou jy net aan."

Hy kyk vir asemhaling en hartklop by die kind, maar dis stil by haar.

Dan tel hy Mentoor met kind en al in sy arms op en dra hulle teen die duin af na die koelte van 'n groot doringstruik, waar hy hulle versigtig neerlê.

"Mentoor, bly by my," sê hy voortdurend, "bly by my. Dis alles verby, meisiekind, jy's veilig. Jy hou net vas, hoor, ons gaan jou in two ticks hier uitkry, byt net vas."

Jannas kom help en skuif die kind uit Mentoor se arms uit, voel haar pols. Sy kyk dan na Beeslaar en skud haar kop.

"Nee," sê hy en buk by die kind, "nee!" Hy draai haar op haar ruggie, lig haar ken om haar lugweë oop te maak. Oor teen haar mondjie gedruk, luister hy vir asem, maar hoor niks. Hy druk haar neusie toe, sit sy mond oor hare en blaas twee keer. Dan, met die hiel van sy hand druk hy liggies op haar borsie.

Jannas is intussen besig met Mentoor, drup klein bietjies water in haar mond, help haar as sy hoes.

"Een, twee, drie, vier," tel Beeslaar. Tot by 30. Hy blaas weer en pomp weer die bors. Dan luister hy, voel haar pols.

"Jes!" roep hy, "Jes!"

117

"Jy moes my gelos ... daar gelos ..."

"Sj-sj, meisie, los die praat vir later," sê Beeslaar en kyk na die hart-monitor langs Koekoes wat angstig bliep. Sy lê in 'n mediese tent wat deel is van die groot tentekompleks voor die Kalahari Lodge. Die sande-rige lappie aarde is oornag omskep in 'n glansdorpie van markiestente, vlae en rooi tapyte, kristal en wit tafeldoeke en emmers vol vars blomme. Dit lyk na 'n affêre iewers tussen Willy Wonka se tjoklitsfabriek en 'n Elton John-konsert. Buite-om die lodge se heining staan klein groepies ǂKhomani en kyk oopmond na al die bedrywighede.

Die tent waarin Mentoor lê, is deel van 'n hele mediese komponent wat glo altyd saam met die president reis – kompleet met 'n hartspesialis en 'n traumadokter, verpleegpersoneel en 'n operasieteater.

Deur die tentvenster sien Beeslaar 'n groot meubellorrie waaruit gestoffeerde stoele met krom pootjies en vergulde houtsneewerk op die arm- en rugleunings gedra word. Dit sal die stoele wees vir die presidensiële agterstewe plus die leiers van die onderskeie Boesman-faksies, meen hy. Eenvoudige mense soos oom Windvoet !Kgau met sy vaal charity shop-klere en gekraakte ou velskoene. Wonder wat hy van al die uitspattigheid sal sê.

Op enige ander dag sou Beeslaar hom vererg het vir al die oordaad. Vandag is hy dankbaar. Vandag maak dit dalk regtig 'n verskil in die lewe of dood van mense. Dalk onbelangrike mense in die weird uni-verse van die land se eerste burger.

"Ek was reg om dood te gaan," prewel Mentoor. Hy moet goed luister om haar stem bo die lawaai van kragopwekkers te hoor. "Ek was reg, vir tjaila, Beeslaar. Jy moes my gelos het." Haar oë bly toe, maar groot trane bly langs haar slape afloop, verdwyn in haar vaal krulle.

Beeslaar leun vorentoe en vee die nattigheid liggies met 'n stuk steriele watte weg. "Sj-sj-sj, Mentoor. Jy praat nonsies. En jy moet eintlik glád nie praat nie. Al wat jy nou moet doen, is aan die lewe bly, oukei? Ons gaan jou nou-nou hier uitkry en by 'n properse hospitaal, hou net nog bietjie vas. Die heli is op pad."

Hy vat 'n nuwe stuk watte, want die trane hou nie op nie. Sy hand bewe, sien hy. Adrenalien.

En die inspanning om kalm te bly. Hy is woedend vir homself. Hy moes vroeër al gesien het hier's 'n waansinnige vaardig onder hierdie mense. En hy moes nie toegelaat het dat hierdie gifappeltjie met die dimpelwangetjies hom so oordonder het nie. Hy moes sy blerrie groot voet harder neergesit het.

"Die kind," sê Mentoor. "Ek het probeer, Beeslaar. Dis my skuld … As ek nie so harde …" Haar stem swik onder die huil en haar gesig vertrek van verdriet, haar gebarste lippe wat weer begin bloei.

Beeslaar vee versigtig met sy klam watte daaroor. "Hei, meisie, nee-nee-nee. Sjjj. Moenie huil nie, asseblief. Jy't jou bes vir haar gedoen. Jou bes."

Sy eie gemoed is skielik vol en hy moet trane onderdruk. Die beeld van die kind se lyfie, lig soos 'n droë takkie, wat hy heelpad terug uit die woestyn in sy arms vasgehou het – duinop en duinaf in Jannas se dienswillige Defendertjie.

Haar lyfie was koel en klam en sy was slap soos 'n dooie kuikentjie. Teen die tyd dat hulle by die wagtende dokters aangekom het, moes hulle haar omtrent uit sy arms trek.

Mentoor se huil begin bedaar en Beeslaar vat 'n skoon stuk watte en hou dit versigtig teen haar neus. "Blaas, meisie," sê hy, "dat ons jou kan help asemhaal. Help g'n stuk jy ontsnap aan die dors en verdrink dan in jou eie snot nie. Blaas." Eintlik is hy te bang om op enige plek aan haar te raak. Haar wange en mond is rou van die ure wat sy gemuilband was

554

en verder het die hitte en ontbering in die erdvarkgat haar vel vol rou blase gemaak.

Haar liggaam was besig om in skok te gaan teen die tyd dat hulle by die presidensiële veldhospitaal aangekom het – haar hartklop was traag en haar bloeddruk nog net-net daar.

"Hipovolemiese skok," het dokter Pillay verduidelik nadat hy haar met inspuitings, suurstof en 'n drup gestabiliseer het. "Die bloed raak stroperig en die hart gaan in overdrive om die taaierige spulletjie gepomp te kry. Sy was gelukkig. 'n Uur of wat later en haar hart het gaan staan."

"Die kind," prewel Mentoor. "Is sy …?"

"Sy's in goeie hande. Die beste."

"Dis alles my skuld, Beeslaar. Oor Kappies. Dis oor hom … en Martin. O, Here, Martin. Hy sal my nooit vergewe nie. En Daddy … Jy moes my gelos het."

Hy is op die punt om haar stil te maak toe die tentflap oopgaan en die dokter en 'n span verpleegmense binnekom. Die dokter skakel 'n masjien aan wat 'n lang krul papier uitdruk – resultaat van haar EKG, verduidelik hy vir Beeslaar terwyl een van die verpleërs haar bloeddruk neem.

"Sy's reg vir rock 'n roll," roep hy dan en die hele spannetjie begin masjiene ontkoppel en Mentoor word met bed en drup en al by die tent uitgewiel en op 'n drafstap weggedra na waar 'n helikopter 'n paar honderd meter verder staan en wag. Luitenant Romeo Doman help om haar in te lig en wip dan self agterna. Sodra die deure toe is, lig die groot gevaarte homself stert eerste op en kry dan brullend koers in die rigting van Upington, reg suid.

Beeslaar staar die tuig agterna tot dit 'n stippel is en dan heeltemal in die blouwit horison verdwyn.

"Kaptein," sê Ghaap skielik agter hom hom en hy wip van die skrik.

"Moenie so op 'n mens afsluip nie, man," sê hy vererg.

"Niemand sluip nie. En dit gaan jou nie laat beter voel om in mý keel af te klim nie. Maar dit maak seker ook nie saak hoe ék daaroor voel nie. Ek tel mos nie."

Beeslaar swaai om. "Wat de hel, Ghaap? Waar val jy nou uit?"

Ghaap stoot sy ken uit. Daar is 'n harde lig in sy oë. "Soms kan jy 'n blerrie doos wees, kaptein Beeslaar, weet jy dit?"

"Hei! Tjek bietjie daardie kak houdinkie, Ghaap. Wat het oor jou lewer geloop?"

Ghaap kyk weg, sy hande in sy sakke en sy een heup uitgestoot. Daar's iets tegelyk opstandig en verslae aan hom.

Beeslaar knyp sy oë toe. Ghaap weet.

"Ou Ghaap, ek was van plan …"

"Ja, wás, kaptein Beeslaar. As ek die saak reg verstaan, het jy jou papiere klaar ingegee. Die oomblik dat jy hiér klaar is, is jy met óns ook klaar!"

"Dis nie hoe … Ek het dit nie so beplan nie, jong. Dit was iets waaroor ek vinnig moes besluit. Dis 'n kans van 'n leeftyd vir my. En ek moet dadelik kan inval by die nuwe …"

Ghaap trek sy mond skeef en snuif, maar sê niks. Hy kyk na die gewerskaf om hulle, hou twee kêrels in blou werksoorpakke dop wat spook om 'n plakkaat van die landswapen voor die groot markiestent op te sit. Die landsleuse is in rooi letters daarop aangebring: "!ke e: |xarra ||ke".

"Fokken stupid wapen, om 'n blerrie gekrabbel daarop te loop staan en plak. Fokken niemand verstaan dit nie. Wat nog te sê van uitspreek. Fokken stupid!"

Beeslaar steur hom nie aan die plakkaat nie. "Ghaap."

Die jong sersant klap sy tong en steek 'n sigaret aan, blaas die rook ongeduldig uit.

"Ek is jammer, Ghaap. Dit was nie maklik nie. Daardie job in Johannesburg, dis dubbel my salaris. Nine to five, werkskar, bonus, huistoelaag, you name it. En ek kan net instap. Net so. Maar dan … Dan kry jy 'n dag soos hierdie dag. En jy weet: Hierdie werk, dit wat ons doen, dis nie niks nie. 'n Mens vergeet dit soms. Dis nie niks vir die kind wat jy onder 'n mal donner se pote gaan uithaal nie. Vir daai kind is dit iéts."

Ghaap frons en trek aan sy sigaret.

"My bloed is blou, Ghaap. Ek is 'n poliesman, nes jy. Ek weet nie of ek enigiets anders kan doen nie. Maar ek het 'n kind ook, sien jy?"

Ghaap sug en skiet sy stompie weg. Dan knik hy.

"Jy oukei?"

Hy haal sy skouers op, begin terugstap na die parkeerarea. "Die Moegel soek jou," sê hy oor sy skouer, "en almal wag vir jou sodat ons kan uitry na die medisynevrou se plek. Dokter Dans van forensies is glo op pad."

Vir 'n sekonde oorweeg Beeslaar dit om vir 'n sigaret te vra, maar hy onderdruk sy lus. "Wag hier," sê hy vir Ghaap, "my foon." Hy loop terug na die mediese tent.

Dis koel binne die tent. Miskien moet hy eers die Moegel bel voor hy weer die hitte buite trotseer.

Daar is 'n hele aantal meldings op sy foon se skerm, sien hy voor hy bel. Die laaste is van generaal Mogale en daar was ook een van Gerda. Herre, dink hy, op hoeveel fronte is hy nie op hierdie oomblik in die moeilikheid nie.

"Hoekom antwoord jy nie jou donnerse foon nie, Beeslaar?" val die Moegel dadelik weg. "Wat sê die dokters? Gaan sy oukei wees?"

"Sy gaan oukei wees, Generaal. Die heli is so 'n minuut of vyf gelede hier weg. En die dokter is saam met haar, so sy behoort …"

"Jy moes beter na haar gekyk het, Beeslaar. Ek het jou nie soontoe gestuur om te gaan sit en kak warm hou nie. Jy's die een met die ervaring. Koekoes moes beter beskerming gekry het. Meer ondersteuning."

Beeslaar trek sy longe vol lug, blaas dit saggies uit. "Ja, Generaal," sê hy beheers, "onthou net dat sy in bevel van hierdie ondersoek was. En sy ís after all 'n kolonel!"

'n Oomblik lank is daar stilte op die lyn. "Oukei," sê Mogale na 'n ruk, "eintlik het ek haar te hard gedruk. Daar's baie mense wat rondloop met stories oor haar, maar Mentoor is een van die goeies. Ek kén haar. En ek het haar pa geken en hy was 'n eerbare oubaas. Die stories dat sy my favourite is, is balls. Dat ek haar bo haar vermoë bevorder het, vir regstellende aksie-redes … alles balls. Sy't dit verdien, fair en square. Sy's 'n goeie cop. En sy't wondere verrig in River Park na die gemors wat daardie etter van 'n Kotana … Hel, man. Sy't blerrie staal in haar pype, hoor, sy's 'n terrier. En sy beter hierdie ding oorleef, anders … anders …" Die lyn raak stil en na 'n paar sekondes sny dit uit.

Beeslaar kyk na sy foon. Dis nie die sein wat weggeval het nie, sien hy en stap na buite. Wonder of hy Mogale al ooit só baie hoor praat het. En bewoë raak. Die Moegel is een van die soort wat tien teen een laas gehuil het toe hulle gebore is. En toe ook net oor die dokter hulle aan die skree moes klap.

Hy besluit om 'n sms te stuur sodra hy en Ghaap onder die gewoel van die presidensiële preparasies uit is. Hy sal iets gorrel oor swak seine, om die Moegel verleentheid te spaar.

"Bestuur jy," sê hy vir Ghaap toe hulle uiteindelik by die polisiebakkie kom. Hulle maak die bakkie se deure oop en wag eers 'n minuut voor hulle inklim sodat die hitte binne kan ontsnap. Terwyl hulle wag, kyk hulle terug na die frenetiese aktiwiteite by die lodge.

"Die president," sê Ghaap, "land glo môremiddag drie-uur. Dan sal daar 'n tradisionele dansie vir hom wees. Jou ou padvriend, Yskas, en 'n klompie ander is die voordansers. Maar daar was al weer moles met mevrou Yskas. Wil nie haar bolyf ontbloot met 'n gedansery nie. Nou's dit glo net jong meisies wat gaan deelneem."

Beeslaar skud sy kop. Die Boesmans se dans is rustig, so ver hy weet, gemik op heling. Tensy daar toeriste is wat kyk, is die klere dalk nie 'n issue nie.

Hy weet ook nie. Sy kennis van die Boesmans is op *The Gods Must Be Crazy* gebaseer. En op tv-programme. Dis anders op tv. Daar sien jy hierdie sagsinnige jagters wat met respek doodmaak, byna deernisvol die dier bedank vir die offer wat hy gee.

Watter een van die twee wêrelde is die egte een?

Ghaap skakel die bakkie aan, die aircon op volsterkte. "Wie wil jy eerste sien? Die ou vroutjie wat die kind gesteel het? Of die medisynevrou? Pyl pas hulle op by Jannas se huis."

"Kom ons ry maar eers by Jannas langs. Daarna uit na Optel se blyplek," sê Beeslaar ingedagte en begin met sy sms aan sy baas: "Die sein is swak, Genl. Ek bel u voor 3 nm. Praat nou met getuies. Wag ook vir forensies."

Toe hulle by die skoolbus stop, kom Jannas uit die bus uit en ontvang hulle by die tuinhekkie.

"Hoe lyk dinge?" vra Beeslaar.

"Die ou tannie het bedaar," rapporteer sy, "maar ek is bietjie bekommerd oor Antas. Sy bewe soos 'n riet en gooi kort-kort op. Een van die tentdokters het vir haar inspuitings kom gee. Sy moet eintlik Upington toe met die ambulans, maar sy weier."

"En Heilna?"

"Terug plaas toe. Haar pa se toestand het skierlik baie versleg. Eintlik al van gister af. Heilna sê daardie kankerbal het nou verby 'n kritieke punt gekom. Dit sny letterlik die bloed na die organe in die buik af. Elke asemteug is hel en dit klink my dis nou 'n kwessie van ure vir oom Boy."

Kytie sit al vir ure by die medisynevrou. Sy wil nie hê Kytie moet loop nie. Bly aanmekaar haar hand soek en klou só hard, asof Kytie haar laaste vasgryp is voor die ellende van Optel haar oor die afgrond trek.

En Kykie verstaan. Daardie afgrond is vir haar 'n ou bekende. Sy't hom gesien destyds toe die dood vir klein Rokkies gekom haal het. Daarna het Kytie vir hom uitgekyk, gesoek vir wanneer hy weer verby sal kom, dat sy kan voor staan in die ry. Maar toe kom vat hy Mammie.

Kytie weet hoe Antas voel. Hoe daar iets binne-in jou breek, 'n ankertou. Van nou af dryf jy los agter die lewe aan.

"Kytie," sê die medisynevrou, "ek wil huis toe gaan."

"Nie nou nie, mevrou Antas, die mense hier sê ons moet nou eers hier bly. Die polieste is nog besig daar by Mevrou se huis. En by die plek. Daai plek."

"Wat het hulle met Son-Eib gedoen?"

"Ai, Mevrou. Ek sal nou nie kan sê nie."

"Hy kan nie net daar lê nie, Kyt. Die son … Hoe laat is dit?"

"Dis al namiddag, Mevrou. Maar ek dink hulle kyk mooi na hom. Dis net oorlat die ander man – ek vergeet sy naam nou – oor hy ook daar geverdood lê, dat hulle nog nie vir Optel uitbring daar uit die duine nie. Die witjaste van die polieste moet eers kom kyk, sê hulle."

"Coin," sê die medisynevrou. "Sy naam is Coin."

Sy los Kytie se hand 'n oomblik lank om die trane af te vee. Kytie kry 'n nat hand terug. Sy wonder wat van Japie die meerkat geword het. En hoe die arme Antas na dese staande gaan bly. Kytie kan nie forever haar hand vashou nie.

Die wingerd het vir Kytie destyds regop gehou. Agterna, toe sy Mammie se plek daar oorgeneem het. Bloedige Upingtonse somers in die luglose gange tussen die rye wingerd. Eers sakkies een-een om die trosse bind, beskerming teen die vernielers, voëls en kewers en goggas. Dan is dit pluk. En kom die winter is dit snoei.

Kytie was bly vir die werk. Besige hande is die beste medisyne vir 'n hart wat breek.

Wat hierdie slag sal gebeur, lê in die Jirre se eie twee hande. Solank ou Tienrandjie dit maak. "Dis nie vir my onthalwe nie, Jirre, dis om die ou kleintjie. Ek vra niks troos en goedertierengeid vir my nie. Ek vra net een dingetjie: help daai ou kinnie van ons twee. Sy't mos maar net ons, ek en jy, Jirre, wat sal vlerkmaak bo haar hoof. Nie uit verdienste nie, Jirre, maar uit genade."

"Is alles nog reg hier?" Die jong konstabel met die seunsgesig loer in by die bus. Hy lyk 'n liewe klong, goed grootgemaak, met respekte en manierlikheid teenoor ouer mense. "Ek kom net sê, Mevrou, Roshaan het Upington se hospitaal gehaal. Die dokters het haar gestabiliseer en haar mense is in kennis gestel. Ons dink sy gaan oukei wees."

Roshaan.

Nee, wil sy reghelp, dis nie haar naam nie. En sy't nie "mense" nie. Haar "mense" is nie mense nie. Roshaan is die vernielersnaam vir haar. Roshaan is weg, hoort by die verlede.

En sy wat Kytie is, sy gaan baklei tot op haar laaste druppel bloed. Die prokureur het self gesê hy gaan vir Kytie loskry. En hy gaan haar help om Tienrandjie onder die vernielers uit te kry. Tina gaan haar naam wees en Kytie sal vir haar rokkies maak en sy sal skool toe gaan. Sy sal 'n mens word.

Ghaap ry vinnig en glad oor die paar duine na Antas Wilpard se huis onder die bome. Die voordeur staan oop en die plek lyk verlate en spokerig, veral met die onheilspellende klank van die slierte windklokke in die bome rondom die huis.

Hulle kyk vlugtig deur al die vertrekke in die huis, ontdek die ondergrondse spens waar die twee vroue gevange gehou is. Dan loop hulle haastig na die buitekamers. Verby die hoenderhokke sien Beeslaar 'n dooie diertjie in die sand. Hy bekyk dit van nader: Japie die babameerkatjie. Die hoenders het al flink aan hom gevreet.

By Optel se kamer gekom, sit konstabel Ntsibi op die trap en rook en Gatweet Moatshe staan swetend agter hom in die kamer en verkyk hom aan die grieselige inhoud.

"Wat de hel maak jy daarbinne?" bulder Beeslaar en die dik man spring van die skrik. Ntsibi gooi sy sigaret weg en vlieg orent.

"Kaptein!" roep beide en staan op aandag.

"Ons pas die plek op tot forensies hier is," sê Gatweet.

"Nou maar dan hou jy die deur toe en jouself buite, dit beteken nie jy donder hier rond soos 'n nuuskierige aap nie!"

"Ja, Kaptein," sê Gatweet en skarrel bedremmeld by die vertrek uit.

Die kamer binne is donker. Beeslaar ruk eers die gebreide diervelle voor die kamervenster af sodat hy behoorlik kan sien.

Sy mond val oop sodra hy rondom hom kyk – die mure is reg rondom vol tekeninge, simbole en geskrifte, sommige van hulle in 'n taal wat hy nie kan uitmaak nie. Dit krioel van wesens en gedrogtelike figure wat halfmens, halfdier is. Die grootste is van 'n leeu met woeste maanhare. In 'n sirkel rondom die tekening is daar geskryf:

Die skaduwee wat vooruit val
is die skaduwee van die dood
Geel Hond loop voor hom uit
En Seko loop in Geel Hond

Elders is daar 'n prent van 'n Westerse man met 'n baard en strale wat om sy kop staan, 'n driehoek vir 'n oog. Op sy bors is daar 'n duif. Onderaan staan: "Heilige Gees is Duif. Die Duif is Brood. Neem. Eet. My Liggaam. Drink my Bloed. Sê dankie vir die dood."

Reg bo, teen die plafon, is daar 'n hele verhaal, lyk dit.

Dis 'n tekening van 'n leeumens wat pyle skiet na verskeie figure: 'n vrou met 'n slang in haar hand en een met 'n skerpioen. 'n Ander vrou is in 'n fetusposisie met 'n slang in haar maag. Dan 'n man met vlamme wat uit sy kop opstaan. Nog een se kop is af en 'n ander het 'n spies in die nek en laastens is daar 'n liggaam in 'n bal gerol en met tou toegedraai. Arme Coin.

"Die proffie se boek," sê Ghaap skuins agter hom. Hy staan by 'n lae rak met boeke en blikke en dierebeendere op. "Die een oor die medisynes. Mos al wat gesteel is Saterdag toe hy gewurg is, nie waar nie?" Langs die boek is daar 'n aantal konfytbottels met 'n dynserige vloeistof binne-in, iets wat in elkeen dryf.

"Die vingers," sê Beeslaar en kom nader. "Daar's sewe, lyk dit my. Die twee oumas, die biermaakstertjie, Tsokkos, oom Diekie. En Optel self. Die sewende is tien teen een die stomme Coin Bloubees s'n."

"Kyk in die hoek daar," sê Ghaap en wys na 'n opgestopte leeutrofee. "Meer brul as byt," merk hy droogweg op. Die leeu se tande is verwyder. Langsaan staan 'n geweer – moontlik De Vos s'n.

Beeslaar sak op sy hurke om onder die rak met die vingers in te kan sien. Daar's 'n ry witgebleikte diereskedels styf teen mekaar ingedruk. Hy druk hulle versigtig weg van mekaar en trek die menseskedel uit wat agtertoe weggesteek staan. Die kopbeen het 'n deksel wat hy versigtig oplig. Binne lê twee outydse tabaksakkies met verweerde logo's van Boxer-tabak. Hy lig die sakkies uit.

"Tada," sê hy vir Ghaap terwyl hy 'n hand vol van die blink klippies op sy palm uitgooi.

Uiteindelik sit hulle die skedel versigtig in 'n kussingsloop en trek die gruwelkamer se deur agter hulle toe. Die twee konstabels kry opdrag om niemand oor die drempel toe te laat buiten dokter Hans Deetlefs nie.

Sodra hulle wegry, bel Beeslaar die Moegel.

"Hulle het nou net geland," blaas hy in Beeslaar se oor. "En jy kan jou sterre dank, Beeslaar, want sy is buite gevaar. Ek het Doman se lot laat weet ons saak is oor en uit en die seremonies kan môre voortgaan sonder probleme aan ons front. Ek stuur ou Mos Lobatse in om by Witdraai oor te vat."

"Gaan u nie self die verrigtinge bywoon nie?"

Stilte op die lyn.

"Generaal?"

"Man, ek woon niks by nie. Ek weet nie eers of ek môre nog 'n jop het nie."

"Generaal?"

"Die bliksemse Kotana het homself laat staan en doodskiet!"

"Láát doodskiet?"

"Dis wat ek sê, man, is jy doof? Hy't deur die padblokkade by Hopetown probeer gaan en die pêrre daar het hom gearresteer. Volgende oomblik jaag daar 'n Range Rover verby en Kotana vang drie bullets, fataal. Twee cops wat hom gearresteer het, ook noodlottig ... Fokkit."

"Hel, dis sleg, Generaal. Maar ons het die diamante darem gekry." Hy vertel kortliks van die gruvondste in Optel se kamer. "Ek vermoed Optel het die diamante iewers laas Saterdag gesteel. Dalk het De Vos aangeneem dat Coin Bloubees die dief was, daarom sy oordrewe pogings om Coin vas te trek."

"Whatever, Beeslaar. Sorg dat daardie diamante veilig bly. Ek soek in godsnaam nie nóg lyke op my werf nie. O, en by the way, ons het Zimmerman vasgetrek en twee van die bullebakke wat hom gevange gehou het. Daar's 'n hele vrag prokureurs uit Johannesburg op pad, so moenie dat jou Duitse professor iets oorkom nie. Ons gaan sy getuienis bitter nodig hê."

Jannas was koppies en glase in 'n kom seepwater langs die bus toe hulle daar stop. Sy pak die skoon skottelgoed in 'n mandjie wat sy later sal indra na die buskombuis.

Haar hare is in 'n poniestert bo-op haar kop vasgemaak, lyk soos 'n fonteintjie wat met elke kopbeweging vrolik swaai.

"Sersant Pyl is nie meer hier nie," sê sy met seephande. "Hy het vir Antas maar solank stasie toe gevat. Sy wou met alle mag en krag saam met Optel se liggaam ingaan Upington toe. Arme ding. Sy's ontroosbaar."

"Dankie vir jou hulp, Jannas. En jy kan nou verder ontspan. Dit lyk my julle groot projek kan sonder probleme deurgaan."

Sy tel die laaste glase uit die seepsop uit en droog haar hande sommer aan haar rok af.

Sy kom staan by hulle, tuur na die teerpad in die verte, waar 'n groot meubelwa net wegry van die lodge se tentedorpie.

"Dit voel bietjie soos 'n sad movie, as ek nou doodeerlik moet wees. Die grootste tragedie het hom hier reg onder ons neuse afgespeel en ons was te onnosel, te besig met al die lugkasteeltjies bou, om dit raak te sien."

"Ek begryp," sê Beeslaar. "Maar dalk voel jy weer beter teen Saterdagaand, as die skape oor die spitte hang en die wynproppe klap."

Sy glimlag floutjies, skud haar kop 'n bietjie treurig. "So baie mense wat nie sal saamdrink nie. Coin, oom Diek. Heng, en hulle was so lief vir 'n dop." Sy kyk op na Beeslaar. "Jy dink seker nie veel van ons ou lotjie hier nie."

"Dis maar die job. Ek kry mense aan hulle stukkende kante beet, maar ek weet daar's ander kante ook."

"Ken jy die term epigenetika?"

"Nee."

"Genetiese navorsing wat bewys dat trauma in ons DNS gaan vassit. Dit word van een geslag na 'n volgende oorgedra. Die trauma wat ons voorgeslagte beleef, bepaal hoe ons DNS-struktuur lyk. Dit trigger negatiewe reaksies by ons wanneer ons stres ervaar. Depressie, drank, sielkundige probleme. Selfmoord. Wat met die San gebeur het in hierdie land …"

Sy sug. "Dit gaan 'n tydjie duur. Vir eers is ek dankbaar die meisietjie gaan dit maak. Tienrand."

"Dis nie haar regte naam nie, nè? Sy's eintlik Roshaan Kayla Malgas. Dis wat haar ma sê."

Jannas aanvaar 'n sigaret van Ghaap en neem 'n diep teug daaraan. Die harefonteintjie roer terwyl sy uitblaas.

"Tienrand, Optel. Dit sal hulle name bly, want dis wat ons van hulle gemaak het, Beeslaar. Opdrifsels."

"Tja," sê Beeslaar en loop saam met Ghaap terug bakkie toe. "Ons is by die stasie as jy ons soek, oukei?"

"By the way, het Heilie jou in die hande gekry?" vra sy. "Sy't gevra jy moet uitkom plaas toe sodra jy kan."

118

Beeslaar en Ghaap ry in stilte terug na die Witdraai-polisiestasie toe.

Beeslaar sit en staar na die foon in sy skoot terwyl Ghaap met sy elm-boog by die bakkievenster uithang en diep, verbete trekke aan sy sigaret gee. Beeslaar wil eintlik die venster toe hê sodat die aircon sy werk kan doen, maar hy gun ou Ghaap sy plesier.

Hy gaan die blerrie kêrel mis, weet hy. Selfs vir Pyl met sy lang reier-bene. Hy gaan kameeldoringbome mis. En meerkatte. En mense wat "hoekatie" sê.

Eers moet hy Gerda trotseer. Hulle laaste mislukte kontak was die vorige dag toe hy in Orania teen die gastehuis se symuur geskuil het. Herre, dit voel soos 'n week gelede. Op 'n ander planeet. 'n Planeet in gelerige tinte, die inwoners lewende kiekies uit 'n ou familiealbum.

Eintlik ironies, as jy mooi daaraan dink. In wese is die ganse plek 'n fantasie: 'n wit eilandjie mense wat benoud vasklou aan 'n skeefgetrekte geskiedenis.

Laaste van hul soort. Bietjie soos die Boesmans, dalk.

"Kom jy, Kaptein?" roep Ghaap ongeduldig en klap met sy plathand op die bakkie se dak. Beeslaar was só diep in sy gedagtes versonke, hy't nie eens opgemerk dat hulle al voor die polisiestasie gestop het nie.

Hy klim uit. "Gaan solank in, Ghaap, ek kom," sê hy en soek Gerda se nommer. Terwyl dit lui, stap hy met die stoep langs en gaan sit in die digte skaduwee van die karee.

"Hoe lyk dinge?" vra hy sodra sy optel.

"Lara se koors het gebreek, gelukkig. Here, ek mis my ma, Albertus."

"Ek is jammer, ek moes daar gewees het."

Sy klap haar tong liggies. "Kyk, Albertus, ek weet nie goed wat jy beplan nie, maar …"

"Ek kóm, Gerda. Die saak hier is afgehandel. Dis net vir opdoek, 'n kwessie van 'n dag of twee, dan …"

"Moenie."

"Wat bedoel jy, moenie? Moenie wat nie? Kom nie?"

Sy sug. Hy weet hoe lyk sy nou. Sy sal buite in haar agtertuintjie staan en vir die son kyk wat oor die groot stad sak. Haar hare sal die son se koperskynsel opvang. Troebel oë, dynserig en onbereikbaar.

"Ja," sê sy uiteindelik. "Moenie kom nie. Nie nou nie. Gee my kans om 'n bietjie te rus. Om 'n bietjie te dink."

"Wat op godsaarde bedóél jy? Ek het klaar my sake …"

"Net 'n paar dae, Albertus. Dat ek my pa gevestig kry daar in die versorgingsoord. Hy's so dapper, weet jy? Ek dag hy sou baklei, woes raak. Maar hy … hy …" Hy hoor haar snuif. "Gee ons net kans, Albertus. Ons almal. Dat ons net weer ons voete vind. Dan praat ons weer, oukei? Oukei?"

"Oukei, Gerda," sê hy uiteindelik en lui af.

Dan staan hy op en loop met loodswaar voete kantoor toe.

Pyl lyk soos 'n langbeen Pinocchio wat 'n slagorkes dirigeer agter sy lessenaar. Daar's 'n foon onder sy een oor vasgeknyp en hy voer gees-driftig die woord terwyl hy deur 'n stapel dossiere kam, op soek na iets.

Uiteindelik vind hy wat hy gesoek het en hou dit na Beeslaar toe uit. Dis die afskrif van 'n geboortesertifikaat vir ene Pieter Jantjies, gebore 28 Februarie 1997 op Daniëlskuil in die Noord-Kaap. Moeder: Lena Jantjies. Vader: onbekend.

Optel.

Volgens dié sertifikaat moes Optel oor twee dae 19 geword het. Beeslaar sit die papier op sy lessenaar neer en loop badkamer toe, gaan spoel sy gesig en nek by die wasbak af onder die koel, brak water. Te laat onthou hy dat daar nie 'n handdoek is nie. Ook nie toiletpapier nie. Hy trek sy T-hemp uit en doen die afdroogwerk daarmee. Nie hy of die T-hemp ruik meer te lekker nie. Hy kyk na sy beeld in die spieël, die lang letsel wat oor sy regterbors optrek en oor sy skouer wegraak. Links onder die ribbes sit die duik wat agtergebly het ná hy 'n koeël gekry het iewers in sy verre Johannesburgse verlede.

Hy dink aan die merke op die jong dogtertjie wat hy die oggend uit die woestyn uit gebring het. Tienrand.

Hoeveel wonde kan 'n mens se lyf verduur voor dit finaal ingee? En waarheen gaan sy terug, indien sy die paal haal? Jannas het vroeër gesê ou Silwer Bladbeen glo hulle het 'n baie sterk saak om haar in pleegsorg te plaas. Die volgende stap sal wees om haar ontvoerder, Kytie Rooi, as pleegouer aangewys te kry.

Hy wat Beeslaar is, is nie te hoopvol nie. Hy weet hoe moeilik die ratte van die staat beweeg as dit gaan oor die beskerming van die weerloses.

Sy selfoon ruk hom terug uit die mymerings. Heilna, sien hy.

"Is jy orraait?" vra sy.

"Ek's orraait, dankie. Ek hoor dit gaan nie goed met jou pa nie. Is daar iets wat ek kan doen?"

Sy bly 'n rukkie stil. "Ek weet dis hectic by jou," sê sy huiwerig. "Maar Pa maak klaar ... en ... ek weet nie of ek kans sien ..."

"Ek kom dadelik," sê hy en trek die T-hemp aan.

Dit neem Beeslaar net oor 'n halfuur om op die plaas aan te kom. By die Kalahari Lodge moet hy eers sukkel om verby 'n padblokkade te kom, wat sy spoed effe vertraag.

Die twee wit labradors drentel hom tegemoet sodra hy onder die groot bloekom langs die plaashuis intrek. Die werf is andersins stil. Agter die huis, by die boma, gewaar hy 'n klompie plaaswerkers wat met gedempte stemme onder mekaar sit en praat. Hulle groet met somber kopknikke toe hy aanstryk na die voorstoep.

Die huis binne is koel en donker, die reuk van sigarette het reeds begin om weg te trek, besef hy toe hy met die gang afstap.

Heilna sit by haar pa in sy slaapkamer. Hy lê halfregop in die bed, 'n suurstofmasker oor sy neus en mond. Sy oë is toe, maar hy wink vir Beeslaar. Beeslaar loop suutjies nader. Hy wil nie die antieke ou vloerplanke te veel laat kraak en skud nie.

Aan die voetenent van die bed lê die groot rooikat. Hy was sy voorpoot ongeërg. Toe hy Beeslaar gewaar, hou hy op, kyk met intense konsentrasie op na hom, sy oë wat met 'n helder oervuur brand. Dan laat sak hy sy kop en strek homself behaaglik teen die siek man se onderlyf uit, raak rustig aan die slaap.

"Jy kan maar ontspan," sê Heilna. Haar stem klink vandag ekstra monotoon, maar hy't haar oor dié paar dae goed genoeg geleer ken om te weet dis hoe sy haar emosies wegsteek. "Dankie dat jy gekom het. Hy wou jou nog eers groet."

"Um ... Ek hoop nie ek is ... e ..."

Boy Wannenburg lig weer sy hand. Hy probeer die suurstofmasker afhaal, maar is te swak. Heilna staan op en doen dit vir hom, bied dan vir Beeslaar haar stoel aan.

"Sit," sê sy. "Sy pyn is sedert gister onuithoudbaar. Die morfien help nie meer nie."

"Wat van die dokters daar by die lodge, Heilna? Daar's 'n hele hospitaal daar ingerig, teater en masjiene en ..."

Sy skud haar kop. "Sit net. Hy wil jou iets vra. En julle kan solank gesels, want ek móét nou eers gou badkamer toe gaan. Ek sit al wie weet hoe lank hier en knyp. Net 'n rukkie, want ek wil sommer die medisynes ook regkry."

Beeslaar gaan sit. Hy wonder of hy Wannenburg se suurstofmasker moet terugsit. Of hy iets moet sê. Maar wat sê 'n mens? Gewoonlik dink jy eers agterna aan alles wat jy wou gesê het, maar op daardie oomblik is jou kop leeg.

"Sal jy my help?" vra Wannenburg en maak sy oë oop. Sy pupille is groot en sy oë is starend. Hy haal moeilik asem.

"Help? Natuurlik, sê net."

"Heilie ... Heilie kan nie. Sy sien nie ... kans nie. En ... en ek kan dit ook nie aan haar doen nie."

Beeslaar word yskoud. Hy moet hard baklei teen die impuls om te vlug.

"Dit sal nie …" Wannerburg hoes en Beeslaar hou die suurstof oor sy gesig totdat hy weer asem kry. "Ek weet ek … vra die onmoont— die onmoontlike, maar ek … Dis vir Heilie. Doen dit vir haar. Sy suffer. En … dis nie reg teenoor haar nie."

"Hier's dokters hier. Die president se persoonlike artse, net hier by die lodge, oom Boy. Hulle sal mos … Hulle kan help met die pyn?"

Die siek man skud sy kop en maak sy oë toe. "Dis verby, Beeslaar," sê hy en sy stem klink skielik helderder, fermer. "Heilna het genoeg gely, man. En ek is oukei, regtig. Heilie is versorg, sy sal nie sukkel nie. Nooit nie. En die plaas … Ag, dis net grond. Niemand besit dit regtig nie. Net die herinner … jou herinneringe …"

Hy bly só lank stil dat Beeslaar 'n oomblik lank wonder of hy die finale asem uitgeblaas het. Maar dan hervat hy dit: "Joune net vir 'n ruk-kie. Net vir … vir 'n rukkie voel jy tuis, of jy by iets behoort. Dan … gee jy dit weer aan."

Hy hyg benoud en Beeslaar hou weer die suurstofmasker vir hom. Dan draai hy sy kop weg, begin weer praat. "Jy gee dit aan. Jy vou jou vlerke. En … die aarde vat jou weer geduldig … geduldig terug. Dis al, ou seun. Help asseblief … Help vir Heilna."

Beeslaar hoor haar in die gang aankom. Hy sukkel met die suurstof-masker want sy hande bewe en die rektoutjie bly uit sy vingers glip.

Sy loop tot langs hom en druk sy hande sagkens weg. "Los maar, Albertus," sê sy. "Kom help my liewer hiermee." Sy sit 'n plastiekhouer met 'n spuitnaald op die bedkassie neer. "Sit vir my die masjien af."

"Um …" Hy kyk benoud rond, sien niks, sy hele wese ingestel op die spuitnaald op die bedkassie.

"Die suurstofmasjien, Albertus. Sit dit af."

Hy sluk en buk na die masjien wat gorrend by die voetenent van die bed staan. Hy moet soek om die regte skakelaar te vind. Vir 'n lang ruk huiwer sy vinger. Liewe Here, dit is nie reg nie.

Hy kyk terug na die man op die bed. Sy oë is oop en hy kyk na Heilna, wat na hom afbuk en hom sag op die skurwe vel van sy voorkop soen. Sy hou sy gesig in al twee haar hande vas en kyk liefderik na elke vlak van sy gesig, soen hom weer.

Toe sy regop kom, het sy die klein morfienpompie wat normaalweg in sy hempsak is in haar hand. Sy hou dit teen haar lyf gedruk en kyk na Beeslaar, wag vir hom om die masjien af te skakel.

Hy doen dit en kom staan by haar.

Sy buk by haar pa se skouer, maak seker dat die pompie se poort in sy liggaam in reg sit. Dan tel sy die houer met die naald daarin op en hou dit na Beeslaar toe uit.

"In die buis. Alles, tot dit leeg is, oukei?"

Soos 'n slaapwandelaar tel Beeslaar die spuit op. Sy hande bewe só erg dat hy bang is hy laat val dit. Hy's bewus van sy hart se gehamer teen sy borskas, van die ontsetting wat sy keel toedruk. Dan steek hy die naald by die buis in en hou hom daar tot dit leeg is.

Boy Wannenburg kyk met soveel teerheid en liefde en verwondering na sy dogter dat Beeslaar moet wegkyk. Vir 'n hele ruk bly hy so staan, hoor hoe die sterwende se asem vlakker en stadiger word.

Tot dit uiteindelik heeltemal verdwyn.

119 Daarom

Dit was die mense dié,
wat daardie snaar vir my gebreek't
Daarom
word die plek nou vir my só
Daaroor
As gevolg daarvan
Want daardie snaar was dit wat vir my gebreek't en ek kan dit nie
meer hoor vir my roep nie
Daarom
voel die plek nie meer vir my
soos dit hier eers gevoel het nie
Daaroor
Want die plek voel net asof dit ope voor my gebreek is, oop
die plek voel net of dit ope voor my staan
omdat die snaar vir my gebreek het
Daarom
is die plek nie aangenaam vir my
Daaroor

Want ek dink ek sal wag vir die maan om om te draai vir my
Dat my voete weer reg sal staan
Ek luister …
Ek soek na die storie wat ek wil hoor

Ek wag vir die storie om in my oor in te sweef
Ek voel my naam kom klaar met die pad aangeswewe
Al met die pad langs terug na my plek
Ek wag vir daai storie, ek wag op die wind

Bedankings en erkennings

Die geluk het my in oorvloed getref met die skryf van hierdie boek, want ek het die hulp en begeleiding van drie formidabele redakteurs gehad.

Baie dankie eerstens aan Hettie Scholtz vir haar wysheid, insig en vriendskap gedurende die lang aanloop tot die eindstreep. Ook aan my uitgewer, Fourie Botha, vir sy geduld en vlymskerp redigering. En wat 'n bonus en voorreg was dit nie om die ervare hand van Frederik de Jager aan boord te hê vir die teksversorging nie – te midde van sy groot verhuising na Griekeland.

Die idee vir *Tuisland* is te danke aan toeval. Onder meer 'n film oor die dood van 'n bekende spoorsnyer, Optel Rooi, en 'n ontmoeting met Nanette Flemming wat onder die ‡Khomani-San van die Kalahari gewerk het. Die idee vir 'n moordstorie in hierdie geweste het vandaar opgevlam. In dieselfde tyd het Dana Snyman se ontroerende boek *Hiervandaan* verskyn te midde van die groeiende debat oor wie in Suid-Afrika hoort en waar hulle tuiste is.

Die kwessie van nostalgie, die heimat en ontheemding is verder toegelig in 'n artikel deur Anneke Rautenbach oor Snyman se boek op *LitNet*: "Finding the Afrikaner's Nkandla". En dit het die wiele aan die rol gesit.

Die Kalahari se mense het my met groot warmte en gasvryheid ontvang en baie met navorsing gehelp. Ek het nog die voorreg gehad om van die ouer garde te ontmoet voor hulle oorlede is – oupa Dawid Kruiper, toenmalige leier en afstammeling van die bekende Ou Makai en sy seun Regopstaan Kruiper. Ook ouma |Una Rooi, een van die laaste sprekers van die ‡Khomani-taal, |Un, het my vertel van haar belewenisse as jong San-kind, toe haar mense nog vrylik in die Kgalagadi-oorgrenspark gewoon het.

Kruger en Johanna du Toit van Askham het huisvesting gebied by die Post Office Gastehuis en my op die verhale en staaltjies van die omgewing getrakteer. En vir my !nabbas geleer eet.

Onder die ‡Khomani self het 'n hele aantal mense my met inligting gehelp: Vinkie van der Westhuizen van die San Instituut (Sasi); haar pa, die geneser Jan van der Westhuizen; !Xoeriep (Yster) Festus van Andriesvale en sy vrou, Tos; Deon Nobitson; Patat van Wyk; en by !Xaus Lodge in die Kgalagadi-oorgrenspark het oupa Dawid se dogter, Ou Let Kruiper, vir lang ure met my gesels oor die betekenis van die tradisionele dans. Toppies Kruiper, 'n veldwagter by die lodge, het inligting oor tradisionele jag-metodes verskaf en sy kennis oor die Kalahari gedeel.

Ek is ook veel verskuldig aan Elias le Riche, voormalige bestuurder van die Kgala-gadi-oorgrenspark. Oom Elias het in die park grootgeword, die derde van 'n lang lyn Le Riche'e wat sedert die ontstaan van die park in 1931 bewakers van hierdie ongerepte natuurgebied was.

Daar was verskeie engele op my pad, soos die legendariese Hetta Hager van Griekwa-stad wat haar groot skat van kennis oor die omgewing se mense, hul unieke spreektaal en geskiedenis met my gedeel het. Ons gaan jou mis, Hetta.

Op Upington het kolonel Ronel Visagie, bevelvoerder van die polisiestasie in die Pabalello-township en Polisievrou van die Jaar (Noord-Kaap), my vertel oor wat haar pos behels en hoe 'n vrou dit anders doen. Marina Scheepers van die *Gemsbok*-koerant op Upington het my ook in haar leefwêreld toegelaat.

Op Orania het Johan Strydom van die Orania Beweging en leier Carel Boshoff baie tyd aan my navorsing afgestaan. Spesiale dank aan professor Janette Deacon, een van die voorste kenners oor die Bleek/Lloyd-argiewe en San-rotskuns, vir die opspoor van navorsingsmateriaal.

Wat die versorging van die boek betref, dankie aan die skerp oë van proeflesers Sophia van Taak en Janita Holtzhausen. Die omslagontwerp deur Georgia Demertzis en die teksontwerp deur Chérie Collins het alles afgerond.

Laastens groot dank aan Isobel Dixon van die Blake Friedmann Literary Agency en aan Sue Cooper, Boeddhistiese sielkundige en meditasie-instrukteur, wat my deur bitter tye gehelp het.

Spesiale dank aan my huishoudster, mev. Masenuku Nthonyane, wat gesorg het dat ons almal staande bly tydens die lang skryfproses.

En natuurlik ook aan my lewensmaat, beste pêl, my rots en groot geliefde, Rien.

Bronne

A Natural History Guide to the Arid Kalahari – Gus en Margie Mills (Africa Geographic Books)

Dark Matter and the Dinosaurs: The Astounding Interconnectedness of the Universe – Lisa Randall (Penguin Random House)

Death of a Bushman, 'n film deur Richard Wicksteed en Stef Snel – https://www.you-tube.com/watch?v=Qn8KJgp13Xc

Deciphering Ancient Minds: The Mystery of San Bushman Rock Art – David Lewis-Wil-liams en Sam Challis (Thames & Hudson)

Flowering Plants of the Kalahari Dunes – Noel van Rooyen (selfpublikasie)

"Iets oor die Boesman" – J. van Reenen ('n Lesing gehou voor die SA Akademie op Stellenbosch, Januarie 1920, en uitgegee deur De Nationale Pers Beperkt, Bloemfon-tein) Africana, Universiteit van Stellenbosch

Kruidjie roer my – Antoinette Pienaar (Umuzi)

Lloyd and Bleek Collection – World Heritage Sites: https://www.aluka.org/heritage/collection/LBC

My Heart Stands in the Hill – Janette Deacon en Craig Foster (Struik)

"NGOs, 'Bushmen' and Double Vision: The ‡Khomani San Land Laim and the Cultural Politics of 'Community' and 'Development' in the Kalahari" – Steven Robins, *Journal of Southern African Studies*, Volume 27, Desember 2001

People's Plants: A Guide to Useful Plants of Southern Africa – Ben-Erik van Wyk en Nigel Gericke (Briza)

Specimens of Bushman Folklore – Wilhelm Bleek en Lucy Lloyd, 1911 (Geskandeerde teks via *Internet Sacred Text Archive*: http://www.sacred-texts.com/index.htm)

Staring at the Sun: Overcoming the Terror of Death – Irvin D. Yalom (Jossey-Bass)

The Bushman Winter Has Come – Paul John Myburgh (Penguin)

The Courage of ||Kabbo – geredigeer deur Janette Deacon en Pippa Skotnes (UCT Press)

The Digital Bleek and Lloyd – argief van die Universiteit van Kaapstad: www.arc.uct.ac.za en http://lloydbleekcollection.cs.uct.ac.za/

The Kalahari and Its Plants – Pieter van der Walt en Elias le Riche (selfpublikasie)

The Kalahari Meerkats Project – http://www.kalahari-meerkats.com/

The Origin of Our Species – Chris Stringer (Penguin)

The Rise and Fall of the Third Chimpanzee – Jared Diamond (Vintage)

Versamelde woordeskat van die Griekwa soos aangeteken in Adam Kloekgoed – Hetta Hager (selfpublikasie)

"Vroeë diskoerse oor die Boesman" – Hennie Aucamp (*LitNet*)

What Dawid Knew – Patricia Glyn (Picador Africa)

Die internetargiewe van verskeie plaaslike en internasionale koerante en tydskrifte, wisselend van *Beeld, The Star, Volksblad, Die Burger, Business Day, National Geographic*, waaronder:

http://www.bbc.com/future/story/20140804-sad-truth-of-uncontacted-tribes

http://www.bdlive.co.za/national/science/2012/09/21/study-sheds-light-on-khoe-san-genetics

http://ngm.nationalgeographic.com/ngm/0102/feature6/fulltext.html

http://healthearth.blogspot.co.za/2007/03/solastalgia-new-concept-in-human.html

Nota: Ek het die term "Boesman" telkens in dialoog gebruik en wil graag daarop wys dat dit geensins denigrerend bedoel is nie – maar op aandrang van verskeie lede van die ‡Khomani wat sterk teen die term "San" gekant is en liewer as "Boesman" bekend wil staan. Wat die omgewing betref, het ek baie liberaal met die name van plekke omgegaan en vir groter vryheid hier en daar my eie geskep – plekke soos Louisvale en Bondelgooi en die Meerkat Paleis bestaan nie. Vir Seko se dele het ek vrylik my eie stories saamgeflans en opgemaak uit die digterlike verhale in die Bleek/Lloyd-versamelings van tussen 1870 en 1874. Diegene wat vertroud is met die versameling sal dadelik kan raaksien watter dele uit die vertellings van |Akunta, ||Kabbo, Dia!kwain en |Han‡kasso kom.